중국 고소설과 문헌학

중국 고소설과 문헌학

저자 ▌박재연

청주대학교 중어중문학과 졸업

국립싱가포르대학 수학

한국외국어대학교 통역대학원 문학석사

한국외국어대학교 대학원 문학박사

북경대학 방문학자

현재 선문대학교 중어중국학과 교수

중한번역문헌연구소 소장

주요 논저

논문「진주 유씨가 묘 출토 언간의 어휘론적 고찰」(2008)

『中朝大辭典』(2002)

『韓國藏中國稀見珍本小說』(공편, 2003)

『홍루몽 고어사전』(공편, 2005)

『필사본 고어대사전』(주편, 2010)

『三國志通俗演義』(조선 丙子字 동활자본) (공저, 2010)

『朝鮮後期漢語會話書辭典』(2010)

중국 고소설과 문헌학

인　쇄　2012년 12월 20일
발　행　2012년 12월 28일
지은이　박재연
펴낸이　이대현
편　집　박선주
디자인　이홍주
펴낸곳　도서출판 역락
　　　　서울시 서초구 동광로 46길 6-6(문창빌딩 2F)
　　　　전화 02-3409-2058(영업부), 3409-2060(편집부)
　　　　팩시밀리 02-3409-2059
　　　　이메일 youkrack@hanmail.net
　　　　등록 1999년 4월 19일 제303-2002-000014호
ISBN　978-89-5556-729-8　93820

정　가　45,000원

* 잘못된 책은 구입처에서 바꾸어 드립니다.

역락

중국 고소설과 문헌학

박 재 연

역락

머리말

중국어문학을 하겠다고 대학에 진학한 지 어느덧 서른 해가 넘어 간다. 십년이면 강산이 변한다고 했는데 30년이면 강산이 세 번은 변했다고나 할까. 그러고 보면 십년마다 변신을 거듭해 왔던 것 같다. 처음 십년은 중국현대문학 작품 번역에, 다음 십년은 '중조대사전' 편찬에, 그리고 근 십년은 '필사본 고어대사전' 편찬에 매달렸고, 지금은 간본자료까지를 포함하여 15만 어휘를 수록한 '옛말 큰사전' 편찬에 세월만 보내고 있으니 말이다.

그 동안 사전과 싸우느라 논문은 거의 쓰지 못하였다. 부족한 박사학위 논문은 가다듬지 못하여 단행본으로 내지 못했고, 사전 편찬의 기초 작업의 일환으로 번역소설이나 한글생활사 관련 교주서나 자료집을 정리하기는 했으나 엄밀한 의미의 저서는 아니었다. 그래서 학위 논문과 중복되지 않게, 그 이전과 그 이후 논문들만을 모아 본 것이 이 책이다.

1980년대 초 외대 통역대학원 진학 후 국립싱가포르대학에 2년 파견되어 수학하는 동안, 많은 책을 접했다. 대학 도서관에서 원대 강사화본 『설인귀정요사략』(우리나라를 배경으로 하고 우리나라 인물을 등장시킨 중국인이 쓴 최초의 소설)을 열람하고 소개한 글이 첫 번째 논문이다. 그 무렵 싱가포르에서는 홍콩과 마찬가지로 십여 년 동안 출판되지 못했다가 봇물처럼 쏟아져 나오는 중국대륙의 서적들을 실시간으로 볼 수 있었다. 외국어로서의 중국어를 익혔던 나는 그때까지만 해도 불온서적으로 여겨졌던 '인민문학' 같은 최신 문예지를 처음 접하였고, 문혁의 상처를 다룬 많은 소설들을 탐독하였다. 귀국 후에는 국내 최초로 상흔문학 작품을 번역 소개한 것을 시작으로, 3, 40년대 중국의 학생운동이나 조선의용군을 다룬 소설들, 그리고 개혁 개방 이후 유행하던 애정소설들을 주로 번역하였는데, 그렇게 일년에 한두 권씩 번역하다가 십년을 채 못채우고 1992년 왕쑤어의 '노는 것만큼 신나는 것은 없다'라는 소설을 끝으로 번역 작업을 접었다. 학위 논문을 준비해야 했기도 했지만 역자로서의 필력이 변변치 못함을 자각한 것도 한몫하였다.

한중 고소설의 비교문학적 연구와 관련된 선행연구를 뒤적이며 홀로 방향을 모색하고 고민하던 가운데 조선시대에도 소설 번역이 크게 성행하였으며, 낙선재문고에 엄청난 양의 중국 명청소설 번역본이 소장되어 있음을 알게 되었다. 한국학중앙연구원 장서각에 소장된 번역소설을 입력하여 중국소설 원전과 대조하는 작업을 하였는데, 중국 현대소설을 번역한 경험이 많은 도움이 되었다. 낙선재본 소설은 주로 1,2백 년 전 명청대 백화소설을 번역한 근대 국어 자료인지라 국어학적인 지식이 없어도 쉽게 읽을 수 있었는데, 그럼에도 중간 중간에 보이는 특이한 이표기들과 지금은 사라진 어휘들이 신기하게 느껴졌다. 한중 문헌의 정리와 교주에 치중하였는데, 중국 원전인 경우는 그것을 한자로 입력하였고, 한글 자료는 옛한글로 입력하였다. 원래 글쓰기와 비평에는 자신이 없었으므로 단순히 근현대 중국어를 우리말로 옮기는 작업이나 원전 정리 작업이 내가 유일하게 잘 할 수 있는 일이었던 셈이다.

그리고 도서관 밖의 자료들에도 관심을 갖기 시작하였는데, 주로 조선시대와 일제강점기에 중국에서 전래된 당판소설(활자본, 목판본, 석인본) 자료들을 조사하고 수집하는 데 발품을 팔았다. 그 과정에서 중국에서는 일실된 소설들이나 우리나라에서 번각된 소설들을 도서관이나 고서

점에서 발굴하여 국내외에 소개하기도 하였다. 본서에 실린 형세언, 산보문원사귤, 포공연의, 포염라연의, 화영집, 영웅루, 탐라 간행 주왈교본 삼국지, 조선 병자자 활자본 삼국지 관련 논문들은 중국어로도 번역되어 소개되었던 것이다.

이 책에 수록된 글들은 박사 과정에서 최근에 이르기까지 쓴 논문 총 30여 편으로서, 그 중 중국소설 원전과 소설 전래 기사와 관련된 논의가 많은 16편은 『중국고소설과 문헌학』으로, 중국소설 번역본에 국한되지 않고 한글 필사 문헌의 성격을 밝히는 내용이 많은 15편은 『한글필사문헌과 사전 편찬』으로 나누었다. 『한글필사문헌과 사전 편찬』에 실린 글들은 『중조대사전』(조선시대 漢韓辭典, 2002)과 『홍루몽 고어사전』(2005), 『필사본 고어대사전』(2010), 『조선후기한어회화서사전』(2010)을 편찬하면서 기초가 되었던 자료들을 논문으로 꾸민 것이다. 자료의 일부가 조선후기 한어 회화서와 밀접한 관련이 있어 중국어학적으로 접근한 글도 있음을 밝힌다.

이 책의 논문들은 30년에 걸친 것이어서 발표 시기도 다르고 게재한 학술지도 다양하다. 그래서 글의 형식이나 내용이 일관되지 못한 곳이 적지 않게 눈에 띈다. 그러나 처음 발표되었을 당시의 모습을 그대로 보여주고자 크게 손질은 못하고 각주와 예시, 참고문헌 등에 한해 통일을 기하고자 하였고, 문장은 최소한으로 한자 노출을 자제하려고 노력하였다. 그간 논문 발표 후 연구자들에 의해 오류임이 드러났거나, 새로운 자료의 출현으로 수정이 불가피한 대목도 없지 않으나 원래 모습을 보여준다는 점에서 가능한 그대로 두고 각주나 맨 뒤의 참고기술을 통해 새로운 견해나 수정된 사항을 밝혀 주는 형식을 취하기로 하였다. 개별 논문 발표 이후, 다른 학자들에 의한 후속 논문들이 적지 않게 나왔다. 도움이 될 것 같아 관련된 논문들을 참고문헌에 찾아 넣었다. 그리고 구사회·김장환 교수, 이재홍 선생과 공동으로 집필한 논문을 부록으로 실었다.

이 책이 나오기까지 많은 분들의 도움을 받았다. 일부 원고의 입력과 색인 작업을 도와준 이재홍 연구원, 교열과 윤색을 도와준 최정혜 교수, 새로운 자료의 출현으로 수정이 불가피한 대목에 대해 새로운 견해나 수정 사항을 밝혀 준 김영 교수에게 감사를 전한다. 그리고 책을 흔쾌히 출판하여 주신 도서출판 역락의 이대현 사장과 영업부 박태훈 님, 편집부 박선주 님께도 고마움을 전한다.

마지막으로, 내가 하고 싶은 일만 하도록 말없이 뒤에서 헌신적으로 돌봐 주는 아내 권영란과 사랑하는 외동딸 미연에게도 고맙다는 말을 전한다.

2012년 9월
아산 탕정에서
저자 삼가 씀

제14장 『英雄淚』 해제 _ 479
　　－『영웅루』 출간에 부쳐

| 부록 |

1. 머리말

『薛仁貴征遼事略』은 원대 講史話本으로서 종래 노신의 『중국소설사략』을 비롯 일반 중국소설사 및 문학사에 전혀 언급이 없었다. 이것과 비슷한 시기의 강사화본인 『五代史平話』, 『武王伐紂平話』, 『三國志平話』 등이 다 기록되어 있는데도 불구하고 전혀 언급이 없었던 것은 그 당시까지만 해도 이 화본이 발견되지 않은 까닭이다. 그러다가 중국 대륙의 趙萬里가 1951·2년경 영국 옥스퍼드대학 도서관에 소장된 『永樂大典』에서 발견하여 처음 세상에 알려지게 되었다.[1]

이 화본은 명 『文淵閣書目』 雜史類에[2] 처음 그 서목이 보인다. 그 후

---

[1] 조만리는 이 화본을 『永樂大典』 卷5244 遼字韻에서 발견, 마이크로필름으로 찍어와 註를 달고 구두점을 찍어 1967년 上海古典文學出版社에 부쳐 간행하였다. 臺灣에서는 1979년 河洛圖書에서 古典文學出版社 간행본을 확대 영인 출판하였고, 後記 부분의 일부 글자를 정치상의 이유로 삭제하였다.

[2] 楊士奇 等編, 臺灣, 商務印書館, p.77.

오랫동안 일실되었었다. 『永樂大典』 중에는 상당량의 희문과 잡극을 수록하고 있는데 현존하는 송원희문 중에는 『小孫屠』·『張協狀元』·『宦門子弟錯立身』 등이 있다. 이는 모두 『영락대전』에서 전록한 것이다. 그러나 『영락대전』에서 발견된 완전한 화본은 이 『薛仁貴征遼事略』이 처음이다. 「영락대전목록」의 권46 話字韻의 기록에 의하면 송원평화 26종이 있다고 하나 거의 산일되었으며 본 화본도 그 중의 하나였을 것으로 추정된다.

송원평화 내지 화본은 문학사에 있어 상당한 위치를 차지하고 있다. 전대의 설창문학을 계승 발전하여 백화소설이라는 참신한 새로운 문체를 세웠으며 일반 민중들이 즐겨 보고 듣는 민족문학을 형성하여 후대 통속소설의 발전에 기초를 세웠다. 장편소설만 보더라도 『三國志平話』와 『삼국지연의』, 『大宋宣和遺事』와 『수호전』, 『西遊記平話』와 『서유기』, 『武王伐紂平話』와 『봉신연의』 등 긴밀한 혈연관계를 보여주고 있으며 그런 의미에서 본 화본은 중요한 가치를 지닌다. 청대 통속연의소설인 『說唐後傳』3) 중의 「薛仁貴征東」이 바로 이 화본으로부터 유래한 것이기 때문이다.

한편, 원잡극 속에 이 화본의 내용과 일치하는 극목을4) 찾아볼 수 있어 당시 민간에 이 고사가 크게 유행하고 있었음을 알 수 있다. 이 같은 설인귀 고사는 그 후에도 계속 민간에 널리 유행하여 모르는 사람이 없으며 대만에서는 歌仔戲로 TV에서 오페라로 방영되고 있기도 하다.

이 글에서 논의될 『薛仁貴征遼事略』은 특별히 연구된 논저는 없는 것

---

3) 『說唐』의 續編으로서 「薛仁貴征東」 「薛丁山征西」 「羅通掃北」의 三部作으로 구성되어 있다.

4) 摩利支飛刀對箭, 薛仁貴衣錦還鄉, 下高麗敬德不伏老, 尉遲恭病立小秦王, 小尉遲將鬪將 將鞭認父.

으로 보인다. 다만 조만리가 펴낸『설인귀정요사략』후기에 작품해제를
하고 저작 연대를 고증하고 있으며 정의중·호사영 등이 조만리의 설
을 그대로 답습하고 있다.5) 張忠良의『薛仁貴故事研究』는6) 민간과의 측
면에서 설인귀 고사를 광범하게 다룬 것으로 화본 자체를 검토한 것은
아니다.

이 글에서는 저작 연대를 밝히고 내용과 체재를 분석한 다음 역사사
실과 본 화본과의 상이점을 비교 고찰해 보고자 한다.

2. 저작 연대

『薛仁貴征遼事略』은 문체가 고졸하고 간단명료한 것이 至治 新刊 平話
5종7)과 비슷하여 송원대 설화인8)이 쓴 것으로 추정된다. 대체로 다음
의 세 가지 사실이 이를 뒷받침해 준다.

첫째,『武王伐紂平話』와 똑같은 개장시를 싣고 있다.

> 삼황오제 다음은 하·상·주요,
> 진·한 이후 오·위·촉으로 삼분되다.
> 진·송·제·양 남북사에

---

5) 程毅中,「宋元講史簡論」,『文學遺産增刊』第七輯, p.182 ; 胡士瑩,『話本小說槪論』(下)
   (北京, 中華書局, 1980) p.730.
6) 國立臺灣師範大學 碩士學位論文, 1983.
7) 元 至治(1321~1323)년간의 新安虞氏 刊本의 全相平話,『武王伐紂』『樂毅圖齊』『秦倂
   六國』『續前漢書』『三國志平話』.
8) 說話人은 일종의 이야기꾼으로 宋元代의 說話人들은 이야기를 잘 꾸며낼 뿐 아니
   라 話本도 썼다. 灌園 耐得翁의『都城紀勝』에 설화인을 다음과 같이 말하고 있다.
   "最畏小說人, 蓋小說者, 能以一朝一代故事, 頃刻間提破."

수 · 당 · 오대 · 송 · 금이라.9)

이라 하였으니 宋 · 金 이후에 쓰여진 것이 분명하며 『武王伐紂平話』와
같은 시기의 작품이라는 것을 알 수 있다.

둘째, 秦瓊의 아들 秦懷玉이 부친의 병환으로 고구려 정벌에 참가하
지 못했다가 부친이 돌아가시자 전장에 나아가 당태종을 뵙는 장면에
다음과 같은 대목이 있다.

> 회옥이 아뢴다.
> "부친께선 신더러 마땅히 전장에 나가야 한다고 유언하셨사옵니다."
> 황제가 기뻐하며 묻는다.
> "군사를 거느려 불구덩을 뚫고 막리지를 대적하겠느냐?"
> 회옥은 관평처럼 복을 입은 채 출전한다.
> 막리지가 소리친다.
> "이빨도 나지 않은 젖비린내 나는 어린애가 뭘 하겠다는 건가!"
> 회옥이 대노하여 말을 박차고 달려나가 수합을 싸운 끝에 막리지가 패
> 하여 달아난다.10)

여기 언급한 關平은 정사에는 부친 관우와 함께 피살된 것으로 되어
있다. 그런데 『至治新刊三國志平話』 권하 "劉禪卽位" "諸葛七擒孟獲" "諸
葛造木牛流馬" 세 대목에서는 모두 관평이 살아 등장하고 있다. 이것은

---

9) 『薛仁貴征遼事略』(上海古典文學出版社, 1957) p.1 ; 『武王伐紂平話』(豫章書社, 1981),
   p.1.
   三皇五帝夏商周, 秦漢三國吳魏劉.
   晋宋齊梁南北史, 隋唐五代宋金收

10) 위의 책, pp.36~37. 懷玉曰："父死有遺言, 臣當戰之." 帝喜問曰："領兵出離火壕對陣
    戰莫離支麼?" 懷玉出陣, 便似掛孝關平也! 莫離支道："黃口嬰童, 何堪成事." 懷玉大怒,
    縱馬向前, 交戰數合, 莫離支敗走.

이야기꾼들의 마음속에 관우는 비록 피살되었지만 차마 아들까지 함께 피살되었다고 하기엔 너무 안타까워 살아있다고 했으니 "관평처럼 복을 입은 채(掛孝關平)"이라 한 대목과 일치한다. 이점으로 미루어 이 작품은 분명 『三國志平話』의 저작 연대와 거리가 멀지 않을 것이다.

셋째, 작품의 중간에 보면 설인귀가 군사를 이끌고 安地嶺[11] 높은 봉우리에 올랐을 때 한 궁관[12]을 발견한다. 호기심에 군사를 거느리고 그 문앞에 이르러 보니 누대가 높이 솟아 있고 옥전요계에 푸른 대나무와 소나무가 울창하며 온갖 기화요초가 즐비하다. 삼문 밖에 이르자 좌청룡 우백호의 벽화가 문을 지키고 있는데 인적이 없이 고요하다. 인귀는 말에서 내려 병사들로 하여금 나란히 줄서서 들어가도록 명령했다. 안에 들어서니 궁관은 칠보연옥으로 단장하였는데 호화롭기가 속세에서는 볼 수 없는 것이었다. 도대체 누가 이 건물을 지었을까 궁금해 하던 차에 홀연 대전의 한쪽 벽으로부터 한 부인[13]이 사뿐사뿐 돌아나온다. 작자는 이 부인을 절세미인으로 묘사하고 있다.

> 까만 귀밑머리는 구름을 쌓은 듯 가뿐하고 백옥을 깎아 놓은 듯 하얀 살결, 연지 바른 갸름한 얼굴, 비취를 드리운 듯한 버들 눈썹이 흡사 부용성(芙蓉城) 아래 자고(子高)가 경희(瓊姬)를 마주친듯 낙수(洛水) 둑방에서 정자(鄭子)가 용녀(龍女)를 처음 만나는 듯하다.[14]

---

11) 화본에 安地嶺, 安地城으로 나오는데 바로 安市嶺, 安市城을 지칭한다. 『舊唐書』에는 安地城으로 나오나 『新唐書』에는 安市城으로 고쳐 표기되어 있다. 이야기꾼들이 『舊唐書』를 참고한 것이다.

12) 道敎의 道觀. 여기서는 이 도관이 아주 화려하고, 또 고구려왕의 고모(皇姑)가 주재하고 있어 宮觀이란 이름이 붙었다.

13) 高劍의 누이동생이자 高建藏의 고모라고 한다. 그래서 皇姑 또는 公主라고 부른다. 高建藏은 고구려 28대 보장왕이며 高劍은 27대 榮留王 高建武의 同人異名이 아닌가 싶다. 화본에 그녀를 묘사한 시 한 수가 있다. "살포시 연 앵도 입술/난사향내 온방에 가득하다.(啓開一點櫻桃口, 噴出滿堂蘭麝香.)" 위의 책, p.31.

설인귀가 부인을 만나는 장면이 흡사 부용성 아래서 자고가 경희를 마주친 것 같다고 묘사하고 있다. 부용성은 전설 속에 나오는 선경으로 구양수의 『六一詩話』에 다음과 같은 기록이 보인다.

> 석만경이 죽은 후 고인을 본 사람들이 이르길 꿈속에 '난 지금은 귀선으로 부용성의 주인이라네.'라고 말하는 것을 들은 것 같다.15)

또한 소식은 이 부용성 고사를 소재로 부용성시16)를 지었다. 그리고 施元은 소동파의 시에다가 胡微의 '王子高 芙蓉城傳'을 인용하여 주를 달았는데 왕자고가 선녀 주요영과 우연히 만나는 자초지종을 상세히 적고 있어17) 뒷날 고사의 대략적인 내용을 알 수 있게 되었다.『綠窓詩話』에도 '王子高遇芙蓉仙'이 있는데 이는 호미의 글을 다시 고쳐쓴 것이며 趙彦衛의 『雲麓漫鈔』 권10에는 여주인공 주요영을 주경희로 고쳐 부르고 있어 화본과 완전히 일치하고 있다.18)

이밖에 송원 희문 중에도 「王子高」 희문이 있다. 즉 『武林舊事』 권10 '宋官本雜劇段數'에 「王子高六么」와 「鄭生遇龍女薄媚」가 보인다. 이처럼 송대 크게 유행하던 왕자고 고사가 원대 이후의 문학작품 가운데 거의

---

14) 위의 책, pp.30~31. 鴉鬢堆雲, 素肌削玉, 杏臉凝脂, 柳眉拂翠. 只疑是芙蓉城下, 子高適會瓊姬, 洛水隄邊, 鄭子初逢龍女.

15) 『六一居士詩話』叢書集成簡編, 臺灣, 商務印書館, 1969, p.7. 曼卿卒後, 其故人有見之者, 云恍忽如夢中, 言我今爲鬼仙也, 所主芙蓉城.

16) 『蘇文忠公詩集』卷14, 또는 『十八家詩鈔』中卷(臺灣 : 文源書局), pp.1182~1183.

17) 王迥字子高, 虞部員外郎正路之次子, 初遇一女, 自言周太尉女, 語王曰 : 我于人間嗜欲未盡緣以冥契侍中幘, 是以奉尋, 非一朝一夕之分也. 又王初見周, 懼不敢寢, 更深困甚, 視窗戶掩闔, 及入解衣, 聞屛幃間有喘息聲, 乃適女郎已脫衣而臥, 天明□□□, 餘香不散, 自是朝去夕至, 凡百餘日. ……

18) 『雲麓漫鈔』卷10(上海 古典文學出版社, 1957), p.137. 王迥字子高, 族弟子立, 爲蘇黃門壻, 故兄弟皆從二蘇遊, 子高後受學於荊公, 舊有周瓊姬事, 胡微之爲作傳.

인용되고 있지 않는 것으로 미루어 이 작품은 왕자고 고사가 한창 유행하던 때 지어졌을 것이다. 따라서 이상의 세 가지 사실을 종합해 볼 때 저작 연대는 송말 원초이다.[19]

3. 내용 및 체제

주된 내용은 정관 18년(644)에 당태종 이세민이 고구려 葛蘇文[20]에게 모욕을 당하자 고구려를 친정하기로 결정한다. 천하에 의병을 모집하는데 그 중 설인귀가 백의장수로 종군하여, 혼천대왕 董達을 사로잡고, 구룡문 아래 용문진을 쳐 황제의 사열을 받고, 고구려 정벌론을 바치고, 당군이 무사히 바다를 건너게 하고, 봉황성에서 적군에 포위당한 황제를 구출하고, 연개소문을 비롯한 여러 고구려 장수와 접전하여 차례로 물리치는 등 혁혁한 공을 세우나 그 때마다 직속 상관인 총관 張士貴와 劉君昴의 농간으로 공을 인정받지 못하고, 도리어 그들에게 공을 가로채인 설인귀는 울분을 금치 못하다가 마침내는 사실이 밝혀져 등용되고 급기야는 연개소문을 사로잡아 당태종에게 바친다는 이야기이다.

그럼 먼저 줄거리를 소개하기 전에 등장인물들의 관직·복색·말·병기 등을 도표로 살펴보면 다음과 같다.

---

19) 趙萬里編註,『薛仁貴征遼事略』後記, 上海 : 古典文學出版社, 1957, pp.75~76.
20) 본 화본소설 속에는 갈소문(葛蘇文)으로 나오나 이하 편의상 원문 번역 이외에는 모두 연개소문(淵蓋蘇文)으로 표기함.

국명	인명	작위	관직	복색	馬	병기	비고
唐	薛仁貴	南郡公	遊擊將軍兼三路行軍先鋒使 幷州大司馬 三路都統軍	白袍 素袍瑩鎧 雪白袍	赤馬 (繁纓)	弓　箭 方天戟 馬鋤環	白袍少年將, 十八般武藝에 능통 絳州龍門縣 大黃莊分曲村人
	張士貴	虢　公	絳州兵馬總管 三路都統軍				본명 忽峯, 虢州盧氏
	劉君昂		絳州兵馬副總管				副將, 郎將
	李世民	太宗皇帝					
	李道宗	任 城 王					
	李世勣	英 國 公	大　元　帥				
	尉遲恭	鄂 國 公	先鋒, 總管 開國儀同三司	皂羅袍	烏騅馬	竹節鞭 單鞭 刀桿猰猊爪	敬　　德
	尉遲寶林			皂羅袍		竹節鞭 絳　鞭	尉遲恭의 아들
	秦瓊	胡 國 公					叔寶
	秦懷玉					白鎗 毗陵簡(鐧) 水磨簡(鐧)	秦瓊의 아들
	薛萬徹	駙　馬					燕國公 薛世雄의 아들
	薛延陀		沂州節度副使				絳州 龍門縣人
	薛懷玉		絳州義軍都頭目 沂州刺史				絳州人
	程咬金	盧 國 公	中路元帥				副將
	蘇定方						副將
	張公謹		南路元帥				大將
	馬三寶	應聖將軍 光祿大夫					
	段志賢						
	裴行儉						絳州 文喜縣人
	王孫諤						王君廓의 아들
	武士彠						
	董達			明鎧甲 朱漆笠	赤虯馬	宣花斧	混天大王
	房玄齡						
	杜如晦						
	褚遂良		戶部尙書				

국명	인명	작위	관직	복색	馬	병기	비고
唐	袁天剛		司天臺官				
	李淳風		司天臺官				
	巢　論		醫　官				
	李思摩						番　將
	鄭從虎		運糧將				
	常　何		運糧草馬步軍太尉				
	吳黑達			連環甲 獬頭盔	捲毛馬	賓鐵刀	원래는 中原人이나 후에 고구려에서 도적으로 활약
高句麗	葛蘇文		莫離支	團花絳獅服 三叉紫金冠 銀葉鎧 銀　盔	赤虯馬	飛刀(五口) (兩鞭)弓 靑銅偃月刀 大桿刀	‘海東의 王莽’이라 불림. 葛蘇文삼형제
	葛延禧						
	葛全武					標　鎗	
	高延壽		褥　撒				‘遼三高’라 불림 高延壽삼형제
	高延廣						
	高延淸						
	高建武						고구려왕으로 갈소문에게 시해됨
	高　劍						皇姑(公主)의 오빠
	高建藏						고건무의 조카로 고구려국왕
	梁建勳			銀甲 三叉冠	赤虯馬	偃月刀	막리지의 수하장수
	高　昌		楡林太守				
	伊那射			冠風雜尾 袍繡團花	赤虯馬		
	烏伊達						
	白文虎			毪袍狼頭冠			
	白全斌		大　臣				고구려 대신으로 갈소문에게 피살됨
	白全榮						백전빈의 아우
	莊　主						백전빈 형제의 부친

국명	인명	작위	관직	복색	馬	병기	비고
高句麗	皇姑(公主)						高劍의 누이동생으로 국왕 高建藏의 고모
百濟	昌黑飛		使臣				백제왕의 사신
渤海	天繼鵑						
突厥	吉利可罕	天山射鵰王					그의 군대를 '天山軍'이라 함
	元龍						원룡 삼형제 궁술에 능함
	元虎						
	元鳳						

위 도표에서 보듯이 당인 32, 고구려인 17, 백제인 1, 발해인 1, 돌궐인 4명이 등장하고 있다. 등장인물들을 직업별로 보면 당나라 측은 황제 1, 대신 3, 장수 23, 천문대관 2명과 태의, 반란 장수, 도적, 부인, 촌장 등이 각 1명씩 등장한다. 고구려측은 국왕 2, 막리지 1, 황제의 누이 1, 장수 9, 대신과 문관이 각 1명씩이다. 그 외에도 돌궐왕과 그 부하들이 보인다.

한편, 작품 속에는 많은 전고가 있다. 거기에 나오는 인용 인물들을 간추려 보면 다음과 같다.

古　　代	黃帝(軒轅氏), 蚩尤, 三苗, 堯, 舜, 虞, 周王, 紂王, 伊尹
春秋戰國	蘇秦, 張儀, 于丘子(虞丘), 楚君(楚莊王), 楚夫人(楚姬), 孫叔敖, 孫子, 吳子, 伍貝(伍子胥), 伯嚭, 養由基, 廉頗
漢	蕭何, 韓信, 姜子牙(姜太公), 馬援, 李廣, 光武帝(劉秀), 王莽
三　　國	武侯(諸葛亮), 關羽, 關平, 張飛
隋　　唐	煬帝, 麥鐵杖, 楊玄機, 李孝機, 張須陀, 劉武周, 李密, 王世充, 竇建德, 肖銑(蕭銑), 段懷寶, 高祖(李燕), 李藥師(李靖)
전설·신화 속의 인물	鄒搜, 滲沙神, 子高, 瓊姬, 鄭子, 龍女

이 작품의 무대는 대부분 고구려로 되어 있다. 당태종의 원정 경유지를 도시해 본다.

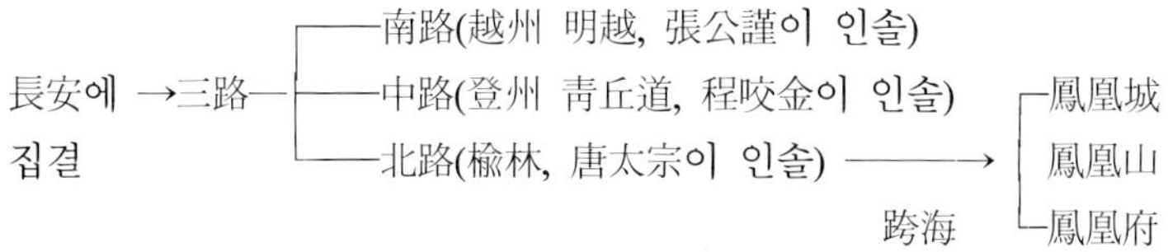

그럼 여기서 '平話' 또는 '評話'[21]라고 불리는 강사화본의 몇 가지 특징을 알아보고 본 화본은 어떠한지 살펴보겠다.

첫째, 강사화본은 편폭이 길며 卷이나 目으로 나누는데, 이는 생활 얘기로 내용이 비교적 간단한 소설 화본과 크게 다른 점이다. 소설 화본은 보통 3,500자 정도이다. 현존 화본 중 가장 긴 『淸平山堂話本』 「錯認尸」만 해도 8,720자로 드문 예에 속한다. 그러나 강사는 『자치통감』이나 『신당서』・『구당서』 등 역사서나 文傳, 전쟁의 성패 등을 얘기하므로[22] 내용이 풍부하고 복잡하여 장문을 요하게 된다. 오늘날 보이는 평화는 일반적으로 4,5만 자에 달하며 가장 긴 『五代史平話』는 십여 만 자나 된다.

따라서 읽고 얘기하기 편리하게 하기 위해 卷이나 目으로 나눌 필요가 생겼다. 卷을 나누는 기준은 각권의 분량을 고르게 하기 위함이었으며 目은 고사의 내용에 따라 나누는 것이다. 『新編五代史平話』 각 史의

---

21) 『秦倂六國平話』 下卷 卷末에 "新刊全相評話秦幷六國卷下終"이라 쓰여 있다.

22) 吳自牧 『夢粱錄』 卷20, 小說講經史(浙江人民出版社, 1981), p.196. "講史書者, 謂講說通鑑・漢唐歷代書史文傳・興廢爭戰之事……."

권두를 보면 목록이 있다. 『漢史平話』의 목록을 예로 들어본다.

> 劉知遠本沙陀部屬,
> 劉知遠七歲喪父,
> 母蘇氏告狀改嫁,
> ....

　이러한 제목들은 고사의 내용을 알려주고 있어 훗날 장회소설 회목의 남상이 되고 있다. 『설인귀정요사략』의 경우 원본이 전하지 않고 『영락대전』에 기록되어 있어 그 전모를 알 수가 없다. 하지만 한 가지 분명한 사실은 전문적으로 역사를 다룬 '平話'와는 성격을 달리하고 있다는 점이다. 역사 사실을 다루었다기보다는 설인귀라는 한 개인의 무용담을 주로 그리고 있어 영웅 전기에 가깝다. 그리고 卷이나 目으로 나누었는지의 여부는 알 도리가 없으나 전문이 3만여 자나 되는 장편이고 또 그 내용 단락으로 미루어 권이나 목으로 나누었지 않나 생각된다.23)

　둘째, 단대사의 서술방식을 취한다. 강사화본의 이야기 내용은 정사에 근거하고 있다. 따라서 왕조를 묘사하거나24) 제왕이나 장상의 활약 등을 묘사하는 데25) 있어 편년체 식으로 이야기가 발생한 연호를 명시한다. 이 화본에서는 "貞觀 18년(644)에 천하는 태평하고 여러 나라가 다투어 조공을 바쳤다."26)라고 시작하고 있으며 武德(618~626) 등의 연호가

---

23) 참고로 청대 演義小說인 『薛仁貴征東』에서 이 화본과 현저하게 내용이 같은 回目을 살펴보면 다음과 같다.
　第2回 小羅通匹配醜婦 不齊國差使進貢/ 第10回 打山虎老將薦賢 贈令箭三次投軍/ 第12回 仁貴巧擺龍門陣 太宗愛慕英雄士 / 第13回 小將軍獻平遼論 瞞天計太宗過海
24) 『梁史平話』, 『秦倂六國平話』.
25) 『宣和遺事』, 『薛仁貴征遼事略』.
26) 『薛仁貴征遼事略』, pp.1~2. "貞觀十八年, 天下太平, 諸國來朝."

보인다.27)

셋째, 시사 등을 삽입한다. 이는 소설 화본과 공통된 특징으로 서두에는 보통 한 수의 7언절구나 7언율시로 이야기를 시작하는데 개장시에는 해당 화본의 내용을 이야기한 것,28) 논평으로 시작하는 것,29) 먼저 사건의 발생 연월을 적은 다음 시사를 이끌어낸 것,30) 전체 역사를 개괄적으로 노래한 것이 있다. 『武王伐紂平話』와 본 화본이 이에 속한다.31)

한편, 이야기꾼이 정문의 일부 또는 전체 이야기를 끝맺으려 할 때는 "正是" "詩曰" "後人評論得好" "有詩爲證" "有詩讚云" "怎見得? 詩曰" "怎結末? 詩曰" 등과 같은 말을 하고 7언절구나 7언율시의 산장시로 전문의 내용을 마무리 짓고 있다. 『설인귀정요사략』의 산장시는 다음과 같다.

> 바로 시에 다음과 같이 이르고 있다.
> '채찍으로 금의자 두드리며,
> 개선가 부르며 귀환하네.'

어떻게 된 것인가? 또 한 시가 있어 이를 잘 입증해주고 있다. 시를 보면,

> '장수는 세 화살로 天山32)을 평정하고,
> 장사는 노래하며 漢關에 들어서네.
> 전쟁의 티끌 영원히 종식시키고,
> 태종은 어가를 몰아 서쪽으로 개선하네.'33)

---

27) 위의 책, p.2. "自武德至貞觀, 豈有化外粗俗, 敢欺中原天子?"
28) 『樂毅圖齊』.
29) 『新刊大宋宣和遺事』.
30) 『前漢書平話 續集』. "時大漢五年十一月某日, 項王自刎而死, 年三十一歲, 贈項王詩曰."
31) 이 책의 제1장 주 9) 참조.
32) 지금의 新疆 지방.

講史는 講說을 위주로 하며 문체는 문언 반 백화 반이다. 개장시와 산장시 이외에도 서술하는 사이사이에 詩詞나 書傳·表章·信柬 등을 넣어 청중의 흥미를 끌 뿐만 아니라 인물과 사건을 부각시키고, 한편으로 이야기꾼의 유식함을 은연중 과시하고 있다. 개장시와 산장시 외에 시 28수, 歌와 表가 각각 하나씩 실려 있다.[34]

> 한 줄기 흰 명주,
> 삼척의 은빛 분수처럼 떨어지네.
> 飛起一條素練, 落來三尺銀泉.[35]

> 비도는 흰 명주 온 하늘 가득 날고,
> 나는 화살 한 점 별이라.
> 刀撇起滿空素練, 箭飛來一點寒星.[36]

> 당긴 활시위는 가을 한가위,
> 나르는 화살은 흡사 별 한점.
> 弓拽滿輪秋月, 箭飛一點寒星.[37]

위 시는 설인귀와 연개소문이 대적하는 장면이다. 설인귀는 활을 잘 쏘았고 연개소문은 비도를 잘 썼다. 그리하여 한 때 설인귀는 연개소문의 비도에 맞아 피를 흥건히 흘리게 된다.

---

33) 正是, 詩曰 : 鞭敲金鐙轉, 人唱凱歌回. 怎見得? 文有詩爲證. 詩曰 :
　　將軍三箭定天山, 壯士長歌入漢關.
　　永息煙塵淸淨宇, 太宗車駕却西還.
34) 五言 1, 六言 3, 七言 18, 七言絶句 6.
35) 위의 책, p.37.
36) 위의 책, p.59.
37) 위의 책, p.64.

비도는 삼척 싸늘한 샘처럼 날고,
피는 비오듯 도포를 붉게 적신다.
刀飛三尺寒泉, 血濺滿袍紅雨.[38]

　하지만 그처럼 위세를 떨치던 연개소문도 끝내는 당군에 크게 패하여 도주하다가 한 민가에 이르러 하룻밤을 청한다. 그러나 원수는 외나무 다리에서 만난다고 연개소문이 일전에 당군에 항복할 것을 왕에게 간했다 하여 목을 베었던 한 대신의 집에 피신하게 된다.

남몰래 오른 배 물이 새고,
원수는 외딴 마을서 만나네.
私渡過船遇船漏, 孤莊求宿遇仇人.[39]

　그럼 도대체 설인귀는 얼마나 용맹했기에 연개소문을 사로잡을 수 있었던가?

가상한 백포 소년장수,
군사 거느려 막리지 생포하네.
堪愛白袍年少將, 領軍活捉莫離支.[40]

가상한 백포 소년장,
연개소문을 사로잡네.
可愛白袍年少將, 發心活捉葛蘇文.[41]

---

38) 위의 책, p.66.
39) 위의 책, p.67.
40) 위의 책, p.21.
41) 위의 책, p.66.

단신으로 고구려를 쳐부수고,
두 손으론 막리지를 생포하네.
늠름한 기상은 숙보를 누르고,
당당한 용맹은 울지경덕 능가한다네.
一身踏碎高麗國, 兩手生擒莫離支.
英風凜凜欺叔寶, 勇氣堂堂賽尉遲.[42]

기개 앙앙하니 그 누가 견줄소냐,
당을 떠받드는 일세의 영웅이라.
바다 건너 고구려 정벌코자 하는 마음,
이제 제일 먼저 큰 공을 세우리라.
剛氣昂昂誰可同, 扶持唐世一英雄.
曾思跨海征遼日, 此將先居第一功.[43]

안시령 산짐승도 노하고,
전당강 용도 노하다.
고구려 치려는 일편단심,
두 눈썹에 대당의 우수가 서렸다.
怒生安嶺橫山獸, 惱亂錢塘混浪龍.
一片心懷遼國恨, 兩條眉繫大唐愁.[44]

설인귀가 제아무리 용맹하고 수많은 전공을 세우나 상관 장사귀와 유군묘에 의해 공을 가로채이고 이용당하기만 하니 그 울분을 토로할 길이 없어 혼자 칼을 거문고 삼아 두드리며 이렇게 노래했다.

시운을 타지 못해 좌절하네.

---

42) 위의 책, p.65.
43) 위의 책, p.6.
44) 위의 책, pp.41~42.

초가 삼간에, 몇 그루 시든 버들.

단풍은 수풀 속에 떨어지고,

나는 홀로 술병을 마주한다.

문무에 아무 것도 이룬 것 없어,

입은 열기도 싫다.

적진에 창 휘둘러 적장을 목 베지 못하고,

천둥처럼 대군을 휘몰아 간신을 쓸어내지 못하네.

용맹과 지략을 펼 수 없어,

공연히 분노만 치솟는다.

未逢時運蹉跎.

茅舍兩三間, 數株彫殘柳.

紅葉落林間, 悶對樽前酒.

書劍兩無功, 使我慵開口.

又不得橫戟陣前, 笑斬遼東元帥首.

又不得長驅大衆疾如雷, 掃蕩妖塵淸宇宙.

英雄智力不能施, 空將憤氣冲牛斗.[45]

하늘도 무심하지는 않았던지 설인귀는 남로원수 張公謹, 총관 尉遲敬德과 대원수 李世勣 등의 도움으로[46] 공을 인정받아 급기야는 태종을 알현하게 된다. 다음 시에서 이세적은 虞丘·叔敖의 고사를 빗대어 설인귀의 공을 드러내려 하지 않는 장사귀를 나무라고, 常何 장군은 생명의 은인인 인귀에게 보답하고자 황제에게 그의 공을 품신할 것을 약속한다.

해는 저물어도 퇴궐 않으니,

---

45) 위의 책, p.23, p.45. 이 彈劍作歌는 齊나라 孟嘗君 식객인 馮驩이 검을 키며 '長鋏歸來兮, 食無肉' '長鋏歸來兮, 出無車'라고 불평을 노래한 데서 유래한다.

46) 若非今日逢公謹, 安得白身朝太宗. 위의 책, p.34.
　　保擧全憑李世勣, 報仇除是尉遲恭. 위의 책, p.46.

어진 재상 만날 날 아득하네.
초희47)가 묻지 않았던들,
오늘 어디 숙오48)를 천거나 했겠는가.
測影頻移未退朝, 喜逢賢相日尤高.
當時不是楚姬問, 今日何由進叔敖.49)

옛날 마주50)는 가난하고 비천했으나,
세속을 등한시하네,
내 한 장 추천서에,
포의로 어전에 나아가다.
昔日馬周貧且賤, 等閑不入俗人面.
被吾一紙薦賢書, 布衣走上黃金殿.51)

평생 품은 영웅의 뜻,
오늘에야 백의로 태종을 뵈옵다.
平生懷却英雄志, 今日白衣朝太宗.52)

한편, 죄가 탄로나 이판사판으로 당을 배반하고 고구려에 귀순하려던 장사귀와 유군묘가 붙잡혀 처벌을 받은 것은 물론이다.

예전에 사취한 공은 그렇다 치고,
이제 나라에 반역한 죄 가볍지 아니하다.

---

47) 楚莊王의 부인.
48) 춘추시대 楚나라 사람. 邲(필) 싸움에서 楚莊王을 도와 晉나라 군대를 물리쳤다. 虞丘의 천거로 등용되어 벼슬이 令尹에까지 이르렀다. 『史記』「循吏列傳」에 보인다.
49) 위의 책, p.34.
50) 唐初 대신. 자는 賓王, 어렸을 때 퍽 빈한했으나 나중에 中郎將 常何의 식객이 되었고, 貞觀 5년 常何를 대신해서 이십여 가지 일을 논한 글을 올려 태종의 인정을 받아 監察御史를 제수받고 나중에 中書令에까지 올랐다.
51) 위의 책, p.38.
52) 위의 책, p.56.

往日賴功情可恕, 今朝反國罪非輕.53)

그러면 여기서 설인귀가 당태종에게 올린「平遼論」을 살펴보자.

　　신이 듣건대 황제께서 나라를 다스릴 적에 치우(蚩尤)가 난을 일으켰고 우임금이 재위하실 적에 변방의 삼묘(三苗)가 임금을 섬기지 않았습니다. 헌원씨(軒轅氏 : 黃帝의 다른 이름)가 어찌 덕이 없다고 하겠으며 순임금이 어찌 어질지 않아 그렇다고 하겠습니까? 다 난신적자들이 무력을 휘두른 까닭입니다. 이제 고구려는 해동의 미개하고 난폭한 무리로서 오랑캐나 진배없습니다. 황상께 조공을 바치지 않으니 군대를 일으켜 그 죄를 물어 마땅하옵니다. 게다가 갈소문은 임금을 시해하고 정권을 탈취하는 등 온갖 포악한 짓을 자행했습니다. 백제국의 조공을 가로챘을 뿐만 아니라 창흑비의 얼굴에 수를 놓아 대국을 업신여기고 황상을 희롱했사옵니다. 만약 장수를 보내 정벌하지 않으면 우리 중원을 어떻게 보겠습니까? 옛날 마원(馬援)이 동주(銅柱)를 세우자 온 남만(南蠻)이 간담이 서늘해 굴복했습니다. 근년에 이정(李靖)이 음산(陰山)에 이르자 북적(北狄)은 그 위세에 눌려 겁을 집어먹었던 것입니다. 이제 고구려를 정벌함에 있어 군대를 세 길로 나누어 남으로 명월(明越)에 이르고, 가운데로는 청구도(靑丘道)에 이르며, 북으로 진격하여 유림(楡林)을 함락해야 합니다. 이같이 세 길로 파병하면 신속하게 공을 세울 수 있을 것이옵니다. 신의 어리석은 생각이오나 성상의 숙고를 바라나이다.54)

　　이처럼 詩·歌·表 등은 정문의 중간 중간에 끼어 앞에 일어난 사건

---

53) 위의 책, p.62.

54) 위의 책, pp.12~13. "臣聞黃帝臨朝, 蚩尤作亂, 有虞在位, 苗裔不君. 軒轅豈無德之君, 帝舜非不仁之主. 蓋亂臣賊子, 興起干戈. 今高麗者, 海東醜類, 化外之夷. 旣不奉上來朝, 當宜興師問罪. 可以葛蘇文殺主奪權, 恣行兇暴. 將百濟國進奉邀奪, 辱昌黑飛針繡其面, 欺陵大國, 諷刺吾皇. 若不拜將征伐, 難容不原之人. 說昔馬援立銅柱, 蓋南蠻喪膽而服. 近李靖至陰山, 使北狄望風而怯. 今欲征遼, 可分兵三路, 南赴明越, 中赴青丘道, 北進先取楡林. 若興三路雄師, 庶使建功神連. 臣雖愚見, 伏取聖裁."

을 마무리하거나 앞으로 일어날 일을 예고하는 역할을 하여 독자들의 흥미를 끌고 있다.

4. 역사사실과의 비교

강사화본은 하나의 이야기이지 역사가 아니다. 화본의 소재가 되어 있는 사건이 완전한 가공에서 나왔거나 또는 실제로 있었거나 간에 그것은 이야기꾼의 개성을 통하여 새롭게 창조된 것이다. 즉, 역사적인 사실 자체가 절대적인 것이 아니라 화본 자체 소재의 하나로서 역사적인 것을 가져왔다는 사실이 중요한 것이다. 예를 들면 센키비치는『쿠오바디스』에서 네로가 로마에 방화했다고 했으나 유명한 사가 기번(Gibbon)은 그의 저서『로마제국 쇠망사』에서 로마의 대화재 원인이 네로에게 있다는 것을 부정하고 있고, 나관중의『삼국지연의』는 진수의『삼국지』와 위와 촉 두 나라를 두고 정통을 달리하고 있다. 강사화본이나 연의소설에서 비교 내지 고증은 중요하고 기본이 되는 요소지만 지나친 고증벽은 강사화본이나 연의소설에 있어 절대불가결하거나 또는 필요한 것은 아니다. 이 두 가지는 정반대인 것 같이도 보이겠으나 서로 모순된 것은 아님을 밝혀두면서 이 작품을 살펴본다.55)

본 화본의 내용은 대체적으로 역사 사실과 크게 어긋나지 않는다. 설인귀의 고구려 원정 사실은『신당서』・『구당서』56)의「설인귀전」에 상세히 보인다.『구당서』를 보면,

---

55)『歷史小說入門』, 朴容九, 乙酉文化社, 1969, p.27.
56) 卷83 列傳 第33 薛仁貴.

설인귀는 강주 용문 사람이다. 정관 말에 태종이 친히 요동을 정벌할 때에 인귀가 장사귀 장군의 막하에 응모하여 종군할 것을 간청하였다. 안지[57])에 이르러 낭장 유군앙(郎將 劉君昴)[58])이 적에게 포위되자 인귀가 그를 구출하고 말을 곧장 앞으로 치달려 들어가 적장의 목을 베니 적들이 모두 두려워하며 불복하여 드디어 인귀의 이름이 알려지게 되었다. 대군이 안지성을 공략하자 고구려의 막리지는 고연수·고혜진을 보내 군사 25만을 거느리고 대적하게 했다. 산을 등지고 진을 치자 태종은 여러 장수들에게 사면으로 공격하도록 명령을 내렸다. 인귀는 자신의 용맹을 믿고 큰 공을 세우려 그 복색을 바꾸어 흰옷을 입고 손에는 창을 들고 허리에 동개와 화살을 차고 고함을 치며 쳐들어가니 가는 곳마다 당해내는 사람이 없어 적이 초개처럼 쓰러졌다. 그 틈을 타서 대군이 공격하니 적이 대패하였다. 태종이 멀리서 이를 바라보고 선봉에게 흰옷 입은 사람이 누구냐고 물었다. 태종께서 접견하시고 말 두 필과 비단 사십 필을 하사하였다. 유격장군에 발탁하고 운천부 과의에 임명했다.[59])

이 기록에서 볼 수 있듯이 인귀가 다른 사람과는 달리 흰옷을 입어 쉽게 태종의 눈에 띄었음을 알 수 있다. 그러면 작품 속에 나타난 설인귀의 복색과 병기는 어떠했는가?

> 馬上一箇年少將軍, 素袍瑩鎧, 赤馬朱纓, 擗轉方天戟, 取弓箭在手, 一箭射莫離支墜馬.[60])

---

57) 주 9) 참조.

58) 『新唐書』에는 '卬'(앙)이라 표기되어 있고 화본에는 '昴'(묘)로 나온다.

59) 薛仁貴, 絳州龍門人. 貞觀末, 太宗親征遼東, 仁貴謁將軍張士貴應募, 請從行. 至安地, 有郎將劉君昂爲賊所圍, 仁貴往救之, 躍馬徑前, 手斬賊將, 賊皆慴服, 仁貴遂知名. 及大軍攻安地城, 高麗莫離支遣將高延壽·高惠眞率兵二十五萬來距戰依山結營, 太宗分命諸將四面擊之. 仁貴自恃驍勇, 欲立奇功, 乃異其服色, 著白衣, 握戟腰鞬兩張弓, 大呼先入, 所向無前, 賊盡披靡. 大軍乘之, 賊大潰. 太宗遙望見之, 問先鋒, 白衣者爲誰. 引見, 賜馬兩匹, 絹四十匹. 擢遊擊將軍, 雲泉府果毅.

60) 위의 책, p.5.

一騎馬殺將入來, 迎見來者一人, 素袍瑩鎧, 赤馬繁纓.[61]

忽見一隊義軍橫截, 當住遼兵, 捧一員將, 素袍瑩鎧, 赤馬繁纓, 橫方天戟, 聲如哮雷.[62]

一騎出馬, 素袍瑩鎧, 赤馬繁纓.[63]

이상에서 보는 바와 같이 설인귀는 반짝반짝 빛나는 흰옷을 입고 끈으로 장식한 붉은말을 타고 창은 방천극을 휘둘렀음을 알 수 있다. 허나 설인귀가 잘쓰는 병기는 창이 아니라 활이었다. 그는 연개소문의 飛刀에 대해 언제나 예외없이 화살로 대적했던 것이다.

한편, 『신당서』「설인귀전」[64]에는 『구당서』에는 없는 다음과 같은 기록이 실려 있다.

설인귀는 강주 용문 사람이다. 어려서부터 집안이 가난해 농사로 업을 삼았다. 부친의 산소를 옮긴 뒤에야 종군하겠다고 하자 아내 유씨가 말했다.

"상공께서는 세상을 덮을 재주를 가지고 계시지만 때를 만나야 비로소 그 재주를 발휘할 수 있사옵니다. 지금 천자께서 친히 고구려를 정벌하려 용장을 구하니 이는 다시 없는 좋은 기회입니다. 상공께서는 어찌 공명을 도모하시지 않으십니까? 금의환향하신 뒤에 산소를 옮겨도 늦지 않으실 것입니다."

그제서야 인귀는 장사귀군을 찾아가 응모하였다.[65]

그럼 여기서 유씨가 처음 출현하는 장면과 설인귀가 부인의 설득으

---

61) 위의 책, p.54.

62) 위의 책, p.18.

63) 위의 책, p.58.

64) 卷111 列傳 第36.

65) 薛仁貴, 絳州龍門人, 少貧賤, 以田爲業. 將改葬其先, 妻柳曰 : "夫有高世之材, 要須遇時乃發, 今天子自征遼東, 求猛將, 此難得之時, 君盍圖功名以自顯? 富貴還鄕, 葬未晩." 仁貴乃往見將軍張士貴應募.

로 응모하는 부분을 화본에서 살펴보자.

　　장사귀와 부총관 유군묘가 강주 저자거리에 의병을 모집한다는 방을 붙
이니 구경하려고 몰려든 백성이 이루 말할 수 없이 많았다. 그 사람들 중
에 한 시골 아낙네가 있었다. 나이는 이십여 세쯤 됐을까, 가시비녀를 꽂
고 삼베옷 차림이 무척 가난해 보였다. 허나 그 용모를 보건대 오랫동안
가난하게 지낼 상은 아니었다. 그녀는 저자에 몰려든 사람들에게 물었다.
　“무슨 방문을 보십니까?”
　누군가가 일러준다.
　“대당 천자께서 바다 건너 고구려를 정벌한다고 의병을 모집하는데 지
원자는 이름을 올리고 종군한다 하오.”
　그 시골 아낙네는 그 소리를 듣고 두 손을 이마에 얹으며 혼잣말 하였다.
　‘우리 상공께서 세상을 덮을 재주가 있으니 지금이야말로 재주를 드러
낼 때이다. 얼른 집에 돌아가 상공을 종군시키면 공을 세워 조상과 가문을
빛내게 되지 않겠는가!’
　그 아낙네는 유씨로 강주 용문현 대황장 분곡촌에 살고 있었다. 부인은
쏜살같이 집에 돌아와 상공께 고하였다.
　“소첩이 어제 강주에 갔다가 저자에 붙어 있는 방을 보았습니다. 대당
천자께서 고구려를 정벌하려 의병을 모집한다 합니다. 상공께서도 군에
응모하십시오. 지금 조정에서 인재를 필요로 하니 영웅이 뜻을 펼 수 있는
좋은 기회입니다. 지금 공을 세우지 않으면 어느 세월에 부귀공명을 누리
겠습니까? 강주 총관 장사귀군에 응모하십시오.”
　인귀가 말했다.
　“큰일이 아직 끝나지 않았잖소.”
　유씨가 묻는다.
　“무슨 큰일 말씀이옵니까?”
　“임시로 부모님을 모신 산소도 아직 옮기지 못했고 복을 입는 몸으로 부
모의 묘소를 멀리 떠난다는 건 도리에 어긋나는 일이오.”
　유씨가 말했다.
　“효란 부모님을 섬기는 데서 시작해서 임금을 섬김으로써 효를 다한다
하지 않습니까. 상공께서 가시더라도 소첩이 종처럼 밥하고 빨래하면 이

한 몸 입에 풀칠 못하겠습니까? 상공께서나 후일 벼슬을 얻으시거들랑 소첩을 잊지 말아 주시어요.”

인귀는 마침내 선영을 하직하고 마을과 작별을 했다.

…(중략)…

인귀는 부인과 작별한 지 며칠 안 되어 강주에 도착했다. 인귀는 사람들 틈을 헤치고 강무청 아래 내려가 방천극을 땅에 꽂고 두 손 모아 읍하며 말했다.

“소인이 종군하고자 하옵니다.”

장사귀와 유군묘는 깜짝 놀라고 백성들은 환호성을 올렸다.

그러자 사귀가 말하였다.

“그댄 너무 늦게 왔네!”

인귀가 대답하였다.

“총관 나으리! 나라에서 인재를 기용할 때가 바로 영웅이 뜻을 얻을 수 있는 때입니다. 지금 그 재주를 발휘하지 못하면 어느 세월에 공명을 이루겠습니까?”

사귀가 물었다.

“그대의 성명이 어떻게 되나?”

“성은 설이요, 이름은 인귀라 하옵니다.”

그러자 유군묘가 버럭 소리쳤다.

“여봐라! 저놈의 따귀를 갈겨 입을 열지 못하게 하라.”

하며 측근을 시켜 인귀를 교장 밖으로 끌어내게 하였다. 밖으로 쫓겨난 인귀는 아무리 곰곰 생각해 보았지만 자신이 무슨 잘못을 저질렀는지 통 알 수 없었다.

그 때 한 노인이 일러주었다.

“자네 이름 자가 총관의 휘를 범했기 때문이라네.”

설인귀는 그제서야 깨닫고 손뼉을 탁 치며 말했다.

“천자께서 고구려를 정벌하고자 장사들을 모집하는 이 마당에 총관의 휘를 범했다 해서 쓰지 않다니!”

이처럼 70여 자에 불과한 역사 기록을 무려 천여 자로 부연하고 있다. 유씨의 출현 장면, 인귀가 장사귀군에 응모하는 등의 내용은 대체로

『신당서』의 기록과 부합한다. 다만 仁貴가 張士貴의 '貴'자를 범했다 해서 1차 응모에서 받아들여지지 않아 2차에 程咬金 장군의 도움으로 종군이 가능하게 되었다는 기록은 없어 이야기꾼의 허구임을 알 수 있다. 다시『구당서』「설인귀전」의 기록을 살펴보면 고종 때 九姓突厥의 무리 십여 만이 있는데 용감하고 날랜 사람 수십 인을 시켜 싸움을 북돋으므로 인귀가 화살 석 대로 세 사람을 쏘아 죽이자 나머지 사람들이 모두 말에서 내려 항복하였다. 인귀가 磧北의 나머지 사람들을 순무하고 적장 葉護 형제 셋을 사로잡아 개선하여 군중에 '장군은 세 화살로 천산을 평정하고, 전사는 노래하며 한관에 들어서네'라는 노래가 있게 되었다.66) 이 사실은 화본 내용과 일치한다. 더욱이 군중에서 불린 노래는 산장시에 그대로 인용되고 있다. 다만 여기서 짚고 넘어가야 할 사실은 인귀가 고구려 원정 때 처음 당태종에게 크게 발탁된 것은 사실이나,67) 인귀가 돌궐·고구려 등을 정복한 것은 태종이 죽은 뒤 고종 때란 것이다. 실로 엄청난 착오이다. 그같은 착오는 天仙軍의 출현 대목에서 다시 재현된다. 작품에 따르면 당의 공격으로 다급해진 막리지가 頡利可罕에게 구원을 요청하게 되자 天山射鵰王 힐리가한은 元龍·元虎·元鳳 등 장수들과 대군 삼만을 거느리고 고구려를 구원왔으나 인귀의 화살을 맞아 모조리 죽임을 당했다고 묘사하고 있다.68) 이는 바로 당고종 (640~685) 662년 3월에 인귀가 군대를 거느려 천산에서 구성돌궐을 무찌른 사실을 태종이 고구려 원정한 사실로 혼동하고 있다. 화본은 이야기

---

66) 高宗時, 九姓突厥有衆十餘萬, 令驍健數十人逆來挑戰, 仁貴發三矢, 射殺三人, 自餘下馬請降. 仁貴更就磧北安撫餘衆, 擒其僞葉護兄弟三人而還. 軍中歌曰 : "將軍三箭定天山, 戰士長歌入漢關."
67)『資治通鑑』卷197 唐紀 太宗 貞觀19年事. "朕諸將皆老, 思得新進驍勇者, 將之無如卿者, 朕不喜得遼東, 喜得卿也."
68) 위의 책, pp.64~65.

인 이상 역사적 사실을 이곳저곳서 뜯어 맞추거나 임의로 꾸밀 수 있는 것이니 크게 흠이 된다고는 볼 수 없다.[69] 그리고 또 한가지 지적할 것은 『신당서』·『구당서』의 「張士貴傳」을 볼 것 같으면, 사귀는 벼슬이 좌영대장군에까지 올라 괵국공에 봉해졌으며 고종 顯慶 초에 죽어 昭陵에 배장되었다[70] 한다. 그러나 작품에서는 장사귀를 철두철미한 악역으로 꾸미고 있다. 장사귀는 부장 유군묘와 공모하여 당을 배반하고 고구려로 귀순하려다 중도에 尉遲恭 등에게 붙들려 유군묘는 죽음을 당하고, 장사귀는 섬으로 유배당한다.[71]

그럼 이제 연개소문에 대한 묘사를 살펴보자. 아래는 화본 첫머리에 백제 사신 昌黑飛가 당태종에게 아뢴 것이다.

일원 대장이 나오는데 키가 십 척이요, 강사복을 걸치고 적규마를 타고 허리에는 두 활을 차고 등에 비도 다섯 자루를 메었사온데 바로 고구려의 용장 갈소문이었습니다. 벼슬은 막리지로 주상을 시해하고 고건장을 왕으로 세워 어명을 빙자하여 여러 신하들을 위압하니 해동의 왕망이나 다름없사옵니다.[72]

다음의 묘사는 당태종의 꿈에 나타난 연개소문의 모습이다.

---

69) 나중에 「薛仁貴征東」에서 설인귀의 본명을 薛禮로, 장사귀의 본명을 張患으로도 쓰고 있으며, 인귀의 戰功이 사귀의 사위인 何宗憲이 은폐하였다가 탄로나자 장사귀·하종헌 모두 죽임을 당했다. 이래서 화본 내용과 일맥상통하는데 다만 유군묘를 하종헌으로 바꾸어 스토리를 더욱 복잡하게 演義化한 것에 불과하다.

70) 士貴軍功累遷左領大將軍, 封虢國公. 高宗顯慶初卒, 陪葬昭陵.

71) 위의 책, pp.62~63.

72) 위의 책, p.1. "捧一員將, 身長一戈, 披絳獅服, 跨赤虬馬, 腰掛兩鞭弓, 身背飛刀五口, 乃高麗虎將葛蘇文也. 官封莫離支, 殺本主, 高建藏爲主, 挾天子之命, 威鎮群臣, 乃東海王莽也."

일원 대장을 앞세워 나오는데 머리에는 삼차자금관을 쓰고 몸에는 강사복을 걸쳤다. 적규마를 타고 대한도를 휘두르는데 좌우 양쪽에 동개 두 개를 매달고 등에는 비도 다섯 자루를 메었다. 그는 진 앞에 나와 병기를 휘두르며 자신만만하게 소리친다.
"내가 막리지 갈소문이다!"[73]

동쪽 진에서 막리지가 나오자 당병이 함성을 지른다. 한 고구려 장수가 나오는데 머리에 삼차자금관을 쓰고 단화강사복을 몸에 걸치고 청동언월도를 휘두른다. 날쌔고 건장한 말을 탄 적장은 좌우 양쪽에 각각 동개 하나씩 매달고 등에는 비도 다섯 자루를 메었다.[74]

이처럼 연개소문은 키가 십 척이요, 언제나 비도 다섯 자루를 차고 다녔으며 신하들을 위압하였다 했다. 『신당서』·『구당서』와 『삼국사기』에 이와 유사한 기록을 찾아볼 수 있다.[75]

다음으로 당태종이 고구려를 친정하게 된 동기는 어떠했는가? 화본의 제일 첫머리에 백제 사신이 등장하면서 이야기는 시작된다.

"해동의 백제왕이 사신 창흑비를 보내 폐하께 알현을 청하옵니다."
황제는 근신에 명하여 사신을 가까이 불러 접견하는데 사신은 검은 면사포로 얼굴을 가리고 있지 않은가. 황제는 그 까닭을 몰라 사신에게 물었다.
"그대는 무슨 공물을 가져왔는가?"
그러자 창흑비는 어전에 엎드려 죽음을 청한다. 태종이 그 까닭을 물으니 창흑비가 아뢰었다.

---

73) 위의 책, p.3. "陣前捧一員將, 頂三叉紫金冠, 披絳獅服, 橫一柄大桿刀, 跨赤虯馬, 左右帶兵器兩鞬弓, 身背飛刀五口, 陣前輝武自言 : 「吾乃莫離支葛蘇文也!」"

74) 위의 책, p.58. "東陣上莫離支出馬, 唐兵皆納喊. 遂將頂三叉紫金冠, 披團花絳獅服, 橫青銅偃月刀, 跨骨輕蹄健馬, 左右弓掛二鞬, 身背飛刀五口."

75) 『舊唐書』: 鬚貌甚偉, 形體魁傑, 身佩五刀, 左右莫敢仰視.
『新唐書』: 貌魁秀, 美鬚髥, 冠服皆飾以金, 佩五刀, 左右莫敢仰視.
『三國史記』 卷49 列傳第9 : 儀表雄偉, 意氣豪逸……身佩五刀, 左右莫敢仰視.

　"신은 왕명을 받들어 폐하께 올릴 보물을 가져왔사온데 해동 흑풍구에 이른 뒤 등주 봉래각으로부터 바다를 따라 고구려를 지나오다 고건장의 대군을 만나 길이 막혔사옵니다. 일원 대장이 나오는데,

　…(중략)…

　막리지가 신이 진상하려던 공물을 모두 약탈하고 침으로 소신의 얼굴에 검은 수를 놓아 폐하를 희롱하였기에 신이 감히 가린 얼굴을 벗지 못하옵니다. 폐하께서 보신다면 신은 만 번 죽어 마땅할 것이옵니다.

　황제가 말하였다.

　"그대를 무죄로 사면하느니라."

　창흑비가 얼굴을 벗기니 과연 얼굴에 다음과 같은 네 구가 새겨져 있었다.

　'형을 어전에서 살해하고,
부왕을 후궁에 가두다.
장수는 늙고 병사는 교만하니,
큰 일을 이루지 못하리라.'[76]

　태종이 이를 보고 대노하여 여러 신하들에게 물었다.

　"이제 고구려가 짐을 이렇게 업수이 여기니 군대를 일으켜 정벌하고자 한다. 누가 앞장을 서겠느냐?"

　당태종을 희롱하는 네 구에서 보여주듯 당태종이 현무문의 변을 일으켜 형 건성과 아우 원길을 살해하고 부왕을 옥에 가두었음은 널리 알려진 사실이라 하나, 백제 사신 昌黑飛가 당나라에 조공을 바치려는데 막리지가 공물을 압수하고 창흑비의 얼굴에 조롱하는 문구를 새겨넣어 당태종이 고구려를 친정하게 된 직접적인 동기가 되었다 함은 정사나 야사에 그 기록이 보이지 않는다. 다만 『신당서』, 『삼국사기』, 『연려실기술』 등의 기록에 의하면, 연개소문은 임금을 시해하고 대신을 살해하며 백성을 학대하고 또 당태종의 명을 듣지 않아 당태종은 고구려를 정

---

76) 殺兄前殿, 囚父後宮. 將老兵驕, 不堪成事.

벌하려는 마음이 있었다. 그래서 다시 사신 蔣儼을 보내 달랬으나 연개
소문이 끝끝내 조서를 받들지 않을 뿐 아니라 무력으로 사신을 위협하
였고 그래도 사신이 굽히지 않자 굴실에 가두었다. 그래서 태종이 군사
를 일으켜 친정하게 되었다 한다.77) 따라서 연개소문이 백제 사신의 공
물을 가로채고 태종을 희롱했대서가 아니라 임금의 시해가 직접 원인
이 되고 사신 장엄을 굴실에 가두고 태종의 명을 듣지 않은 것이 고구
려를 치고자 하는 태종의 결심을 굳히게 되었음을 알 수 있다. 아무튼
정사건 화본이건 간에 직접적인 고구려 원정의 원인이 사신 문제에 있
었음은 우연의 일치일까?

　당의 고구려 원정을 두고 당시 군신들간에 많은 논란이 있었다. 그중
당시 호부상서였던 褚遂良의 간언이 『자치통감』에 자세히 보이고 있
다.78) 본 화본에서는 당태종이 고구려를 정벌하게 된 간접적인 원인이
房玄齡과 杜如晦의 간언에 대한 당태종의 답변에 잘 나타나고 있다. 방
현령과 두여회는 당태종에게 사사로운 원한에 치우쳐 군대를 일으키지
말라고 간한다. 그 이유로서 고구려가 해동에 위치하여 길이 멀어 병사
는 종군의 고역을, 백성은 수송의 고통을 겪게 될 것이며 설사 승리하
여 땅을 차지한다 하더라도 농경이나 목축에 적합하지 않고, 게다가 성
패를 가누기가 어렵다는 것이다. 그러면서 옛날 수양제는 고구려를 정
벌하다가 삼만 군사를 절단내고 수천 리나 퇴각하여 후세 사람들의 웃

---

77) 『三國史記』 卷49 列傳第9 蓋蘇文. "蓋蘇文弒君, 賊其大臣, 殘虐其民, 今又違我詔命, 不
　　可以不討." 又遣使蔣儼諭旨, 蘇文竟不奉詔, 也以兵脅使者, 不屈, 遂囚之窟室中, 於是太
　　宗, 大擧兵親征之
　　『燃藜室記述』別集 卷19 歷代典故 寶藏王條. "蓋蘇文以兵脅囚唐使蔣儼于窟中, 帝手詔
　　責其罪, 帥師 親征, 至遼東攻安市城, 六旬不下, 班師."
78) 卷197 唐紀 13 太宗貞觀 18年事. "陛下指麾則中原淸晏, 顧眄則四夷讋服, 威望大矣. 今
　　乃渡海遠征小夷, 萬一蹉跌, 傷威損望, 更興忿兵則安危難測矣."

음거리가 되었으니 성상께서도 깊이 통찰하시라고 간한다. 이에 대한
당태종의 대답이 걸작이다.

> "아니오! 경들이 몰라서 하는 소리요. 옛날 양제가 실패한 것은 용병법
> 을 몰랐기 때문이오. 짐이 하동(河東)79)에서 봉기한 지 오 년 만에 수나라
> 를 평정하고 뭇도적들을 진압하는 등 정벌할 때마다 적을 물리치지 않았
> 소. 무덕(武德)에서 정관에 이르기까지 미개하고 난폭한 오랑캐가 감히 중
> 원의 천자를 깔본 적이 있었소? 그런데 지금 고구려의 막리지는 임금을
> 시해하여 정권을 찬탈하고 대국을 업신여겼소. 이는 하늘도 용서할 수 없
> 는 일이니 짐은 그놈을 꼭 죽여 버려야겠소. 경들은 더 이상 말하지 마시
> 오."80)

이에 대해 방현령과 두여회는 더 이상 간하지 못하고 조정을 나온다.
결국 임금을 시해하고 정권을 탈취했으며 대국을 업신여겼다는 명분으
로 고구려를 치는 것이다. 끝으로 마지막 부분을 살펴보자.

> 말을 마치자마자 방천극을 비껴들고 막리지에게 달려가 두말 없이 교전
> 한 지 이합도 못 돼 막리지를 생포하였다. 평양성에 이르자 황제는 그를 전
> 아래로 불러 상면한다. 태종이 말한다.
> "너 막리지는 대죄를 아느냐? 주상 고건무(高建武)를 시해하고 고건장을
> 업수이 여겼을 뿐만 아니라 백제의 조공을 가로채고 짐을 조롱하였다. 짐
> 이 오십여 만 대군을 이끌고 온 것은 땅을 탐내서도 아니요, 남의 나라를
> 침략하려는 것도 아니다. 너 때문에 군사를 일으키느라 군민에게 많은 폐
> 를 끼쳤다. 오늘에야 그대를 생포했으니 무슨 할 말은 없느냐?"
> 갈소문이 말하였다.

---

79) 지금의 山西지방.

80) 위의 책, p.2. "非也! 二卿所知, 昔日煬帝不成者, 蓋不明用兵之法. 朕自河東起義兵, 五
載定隋, 削平群盜, 所征者破, 所擊者亡. 自武德至貞觀, 豈有化粗俗, 敢欺中原天子? 今莫
離支殺主奪權, 欺凌大國. 此賊神天不容, 朕大殺之. 請卿等勿復再言."

　　"폐하! 소신을 사면해 주시면 저의 국왕으로 하여금 대국에 복속케 하오며 공물을 빠짐없이 진상하겠나이다."

　　황제가 코웃음치며 말하였다.

　　"사람을 해치는 사나운 호랑이가 결박당했으니 어찌 다시 까불겠느냐! 그리고 짐이 장차 귀환할 텐데 너를 어디에다 쓴단 말이냐!"

　　하며 좌우 무사에게 명해 끌어내어 목을 베게 하였다. 태종은 성지를 내려 고건장을 고구려 국왕에 봉하였다. 태종은 마침내 군사를 이끌고 귀국하였다.[81]

여기에서 볼 것 같으면 연개소문이 설인귀에게 사로잡혀 당태종 앞에 끌려가 구차하게 살려달라고 간청했으나 종국에는 당태종에게 참수형을 당한다고 묘사하고 있다. 그러나 정사를 보면 연개소문이 당태종에게 패하기는커녕 오히려 당태종이 안시성을 함락하지 못하고 회군하면서 '위징만 살아 있었더라도 나의 원정을 막았을 텐데!'[82] 하며 탄식했던 것이니 당태종이 회군할 당시 연개소문은 건재했다. 연개소문이 죽은 것은 그보다 훨씬 뒤인 666년(寶藏王 25)의 일이다. 그 후 아우 淵淨土와 아들 男生·男建·男産 사이에 막리지의 자리를 둘러싼 싸움이 벌어졌다. 그 결과 맏아들 남생은 아우들에게 쫓기어 국내성(通溝)에 가서 당고종에게 투항하였으며 연정토는 여러 성과 주민을 들어 신라에 투항하였다. 신라와 당은 고구려 지배층의 내분을 호기로 삼아 고구려에 대한 공격을 감행하였다. 그리하여 667년 이세적·설인귀 등으로 하여

---

81) 위의 책, p.68. 言訖, 斜方天戟出馬, 騰至莫離支前面, 不打話, 交戰無二合, 生擒莫離支於馬上, 將至平壤城見帝, 帝令宣至殿下. 太宗曰 : "爾是莫離支, 作大罪知否? 一殺本主高建武, 二欺弱高建藏, 三奪下番進奉之物, 詐言謗朕. 朕騙兵五十餘萬, 非貪彊好士, 侵犯外國, 因汝興師, 令軍民勞役. 今遭擒執, 何言所訴?" 葛蘇文曰 : "陛下乞赦小臣, 使我王服大國, 更不闕進奉之禮." 帝冷笑曰 : "傷人猛虎旣制, 安能復縱? 朕若還國, 安川於汝?" 令左右武士推轉斬訖. 太宗傳聖旨, 加封高建藏爲高麗國王. 太宗班師還國.

82) 『資治通鑑』 卷197 唐記 太宗貞觀 19年事. "魏徵若在, 不使我有是行也."

금 대군을 이끌고 수륙 양면으로 고구려를 치게 하였으며, 신라도 이에 호응하여 왕제 김인문으로 하여금 군사를 이끌고 북진케 하였다. 이로써 고구려는 나당 연합군에 의해 멸망하게 되었던 것이다. 그 후 당은 고구려의 옛 땅을 지배하기 위하여 평양에 안동도호부를 설치하고 설인귀를 도호에 임명하였던 것이다. 한편 작품의 맨 마지막에 태종이 성지를 내려 고건장을 고구려 국왕에 봉하였다고 했는데 사실은 조금 다르다. 667년 나당 연합군에 항복한 뒤 보장왕을 비롯한 다수의 귀족들이 당에 붙잡혀 갔다가 10년이 지난 677년 보장왕은 당고종에 의해 遼東都督朝鮮王에 봉해졌다. 따라서 고건장을 왕으로 봉한 것은 태종이 아니라 고종임을 알 수 있다. 이처럼 당은 고종 때 이르러서야 고구려를 지배하게 되었지만 작품 속에서 당태종이 1차 원정에 고구려를 굴복시켰다는 이야기에는 일종의 콤플렉스가 작용하고 있지 않나 생각된다. 중국 역사상 당태종만큼 성군으로 칭송받는 군주도 드물다. 그러나 그도 세 차례에 걸친 고구려 원정을 번번이 실패로 끝냈고, 그 이전에 수 양제도 대원정에 실패하여 급기야는 멸망을 자초하게 되었던 것이다. 이 같은 사실들로 중국 민족은 이를 큰 수치로 여겼을 것이며 이와 반대로 한국인은 이를 자랑으로 여겼음은 당연한 일이다. 이 화본에서 연개소문에 대한 왜곡된 묘사는 그런 점에서 이해될 수 있으리라 생각하며 연개소문을 설인귀와 당태종의 팽팽한 반면인물로서 내세우고 있는 것은 연개소문이 그만큼 위협적인 인물로 인식되었음을 입증하는 것이며 상대적으로 그의 위치를 부각시켜주는 것이라 하겠다. 참고로 우리 측 야사에서는 당태종이 어떤 인물로 그려지는지를 살펴보는 것도 흥미로운 일이다.

문정공 이색의 「貞觀吟」 시에 다음과 같이 읊고 있다. '주머니 속의 미물이라 하잘 것 없다더니, 화살 맞아 눈이 빠질 줄 어찌 알았으리오’ 여기서 玄花는 눈을 말한 것이요, 白羽는 화살을 말한 것이다. 당태종이 고구려를 칠 때 안시성에 이르러 눈에 화살을 맞고 돌아갔다고 세상에 전하나 『당서』『통감』에 그런 사실이 실려 있지 않고, 다만 유공권의 「소설」에 태종이 처음에 고연수·고혜진이 발해의 군대를 이끌고 40리에 걸쳐 진을 친 것을 보고 두려워하는 기색이 있었다고 했으나 당태종이 눈을 다쳤다고 말한 적은 없다. 서거정은 이렇게 생각했다. 당시에 설사 그런 일이 있었다 하더라도 사관이 중국을 위해 사실을 숨겼을 것이니 기록하지 않았다 해서 이상할 것은 없다. 다만 김부식의 『삼국사기』에도 그런 기록이 없으니 목은이 어디서 이 이야기를 얻었는지 알 수 없는 노릇이다.[83]

당태종이 고구려 원정시 화살에 맞아 눈이 멀었으나 사관이 이를 기휘하여 쓰지 않았다는 것이다. 이 같은 기록은 이익의 『星湖僿說』[84]에도 보이며, 석북 신광수의 『關西樂府』,[85] 삼연 김창흡의 「千家詩」[86]에 당태종이 화살을 맞았다는 고사를 읊고 있다. 한편 박지원은 그의 『열하일기』「도강록」에서 안시성·평양·패수 등지를 회고하여 쓴 글에서도 이 사실을 언급하고 있다. 정말로 당태종이 눈에 화살을 맞아 회군한 것을 중국이나 한국의 사가가 기록하지 않은 것인지 분명하지 않으나 중국의 이야기꾼들이 연개소문이 사로잡혀 참수형을 당했다는 이야기와 대조되는 설화로 자못 흥미로운 일이다. 앞에서도 언급했듯이 전반

---

83)『大東野乘』卷3 徐居正「筆苑雜記」卷2. 李文靖公稿貞觀吟曰 : “謂是囊中一物耳，那知玄花落白羽” 玄花言其目，白羽言其箭，世傳唐宗伐高麗至安市城，箭中其目而還，考唐書·通鑑皆部不載，但柳公權小說，太宗初見延壽·惠眞，率渤海軍，布陣四十里，有懼色，亦未有言其中傷者，居正意以謂，當時雖有此事，史官必爲中國諱，毋怪乎其不書也。但金富軾三國史亦不載，未知牧老何從得此

84) 萬物篇 木弩千步. 唐太宗東征，爲流矢所中目盲，史官諱之，故牧隱詩有誰知白羽落玄花之句，麗末必有文考故云爾.

85) 虯髥客是蓋蘇文，句引東來大國軍，留與高麗學士話，玄花白羽笑唐君.

86) 千秋大膽楊萬春，箭射虯髥落眸子.

적으로 볼 때 본 작품은 연개소문에 대한 묘사가 미약하나 이는 당시 중국 민중의 기대에 부응한 것으로 풀이될 수 있다. 특히 당태종이 크게 곤욕을 치렀던 안시성 싸움을 가볍게 처리하고 있다. 당태종이 패한 안시성 싸움을 묘사했다면 당태종의 고구려 정벌을 성공적으로 이끌 수가 없었을 것이니 이는 이야기의 구성상 당연히 빼버린 것이다.[87] 그러다가 『唐書演義』[88]에 가서야 안시성 싸움을 묘사하고 있다. 尹根壽의 「月汀漫筆」[89]에 보면,

> 안시성주가 당태종의 정예병에 대항하여 마침내 외딴 성을 보전하였으니 그 공이 크다 하겠다. 그러나 그의 이름이 전하지 않는다. 우리나라의 서적이 드물어서 그런 것인가? 아니면 고구려 때 사적이 없어서 그런 것인가? 임진왜란 뒤에 중국의 장수로 우리나라에 원병 나온 오종도란 사람이 나에게 이렇게 말했다.
> "안시성주의 이름은 양만춘으로 『당태종동정기』에 보입니다."
> 얼마 전엔 감사 이시발을 만났더니[90] 이렇게 말했다.
> "일찍이 『당서연의』를 보니 안시성주는 과연 양만춘이었으며 그밖에 안시성을 지킨 장수가 두 사람이나 있었다."[91]

『大東野乘』 卷72 「涪溪記聞」에 보면,

---

87) 本稿 3. 「內容 및 體制」 당태종의 遠征 경유지 도표 참조.

88) 熊鍾谷의 『唐書志傳通俗演義』가 아닌가 싶다. 보지 않아 전모를 알 수 없으나 孫楷第는 그의 『日本東京所見中國小說書目』에서 그의 작품을 역사도 소설도 아닌 駄作이라고 酷評하고 있다.

89) 『大東野乘』 卷57, 민족문화추진회, 1982.

90) 『月汀別集』 漫筆에는 "頃見李監司時發言曾見唐書衍義……"라 되어 있다.

91) 安市城主抗唐太宗精兵, 卒全孤城, 其功偉矣. 姓名不傳, 我東之書籍鮮少而然耶? 抑朱氏時無史而然耶? 壬辰亂後, 天朝將出來我國者, 有吳宗道謂余曰 : "安市城主姓名梁萬春, 見太宗東征記云. 頃見唐書衍義則安市城主果是梁萬春, 而又有他人守將凡二人云."

　안시성주는 조그마한 외딴 성으로 능히 천자의 군대를 막아냈으니 세상에 보기 드문 주략일 뿐만 아니라, 성에 올라 작별인사 하는데 말에 여유가 있고 예의가 발랐으니 참으로 도를 아는 군자이다. 안타깝게도 사서에 그의 이름이 전하지 않더니 명나라 때에 이르러 『당서연의』에 그의 이름을 양만춘이라 하였다. 어느 책에서 찾아냈는지 알 수 없으나 안시성의 공이 책에 빛나고 있다. 이름이 유실되지 않고 전해졌더라면 『통감강목』이나 『삼국사기』에 응당 실려 있어야 할 것이다. 어찌 수백 년이 지난 후 『연의』에 나오겠는가? 믿을 수 없는 일이다.92)

하였으나 당시 안시성주의 이름이 누구냐에 대해 설왕설래하며 양만춘이 아니겠느냐고 주장한다. 하지만 「涪溪記聞」에서 지적했듯이 『唐書衍義』는 역사소설이지 역사가 아니므로 양만춘이란 이름은 신빙성이 없다.

5. 맺는말

　설인귀 고사가 예부터 전해 내려오긴 했지만 화본이나 잡극으로 정착한 것은 송말원초이다. 즉 한족이 이민족의 압제하에 놓였던 시대에 쓰였던 것이다. 그러므로 당시의 시대적 배경을 간과할 수 없다. 어느 시대를 막론하고 국난에 처한 민족이나 난세를 살아가는 민중은 민족적, 애국적일 수밖에 없으며 민중들 사이에는 그 무엇보다도 성군이나 어진 신하, 민족 영웅의 출현을 기대하게 된다. 남송의 악비처럼 당의 설인귀가 중국 민족의 영웅으로 추앙받는 이유를 거기에서 찾아볼 수

---

92) 安市城主以最裏孤城, 能抗王師, 不特籌略不世, 登城拜辭, 詞氣從容, 得禮之正, 實聞道君子也. 惜乎史失其名, 至明時唐書演義出表其名爲梁萬春, 未知得之何書, 安市之功輝暎簡策, 苟非明不失傳, 通鑑綱目及東國史記, 不應并遺, 豈待數百年, 始出於衍義耶, 殆不可信也.

있으며 따라서 연개소문을 반면인물로 크게 부각시킨 것이다.

역사는 사실의 기록이 근간을 이루지만 강사화본은 문학적 진실의 창조라고 말할 수 있다. 시대적 배경과 인물·사건에 대한 기록 및 민간에 전래되어 온 설화를 바탕으로 이야기꾼들의 주관 해석과 현상화로 이루어진 것이다.

그러므로 『설인귀정요사략』은 『신당서』·『구당서』, 『자치통감』 등을 바탕으로 오랫동안 민간에 전하여 내려온 고사를 이야기꾼들이 송말원초에 당시 민중의 기대에 부응하여 정리·창조한 영웅담이요, 전쟁 서사시라 하겠다.

본 화본에서 한 가지 특기할 사실은 스토리의 전개에 있어서 당시의 한국인이 많이 등장하고 있고[93] 주된 활동무대가 고구려 강토란 점이다. 우리나라 사람이 쓴 많은 한문소설의 무대가 중국인 점을 감안할 때 자못 흥미로운 일이 아닐 수 없다. 중국인이 쓴 문학작품 속에 한국인이 등장하는 경우는 극히 드무나[94] 이 화본 속에는 적지 않은 한국인이 출현, 상당한 역할을 해내고 있다. 그러나 중국인이 쓴 것인 만큼 고구려인을 한결같이 부정적인 인물로 설정하는 등 중국측 입장에서 이야기를 구성하여 왜곡된 묘사가 있는 것도 사실이다. 그것은 수양제와 당태종의 수차에 걸친 고구려 원정이 번번이 실패로 돌아간 데 대한 치욕감이 일반 중국 민중과 이야기꾼들의 마음속 깊숙이 자리잡고 있었던 것이며, 연개소문은 당태종의 꿈속에까지 나타날 정도로 중국측에 위협적인 인물로 비춰졌음을 확인할 수 있겠다.

---

93) 高句麗人 17, 百濟人 1, 渤海人 1.

94) 『英烈傳』第72回「高麗國進表頌揚」에 高麗 사신이, 淸 褚人穫의 『隋唐演義』 第41回「李玄邃窮途定偶, 秦叔寶脫陷榮歸」에 乙支文德이 등장한다. 唐人 杜光庭이 쓴 「虬髯客傳」의 虬髯客이 연개소문이란 說이 있다.(『唐代小說研究』, 丁範鎭)

이 글에서는 이 화본과 역사 사실과의 상이점을 비교 고증하는 데 그쳤다. 그리하여 이 작품 자체에 대한 문학적 성격이나 인물묘사 및 사건 전개에 대해 깊이 다루지는 못했다. 그러나 한 가지 분명한 사실은 그 어느 다른 강사화본보다도 구성에 짜임새가 있고 사실적이며 대화체로서 전 작품을 이끌고 있다는 점이다. 앞으로 청대소설인 『薛仁貴征東』으로의 변천 관계를 상세히 고찰해 볼 필요가 있다고 생각한다. 뿐만 아니라 『설인귀정동』이 이미 우리나라에 전래되어 번역 내지 번안된 점을 미루어볼 때 조선조 역사소설, 군담소설에 끼친 영향을 살펴보는 비교문학적 연구도 있어야 할 것이다.

■ 『중국학연구』 창간호, 중국학연구회, 1984

제2장 完山李氏 『中國小說繪模本』에 대하여

1. 머리말

完山李氏 『中國小說繪模本』은 현재 국립중앙도서관에 소장된 화첩이다.[1] 이 책에는 완산이씨의 序와 小敍가 있는데 그 가운데 83종의 서명이 나열되어 있고 일부 소설의 삽화가 128폭 실려 있다. 『中國小說繪模本』의 원 제목은 "支那歷史繪模本"이다. 이 제목은 일제 강점기 때 일본 사람들이 낡은 화첩을 새롭게 장정하면서 붙인 이름인 듯하다. "支那"라는 명칭은 범어에서 중국을 가리키는 말로 송대에 이미 사용된 기록이 있으나[2] 흔한 명칭은 아니며 더욱이 조선시대에는 사용하지 않았다. 이는 20~30년대 일본이 중국을 지칭하던 말이다. "歷史"라는 말은 "이

---

[1] 60張. 圖. 四周單邊, 半郭24.3×16cm. 無界. 行字數不同. 內向黑魚尾. 27.9×19cm. 表紙書名：「支那歷史繪模本」. 序：壬午(?)……完山李氏書于藏春閣 裝幀：無紋柳綠色厚褙表紙, 土紅絲綴.(國立中央圖書館, 『外國古書目錄2』, 1971, p.895)

[2] "天竺表來, 譯云：'伏願支那皇帝, 福壽圓滿.'"『宋史・天竺傳』. "三藏之印土, 王問：'支那國何若?' 對曰：'彼國衣冠濟濟, 法度可遵, 君聖臣忠, 父慈子孝.'"『慈恩傳』.

삽화를 보면 중국 역대 사적을 알 수 있다"는 서문의 내용에서 따온 것이다. 그러나 『中國小說繪模本』에 실린 삽화는 모두가 통속 또는 문언소설의 삽화이므로 엄밀하게 말하면 "중국소설회모본"이 옳다. 필자는 "중국소설회모본"이라는 명칭이 이 화첩의 성격을 보다 잘 드러내 준다고 생각해서 "중국소설회모본"으로 바꾸었다. 이 회모본의 존재가 학계에 처음 알려진 것은 1973년 조희웅 교수의 「낙선재본 번역소설 연구」[3]에서였다. 그는 이 목록을 근거로 낙선재 한글 필사본인 『太原志』와 『聘聘傳』이 창작소설이라는 설에 의문을 제기하였던 것이다. 그후 손병국은 「명대 백화소설의 전이과정」[4]에서 이 자료의 중요성을 인식하고 『회모본』에 기록된 화본소설에 대해 언급한 바 있다. 필자는 낙선재 한글본 『형세언』을 연구하다가 중국에서도 서명만 남아 있는 『型世言』의 서목이 이 회모본에 실려 있으며 원본까지 규장각에 전함을 확인하고, 회모본을 자세히 살펴본 결과 序와 小敍가 영조 38년 임오년(1762)에 작성되었으며 완산이씨가 김덕성(1729~1797) 등 화원을 시켜 그렸다는 사실을 알게 되었다.

이 같은 사실은 序과 小敍의 기록으로 쉽게 알 수 있는데, 먼저 序 말미에 "壬午年 閏五月 初九日에 완산이씨가 藏春閣에서 쓰다."라고 되어 있고, 小敍 말미에는 "壬午年 閏五月 初九日에 완산이씨가 麗暉閣에서 쓰다"라고 되어 있어, 임오년 5월 9일에 같은 날 완산이씨가 여휘각과 장춘각을 오가며 쓴 것임을 알 수 있다. 여기서 말하는 壬午年은 英祖 38年 1762년이다. 그 같은 근거는 화원 김덕성이 1729년에 태어나 1797년에 죽었으므로[5], 그 사이의 壬午는 1762년 하나뿐이라는 점에서 쉽게

---

3) 『국어국문학』 제62 · 63 합병호, 국어국문학회, 1973.

4) 『靑坡徐楠春敎授停年退任紀念國語國文學論集』, 慶雲出版社, 1990.

5) "慶州人. 南里金斗樑族姪. 字汝三, 號玄隱. 畵員 · 僉事. 善畵神將. 「雷公圖」." 吳世昌,

알 수 있다. 실제로 『宮闕志』에 의하면 장춘각과 여휘각은 모두 창경궁 통명전 서편에 있었으나 정조 14년(1790) 통명전 연소시 불타 버려 지금은 없으므로 1790년 이전 임오년이 1762년임이 재확인된다.

그렇다면 이 장춘각과 여휘각 주인은 누구였을까. 인조의 비 仁烈王后는 인조 13년(1635) 을해에 통명전 서편에 있던 여휘당에서 승하한 기록이 있고,[6] 장춘각에 대해 읊은 숙종 임금의 시가 세 수나 전하고[7] 현종(1659~1674)의 비인 明聖王后가 이곳을 사랑하여 늘 거처하며 꾸몄다[8]는 영조의 기록이 있고 보면, 일반 궁인이 아닌 후궁이나 왕후가 거처하던 곳임을 짐작할 수 있다. 영조의 왕후 貞聖王后는 서씨이고, 계비 貞純王后는 김씨였다. 영조의 후궁으로 진종의 사친인 靖嬪 李氏가 있었으나 그는 영조가 즉위하기 전인 경종 원년(1721)에 이미 죽었으므로 그녀도 아니다. 그렇다면 완산이씨는 후궁인 영빈 이씨이거나 여러 공주나 옹주 중의 한 분일 것이라는 점이다. 그러나 공주나 옹주의 경우 결혼하면 출가하여 궁 밖에서 기거하는 것이 상례이다. 출가하기 전 궁 안에 기거했던 공주나 옹주는 젊은 나이일 터인데 어린 나이에 벌써 십여 종의 음사소설을 포함한 80여 종의 중국소설을 열거할 수 있을 만큼 소설에 대한 내용을 상세하게 알았겠느냐 하는 문제와 화원들을 시켜 회모하게 할 수 있었겠느냐는 의문이 남는다.

　　「鮮代編・英祖」, 『槿域書畵徵』 卷五, 啓明俱樂部, 1928. (普文書店 영인본, 1970. 4. p.193.)

6) "仁祖十三年乙亥十二月, 仁祖王后韓氏昇遐于此. 正宗十四年庚戌與通明殿燃燒." 『宮闕志』, 서울特別市史編纂委員會 影印, 1957.6. p.103.

7) 「春日夭桃正灼灼, 每臨畵閣任逍遙. 玉琴時對晴窓弄, 氣曠神怡世慮消.」 又「仁祖昔年治此軒, 一間如斗力何煩, 命以覆舟圖壁上, 思危思懼戒常存.」 又「聖母平時愛此軒, 增修略略不曾煩, 荏苒流光餘卅載, 每臨憶昔愴懷存.」 『宮闕志』, p.98.

8) "英廟御製洌泉池小識曰 : '噫! 通明殿西有閣名曰「藏春」, 卽昔年明聖聖后所愛處, 故聖考御製中有記通明, 卽今之殯殿.'" 『宮闕志』, p.98.

그렇다면 완산이씨는 暎嬪 李氏(?~1764)를 가리키는 것은 아닐까? 영빈 이씨는 우리에게 너무나 잘 알려진 비운의 사도세자의 생모로 상민 계급 출신인 그녀는 궁녀로 궁에 들어와 왕자를 낳고 후궁이 된 여인이다.9) 영빈 이씨는 영조의 총애를 한몸에 받았으며 정실 소생이 하나도 없는 영조로부터 일남칠녀를 낳았는데,10) 영조가 "천륜 이상으로 자별하게" 사랑했던 두 딸(和平翁主·和緩翁主)과 세자의 생모였으므로 정실이나 다름없는 처지였다.

이 외에도 중국소설의 전래와 번역에 관련하여 暎嬪과 관련된 여러 가지 사실이 발견된다. 첫째는 낙선재본 번역소설 가운데『孫龐演義』와『武穆王貞忠錄』에「暎嬪房」이라는 소장자의 인장이 찍혀 있다는 점이다.『孫龐演義』의 경우는 회모본에도 그 서목이 실려 있고,『武穆王貞忠錄』의 경우 "上章執徐"라는 필사기가 있어11) 庚辰年(1760)에 필사되었음을 알 수 있는데, 이는 회모본 서문이 쓰여지기 두 해 전이다. 그리고 역시 회모본에 올라 있는『女範』은 영빈이 직접 번역하여 편집한 것으로, 친필 수적이 고스란히 남아 있다.12) 특히 며느리 혜경궁 홍씨(1735~1815)는『恨中錄』의 작가로 많은 이들에게 알려져 있으며, 1763년 회모본이 서문을 쓴 이듬해 죽은 뒤 사도세자의 사친인 그녀를 봉사한 선희궁에 궁체의 명필 나인이 있어 몇 달씩 일부러 글씨를 배우러 오는 나인들이 있었다는13) 기록까지 있는 것으로 보아 영빈 이씨가 70여 종에 달하는

---

9) 金用淑,『朝鮮朝宮中風俗硏究』, 一志社, 1987, p.29.

10) 위의 책, p.423.

11)『武穆王貞忠錄』권12 맨말미, 韓國精神文化硏究院 所藏.

12) 全四卷으로 원래는 日本 東京大學圖書館 南葵文庫에 收藏되어 있던 것을 1977년 大提閣에서 영인하였다. 第一卷 첫장에 보면 "此四冊諺書, 卽莊憲世子私親宣禧宮暎嬪李氏手蹟也."라고 적혀 있다.

13) 위의 책, p.12.

소설명을 기록하고 또 소설 삽화들을 모아 화원에게 회모케 한 것은 충분히 있음직한 일이다.

그런데 서문과 소서를 쓴 임오 윤오월 초구일은 공교롭게도 영조가 장헌세자를 뒤주 속에 가두어 죽이기 5일 전의 일이다. 1762년 세자에 대한 무고가 날로 심해가던 중 羅景彦에 의해 세자의 결점과 비행 10여 조가 상주되는 사건이 일어나자, 결국 영조는 세자가 일찍이 궁녀를 죽이고 여승을 입궁시켰던 일과 앞서 몰래 평양에 갔다 온 일 등으로 해서 마침내 세자를 폐위하였다. 설상가상으로 이 무렵 생모인 영빈이 和緩翁主의 말을 그대로 옮겨 영조에게 여러 가지 말을 한 것이 결정적인 빌미가 되어 1762년 윤오월 13일 세자는 부왕으로부터 자결을 명령받았으나 이를 듣지 않자 서인이 되고 이어 뒤주 속에 갇혀 8일 만에 굶어 죽었다. 이러한 참혹한 사건이 일어나기 직전에 쓴 서문 말미에 "이 한 권에 역대가 모두 갖추어져 있으니 봄날 겨울밤 병을 치료하고 고적함을 치유하고 소일하는 데 일조가 되리라(可足春日冬夜, 求病求寂, 一助消日也夫.)"는 말은 아들이 참혹한 일을 당하기 전후의 영빈 이씨의 저간의 심정과 무관하지 않다. 결국 영빈은 이 글을 쓴 2년 후인 영조 40년 갑신 칠월(1764)에 세상을 떠났던 것이다.[14]

고전소설의 형성에 있어 크게 영향을 미친 중국의 각종 소설의 수입은 임란을 전후하여 극히 성행하였는데 이 중에는 사대기서를 비롯하여 노골적인 음사소설도 포함되어 있었다. 그후 명청 교체가 이루어진

---

14) 필자는 완산이씨를 영빈 이씨라 보았으나 최근 정병설 교수에 의하여 사도세자임이 밝혀졌다. 『회모본』의 서문이 쓰인 1762년 윤5월 9일 무렵 장춘각과 여휘각이 속한 통명전의 주인이 바로 사도세자였음이 「한중록」을 통해 확인되고, 1814년 순조 때 간행된 사도세자의 문집인 『凌虛關漫稿』에도 두 서문이 각각 「畵帖題語」와 「後題」라는 제목으로 실려 있기 때문이다. (정병설, 사도세자가 명해서 만든 화첩, 『중국소설회모본』, 『문헌과 해석』 47, 2009년 여름호 참조)

후에도 중국소설의 구입열은 더욱 왕성하였고 번역이나 번안 작품이 많이 나왔다. 그 후 영정조대에는 중국소설을 모방한 무명씨의 작품이 많이 창작되었고 또한 한문학에도 소설체가 인용되었기 때문에 정조에 의해 '문체반정'을 일으키게 되는 이유가 되었다. 정조 10년(1786)에는 대사헌 金履素의 상소에 의하여 소설의 금지령이 내려졌는데 그 이유는 조선 문사들이 중국소설의 문장을 한문학에 인용하는 잘못을 막기 위한 것이라 하였다.15)

그러나 이후에도 중국소설의 수입은 끊이지 않아 정조 15년(1791)에는 다시 금지령을 내려 천주학과 패관소설을 금지하기 위하여 당판 수입까지 막지 않으면 안 되었으나16) 이것은 천주교를 방지하기 위한 이유도 있지만 소설이 다른 서적에 끼어 들어오는 것을 방지하기 위한 것이라 할 수 있다. 그 후 16년, 17년에도 역시 동질의 금잡서령이 내렸고 이러한 사실은 정조 19년의 수찬 崔獻重의 상소에 반영되고 있는 것을 볼 수 있다.17)

그러나 중국에 들어가는 사신에 의해 들어오는 중국소설의 수입은 막을 수가 없었다. 이와 같은 당시의 전통적인 유교사회에서의 소설 구입과 통독은 다시 순조 8년(1808)에 南公轍에 의해 패관소설 금지책이 上啓되었고 대신 그동안 금지되었던 경사의 수입을 허용할 것을 청하였

---

15) 大司憲金履素言, 近來燕購冊子多, 不經書籍左道之熾盛, 邪說之流行職由於此, 請嚴禁, 從之. (『大東紀年』卷五, 丙午十年春正月)

16) 闡發闢廓之責, 不在於吾黨之小子乎. 欲禁西洋之學, 先從稗官雜記禁之. 欲禁稗官雜書, 先從明淸初文集禁之. 翌年敎赴燕使臣, 日稗官小說姑無論, 雖經書史記凡唐板, 切勿持來. (『大東紀年』卷五, 「天主學大熾, 命改稱」)

17) "伏願殿下繼自今, 勿以聖學之己蹄極工, 而益加自强, 先從務新奇之病痛革其習, 自明末淸初以來曲士所著, 爲小說稗記等語涉新奇者, 一切黜去只以古今聖賢文字專事講習. (『朝鮮王朝實錄』, 正祖 권43)

다. 그러나 李裕元의 『林下筆記』에 보면, "桐漁李公平日手不釋者, 卽稗官說也. 毋說其種, 好閱新本, 時帶譯院, 都相象譯之. 赴燕者, 爭相購納, 積至屢千卷."이라는 기사가 보이는데 여기에서 桐漁는 李相璜의 호이며 그가 1763년에 태어나 1840년에 졸한, 순조 때 좌의정과 우의정을 지낸 인물이라는 것을 감안할 때 패서에 대한 금서령이 내린 이후에도 지속적으로 중국소설의 수입이 이루어졌으며 사역원에서 번역이 행해졌던 것을 알 수 있다.

이외에도 『증보문헌비고』 권242에 보이는 청 姜紹書의 『韻石齋筆談』에 "朝鮮人最好書, 凡使臣之來限五六十人, 或舊傳或新書或稗官小說, 在彼小缺者, 日出市中, 各寫書目, 逢人遍問, 不惜重直購回, 故彼國反有異書藏本也."라는 기록은 당시로 볼 때 국내에는 상당한 수의 중국소설이 유입되어 있었던 것으로 보인다.[18] 그러나 많은 양의 소설이 수입되어 있었던 기록은 있으면서 구체적인 작품명이 드러나지 않았던 것은 당시에 소설은 비도덕적이며 비사실적이므로 유해하다는 견해가 지배적이었기 때문이다. 그러나 이번 『중국소설회모본』의 발견으로 영조 이전에 대부분의 소설이 우리나라에 전래되었음을 알 수 있게 되었다. 이 서목은 단일 서목으로는 가장 많은 소설 서목이다.

여하튼 완산이씨 『회모본』에는 『型世言』 외에도 중국에서조차 일실된 서목, 중국에서도 서목으로만 알려진 작품, 또는 유일본으로 남아 있는 소설이 상당수 있어 일본의 『舶載書目』이나, 청대 『禁毁小說書目』과 비견되는 매우 소중한 기록이 아닐 수 없다. 『중국소설회모본』 小敍에 인용된 내용은 크게 문언소설과 통속소설, 희곡, 기타 잡서로 사분할 수

---

18) 孫秉國, 「明代 白話小說의 轉移過程」(『靑坡徐楠春敎授停年退任紀念國語國文學論集』, 慶雲出版社, 1990. 8.)에서 재인용.

있고, 통속소설은 다시 역사소설·영웅소설·신마소설·재자가인소설·
음사소설·공안소설 등 8가지로 대별할 수 있다. 먼저 통속소설부터 살
펴보기로 한다.

2. 역사소설

역사소설은 『開闢演義』, 『涿鹿演義』, 『列國志』, 『西漢演義』, 『東漢演義』,
『三國志』, 『東晉演義』, 『西晋演義』, 『隋唐演義』, 『殘唐演義』, 『南宋演義』
등 11종이다.

『開闢演義』의 원명은 『開闢演繹』이다. 명대 역사소설로 周游가 썼으
며 80회로 이루어져 있다. 이 소설은 서천의 석가모니불이 보살(盤固氏)
을 南贍部洲로 보내 천지를 개벽하게 하는 것으로부터 시작한다. 이후
천황씨는 간지를 정하고 지황씨는 해와 달과 별을 배치하고, 인황씨는
천하를 나누며 유소씨는 나무로 둥지를 틀고, 수인씨는 나무를 뚫어 불
씨를 만든다. 수인씨의 여자가 복희씨를 낳으니, 그는 능히 천문을 보고
산천을 살필 수 있었으며, 가야금을 만들고 팔괘를 그릴 수 있었다. 신
농씨는 사람들에게 오곡을 심는 법을 가르치고, 친히 백초를 맛보고 약
초를 채집하였다. 그 팔세손에 이르러 탐혹하니 치우가 이때를 타 난을
일으켰으나 황제에게 진압된다. 황제는 제도를 정비하고 길을 닦고 현
신을 등용하고 배와 수레를 만들며 나중에는 도를 닦아 신선이 되었다.
요나라 때 하늘에 열 개의 태양이 생기니 그는 예에게 명하여 아홉 개
를 쏘아 떨어뜨린다. 또 홍수가 나자 곤을 명하여 치수케 하나 실패하
자 죽여버린다. 그후 순 임금은 왕위를 계승한 뒤 곤의 아들 우를 등용
하여 치수에 성공한다. 우는 왕이라 칭하고 국호를 夏라 하였다. 걸왕에

이르러 商의 탕왕에게 멸망한다. 상나라는 紂에 이르러 황음으로 실정을 거듭하니 주무왕은 강태공의 보좌를 받아 상나라를 멸한다.

이 소설은 신화와 전설을 토대로 중화민족의 역사를 부연하고, 백성을 보살피는 어진 임금을 예찬하며 잔인하고 황음한 폭군을 질타하는 등 민본사상이 뚜렷하다. 뿐만 아니라 고박한 신화를 종교의 궤도에 끌어들여 숭불사상을 보여주었다. 소설의 구성은 짜임새가 있으나 언어가 생동감이 없는 것이 흠이다.

『涿鹿演義』는 어느 소설서목에도 저록되어 있지 않다.

『東周列國志』는 23권 108회로 이루어져 있는데, 명대 풍몽룡의 『新列國志』를 청나라 건륭 연간에 蔡昇(元放)이 더하고 빼고 기운 다음 서문과 독법과 평점을 덧붙여 『동주열국지』라고 이름을 고쳐 펴낸 것이다. 채원방의 이 개정본이 나오자 널리 알려지게 됨으로써 풍몽룡의 원저는 거의 알려지지 않게 되었다. 그러나 『신열국지』와 『동주열국지』는 큰 차이는 없다. 다만 후자가 전자보다 문장이 매끄러우며, 풍몽룡의 원작 가운데 이야기 줄거리가 서로 모순되는 대목(제10회와 제11회)에 대해 수정을 가하고 역사적 사실과 어긋나는 부분을 정정했다는 정도이다. 그러나 제44회에서처럼 풍몽룡의 착오에 대해서 수정하지 않은 부분도 없지 않다. 『동주열국지』는 국내 각급 도서관에 3~40여 종이 산재하고 있어 가히 그 인기를 짐작할 수 있다. 이는 『삼국지연의』와 마찬가지로 백화체라기보다는 거의 문언체에 가까운 것이어서 사대부들이 읽기에 아무 어려움이 없었던 것과 무관하지 않다.

『西漢演義』는 101回로 명대 견위의 작품이다. 趙 惠王 5년에 장수 廉頗는 진나라 군대를 물리치자 呂不韋는 기인을 구하여 진나라로 오게 한다. 秦王이 조정을 다스릴 때 재상 여불위는 嫪毐을 천거하여 태후와 사통케 한 혐의를 받게 되자 두려워한 나머지 스스로 목숨을 끊는다.

천하를 통일한 진시황은 徐福으로 하여금 불노초를 구해오게 하고 만리장성을 쌓으며, 분서갱유를 일으켜 백성들을 불안에 떨게 한다. 그러나 진시황도 죽고, 뒤이어 즉위한 秦二世는 즉위 후 주색에 빠져 국정을 돌아보지 않으니, 천하의 군웅들이 들고 일어난다. 沛縣의 유방은 芒碭山에서, 항우는 會稽에서 각각 봉기한 뒤, 양군은 연합하여 진을 멸망시킨다. 이에 초왕은 유방·항우로 하여금 각기 군사를 거느려 진나라를 치되 먼저 함양을 차지하는 자가 왕이 되도록 약속한다. 유방은 유능하고 어진 이를 등용하고 백성들을 사랑하며 함양을 차지한 뒤에 군사를 철수시킨다. 항량은 강퍅하고 독선적이어서 사람을 초개처럼 여기더니 범증의 꾀를 듣지 않고 홍문연에서 유방이 도망가게 내버려 둔다. 한편 초패왕을 칭한 항우는 대대적인 살육을 자행하고 아방궁을 불사른다. 유방은 한왕에 봉해지자 촉 땅으로 피해 위기를 넘긴 뒤 소하·장량·한신 등을 중용한다. 마침내 유방과 결전을 벌인 항우는 패하여 사면초가에 빠지고 마침내 자살하고 만다. 그러나 한나라를 일으킨 유방은 칭제 후 한신 등 공신을 살해하고 여후를 총애한다. 이에 장량은 은둔해 버린다.

이 소설은 진나라 말 초나라와 한나라의 다툼을 서술하고 있는데, 초나라가 망하고 한나라가 일어선다는 이 이야기는 대부분 사실에 근거하고 있다. 독자로 하여금 소설을 읽는 즐거움 가운데 역사를 거울삼아 교훈을 얻도록 하는 데 작자의 뜻이 있다고 하겠다.

『東漢演義』원전은 10권 146회로 이루어져 있으며 謝詔가 엮은 것이다. 王莽은 왕위를 찬탈한 후 국호를 "新"이라 바꾼다. 그때 湖陽 白水村에 사는 劉秀는 장안의 교장에서 무과에 응시하던 중 왕망을 살해하려다 미수에 그친다. 유수는 군마를 모집하여 한왕실을 부흥시키려 한다. 뭇 호걸들이 유수를 황제로 추대하고 馬武·姚期·鄧禹 등이 유수의 휘하에 모여든다. 유수의 족형 劉玄은 이에 불만을 품으니 여러 사람은 할수없이 그를 황제로 옹립하니 이가 곧 갱시황제이다. 유수는 원수가 되어 군사를 거느려 수차례의 전쟁 끝에 마침내 장안으로 쳐들어가 왕망을 살해한다. 유수는 뒤이어 하북을 평정하고 황제로 추대되고, 유수는 유현을 淮陽王에 봉한다. 유수는 赤眉를 멸하고 隴蜀을 평정하고, 남으로는 交趾를 평정한다. 광무제가 죽자 明帝가 정사를 다스림에 梁鴻을 맞이하려다 이루지 못하고 사람을 천축으로 보내 도를 구해오게 하는 한편, 절을 짓고 불상을 만든다. 한편 竇固로 하여금 흉노를 정벌케 하고 班超를 사신으로 삼아 서역으로 보낸다. 明帝가 붕어하자 章帝・和帝・順帝・質帝・桓帝・靈帝가 차례로 제위를 계승하다가 헌제에 이르러 황실은 날로 쇠미해진다. 이 소설은 동한 12제의 역사를 서술하고 있는데 특히 광무제의 사적이 가장 자세하다. 역사 발전의 실마리가 뚜렷하여 읽는 이로 하여금 동한 왕조의 흥망성쇠를 한눈에 알 수 있게 한다.

『東西兩晋演義』는 명대 雉衡山人 楊爾曾이 지은 역사소설로 12권 50회로 이루어져 있다. 양이증의 자는 聖魯, 호는 夷白主人으로 전당 사람이며 생몰 연대는 미상이다. 작품에 『韓湘子全傳』이 있고 『海內奇觀』을 간행한 바 있다. 서문에 의하면 이 책은 『금병매사화』 뒤에 나왔음을 알 수 있다. 『東西兩晉志傳』과 내용이 거의 비슷하나 보다 상세하다. 내용은 이러하다. 晉武帝는 오나라를 평정하고 통일을 이룩했으나 황음에 탐닉하여 후궁이 만 명에 달하였다. 그 아들 惠帝가 어리석어 황후 賈南風이 권력을 쥐고 황음을 일삼았다. 결국 팔왕의 난을 초래하게 되고 나라는 크게 쇠퇴하게 된다. 북방의 흉노가 강성해져서 한나라를 세우더니, 晉懷帝를 사로잡고 서진을 멸망시킨다. 司馬睿는 建康에서 칭제하니 이것이 동진의 시작이다. 중원은 크게 난이 일어나고 羯人 石勒이 한나라를 멸하고 조나라를 세우나 2대를 넘기지 못하고 멸망하였다. 다시 氐人이 진나라를 세워 북방을 통일하고 동진을 치나 淝水에서 대패함으로써 북방은 사분오열된다. 동진의 역대 황제들은 수복을 생각지 않고 강남에 안주하는데, 마침 훌륭한 신하들이 나와 나라를 백년 동안이나 유지하고 劉裕에게 선양하나 곧 멸망하고 만다. 이 소설은 사서에 의거해 동진과 서진의 역사를 부연하였으되 서술이 간략하고 소박하여 생동감이 없다.

역사소설 가운데『삼국지연의』다음으로 전래되어 읽혀진 것으로, 수당의 역사를 소재로 한 수당 계열 소설을 들 수 있다. 수당 계열의 소설은 그 수량이 엄청나서 대략 십여 편에 달하는데, 그중 일부는 역사 연의소설에서 영웅전기소설로 변모하였다. 수당 계열 소설 가운데 후대에 가장 큰 영향을 준 것은 褚人穫의 작품인『隋唐演義』이다. 20권 100회로 이루어진 이 장편 역사소설은 청초에 처음 발표되었고, 이후 광범위한 독자층에 의해 읽혀졌다. 또 적어도 10여 차례 이상 간행되었으며, 간행본 중 가장 오래된 것은 1695년판(康熙 乙亥)이다.

『수당연의』는 다른 연의소설과 마찬가지로 전설・희곡・강사 등의 오랜 변천과정을 거쳐 엮어진 것이다. 이 책은 기존의『隋唐志傳』・『隋煬帝艷史』・『隋史遺文』등을 저본으로 삼아 개편하고, 또한 당송 전기소설에서 많은 자료를 취해 만들어진 것이다. "敍事多有來歷"이란 노신의 말처럼 방대한 자료를 참고하였다. 그러나 가장 기본적인 자료로는 앞에서 언급한 세 편의 장회소설을 들 수 있다. 저인확은 위 작품들을 부연 또는 개작하거나 아예 초록하기도 하였다. 그 실례로『수당지전』의 22~26회는『수당연의』의 48~50회,『수사유문』의 1~2회는『수당연의』의 1~19회로 개편되었다. 특히 秦叔寶에 대한 묘사 부분은『수사유문』을 그대로 베끼다시피 한 것이다.『수양제염사』의 5・6회는『수당연의』19・

20회로 개편되었으며,『서유기』10~11회에 나오는 당태종 入冥故事를 축약하여『수당연의』68회에 포함시켰다.

『殘唐演義』는『殘唐五代史演義傳』을 가리킨다. 8권 60회, 나관중 편집으로, 일명 "五代殘唐" 또는 "殘唐五代史演義"라고 불리운다.『殘唐五代史演義傳』은 사서에 의거하되 간혹 허구에 곁들여 편년체 형식으로 황소의 반란으로부터 시작되어 陳橋의 정변으로 송태조 조광윤이 등극하기까지 80여년 간의 시대를 엮고 있다. 전 45회가 李克用 등이 황소의 난을 평정하는 이야기라면, 후 15회는 後梁이 당에게 멸망당하는 이야기이다. 錢希言의『桐薪』권3의 기록에 의하면 원래 詞話本『金統殘唐記』가 있는데 正德 연간까지만 해도 구득할 수 있었다고 한다. "황소의 이야기가 상세하고 그 중간에 이존효의 무용담을 그리고 있다"는 기록으로, 내용은『殘唐五代史演義傳』의 전 5권과 동일함을 알 수 있다. 이 소설도 한글 번역본이 낙선재문고에 전하고 있다.

『南宋演義』는『南宋志傳』을 가리킨다.『南宋志傳』은 10권 50회로 이루어져 있으며 명대 熊大木의 작품이다. 오대 후한 때의 일이다. 조광윤은 글공부에는 생각이 없고 오로지 권법과 봉술 익히기에만 관심이 있었으며, 石守信·鄭恩 등과 결의를 맺는다. 그는 御勾欄에서 큰 소란을 일으키고 도망쳐 柴榮과 결의를 맺고 나중에는 河中府에서 李守貞에게 의지한다. 이수정이 반란을 일으키자 漢主는 시영의 고모부 郭威를 보내 토벌케 한다. 권신 蘇逢吉은 곽위를 배척하여 모함하니 곽위는 서울로 진격하여, 한을 대신하여 주나라를 세우고 柴榮을 세자로 책봉한다. 시영은 왕위를 계승한 후 조광윤을 데리고 거란과 싸워 여러 나라를 정벌한다. 조광윤은 여러 차례 공을 세워 절도사 겸전전지휘사에 임명된다. 시영은 두 미인에게 빠져 상화루를 짓는 등 정사를 돌보지 않는다. 조광윤은 정은을 시켜 누각을 불사르게 하고 아울러 자기가 직접 두 미인을 불에 태워버린다. 시영은 두 미인을 그리워하다가 병사한다. 조광윤은 군사를 이끌고 서울을 나와 적을 막는다. 진교에서 석수신 등에 의해 황제로 추대되어, 주나라 대신 송나라를 세운다. 조광윤은 먼저 노주·청주를 평정하고 석수신 등의 병권을 해제한 뒤 대군을 이끌고 남당을 공격하여 항복받는다. 이 작품은 통치계층 내부의 모순을 폭로하고 전란시대 백성들의 심각한 재난을 반영하였다. 동시에 조광윤을 진명천자로 미화하여 정통관념과 봉건미신을 선양하였다. 사서에 의거하여 이야기를 서술하고 있으며, 묘사가 간략하고 인물의 묘사가 단조로운 것이 흠이다.

『焦史演義』는 『樵史通俗演義』를 가리킨다. 청대 역사소설로 8집 8권 40회로 이루어져 있으며 陸應暘의 작이다. 소설 내용은 이러하다. 명나라 천계 황제는 유모 客氏를 총애하였다. 이에 태감 魏忠賢은 客氏와 결탁하여 권세가 하늘을 찌를 듯하자 조정의 문무관원들은 다투어 그의 환심을 사려 하였다. 동림당인 楊漣 등 대신들이 탄핵하자 황제는 오히려 위충현을 두둔한다. 이에 더욱 기고만장해진 위충현은 사당을 만들어 간관들을 축출하고 충신들을 살해하며 병권을 잡아 국정을 좌지우지하였다. 천계 황제가 죽고 숭정 황제가 즉위하자 중신들이 위충현을 탄핵하고 나서자 이를 두려워 한 위충현은 압송 도중 스스로 목숨을 끊고, 객씨도 스스로 목을 맨다. 한편 나라가 어지러워지자 이자성이 반란을 일으켜 서안에서 大順國을 세우고 스스로 황제라 칭한다. 이자성의 반란군은 승승장구하여 북경까지 진격해 들어오자 숭정 황제는 스스로 목숨을 끊는다. 그러나 명장 오삼계와 청군이 북경으로 진격해 옴으로써 반란군은 크게 패하고 이자성은 羅公山에서 병사한다. 한편 복왕 朱由崧은 남경에서 황제라 칭하나 馬士英과 阮大鍼 두 사람은 권력을 쥐고 흔들어 나라를 그르치고 만다. 청군은 양주를 함락시키고 남경으로 진격해 들어오니 弘光帝와 馬·阮 두 신하는 달아나기에 급급했다.

이 소설은 명 천계·숭정·홍광 삼조의 역사사실을 실록에 가까울 정도로 사실적으로 묘사하고 있는데, 당시 갖가지 사회 모순의 첨예한 충돌을 그림으로써 명조의 멸망 원인을 극명하게 보여주고 있다.

3. 영웅소설

영웅소설은 『水滸志』, 『後水滸志』, 『水滸後傳』, 『盛唐演義』, 『禪眞逸史』, 『禪眞後史』, 『北宋演義』, 『皇明英烈傳』, 『續英烈傳』 등 9종이다.

영웅소설은 전기적인 영웅인물을 묘사하는 것을 중점으로 삼는다. 역사소설이 주로 사서에서 소재를 취하여 '七實三虛'를 유지하는 반면, 영웅소설은 민간전설을 수용하며 그 내용이 대부분 허구라는 데 차이점이 있다. 우리나라에 영웅소설이 전래된 것은 『수호전』이 처음이다. 나관중의 『삼국지』가 선조 초년에 전입될 때 『수호전』도 함께 들어온 것이 아닌가 생각된다. 선조·광해군 연간의 허균이 『수호전』을 모방하여 『홍길동전』을 쓴 것만 보아도 임란을 전후해서 적어도 광해군 때까지는 『수호전』이 전래됐음을 짐작할 수 있다. 우리나라에 들어온 『수호전』은 유학자와 문인들에 의해 혹평과 격찬을 동시에 받으며 애독되었다. 또 『수호전』을 읽기 위한 백화 어휘집인 『수호전어록해』까지 나오기에 이르렀다. 이에 따라 『수호전』의 번역이 성행하였고 마침내는 다투어 전사·보급되었다. 실제로 仁宣王后(1618~1674)의 언간에도 『슈호뎐』의 이름이 보인다. 이 『슈호뎐』에 대한 기록은 한글본 『수호전』의 언해시기, 번역소설의 독자 상황, 궁정 여인들과 소설과의 관계를 알려주는 중요한 자료이다.

『後水滸傳』은『수호전』속서 가운데 하나이다. 이러한 속서는 재자가 인소설과 함께 유행하여 명말 청초에 크게 극성하였다. 그런데『후수호전』은 다른『수호전』속서에 비해 작품성이 뛰어남에도 불구하고 그동안 중국에서조차 거의 잊혀졌던 작품이었다. 원본도 전하는 것이 거의 없었다. 그런데 우리나라에는『水滸後傳』이나『結水滸傳』의 번역본이 없는 대신 중국에서조차 보기 힘든(현재 전세계적으로 大連圖書館에 유일하게 한 부 소장되어 있음)『후수호전』의 완역본이 전하고 있는 것이다. 譚正璧에 따르면 天華翁이 지은『후수호전』이 있다고 하였는데, 아마도 이 소설을 가리키는 듯하다. 그러나 서명이 달라 다른 판본으로 추정된다.

이 작품의 내용은 남송 초 楊幺・王摩 등이 동정호를 근거지로 반란을 일으킨다는 이야기이다. 수호 영웅의 한 사람이었던 연청이 다시 양산박을 둘러보러 왔다가 羅眞人으로부터 수호 영웅들이 다시 환생할 것이라는 말을 듣는다. 금나라 군사가 쳐들어오자 농민 養奎剛의 쌍둥이 형제 "妖兒"와 "魔兒"는 헤어진 후 각각 楊得星과 요나라 장수 王突에 의해 거두어진다. 후에 "妖兒"는 "楊幺"라 개명하고 하태위에게 대들었다가 병사로 편입되고, 양요는 도중에 녹림의 호걸들을 사귀게 된다. "魔兒"는 "王摩"로 개명하는데 무예가 출중하여 여러 호걸들과 진회의 재물을 탈취한다. 한편 양요는 許蕙娘을 구하기 위해 한밤중에 동경에서 대소동을 벌이고, 袁武 등 영웅들이 개봉부를 뒤엎어 양요를 구출한다. 양요는 부모를 찾아뵙고 대신 형을 살려고 하지만 여러 영웅들이 양요를 구출해 위기를 모면한다. 호걸들은 동정호에서 봉기를 일으켜 楊幺・王摩를 두령으로 섬긴다. 이후 양요는 봉기군을 이끌고 사방을 정벌하고 포악한 관리를 주륙하니 그 기세가 하늘을 찌를 듯하였다. 양요는 임안으로 잠입하여 송고종에게 간곡히 간하는데 마름이 진회 일가를 몰살시키는 바람에 진회는 고종에게 동정호를 토벌할 것을 읍소

한다. 양요 등은 산채에서 천서를 얻고 양요가 전생에 송강이었으며, 왕마는 노준의였음을 알게 된다. 그러나 악비가 군사를 이끌고 와 양요의 군대를 크게 무찌르니, 양요 등은 헌원정으로 들어가 검은 기운으로 화하여 다시는 나오지 아니하였다.

『水滸後傳』 역시 『수호전』의 속서로서 모두 8권 40회로 이루어져 있다. 명말 청초 陳忱의 작이다. 양산박 의병들이 方臘을 토벌한 후 송강 등이 죽고난 뒤 강호에 떠돌던 일부 호걸들이 원래 양산박 두령이었던 李俊 등의 책동하에 탐관과 토호에 반대하여 봉기했다가 멀리 해외로 나가 나라를 세우고 남송 왕조의 책봉을 받는다는 이야기이다.

『盛唐演義』는 『說唐演義』를 가리키는 듯하다.

『禪眞逸史』는 명대소설로 8집 40회로 이루어져 있다. 일명 "新鐫出像批評通俗奇俠禪眞逸史"·"殘梁外史"·"妙相寺全傳"이라고도 불린다. "清溪道人編次", "心心仙侶評定"이라고 적혀 있는데 清溪道人은 方汝浩의 다른 이름이다. 東魏의 진남장군 林時茂는 의협심이 강하고 강직한 인물로, 세도가의 미움을 산 끝에 출가하여 중이 된다. 澹然이란 법호를 받은 그는 천서를 얻어 도적과 요괴들을 항복시키는가 하면, 백성들에게 횡포를 일삼는 악인들을 제거하는 등 의로운 일을 계속한다. 林澹然은 나이 든 이후 장가장에 은신하며 수도에 힘써 큰 깨달음을 얻는 한편, 자신의 제자들을 키워낸다. 후 20회에서는 임담연의 수제자인 杜伏威·薛擧·張善相 등 세 사람의 활약상이 전 20회에 이어 계속된다. 두복위 등은 우연한 사건이 계기가 되어 張園에서 결의를 맺고 맹문산에서 봉기를 일으킨다. 그들은 나중에 제나라에 투항하여 제후에 봉해지며 덕과 인으로써 나라를 다스린다. 그들은 수나라가 천하를 통일한 이후에는 각기 자신의 아들에게 왕위를 물려주고 집을 나와 스승의 뒤를 이어 살다가, 신선의 반열에 든다. 한편 그들의 세 아들은 당이 건국한

후 당에 귀속되어 제후로 봉해지고, "禪眞宮"을 지어 담연과 그의 세 제자의 상을 모신다.

『禪眞後史』는 10집 60회로 이루어진 소설로『禪眞逸史』와 마찬가지로 方汝浩의 작이다. 책머리에 숭정 기사년(1629) 翠娛閣主人 陸雲龍의 서문이 있다. 당태종 때 瞿天民은 널리 선행을 베풀어 음덕을 쌓는데, 薛擧는 살육을 일삼아 신선의 반열에 들지 못한다. 옥제는 그로 하여금 구천민의 아들 瞿琰으로 태어나게 한다. 구염은 林澹然의 무공과 법술을 전수받고 자라서 어려운 처지에 있는 사람들을 구제하고 횡포를 일삼는 사람들을 제거하여 선량한 백성들을 평안하게 한다. 뿐만 아니라 반란을 일으킨 苗王을 진압하는 큰 공을 세우고 물러난다. 그후 고종 때 농민반란이 일어나자 측천무후는 구염을 시켜 그들을 귀순시키도록 한다. 그러나 측천무후가 황제를 칭하자 구염은 병을 칭하고 고향으로 돌아가 측천무후의 부름에 응하지 않는다. 사방을 주유하며 요괴를 잡고 민중을 구제한다. 나중에 임담연의 점화로 신선이 되어 여러 친족들과 함께 백일승천한다.

이 소설은『선진일사』의 속편으로서 주인공의 형상이 전편처럼 선명하지 못하고 이야기가 비교적 황당하며 줄거리도 전편보다 복잡하지만 세태 묘사만은 광범하고 깊이가 있어 명말 민중의 생활상을 엿볼 수 있는 좋은 자료이다. 『선진후사』는 명 崢霄館刻本과 金衙閣本이 전한다. 劉廷機의『在園雜志』권2에 "『禪眞』2종은 하나는 三敎覺世를 다루고 있고, 다른 하나는 薛擧가 瞿家에 환생하는 이야기인데 모두 장편이며 제각기 재미가 있으나 패관의 어투를 벗어나지 못하고 있다."하여 청 강희 연간에 두 종의『선진후사』가 전하고 있었음을 알 수 있다. 그러나 전자는 일실되어 전하지 않는다.

『北宋演義』는『北宋志傳』50회의 번역이다. 이 소설은 일명 "楊家將

傳"·"楊家將演義", 또는 "北宋金槍全傳"이라고도 불리는데, 熊大木이 지었다고 하나 확실하지 않다. 내용은『南宋志傳』에 뒤이어서 송태조 開寶 8년(976)에서부터 이야기가 시작되어 송진종 乾興 원년(1022)까지의 역사고사를 기술하고 있다. 소설의 전반 10회는 주로 呼延贊의 복수와 녹림의 도적들이 싸우는 이야기이고, 후 40회는 양가장 영웅들의 충군애국하는 이야기를 그리고 있다.『北宋志傳』은 "志傳"이라 이름하고는 있지만 그 줄거리가 역사적인 사실을 핵심으로 하지 않고 허구가 주를 이루고 있다.

이 소설의 내용은 이러하다. 송태조가 창업한 후 北漢의 대신 呼延廷은 송나라와 화친할 것을 주장했다가 간신의 모함을 받아 멸문지화를 당한다. 그 아들 호연찬은 장성하여 복수를 꿈꾸며 태항산으로 들어간다. 송태조는 북한을 공격하나 楊業에게 패한다. 태종이 즉위하여 양업을 항복받고 북한을 평정한다. 이어 요나라를 치나 유주에서 대패한다. 태종은 오대산으로 불공을 드리러 갔다가 요나라 군사에게 포위당하자 양업 부자가 죽음을 무릅쓰고 황제를 구출한다. 潘仁美가 양업을 음해하자 양씨 집안은 六郎만 살아남아 서울로 올라가 억울함을 호소하니 반인미는 삭탈관직 당한다. 진종 즉위 후 요나라와 송나라는 힘을 겨루는데, 육랑이 세 관을 차례로 빼앗는 대승을 거두고 孟良·焦贊 등 맹장을 얻는다. 요나라 첩자 추밀 王欽이 양씨 집안을 음해하자 초찬이 그 무리를 모두 살해하여, 육랑이 처형당할 뻔 했으나 팔왕의 도움으로 목숨을 건진다. 진종이 포위되자 육랑은 포위망을 뚫고 황제를 구출한다. 요나라를 편드는 여동빈은 송나라를 지원하는 종리권에 맞서 천문진을 펼치지만 종리권에게 대패한다. 한편 양육랑의 아들 楊宗保는 穆桂英에게 장가들게 된다. 육랑이 죽은 후 서하가 쳐들어와 양종보가 출정하게 되나 포위되자 양가 열두 과부가 출정하여 서하를 대파한다.

『皇明英烈傳』은 일명 "皇明開運英武傳" 또는 "雲合奇踪"으로 불리는 작품으로 명 세종 가정 연간 武定侯 郭勛의 작으로 전해지고 있으나 신빙성이 없다. 현재 명청 연간에 나온 여러 종의 판본이 전하는데, 10권본, 12권본, 20권본 등 다양하다. 대개 80회로 이루어져 있으나 회목이 없는 것도 있다. 내용은 다음과 같다. 원순제가 황음을 일삼아 실정으로 백성들이 살 수 없게 되자 각지에서 반란이 일어났다. 주원장도 그때 등장하게 되는데, 열여덟에 鄧愈·湯和·花雲 등 영웅들을 사귀고 외숙의 휘하로 들어가 除陽에서 반란을 일으킨다. 어질고 유능한 인재들을 끌어모아 천하를 도모하는데, 徐達·常遇春·胡大海·朱亮祖 등 문무 재사들이 모여들어 채석기에서 원군을 대파하고 이어 군웅들을 치는데, 먼저 파양호에서 陳友諒을 평정하고, 소주 張士誠, 절강 方國珍 등을 차례로 물리친다. 그런 다음 그 여세를 몰아 북벌을 감행, 연경을 함락시켜 원나라를 무너뜨리고, 다시 서남을 정벌하여 중국을 통일하고 명나라를 세운다. 소설은 원말 군웅들의 할거에서부터 건국하기까지, 주원장이 일개 평민에서 황제로 등극하기까지의 파란만장한 역정을 그렸다.

『續英烈傳』은 명대 영웅소설로 5권 34회로 이루어져 있다. 空谷老人의 작으로, 紀振倫의 서문이 있다. 이 작품은 명대 역사상 중대 사건인 "燕王靖難"을 소재로, 명태조가 황태손 朱允炆을 후계자로 내세운 것으로부터 시작해서 연왕 朱棣가 정권을 탈취하여 등극할 때까지의 역사를 근거로 하였다. 즉 명 태조 즉위 후 야심을 품은 연왕은 藩王으로 나가려 하지 않으며, 도승 道衍의 보좌를 받아 은밀하게 전쟁을 준비한다. 명 태조가 죽고 건문제가 즉위하자 연왕은 반란을 일으켜 승리를 거두고 건문제는 중으로 변장하고 피신한다. 연왕은 즉위 후 연호를 영락으로 바꾸고 齊泰·黃子澄·方孝孺 등 대신들을 살해한다. 정통 5년에 건문제가 서울로 돌아오니 황제는 암자를 지어 기거하게 한다. 죽은 후에 북경 서성 흑룡담에 묻힌다.

4. 신마소설

神魔小說은『西遊記』,『西周演義』,『後西遊記』,『東遊記』,『西洋記』,『孫龐演義』 등 모두 6종이다.

명청 신마소설의 전래에 대한 기록은 허균의「西遊錄跋」에 처음 나타난다. 이후 洪萬宗·沈緯 등의 언급이 있었다. 조선의 문인들은 특히『서유기』에 남다른 관심을 보였다. 그 결과『서유기』에서 이해하기 어려운 백화 어휘와 구문을 모아놓은『서유기어록해』가 필사본 형태로 많이 유행하다가 판각되기까지 하였다. 조선시대 국내에 수입된 신마소설은 모두 18종이다. 그 가운데『封神演義』가 가장 많고, 그 다음으로『서유기』판본이 있다. 즉, 신마소설 가운데서도 특히 위 두 작품이 조선시대 가장 환영을 받았음을 알 수 있다.

『西周演義』는『封神演義』의 다른 이름이다.『봉신연의』100회는 許仲琳의 작인데 그 창작연대가 확실하지 않다. 그러나 일반적으로 명 목종 隆慶에서 명 신종 만력 연간(1567~1619)에 지어진 것으로 추정되고 있으며, 신마소설 가운데『봉신연의』는『서유기』다음으로 많은 당판이 우리나라에 남아 있다. 조선시대에는 17세기에 이미 "셔쥬연의"란 이름으로 번역되어 널리 읽히기도 했다.『謙齋集』의「諺書西周演義跋」에 의하면 다음과 같은 기록이 있다. 즉, 겸재 趙泰億(1675~1728)의 어머니도 소설을 좋아하여 일찍이『셔쥬연의』십수 편을 얻어 베꼈는데, 그 중 한 책이 궐본인 탓에 다 채워 베끼지 못하였음을 한탄하다가 다행히 好古家에서 전본을 얻어 궐본을 채워서 기뻐하였다는 것이다. 또 동 발문에 부녀자들이 서로 소설책을 빌려 보았다는 말도 나온다. 이같은 기록은 이 책이 조선시대 후기 사대부 가정에 있어서 소설 독서의 한 풍속을 이루고 있었다는 값진 증거이기도 하다. 한편 이 외에도 洪義福이 번역했다는『第一奇諺』서문에도 조선조 후기에 유행한 중국소설 목록 가운데『西周衍義』를 언급하고 있다.

『後西遊記』40회는 작자미상의 청대 신마소설이다. 東勝神州 傲來國 花果山에 한 작은 돌원숭이가 태어나니 이름을 孫履眞, 호를 齊天小聖이라 하였다. 소성은 無漏洞 속에서 仙機를 얻을 날을 기다리다 못해 용궁과 천궁 등에 올라가 대소란을 피우다가 손오공에 의해 제압당해 금테를 쓰고 나서야 조용해진다. 당승은 중으로 변신하여 인간세상에 내려와 서역으로 眞解를 구하러 갈 사람을 구한다. 大顚僧이 뽑혀 당현종은 半偈法師라는 칭호를 내려주니 사람들이 모두 그를 唐半偈라고 불렀다. 소성은 선사의 도움으로 당반게를 스승으로 삼고, 반게는 소성에게 소행자라는 이름을 붙여준다. 당반게와 소행자는 저팔계의 아들 猪守拙를 항복시키고, 半偈는 猪一戒라 이름지어 제자로 받아들인다. 당반게가 위험에 처했을 때 沙彌가 구출하고 스승으로 모신다. 사도 네 사람은 서역으로 가는 도중 곤경에 처하게 되는데, 그때마다 小行者·猪一戒·沙彌 등이 요마와 싸워 물리친다. 마침내는 경전을 얻어 동토로 돌아온다. 나중에 현장법사는 당반게와 그 제자들을 영산으로 데리고 가 여래를 뵙는다. 이 작품은『서유기』의 재판으로 서천 취경 고사를 다시 재연시키고 있으나 줄거리가 같지 않고 나름대로 독특하게 변형하였다.

『東遊記』는 전명이 '掃魅敦倫東度記'로 일명 '續證道書東遊記', '掃魅敦倫東遊記'라고도 한다. 일반적으로 흔히 알고 있는 吳元泰의『東遊記』(余象斗 刊本)와는 전혀 다른 작품이다. 원서에는 '榮陽淸溪道人著, 華山九九老人述'이라고 적혀 있는데 청계도인은 바로 方汝浩를 가리킨다. 그의 작품으로는『동유기』외에도 장회소설『선진일사』와『선진후사』가 있다.

내용은 다음과 같다. 동진 孝武帝 연간에 남인도에 德勝王子가 있었는데, 어려서 석가의 도를 크게 깨달아 법호를 '不如密多'라고 하였다. 그는 釋敎 26대조가 되어 중생을 구하기로 맹세하고, 玄隱仙道는 사악한 梵志가 제자들을 오도하는 것을 알고 영락 동자를 파견하여 사악한 무리를 누르고 정의를 구현시킨다는 이야기이다.

한글 필사본『동유긔』는 애스턴(Aston) 구장본이며, 현재 페테르부르크(구 레닌그라드) 동방학연구소에 소장되어 있다. 이 책은 애스턴이 주한 총영사를 역임했던 1884년에서 1886년 사이에 한국에서 수집한 것으로 추정된다. 번역본은 현재 天(권지일)이 없고 地・玄・黃・宇・宙 등 5책만 남아 있으며 이는 원전 100회의 40회까지의 번역에 해당되어, '권지뉵' 이후가 일실된 것으로 추정된다. 고어와 고문체로 보건대 19세기 후반에 필사된 것이 확실하며 생략과 축약이 심한 것이 특징이다.

『西洋記』는 20권 100회로 이루어진 명대소설로 원제는 "三寶太監西洋記通俗演義"이다. "二南里人著, 閑閑道人編輯"으로 적혀 있는데, 二南里人은 羅懋登을 가리킨다. 나무등은 자가 澄之이며 만력 연간 사람으로 생몰 연대는 미상이다. 그의 작품으로 이 소설 외에 전기『香山記』가 있다.『西洋記』는 만력 25년(1597)에 이루어진 작품이다. 명대 가정 이후 왜구의 침략이 날로 심해지는데 조정은 날로 나약하고 무능해져서 문관은 부정을 일삼고, 무관은 나가 싸우기를 두려워한다. 이러한 시기에 작자는 鄭和의 원정을 빌어 국가에 대한 우려와 불만의 심정에서 정화・王景宏 같은 장수가 나와 왜구를 소탕해주기를 소망하였다.『明史・鄭和傳』에 보면, 정화는 실제인물로 영락 연간에 일곱 차례의 원정을 통해 39개국을 정복한 바 있으며, 그를 수행했던 馬歡이나 費信 등도『瀛涯勝覽』,『星槎勝覽』등에 그 기록을 남기고 있다. 소설은 이러한 기록들을 부연하였지만 역사소설은 아니며, 요괴를 항복시키는 내용을 중점적으로 묘사하여 신마소설에 가깝다. 소설 맨 처음에 천지가 처음 열려 만물이 소생하고 억천만 겁을 지나 비로소 구류로 나뉘는데, 그 가운데 儒·佛·道 삼교가 있다고 하면서, 정화는 바로 벽봉장로와 장천사의 도움으로 요괴를 제압하고 여러 나라를 명나라에 복속시킨다는 내용이다. 줄거리가 황당무계하고 지나치게 법력과 윤회와 인과를 선전하여 작품 수준을 떨어뜨리고 있으며, 특히 전쟁 장면의 묘사는 대부분『삼국지연의』·『서유기』·『봉신연의』에서 베끼다시피 하였다.

　4권 20회로 이루어진『孫龐演義』는 吳門嘯客이 저술한 것이다. 이것의 가장 오래된 판본은 명 숭정 9년(1636)에 간행된『新鐫全像孫龐鬪智演義』20권으로 알려져 있다. 그 후 30년 뒤인 강희 5년(1666)에 嘯花軒에서 "前七國誌孫龐演義"와 "後七國誌樂田演義"를 합쳐『前後七國誌』를 간행하였다. 원래 이 두 소설은 격조가 크게 다른 것인데도 불구하고 당시 서적상이 이것을 하나로 묶어 간행한 것이다. 손빈과 방연을 주인공으로 등장시키고 있다.『봉신연의』와 흡사한 작법을 사용, 사실과 다른 허무맹랑한 점은 많지만 이야기 서술이 딱딱하지 않고 발랄하다. 낙선재본은 영빈의 인장이 찍혀 있는 점으로 볼 때 18세기 중반에 필사된 것으로 추측된다. 또한 필사가 비교적 정확한 것으로 미루어 원래 번역본에서 직접 전사했거나 원본 역본에서 거리가 멀지 않는 전사본으로 보인다.

5. 화본소설

　話本小說은 모두 8종이다. "三言"의 하나인『醒世恒言』과 "二拍"의 하나인『拍案驚奇』, "幻影" 또는 "三刻"의 원전인『型世言』, 그리고 "三言"과 "二拍"의 선집본인『今古奇觀』은 물론『西湖佳話』・『五色石』・『貪歡報』・『留人眼』・『人中畫』 등과 같은 명청대 의화본이 들어 있다.

『西湖佳話』는 16권으로 이루어진 청대 단편소설집으로 권마다 한 편씩 모두 16개의 이야기를 싣고 있다. 작자는 古吳墨浪子이다. 열여섯 개의 이야기는 모두 서호의 명승을 배경으로 역사적 인물들을 그리고 있다. 권1「葛嶺仙迹」은 진나라 葛洪이 도를 닦아 신선이 되는 과정, 권2「白堤政迹」은 백거이가 항주자사로 있을 때 육정을 보수하고 호수 제방을 쌓는 이야기, 권3「六橋才跡」은 소동파가 항주로 좌천되었을 때의 풍류담, 권4「靈隱詩迹」은 駱賓王이 측천무후에 반대하다가 실패한 후 영은사에 출가, 宋之問과 해후하여 시를 읊은 이야기, 권5「孤山隱迹」은 林和靖이 매화꽃을 아내 삼고, 학을 아들 삼아 小孤山에 은거하는 이야기이다. 권6「西冷韻迹」은 명기 蘇小小의 슬픔과 기쁨, 이별과 만남을 다룬 이야기, 권7「岳墳忠迹」은 나라에 충성하다가 억울하게 죽임을 당한 악비의 이야기, 권8「三台夢迹」은 평생을 나라와 민족을 위해 힘쓰다가 살해당한 于謙의 이야기, 권9「南屏醉迹」은 제공이 인간세상을 희롱하다가 세상을 구제한다는 이야기, 권10「虎溪笑迹」은 고승 遠公의 일화, 권11「斷橋情迹」은 文世高와 劉秀英의 파란만장한 사랑을 그린 이야기, 권12「錢塘霸迹」은 전무왕의 영웅담, 권13「三生石迹」은 圓澤과 李源의 진지한 우정을 다룬 이야기, 권14「梅嶼恨迹」은 잘못 시집간 馮小靑이 "牧丹亭"을 읽고 애닯아 하다가 죽는다는 이야기, 권15「雷峰怪迹」은 許仙과 白娘子 간의 인간과 뱀과의 사랑 이야기, 권16「放生善迹」은 蓮池大師가 살계를 지키고 방생에 힘쓰는 등 선을 행하고 불도를 닦아 정과를 얻는다는 이야기이다.

작자는 역사적 사건과 민간전설을 하나로 융합하였는데, 특히 서호의 풍경·일화·전설·명승고적을 소설의 형태로 엮어 독특한 풍격을 이루었다.

『五色石』은 청대 단편소설집으로 8권으로 이루어져 있다. 작자는 筆煉閣으로 되어 있다. 이야기의 제재나 편집 체제 등으로 보건대 청대 백화 단편소설집『八洞天』과 지극히 유사하여『八洞天』의 작자와 동일인인 듯하며, 강희 연간 나온 것으로 추정된다. 청대 금서목록 가운데 "폐기해야 할 徐述夔의 悖妄書目"으로『五色石傳奇』가 열거되어 있어 작자를 徐述夔로 추정한다.「李橋春」·「雙雕慶」·「朱履佛」·「白鉤仙」·「續箕裘」·「選琴瑟」·「虎豹變」·「鳳鸞飛」등 각권마다 한 편의 이야기를 담고 있다.

「李橋春」은 원나라 武宗 때 서생 黃琮이 몇 차례 우여곡절 끝에 과거에 급제하여 陶含玉·白碧娃 두 미녀를 아내로 맞는 이야기,「雙雕慶」은 명나라 가정 연간에 거인 樊植이 처첩을 데리고 사는데, 번씨 처 仇氏가 처음에는 첩 倪氏를 투기했으나 나중에는 뉘우치고 화목하게 지낸다는 이야기,「朱履佛」은 송나라 휘종 연간에 절강 서생 來法이 중의 모함을 받아 감옥에 갇혔다가 張叔夜의 도움으로 풀려나고 광동 감찰어사에 임명된 뒤 간승의 살인사건을 해결한다는 이야기이다.「白鉤仙」은 명나라 성화 연간에 섬서 여자 陸舜英이 뱀 한 마리를 살려준 보답으로 玉鉤를 얻어 재난을 면하고 부부가 부귀영화를 누리게 된다는 이야기,「續箕裘」는 명나라 정통 연간에 하남 監生 吉尹의 첩 韋氏가 전처의 아들을 학대했다가 뉘우친다는 이야기,「選琴瑟」은 남송 고종 때 거인 何嗣新과 隨瑤姿가 우여곡절 끝에 결혼하는 이야기,「鳳鸞飛」는 당나라 헌종 때 수재 祝鳳擧와 賀鸞簫의 풍류를 그린 이야기이다.

작자가『五色石』을 지은 뜻은 여와가 하늘을 메웠다는 전고를 본뜬 것이다. 이 소설은 봉건윤리 도덕과 인과응보 사상이 그대로 담겨 있지만, 그 속에서 그 당시 사회생활의 단면을 엿볼 수 있다. 참신한 구상과 짜임새 있는 구성이 돋보이는 소설이다. 한글 번역본이 8책(金慶春 소장)이 있었다고 하나 현재는 그 소재가 확인되지 않고 있다.

『貪歡報』는 명대 단편소설집으로, 일명 "艶鏡", "歡喜奇觀", "歡喜冤家"라고도 불리며 24회 24편의 이야기가 실려 있다. 작자는 西湖漁隱主人이며 숭정 13년(1640) 각본이 있다. 이야기는 주로 남녀간의 혼외정사를 그려 음사소설에 가깝다. 이 회모본에 음사괴담으로 분류된 것도 그 때문이다. 그러나 비교적 진실하게 명말 사회의 부패와 부조리를 폭로했으며 당시 시민 계층의 생활과 의식을 반영하고 봉건사회와 전통 도덕에 대한 충격과 왜곡을 표현하였다. 많은 이야기들이 줄거리가 간략하며 등장인물들이 유형화되지 않고 성격 또한 다양하다. 第3회 「李月仙割愛救親夫」는 李月仙이 호색 음탕하나 부부의 정에 충실하다든가, 제16회 「費人龍避難逢豪惡」에서는 江洋의 대도 王立이 살인 강도짓을 하면서도 정의감에 넘친다든가, 제5회 「日宜園九月牧丹開」, 제7회 「陳之美巧記騙多嬌」는 부를 위해서 불의를 저지름을 폭로한다든가, 18회 「王有道疑心棄妻子」는 부녀자의 지위가 형편없음을 보여주는 등 일정한 의미를 지니고 있다. 주목할 점은 반 이상의 작품이 상업활동을 주로 그리고 있는데 이는 다른 의화본 소설에서는 흔치 않는 일이다.

『人中畵』는 명말 청초 단편소설집으로 5편 19회로 이루어져 있는데 주로 인정세태와 재자가인 위주로 되어 있다. 「風流配」는 聖徒府 수재 司馬玄이 다른 사람의 공명과 결혼을 성사시켜 주고 자신도 좋은 배필을 얻는다는 이야기, 「自作孽」은 만력 연간에 수재 黃興가 동향인 童生 汪天隱을 도와 과거에 합격시켜 벼슬하게 했더니 온갖 독직과 부패를 저질러 마침내는 업보를 받는다는 이야기, 「狹路逢」은 호광 진주 상인 李天造가 널리 선행을 베푼 덕에 두 차례나 물에 빠졌으나 구출되어 해

후케 된다는 이야기이며, 「終有報」는 소주 수재 唐辰과 소저 莊玉燕가 결혼하기까지의 전말을 그린 재자가인소설이다. 「寒徹骨」은 귀양부 柳春蔭이 공부에 뜻을 두어 마침내는 장원급제하여 부모의 억울함을 해결하여 명예를 회복하고 맹소저와 결합한다는 이야기이다. 이 다섯 편의 의화본 소설은 전 사람과 동일한 소재에서 이야기를 끌어내고 있지만 창작 기교가 뛰어나 인물묘사나 줄거리 안배에서 상당한 수준에 이르고 있다. 이 가운데 「寒徹骨」은 "한텰골"이란 이름으로 번역되었다. 가람 소장본 『칙목녹』에 그 서명이 보이고 있어 『人中畵』에 실려 있는 전편 또는 일부가 번역되었음을 알 수 있다.

『留人眼』은 일본 元祿 16년(1703) 『舶載書目』에 처음 보인다. 일찍이 호사영은 그의 『話本小說槪論』에서 "청초에 嘯花軒刊本이 있으며 속표지 좌상단에 "留人眼"이란 석 자가 적혀 있다. 董康의 『書舶庸談』에 일본에 "留人眼" 이란 소설이 있다고 했는데 바로 이 책일 것"[19]이라고 하였다. 노공과 담천은 "책의 우상단(胡士瑩은 좌상단이라 함)에 "留人眼" 석 자가 적혀 있는데 무슨 뜻인지 모르겠다. 동강의 『서박용담』에 일본에 "留人眼" 소설이 있다고 하였는데 "人中畵"의 다른 이름이 "留人眼"은 아닐까? 日本에서도 원본이 보이지 않으니 확실치 않다."[20]고 하였다. 大塚秀高는 "留人眼 人中畵 ?卷?篇, 原刊本 6本6篇 佚"[21]이라고 소개한 바 있다. 이에 대해 임진은 청초소설 『五鳳吟』의 서문에[22] 나오는 "留人之眼"의 의미, 즉 "사람들이 읽기 좋아하는"의 뜻으로 해석하여 독자들을 끌

---

19) 胡士瑩, 『話本小說槪論』, 北京 : 中華書局, 1980, pp.645~646.

20) 路工·譚天, 『古本平話小說集』, 北京 : 人民文學出版社, 1984, p.240.

21) 大塚秀高, 『中國通俗小說書目改訂稿』, 東京 : 汲古書院, 1984, p.26.

22) 擧世之人, 每見道義之書刪開卷交睫. 若持風雅之章, 則卷不釋手. 何也? 莊語辭 嚴而意正, 不克解人之悶, 釋人之愁. 惟綺語事鄙而情眞, 易于留人之眼. 博人之歡.

기 위해 붙인 것이라고 하였다. 그 실례로『梧桐影』의 앞에 “尋私尋趣”,『快心編』의 앞에 “醒世奇觀”의 넉 자를 덧붙인다든가,『好逑傳』은 “義俠遺本”,『幻影』은 “型世奇觀”,『情夢柝』은 “警世奇書” 등의 글자를 덧붙이는 것과 같지 않겠느냐면서, 소설의 작품명도 아니고 소설의 다른 이름도 아닐 것이라고 주장하였다.23)

그러나 완산이씨의『중국소설회모본』에는 “人中畫”와 “留人眼”이 작품명으로 각각 따로 나열되어 있어 각기 다른 작품임을 보여주고 있다. 따라서 “留人眼”이 작품명이 아닐 것이라는 임진의 주장은 잘못임이 확인되었으며, 실제로 “인중화”와는 별도로 “유인안”이란 소설집이 실재했음을 알려주는 귀중한 기록인 것이다.

6. 공안소설

公案小說로는 유일하게『包公演義』하나가 수록되어 있다. (『無冤錄』이 公案小說과 관계가 깊지만 소설이 아닌 법의학서이다.) 공안소설집으로 크게 만력 연간에 나온『包公演義』혹은『百家公案』과 명말에 나온『龍圖公案』두 부류로 나뉘는데 회모본에 열거된『包公演義』가 엄밀하게 어느 책을 지칭하는지는 알 도리가 없다.『龍圖公案』은 다시 正本과 簡本 두 가지로 나뉘는데 정본은 100칙, 간본은 66칙으로 되어 있다. 每則의 이야기는 기본적으로 오랫동안 민간에 전해지던 包拯의 판결 전설을 수록하였다. 포증은 밀행이나 꿈, 귀신의 언어 등을 통해 기이한 사건을 해결함으로써 포공이란 인물 형상을 신격화하였으며, 탐관오리, 토호, 건달,

---

23) 林辰, 「“留人眼”之迷」,『明末淸初小說述林』, 瀋陽：春風文藝出版社, 1988, pp.163~
164.

강도 등이 저지르는 갖가지 범죄에 맞서 이를 기지로 사건을 해결하는 청렴한 관리의 형상을 보여줌으로써 민중의 소망을 반영하고 있다. 이야기에 따라서는 비교적 우여곡절이 많고 생동감이 넘치는 것도 있지만, 전체적으로 소재가 잡다하고 장황하며 언어 구사가 너무나 평이하다. 특히 인과응보 사상이나 미신적인 내용이 곁들어짐으로써 작품의 수준을 떨어뜨리고 있다.

　조선시대『包公演義』의 전래와 관련하여 선조의 친필 언간에 흥미있는 기록이 있다. 선조는 즉위 36년(1603) 冬至 25일 午時에 하가한 정숙옹주에게 편지로 다음과 같은 글월을 주었던 것이다.

　　今日 亦親往見之 則幾盡脹起ᄒ고 녀나믄 證이 업스니 닉일 모리 스이면
　　庶有回根之望矣 且四書一帙 書言故事一帙 包公案一帙 보내노니 駙馬 주라
　　包公案 乃怪妄之書 只資閑一而已]
　　萬曆癸卯冬十一月 念五日 午時

　이는 선조 언간 22건 중 하나로, 정안옹주의 痘疾에 대해 언니인 정숙옹주가 부왕께 문의한 편지에 회답을 보낸 것인데,『包公案』을 부마 동양위에게 보내준 사실이 적혀 있는 것이다. 선조 36년 동지는 1603년인데, 그 이전에 중국에서 발간된『包公演義』는 모두 2종이다. 하나는 일본 나고야 봉좌문고에 소장되어 있는 건양서림 與畊堂의 만력 22년(1594) 刊『新刊京本通俗增像包龍圖判百家公案』이고, 다른 하나는 규장각에 소장되어 있는 금릉 만권루의 만력 25년(1597)刊『新鍥全像包孝肅公神斷百家公案演義』이다. 전자는 낙질이 없는 완본으로 간행연도가 후자보다 조금 이른데 반해 후자는 이보다 간행연도가 뒤지며 낙질본(卷3 缺)으로『百家公案』의 이본이다. 선조 임금이 정숙옹주에게 보낸 글월에서 "『포공안』을 부마에게 주라"고 한 점으로 미루어 볼 때 책이 중국에서 간행된

지 6년 뒤인 1603년에는 우리나라에 들어왔음을 알 수 있다. 현재 규장 각에 소장되어 있는 판본이 바로 부마에게 빌려주었던 바로 그 『포공안』 일지도 모른다는 추측도 가능하다.

7. 음사소설

『金瓶梅』・『肉蒲團』의 아류로 음사소설 16종이 『中國小說繪模本』에 올라 있다. 『錦屛梅』, 『肉蒲團』, 『弁以釵』, 『昭陽趣史』, 『鬧花叢』, 『艶情快 史』, 『玉樓春』, 『杏花天』, 『戀情人』, 『燈月緣』, 『艶史』, 『百抄』, 『何澗傳』, 『巫 夢緣』, 『陶情百趣』, 『桃興圖畵』 등이 그것이다.

康熙 연간의 劉廷璣는 『在園雜志』에서 『平山冷燕』・『情夢柝』・『風流 配』・『春柳鶯』・『玉嬌梨』 등은 풍속을 해칠 정도는 아니지만, 『玉樓春』 이나 『宮花報』 등은 淫佚에 가깝고, 『燈月緣』・『肉蒲團』・『野史』・『浪史』・ 『快史』・『媚史』・『河間傳』・『痴婆子傳』 등은 그 폐해가 혹심하며, 『宜春 香質』・『弁而釵』・『龍陽逸史』 등 저급한 작품들은 당장 폐기처분해야 마땅하다고 평한 바 있다.[24]

이러한 음사소설이 우리나라에 전래된 데에 대해서는 심재의 『松泉 筆譚』에 "大明人物浮浪輕兆, ……著述文字, 如『金瓶梅』・『肉蒲團』著書, 無 非誨淫之術"[25]이란 기록에서 처음 보이며, 이규경의 「小說辨證說」에 보

---

24) 若『玉樓春』・『宮花報』稍近淫佚. 與『平妖傳』之野, 『封神傳』之幻, 『破夢史』之僻, 皆堪
  捧腹. 至『燈月緣』・『肉蒲團』・『野史』・『浪史』・『快史』・『媚史』・『河間傳』・『痴婆子
  傳』則流毒無盡. 更甚而下者『宜春香質』・『弁而釵』・『龍陽逸史』, 悉當斧碎棗梨, 遍取
  已印行世者, 盡付祖龍一炬, 庶快人心(劉廷璣, 「在園雜志」 卷二, 『中國歷代小說論著選』
  上, 南昌市：江西人民出版社, 1982, p.385).
25) 沈鋅, 『松泉筆談』 卷三.

면 영조 51년(1775)에 永城副尉 申綏가 역관 李諶에게 부탁하여 사왔는데 1책당 은 한 냥씩 쳐서 주었다는 일화가 있다.26) 실제로 국내에는 『금병매』와 『속금병매』, 『육포단』 목판본이 여럿 전하고, 『농정쾌사』 필사본이 한 부 전하나,27) 그밖의 것은 하나도 남아 있지 않다.

『弁以釵』는 "弁而釵"의 오기이다. 명대 음사소설집으로 4集 20回로 이루어져 있다. 醉西湖心月主人의 작이다. 「情貞紀」는 과거에 급제를 한 鳳翔과 양주 서생 趙王孫의 동성애를 그렸고, 「情奇紀」는 李又仙이 자신을 속량시켜 준 은혜에 보답하고자 스스로 匡時의 첩으로 들어갔다가 광시 집안이 원수의 모함으로 몰락하게 되자 광시를 떠나지 않고 계속 뒷바라지하여 마침내는 장원급제시킨다는 이야기이고, 「情烈紀」는 절강 사람 文雅仝이란 남자가 배우로 전락하였다가 서생 雲天章으로부터 인정받자 스스로 몸을 주어 보답하나 한 고관에게 능욕당해 정절을 지킬 수 없게 되자 스스로 목숨을 끊어 천장에 대한 동성애를 저버리지 않고, 그후로도 그의 혼백이 계속 천장을 도와 과거에 급제하고 미첩을 얻게 도와준다는 이야기이며, 「情俠紀」는 천진 사람 張機는 용모가 준수하고 왜구를 막는데 공을 세운 인물인데, 鐘圖南이란 수재가 그의 용모에 반해 취중에 비역을 하며 목숨을 걸고 사랑한다고 고백하니, 장기가 감동하여 서로 사랑하다가 나중에 나란히 진사 급제하여 고관이 되지만 옛정을 잊지 못해 마침내 나란히 벼슬을 버리고 은거한다는 이야기이다. 이상 네 편은 동성애를 그리고 있는 점이 공통점이다.

---

26) 我英廟乙未, 永城尉申綏, 平山人, 相晩子, 使首譯李諶, 始貿來一冊, 直銀一兩, 凡二十冊, 板刻精巧.(李圭景,「小說辨證說」, 『五洲衍文長箋散藁』 卷七, 明文堂 影印本 上卷, 1982, p.230).

27) 『濃情快史』 6冊(第1回~15回存, 第16回~30回缺), 筆寫本, 道光己亥(1839)端月序. 東亞大 石堂傳統文化研究院 所藏.

『昭陽趣史』는 명대 음사소설로 古杭艶艶生 작이며, 6권, 4권, 2권 등 3종이 있다. 趙飛燕 자매의 이야기를 서술하고 있다. 비연·합덕은 각각 제비 정령·구미호의 환생이며, 한나라 成帝는 如意眞人의 환생이라 하였다. 비연은 얼굴이 아름답고 가무에 능해 궁중에 뽑혀 들어온다. 성제의 총애를 받고 나중에는 황후에 책봉되기에 이른다. 나중에는 그 누이 동생 합덕도 천거되어 입궁한 뒤로 성제는 언니인 비연보다 동생인 합덕을 더 총애한다. 비연은 쓸쓸한 나머지 사람을 보내 입궁 전의 애인 射鳥兒를 궁중으로 불러들여 옛정을 나눈다. 아울러 미소년을 널리 구하여 후궁에서 음란을 일삼는다. 성제에게 아들이 없으므로 비연은 몇 번이나 궁 밖에서 남자 갓난아이를 들여오려 하지만 번번이 실패한다. 성제는 황음이 지나쳐 급기야 몸을 상하고, 방술사는 단약을 진상한다. 그러나 합덕과 동침시 합덕이 한번에 성제에게 단약 일곱 알을 복용시킴으로써 성제는 정력이 소진되어 죽고 만다. 哀帝가 즉위한 후 이 일을 조사하자 합덕은 피를 토하고 죽고, 비연은 平帝가 즉위하자 서인으로 유폐되어 스스로 목을 매어 죽는다. 두 사람의 혼백은 나란히 하늘로 돌아가 먼저 목마름과 굶주림의 고통을 겪고 뒤이어 백년의 계를 받은 후 여자의 몸으로 바뀌어 정과를 얻고자 한다. 이 소설은 신괴와 전설, 색정을 빌어 인과를 그리고 있으나 일반 음사소설의 틀을 벗어나지 못하고 있다.

『鬧花叢』은 명말 청초 소설로 4권 20회로 이루어져 있으며, 姑蘇 痴情士의 작품이다. 원제는 "新鐫批評繡像鬧花叢快史"이다. 명대 홍치 연간 남경 수재 龐文英은 재주가 있는 미남자로 재주와 미모를 겸비한 여자를 아내로 맞으려 한다. 방문영은 우연히 劉玉蓉을 만나 서로 사랑하게 되고, 옥용은 그를 남몰래 집으로 끌어들인다. 방문영은 먼저 玉蓉과 정을 통하고 시녀 秋香과도 정을 통한다. 이 사실을 안 유씨 집안에서는 두 사람을 만나지 못하게 한다. 옥용은 방문영을 그리워한 나머지 몸져 눕는다. 한편 방문영에게는 과부인 이종사촌 누나(桂萼)가 있었다. 桂萼은 방문영의 어머니 환갑잔치에 왔다가 방문영을 보고 첫눈에 반하게 된다. 나중에 방문영은 그 누이로 분장하고 계악의 집으로 들어가 계악뿐만 아니라 그녀의 딸 瓊娥와도 정을 통하였다. 후에 경아는 次襄이란 남자에게 출가하는데, 차양은 아내가 처녀가 아님을 알고 과거를 추궁한다. 경아는 할 수 없이 사실을 털어놓는다. 이에 동성을 좋아하는 차양은 꾀를 내어 방문영을 불러들인 뒤 세 사람이 함께 동침한다. 그후 차양이 남의 모함을 받아 옥에 갇힘으로서 세 사람의 환락은 끝이 나고 제각기 흩어진다. 이때 옥용의 병이 중하여 방문영이 의원을 사칭하고 찾아가니 옥용의 병에 차도가 있었다. 두 사람의 밀회는 급기야 옥용의 숙부에게 탄로나 관가에 고발당하게 되는데, 수재의 글재주와 여자의 미모에 감탄한 원님은 두 사람을 부부로 맺어준다. 그후 방문영은 글공부에만 전념하여 마침내 장원급제하고 한림원 편수에 오른다. 이후 그는 첩을 넷이나 두고 종일토록 여색을 즐기다가 마지막에는 일가가 모두 득도하여 신선이 된다. 소설의 기본적인 틀은『鼓掌絶塵』雪集에서 가져왔다.

『濃情快史』는 청대 소설이다. 嘉禾 餐花主人의 작으로 30회로 이루어져 있다. 측천무후는 여우의 환생으로, 이름을 媚娘이라 하였는데 총명하고 아름다웠다. 십여 세 때 벌써 부친의 양자 武三思, 한량 張玉·江采, 小官 張六郎 등과 정을 통하였으며, 입궁한 후에는 당태종의 총애를 받아 재인이 되었다. 태종이 병중에 있을 때 고종과 정을 통하여 感業寺로 쫓겨나자 이번에는 王才와 정을 통하였다. 그후 고종이 즉위하자 그녀를 궁중으로 맞아들여 소의에 봉하고 이윽고 황후로 책봉한다. 고종 사후 그녀는 태자를 여릉왕으로 삼고 스스로 측천무후라 칭한다. 대권

을 독점하였을 뿐 아니라, 성욕 역시 왕성하여 무삼사·장역지 등과 사
통하나 음욕을 채워주지 못하니 신하들이 薛敖曹를 추천한다. 측천무후
가 그를 얻고 총애하여 "如意君"에 봉한다. 설오조는 이씨 황실에 충성
하여 여러 번 측천무후에게 진언한 끝에 여릉왕에게 제위를 넘겨주게
한다. 측천무후가 죽자 궁중은 동요하였으나 李隆基가 무삼사와 사통한
韋后를 죽이자 천하가 태평해졌다. 이 소설은『如意君傳』·『素娥篇』등
의 소설을 조합한 것으로 표절한 부분이 상당히 많다.

『玉樓春』은 청대 소설로 원제는 "覺世姻緣玉樓春"이다. 白雲道人의 작
이다. 煥文堂 간본은 4권 24회로 이루어져 있으나, 嘯花軒 간본은 12회
본이다. 당나라 대종 연간에 장안에서 撲蝶會가 열린다. 盧杞는 시를 잘
짓지 못해 수재 邵卞嘉의 조롱을 당하자 앙심을 품고 떠난다. 수년이 지
난 후 소변가의 아들 邵十洲가 장성하여 과거에 解元으로 급제한다. 그
때 재상이 되어 있던 노기가 그를 역적으로 몰아 체포하려 하자 소십주
는 여자로 분장하고 암자로 피신한다. 그곳에서 불공을 드리던 黃太宰
의 딸 玉娘, 그 시녀 翠樓와 정을 통한다. 나중에 십주는 옥낭의 고모부
인 병부상서 霍達의 사위가 된다(곽달의 딸 이름은 春暉). 뒤이어 곽달이 무
고를 당해 죽고 가족들은 潮州로 귀양 가게 되어 십주도 동행한다. 6년
후 십주는 상경 도중 남창 보련암에서 비구니들에게 붙들려 동거하다
가 5년이 지난 후 놓여난다. 그때는 노기가 재상에서 물러난 뒤였으므
로 십주는 서울로 올라가 과거에 응시하여 이등으로 합격한다. 세 처의
소생인 아들 셋도 같이 과거에 급제하여 온 가족이 상봉하게 된다. "玉
樓春"이란 책 이름은 바로 이 세 처의 이름에서 따온 것이다. 소설의 줄
거리는 우여곡절이 많지만 억지가 심하다.

『杏花天』은 청대 소설로 일명 "閨房野談錄"이라고도 하는데 4권 14회
로 이루어져 있다. 작자는 古棠 天放道人이다. 수나라 때 維揚의 한량 封

悅生은 여성 편력을 업으로 삼았다. 우연히 기인을 만나 단약과 방중술을 전수받고 이웃집 유부녀 愛月과 정을 통하고 기녀 雪妙娘을 아내로 맞는다. 설묘낭이 너무 색을 밝혀 죽자 봉열생은 낙양으로 고모를 찾아간다. 도중에 점주인의 처 閔巧娘·卞玉鶯과 관계를 맺는다. 봉열생의 고모가 죽자 고종사촌 자매 珍娘·玉娘·瑤娘과 고모의 양딸 若蘭 등 다섯 여자와 동침하고, 돌아오는 길에 기녀 馮巧巧·方盼盼·繆十娘을 맞이하고 이미 과부가 되어 있던 閔巧娘·卞玉鶯을 첩으로 들인다. 집으로 돌아오니 과부 愛月과 그 동생 愛妹도 봉열생에게 온다. 봉열생은 다시 戴一枝란 기녀를 들여 "十二釵"를 이룬다. 그후로 봉열생은 날마다 성적 쾌락을 추구한다. 그러던 어느 날 꿈에 "杏花洞天"이란 선경에 이른 뒤에는 크게 깨달은 바 있어 크게 적선을 베풀어 덕을 쌓는다. 그 후 자식이 백여 명이나 되었고 당나라 때 이르러 크게 번창하였다.

『巫夢緣』은 청대 소설로 일명 "迎風趣史"라고도 하는데 6권 12회로 이루어졌다. 작자는 미상이다. 嘯花軒刊本과 필사본이 남아 있다. 일본 秋水園主人의 『小說字彙』에 이 책명이 실려 있어 건륭 연간 또는 건륭 이전에 간행된 것임을 알 수 있다. 산동 임청의 소년 재자 王嵩의 艶史를 다룬 소설이다. 왕숭은 글재주가 뛰어나 신동이라 불렸다. 수재 劉玉의 과부 卞氏는 왕숭을 사모하여 두 사람은 서로 사랑한다. 왕숭의 이모부 馮士圭는 딸 桂姐를 왕숭에게 출가시키려 하지만 왕숭은 劉家의 며느리 順姑와 정을 통한다. 劉大와 건달 丘茂는 이를 빌미로 트집을 잡으려 하지만 미수에 그치고, 우여곡절 끝에 왕숭은 진사에 급제하여 계저와 혼사를 이룬다. 아울러 복씨와 계저의 시녀 露花와 과부가 되어 혼자 살고 있는 순고를 첩으로 들인다. 이 소설은 다른 염정소설처럼 성행위 묘사가 그렇게 외설적이지 않고 인과응보를 선전하지도 않았다. 문자가 간결하고 정련되었으며 시각적인 이미지가 분명하고 인물 대화 또한 생동감이 있다.

『戀情人』은 『巫夢緣』이 금서가 되자 단속을 피하기 위해 당시 출판상이 제목만 바꾼 것이다. 일본 추수원주인의 『소설자휘』에 이미 인용되고 있어 이 책의 개명이 적어도 건륭 이전에 이루어졌음을 알 수 있다. 주로 시사와 권말 연어를 생략하고 매회 설화인의 개장시에 대한 설화인의 말투로 된 논평, 본문 중의 사곡과 관련한 논평, 회후 총평 등을 삭제하였다.

『燈月緣』은 청대 소설로 2권 12회로 이루어져 있다. 橋李烟水山人의 작이다. 명말 호광 황주 蘄水縣의 수재 陳楚玉은 총명하였다. 관상장이는 그의 일생의 염복이 정월 대보름에 있을 거라고 예언한다. 그는 대보름날 우연히 태학생 姚子昻의 첩 崔惠娘을 만나 정을 통하고, 자신은 요자앙의 남색 역할을 한다. 이후 陳秀才는 최혜낭의 동생 蘭娘, 이자성의 딸 翠微, 강도 林桂의 처, 高梧의 딸 雲麗, 병부상서의 첩 戴嬌鳳, 일가 형수 元氏 등과 차례로 통정하고, 우여곡절 끝에 그 다섯 여자를 처첩으로 삼고 밤낮으로 성적 쾌락을 즐긴다. 그 서문에서 『桃花影』의 속편이라고 언급한 사실에서 그 내용과 풍격이 『桃花影』과 같으며 호색의 선전을 그 목적으로 하고 있다. 그러나 이자성의 딸과 여우 정령에 대한 묘사는 아주 황당무계한 이야기이다.

『艶史』에는 『鍾情艶史』·『桃花艶史』·『妖狐艶史』 3종이 있어 정확하게 어느 염사를 지칭하는지 알 수가 없다. 『鍾情艶史』는 명말 청초 소설로 5회만 남아 있었으나 지금은 보이지 않는다. 阿英의 『小說閑談』에 의하면, 청대 금서목록에 들었으며, 필사본으로만 남아 있다. 내용 가운데 武三思 일가의 음란을 그린 부분이 있어 측천무후 시대를 배경으로 한 작품인 듯하다. 『桃花艶史』는 청대소설로 6권 12회로 이루어져 있으며, 작자는 미상이다. 당나라 때 소주 창문 밖 도화원에서 일어난 일을 그리고 있다. 도화원 주인 康建에게는 金桃兒라는 영리하고 예쁜 딸이 있었다. 강건은 사위를 구하기 위해 도화정을 지어 시인묵객들이 모여들게 하였다. 그 중에 시정잡배들도 간간이 끼어들었다. 李輝枝라는 선비의 시가 김도아의 마음에 들어 두 사람은 서로 정이 싹트게 되는데, 한 상인이 김도아의 미색을 탐하여 도화원 맞은편 집에 사는 백공자에게 거금을 주고 중매를 부탁한다. 백공자는 호색한이자 남색으로 자기의 처첩을 범하게 하고 남색을 살해한 뒤 강건에게 살인죄를 뒤집어 씌운다. 곤경에 빠진 틈을 타 상인은 김도아를 빼앗는다. 그러나 桃花仙子가 강가와 이휘지를 보호하여 억울한 누명을 벗겨줌으로써, 백공자는 사형당하고 상인은 횟병으로 죽는다. 이휘지는 원래 도화선자와 전생에 인연이 있었으나 현세에서는 김도아와 성혼한다. 이휘지는 과거에 급제하지만 관가의 부정과 부패에 환멸을 느껴 김도아와 입산 은거하고, 후에 두 아들이 장성하여 입신양명한다는 이야기이다. 재자가인과 염정, 그리고 공안이 곁들어진 소설이다. 合影樓 각본이 전한다. 위 세 작품 중 『鍾情艶史』가 가장 음란한 내용을 담고 있고, 청대 금서목록에도 들었던 것으로 미루어 이 회모본의 『艶史』는 『鍾情艶史』를 지칭하는 듯하다.

『河澗傳』은 "河間傳"의 오기이다. 이 작품은 현재 일실되어 전하지 않는다. 손해제의 『중국통속소설서목』에 일실된 소설로 음사소설로 저록하고 있다. 이 책의 존재가 처음 알려진 것은 강희 연간 사람인 劉廷璣의 『在園雜志』 권2에 『燈月緣』・『肉蒲團』・『野史』・『浪史』・『快史』・『媚史』・『痴婆子傳』 등 음사소설과 나란히 열거한 기록이 처음이다. 그런데 이상하게도 음사소설을 엄금한 도광 18년, 동치 7년 裕謙・丁日昌의 목록에는 보이지 않는다. 이 책은 전하는 책이 없으므로 내용을 알 길이 없으나, 손해제는 유종원의 「河間傳」에 근거한 것으로 추측하였다. 「하간전」은 『柳河東全集』 외집 권상, 『情史』 권17, 『剪燈叢話』 권2에 수록되어 있다. 河間은 河間郡의 한 여자를 가리키는데, 음란하기 그지없는 향리에서 태어나 홀로 정조를 지킨다. 그러나 출가한 뒤에도 친척과 마을의 못된 사람들이 그녀를 능욕하려고 온갖 수단 방법을 다한다. 그리하여 마침내 그녀의 정조를 유린하여 하간으로 하여금 욕정의 늪에 빠져 헤어나지 못하게 만든다. 마침내는 마을에서 못된 짓을 도맡아 하는 자라 할지라도 하간의 이름을 들으면 미간을 찡그리며 입을 다무는 지경에까지 이르렀다. 하간이 정숙한 여자에서 음욕을 채우기 위해 남편도 살해하는 음부로 타락한 것은 환경이 그렇게 만든 것이다. 유종원은 이 글을 짓게 된 동기를 간단한 이야기로 심오한 뜻을 밝히고자 한다면서, 하간의 음란한 행위를 빌어 부부 친구 사이도 믿을 수 없는데 "하물며 군신간에야 더 말해 무엇하랴!"하고 풍자하고 있다. 만명 시기는 음란한 풍조가 만연할 때로 이「河間傳」을 음사소설로 부연했을 것이다.

『百抄』는 현재 일실되어 전하지 않고『陶情百趣』와『桃興圖畵』역시 어느 서목에도 보이지 않는다.

이상으로 음사소설에 대해 살펴보았다. 이처럼 위 소설들은 색정적 묘사와, 특히 혼외정사, 동성연애 등의 이야기가 거침없이 그려져 있다. 위 소설들이 비록 완산이씨가 작성했다는 서목에 올라 있긴 하지만 과연 위 소설들이 한글로 번역되었었는지는 의문이다. 실제로 음사소설의 한글 번역본은 아직까지 발견되지 않고 있다.

8. 재자가인소설

才子佳人小說은『玉巧利』,『四才子書』,『玉支磯』,『春柳鶯』,『巧聯珠』,『好逑傳』,『王翠翹傳』,『引鳳簫』,『鳳簫梅』,『春風眼』,『破閑談』,『聘聘傳』등

12종이다.

회모본에 기재된 "玉巧利"는 "玉嬌梨"의 오기이다. 『玉嬌梨』 20회는 재자 蘇友白과 가인 白紅玉(후에 "無嬌"로 개명)과 盧夢梨의 사랑 이야기이다. 일명 "三才子書"라고도 불리는데, 나중에 일부 판본에서는 "雙美奇緣"으로 제목을 바꾸기도 하였다. "玉嬌梨"란 제목은 "紅玉(無嬌)"와 "盧夢梨"에서 각각 한 자씩 따온 것으로, 이런 방식은 "金瓶梅"에서 유래한 것이다. 다만 주인공은 더이상 음부나 탕아가 아니며 내용 역시 외설적인 묘사를 없애고 재자와 가인을 칭송하여 "팔고문을 경시하고 글재주를 숭상하며, 출중한 선비를 중시하는 반면에 용렬한 선비를 조롱함으로써(薄制藝而尙詞華, 重俊髦而嗤俗士)" 『續金瓶梅』류에 비하면 새로운 길로 나아갔다고 할 수 있을 것이다.

『玉嬌梨』의 내용은 이러하다. 명 正統(1436~1449)·景泰(1450~1457) 연간에 금릉 태상경 白太玄에게는 紅玉이란 재녀가 있었다. 어사 楊廷詔가 며느리를 삼으려 했으나 백태현이 거절하였다. 이에 앙심을 품은 어사 양정조는 백태현을 瓦剌로 사신 보내 영종을 맞이할 것을 의논케 한다. 백태현은 화가 두려워 딸 홍옥을 無嬌로 이름을 바꾸고 처남 吳珪 집에 은신하게 한다. 한편 오규는 우연히 수재 蘇友白의 시를 보고 감탄하여 홍옥을 그에게 출가시키려 하지만 소우백은 신부를 알아보지 못하고 거절한다. 한편 소우백은 張軌如 집에서 홍옥의 「新柳詩」를 보고 사모하는 마음을 금치 못하고, 장궤여는 소우백의 시를 도용하여 백태현의 사위로 들어가려고 획책하나 거짓임이 탄로난다. 한편 소우백은 홍옥이 시키는 대로 서울로 올라가 오규에게 중매를 부탁한다. 그런데 산동에서 우연히 남자로 분장한 盧夢梨를 만나 서로 흠모하게 되고, 소우백은 서울에서 진사에 급제한다. 양정조는 그를 사위로 맞으려 했으나 거절당한다. 화가 미칠까 두려웠던 소우백은 벼슬을 내놓고 이름을 柳生이라고 바꾸고 지내다 회계에서 역시 皇甫員外로 변성명한 백태현과 만나게 된다. 마침 노몽리는 태현의 생질녀로 백씨 집에 피난 와 있었는데, 백태현은 딸과 생질녀를 모두 柳生에게 허혼한다. 마침내 오해는 풀리고 紅玉과 夢梨는 나란히 소우백에게 시집가니 이를 "雙美奇緣"이라 하였다.

이 책은 "荑秋散人(또는 荑荻山人·荻岸散人編次)"로 되어 있으나 작자에 대해서 알려진 바가 거의 없다. 혹자는 청대 秀水 諸生 張勻이라고도 하나 확실하지 않다. 天花藏主人의 순치 무술년(1658) 서문으로 미루어 "천화장주인"은 작자의 다른 이름으로 보이며, 그는 명청 교체기의 불우한 하층 문인으로 짐작된다.

조선시대 현종(1659~1674)이 대왕대비전에 보낸 한글 간찰과, 숙종(1674~1720)이 누이동생인 명안공주에게 보낸 한글 간찰에 첨부한 소설 제목에 『玉交梨』·『太平廣記』·『魏生傳』·『王慶龍傳』·『還魂傳』과 『拍案驚奇』의 책명이 들어 있다. 또 정조 18년(1794) 일본 대마도 역관 山田士雲이 사신 간의 왕래를 통해 들은 바를 적은 『象胥記聞』에 "張風雲傳·九雲夢·崔賢傳·蘇大成傳·張朴傳·林將軍忠烈傳·蘇雲傳·崔忠傳·泗(謝)氏傳·淑香傳·玉校梨·李白慶傳·三國志" 등의 소설이 언문으로 쓰여져 있음을 밝히고 있다. 이들 기록으로 미루어 1794년 이전에 이미 『玉嬌梨』도 번역되어 읽혔음을 알 수 있다. 실제로 고려대 晩松文庫와 일본 阿川文庫에 한글 필사본이 전하고 있다.

『四才子書』는 "平山冷燕"의 다른 이름으로 『玉嬌梨』(三才子書)의 자매편이다. 20회로 이루어져 있으며 작자는 『옥교리』와 동일하다. 명나라가 한창 융성할 때 대학사 山顯仁의 딸 山黛는 白燕詩를 지어 황제의 칭찬을 받고 "弘文才女"란 편액을 하사받는다. 한편 江都縣 冷新의 딸 冷絳雪은 산현인 부중으로 팔려왔는데 재모가 뛰어나 산대의 지기가 된다. 역시 시로서 황제로부터 인정을 받아 "女中書"로 봉해진다. 한편 송강 화정현의 선비 燕白頷과 낙양 선비 平如衡은 서로의 시재를 흠모하여 친구가 된다. 두 사람은 산대와 냉강설의 재모를 흠모한 나머지 변성명하고 찾아가 시재를 겨룬다. 비록 두 여자의 찬탄을 받지만 두 재녀에 미치지 못하였다. 후에 연백함과 평여형은 각각 장원과 탐화로 급제하니, 천자는 그들 두 사람을 각각 산대와 냉강설에게 짝지어 준다. 네 사람은 각기 백연시 한 수씩을 바치니 장안에 네 사람의 이름이 떨치게 된다.

이 소설은『玉嬌梨』와 더불어 재자가인소설 가운데 초기에 나온 대표적인 작품으로 일찍이 서양에까지 소개되어 호평을 받았던 작품이다. 조선시대 재자가인소설에 대한 기록은 김춘택(1670~1717)의『北軒雜說』에 "如平山冷燕, 又何等風致"라고 한 기록과 정조 정미년(1787)에 李相璜·金祖淳 등이 翰院에서 伴直할 때『平山冷燕』을 읽다가 정조에게 들켰다는 기록이 있는 것으로 미루어 17~18세기에 이미 국내에 들어와 읽히고 있었음을 알 수 있다.

『好逑傳』은 일명 "俠義風月傳"이라고도 하며 18회로 이루어져 있다. 작자는 名敎中人이다. 청 夏敬渠(1705~1787)의『野叟曝言』31회에 이 책을 인용하고 있어 작자가 청초 사람임을 알 수 있다. 대명부 수재 鐵中玉은 뛰어난 용모와 재주를 타고났을 뿐만 아니라 무예가 출중하였다. 부친 鐵英은 어사로 있었으나 大夫侯 沙利가 민간의 부녀자를 겁탈하는 것을 탄핵하다가 증거 불충분으로 도리어 하옥된다. 철중옥은 서울로 올라가 부친을 뵙고 사리의 저택에 쳐들어가 부녀자를 구출한다. 이로써 철영은 누명을 벗고 도찰원으로 영전한다. 철중옥은 서울에서 이름을 떨치고 산동으로 유학을 떠난다. 산동 역성현 병부시랑 水居一은 장수를 천거하였다가 패하는 통에 연루되어 백의종군케 된다. 그러자 아우 水運이 형의 재산을 빼앗으려고 질녀 水氷心을 핍박하여 過其祖에게 시집보내려 한다. 수빙심은 그때마다 기지로서 과기조의 흉계를 물리친다. 어느 날 수운은 다시 수거일이 복직되었다는 희소식을 날조하여 수빙심을 유인해 낸다. 그런데 마침 철중옥이 역성에 왔다가 그녀를 구출해낸다. 철중옥은 長壽院에 머물게 되는데 이를 안 과기조는 흉계로 독수를 쓴다. 수빙심은 철중옥을 집으로 데려가 치료를 한다. 두 사람은 서로 사모하나 예교를 지킨다. 후에 수거일이 상서에 오르자 철영은 두 사람을 정혼시킨다. 過學士는 그래도 단념하지 않고 萬御史를 부추겨 철중옥이 수빙심의 집에서 치료받을 때 동거했다고 무고하나, 황후는 수빙심을 검사한 끝에 처녀임을 확인하여 철중옥과 수빙심은 마침내 백년가약을 맺는다.

『玉支磯』는 일명 "雙英記", "方正合傳"이라고도 하며 6권 20회로 이루어져 있다. 작자는 천화장주인이다. 절강 처주 靑田縣에 예부시랑을 지낸 管春吹가 살고 있었다. 그에게는 彤秀라는 딸이 하나 있었다. 어느날 관춘취는 우연히 훈장으로 있는 젊은 長孫肖가 인물이 준수하고 글재주가 뛰어난 것을 보고 사위로 삼고자 하였다. 한편 이부상서의 아들 卜成仁이 관춘취에게 딸을 달라고 청하나 번번이 거절당한다. 이에 앙심을 품은 복성인은 아버지를 동원하여 관춘취를 서울로 불러들이도록 한다. 이에 걱정이 된 관춘취는 서둘러 딸을 장손초에게 허락한다. 장손초는 가보로 내려오는 玉支璣(옥의 일종)를 빙례로 주고 관동수는 「玉支璣詩」로 화답한다. 복성인은 지현을 매수하여 강제로 옥지기를 몰수하게 하고는 관동수 대신 자신의 여동생 복홍사를 맞이하도록 강요한다. 장손초는 어려운 시제를 내어 복홍사를 물리치려 하였으나 뜻밖에 그녀의 뛰어난 시재에 감탄을 금치 못한다. 한편 복성인의 협박에 견디다 못한 장손초는 고향을 뜨고, 우여곡절 끝에 과거에 급제한다. 그러나 관동수는 견디다 못해 거짓 자문하고, 변성명하여 복홍사와 결의자매를 맺게 된다. 관동수가 죽었다는 소식을 들은 장손초는 고향으로 내려와 복수를 꿈꾸고, 복상서는 이를 무마하려 딸 복홍사를 장손초에 주려 한다. 금의환향한 장손초는 동수가 살아 있음을 알고 기뻐하며 두 사람 모두 부인으로 맞이한다. 이 작품은 주인공 관동수의 지혜와 식견이 남자보다 뛰어남을 중점적으로 묘사하고 있다. 이를테면 남녀가 첫눈에 반한다거나 헤어지기 아쉬워 연연해하는 기존 재자가인소설의 상투적인 틀에서 벗어나 가인의 기지와 담력을 부각시켰다. 가인형에서 지혜형으로 발전하는 유형의 작품이다. 연세대에 한글 필사본 『玉友機』(玉支磯의 오기) 4책이 전한다.

『巧聯珠』는 청대 소설로 15회로 이루어져 있다. 烟霞逸士 또는 五彩堂 編次라고 적고 있다. 권두에 “癸卯夏西湖雲水道人題”의 서문이 있다. 癸卯는 강희 2년(1663)으로 추정된다. 서문에 의하면, 작자는 烟霞散人·烟霞逸士 또는 五彩堂으로 본명은 미상이다. 혹자는 『斬鬼傳』을 지은 劉璋이라 하나 증거가 불충분하다.

명 정덕 연간 소주에 聞生이란 선비가 살고 있었는데 글재주가 뛰어났다. 대중 方公이 우연히 그의 시를 보고 사위로 삼을 생각을 한다. 그리하여 딸의 회문시를 그에게 보냈는데 賈有道가 중간에서 훼방을 놓아 양쪽은 서로 오해하게 된다. 한편 남경으로 외삼촌을 찾아가던 문생은 우연히 방소저의 차환 柳絲와 만나 오해를 푼다. 한편 제남에서 胡朋으로 변성명하고 지내던 문생은 점쟁이로 분장한 방공의 방문을 받고, 방공은 그를 사위로 맞고자 한다. 한편 외삼촌은 딸 호소저를 문생에게 출가시키려 한다. 그때 胡同이란 자가 호붕을 사칭하여 방공에게 청혼했다가 탄로난다. 문생은 방소저가 자기가 아닌 다른 사람과 혼약을 했다는 소문을 듣고 크게 낙심한다. 문생은 글이 너무나 기이하여 진사에 급제하지 못하였으나 탄사 한 수를 지은 것이 우연히 황제에게까지 들어가 한림학사를 제수 받는다. 그후 우여곡절 끝에 문생은 갖가지 오해를 풀고 방소저와 호소저를 나란히 부인으로 맞이한다.

『王翠翹傳』은 "金雲翹傳"의 다른 이름이다. 『金雲翹傳』은 20회로 이루어져 있다. 작자는 靑心才人이며 천화장주인의 서문이 실려 있다. 이 책의 창작연대는 대개 순치 15년에서 강희 초로 추정된다. 『金雲翹傳』은 다른 재자가인소설과는 달리 역사적인 근거를 갖고 있다. 명 茅坤의 「紀剿徐海本末」과 그 부기에는 徐海와 王翠翹의 사적을 상세하게 기록하고 있다. 왕세정의 『續艶異編』에도 「王翹兒傳」이 있는데 초보적이나마 전기적인 형태를 갖추고 있다. 周楫의 『西湖二集』에는 「胡少保平倭戰功」이 실려 있는데 역시 이 사실을 부연한 것이다. 『虞初新志』 권8에는 余懷의 「王翠翹傳」이 실려 있는데 보다 발전한 것이다. 胡曠의 『拾遺錄』 殘稿 중에도 「왕취교전」이 있다. 이야기의 변천에 따라 강도 서해는 호탕한 협객으로 바뀌고 왕취교는 재주 많지만 박명한 가인으로 바뀌게 된다. 靑心才人은 이러한 변천을 바탕으로 하여 작품을 재창조하여 『금운교전』을 완성하였다.

가정 연간에 북경의 양가 규수 왕취교는 선비 金重을 사랑하는데, 김중이 상을 당해 요양에 간 사이 취교의 부친이 죄를 지어 곤경에 빠진다. 이에 취교는 부친을 구하기 위해 몸을 파는데 그만 상인에 의해 임치의 유곽으로 팔려간다. 그곳에서 무석 선비 束守를 만나 서로 사랑하여 속수의 첩이 된다. 나중에 그 처 宦氏에게 이 사실이 발각되고, 취교는 無錫으로 압송되어 관가의 노비가 된다. 학대에 견디다 못한 취교는 암자로 피신하나 그것도 잠시였다. 결국 시달림을 견디다 못해 다시 창녀로 전락한다. 그때 녹림호걸 서해와 조우한다. 서해는 해적 두목으로 세력이 강대하여 몇 차례나 관군을 무찌르고 취교의 복수를 해준다. 취교를 박해했던 사람들은 모두 응징을 당한다. 취교는 서해에게 개과천

선할 것을 권하지만 서해는 관가에 귀순했다가 피살당한다. 취교는 다시 永順軍長에게 매이게 되는 신세가 되자 이를 비관하여 전당강에 몸을 던진다. 그러나 비구니에게 구출되어 나중에 다시 김중과 부부가 된다. 그녀의 누이동생 翠雲도 언니를 따라 김중에게 시집간다. 자매는 한 지아비를 섬기며 일생을 마친다. 이 소설은 취교의 불우한 일생을 그리고 있어 일반 재자가인소설과는 약간 그 궤를 달리하고 있는 것이 특이하다.

『春柳鶯』은 청대 소설이다. 10회로 이루어졌으며, "南北鷃冠史者編, 石廬拚飲潛夫評"이라고 적혀 있다. "康熙壬寅秋八月吳門拚飲潛夫題"라고 적힌 서문으로 강희 임인년(1662)에 간행되었음을 알 수 있다. 강희 51년(1712) 劉廷璣의 「在園雜志」에도 인용되어 있다. 그러나 범례에 의하면, 원래 20회본이던 것을 10회본으로 개편하였다고 하여 현존하는 『春柳鶯』이 초간본이 아님을 알 수 있다.

명나라 가정 연간에 개봉부에 石生이란 선비가 있었다. 소주 고향정에서 우연히 梅凌春의 매화시를 보고 사모하는 마음이 있었는데, 마침 그녀의 아버지 梅翰林이 그를 사위감으로 초청한다. 이를 시기한 田又玄이 능춘은 매한림의 딸이 아니라 회안 사는 畢臨鶯이라고 거짓말한다. 석생은 필임앵을 찾아나서고, 필임앵은 고향정에서 이미 석생의 시를 본 적이 있는 터라 곡보를 만들어 가야금으로 들려주며 그와 장래를 약속한다. 한편 鐵不鋒의 모함으로 그곳을 간신히 빠져나온 석생은 서울로 올라가 과거에 응시한다. 얼마 후 회안으로 내려온 석생은 錢公子(臨鶯 扮)로부터 임앵이 매릉춘이 아님을 알린다. 과거에 급제한 석생은 전공자에게 서신을 보내 대신 매릉춘에게 청혼을 넣어줄 것을 부탁한다. 필임앵은 매한림이 글로써 사위감을 고르는 것을 알고 석생의 「楊柳枝詞」로 대신 응모하는데, 매한림은 석생의 친구로 여겨 혼인을 허락한다.

첫날밤 필임앵은 매릉춘에게 자신이 여자임을 밝히고 함께 석생의 소식을 기다린다. 고향에 돌아온 석생은 전공자가 벌써 매릉춘과 혼인한 사실을 알고 망연자실해 한다. 그러나 모든 사실이 밝혀지면서 석생은 두 여자를 나란히 부인으로 맞이한다.

『引鳳簫』는 청대 소설로 16회로 이루어졌다. 楓江伴雲友輯, 鶴皐荛俗生閱로 되어 있다. 작자의 본명은 미상이다. 송나라 熙寧 연간에 산동 청주부 안락현 감찰어사의 아들 白引은 눈 내리는 겨울날 시벗과 매화를 감상하던 중 한 신선이 나타나 산호 채찍을 주면서 미래의 일을 예언한다. 신선의 말은 차츰 사실로 드러나고, 백인은 산호 채찍의 도움으로 시랑의 딸 鳳娘, 시녀 霞簫와 혼인을 한다. 일찍이 백인의 부친 백공은 왕안석의 명으로 체포되었다가 대도 劉釗에 의해 구출된 적이 있었다. 유쇠가 죽은 후 백공·백인은 그를 위해 제사지낸다. 나중에 백인·봉낭이 유쇠의 묘를 찾아 성묘하는데 신선이 하강하여 산호 채찍을 도로 찾아가며 후사를 예언한다. 장서각에 한글 번역본이 전한다.

『鳳嘯梅』는 "鳳簫媒"의 오기이다. 『鳳簫媒』는 4권 16회로 이루어져 있으며, "鶴市散人編次, 潭水漁仙點閱, 步月主人訂"으로 되어 있는 작품이다. 그러나 작자의 본명은 미상이다. 『醒風流』에 "鶴市主人新編"·"鶴市道人編次"라고 제하고 있고, 『隋唐演義』의 參訂者를 "吳鶴市散人"으로 적고 있어, 『醒風流』의 작자, 『수당연의』의 參訂者, 『鳳簫媒』의 작자가 동일인인 듯하다. 이 책은 일본 寶歷 甲戌(1754)『舶載書目』에 素位堂刊本이 실려 있을 뿐 원본은 전하지 않고 있었는데, 『중국소설회모본』을 통해 다시 한번 그 존재가 입증된 셈이다.

『春風眼』은 손해제의 『중국통속소설서목』 「存疑目」에 그 서명이 보인다. 일본 元祿 16년(1703) 『박재서목』에 처음 보이는데 현재는 일실되어 볼 수 없다.

『聘聘傳』(‘聘聘’은 ‘娉娉’의 오기임)은 『太原志』와 마찬가지로 현재 중국에서는 서목조차 보이지 않으나 낙선재문고에는 한글 번역본이 전하고 있다.[28] 원래는 5권 5책이나 현재 제1권이 없고 나머지가 전한다. 이 작품의 내용은 이러하다. 송나라 때 위참정의 아들 위붕은 유복자로서 편모 소부인의 슬하에서 어렵게 자라다가 나이가 차매, 선친이 정해 둔 약혼자를 찾아 항궁의 막부인에게로 간다. 약혼자는 가평장의 딸 가운화(賈雲華 일명 娉娉)이다. 그러나 막부인은 편모슬하의 가난한 선비를 달갑게 여기지 않아 양녀 요소저와 혼인하게 한다. 그후 위붕이 등과하여 장원에 뽑혀 벼슬에 오르니 막부인은 전일을 뉘우치며, 딸 빙빙을 위붕에게 기탁하고자 한다. 위붕은 여러 가지로 빙빙을 괴롭히나 어질고 현숙한 빙빙은 끝내 눈물겨운 고통을 참아내고 마침내 위붕의 정실이 되어 영화를 누린다.

9. 문언소설

문언소설은 『剪燈新話』, 『剪燈叢話』, 『文苑楂橘』, 『艶異編』, 『列仙傳』, 『山中一夕話』, 『仙媛傳』, 『富公傳』, 『迪吉錄』 등 모두 9종이다.

『刪補文苑楂橘』은 『剪燈新話』·『世說新語』·『玉壺氷』과 마찬가지로 중국소설로서 조선시대 간행된 문언 단편소설집이다. 그런데 이 책은 중국에서는 전혀 볼 수가 없고 목록에도 저록되어 있지 않다. 이 책의 가치는 『三國誌演義』·『剪燈新話』·『世說新語』·『玉壺氷』 등과 같이 우리나라에서 간행된 4~5종의 중국소설 가운데 하나라는 점과, 중국에서

---

28) 4冊存(卷2·3·4·5). 半葉 12行 28字. 28×20cm. 韓國精神文化研究院 所藏.

조차 흔히 볼 수 없는 1편의 단편이 실려 있다는 점에 있다.

이 책은 2권 2책으로 상권 57장, 하권 52장으로 이루어져 있다. 전기교서관인서체 활자본으로, 사주쌍변이며 반곽은 세로가 21.4cm, 가로가 13.2cm이다. 반엽 10행, 1행은 20자이며 上二葉花紋魚尾이다. 전체 크기는 세로 27cm, 가로 17cm이다. 종이는 닥지를 사용하였다. 현재 국내에는 국립중앙도서관 一山文庫와 한국학중앙연구원 장서각에 각각 1부씩 소장되어 있다. 국외에는 일본에 활자본 1부와 필사본 1부가 소장되어 있는데, 전자는 成簣堂(德富蘇峯)文庫에 후자는 宮內省圖書에 소장되어 있다 하나 지금은 확인되지 않고 있다. 필사본은 한 면이 10행, 1행 28자로 이루어져 있으며, 목록은 2권으로 나뉘어 있고, 본문은 4권으로 나뉘어 필사되어 있다.

『刪補文苑楂橘』은 권두에 서문과 간기가 없어 이 책의 유래에 대해서 알 도리가 없으나 "깎고 기웠다(刪補)"라고 해서 원래 "文苑楂橘"이 있었음을 알 수 있다. 『文苑楂橘』의 서명은 『莊子』·「天道」의 "其猶柤梨橘柚邪, 其味相反, 而皆可與口."에서 따온 말이다. 송대에는 『太平廣記』, 명대에는 『古今說海』 등의 문언소설 총집은 있었으나, 문언소설 선집으로서는 이 『文苑楂橘』이 시초라고 해도 과언이 아닐 것이다. 영조대왕은 이 책을 보고 칠언절구를 짓기도 하였다.

抄文其若果楂橘,　　憶昔金相類聚悉.
竹榻銀床無事時,　　草堂頻閱弄春日.[29]

이 책의 편찬연대는 작품의 소재와 배경으로 보건대 가장 후대의 것으로 추정되는 「負情儂傳」이 만력(1573~1620) 연간의 일을 기록하고 있어

---

29) 英祖, 「題文苑楂橘」, 『列聖御製』, 列聖御製出版所, 1924, p.301.

만력 이후임을 알 수 있다. 조선에서의 간행연대는 서문이나 발문이 없어서 정확한 간행연도의 추정이 불가능하다. 그러나 간행에 사용된 활자가 숙종 10년(康熙 23, 1684)경부터 영조 36년(乾隆 25, 1760)경에 사용된 전기 교서관인서체자인 점으로 미루어 1664년에서 1760년 사이에 간행된 것으로 보인다.

　『剪燈新話』는 명나라 瞿佑의 작이며 4권 21편으로 이루어진 문언소설집이다. 『百川書志』·『杭州藝文志』 등에 저록되어 있다. 명 정덕 6년(1511) 楊氏淸江堂 간본이 전한다. 이 책의 작자는 난세에 태어나 원나라에서 명으로 넘어가는 과도기에 전란의 참상과 사회의 어두운 면에 느낀 바가 있어 글을 지었는데 그 속에 불만의 정서를 표출하였다. 사회 정치 문제를 다룬 몇 편은 神怪荒誕의 형식이나 풍자기법으로 간신·탐관오리들을 신랄하게 비판하였다. 예컨대 「綠衣人傳」은 애정고사를 틀로 하여 賈似道의 죄상을 폭로하였고, 「太虛司法傳」은 당시 사회현실을 선량한 인민이 고통받고 귀신이 횡행하는 세상으로 그려 봉건제도에 대해 강한 불만을 표시하였다. 또 애정과 혼인을 다룬 소설들은 문체가 섬세한 것이 특징이다. 「翠翠傳」은 죽마고우로 자란 한 쌍의 젊은 남녀가 결혼을 약속한 뒤 남자의 집안이 기울자 여자의 부모가 결혼을 반대하지만 여자는 다른 곳으로 시집가지 않겠다고 맹세하는 이야기이고, 「愛愛傳」은 기녀 출신의 羅愛愛의 불행한 신세를 노래하였다. 「綠衣人傳」에서의 녹의 여자와 서생 趙源의 생사를 넘나드는 사랑은 더욱 감동적이다. 『전등신화』는 당송 전기의 잔재로 그 예술성과는 대표적인 당전기에 못 미치지만 시대적 특색을 선명하게 간직하고 있다. 특히 시의 첨가와 변문과 산문의 혼용은 명대 문언소설 창작에 깊은 영향을 끼쳤다. 『전등여화』를 필두로 "剪燈"의 이름을 빌린 문언소설집이 다투어 나왔으며, 『效顰集』·『秉燭淸談』·『覓燈因話』 등 모방작을 낳았다. 뿐만 아

니라『전등신화』에 나오는 이야기를 희곡과 백화소설로 개작하기까지
하였다. 한편『전등신화』는 명대 중엽 조선·일본·월남 등지로 전파되
었다. 조선의『금오신화』, 일본의『奇異雜談集』·『御伽婢子』, 월남의『傳
奇漫錄』등은 모두 체재나 제제·내용면에서 모두『전등신화』의 영향을
받아 이루어진 것이다.

　『剪燈叢話』는 문언소설 선집으로 12권으로 이루어져 있다. 명 自好子
가 엮었다. 원 책에는 편집자의 이름이 없으나 앞부분에 武林 虞淳熙의
題辭에 編者를 "自好子"라 하고 있다. 그런데『覓燈因話』에 작자 自好子
邵景詹의 小引이 있어, 자호자가 소경첨임을 알 수 있다.『覓燈因話』는
만력 20년(1592)에 편찬된 점으로 미루어 邵景詹이 만력 연간의 사람임을
알 수 있다.『剪燈叢話』는 역대 문언소설 137편을 선록하고 있는데, 대
부분 기존에 있던 작품을 제목만 새로 달거나 작자를 바꾸어 놓았다.
그러나 이 책에만 있는 작품도 없지 않다. 이 책은 유일본으로 현재 북
경 국가도서관에 소장되어 있다. 이 책은 董康은 일본에서 구입,『書舶
庸談』卷8에 저록하면서 처음 알려졌다.

　『艷異編』의 원명은 "新鐫玉茗堂批評王弇州先生艷異編"으로 湯顯祖가
편찬한 것이다. 正編은 40권 361편, 속편은 19권 163편으로 이루어져 있
다. "艷"과 "異"란 중국 고소설에 대한 王世貞의 분류로 명 이전의 대량
의 소설과 史籍에 나오는 이야기를 "艷"과 "異" 두 유형으로 개괄한 것
이다. "艷"은 "汎淫氾艷"·"美色爲艷"의 뜻으로, "香艷而放縱"한 정을 가
리킨다. 우리나라에 보이는『艷異編』에 대한 최초의 기록은 광해군 때
허균(1569~1618)의『閑情錄』에 인용된 것이 처음이고, 陶谷 李宜顯(1669~
1745)의 문집 중「庚子燕行雜識」을 보면 중국에서 구입한 책 중에『艷異編』
과『國色天香』등의 서목이 보이고 있어 16~17세기에 우리나라에 들어
와 읽혔음을 알 수 있다.

『列仙傳』은 한대 지괴소설집으로 劉向이 지었다 하나 위탁일 가능성
이 크다. 그러나 동한 사람에 의해 지어진 것만은 분명하다. 모두 2권으
로 70 가지의 신선고사가 실려 있다. 작자는 상고 이래 하·상·주 삼대
와 秦漢 諸家의 신선담을 집성하여 이 책을 이루었다. 신선 가운데는 黃
帝·赤松子·彭祖·務光 등과 같이 상고 전설 중의 인물이 있는가 하면,
노자나 呂尚·介子推·范蠡·동방삭처럼 후세 사람에 의해 신격화된 역
사 인물이 있고, 負局先生이나 園客처럼 현실 속에 실존했던 방사나 도
사·무속인들도 있는데, 대부분 도가의 인생상과 처세, 수신지도를 표
현하였다. 또한 신선의 삶의 초연함을 찬미하거나 인간과 신선과의 사
랑, 남녀간의 사랑, 함께 신선이 되는 이야기 등을 묘사하고 있다. 후세
신선담은 대부분 이 책에 의거하였고, 도교에 의해 신선 신앙을 선양하
는 근거가 되었다. 역대 문인들에 의해 전고로 많이 인용되었다.

『山中一夕話』는 명대 笑話集으로 6권으로 이루어져 있으며 일명 "開
卷一笑"라고도 한다. 권수에 "卓吾編次, 笑笑先生增訂, 哈哈道人校閱"이
라 되어 있다. 李贄(卓吾)의 작으로 되어 있으나 위탁임이 분명하다. 대부
분 笑話나 趣聞, 관련 시문을 실었으나 문자 유희에 가깝다. 그러나 이
책에 실린 글들이 다른 여러 소설집에 보여 그 소설들을 연구하는 데
인증 자료로 인용되고 있다. 가령 제5권에 실린 一衲道人의 「別頭巾文」
과 시는 『金瓶梅詞話』 제56회의 「哀頭巾詩」와 「祭頭巾文」에도 보이고 있
다. 一衲道人은 屠隆의 호인데다가 제3권은 "一衲道人屠隆參閱"이라 적
고 있어, 일부 학자는 이를 근거로 도륭을 『金瓶梅詞話』의 작자라고 주
장한다. 이 책의 판각연대는 명대로 잡고 있으나 학자에 따라서는 청초
라고 주장하기도 한다.

『迪吉錄』은 필기소설로 송의 충신 악비에 관한 「東窗事犯」의 일화가
실려 있다.

10. 기타

戒鑑書로『女範』,『士範』,『養正圖解』등 3종, 천주교 관계 서적『聖經直解』,『七克』등 2종, 법의학서『無寃錄』1종, 도교서『感應篇』1종 등 모두 7종이다.

『無寃錄』은 元나라 王與가 지은 것으로, 백성을 다스릴 때 원통한 일이 없도록 법률을 잘 활용하라는 취지에서 만들어진 법의학서로, 세종 22년(1440)에 崔致雲이 註를 간행하였다. 이 책에 대하여는 숙종 임금의「無寃錄引」이 전한다. 한편 번역본인『增修無寃錄諺解』는 정조 14년 庚戌年(1790)에 전 형조판서 徐有隣에게 명하여 한글로 번역하게 하여 동 16년(1792)에 목판본으로 간행한 것이다. 그 뒤 영조 때 具宅奎가 왕명에 의하여 다시 첨삭 訓解하고, 그 아들인 具允明이 金就夏와 더불어 다시 보충하여 정조 20년(1796)『增修無寃錄』이란 이름으로 간행되었다. 이 책은 상편은 檢覆, 하편은 條例와 雜錄으로 크게 나누고 다시 세분하여 서술하였다. 책머리에「增修無寃錄凡例」,「增修無寃錄字訓」등이 있으며, 책 끝에는 具允明의 발문이 있다.

『女範』은 조선왕조 영조의 빈 宣禧宮(?~1763)이 친히 지은 여성교육의 寶鑑으로 한글 친필본이다. 일찍부터 여러 왕조문헌에『女範』이란 책명이 전해오기는 했으나 그 본연의 내용이나 소장처 등을 전혀 헤아릴 길이 없다가 1977년 필자 수적의 유일본이 일본 동경대 도서관 南葵文庫에 전하는 것이 확인되었다. 전4권으로 聖后·母儀·繼母·孝女·賢女·孼女·文女·武女·貞女·烈女 등 123명의 출중한 여성상을 그 행적과 덕목별로 정연하게 분류하였다. 기술 방법과 기술 내용의 장단이 다른 것을 보면『列女傳』·『繪圖列女傳』·『古今列女傳』·『內訓』·『女四書』, 역대 사서의『열녀전』및 기타 전기에서 가려 뽑은 것으로 보인다.

『養正圖解』는 제왕의 마음을 바르게 기르는 데 필요한 교훈서로서 역사상 모범이 될 만한 제왕의 언행을 집록한 책이다. "養正"이란『周易』의 "蒙以養正聖功"이란 귀절에서 따온 것이다. 명 신종 만력 연간에 焦竑이 모은 책으로 우리나라에서는 1749년(英祖 25)에 왕명으로 동활자본으로 간행되었다. 상하 2책으로 1) 寢門視膳으로부터 시작해서 30) 勅子務學까지, 하권은 1) 條陳故事에서 30) 借事納忠까지 실려 있다. 책머리에 肅宗御製의「養正圖贊」120여 구와 함께 서문이 실려 있다. 영조의 발문에 의하면, "소학의 도는 어려서부터 노년까지 행할 것이라며" 함양하고 성찰하는 학자라면 누구나 보아야 할 교훈서임을 강조하였다. 편자 초횡은 명나라 江寧 사람으로 자는 弱侯, 호는 澹園이다. 1589년 전시에 장원급제하여 한림원 수찬이 되었으나 품성이 강직하여 時事를 직언하다가 미움을 받아 폄적되었다.

『士範』에 대해서는 알려진 것이 없다. 선비의 수신과 제가에 관한 교훈 등을 엮은 책이 아닌가 생각된다. 李德懋(1741~1793)가 지은『士小節』은 이를 본떠 만든 것이 아닌가 생각된다.『士小節』은 8권 2책으로 선비의 수신, 제가에 관한 교훈 등을 예를 들어 가면서 시속에 적절하게 설명한 책이다. 士典 5권, 婦儀 2권, 童規 1권으로 되어 있다.

『聖經直解』의 초간본은 1636년에 나왔으며, 그후 1642년, 1670년, 1866년, 1915년 등에 중간이 된 것으로 알려져 있다. 이 책의 지은이 또는 역자는 陽瑪諾이라는 중국 이름을 가진 이 디아즈(E. Diaz) 신부이다. 그는 1574년에 포르투갈에서 출생하였고 예수회의 선교사로서 1610년에 중국에 파견되었다. 그는『聖經直解』이외에도『經世全書』·『天主聖教十誡直詮』등의 저서를 펴냈으며 1659년 항주에서 죽었다.『성경직해』의 각 항목은 주일이나 축일을 표시하는 표제, 성경 귀절의 출처, 성경 본문 주해 그리고 箴으로 이루어져 있다. 이 책은 18세기 말에 崔昌顯이란 중국어 역관에 의해 최초로 번역되어 『성경직히광익』이란 이름으로 널리 유포되었다. 그런데 최창현은 1790년대에 역관 출신으로서 천주교회에 입교하여 교회서적 등을 필사하는 일에 헌신적으로 봉사하다가 1801년 신유박해 때에 순교하였다. 이처럼 18세기 말에 나타난 한글본은 여러 곳으로 퍼져 나가면서 많은 사람의 손을 거쳐 전사되고 기워지고 다듬어져 갔던 것으로 보인다. 그후 민(Mutel) 주교에 의해 천주교회에서 1892년에서 1897년에 이르는 기간에 모두 9권으로 鉛印하기에 이르렀다.

『七克』은 예수회 신부 판토라(Pantoja, D 龐迪我)가 지은 카톨릭 修德書로 '七克大全'의 약칭이다. 1614년 북경에서 7권으로 간행된 이래 여러 번 판을 거듭하였다. 이 책은 마테오리치(Matteo Ricci, 利瑪竇)의 『天主實義』와 함께 일찍부터 우리나라에 전래되어 연구되었고, 남인학자들을 천주교에 귀의시키는 데 기여한 책 중의 하나이다. 이익은 『성호사설』에서 이 책에 대하여 언급하면서, 이는 곧 유학의 극기설과 같다고 전제한 다음, 죄악의 뿌리가 되는 탐욕·오만·음탕·나태·질투·분노·색과 더불어, 이를 극복할 수 있는 덕행으로 은혜·겸손·절제·정절·근면·관용·인내의 일곱 가지를 소개하고 있다. 한편 『칠극』은 1777년(경종 1) 경의 천진암 走魚寺의 강학에서 남인학자들에 의해 연구, 검토된 기록이 있으며, 일찍부터 한글로 번역되어 많은 사람에게 읽혀져, 감화시켰음을 짐작할 수 있다. 한글필사본이 절두산 순교박물관에 소장되어 있다.[30]

『太上感應篇』은 민중 도교의 근본 성전이다. 남송 초기의 李昌齡의 저작이다. 太上老君의 가르침이라 전하는데, 인간의 화복과 선악은 제신인

北斗神君·三尸神·竈神 등의 섭리에 의한다는 것으로 신은 사람이 범한 악의 대소나 건수에 따라 그 사람의 수명을 단축시킨다고 한다. 그러므로 장수를 원하는 사람은 누구나 악한 일을 피하고 선행을 쌓지 않으면 안 된다. 이와 같은 사상이 이 책 전편의 기초가 되어 있으며 권선징악에 중점을 둔 책이다. 청 순치 12년(1655) 간본이 있으며, 조선 철종 3년(1852)에 崔瑆煥이 『太上感應篇圖說諺解』 5권 5책으로 간행하였다. 선악의 업보를 실증하는 사실들을 선보와 악보로 분류하여 각 사실마다 도상과 한문 원문 그리고 이에 대한 국문 번역을 붙여 5권 5책으로 간행한 것이다. 至孝之報·好義之報 등 수십 편을 수록하였으며, 책 끝에 한문으로 된 「感應篇讀法纂要」·「感應篇靈驗記」 등을 부록으로 실었다. 그런데 이 책은 고종 17년(1880)에 다시 간행했는데, 있는 판본을 그대로 사용하되 책1의 앞과 책5의 말미에 고종의 명으로 간행한다는 내용과 간기가 덧붙여졌다. 낙선재본 『태상감응편』은 순 한글로 최성환 언해본과는 그 분류 방법과 체재가 달라 영조 때 이미 궁중에서 번역되어 계속 전사되어 내려온 이본으로 추정된다.

11. 삽화설명

17「五公子亂齊國」, 18「子胥鞭平王尸」, 19「荊軻刺秦」, 20「好鶴亡國」은 『列國志』에 나오는 삽화이고, 23「芒碭斬蛇」, 24「老狐問脉」, 25「漢王中矢捫足」, 26「項羽烏江自刎」, 27「火放新野」는 『東西漢演義』에 나오는 삽화이며, 21「孫武演陣」, 22「孫龐結義」는 『孫龐演義』에 나오는 삽화이다. 특히 「孫武演陣圖」에 대해서는 영조 임금의 칠언율시가 있다.

世稱孫武衛公法,　漢有臥龍復有勢.
太乙句陳左右列,　紅粧粉黛兩三閧.
牙旗颯颯軍容整,　畫戟森森士氣肅.
何意毛生能號令,　貔狱百萬寫綃幅.

28「談戰群攸」, 29「諸葛相徐城彈琴」, 30「漢將大戰祝融氏」, 31「受曹前孔明謝送」, 32「赤壁鏖兵」, 33「三戰呂布」, 34「水浧七軍」, 35「江中受辱」, 36「輪船大敗」는『三國演義』에 나오는 삽화이고, 96「病尉遲鞭打蕃將」은『隋唐演義』에 나오는 삽화이다.

37「花果山水濂洞」, 38「靈臺方寸尋道」, 39「半夜入楊聽道」, 40「五行山受困遇聖僧」, 41「大聖大鬧兜率」, 42「行者八戒大戰虎先鋒」, 43「路逢六賊」, 44「通天河一夜堅氷」, 45「昴聖君逢妖除」, 46「水伯水浧妖洞」, 47「觀世音收獅尋鈴」, 48「濯垢川八戒施慾」, 49「高家生逢八戒」, 50「黃風岺遇虎先鋒」, 51「滅法國行者顯通」, 52「金鑾殿君臣覓髮」, 53「獅大勢大戰孫行者」, 54「孫行者潛入偸鈴」, 55「太陰星來收玉兔」, 56「孫行者還魂員外」, 57「獅駝國三妖大戰」, 58「小兒國一夜藏兒」, 59「變三妖襲擒聖僧」, 60「青龍山月夜大戰」, 61「四星君大戰三犀」, 62「天竺國上苑設酌」, 63「老人星來收白鹿」, 64「行者變鶴戲佳□」, 65「爭袈裟火燒寶刹」, 66「流沙河收沙僧」, 67「觀世音魚籃鯉魚」, 68「彌勒佛收黃眉大王」, 69「行者八戒拯君王」, 70「火氏王火攻獨角鬼」, 71「引長緣老猿識脈」, 72「孫行者半夜作藥」, 73「凌云渡聖僧脫凡」, 74「西天中聖僧拜佛」, 75「濟通河靈龜問事」, 76「拜辭版五聖皈天」은『西遊記』에 나오는 삽화이다.

77「小李廣射服雙將」, 78「泪羅偸黃奉御酒」, 79「吳用布八陣」, 80「十面敗童貫」, 81「駕海靈鼉」, 82「金鑾獻寶」, 83「武行者大鬧孔家庄」, 84「梁山泊好漢劫法場」, 85「武松醉打蔣門神」, 86「武松大鬧飛雲浦」, 87「美髥私釋晁天王」, 88「景陽崗武松打虎」, 89「九紋大鬧史家村」, 90「魯智深挑撥垂楊

柳」, 91「白龍廟英雄少聚義」, 92「小李廣梁射鴈」, 93「宋孔明生擒史文公」, 94「宋孔明義取祝家庄」, 95「宋孔明奉命征遼」, 97「林冲梁山泊落草」, 98「晁天王私偸生辰綱」, 99「沒羽箭飛石打英雄」, 100「吳學究募糧擒壯士」, 101「呼延灼鉤鎌鎗受困」, 102「關勝逢水火二將」, 103「混江龍太湖小結義」, 104「雙林頭燕淸射鴈」, 105「黑旋風沂嶺殺四虎」, 106「宋孔明聚義受招安」은『水滸傳』에 나오는 삽화이다.

108「牧丹燈記」, 109「金鳳釵記」, 110「水宮大宴」, 127「申陽洞記」는『剪燈新話』에 나오는 삽화이고, 119「中山欺狼」은『文苑楂橘』가운데「東郭先生」, 126「武陵桃源」은『列仙傳』, 3「伯牙叩琴」은『今古奇觀』第19卷「兪伯牙摔琴謝知音」, 112「董文受辱」은『型世言』第5回「淫婦背夫遭誅, 俠士蒙恩得宥」의 삽화이거나『貪歡報』第8回「鐵念三激怒誅淫婦」의 삽화이며, 111「畵壁認詩」는『平山冷燕』의 삽화인 듯하다.

이상을 종합해 보면『西遊記』삽화가 40폭으로 가장 많고『水滸傳』삽화가 29폭으로 그 다음으로 많으며,『三國志』가 9폭,『東西漢演義』가 5폭,『列國志』와『剪燈新話』가 각 4폭,『孫龐演義』2폭,『隋唐演義』·『文苑楂橘』·『列仙傳』·『平山冷燕』·『今古奇觀』·『型世言』이 각 1폭씩이다. 그런데 여기서 주목할 것은 112「董文受辱」의 삽화이다. 이 삽화는『型世言』第5회「淫婦背夫遭誅, 俠士蒙恩得宥」를 그린 것이다. 이 작품의 내용은 이러하다. 耿埴은 도둑 잘 잡는 유명한 포교였다. 하루는 숭문문 담 밑을 지나다가 鄧氏라는 한 여염집 여자와 눈이 맞았다. 그녀의 남편은 董文이란 사람인데 사람이 너무 착해 부인을 끔찍히 위하였다. 그렇지만 술을 너무 좋아하는 것이 흠이었다. 그의 아내 등씨는 그 점이 불만스러웠다. 그러다가 경식과 눈이 맞아 정을 통하면서부터 등씨는 남편을 더욱 미워하여 무안할 정도로 남편을 구박하고 모욕하였다. 심지어 경식에게 그를 죽이도록 사주하기까지 하였다. 하루는 둘이 같이 있는데 동문이 갑자기 돌아와 경식은 독 속에 숨어 위기를 모면하고, 또 한번은 침대 밑에 숨게 되었다. 마침 등씨가 동문을 심하게 모욕 주는 것을 보고는 분개하며 등씨를 칼로 찔러 죽여 버렸다. 얼마 후 물장수 백대가 물 길러주러 집안에 들어왔다가 살인범으로 몰린다. 사형이 집행되려는 순간 경식은 자신이 살인범임을 밝힌다. 그 사실을 안 황제는 그의 의협심을 높이 사서 사면을 내리고, 크게 깨달은 경식은 출가하여 중이 된다.

그런데 陳慶浩 선생이 파리에서 발견한 24폭의 삽화 가운데 제5회에 해당하는 두 개의 삽화 중 「董文受辱」에 관한 그림을 살펴보면, 그림의 구도나 등장인물은 동일하나 크게 다른 부분이 있음을 알 수 있다. 즉 원 삽화는 집 바깥에서 안을 바라본 것이라면, 『중국소설회모본』 삽화 는 집 안에서 바라본 것이다. 그리고 이야기 내용을 보면 처음 한 번은 독 속에 숨는다는 이야기가 나오는데 그것을 알려주기 위해 집안에 커 다란 독 세 개를 그려놓고 있다. 이처럼 삽화가 다른 것을 어떻게 해석 해야 할까? 두 가지 해석이 가능한데, 첫째는 그야말로 단순히 그대로 모사한 것이 아니라 이야기 내용을 근거로 화원이 자의로 변형해서 그 렸을 가능성이고, 둘째는 『중국소설회모본』의 삽화가 『형세언』의 삽화 가 아니라 『貪歡報』의 삽화일 가능성이다. 『탐환보』는 일명 "歡喜冤家"라 고도 하는데, 『형세언』보다 뒤에 나온 단편소설집으로, 『탐환보』의 제8 회 「鐵念三激怒誅淫婦」는 바로 동일한 소재의 별개의 작품이다.

12. 맺는말

이상의 논의를 요약하면 다음과 같이 정리할 수 있을 것 같다.

첫째, 서문과 小敍는 영조 38년 壬午(1762)에 完山李氏(사도세자)에 의해 쓰여졌으며 회모본은 金德成(1729~1797) 등 화원을 시켜 중국소설의 삽화를 그대로 모방하여 그린 것이다. 小敍에는 93종의 서목이 실려 있는데 그중 74종이 소설이다. 이를 세분하면, 역사소설은 『開闢演義』·『涿鹿演義』·『列國志』·『西漢演義』·『東漢演義』·『三國志』·『東晉演義』·『西晉演義』·『隋唐演義』·『殘唐演義』·『南宋演義』 등 11종, 영웅소설은 『水滸志』·『後水滸志』·『水滸後傳』·『盛唐演義』·『禪眞逸史』·『禪眞後史』·『北宋演義』·『皇明英烈傳』·『續英烈傳』 등 9종, 神魔小說은 『西遊記』, 『西周演義』, 『後西遊記』, 『東遊記』, 『西洋記』, 『孫龐演義』 등 6종, 話本小說은 『醒世恒言』·『拍案驚奇』·『型世言』·『今古奇觀』·『西湖佳話』·『五色石』·『貪歡報』·『留人眼』·『人中畫』 등 9종, 음사소설은 『錦屛梅』·『肉蒲團』·『弁以釵』·『昭陽趣史』·『鬧花叢』·『艷情快史』·『玉樓春』·『杏花天』·『戀情人』·『燈月緣』·『艷史』·『百抄』·『何澗傳』·『巫夢緣』·『陶情百趣』·『桃興圖畫』 등 16종, 재자가인소설은 『玉巧利』·『四才子書』·『玉支磯』·『春柳鶯』·『巧聯珠』·『好逑傳』·『王翠翹傳』·『引鳳簫』·『鳳簫梅』·『春風眼』·『破閑談』·『聘聘傳』 등 12종, 문언소설은 『剪燈新話』·『剪燈叢話』·『文苑楂橘』·『艷異編』·『列仙傳』·『山中一夕話』·『仙媛傳』·『富公傳』·『迪吉錄』 등 9종, 戒鑑書는 『女範』·『士範』·『養正圖解』 등 3종, 천주교 관계 서적은 『聖經直解』·『七克』 등 2종, 법의학서 『無寃錄』 1종, 도교서 『感應篇』 1종으로 나눌 수 있다.

둘째, 역사소설 『涿鹿演義』, 음사소설 『巫夢緣』, 『陶情百趣』, 『桃興圖畫』, 『百抄』, 재자가인소설 『破閑談』, 『太原志』, 『聘聘傳』, 문언소설 『富公傳』, 『仙媛傳』 등 모두 10종은 다른 어디에도 목록이 보이지 않으나, 완산이씨의 『중국소설회모본』은 이들 서목을 싣고 있어 이 작품들이 존재했었음을 알려주었다. 특히 『太原志』와 『聘聘傳』은 낙선재문고로 한글본이 남아 있어 원전의 내용을 알 수 있다.

셋째, 『鳳簫梅』와 『春風眼』은 일본 寶歷 甲戌(1754) 『舶載書目』에, 『河澗傳』은 강희 연간 劉廷璣의 『在園雜志』卷2에 서목만 보일 뿐 현전하지 않는 소설인데, 완산이씨 『중국소설회모본』에 다시 보임으로써 위 책들이 조선 영조 38年(1762, 乾隆 27) 이전에 실존했음을 재입증해 주었다.

넷째, 종전에 『留人眼』과 『人中畵』에 대해, "留人眼"이 『人中畵』의 다른 이름일 것이라느니, "留人眼"이 작품명이 아닐 것이라는 설 등 의견이 분분했으나 완산이씨의 『중국소설회모본』에 『인중화』와 『유인안』이 작품명으로 각각 따로 따로 나열되어 있어 각기 다른 작품임을 보여주고 있다. 따라서 "留人眼"이 작품명이 아닐 것이라는 임진의 주장은 잘못임이 확인되었으며, 실제로 『인중화』와는 별도로 『유인안』이란 소설집이 실재했음이 입증되었다.

다섯째, 전세계적으로 한 부밖에 전하지 않는 『型世言』(奎章閣)・『後水滸傳』(大連圖書館)의 서목이 실려 있고, 중국에서는 원전을 볼 수 없으나 우리나라에서 활자로 인쇄한 『文苑楂橘』의 서목이 보인다. 특히 『후수호전』의 경우, 원전의 일부 훼손된 부분은 완역된 낙선재본 『후슈호뎐』으로 훼손된 부분의 내용을 알 수가 있다.

이와 같은 사실 외에도 위 서목은 어쩌면 당시에 이미 번역되어 있었던 번역서 목록일지도 모른다는 추측을 낳게 한다. 음사소설을 제외한 역사소설・영웅소설・신마소설의 경우 대부분이 서울대본 『玉鴛再合奇緣』에 실려 있는 번역소설 목록과 대체적으로 일치하고 있기 때문이다. 『옥원재합기연』은 창작소설인데 온양 정씨(1725~1799)가 정조 10년(1786)에서 정조 14年(1790) 사이에 필사한 것으로[31] 권14와 권15 속표지에 당

---

31) 沈慶昊, 「樂善齋本 小說의 先行本에 관한 一考察－溫陽 鄭氏 필사본 『옥원재합기연』

시 유행하던 번역소설 목록으로 소설이 15종 실려 있다.32)

뿐만 아니라 "玉嬌梨"를 "玉巧利"로, "金雲翹傳"을 "王翠翹傳"으로, "封神演義"를 "西周演義" 등으로 표기하고 있어 번역본일 가능성을 더욱 뒷받침한다. 『封神演義』의 번역본은 한결같이 "西周演義"로 표기하고 있고, 최초의 재자가인소설로 가장 널리 유행되었던 『玉嬌梨』는 현종이 숙종의 누이동생인 명안공주에게 보낸 간찰에는 "玉交梨"로, 『象胥記聞』에는 "玉校梨"로 표기되어 있는 등 전사를 거치면서 잘못 표기된 예를 보여주고 있기 때문이다. 그밖에 소설은 아니지만 『無冤錄』・『太上感應篇』・『聖經直解』 등은 모두 언해본으로 국내에서 판각되거나 活印되었던 책들이기 때문이다.

■『中國小說繪模本』, 江原大學校 出版部, 1993, pp.155~195

<hr>

과 낙선재본 『옥원중회연』의 관계를 중심으로」, 『정신문화연구』 통권 38호, 韓國精神文化研究院, 1990.
32) 孫龐演義・開闢演義・涿鹿演義・西周演義・列國志・楚漢演義・東漢演義・唐秦演義・三國志・南宋演義・北宋演義・五代朝史演義・西遊記・忠義水滸誌・聖嘆水滸誌 (원래는 한글로 표기되어 있으나 편의상 필자가 한자로 바꾼 것임)

제3장 尹德熙의 「小說經覽者」에 관하여

1.

　작년 가을쯤 필자는 조선후기 문인화가 중 한 사람인 駱西 尹德熙 (1685~1766)를 연구하는 홍익대 미술사학과 대학원의 차미애 선생으로부터 급한 연락을 받았다. 93년 『中國小說繪模本』을 낼 때에 회화 분야에 많은 도움을 주신 김상엽 선생의 소개와 『중국소설회모본』을 낸 것이 인연이 되어 필자와 연결이 된 것 같다. 전화상으로 「소설경람자」란 목록에 몇 종의 소설의 면면과 그 목록에 기재된 소설이 무려 128종이란 말을 들었을 때 필자는 전율을 느끼지 않을 수 없었다. 그것이 사실이라면 이제까지 우리나라에서 발견된 단일 소설목록으로서는 가장 많을 뿐 아니라 일본의 『舶載書目』에 맞먹는 소중한 자료이기 때문이었다. 아무튼 이튿날로 인사동에서 차미애 선생을 만났고, 그분의 호의로 귀중한 영인본과 함께 사진 몇 장을 얻었으며, 「소설경람자」에 등재된 소설의 분류를 도와주게 되었다. 이 목록은 그간 공개를 미루어 오다가 그분의 학위논문「駱西 尹德熙의 繪畵 硏究」[1]가 통과되어 미술사학계에 소개가 되었다. 그러나 정작 중국소설학계에는 이 목록이 널리 알려지지 않았으므로 차선생의 양해를 얻어 이 자료를 공개한다.

2.

차미애 선생의 논문을 토대로 윤덕희의 가계와 생애를 간추려 보면 다음과 같다. 윤덕희는 恭齋 尹斗緖(1668~1715)의 아들로 1748년 肅宗御眞 重模에 監董으로 참여했을 만큼 당대에 인정받은 화가였다. 그는 82세라는 긴 생애 동안 작품 활동을 하였고 현재까지 산수도 70폭, 도석인물화 19폭, 풍속화 5폭, 동물화 15폭 등 모두 110폭의 작품이 전해지고 있다.

해남 윤씨 가문은 윤두서, 윤덕희, 윤용(1708~1740)을 잇는 3대에 걸친 문인화가를 배출하였다. 윤덕희의 생애는 초년기·중년기·노년기·만년기 등 네 시기로 나누어 살펴보았다. 우선 초년기(1685~1713(29세))에 그는 서울과 駱峰의 서쪽에 위치한 회동에 살았다. 그는 20세 이전에 스승인 이수서(1662~1723)에게서 학문을 배웠으며, 부친 윤두서의 영향으로 서화에도 일찍부터 입문하였다. 중년기(1713(29세)~1731년(47세))에는 해남

---

1) 작년 초에 해남 연동에 있는 해남 윤씨 종가에서 윤덕희의 필사본 유고인『溲勃集』상·하권이 발견되었다.『溲勃集』은 그의 나이 21세(1705)부터 82세(1766)까지 쓴 총 578편의 시문을 싣고 있다. 또한 이 문집은 연대기로 구성되어 있어 생애·교유관계·회화관을 구체적으로 살필 수 있으며 題畵詩를 통해서 작품의 선후관계를 밝힐 수 있을 뿐만 아니라 현존하지 않은 작품의 내용까지도 살필 수 있다. 차미애는 논문『駱西 尹德熙 繪畵 硏究』(홍익대 석사학위논문, 2001. 12. 31)에서 윤덕희의 문집과 현존하는 대표적인 작품들을 중심으로 윤덕희의 생애·회화형성의 기반·그리고 작품세계를 자세히 고찰하여 조선 후기 화단에서 윤덕희가 차지하는 회화사적 위치를 규명하였다. 그리고「소설경람자」에 열거된 소설 목록을 일목요연하게 분류하여 논문 뒤에「부록 4」로 실었다.

백련동에 살면서 가전유물을 정리하고 서화를 수련하였다. 노년기 (1731(47세)~1752(68세))에 그는 다시 상경해 살면서 왕성한 작품활동을 함으로써 1748년에는 다시 숙종어진 重模에 監董으로 참여했다. 이로 인해 그는 6품직인 司饔院 主簿를 제수 받고 2년 동안 관직생활을 하기도 하였다. 만년기(1752(68세)~1766(82세))에 그는 다시 해남으로 낙향하였으나 한쪽 눈을 실명하여 작품활동에는 주력하지 못했고 시를 쓰는데 몰두하였다.

윤덕희의 사상과 학문은 성리학은 물론 불교·도가 및 신선사상·양생술·의약·음악·중국소설 등에 두루 미쳤다. 부친 윤두서는 일찍부터 실학자로서의 면모를 갖추어 다방면에 관심을 가졌으며, 그 중 패관소설을 모두 읽어 지식을 넓히는데 도움을 얻었다고 하는데 구체적인 서목은 현존하지 않고 있다.

윤덕희는 다양한 인물들과 교유하였음을 확인할 수 있었다. 그는 왕가의 종신 南原君 이목설, 順義君 李煊, 順悌君 이화단, 그리고 매제인 申光洙 등과 문예 교류를 하였다.

尹德熙의 「小說經覽者」 書目 : 128종 「1762年」		尹德熙의 『字學歲月』 書目 : 46종 「1744年」	『中國小說繪模本』과 일치된 서목 : 52종	낙선재문고 중국소설 번역본과 일치된 서목
歷史小說	三國衍義(三國志演義), 開闢衍譯(開闢演繹), 列國誌(東周列國志), 五代史(殘唐五代史演義), 南宋衍義, 東漢記(東漢演義), 西漢記(西漢演義), 隋唐志(隋唐演義), 後三國志, 北宋衍義(北宋演義), 隋煬艶史, 韓魏小史(?) : 12종	三國志, 西漢記, 隋唐志, 列國誌, 五代史, 南宋衍義, 北宋衍義, 開闢衍譯, 東漢記	三國志, 開闢演義, 殘唐演義, 列國誌, 南宋演義, 東漢演義, 西漢演義, 隋唐演義, 北宋演義, 東漢演義 : 10종	開闢衍譯(開闢演繹), 三國志演義, 殘唐五代史演義傳, 北宋志傳
英雄小說	忠義水滸志(120회본), 後水滸傳, 仙眞逸史(禪眞逸史의 오기), 大明英烈傳(皇明英烈傳), 精忠傳, 楊六郞傳 : 6종	水滸志, 後水滸志, 大明英烈傳	水滸志, 後水滸志 , 禪眞逸史, 皇明英烈傳 : 4종	水滸傳, 禪眞逸史, 後水滸傳,

尹德熙의 「小說經覽者」 書目 : 128종 「1762年」		尹德熙의 『字學歲月』 書目 : 46종 「1744年」	『中國小說繪模本』과 일치된 서목 : 52종	낙선재문고 중국소설 번역본과 일치된 서목
神魔小說	孫龐衍義, 封神記(封神演義, 西周演義), 西遊記, 東遊記, 西洋記(三寶太監西洋記), 後西遊記, 平妖傳, 女仙外史 : 8종	西遊記, 孫龐衍義, 西洋記, 女仙外史, 東遊記	孫龐衍義, 西周演義, 西遊記, 東遊記, 西洋記, 後西遊記 : 6종	西周演義, 平妖傳, 女仙外史, 孫龐衍義
話本小說	歡喜寃家(歡喜奇觀), 醒世恒言, 覺世名言, 警世通言, 今古奇觀, 五色石, 西湖佳話, 貪歡報, 人中畵, 拍案驚奇, 留人眼, 八洞天, 跨天虹, 鴛鴦影, 錦疑團, 西湖二集, 一片情, 十二峯, 再求鳳, 一枕奇, 雙劍雪, 金粉惜, 快士傳, 千古奇聞 : 24종	警世通言, 十二峯, 貪歡報, 今古奇觀, 西湖佳話 : 5종	醒世恒言, 今古奇觀, 五色石, 西湖佳話, 貪歡報, 人中畵, 拍案驚奇, 留人眼 : 8종	今古奇觀
人情小說	醒世因緣 : 1종 a. 艶情小說 杏花天, 濃情快事, 昭陽醜史(昭陽趣史의 오기), 金甁梅, 痴婆子傳, 玉樓春, 肉蒲團, 弁而釵, 浪史, 戀情人, 巫夢緣 : 11종 b. 才子佳人小說 玉嬌梨, 引鳳簫, 好逑傳, 玉支機(玉支磯의 오기), 春風面(春風眼의 오기), 巧聯珠, 六才子傳, 春柳鶯, 金翠翹傳(金雲翹傳), 蝴蝶媒, 平山冷烟(平山冷燕의 오기), 飛花艶想, 催曉夢, 吳江雪, 兩交婚傳, 迴文傳, 賽花鈴, 錦香亭, 鳳凰池, 定情人, 歸蓮夢, 五鳳吟, 畵圖緣, 驚夢啼, 醒風流, 情夢柝, 夢月樓, 獜兒報(麟兒報의 오기) : 28종	a. 濃情快事, 浪史, 杏花天, 肉蒲團, 戀情人, 玉樓春 b. 醒風流, 定情人, 驚夢啼, 畵圖緣, 金翠翹傳, 賽花鈴, 五鳳吟,	a. 杏花天, 昭陽趣史, 錦甁梅, 玉樓春, 肉蒲團, 弁以釵, 戀情人, 巫夢緣 : 8종 b. 玉巧利, 四才子書, 玉支磯, 春柳鶯, 巧聯珠, 好逑傳, 玉翠翹傳, 引鳳簫, 春風眼 : 9종	b. 平山冷燕, 醒風流, 引鳳韶
文言小說	商傳, 國色天香, 古列女傳, 山海經, 太平廣記, 列仙傳, 剪燈新話, 剪燈餘話, 艶異篇, 文苑査橘(文苑楂橘의 오기), 虞初志(虞初新志), 一夕話, 花陣綺言, 情史, 西湖志 : 14종	商傳, 山海經, 國色天香	剪燈新話, 文苑楂橘, 山中一夕話, 列仙傳, 艶異篇 : 5종	太平廣記
公案小說	龍圖神斷(龍圖公案) : 1종			
戲曲	西廂記, 西樓記, 四夢記, 續情燈, 蘭亥集 : 5종	西廂記, 四夢記, 續情燈 : 3종	西廂記 : 1종	
其他	鑑戒書 : 養正圖說 佛道敎書 : 釋氏源流, 寂光經, 感應圖說 鴻書 : 5종		養正圖解, 感應篇 : 2종	感應篇
韓國漢文小說	王慶龍傳, 周生傳, 南征記, 紅白花傳 : 4종	南征記, 紅白花傳		
未確認書目	笑裡笑, 奇團圓, 人月圓, 遇奇緣, 杏紅衫, 河陽媤美 : 6종	奇團圓 : 1종		

3.

　윤덕희는 문집『私集』권4 맨 후면에「小說經覽者」란 이름으로 총 128
종을 필사해 놓았다. 이 서목을 기록한 맨 앞장 하단에 "駱西今年七十八
寫此小字試目"이라고 쓰여 있고 다음 줄에 당 王之渙의 五言絶句「登鶴
雀樓」 '白日依山盡, 黃河入海流, 欲窮千里目, 更上一層樓.'이 적혀 있고,
그 밑에 "知有前期在難家此夜中七十九書"라고 적혀 있는 점으로 보아 이
는 78세 때인 1762년에서 1763년경에 쓴 것으로 추정된다. 그런데 이 서
목 중 46종은 건륭 9년인 1744년 달력을 이용한 낙서장『字學歲月』에 적
혀 있다. 128종의 서목은 1762년까지 완산이씨가 쓴『中國小說繪模本』에
실려 있는 총 74종(83종의 서명 중)의 소설보다 현저하게 많다.

　윤덕희가 본 중국소설은 역사소설 12종, 영웅소설 6종, 신마소설 8종,
화본소설 23종, 인정소설 40종, 문언소설 14종, 공안소설 1종 등이다. 그
밖에 불교서 2종, 국내 한문 창작소설로 4종, 희곡 5종 등이다.[2] 위 목록
에서 특기할 사실은 의화본소설과 인정소설이 압도적으로 많은 비중을
차지하고 있는데, 그중 인정소설은『醒世姻緣傳』과 함께 艶情小說이 11
종, 재자가인소설이 28종 등 모두 40종이나 된다.

　이 서목은 지금까지 현존하는 중국소설과 관련된 기록 중 가장 많은
양이다. 그러나 이는 윤덕희가 중국소설을 탐독해서라기보다는 그림을
그리기 위해 삽화를 보는 것이 주목적이지 않았나 싶다. 소설 삽화가
그의 작품에서 구도, 소재, 배치방식 등에 어떤 식으로든 영향을 미쳤을
것으로 보인다. 이 소설들의 삽화는 조선 후기 회화에도 영향을 주었음
을 시사하는 대표적인 예가 화원 金德成(1729~1797) 이하 기타 화원들이

---

2) 차미애, 위의 논문, pp.43~44.

繪模에 참여한『중국소설회모본』이라든가 영조의 어람용『精忠錄』의 삽화를 熊大木의 소설『大宋中興通俗演義』삽화 40여 장을 그대로 옮겨 확대 판각한 것이 좋은 예이다.

차미애에 의하면 이들 소설 삽화 말고도 중국으로부터 유입된 각종 판각본들이 윤덕희의 작품세계를 형성하는 데 있어 큰 비중을 점유하고 있다고 한다. 윤덕희는『顧氏畵譜』,『孔夫子聖蹟圖』역대 성현도상 총합본인『照史』등 현재 해남 종가에 소장된 화보들과『唐詩畵譜』,『張白雲選名公扇譜』,『芥子園畵傳』,『三才圖會』등 화보들을 다양하게 열람하였고, 그 중 특히『고씨화보』(12점),『삼재도회』(13점)의 영향이 두드러져 그가『삼재도회』도 직접 수장했을 가능성이 있다고 하였다.3)

■『문헌과 해석』통권19호, 문헌과해석사, 2002

---

3) 차미애, 위의 논문, p.81.

제4장 『剪燈餘話』와 낙선재본 『빙빙뎐』 연구

1. 머리말

『聘聘傳』은 낙선재에 소장되어 있던 소설 작품으로서 鄭炳昱 교수가 처음으로 학계에 소개하면서 번안소설로 분류한 바 있다.[1] 이 낙선재본은 전 5권 5책 중 첫 권이 없는 낙질본이었다. 그후 1985년 서울대 金完鎭 교수가 첫 권을 우연히 입수하여 『한국문화』에 공개하였다.[2] 이는 모두 유일본이다. 이 작품에 대해서는 단편적인 자료소개만 되었을 뿐[3] 이제까지 연구가 부진하였다. 그것은 이 소설이 중국소설의 번역물일 것이라는 점 때문인 듯하다. 일찍이 조희웅은 「낙선재본 번역소설 연구」에서 『빙빙전』을 중국소설의 번역으로 보았다. 그 근거로 그는 "국립도서관 장서 중에 『中國歷史繪模本』[4]이라는 저자 년기 미상인 필사본이

---

1) 鄭炳昱, 「낙선재문고 국문서적 해제」, 『韓國 古典의 再認識』, 홍성사, 1979, p.418.
2) 金完鎭, <자료소개> 聘聘傳 卷之一, 『韓國文化』 6, 서울大學校 韓國文化硏究所, 1985, pp.169~170.
3) 李明九, 「聘聘傳 解題」, 『國學資料』 18, 1974.

있는데, 이 책 속에는 우선 拙速筆의 서문이 있는 중, 80여 종의 중국소설을 나열하였고, 계속하여 이 각 소설의 삽화(실은 四大奇書를 중심으로 일부 작품의 것만)가 약 50여 매 첨부되어 있다."5) 이 책에는 完山李氏의 序와 小敍가 있는데 그 가운데 83종의 서명이 나열되어 있고 일부 소설의 삽화가 128폭 실려 있다.6) 두 편의 서문 중 小敍를 옮겨 본다.

무릇 「四書」·「六經」, 그리고 「綱目」·「通鑑」·「宋鑑」·「明史」·「綱鑑」 등 여러 책과 한유·유종원, 백거이·이백·두보, 소동파의 여러 문집, 주자의 여러 책,「二程全書」 등 제자백가의 책 외에, 패관잡기 등의 책이 있어 그 이름을 이루 다 기록할 수가 없다. 그러나 그 가운데 대소간에 정교함과 초솔함, 허와 실, 세상을 경계함이 있음은 무슨 까닭인가? 그 서목의 큰 것으로는 「開闢演義」·「涿鹿演義」·「西周演義」·「列國志」·「西漢演義」·「東漢演義」·「三國志」·「東晋演義」·「西晋演義」·「禪眞逸史」·「隋唐演義」·「殘唐演義」·「南宋演義」·「北宋演義」·「皇明英烈傳」·「續英烈傳」·「焦史演義」이 있고, 그 서목의 작은 것으로는 「留人眼」·「西湖佳話」·「人中畫」·「禪眞後史」·「剪燈叢話」·「文苑楂橘」·「艶異編」·「五色石」·「型世言」·「醒世恒言」·「拍案驚奇」·「今古奇觀」·「列仙傳」·「女範」·「士範」·「養正圖解」·「孫龐演義」·「四才子書」·「玉巧利」·「玉支磯」·「春風眼」·「春柳鶯」·「破閑談」·「巧聯珠」·「好逑傳」·「王翠翹傳」·「弁以釵」·「引鳳簫」·「鳳簫梅」·

---

4) 60張. 圖. 四周單邊, 半郭24.3×16cm. 無界. 行字數不同. 內向黑魚尾. 27.9×19cm. 表紙書名：「支那歷史繪模本」. 序：壬午(?)……完山李氏書于藏春閣 裝幀：無紋柳綠色厚褙表紙, 土紅絲綴.(國立中央圖書館, 『外國古書目錄2』, 1971, p.895.)

5) 曺喜雄, 「樂善齋本 飜譯小說 硏究」, 『국어국문학』 62·63 합병호, 1973, p.266.

6) 『中國小說繪模本』은 원 제목은 "支那歷史繪模本"이다. 이 제목은 일제 강점기 때 일본 사람들이 낡은 화첩을 새롭게 장정하면서 붙인 이름인 듯하다. "支那"라는 명칭은 梵語에서 중국을 가리키는 말로 송대에 이미 사용된 기록이 있으나 흔한 명칭은 아니다. 이는 20~30년대 일본이 중국을 지칭하던 말이다. "歷史"라는 말은 "이 삽화를 보면 중국 歷代事跡을 알 수 있다"는 서문의 내용에서 따온 것이다. 그러나 『繪模本』에 실린 삽화는 모두가 통속 또는 문언소설의 삽화이므로 엄밀하게 말하면 "中國小說繪模本"이 옳다. 필자는 "中國小說繪模本"이라는 명칭이 이 화첩의 성격을 보다 잘 드러내 준다고 생각해서 "中國小說繪模本"으로 바꾸었다.

「山中一夕話」·「仙媛傳」·「富公傳」·「盛唐演義」·「太原志」·「聖經直解」·「七克」·「聘聘傳」·「西廂記」 등이 있다. 그 가운데 대·중·소질에 「西遊記」·「後西遊記」·「東遊記」·「水滸志」·「後水滸志」·「水滸後傳」·「西洋記」·「包公演義」·「無寃錄」·「迪吉錄」·「感應篇」·「剪燈新話」가 있다. 또 그 중 淫談怪說에 「艶情快史」·「昭陽趣史」·「錦屛梅」·「陶情百趣」·「玉樓春」·「貪歡報」·「杏花天」·「肉蒲團」·「戀情人」·「巫夢緣」·「燈月緣」·「鬧花叢」·「艶史」·「桃興圖畫」·「百抄」·「何潤傳」이 있다. 형형색색, 울울창창, 이루 다 말할 수가 없다. 그 중 귀감이 되고 경계가 될 만한 것과 웃음을 줄 수 있고 사랑스러운 것을 뽑아 책을 만들어 화원인 주부 김덕성 등 약간 명으로 하여금 회모하여 책을 만드니, 책을 펼치면 역대 사적이 일목요연하다. 서문을 써서 책머리에 싣고 발문을 지어 말미에 덧붙여 후손에게 전하니 아무렇게나 보지 말 것이다. 임오 윤오월에 초구일에 완산이씨 여휘각에서 쓰다.[7]

---

7) 夫「四書」·「六經」及「綱目」·「通鑑」·「宋鑑」·「明史」·「綱鑑」諸書, 韓·柳, 白·李·杜, 蘇諸集, 朱子諸書, 「二程全書」等諸子百家之外, 又有稗官少史等諸書, 其名不可勝記. 然其中有大少精粗·虛實·警世之, 何則? 槩其條目之大則, 曰「開闢演義」, 曰「涿鹿演義」, 曰「西周演義」, 曰「列國志」, 曰「西漢演義」, 曰「東漢演義」, 曰「三國志」, 曰「東晉演義」, 曰「西晉演義」, 曰「禪眞逸史」, 曰「隋唐演義」, 曰「殘唐演義」, 曰「南宋演義」, 曰「北宋演義」, 曰「皇明英烈傳」, 曰「續英烈傳」, 曰「焦史演義」也. 其條目之小則曰「留人眼」, 曰「西湖佳話」, 曰「人中畫」, 曰「禪眞後史」, 曰「剪燈叢話」, 曰「文苑楂橘」, 曰「艶異編」, 曰「五色石」, 曰「型世言」, 曰「醒世恒言」, 曰「拍案驚奇」, 曰「今古奇觀」, 曰「列仙傳」, 曰「女範」, 曰「士範」, 曰「養正圖解」, 曰「孫龐演義」, 曰「四才子書」, 曰「玉巧利」, 曰「玉支磯」, 曰「春風眼」, 曰「春柳鶯」, 曰「破閑談」, 曰「巧聯珠」, 曰「好逑傳」, 曰「王翠翹傳」, 曰「弁以釵」, 曰「引鳳簫」, 曰「鳳簫梅」, 曰「山中一夕話」, 曰「仙媛傳」, 曰「富公傳」, 曰「盛唐演義」, 曰「太原志」, 曰「聖經直解」, 曰「七克」, 曰「聘聘傳」, 曰「西廂記」也. 其中又有大中小峽曰「西遊記」, 曰「後西遊記」, 曰「東遊記」, 曰「水滸志」, 曰「後水滸志」, 曰「水滸後傳」, 曰「西洋記」, 曰「包公演義」, 曰「無寃錄」, 曰「迪吉錄」, 曰「感應篇」, 曰「剪燈新話」也. 又其中有淫談怪說曰「艶情快史」, 曰「昭陽趣史」, 曰「錦屛梅」, 曰「陶情百趣」, 曰「玉樓春」, 曰「貪歡報」, 曰「杏花天」, 曰「肉蒲團」, 曰「戀情人」, 曰「巫夢緣」, 曰「燈月緣」, 曰「鬧花叢」, 曰「艶史」, 曰「桃興圖畫」, 曰「百抄」, 曰「何潤傳」也. 形形色色, 鬱鬱葱葱, 不可盡喻. 其中可鑑可戒者, 可笑可愛者, 抄集成冊, 令繪士主簿金德成等若干人, 摸本粧冊, 開卷歷代事跡, 其可瞭然. 引書序于首, 又作小跋于末, 以傳後之子孫, 其勿泛看也夫. 壬午閏五月初九日完山李氏書于麗暉閣之上.

중국소설회모본은 序와 小敍가 영조 38년 임오년(1762)에 작성되었으며 완산이씨가 김덕성(1729~1797) 등 화원을 시켜 그린 것이다.

이같은 사실은 序과 小敍의 기록으로 쉽게 알 수 있는데, 먼저 序 말미에 "壬午年 閏五月 初九日에 완산이씨가 藏春閣에서 쓰다."라고 되어 있고, 小敍 말미에는 "壬午年 閏五月 初九日에 완산이씨가 麗暉閣에서 쓰다"라고 되어 있어, 壬午年 5월 9일에 같은 날 완산이씨가 여휘각과 장춘각을 오가며 쓴 것임을 알 수 있다.8)

그렇다면 한글본 『빙빙전』이 이루어진 시기는 1762년 이전임이 확실하다. 실제로 낙선재본으로 남아 있는 『빙빙전』은 유일본으로서 그 고어와 고문체로 살펴보건대 18세기에 이루어졌음을 재확인할 수 있다.

필자는 1993년 9월 북경에서 열린 중국소설세미나에 참석 「완산이씨 『중국소설회모본』에 대하여」를 발표하면서 『빙빙전』과 『태원지』의 원전을 알 수 없다며 중국학자들의 자문을 구하였다. 그 자리에서 대만 문화대학의 陳益源 교수는 『빙빙전』의 "聘聘"이 "娉娉"의 오기라며, 빙빙은 「賈雲華還魂記」의 주인공 가운화의 다른 이름이라고 일러주었다. 이에 필자는 마침 그가 가지고 있던 『전등여화』의 한 편인 「가운화환혼기」의 등장인물을 대조해 본 결과 주인공 빙빙은 물론 魏鵬·蕭夫人·莫夫人 등의 인명이 일치하는 것을 보고 문언소설 「가운화환혼기」의 번역이라고 단정하였다. 그러나 한편으로는 문언소설인 「가운화환혼기」의 번역본으로 보기엔 『빙빙전』은 그 분량(5책, 650면)이 너무 많았다. 그러나 「가운화환혼기」가 비록 문언소설이기는 하나 『전등여화』에 실린 다른 단편소설에 비하건대 보기 드문 장편이었으므로 그럴 수도 있겠다 생

---

8) 朴在淵, 「完山李氏 中國小說繪模本 解題」, 『中國小說繪模本』(附 : 韓國所見中國通俗小說書目), 江原大 出版部, 1993. 8, pp.155~195.

각하였다.

　그후 낙선재본『빙빙전』을 입력하는 과정에서「환혼기」와 등장인물의 이름만 일치할 뿐 내용이 너무나 많은 차이를 보여 다시 혼란에 빠졌다. 그래서 이번에는 周淸源에 의해 의화본으로 개작되어『西湖二集』9)에 수록된 제27권「灑雪堂巧結良緣」의 번역이 아닐까 생각하여 살펴보았지만 문언으로 쓰여진「환혼기」보다 오히려 분량이 적었고 화본의 내용을 살펴본 결과「환혼기」와 거의 같았다. 그래서 이번에는 20회 정도의 장회소설로 이루어진 명말청초의 재자가인소설의 번역본이 아닐가 하는 생각이 들었다. 5책 분량이라면 20회 정도의 재자가인소설의 분량과 부합하였기 때문이다. 실제로『평산냉연』,『성풍류』,『인봉소』 등 재자가인소설의 번역본이 낙선재본으로 소장되어 있고,『옥지기』,『옥교리』,『호구전』,『금향정기』,『쌍봉기연』 등이 각 대학 도서관에 소장되어 있기 때문이었다. 그러나 현재까지 알려진 중국의 재자가인소설 가운데는 가운화를 소재로 한 것은 없었다. 다만 명대 梅孝己의 희곡에『灑雪堂傳奇』가 있으나 희곡과 소설의 형식상 이것의 번역일 가능성은 희박하였다.

　그렇다면『빙빙뎐』은 우리나라 사람이 소설『전등여화』 속의「가운화환혼기」의 기본 줄거리를 근간으로 하되 뒷부분을 변개 부연한 번안 작품일 가능성이 있다.

---

9)『西湖二集』은 대략 명말 숭정 연간에 나온 화본소설집이다. 작자 周淸源은 일명 濟天子라고 하며 武林人이란 것 외에 그의 생애에 대해서는 알려진 것이 거의 없다. 다만 湖海居士의 서문으로 그 면모를 짐작할 수 있을 뿐이다. 그는 주청원이 "曠世逸才, 胸懷慷慨, 朗朗如百間屋.……間氣所鍾, 才情浩瀚, 博物洽聞, 擧世無兩."이라 하였다. (阿英,「西湖二集所反映的明代社會」,『小說閑談』, 上海良友圖書, 1936)

2. 『剪燈餘話』의 작자와 판본

당대 중엽에 발흥한 전기소설은 당 이후 차츰 쇠퇴하다가 송대에 이르러 속작이 있었으나 공력은 이미 당나라 사람만 못하였다. 원대 작가는 더더욱 적었다. 淸江 宋梅洞의 『嬌紅記』만이 전기소설이라 할 만했고 그 나머지는 그저 필기에 지나지 않는다. 그러다가 명초에 이르러 전기소설은 다시 부활하기 시작하였다. 山陽 瞿佑(宗吉)의 『전등신화』가 이를 선도했고, 盧陵 李昌祺의 『전등여화』가 그 뒤를 이었다. 그들의 작품은 그 내용이나 경지에 있어서 당대 작가에 필적할 만했으나 예술적인 기교는 이미 최고가 아니었다. 노신의 말처럼 "필치가 장황하고 힘이 없다(文筆殊冗弱)." 그러나 내용은 모두가 烟粉이나 靈怪 등의 이야기였는데, 이는 당시 문자옥이 극심하고 문단이 침체된 상황에서 독자들의 환영을 받게 되자 통치계급은 인심을 현혹시킬까 두려워 금지시키기에 이르렀다. 그러다가 가정 초에 이르러서야 다소 완화되어 문단도 활발해졌고 전기소설 작가들이 다투어 출현하게 되었다. 이와 비슷한 시기에 재상까지 지낸 邱濬(1421~1495)도 약관의 나이에 『鍾情麗集』이란 염정소설을 지었다. 아무튼 이 『전등』 2종은 위로는 당송 전기를 잇고 아래로는 청대 『요재지이』의 출현을 가져오는 다리 역할을 하였다.

『전등여화』의 작자는 李禎(1376~1451)으로 자는 昌祺이다. 영락 계미년(1404) 진사로 한림원 서길사를 역임하였고 『영락대전』의 편수에 참여하였다. 예부주객랑중을 제수받았고 외직으로 광서·하남포정사를 역임하였다. 『명사』에 그의 전기가 있다.10) 작품에 『전등여화』 외에 『雲甓漫

---

10) 李昌祺, 名楨, 以字行. 盧陵人. 永樂二年進士, 選庶吉士. 預修『永樂大典』, 僻書疑事, 人多就質. 擢禮部郞中, 遷廣西左布政使, 坐事謫役, 尋宥還. 洪熙元年, 起故官河南, 與右布政使蕭省身繩豪猾, 去貪殘. 疏滯擧廢, 救災恤貧; 數月, 政化大行. 憂, 歸. 宣宗已命侍郞

稿』,『容膝軒草』,『僑庵詩餘』 등이 있다. 작자의 영락 18년(1420) 자서에 의하면 이 책은 1419년 전후에 이루어졌는데, 「가운화환혼기」를 쓴 뒤 7년 후에 『전등신화』를 보고 구우의 『전등신화』의 형식을 모방해서 지었으므로 "餘話"라고 칭하였다. 4권 20편으로 뒤에 7년 전에 지은 「환혼기」를 덧붙여 모두 21편이 되었다. 劉敬의 선덕 8년(1433) 서문에 의하면 이 해에 建寧縣에서는 張光啓로 하여금 이 책을 판각하게 할 때 유경은 「元白遺音」(즉 「至正妓人行」)을 함께 판각에 부쳐 지금 전하는 판본은 5권 22편으로 되어 있다.[11]

　『전등여화』는 명대 高儒의 『百川書志』에 저록되었다.[12] 『전등여화』의 초간본은 영락 경자년(1420) 이후에 나왔으나 현전하지 않고 선덕 계축년(1433) 장광계의 서문이 있으나 정통(1436~1449) 초년에 간행된 것으로 믿어지는 판본이 일본 천리대학에 전할 뿐 중국에서는 아직까지 초기 판본이 발견되지 않고 있다.[13] 그런데 천리대본은 권4에 보면 "廣西左布政使廬陵李昌祺編撰, 翰林院庶吉士文江劉子欽訂立, 上杭縣知縣張光啓校刊"이라 하고 있다. 장광계의 서문에 의하면 그가 판각할 때 사용했던 저본은 劉子欽에게서 얻었음을 알 수 있는데, 그의 『전등여화』 권수의 유경(子欽)의 서문 "宣德癸丑夏, 知建寧府建寧縣事盯江張公光啓, 銳意欲廣其傳, 書來, 謂子所錄得眞, 請壽諸梓. 遂序其始末, 以其本並「元白遺音」附

魏源代, 而是時河南大旱, 廷臣以昌祺廉潔寬厚, 河南民懷之, 清起昌祺. 命奪喪赴官, 撫恤甚至. 正統改元, 上書言三事, 皆報可. 四年, 致仕. 家居二十餘年, 屛跡不入公府. 故廬裁蔽風雨, 伏蠟不充. 景泰二年, 卒. (『明史』 卷161, 「列傳」49, 景仁文化社 影印本 『明史』 中, p.485)

11) 敬不敏, 什襲所錄, 欲刊而未能. 宣德癸丑夏, 知建寧府建寧縣事盯江張公光啓, 銳意欲廣其傳, 書來, 謂子所錄得眞, 請壽諸梓; 遂序其始末, 以此本幷「元白遺音」附之, 以同其刊云.

12) 『剪燈餘話』四卷, 廣西左布政使廬陵李昌祺續著. 『百川書志』 六, 史部, 小史.

13) 天理大學 소장본으로 中華書局에서 『古本小說叢刊』의 하나로 영인되었다.

之, 以同其刊云. 是歲七月朔旦也.”에서 언급된 계축은 선덕 8년(1433)으로 장광계가 이 책을 간행하려고 생각한 해였다. 당시 그는 建寧縣 지현이었다. 그러나 “上杭縣知縣”이라고 서명하고 있음으로 해서 이 간본은 그가 上杭으로 옮긴 후에 간행된 것을 알 수 있으며 그 시기는 대개 정통연간(1436~1449)으로 추정된다.

천리대 소장 장광계본의 분권은 이상하게 되어 있다. 총목이 없고, 권수를 “卷之一”로 하고, 권 말미에 “卷之五”라 하였다. 그 나머지 4권은 각각 “卷之六”, “卷之七”, “卷之八”, “卷之九” 혹은 “卷之終”이라 표기되어 있고, 판심은 “餘話五卷”. “餘話六卷”, “餘話七卷”, “餘話八卷”, “餘話九卷” 혹은 “還魂記九卷”이라고 되어 있다. 여기에서 알 수 있듯이 이 책은 원래 구우의『전등신화』(전4권)과 합각했던 것임을 알 수 있는데, 앞부분 네 권은 일실되고 없다. 권8, 권9의 말미에는 “新刊剪燈新餘話”라고 서명하여『전등신화』와『전등여화』를 나란히 병기한 사실이 이를 입증한다.

권9에 제한 서명은 “新刊增補全相剪燈餘話續集”이다. “全相”은 매엽 상단의 삽화를 가리킨다. “增補”는 두 곳에 있다. 하나는 권8 말미의「至正妓人行」과「諸名公跋」이 그것이고, 다른 하나는 권9의「賈雲華還魂記」로 “續集”이라 표기하고 있다. 그러나 이창기의 서문에 의하면, “此爲二十篇, 名曰『剪燈餘話』, 仍取「賈雲華還魂記」續於篇末”이라 하고 있어「환혼기」가 원래는 부록으로 있었으며 20편 속에 포함되지 않는 독립된 한 편이었음을 알 수 있다. 한 권으로 독립한 것은 장광계로부터 시작된 것임을 알 수 있다.14)

이제까지『전등여화』는『전등신화』와 마찬가지로 중국에서는 오래

---

14) 陳慶浩・劉世德・石昌渝 主編,「『古本小說叢刊』第5輯 前言」, 北京 : 中華書局, 1990.

전에 일실된 것으로 여겨졌다. 그도 그럴 것이『전등신화』가 나온 이후 『剪燈餘話』・『效顰集』・『覓燈因話』 등 일련의 문언소설들이 당시에 대단히 유행하자 조정에서 금지하였기 때문이다.15) 그러다가 명 후기에 들어 통속소설이나 유서, 문언소설 선본에 나뉘어 수록되었고 많은 이야기들이 백화 단편이나 희곡으로 개작되어 새로운 문학형식으로 바뀜으로써 이들 원 단행본은 도리어 유통되지 않게 되었다. 그럼에도 불구하고 중국에 일부 판본들이 전해지고 있다.16)

이후에 나온 판본으로 (1) 성화 정해(1467)본 4권이 있으며, (2) 成化 22년(1486) 雙桂堂 간본이 일본 내각문고에 전하고, (3) 정덕 6년(1511) 淸江書堂 楊氏重校刊行本 2책과 (4) 만력 黃正位 간본으로『전등신화』4권『전등여화』4권 가운데『신화』권4와『여화』권1~3이 각각 북경도서관에 전하며, (5) 명간본『전등신화』4권,『전등여화』4권 도합 5책이 상해도서관에 전한다. (6) 이밖에도 주릉가가 상해도서관 창고에서 명간본『여화』낙질본 2책을 구하였는데 복건 건양판이다. 청대 들어와 (7) 건륭 신해년(1791)에 간행된 방각본에는 14편만 실려 있다. (8) 동치 신미년(1871) 간본은 鎭江 文盛堂의『剪燈叢話』의 일부로 3권이 있으며, (9) 董康(1917)이 일본 慶長(1596~1614)・元和(1615~1623) 활자본에서 집주를 삭제하고 誦芬室叢刻으로 간행한 5권이 있다.

그럼『전등여화』가 국내에 전해진 것은 언제일까? 이에 대해 유탁일 교수는『용비어천가』에 나오는 기록을 들고 있다.17) 세종 27년 을축년(1445)에 완성되고 세종 29년(1447) 주해하여 간행했던「용비어천가」제 99

---

15) 王利器 輯錄,『元明淸三代禁燬小說戲曲資料』, 上海古籍出版社, 1981, p.15.

16) 陳慶浩,「瞿佑和剪燈新話」,『漢學硏究』제6권 제1기, 1988, p.210.

17) 柳鐸一,「『剪燈新話』,『剪燈餘話』의 韓國傳來와 受容」,『古小說硏究論叢(茶谷李樹鳳先生華甲紀念論叢)』(1988, p.306)에서 재인용.

장에 보면 송태조 조광윤에 대한 기록이 나온다. "亳州 사람 陳搏이 경륜의 재주를 지니고 오대의 말년을 당하여 사방에 노닐었으나, 뜻을 이루지 못하고 산중에 들어가 숨어 살더니 진나라 이후로 매양 왕조의 혁명을 들을 때마다 눈살을 찌푸리고 며칠 동안을 지내므로 사람들이 그 까닭을 물어도 눈만 부릅뜰 뿐 대답하지 않았다. 한번은 흰 나귀를 타고 악소년 수백 명과 더불어 汴州에 들어가려다가 중도에서 송나라 태조 조광윤이 등극했다는 말을 듣고 한바탕 크게 웃더니 나귀에서 내려 '천하는 이제부터 안정되리라'고 하였다."[18)]는 고사를 인용하면서 그 고사에 대한 주석으로 다음과 같이 『전등여화』의 내용을 인용하였다.

『剪燈餘話』曰 : 五代之亂　古所未有, 不有英雄起而定之, 則亂何時而已乎? 圖南窺見其幾, 有志大事, 往來關·洛, 豈是浪遊, 及聞趙祖登極, 墜驢大笑, 故有'屬猪人已著黃袍'之句, 就已字觀之, 蓋可見矣. 旣而拂袖歸山, 白雲高臥, 野花啼鳥, 春色一般, 遠引高騰, 不見痕跡, 所謂寓大巧於至拙, 藏大智於極愚, 天下後世, 知其爲神仙而已矣! 知其爲隱者而已矣! 執得而窺其突奧奧?[19)]

이것은 『전등여화』 권2 「靑城舞劍錄」의 주인공인 眞本無와 文固虛의 대화 가운데 나오는 것이다.[20)] 유탁일 교수는 위 기록을 근거로 『전등여화』가 세종 27년(1445) 이전에 이미 우리나라에 유입되어 이 「용비어천가」를 주석하던 집현전 학사들에 의해 읽혀졌음을 지적하였고, 그 전

---

18) 亳州人陳搏負經綸之才, 歷五季亂離游四方, 志不遂, 入山隱居. 自晋以後, 每閱一朝革命, 顰盛數日, 人有問者, 瞪目不答. 嘗乘白驢, 從惡年少數百, 欲入汴州, 中途聞宋太祖登極, 大笑墜驢曰 : "天下自此定矣."(『龍飛御天歌』 卷十 19a, 대제각 영인본(1973) p.249.

19) 『龍飛御天歌』 「第九十九章」 卷十 19b, 같은 책, p.249.

20) 「용비어천가」 주해 인용에서 생략된 부분을 복원하면 다음과 같다. 〔固虛曰 : '吾于宋得一人焉, 曰陳圖南.〕…… 〔方之子房, 有過無不及. 人亦有言, 英雄回首卽神仙, 豈不信歟!'〕

입시기는『전등여화』가 저작된 세종 2년(1420)에서「용비어천가」가 완성된 1445년 사이인데,「용비어천가」에 인용된 판본이 영락 초간본이라기보다는 선덕 8년(1433)에 간행된 張光啓本일 가능성이 크다고 하였다.[21] 그러나 천리대 소장 장광계본에서 보았듯이 만약 우리나라에 전래된 판본이 장광계본이라 하면 宣德 연간이 아니라 正統(1436~1449) 연간 초에서 1445년까지로 보는 것이 타당할 것이다.

그 후 조선왕조실록의 기록에 의하면 연산군(1494~1506) 12년(1505) 4월 壬戌에 사은사로 하여금『剪燈新話』·『效顰集』·『嬌紅記』·『西廂記』 등과 함께『剪燈餘話』를 구입해 올 것을 지시한 기록,『전등신화』와『전등여화』를 印進하라고 전교한 기록을 찾아볼 수 있다.[22]

『전등신화』는 우리나라에서 다시 인출되었으나[23]『전등여화』는 당시에는 미처 인출되지 못한 듯하다. 그러나 유탁일 교수에 의하면 "임란 이전에 魚叔權이 지은『攷事撮要』八道冊板條에 전라도 순창에서 간행되었다는 기록이 있는데, 15~6세기 민간에서도 그 독자가 있었다는 것을 알 수 있다. 그러나『전등신화』가 밀양 등 11개소에서 간행된 것에 비하면『전등여화』는 1개소가 보이니 많은 독자를 갖지 못했을 것으로 짐작된다."[24]고 하였다.

---

21) 위의 글, pp.306~307.

22) "傳曰, 剪燈新話·剪燈餘話·效顰集·嬌紅記·西廂記等, 令謝恩使貿來……傳曰, 剪燈新話·餘話等書, 印進. (朝鮮王朝實錄, 燕山君日記 卷之三·3)

23) "下剪燈新話曰, 序云不正之君所好者爲聲色歌舞, 而上下相聚, 政治廢弛, 國勢不振, 豈因聲色歌舞而國必亡乎. 由上下相蒙而然耳, 前朝之君亦有如此者乎. 承政院啓, 豈徒聲色, 亦有上下相蒙, 政治廢弛, 故國勢不振, 前朝之事臣等未詳知之." (朝鮮王朝實錄·燕山君 卷62)

24) 柳鐸一, 위의 글, p.307.

3. 『剪燈餘話』와 「賈雲華還魂記」

『전등여화』에 실려 있는 작품은 다음과 같다.

卷一

　長安夜行錄 /聽經猿記 /月夜彈琴記 /何思明游酆都錄 /兩川都轄院志
卷二

　連理樹記 /田洙遇薛濤聯句記 /靑城舞劍錄 /秋夕訪琵琶亭記 /鸞鸞傳
卷三

　鳳尾草記 /武平靈怪錄 /瓊奴傳 /幔亭遇仙錄 /胡媚娘傳
卷四

　洞天花燭記 /泰山御史傳 /江廟泥神記 /芙蓉屛記 /鞦韆會記
　至正妓人行
卷五

　賈雲華還魂記

『전등여화』는 작가 자신도 스스로 밝혔듯이 전적으로 『전등신화』를 모방하였다.25) 편수가 같을 뿐 아니라 제재도 비슷하다. 歌行 「至正妓人行」과 본고에서 다루고자 하는 권5의 「가운화환혼기」 만이 『전등신화』에 없는 것이다. 그 밖에 구우와 다른 점이 있다면 그는 자신의 글재주와 학식을 과시하고 싶었다는 점이다. 그의 작품 속에는 본문과는 무관

---

25) 往年余董役長干寺, 獲見睦人桂衡所制「柔柔傳」, 愛其才思俊逸, 意婉詞工, 因述「還魂記」擬之. 後七年, 又役房山, 客有以錢塘瞿氏『剪燈新話』貽余者, 復愛之, 銳欲效顰; 雖奔走埃氛, 心志荒落, 然猶技癢弗已. 受事之暇, 捃摭搜聞, 次爲二十篇, 名曰『剪燈餘話』, 仍取「還魂記」續于篇末. 以其成于羈旅, 出于記憶, 無書籍質證, 慮多牴牾, 不敢示人. (李昌祺, 「剪燈餘話序」, 『剪燈新話』外 二種, 上海 : 古典文學出版社, 1957, p.121)

하게 시사들이 적지 않게 삽입되어 있다. 그러므로 편수는 『전등신화』
와 같지만 전체 분량은 거의 두 배에 이른다. 이창기는 옛사람들의 싯
구를 모으는 데 능수능란했다. 安磐은 그의 『전등여화』 가운데 그의 集
句는 취할 만하다고 하였다. "예컨대 '不將脂粉浣顔色, 惟恨緇塵染素衣',
'漢朝冠蓋皆陵墓, 魏國山河半夕陽' 등은 댓구가 천의무봉이라 할 만하
다"26)고 했는데 이는 결코 과찬이 아니다.

이창기는 구우처럼 미관말직이 아닌 고위직에 있었던 데다 『전등여
화』 가운데는 "규방의 밀회를 꾸미고 외설적인 이야기를 모아(粉飾閨情,
拈掇艶語)" 당시 도학자들에 의해 옥의 티로 여겨지고 있었다. 『列朝詩集
小傳』에는 "그가 죽은 후에 사당에 모시려 했지만 고향 사람들이 그러
한 사실을 들어 허물하자 그만두었다. 옥에 티라 할 것이니 그저 무료
를 달래기 위해 쓴 것일 뿐인데 그러함이 어찌 그러함에 그치랴?"27)라
고 했고, 都穆의 『都公談纂』에도 이렇게 말하고 있다. "경태 연간에 도헌
한옹이 강서를 순무할 때 여릉 고향 향교에 이창기만이 『전등여화』를
지었다 하여 들지 못하였으니 저술에 어찌 신중을 기하지 않을 수 있으
랴!"28)라고 했으니 이는 모두 당시 일반 도학자들이 소설류를 얼마나
백안시했는가를 극명하게 보여준다.

사람들은 『전등여화』의 작가가 "글로써 희롱만을 일삼았다"29)라고

---

26) 安磐曰：『餘話』記事可觀, 集句如：'不將脂粉浣顔色, 惟恨緇塵染素衣', '漢朝冠蓋皆陵
   墓, 魏國山河半夕陽.' 對偶天然, 可取也. (錢謙益, 『列朝詩集小傳』上, 上海：古典文學出
   版社, 1957, p.192)

27) 其歿也, 議祭于社, 鄕人以此短之, 乃罷. 白璧微瑕, 惟在"閑情"一"賦", 其然豈其然乎? (錢
   謙益, 『列朝詩集小傳』上, 上海：古典文學出版社, 1957, p.192)

28) 景泰間, 韓都憲雍巡撫江西, 以廬陵鄕賢祀學宮, 昌祺獨以作『餘話』不得入, 著述可不愼
   歟! (蔣瑞藻, 『小說考證』續編 卷一에서 재인용)

29) 旣釋徽纆, 寓順城門客舍, 學士曾公子棨過餘, 偶見焉, 乃撫掌曰："玆所謂以文爲戲者非
   耶?" 輒冠以敍, 稱其穠麗豊蔚, 文采燦然. (李昌祺, 「剪燈餘話序」, 『剪燈新話』外二種,

평하지만 사실은 그렇지 않다. 靈怪나 幽冥을 그린 작품들은 대부분 옛 사람의 입을 빌어 고금의 정사를 논하였다. 예컨대 「長安夜行記」는 당대 여러 왕들의 황음을 기술하였고, 「何思明游酆都錄」은 "인간 세상의 관리들이 뇌물을 받고 사리사욕을 취하다가 지옥에서 죄를 받는 것을 묘사하였으며, 「秋夕訪琵琶亭記」는 진우량이 공신들을 살해하고 소인배를 가까이하고 무신들은 주색에 빠지고 문관들은 공언을 일삼아 끝내는 왕업을 이루지 못함을 그렸다. 특히 「靑城舞劍錄」은 원대 태평시절에 안주하여 주색에 탐닉, 마침내는 나라가 망하는 교훈을 언급함으로써 공을 이룬 뒤 물러설 줄 아는 장량의 명철보신을 예찬하고, 은연중 공신을 살해하는 주원장을 풍자하였다. 이러한 것은 모두 "우언"으로 "뜻에 가리키는 바가 있다."30) 명초에는 문자옥이 삼엄하여 작자는 곡필을 사용하지 않을 수 없었으며 靈怪를 빌어 정치를 논하고 세상을 풍자하였다. "글로써 희롱을 일삼는다"는 말은 어디까지나 연막이었던 것이다.

『전등여화』 가운데 애정고사의 완성도는 매우 높다. 그 가운데 「連理樹記」, 「鸞鸞傳」, 「鳳尾草記」, 「瓊奴傳」 등은 모두가 비극이며, 「芙蓉屛記」, 「鞦韆會記」, 「가운화환혼기」 등은 희극으로 끝나기는 하지만 주인공의 애정은 온갖 우여곡절을 겪으며 남의 시신을 빌어 환생하는 등 전반적인 분위기는 비극적이다. 이들 작품 속에 등장하는 젊은 남녀들은 사랑에 빠져 모든 것을 돌아보지 않고 서신을 주고받으며 남몰래 밀회를 즐기다가 끝내는 죽음으로 사랑을 지킨다. 작자는 사랑에 대한 그들의 끈질긴 추구를 예찬하여 인성을 중시하는 인도주의적 경향을 보여주었다.

上海：古典文學出版社, 1957, p.121)
30) 意皆有所指. (張萱, 「疑耀」)

소설 가운데 젊은이의 사랑을 저해하고 파괴하는 것에는 관리의 횡포, 강도의 겁칙이 있는가 하면 봉건 예교나 진부한 누습, 심지어는 여식이 슬하를 떠나는 것을 참지 못해 하는 모정도 있다. 이러한 사회현상의 폭로와 비판을 통해 작품은 반봉건적인 경향을 보여 주었다. 이러한 작품의 우여곡절은 비극적인 매력을 지니고 있다. 물론「胡媚娘」이나「江廟泥神記」같은 몇몇 작품은 깊이도 없고 격조 또한 높지 않다. 많은 작품들이 시사를 소설에 편입시키되 절제하지 못해 장황하게 집구하거나 인용하여 이야기의 맥을 끊어놓아 오히려 무미건조해졌다.

아무튼『전등여화』는 명초 문언소설의 역작으로 예전부터『전등신화』와 어깨를 나란히 하여 "시정에 성행하였다."31) 명 정통 연간에『전등여화』는 금서로 금지되었는데 어떤 이는 "외설 괴탄의 이야기이기 때문"32)이라 하고 또 어떤 이는 "문자가 외설에 가깝지만 뜻은 모두 가리키는 바가 있어 한때 위선적인 유지들에게 환영받지 못했기"33) 때문이라고 한다. 그러나 이 소설의 영향을 막기는 어려웠다. 명대『情史』・『艶異編』등의 책은 모두「連理樹記」,「芙蓉屛記」,「鞦韆會記」,「賈雲華還魂記」등 작품을 다투어 전재하였다. 능몽초는「芙蓉屛記」와「鞦韆會記」를 각각 의화본「雇阿秀喜捨檀那物 崔俊臣巧會芙蓉屛」,「宣徽院仕女秋鞦韆會 淸安寺夫婦笑啼緣」으로 개작하여『拍案驚奇』에 수록하였다.「芙蓉屛記」,「鞦韆會記」,「鶯鶯傳」,「賈雲華還魂記」는 각각 희곡으로 각색되었으며『가운화환혼기』도 梅孝己에 의해『灑雪堂傳奇』로 개작되었다.34)

---

31) 盛行于市井. (明 都穆,「聽雨紀談」)
32) 作猥藝怪亂之語. (明 徐三重,「牖景錄」)
33) 詞雖近藝, 而意皆有所指, 故一時縉紳多有心非之者. (明 張萱,「疑耀」)
34) 徐渭의『南詞敍錄』에는 溧陽人作으로 되어 있다. (『中國古典戲曲論著集成』3, 北京 : 中國戲劇出版社, 1959, p.252)

「가운화환혼기」의 줄거리는 이러하다.

　원나라 延祐 연간에 魏參政은 아들 魏鵬을 낳고 세상을 떴다. 어머니는 蕭夫人이며 鸞·鷟 두 형이 있었다. 위붕은 어려서부터 기상이 뛰어나고 문장을 잘 지어 신동으로 불렸다. 그러나 至正 연간에 여러 차례 과거에 낙방하면서 실의에 빠져 있었다. 그러자 이를 걱정한 소부인은 편지 한 통을 들려주며 錢塘의 賈平章宅 莫夫人을 찾아가게 하였다. 위붕이 태어나기 전에 이미 그댁과는 혼인을 약속한 사이였다.

　그러나 딸 賈雲華를 위붕에게 출가시킬 생각이 없는 막부인은 그의 편지를 보고도 못 본 체한다. 한편 위붕은 그 집에 머물며 과거 공부를 하게 된다. 가운화의 미모와 글재주에 반한 위붕은 마침내 가운화와 남몰래 정을 통하게 되고 서로 사랑을 속삭인다. 2년 뒤 두 형들과 함께 과거에 응시하라는 어머니의 편지를 받은 위붕은 마지못해 가운화와 이별한다. 과거에 장원급제한 위붕은 江浙儒學副提擧가 되어 부임하기 전 헤어진 지 2년 만에 전당의 가씨댁을 찾아간다. 가운화와 재회한 위붕은 그동안 못 다한 회포를 푼다. 그러나 그것도 잠시 어머니가 돌아가셨다는 부음을 듣고 고향으로 돌아가게 되고, 막부인은 옛날 혼약을 저버리고 서둘러 가운화의 배필을 구하고자 한다. 그 해 가을 동생 賈麟이 과거에 급제하여 섬서 咸寧尹이 되어 온가족이 이사하게 된다. 한편 위붕을 향한 가운화의 마음은 변함이 없어 시름시름 앓게 된다. 뒤늦게 가운화가 그 지경이 된 까닭을 알게 되지만 이미 때는 늦었다. 가운화는 아우에게 후사를 부탁하고 또 자신의 유골을 고향에 묻어달라고 유언하고 죽는다.

　한편 가운화의 죽음을 전해들은 위붕은 애통해 하며 제문을 지어 올리고, 어머니 3년상을 마치고 陝西儒學正提擧를 제수받아 부임하는 길에 가운화의 산소를 찾아가 통곡한다. 그때 長安丞 宋子璧이란 사람에게 月娥란 딸이 있었는데 15세가 되던 해에 급사하였다. 죽은 지 삼일 만에 다시 깨어나서는 친부모를 알아보지 못하고 자신이 가운화라고 하였다. 가운화가 죽은 지 2년 만의 일이었다. 가운화는 함녕 가씨댁을 찾아왔는데 얼굴만 다를 뿐 말이나 행동이 가운화와 똑같았다. 막부인은 탄식하며 이 사실을 위붕에게 알려 혼인을 주선하고 위붕의 후당인 灑雪堂에서 혼례식을 거행하였다. 그후 가운화는 세 아들을 낳아 모두 벼슬하고, 위붕은 병부상서를 역임하고 83세에 세상을 떠나고, 가운화는 鄘國夫人에 봉해지고 79세에 세상을 떠났다.

이는 전등류 소설 가운데 가장 긴 소설이다. 남녀 간의 사랑을 가장 세밀하게 묘사하였고 줄거리도 우여곡절이 있다. 전체 이야기의 주제는 지순한 사랑을 선양하고 지고지순한 사랑에 대한 봉건예교의 폐해를 고발하고 있다.

「환혼기」는 남의 시신을 빌어 다시 환생하는 이야기이다. 이처럼 사람이 죽은 후에 부활하는 이야기에는 「鞦韆會記」(『剪燈餘話』)와 「愛卿傳」(『剪燈新話』)이 있는데 약간씩 차이가 있다. 전자가 기사회생하는 이야기라면 후자는 남의 배를 빌어 다시 태어나는 점이 다르다.

4. 『빙빙뎐』의 梗槪와 서지사항

작품의 줄거리를 간략하게 소개하면 다음과 같다.

원나라 延祐 연간에 위참정은 아들 위붕을 낳고 세상을 떴다. 어머니는 소부인이며 위붕의 위로 鸞・騫 두 형이 있었다. 위붕은 어려서부터 기상이 뛰어나고 문장을 잘 지어 신동으로 불렸다. 그러나 至正 연간에 여러 차례 과거에 낙방하면서 실의에 차 있었다. 그러자 이를 걱정한 소부인은 편지 한 통을 들려주며 전당의 가평장댁 막부인을 찾아가게 하였다. 위붕이 태어나기 전에 이미 그댁과는 혼인을 약속한 사이였다. 그러나 딸 가운화를 위붕에게 출가시킬 생각이 없는 막부인은 그의 편지를 보고도 못 본 체한다. 한편 위붕은 그 집에 머물며 과거 공부를 하게 된다. 가운화의 미모와 글재주에 반한 위붕은 가운화를 사랑하게 된다(권지일).

위붕은 참정의 유맹을 받들어 가평장댁에서 3년 동안 머물며 가운화와의 정혼을 고대했으나 막부인은 딸과 헤어져 살 것이 두려워 허락하지 않는다. 한편 위붕은 공교롭게도 막부인 양녀로 운화와는 자매처럼 지내는 오상서의 딸 오씨와 정혼한다. 그후 위붕이 장원급제하여 집으로 돌아와 소부인을 뵌대, 소부인은 아들이 자신의 허락도 없이 오씨와 정혼한 것을 섭섭히 여기나 위붕은 벼슬이 올라 태위가 되면 운화를 둘째부인으로 맞겠다고 약속한다. 그후 양주목으로 부임케 되어 파주 땅을 지나게 되자 가평장댁에서는 먼저 오씨를 불러들이면 위붕이 자연 문안오리라 생각했으나 오지 않자 소부인께 간곡히 청하여 마지못해 위붕 모자는 가평장댁에 들른다. 그곳에서 위붕은 다시 빙빙을 만나지만 서로 애만 태울 뿐이다. 한편 막부인은 운화를 집에 남겨둔 채 소부인 모자를 좇아 양주에 가겠다고 따라나선다(권지이).

이한헌이 운화와 정혼하려 가평장댁에 왔으나 뜻을 이루지 못한다. 빙빙의 만류에도 불구하고 막부인은 양주로 떠날 뜻을 굽히지 않는다. 위붕은 빙빙과 선친의 유맹을 지킬 것을 굳게 언약하면서 이별을 아쉬워한다. 한편 위붕은 소주에 갔다가 명창 해춘을 얻어 돌아오고 뒤이어 대빙을 얻어 날마다 즐기니 부인 오씨가 시샘하여 소란을 피우고 급기야 시어머니 소부인을 치고 욕을 하는 무례를 범하게 된다. 막부인은 참괴하여 대신 사과하나, 얼마 지나지 않아 오씨가 시비 계월을 심하게 매질하는 사단을 벌여 내침을 받게 된다. 그때 마침 빙빙으로부터 편지가 와 오씨는 한궁으로 돌아간다. 얼마 후 위붕은 편지를 써 오씨를 부르지만 원망이 깊어 오지 않는다. 하루는 위붕이 해춘의 남자인 어사가 위붕을 죄 주러 왔다가 그의 인물에 반하여 조정에 돌아가 칭찬하니 동부승지겸 병부상서로 발탁되고 곧바로 승상이 된다. 그때마다 오씨는 남편에게 돌아가려 했으나 빙빙이 교묘한 말로 막는다. 위승상이 막부인께 문안하러 와 오부인을 만난다. 막부인은 둘째부인으로 빙빙을 위붕에게 허락한다. 위붕은 여러 부인을 모시고 잔치하고 해춘을 첩으로 맞고, 빙빙과도 술잔을 나눈다(권지삼).

연회에서 빙빙의 아리따운 자태에 반한 위승상이 취중에 한궁을 원망하는 말을 하고 쓰러진다. 막부인이 진노하여 빙빙의 사사로움을 크게 질책, 청념섬에 귀양 보내고 대신 최낭자를 승상에게 소개한다. 그러나 위승상은 빙빙만을 생각하며 청념섬을 찾아가려 하고, 서로의 심중의 말을 솔직하게 털어놓으며 그간의 앙금을 푸니 막부인은 승상에게 딸을 시집보낼 마음을 굳힌다. 가평장댁에서는 위승상과 빙빙의 혼례를 준비하는데 오부인만은 이한헌에게 시집가는 줄로만 알 뿐 그 신부가 빙빙이라는 사실은 꿈에도 생각지 못한다. 이에 막부인은 미안함을 덜고 오씨를 달래기 위해 오씨의 친정어머니 여부인을 모셔온다. 혼례를 거행할 때서야 위승상과 빙빙의 혼인 사실을 안 오씨가 펄펄 뛰며 난리를 피우므로 여부인이 딸을 달래고 빙빙을 만나 오씨를 부탁한다. 빙빙은 근신하며 오씨의 화가 풀리기를 기다리며, 오씨와의 형제의 정을 생각하여 안궁에 거하며 아직 승상과 해로하지 않는다. 한편 막부인은 승상에게 셋째부인을 얻을 것을 권하므로 김씨와 혼례를 치른다. 이에 오씨의 원망은 더하고 또 첩 해춘과 투기를 부려 모두 옥중에 갇히는 신세가 되니 빙빙에게 구원을 청한다(권지사).

오씨와 해춘은 빙빙이 승상에게 좋은 말로 권한 덕택으로 옥에서 풀려난다. 오씨는 여전히 원망을 풀지 못하므로 변구와 빙빙이 오씨에게 복중에 있을 때 선친의 유맹이 있었음을 설명하고 혈서를 보이며 형제의 정을 회복할 것을 설득하니 그제야 오씨의 마음이 풀려 처첩이 화목하게 지내게 된다. 오부인은 이남삼녀, 가부인은 삼남삼녀, 해춘은 일남일녀, 경중선은 일남을 낳아 자손이 융성하였다(권지오).

『빙빙전』은 모두 5책인데 그 중 4책(卷一缺)이 한국학중앙연구원 장서각에 보관되어 있고, 1책은 1985년 김완진 교수에 의해 발굴되어 『한국문화』 6호에 영인 게재되었는데,35) 달필인 궁체로 쓰였으며 필체로 보건대 낙선재본에서 유실되었던 1책임이 분명하다. 그러나 어떻게 해서 1책만 밖으로 유출되었는지 알 수 없다.

크기는 세로 28cm 가로 20cm이다. 필체는 궁서체 명필로 쓰여 있다. 낙선재본 번역소설 가운데 『후슈호뎐』과 더불어 가장 정세하게 쓰여졌다. 매권 101~161면, 매면 12행, 매행 28자 정도로 필사되어 있어 총 650쪽에 이르는 장편소설이다. 이명구 교수는 "달필인 궁체로 쓰여져 있는데, 필사한 사람은 필체로 미루어 두 사람인 듯 여겨진다. 한편 필사하던 중, 탈락시킨 것이 아닌가라고 생각되는 부분이 간간 있다."36)고 하였다.

---

35) 金完鎭, 「자료소개 −聘聘傳 卷之一」, 『韓國文化』 6, 서울大學校 韓國文化研究所, 1985, pp.169~238.
36) 李明九, 「聘聘傳 解題」, 『國學資料』 18, 1974, p.8.

작품의 첫부분은 이렇게 시작하고 있다. 권지일의 제 1~2면을 옮겨 보면 아래와 같다(【 】표시 안의 숫자는 쪽수).

【1】위붕의 즈는 우언이니 그 조상은 거록 짜 사롭이라 구셰조 위비경이 송의 벼슬ᄒ야 어사듕승ᄒ여신 제 차회라 송이 망케 되야 국믹이 샹케 되니 진회란 쇼인이 나라 졍ᄉ롤 그릇 민들거눌 논죄ᄒᆫ대 대례ᄒ야 양양원을 ᄒ엿다가 죽거눌 빅마산 아래 뭇고 즈손이 인ᄒ여 게셔 사니 가음여로미 공후의 집 ᄀᆺ더라.

魏鵬, 字寓言, 其先鉅鹿人, 九世祖飛卿, 宋高宗朝, 仕至御史中丞, 以論秦檜誤國, 貶襄陽令, 死葬白馬山, 子孫遂留居焉. 宗族蕃衍, 富擬封君, 迨元朝尤盛.

위붕의 부친 무신이 연우됴의 참졍 벼슬을 ᄒ엿더니 붕을 관소의 가 나

코 망극호 형벌을 닙어 죽거늘 붕의 모친 뎡국 쇼부인이 유즈로 더브러
낙양의 도라가 가산이 다 아인 배 된디라 됴셕이 구차롭더라 붕이 오셰예
경룰 통호고 칠셰예 능히 글을 지으며 옥인영풍이 신션이 하강호 듯 눈섭
ᄉ이의 강산 모닷고 가슴의 텬디의 호을 【2】 곰초와시며 계예 슈양이 붓
치듯 호 허울이 이시니 향니인이 신동이라 일ᄏ더라.

鵬父巫臣, 延祐初, 參政江浙行省, 生鵬于公廨而父卒. 母鄖國蕭夫人携鵬暨
二兄鸞・鷟, 扶櫬歸襄陽. 魏生五歲通五經, 七歲能屬文, 肌膚瑩然, 眉目如畫,
鄕里以神童稱之.

지정간의 여러 번 과거 지고 ᄀ장 익달와란 엇디 훈번 급데룰 못ᄒ야 됴
탕ᄒ기예 셰월이 느러가ᄂ뇨 ᄒ고 기리 탄식ᄒ거늘 쇼부인이 듯고 샹홀가
두려 위로ᄒ여 굴오디,
"좌쥐는 네 대인 겨시던 고향이라 일홈난 션비들은 다 션공의 문하 사롬
이니 네게 가 혹문을 힘쓰면 지명이 이실 거시오 ᄒ믈며 동남은 디방이
너른지라 산쉬 졀승ᄒ니 네 ᄆ옴을 훤츌ᄒ야 뜻대로 글을 지을 거시니 므
ᄉ 일 훈 고디셔 슬허ᄒ리오."

至正間, 累擧不偶, 深置恨焉, 嘗曰 : "大丈夫當唾手以取功名, 而一第乃不
可得耶!" 因撫几長嘆. 蕭夫人聞之, 恐其悒鬱成疾, 遂命之曰 : "錢塘, 汝父桐
鄕也, 凡此時名師夙儒, 多前日門生故吏, 汝往請業, 庶或有成. 矧東南大藩,
算數奇勝, 可以開豁心胸, 吟咏情性, 汝其行哉, 毋事一室."

싱이 명을 바다 길 날시 부인이 봉셔룰 맛뎌 굴오디,
"녜 가평쟝은 우리 션군과 형뎨 ᄀ튼신 벗이오 형국 막부인이 날노 형뎨
라 일ᄏ더니 이제 산쳔이 ᄀ려 음신이 아득ᄒ니 엇디 【3】 슬프디 아니리
오 이 글월을 젼ᄒ면 반드시 반겨 관디홀 거시오 ᄯ 너의 혼ᄉ룰 의논ᄒ
엿ᄂ니 간대로 펴보디 말라."
싱이 믈러와 ᄀ만이 펴보니 글월의 ᄒ여시되,

乃于懷中出書一緘, 付之曰 : "到彼讀書之暇, 當往訪故賈平章鈞眷邢國莫夫
人, 以此呈之, 議汝姻事. 吾自有說, 愼勿妄開也." 生退, 私啓其封, 始知己未
生時, 母氏與彼有指腹之約, 不勝忻喜, 促駕而行. 鄖國書詞, 附錄于左 :

명쳡의 공은 옷기술 넘의고 돈슈지비ᄒ야 일당 회포룰 형국 막부인긔

올리느이다 니별호연 디 열서너 히예 멀오미 수천 니룰 구려시니 하눌 구이 아오라호야 혼몽이 슈고로울 드룸이라 그윽이 싱각건대 부인이 슈복이 구즈샤 문뎡이 완연호시거눌 첩은 남은 명이 박호야 쳔니의 뉴락호니 녯날 번화룰 싱각건대 쳥풍명월의 늣길 분이로소이다 우리 사괴미 골육 궃튼디라.

懿恭斂袵再拜, 奉書邢國太夫人几前：懿恭闊別十五年, 遠隔數千里, 各天一所, 杳不相聞. 緬想穹祗葉相, 茵鼎善調, 喜溢門闌, 福臻閨閫, 健羡何可勝言! 如懿恭者, 旣失所天, 苟存貞節, 一家長幼, 處此粗安, 無足爲太夫人道. 第念先平章與先夫參政, 官雖僚友, 情則弟兄; 妾荷太夫人視同娣妹.

비로소 즈식을 품어신 제 부인이 한광뮈 신하 가복드려 니르신 말숨을 비호셔 첩의 비룰 구르치시고 아둘이 나거든 내 녀으의 혼인호고 녀지 나거든 내 아둘과 혼인호쟈 호시더니 평장 참정이 참혹히 도라가실 제 쏘 혈셔호신 언약이 분명훈디라 하눌이 술피시고 신녕이 도으샤 부인은 귀녀룰 나흐시고 첩은 아둘을 낫즈오나 첩이 관을 밧드러 고향의 도라온 후 홍안이 무신호고 쳥작이 긋처지니 눌로 신을 붓치리잇가.

始因有妊, 各發誓言, 夫人嘗擧漢光武·賈復故事, 指妾腹而言曰：“生子耶, 我女嫁之; 生女耶, 我子娶之.” 厥後神啓其衷, 天作之配, 慶門誕瓦, 寒舍得雄. 不幸未期, 夫君薨逝, 妾提挈諸孤, 扶柩歸殯, 山遙水遠, 無地相逢.

이제 미렬훈 즈식이 즈라시매 보내옵느니 싱각건대 쇼져도 머리예 계호실 째 다드랏는디라 밍셰룰 져브리디 마르샤 지하고혼을 위로호쇼셔 미렬훈 즈식이 계하의 니르와든 브라건대 후휼호셔 브리디 마르쇼셔 만나와 말숨호옴도 긔필치 못호와 유모룰 봉호오며 눈물을 금치 못호느이다 호엿더라.

今者, 幼兒已冠, 賢女諒亦及笄, 苟未訂盟, 願如夙誓. 故敢冒昧貢書, 布玆惘款, 仍令此子親賫奉聞. 倘到堦庭, 希垂顧眄. 佇聆金諾, 拱俟報音. 會晤未期, 臨緘于悒! 不具.

이상에서 보듯 제1권은 「환혼기」의 번역이라고 해도 좋을 만큼 거의 일치한다. 특히 운문으로 쓰여진 소부인이 막부인에게 보내는 서신이 더욱 그러하다.

특히 위붕과 빙빙이 주고 받는 「풍입송」 가사는 원문과 대체적으로 일치한다. 그러나 제1권 중반 이후를 넘어서면서 원전과 차이를 보이기 시작하여 원전의 골격을 유지하고 있음을 알 수 있는데, 작품의 후반에 가면 그것마저 허물어진다. 즉 「가운화환혼기」는 글자 그대로 주인공 운화가 죽었다가 영혼이 다른 여자의 시신에 깃들어 환생하는 이야기지만 『빙빙전』은 이야기가 끝날 때까지 죽지 않으며 환혼하는 이야기도 없다. 「환혼기」는 가운화가 죽었다가 2년 만에 환혼하여 위붕과 재회하여 혼인하지만 『빙빙전』에는 이 내용이 없다. 대신 혼사장애 모티브에 적강담과 쟁총담을 첨가한 것이다. 가운화는 죽지 않으므로 환혼이 있을 수 없다. 다만 동중선이 낙조선녀였다가 적강했다는 적강 화소를 담고 있다. 예컨대,

> 션싱이 큰 꿈을 찌얏느냐 션싱은 본디 이 궁 쥬인이오 둥션은 희학션녜오 빙빙은 낙됴션녜라 삼싱 슉연으로 즈손이 번셩ᄒᆞ디 하토의 격거ᄒᆞᆷ믄 젼셰 죄벌이라 동둥션은 인연이 듕ᄒᆞ야 원앙지락이 타인의 밋디 못ᄒᆞ나 젼셰 죄 듕ᄒᆞ니 화란이 즈즈리라 삼만뉵쳔일휘면 이 궁의 오실 거시니 좌를 븨워 디ᄒᆞ리라<5 : 54>

> 내 젼셰예 됴흔 일 ᄒᆞ랴 ᄒᆞ샤 봉니 데일궁을 맛디시고 빙빙도 젼셰예 쥬인의게 졍졍되다 하셔 무릉션의 시녀를 사맛ᄃᆞ니 내 옥경의 됴회 가니 빙빙이 약 진샹ᄒᆞ랴 왓거늘 내 그 얼골을 고이 너겨 여러 번 도라보니 하늘이 죄 주셔 인간의 내티실시 나는 위가의 나고 빙빙은 가평장 쓸 되니이다<5 : 75>

「환혼기」와 『빙빙전』을 비교해 보면, 「환혼기」와 『빙빙전』은 대표적인 등장인물(魏鵬, 賈雲華, 蕭夫人, 莫夫人, 邊嫗, 朱櫻, 春鴻, 蘭茗, 福福)이 일치하고, 작품의 주요 무대인 "灑雪堂"이 두 작품 모두 거론되고 있고,[37] 승

상이 시첩들과 창화한 글이 『唱酬集』으로 엮어졌다는 내용은 일치하고 있다.[38] 그러나 『빙빙전』에는 위의 인물 외에도 오씨, 경중선, 동중선(몽매선), 해춘, 이한헌, 후경, 영비, 황제 등이 등장하고, 유모 부용, 시녀 년당, 최낭자, 노복으로 최령슈, 빅황모가 등장한다. 반면 「환혼기」에는 노복으로 脫歡과 宜童의 이름이 보인다.

「환혼기」가 주인공 위붕과 가운화를 중심으로 한 애정소설인데 반하여 『빙빙전』은 기존의 줄거리에 쟁총담이 첨가되어 있다. 즉 「환혼기」가 주인공 위붕과 가운화, 시녀 春鴻, 蘭茗와의 관계를 그리고 있다면, 『빙빙전』에는 「환혼기」에는 보이지 않는 오씨, 해춘, 동중선, 경선 등이 위붕의 처첩으로 등장하는 것이다.

「환혼기」는 외설적인 묘사가 있으나[39] 『빙빙전』은 그런 묘사가 완전히 배제되어 있다. 이 점은 조선 후기 가문소설과 맥을 같이 한다. 예컨대 위붕이 빙빙의 시비 춘홍을 유혹하여 관계를 갖는 대목이 그것이다. 또 가평장댁에 머물 때 위붕이 가운화와의 몇 차례의 밀회 끝에 처음 운우의 정을 나눈다.[40]

---

37) 又得之老門子云 : "廨宇後堂, 舊有扁名灑雪, 盖取李太白詩'淸風灑蘭雪'之義(「還魂記」). 녕혼 복쟈의게 길스롤 틱일ᄒ여 한님 니한헌의게 혼인을 뎡ᄒ고 각별 쇄설당을 지으실시 빙빙은 이 가온대 이셔 붕의 긔별을 오늘이나 드롤가 꿈을 졈복ᄒ고 <2 : 12>. 어제 누 우희 올라보니 쇄설당을 다시 엇고 분분이 셔도는 일이 다 빙빙의 혼시러라 (2 : 13). 빙빙이 위붕과 친영ᄒ던 집이 새로 지은 쇄설당이라.<5 : 23>

38) 生與娥平昔吟咏賡和之作, 多至千餘篇, 題曰「唱隨集」(還魂記). 위시는 진실노 주명의 거족이라 티티로 면면 브졀ᄒ여 지금의 셩히 되니 엇디 위승상 여녈이 아니리오 승상이 시첩들과 챵화혼 글이 챵슈집 빅여질이라 니룰 긔록디 못ᄒ너라.<5 : 23>

39) 因移身逼鴻坐, 笑語鴻曰 : "娉娉旣視我爲兄, 汝何惜暫爲吾婦?" 鴻變色曰 : "夫人理家嚴肅, 婢妾只任使令, 豈敢薦枕于君, 以汚淸德?" 生曰 : "東園桃李, 片時春也. 何害?" 遂與鴻狎.

40) 生未暇遍觀, 卽携娉就寢. 娉乃取白絨軟帕付生曰 : "兄詩驗矣, 可謂海棠枝上拭新紅也." 生笑爲娉解衣, 共入帳中. 娉低聲告生曰 : "妾幼處深閨, 未諳情事, 媾歡之際, 第恐弗勝,

이처럼 「환혼기」가 대담한 염정 묘사가 나오나 『빙빙전』에는 일체 염정 묘사가 배제되어 있고 가운화를 일부종사하는 열부로 그리고 있다. 그러나 『빙빙전』에는 가운화를 열렬한 貞婦로 묘사하고 있어 혼전의 관계란 상상할 수도 없다.

「환혼기」는 滿庭芳, 憶秦娥, 唐多令, 踏莎行, 摸魚兒 등 무려 48수에 달하는 시사를 작품 속에 삽입시키고 있다. 이러한 시사는 작자의 재주를 과시하기 위한 것으로 종종 이야기 줄거리와는 별 관계가 없이 문자유희로 흐르는 경우가 많아 재미를 반감시키고 있다. 이에 대해서는 劉敬이 서문에서 지적한 바 있다.41)

이와는 대조적으로 『빙빙전』에는 「풍입송」 두 수만 남고 「만정방」이란 사패명이 한 번 나올 뿐이다. 대신 서신은 성격상 운문의 형태를 취하고 있다. 「환혼기」는 대화체와 지문이 고르게 나타나는데 반해 『빙빙전』은 이야기를 거의 대화체로 끌어가고 있다.

한편 이 작품은 중간 중간에 다섯 개의 소제목이 있다. 「동듕션뎐」까지가 본문 내용이고, 「슈월뎡몽유긔」와 「가운화셔」는 부록이다. 그런데 「동듕션뎐」은 얼핏 보면 독립된 한 편의 작품처럼 보이지만 조금 읽어가다 보면 『빙빙전』의 연속임을 알 수 있다. 내용은 이러하다. 초국 종남산에 설원달이라는 사람이 느지막에 자란이란 딸을 낳았다. 자란은 적강한 선녀였으니 이가 곧 동중선이다. 외국에 온 위붕을 만나 그의 첩이 되었다. 하루는 위붕이 후경과 처첩의 미를 겨루어 후경의 첩 영비가 동중선에게 진 것이 빌미가 되어 천자가 동중선의 미모를 알고 후

兄若見憐, 不爲已甚.” 生曰 : “姑且試之, 庶幾他日見慣.” 豈期娉之身體纖柔, 腰肢顫掉, 花心才折, 桃浪已飜, 羞赧呻吟, 如不堪處. 而生蜂鎖蝶戀, 未肯卽休, 直至興闌, 將過夜半. 生起, 持帕剪燭觀之, 乃與娉使藏焉, 留爲後日之驗.

41) “此特以泄其暫而之憤懣, 一吐其胸中之新奇, 而游戲翰墨云而.” 「剪燈餘話序文」.

궁으로 들이려 하니 동중선이 사라져버려 위승상 일가는 하옥된다. 이에 동중선이 천자 앞에서 자결하므로 붕의 일가는 놓여나오고, 빙빙은 동중선의 아이를 맡아 키운다는 이야기다. 그러나 실은 이 내용이 없어도 하나의 작품으로 완결될 수 있다. 그럼 「동듕션뎐」 앞이 어떻게 끝나는지 보자.

> 승상의 주손이 늉셩ᄒᆞ야 슈슈지환이 금황을 년ᄒᆞ엿ᄂᆞ디라 오부인(吳夫人)이 이남삼녜오 가부인(賈夫人)은 삼남삼녜오 희츈(解春)은 일남일녜오 경듕션(鏡中仙)은 일남분이러라 제주셔손이 쳥운의 됴녈ᄒᆞ야 녀셔 쳥현이 됴뎡의 ᄀᆞ득ᄒᆞ니 위시는 진실노 주【23】명의 거족이라 디디로 면면브졀ᄒᆞ여 지금의 셩히 되니 엇디 위승샹 여녈(餘孼)이 아니리오 승샹이 시첩들과 챵화(唱和)혼 글이 챵슈집(唱酬集) 빅여 질이라 니ᄅ 긔록디 못ᄒᆞᆯ너라 빙빙이 위붕과 친영ᄒᆞ던 집이 새로 지은 쇄셜당(灑雪堂)이라 붕이 그날 오시의 변의 믄득 오샹셔 브텨의 니ᄅ던 글을 싱각고 긔특이 너기더라.

이어 「동듕션뎐」으로 이어지는 작품의 내용은 동중선의 재생담을 첨가하여 덧붙인 듯한 느낌을 준다.

「수월뎡몽유긔」와 「가운화셔」는 후일담이다.

「슈월뎡몽유긔」는 "만력 말년의 서주 졍문생이란 선비가 우연히 좌주를 가게 되었는데 보원산 밑에 이르러 좋은 경치에 술을 마시다가 취해 잠깐 잠들었는데, 꿈에 주앵이 한궁의 영화를 전하며 그 사적을 적은 책을 옥협에 넣어 놓았다고 알려주었다. 깨어나 가리킨 대로 매화나무 밑을 파보니 과연 책이 있는데 글씨가 또렷하므로 차례를 엮어 만드니 만력으로부터 여러 권 책이 되었다" 하였다.

「가운화셔」는 "남방 땅에 역대로 열녀가 많이 나왔는데, 가평장과 한궁 막부인의 딸 빙빙이 아버지 죽기 전에 한 지복지환의 맹세를 굳게 지켜 천신만고 위붕만을 좇다가 원을 이루지 못하고 죽게 되자 그 절의를 감격하여 장사지내고 각별히 비를 세워 후세에 전케 함에 그 자식과 종족을 표창하고, 그간 창화하던 사연을 상고하여 한궁 상원비 옥첩을 현판할 때 황명에 의해 만력 기사 계춘 회일에 병부상서 왕경유와 예부시랑 마충원이 기록한다고 하였다.”

만력(1573~1620) 연간에 기사년은 없어 위 기록이 소설가의 허구임을 알 수 있다. 기사년은 숭정 2년(1629)에 해당된다. 그럼에도 불구하고 위 기록으로 이 소설의 상한선을 1629년으로 잡는 데는 아무 문제가 없을 듯하다. 이 기록과 완산이씨 『중국소설회모본』의 기록을 종합해 보건대, 1629년 이후에 원본이 이루어졌으며 번역 내지 번안은 1762년 이전에 이루어진 것으로 추정된다.

5. 『빙빙뎐』에 보이는 고어와 고문체

『빙빙전』에는 고어와 고문체가 상당히 출현한다. 필자는 이 점에 대해서는 일찍이 이명구 교수도 “흐링이다”, “유무”, “날호여” 등등 많은 고어의 사용으로 보아 이조 중기경으로 추측이 간다”[42]고 하였다. 필자의 검토에 의하면 필사본은 17세기까지 거슬러 올라간다. 『빙빙전』 가운데 연대가 상당히 올라가는 대표적인 고어의 용례를 살펴본다(앞의 숫자는 권차, 뒤의 숫자는 쪽수).

    (1) ᄀᆞ올ᄒᆞ다[43] : 한정하다, 비교하다

---

42) 李明九, 「聘聘傳 解題」, 『國學資料』 18, 1974, p.8.
43) 그 셥기를 어디 ᄀᆞ올ᄒᆞ시며 <癸표 p.105>

첩이 무상호 즈식을 フ른치디 못호여 부인긔 죄룰 엇즈오니 참괴호
오믈 엇디 フ올호리잇가 <4 : 74>

    (2) 굿기다[44] : 고생하다, 그르치다

춘홍이 위랑과 사정이 업스면 오늘 굿기미 이시랴 <1 : 44>

슈욕과 구챠호믈 씨둣디 못호여 지금 굿기오믄 오늘날을 기두리읍
더니 <4 : 38>

    (3) 긔걸호다[45] : 명령하다

첩이 늙어 다스리디 못호매 빙빙을 보내여 궁녀룰 긔걸호라 호엿누
이다 <4 : 25>

혼인이 다두라시니 안궁의 드러가 궁녀룰 긔걸호여 게어르믈 직촉
호리이다 <4 : 45>

    (4) 기티다[46] : 남기다

형뎨 다 복등의 아히롤 기텻더니 형은 룡을 나코 첩은 언녕만도 못
호 거술 나흐나 <2 : 63>

    (3) 씨다[47] : 옹위하다

아름답다 위낭줘여 쇼년이 장티 못호여셔 낭줘 일읍이 쪄시니 진실
로 호걸이로다 <2 : 28>

    (4) 니도호다[48] : 다르다, 담담하다, 판이하다

---

44) 굿길 둔(池) <類合下 29> 니인이 옥등의 가 굿겨시니 <癸丑 P.188> 요거인의 굿기
는 일을 듯고(他聽得姚居仁這事.) <型世言 3 : 57> 드디여 양요 사괸 일과 호피로
인호여 텬웅산 대형을 미즈며 굿긴 일을 니룬대(遂將結識楊幺幷大雄山, 爲虎皮犯事
說知.) <後水滸 6 : 55> 쇼승이 시운이 불힝호여 여러 번 굿겻노라(小僧不幸, 受盡迍
邅, 屢經坎坷.) <禪眞 3 : 67> 그디 등이 빅일이 되면 진왕 뎐히 도로오리라 호더니
뉴문졍이 フ두니 엇지 니러툿 굿기느뇨 <唐秦 5 : 50> 만일 쟝직 니르지 아니호던
들 하마 굿길번 호닷다(若非將仕公說明, 小弟險爲所誤.) <平妖 6 : 39>

45) 사름믈 긔걸호야 <석六 23> 제 무둘 일 긔걸하고(救) <三강忠 8> 죵 브리기조차
눔이 긔걸호랴 <癸丑 p.183>

46) 다만 두어 간 집을 기텨 샹공으로 하여곰 몸을 브텨 글 닑게 호엿더니(不過遺得這
幾間房子, 相公所賴安身讀書的.) <醒風 1 : 48> 일쥭 네 죵신대스룰 뎡티 못호야 세
상을 브리니 엇디 기틴호 이 업스리오(未曾完你終身, 忽而抛棄, 豈無抱恨.) <醒風
3 : 5>

47) 씰 옹(擁) <倭上 30>

48) 디답지 못호고 니도호 말로 마가 니르고 <三譯四 3> 귀쳔이 니도호지라 엇지 감

니외 점점 <u>닉도ᄒ여</u> 둥심의 경경이 스모ᄒᄂ니 <1 : 49>

사라 겨신 부인과 죽으신 평장과 의례 <u>닉도ᄒ시미</u> 남북 ᄀᄐ니
<1 : 86>

(5) 내왓다49) : 내밀다 <1 : 41>

새둘이 동녕의 <u>내왓고</u> 몰근 물의 노는 양을 좀탹ᄒ야 보는디라
<1 : 41>

(6) 니음차다 / 니음츠다50) : 잇다르다, 연이어 있다

오시는 아둘 나타 ᄹᅩᆯ 나타 소리 <u>니음차</u> 자손이 만당홀 제 <1 : 81>

쥬긱의 방석을 <u>니음찻거눌</u> 빙빙이 쥬잉을 도라보아 왈 <1 : 90>

비예 가니 대쇼션이 <u>니음츠고</u> 길을 ᄀ락쳐 남북을 ᄂᆫ헐 시 부인과
빙빙은 슬픈 말과 ᄒᆫ업슨 눈믈이 강슈룰 보태더라 <3 : 34>

한가ᄒᆫ 말ᄉᆞᆷ이 <u>니음츠고</u> 일댱 환낙이 둥싱의 ᄀ득ᄒ니 옥 ᄀᆮᄐᆫ 미
인을 더ᄒ여 졍혼이 구룸의 쁜 둧ᄒ니 ᄎᆞ마 엇디 니러나리오 <3 :
139>

당의 나가 궁녀룰 명ᄒ여 승샹긔 쥬찬을 <u>니음차</u> 드리라 ᄒᆫ대 <4 :
124>

(7) 넓더셔다51) : 벌떡 일어서다

위봉이 슈변의 왓다 알외니 부인이 한궁의 왓는가 너겨 밧비 <u>넓더
셔며</u> <2 : 21>

빙이 대로ᄒ여 <u>넓더셔며</u> 닐오디 <3 : 21>

(8) 다이즈다52) : 부딪치다

션이 운환을 기동의 <u>다이즈며</u> 통곡 왈 <5 : 95>

(9) 더위잡다53) : 붙잡다

히 당ᄒ리잇고 <殘唐 3 : 10>

49) 뎡바기예 술히 내와다 머릿조조리 ᄀᄐ샤 <月二 41> 믌 ᄀ이 내왓는 굶우미 파라 ᄒ
도다 <杜重六 52> 양요ㅣ 가슴을 내왓고 닐오디(楊幺挺着胸脯道.) <後水滸 7 : 77>

50) 졍셩이 니음츤 양이라 <小언二 9>

51) 넓더 셔아(植立) <三강忠 20> 넓더셔 금계반두셔를 ᄒ고(起立作金鷄畔頭勢) <武藝
19> 샹공이 대로ᄒ여 넓뗘셔며 아역을 ᄭᅮ지저 ᄭᅥᆯ니 타라 ᄒ니(相公大怒, 立起身來,
喝罵衙役: "快與我重責!" <後水滸 5 : 94>

52) 擊은 다이즐씨라 <月二 14> 서로 다이저 사디 몯ᄒ리라 <救간一 88> 珊瑚남기 다
잇고져 ᄒ놋다 <朴초卄二 51>

몸이 쳥운을 <u>더위자바</u> 옥계호 도라오리이다 <1 : 130>

(10) 두굿기다54) : 매우 기쁘다

오시 부인 녕대로 단장을 찰란이 ᄒ고 상셔긔 진지ᄒ니 상셰 못내 <u>두굿겨</u> 하더라 <2 : 51>

도라 궁듕을 술피니 녜 예셔 감ᄒ미 업서 셕셕고 졍졔ᄒ미 새로오니 부인이 <u>두굿기샤</u> 늘근 궁인ᄃ려 닐오디 <3 : 107>

변귀 ᄯᅩᄒᆫ 깃브믈 이긔디 못ᄒ더라 막부인도 <u>두굿기며</u> 평쟝을 싱각고 슬픈 듕의 오시ᄅᆞᆯ 일ᄏ라 차탄ᄒ니 <4 : 55>

승샹이 ᄇᆞ야호로 빙쇼랑을 알픠 누이고 풀흘 다혀 조을거ᄂᆞᆯ 부인을 손을 저어 시비ᄅᆞᆯ 최오고 어엿비 너기고 <u>두굿기며</u> 즐겨 드러가시다 <5 : 19>

븡이 날마다 잔치ᄒ고 옥경으로 더브러 새로온 졍을 비길 곳이 업스니 부인이 더옥 <u>두굿기더라</u> <5 : 70>

(11) ᄲᅳ리다 : 깨지다

혼컨대 빙빙을 너모 ᄉᆞ랑혼 연괴라 이제 <u>ᄲᅳ린</u> 그릇과 업틴 물을 뉘 웃쳐도 밋디 못ᄒ리로다 <4 : 99>

(12) ᄯᅳᆺᄃᆞᆺ다55) : 뚝뚝 떨어지다

빙빙이 물근 눈믈이 월긔탄의 미자 <u>ᄯᅳᆺᄃᆞᆺ거ᄂᆞᆯ</u> <2 : 43>

오시 니러날 제 단장의 진취 <u>ᄯᅳᆺᄃᆞ려</u> 반이나 업더라 <3 : 76>

(13) 미믈ᄒ다56) : 보잘것없다

낭쥐 미양 부인 나무라신 몸이라 ᄒᆞᄂᆞᆫ디 그디조차 <u>미믈ᄒ면</u> 비록 남ᄌᆞ의 몸이나 엇디 참괴티 아니리오 <3 : 1>

---

53) 더위자ᄇ리 누고 <南明上 29> 조차 더위자ᄇ린(追攀) <杜초卄 3>

54) 두굿겨 보고져 ᄒ더니 <癸丑 p.52> 영모 싱심이신들 엇지 두굿겁지 아니시리오마ᄂᆞᆫ <閑中 p.130> 진왕이 두굿겨 왈 엇던 사ᄅᆞᆷ인고 <唐秦 5 : 13>

55) 비 ᄯᅳᆺᄯᅳᆺ다(踈雨點點) <漢 172d> ᄯᅳᆺᄯᅳᆺ다(滴滴) <同文下 56> 눈을 두로혀매 톄뤼 ᄯᅳᆺ ᄃᆞᆺ는 줄을 이긔디 못ᄒᆞᆫ도다(不堪回盼淚痕零) <型世言 5 : 48>

56) 다만 뎡가의 집이 가난ᄒᆞ야 쥬식도 장만혼 거시 업스니 ᄀᆞ장 미믈ᄒ더라(但只是鄭家也只是箇窮人家, 將餠卷肉, 也不曾賠得) <型世言 3 : 28> 뎌의 나히 만코 얼골이 미믈ᄒ며 ᄯᅩ 술을 즐겨 상시 ᄆᆡ양 취코 ᄃᆞ니믈 보고(只是年紀大了婦人十多歲, 三十餘了, 酒字緊了些, 酒字下便懈了些) <型世言 4 : 52> 나로시 노릇고 몸이 젹으며 소릐 ᄀᆞ늘고 풍치 미믈ᄒ더니(他生得禿頸·黃鬚·聲啞·身小, 做人極好) <型世言 4 : 51>

이러구러 일월이 수이 흐르니 엽엽주월의 시급듕췌라 월즁초산이
곳곳마다 믠믈하고 <3 : 55>
오시 죄 듕ᄒ나 목스의 믠믈ᄒ미 이러ᄒ니 엇디 셜워 아니ᄒ리잇가
<3 : 76>
부론 쟈 옥반이야 믠믈ᄒ다 쇼낭지 날 디졉ᄒ미 반과 그릇만도 못
ᄒ도다 <3 : 134>
내 비록 믠믈ᄒ나 낭ᄌ의 셩덕이 엇디 너희롤 용납디 아니리오
<4 : 53>
나라히 허ᄒ시고 부인내 맛디시니 눌을 두려 이러틋 믠믈ᄒ뇨 <4 :
58>

(14) 믠야ᄒ다57) : 매정하다
은근ᄒ믈 허티 아니시고 믠야ᄒ미 이러틋 ᄒ니 <1 : 129>
믄득 낭군의 믠야ᄒ믈 드르니 노인이 그디 ᄯᅳᆺ을 모르미냐 그디 젼
갈이 그르냐 <2 : 24>
부인아 엇디 믠야ᄒ시미 이대도록 ᄒ시ᄂ니잇가 <4 : 34>
쇼부인이 붕을 졀칙ᄒ시고 슈변 힝츠롤 출히라 ᄒ시니 부인이 믠야
ᄒ시믈 붕도 애둘와 가려 ᄒᆞᆸ더니 <4 : 38>
안궁의 가 홀노 늘그며 부인의 자손을 길너 한궁 셰업을 뎐ᄒ리니
날을 믠야티 못ᄒ려니와 <4 : 112>

(15) 믝받다58) : 헤아리다, 남의 행동 의향을 헤아리다
이예 완디 오라디 아녀셔 믄득 이런 글을 지어내 심쳔을 믝밧ᄂ냐
<1 : 16>
부인이 위군의 심쳔을 믝바다셔 <1 : 22>
막부인이 바리미 아니라 ᄌ딜녜로 후디ᄒ고 붕의 긔질을 넘게 너겨
심쳔을 믝바드려 오샹셔집의 결혼하고 <2 : 5>
션칙아 부인 앏히 속디 마라 나도 처음의 미인으로 속여 믝바드샤
굴힌 밧기 되엿노라 <3 : 9>
부인이 승샹을 박디하여 내여보내시면 엇디 오샹셔 셔랑이 되샤 쳥

---

57) 엇뎨 믠야커뇨(何獨不念我乎) <三綱孝 18>
58) 玄德의 거동을 믝바다 <三譯十 13> 月影이 上蘭干키야 믝바드라 왓ᄂ니 <靑 p.81>
지원이 대로 왈 반젹이 엇디 감히 날을 믝밧ᄂ뇨 <殘唐 5 : 18>

츈 장원을 어드시링잇가마는 부인이 그 심쳔을 믻바드시미라 실노
브리고져 쯧이 아니니이다 <4 : 94>
우리 부인이 승샹의 긔질을 넘게 너기샤 쯧을 믻바드시므로 오부인
긔 구혼ㅎ시나 <4 : 108>

(16) 맛곳다59) : 마땅하다, 알맞다
  희츈은 무궁ㅎ 갑시매 쉬업서 공곳 놉흐면 샹이 맛곳디 못ㅎ고 텬
  하지보롤 밧고니 못홀 거시매 호잔 술의 무궁ㅎ 티샤롤 ㅎ과이다
    <3 : 158>

(17) 무어내다60) : 쌓다
  부인이 어린 줄을 어엿비 아니 너기샤 졋내나는 아희로 어룬 디졉듯
  ㅎ시며 날마다 작은 과실을 무어내며 삼 년 만의 내치시니 <3 : 16>
  쇼쇼ㅎ 허믈을 무어내여 명졍이 내치고 희츈으로 부인을 삼고져 ㅎ
  미니 <3 : 110>

(18) 미좇다61) : 뒤쫓다
  붕이 미조차 가다가 난간의 빙빙을 만나니 <1 : 76>

(19) 바자니다62) : 바장이다, 부질없이 왔다 갔다 하다
  어린 스나희 방촌이 어즈러워 몸은 낭줘 잇고 넉슨 그디 낭즈와 밧
  긔 노는 향내 바자니니 졍신이 아득하여 만시 뎐도ㅎ니 <3 : 94>
  믄득 츌븨 되여 산곡의 바자니더니 <5 : 50>
  두견이 슬피 울며 진납이 포람홀 제 너의 향온이 풍운의 비겨 바자
  닐노다 <5 : 10>

---

59) ㅎ나토 쓰기에 맛곳디 아니ㅎ다 <朴新一 32> 서르 맛곳다(相趂) <譯補 53> 뎨 신
   지 댱대ㅎ니 교즈의 안치기 맛곳디 아닐가 저허ㅎ노라 <孫龐 4 : 4> ㅎ믈며 봄긔
   운이 더우며 치우미 맛곳디 아니혼디라(況初春天氣, 乍寒乍暖) <醒風流 2 : 45> 사
   라 금셰롤 맛나니 가는ㅎ니와 맛곳디 아니ㅎ도다(生逢今世不宜貧) <平山 9 : 96>
60) 이 다 젼싱애 됴ㅎ 일 닷고 복을 무어 나오니(這的都是前世裏修善積福來) <朴초上 31>
61) 션왕 뜨들 미조츳샤 <석十一 13> 미조차 요거인의 형뎨 쭐외(姚居仁弟兄後邊趂)
   <型世言 3 : 54> 미조츳 댱션샹의 군미 니르러(次後張善相軍馬陸續皆到) <禪眞 19 :
   44> 허혜랑이 그 거동을 슈상히 너겨 미조차 오더니(許蕙娘見他擧動詫異, 遂立起身
   跟來) <後水滸 5 : 80> 미됴츳 셔원의 가 셩고롤 보니(徑往西園見聖姑姑) <平妖 1
   2 : 114> 미조차 주문ㅎ미 올ㅎ니라(然後奏聞) <平山 2 : 14>
62) 이 짜희 와 바지니더뇨 <太平一 17> 골 숩흐로 바자니며 <靑 p.38>

(20) 발뵈다63) : 남에게 드러내 보이다

이제 낭즈의 구든 쓰들 발뵈디 못ᄒ실다라 <1 : 78>

금셕 ᄀ튼 언약은 위엄의 발뵈디 못하니 <1 : 85>

암향ᄒ 얼골이 월식을 디ᄒ니 반디 ᄀᆺᄐᆫ 식이 옥등을 디ᄒ야 어더 발뵈리오 <3 : 151>

틱일ᄒ여 운화로 맛디시면 어늬 겨룰의 츈흥이 발뵈며 옥황뎨 뎡ᄒ신 낭쥐과 쳥츈의 승샹이 그 복의 믈너나랴 <4 : 95>

승샹이 깁흔 ᄆᆞ옴의 쳡의 여튼 쇠롤 어듸 가 발뵈며 <4 : 133>

다론 각노 귀가의 고온 ᄶ악을 어드시면 어듸 가 오부인 식기롤 발뵈시리잇가 <5 : 10>

과연 가부인이 경국식이 이시니 삼오이팔인 제 듕션의 좀 얼골이 어듸 가 발뵈리오 <5 : 87>

(21) 벙으리와다64) : 거역하다, 막다

힝혀 글귀롤 뎐ᄒ라 ᄒᄂᆫ 번곳 잇거든 녯법으로 벙으리와다 나 잇 ᄂᆫ 고들 여어보디 말라 <1 : 14>

부모의 언약은 몽미 밧씌 두시고 부귀롤 쟈랑ᄒ샤 쳔싱 벙으리와ᄃ 시믈 길히 사롬 보ᄃᆺ ᄒ시며 <1 : 37>

(22) 뵈앗뵈다 : 꽉 차다

다만 산수의 미려홈과 졀승ᄒ 경개 눈의 뵈앗뵈고 술위와 몰이 들 에며 녀와 노릭 소릭 만경의 어러니 <1 : 5>

(23) 서의하다65) : 쓸쓸하다, 서먹하다

---

63) ᄯ또 상란을 맛니러 샤용 어루믈 발뵈디 몯ᄒ니(更遭喪亂嫁不售) <杜초卄五 45> 감히 스스로 발뵈고져 호미 아니라(非敢自獻) <太平一 36> 다만 이 사롬이 임의 이런 지조롤 두고 더러운 힝실을 버러 ᄡᅥ 몸을 발뵈니(但此人旣具這樣才幹, 借此醜行以顯技) <醒風流 4 : 10>

64) 그 샤용올 벙으리와ᄃ니(去其去) <杜초卄五 9> 간흉를 벙으리와든즉(拒群) <三略上 24> 이제 처엄은 벙으리왓기롤 굿게 ᄒ더니 <型世言 5 : 70> 강포ᄒ 위엄으로 핍박홀진딕 그디 능히 벙으리와ᄃ나 <禪眞 19 : 21> 반언이나 서릭 벙으리왓거든 위국 군신을 사릭잡고(半言相違, 立擒魏國君臣前來) <孫龐 1 : 91> 영이 능히 벙으리왓디 못ᄒ아(英懼禍改裝) <醒風流 6 : 86>

65) 서의케 ᄒ믄(荒凉) <南明上 80> 계신 디도 서의ᄒ고 <新語五 20> 낫비치 서의ᄒ도 다 (色凄凉) <朴초七 2>

첩이 형의게 기틴 은혜 업스니 <u>서의컨마</u> <1 : 82>

오시란 텰귀로 드려오면 븡은 종적이 <u>서의ᄒ여</u> 한궁 문뎡의 다시

가미 업술디라 <2 : 13>

빙빙이 고로이 간ᄒᆞ디 엇디 구든 ᄆᆞ옴이 텰옥 ᄀᆞᆺᄐᆞ시니 빙빙의 <u>서</u>

<u>의ᄒᆞᆫ</u> 말숨을 어디 발뵈리잇가 <3 : 99>

남녀도 모롤 제 ᄒᆞᆼ신 일이니 나곳 처엄의 돈절이 ᄒᆞ던들 한궁 문뎡

의 종적이 <u>서의ᄒᆞᄂᆞᆫ</u> 거술 <4 : 100>

(24) <u>섯긔다</u>[66] : 성기다

<u>섯긘</u> 돌과 몱은 ᄇᆞ름의 국향을 쏠와 이에 디류ᄒᆞᆫ 죄 가비압디 아녀

이다 <1 : 43>

(25) <u>슷그러ᄒᆞ다</u>[67] : 두려워하다

첩이 부인을 쥬야 시측ᄒᆞ와 잠간 안식이 블평ᄒᆞ셔도 첩의 ᄆᆞ암이

경혹ᄒᆞᇃ고 <u>슷그러ᄒᆞᇃ거늘</u> <4 : 6>

(26) <u>슛두어리다</u>[68] : 수근거리다, 떠들다

이러굴 제 승상이 찌니 오시 업거늘 니러 두로 것다가 <u>슛두어리는</u>

소리롤 드러 열월당 난간의 니라러 낭 틈으로 여어보니 <3 : 126>

(27) <u>싀여디다</u>[69] : 잦아 없어지다

이 몸이 <u>싀여뎌</u> 셰샹 슬픈 일이 거리끼디 아니리라 <2 : 20>

(28) <u>아쳐ᄒᆞ다</u>[70] : 싫어하다

---

66) ᄆᆞ올히 섯긔니 누른 니피 디고(村踈黃葉墜) <杜重十一 41>

67) 황좨 듯기롤 밋디 못ᄒᆞ야 머리털이 슷그러ᄒᆞ고 눈믈을 흘니고(直聽得黃佐毛骨悚然,
汗流浹背, 不覺痛哭流涕) <後水滸 12 : 85> 니악이 눈이 밤븨며 몸이 슷그러ᄒᆞ여 칭
찬ᄒᆞ믈 마지 아니터라(李諤看得眼花, 驚得神竦, 稱羨不已) <禪眞 20 : 76> 셩샹이 녜
밧긔 은혜롤 더으시니 오직 슷그러ᄒᆞ야 힝혀 녜법의 어글가 저허ᄒᆞᇃ더니(蒙皇上
加恩于禮法之外, 凜凜乎愈以禮法自持) <醒風流 6 : 73> 화상과 가지 쳐음으로 신장
을 보고 마음의 슷그려ᄒᆞ더니(蛋子和尚見神將來往, 初時不免矜持) <平妖 3 : 50>

68) 員의 뜯언핸 슷두워려 블로미 업도다(太守庭內不喧呼) <杜초九 31> 소인은 심히
슷두어리ᄂᆞ다 <朴重一 18> 슷두어리다(閧然) <語錄解 16> 밤이 삼경은 ᄒᆞ야 밧긔
슷두어리는 소리 잇더니 <型世言 5 : 19> 모든 즁들이 싁긔ᄒᆞ여 셔로 슛두어리되
<平妖 2 : 31>

69) 츌히 싀여뎌 듯디 말고져 ᄒᆞ오나 <癸丑 p.172> 출하리 싀여디여 범나븨 되오리라
<松江一 14> 봄 비츨 싀여딜 거슨(漏洩春光) <杜重十一 36>

70) 아니호믈 아쳐ᄒᆞ거든 <發心 32> 그 셋재ᄂᆞᆫ 제게 더으니롤 아쳐ᄒᆞ고(厭之) <小언五

낭즈룰 너와 졉담ᄒ믈 심히 <u>아쳐ᄒ니</u> 일뎡 두고 오리니 쇼낭지 아
니 오면 므슴 즐거오미 이시리오 <3 : 140>

빙빙이 비록 죽어도 승샹의 넘녀홀 배 아니오 빙빙이 비록 셩혼을
못ᄒ여도 승샹의 <u>아쳐홀</u> 배 아니니이다 <4 : 27>

(29) 외다[71] : 그르다

언약 비반ᄒ므로써 큰 믈늘 사므시니 그는 <u>외다</u> ᄒ시믈 내 당ᄒ려
니와 <4 : 27>

싱각건대 쳡을 한갓 <u>외다</u> 못ᄒ리니 승샹은 혜아려 보쇼셔 <4 : 40>

젼일은 갓말노 날을 속이고 빙빙이 삼싱교 욕을 ᄆ양 <u>외다</u> ᄒ더니
<4 : 66>

죵족 낭즈룰 뫼화 풍뉴연낙으로 일월을 디내며 허비ᄒᄂ는 쥬찬이 무
궁ᄒ디 그룰 브족ᄒ야 우리 이리 분주ᄒ나 ᄆ양 <u>외다</u> ᄒ시는 가온
대 잇ᄂ이다 <4 : 126>

(30) 잇브다[72] : 피곤하다

풍광이 됴코 쳥가묘무와 풍뉴 소리 원긱의 회포룰 <u>잇브게</u> ᄒᄂ는도다
<1 : 12>

(31) ᄌ늑ᄒ다[73] : 조용하다

불츌동문ᄒ고 거목화식ᄒ여 비례룰 힝치 아니ᄒ고 고요 <u>ᄌ늑ᄒ야</u>
녜법이 ᄀ족ᄒ더라 <3 : 44>

(32) ᄌ져ᄒ다 : 주저하다

한궁 문의 들기 붓그럽ᄉ와 <u>ᄌ져ᄒᆸ더니</u> 모명을 밧줍고 오시룰 위
ᄒ미라 <2 : 30>

17>이 늘근 놈이 어딘 사롬을 아쳐ᄒ며 나라흘 병들고(怎老畜生你妨賢病國) <型世
言 4 : 47> 내 ᄯᆯ의 ᄆ옴을 아ᄂ니 그ᄃ 집의셔 먹디 아니ᄒᄂ는 줄을 아쳐ᄒ미오(我
曉得女兒怪你不來家吃, 偏了他, 有此眼熱) <後水滸 3 : 9> 나목기 기갓다 ᄒ믈 심히
아쳐ᄒᄂ는지라(原來洞蠻最怪罵的苗狗二字) <仙眞 19 : 36>

71) ᄂ물 외다 ᄒ야 <석九 14> 외다 홀 견(譴) <類合下 26>

72) 잇부믈 마디 아니ᄒ야 <月廾一 115> 니기 할하 잇브게 ᄒ면(熟舐令勞) <능三 9>
쇽졀업시 쳐링ᄒ 거슬 가져 ᄆ옴을 잇브게 ᄒᄂ는도다(漫將凄冷惱心頭) <型世言 4 :
42> ᄒ 대쟝을 보내여 티적ᄒ미 족ᄒ리니 엇디 셩가룰 잇브게 ᄒ리잇고 <殘唐
5 : 70>

73) 조ᄒ며 ᄌ늑ᄒ며 고득며(淸閑貞) <內重一 11> 兪는 맛굴모미 ᄌ늑홀시라 <內三 2>

(33) 추러ᄒ다74) : 추레하다

　추러ᄒ 긱이 낭ᄌ긔 슈고롤 기티려 이리 왓더니 친히 보시믈 감격
ᄒ여이다 <2 : 32>

　위군의 오시 추러ᄒ니 위ᄒ여 지은 오슬 밧ᄌ오라 <2 : 62>

　오시 형이 좌듕 미인의게 추러티 아니ᄒ냐 <3 : 148>

　붕의 추러ᄒ 미인은 이 사ᄅ믈 보고 븟그려 나오디 못ᄒᄂ니잇가
<5 : 82>

(34) 측ᄒ다75) : 한스럽다, 싫다

　승상 원을 조차 빙빙으로 승상을 셤기게 ᄒ려니와 뎌 오시와 측ᄒ
믈 엇디ᄒ리오 <4 : 40>

　오시롤 쓰다ᄃ마 기롤 제 오ᄂ날날 측ᄒ믈 ᄉ각디 못ᄒ롸 <4 : 102>

　빗난 말 가온대 ᄌ셔히 통ᄒ던들 오ᄂ날날 측ᄒ미 업ᄉ낫다 <4 : 108>

(35) 픠오다 : 펴다

　이 ᄠ슬 엇디 오시긔 픠오디 못ᄒ시ᄂ니잇가 <4 : 014>

　희츈의 흉모롤 니ᄅ고 쳡의 이미ᄒ믈 픠와 다시 이 문 밧긔 나게 ᄒ
면 <4 : 138>

　부인이 오ᄂ날은 이리 비ᄅ시나 두 번 비약다 ᄒ시면 쳡의 ᄆ음을 어
디 픠오리오 <4 : 140>

(36) 할다 : 호소하다

　낭ᄌ의 교만ᄒ미 필부롤 쵸개ᄀ티 너기시니 쳔니 원긱이 회포롤 할
고디 업서 ᄒ노라 <1 : 49>

(37) 향암되다76) : 촌스럽다

　향암된 유싱이 명되 박ᄒ며 편모만 뫼셔 효양홀 날이 젹거눌 <1 :
35>

---

74) 繭然 추러ᄒ 톄라 <小언五 107>

75) 측디 아니ᄒ 애라(不恨矣) <三강忠 27> 舍利弗이 측ᄒ 늣고지 잇거ᄂᆞᆯ <석六 36> 이
위로 더브러 샹시의 측ᄒ 일도 업더니(二位! 我與你目前無寃, 往日無仇) <平妖 6 :
72>

76) 향암된 사ᄅᆷ(村俗人) <譯補 19> 향암된 말ᄒ다(說村話) <漢 192a> 규즁 아녀의 향
엄되므로뻐 귀인의 존위롤 간범치 못ᄒ여 <仙眞 15 : 13> 쳔쳡이 규듕의 향암된
몸이 노야의 브ᄅ시믈 감히 거ᄉ리디 못ᄒ여(妾蒙老爺拘喚) <醒風流 5 : 6>

낭지 진실로 농호나 <u>향암된</u> 스나히 식으로 샹호고 티□인의 곤하고
미인의 미쳐 녜일을 싱각고 간댱만 허비호니 만시 어려워 언어조차
그룻도다 <3 : 131>

승샹 뜻이 하히곳티 깁흐니 내 여튼 쇼견이 엇디 발뵈리오마눈 다
만 승샹이 낙양셔 곳 드러와 <u>향암된</u> 눈의 쳐엄으로 쳡을 보매 스모
호기룰 과도히 호여 <3 : 112>

(38) 허우록호다[77] : 상심하다
붕이 이 말을 듯고 <u>허우록호고</u> 심시 아득호야 디왈 <1 : 73>

(ㄱ) 동사 / 형용사
ᄀ즈다<2 : 85, 90> ᄀ족호다<2 : 83 /3 : 20, 44 /5 : 6> ᄀᆯ히다<1 :
62, 88, 97 /2 : 12, 72 /4 : 17, 41> ᄀᆽ줍다<2 : 80> 가르혀다<2 : 39> 가비
압다<1 : 119> ᄀ옴알다<1 : 10, 19> 가옴열다<2 : 40 /5 : 41> 가음열다
<1 : 1, 104 /2 : 40, 73 /3 : 157 /5 : 74, 88> 가즈다<2 : 56> 갑다<2 : 87 /
4 : 36 /5 : 75> 거후르다<1 : 57> 거후로다<2 : 57, 82 /3 : 3, 159 /5 : 32>
견호다<4 : 28> 굿보다<1 : 44, 124 /2 : 27, 101 /3 : 74 /5 : 81> 그므다
<1 : 39> 그음호다<5 : 59> 찌다<1 : 123> 느죽호다<2 : 71> 눌나다<3 :
11> 눌쓰다<3 : 110 /4 : 65> 늣갑다<4 : 3, 7> 날호다<4 : 105> 날회다
<4 : 63> 낫드라다<1 : 7> 네라옵다<2 : 54> 놋줍다<2 : 67> 누기다<4 :
60, 141> 뉘웃브다<5 : 93> 뉘웃츠다<3 : 96 /5 : 24> 늣거오다<3 : 129>
니우다<2 : 11> 닐더나다<3 : 67, 105> 닐쓰다<4 : 130> 넓더나다<4 :
70> 닛줍다<2 : 88> 쏠오다<2 : 84> 다딤호다<5 : 93> 달호다<3 : 83, 85,
125 /4 : 112, 137> 뎌르다<1 : 124 /2 : 94> 들에다<1 : 5 /2 : 1> 듯보다
<4 : 108> 듯다<2 : 98> 듯줍다<1 : 85> 맛디다<1 : 93 /2 : 38, 88, 92 /
4 : 4, 58, 95> 머오다<5 : 2> 모디다<5 : 19> 모템호다<3 : 115> 뫼옵다
<2 : 14, 61 /3 : 5, 57> 믜티다<1 : 84> 밋줍다<4 : 10> 밋즈브다<4 : 76>
바람호다<3 : 29> 바익다<1 : 9, 100> 바아다<5 : 83> 바아디다<2 : 60,
88> 바야다<2 : 44 /3 : 69 /4 : 119 /5 : 55> 비골프다<5 : 70> 비야다<3 :
33> 빠지오다<2 : 34> 버럿다<2 : 13> 보야다<1 : 124 /3 : 35, 120, 135>
브드이다<4 : 66> 브뎌이다<4 : 72> 브드이즈다<4 : 85> 브르돗다<5 :

---

77) 繭然히 그치뎌 허우록호야(沮喪) <小언五 105>

66> 쓰설다<3 : 84> 비기다<1 : 123 /3 : 60 /4 : 58> 비오다<1 : 83 /3 : 144> 빗왓다<1 : 114> 스뭇다<1 : 85> 스못츠다<3 : 105> 빤이다<3 : 9> 술오다<2 : 44> 숨다<1 : 59 /4 : 77> 서럿다<1 : 116, 2 : 78> 뼈흐다<5 : 108> 섯돌다<1 : 19 /3 : 67> 셔도다<2 : 13> 슬흐다<2 : 94, 100> 아롱곳 치리이다<2 : 45> 아오라흐다<1 : 3> 아오랍다<3 : 26, 31> 아이다<1 : 57 /4 : 39> 어그릇다<2 : 82 /5 : 111> 어그로츠다<4 : 70 /5 : 6> 어릇쁠다<5 : 42> 어리오다<1 : 109 /2 : 74, 81> 어리다<2 : 15, 96> 얼의오다<1 : 120 /3 : 148> 여어보다<1 : 14, 34, 74, 125 /3 : 126> 여으다<3 : 23> 열오다<1 : 45> 즈므다<5 : 51> 줌으다<2 : 69, 90> 줌탁흐다<1 : 41> 잔잉흐다<3 : 4, 75> 쟈르다<3 : 39> 쥬인흐다<1 : 5> 지혀다<2 : 57> 진지흐다<2 : 71, 72, 82 /3 : 146, 153, 156 /4 : 23, 63 /5 : 20, 81> 츠다<5 : 5, 28> 칙다<2 : 70, 81 /4 : 24> 칙미다<2 : 84> 칩다<5 : 70> 프람흐다<5 : 87, 109> 흐리다<4 : 1> 할다<1 : 49, 69 /3 : 27 /5 : 100> 헤쁠다<3 : 26> 후리티다<1 : 124 /3 : 12> 홀쯔으다<3 : 10> 휘둣다<1 : 124 /5 : 21> 희짓다<1 : 24, 76, 77, 80 /5 : 57>

(ㄴ) 명사

ᄀᆞ올<1 : 33, 61 /3 : 25 /5 : 36> 개고리<5 : 70> 거르션<4 : 125> 굇고리<5 : 42> 구무<1 : 48, 96> 굿<2 : 22> 귀엿골<5 : 73> 귓거시<4 : 15> 느못[78]<1 : 9, 55, 91, 92, 93, 139> 눕대죄<4 : 138> 나돌<4 : 119> 나조흐<1 : 13, 89 /2 : 25 /3 : 17 /5 : 33> 나죄<1 : 18> 남진<3 : 103> 다히<5 : 63, 64> 덩<2 : 69 /3 : 33> 뎌ᄌᆞ음긔<4 : 34> 뎌즈음긔<4 : 69> 돗ᄀ<3 : 104> 둣글<1 : 90, 132 /2 : 27> 미야지<3 : 24> 미얌이<2 : 75 /5 : 110> 모히<1 : 82> 못ᄀᆞ지<5 : 83> ᄇᆞ람벽<5 : 107> 비얌이<2 : 89 /5 : 70, 71> 바다흐<1 : 28 /3 : 29> 반디<3 : 151> 벼로<4 : 69> 붇<4 : 69> 불회<1 : 78> 뷔키(帚箕)<1 : 117 /3 : 86 /4 : 90, 97, 109> 스나희<4 : 84> 쏠<2 : 9> 손바당<5 : 74> 술위<1 : 31> 숫ㄱ<3 : 17> 시욹<2 : 79> 아니

---

78) 주머니 : 붕의 찻는 느ᄆᆞ츠도 볼모로 아사가다<1 : 55> 느ᄆᆞ출 차고 새 사룸을 만나 ᄌᆞ손의 진쥬ᄀᆞ티 만흐라 말인가<1 : 91> 금반의 진쥬 느ᄆᆞ춘 무슴 뜻고<1 : 92> 느못치 유무를 내여<1 : 9> 금반의 느ᄆᆞ치<1 : 92> 느ᄆᆞ치 명쥐니<1 : 93> 붕이 겨티 챤 느ᄆᆞ출<1 : 139>

혼 스이79)<1 : 52> 아즈미<2 : 80> 아즈믜<3 : 150> 아즈비<1 : 116 /4 : 46> 어룬<1 : 6 /2 : 82 /5 : 6> 엉석<3 : 32> 여룸<1 : 6 /5 : 53, 107> 잇기<2 : 89> 젼츳<4 : 73> 죠희<1 : 16, 62 /2 : 80> 쳠하<5 : 71> 틋글<3 : 43> 프람<3 : 121 /5 : 52> 포<3 : 64> 희포<3 : 61> 한미<1 : 64>

특수 어간 교체를 보이는 체언으로, "ᄌᆞᄅᆞ"는 줄롤<5 : 39> 쟐너<5 : 30>로, "ᄒᆞᄅᆞ<3 : 26 /4 : 46>, ᄒᆞ로<1 : 18, 131 /4 : 12 /5 : 71>"는 홀ᄂᆞ<4 : 23>, 홀론<2 : 9, 21 /3 : 57 /5 : 24, 45>으로, "아ᅀᆞ<2 : 46>"는 아ᄋᆞ<2 : 19, 85 /4 : 139>, 아은<2 : 19, 23, 37>, 아을<2 : 101>, 아의<2 : 36, 85>, 아이<2 : 19, 21, 77 /3 : 73> 등으로 활용되었다. "나모<5 : 113>"와 ㄱ첨용어 "낡" 모두 쓰였는데 "낡"는 남기<4 : 54>, 남긔<2 : 60 /3 : 104> 등으로 곡용하였다. 이 밖에 ㄱ첨용어로 "둙<3 : 104>", "슓<3 : 17>" 등이 있다. "새벽"은 새박<1 : 25>과 새배<1 : 7 /2 : 47 /5 : 41, 55>가 쓰였으며 아춤<1 : 61, 131 /3 : 43 /5 : 32, 101>과 아젹<1 : 55 /2 : 9 /3 : 119 /5 : 15>은 "아젹"이 우세하게 쓰였다. 거울<1 : 80, 115 /3 : 43 /5 : 55>은 거우로<1 : 132 /4 : 122>와 다 함께 쓰였다. 편지<1 : 131 /2 : 13 /3 : 83 /4 : 9>와 글월<3 : 49>, 유무<1 : 8, 77 /2 : 13, 14, 65 /3 : 80, 92, 97, 108 /4 : 37, 48, 113, 118, 119>가 병용되어 쓰였는데 "유무"가 우세하게 쓰였다. 한편 비교격 조사는 "-의셔"<4 : 32>와 "-도곤"<1 : 75 /2 : 12, 35, 40, 52, 53, 60, 68, 97 /3 : 8, 11, 107, 137 /4 : 68>만 쓰였는데 "-도곤"이 단연 우세하다. 이밖에 흔치 않은 체언으로 "늠되죄"<4 : 138>80)가 보인다.

　　(ㄷ) 부사
　　ᄀᆞ초<4 : 100>, ᄀᆞ초<3 : 125>, 가ᄇᆞ야이<1 : 13, 41, 83 /4 : 23, 36>, 간대로<1 : 16, 62>, 공번되이<1 : 68>, 느리<5 : 101>, ᄂᆞ죽이<1 : 29 /

---

79) 어버ᅀᅵ 子息 ᄉᆞ랑ᄒᆞᄆᆞ 아니ᄒᆞ 스ᅱ어니와<석六 3>

80) 남에게 모두 ‖ 나남즉 늠대되 그는 아무坬로<靑 p.114.> 늠디되 ᄒᆞ는 투기를 아니ᄒᆞ다<恨中 p.114>

3 : 127>, 너도히<1 : 11, 46 /2 : 32>, 나죵내<3 : 88, 153>, 내죵내<4 : 76, 122 /5 : 46>, 날호여<3 : 73 /5 : 67>, 날회여<1 : 49, 56>, 니르히<2 : 18 /4 : 38, 41, 102>, 닐온<1 : 27, 36, 45>, 닙더<3 : 90, 96>, 넓더<4 : 20, 84, 101>, 다시옴<1 : 55 /2 : 26, 74 /3 : 151 /4 : 141 /5 : 98>, 모양<2 : 34 /4 : 126>, 모이<5 : 71>, 모좀<1 : 14, 41 /2 : 26 /5 : 73>, 믹믈이<3 : 109>, 믹 믈히<4 : 46>, 믹야히<4 : 33>, 무흔<4 : 18>, 바히<4 : 92>, 벅벅<4 : 96>, 벅벅이<1 : 21 /2 : 12 /3 : 13, 48, 56 /4 : 32 /5 : 90>, 빗기<2 : 79 /3 : 10, 77>, 샹해<2 : 14, 59 /5 : 2>, 서의히<2 : 96>, 손조<2 : 62 /4 : 118 / 5 : 1, 109>, 수이<2 : 23, 61 /5 : 16, 68>, 아오라<5 : 105>, 아오라히<2 : 40>, 언머덧<2 : 57 /3 : 113>, 외오<2 : 76 /5 : 62>, 이대<4 : 65>, 이대도 록<1 : 125>, 즈로<1 : 17 /3 : 121, 138 /5 : 18, 55, 68, 88, 109>, 즈시<4 : 36>, 잔잉히<3 : 16>, 져근덧<2 : 27, 4 : 112>, 졈<4 : 115>, 즈러<4 : 42>, 즈즐히<5 : 50>, 측히<4 : 50>, 함양되이<3 : 3>, 호마<2 : 61 /5 : 55>, 현 마<1 : 86, 100 /2 : 20, 43 /3 : 5, 99 /4 : 32, 52, 141 /5 : 62>, 흐억이<3 : 53>

(ㄹ) 조사·어미
-거야<5 : 21>, -거이다<5 : 50>, -곳<2 : 35> -과댜<5 : 109>, -과 라<1 : 55, 88, 94, 103, 118 /5 : 66, 82>, -과이다<1 : 50 /3 : 150, 157 /4 : 49, 113 /5 : 102>, -과쟈<1 : 60> -는다<2 : 72> -나든<2 : 23>, -쏜냐 <1 : 63 /2 : 57 /3 : 126>, -닷다<2 : 70> -쏘소이다<3 : 59>, -디록<5 : 44>, -ㄹ와<1 : 62 /2 : 45> -락<3 : 60 /5 : 50>, -란<1 : 57> -랏다<1 : 78 /2 : 68> -롸<2 : 14, 94> -링이다<1 : 36, 86, 106, 116 /4 : 2, 6, 9, 10, 20, 36, 42, 74, 76 /5 : 13, 25, 27, 30, 65, 100>, -손<1 : 94> -지라<1 : 68> -지록<5 : 22>, -지이다<3 : 58, 70, 102 /4 : 17, 24>, -크니와<3 : 92>, -콰이다<1 : 36 /2 : 13>

6. 맺는말

이상에서 논의한 바를 정리하면 다음과 같다.

(1)『교홍기』를 토대로 번안한「가운화환혼기」는 이창기(1376~1451)의『전등여화』소재 장편 문언소설이다.『전등여화』는 구우의『전등신화』와 마찬가지로 일찍 국내에 유입되어 읽혔다. 세종 27년 을축(1445)에 완성되고 세종 29년(1447) 주해하여 간행했던『용비어천가』제 99장 주석에『전등여화』를 인용하였다. 이것은『전등여화』권2「靑城舞劍錄」의 주인공인 眞本無와 文固虛의 대화 가운데 나오는 것이다. 유탁일 교수는 이 기록을 근거로『전등여화』가 세종 27년(1445) 이전에 이미 우리나라에 유입되어 이『용비어천가』를 주석하던 집현전 학사들에 의해 읽혀졌음을 지적하였고, 그 전입시기는『전등여화』가 저작된 세종 2년(1420)에서『용비어천가』가 완성된 1445년 사이인데,『용비어천가』에 인용된 판본이 영락 초간본이라기보다는 선덕 8년(1433)에 간행된 장광계본일 가능성이 크다고 하였다. 그러나 천리대 소장 장광계본에서 보았듯이 장광계본이 간행된 것은 정통(1436~1449) 연간 초이므로 우리나라에 전래된 것은 1436년에서 1445년까지로 보는 것이 타당할 것이다.

특히 연산군(1494~1506) 12년(1505) 4월 임술에 전교로서 사은사로 하여금『전등신화』·『효빈집』·『교홍기』·『서상기』등과 함께『전등여화』를 貿來할 것을 지시하였고, 그 가운데『전등신화』와『전등여화』를 印進하라고 지시하였다. 실제로 유탁일 교수에 의하면 "임란 이전에 어숙권이 지은『고사촬요』팔도책판조에『전등여화』가 간행된 기록이 있다.

(2)『聘聘傳』은 낙선재에 소장되어 있던 소설 작품으로서 1권은 金完鎭 교수가, 2~5권은 낙선재본으로 현재는 한국학중앙연구원이 소장하고 있는 유일본이다. "聘聘"은 "娉娉"의 오기이며, 전문이 한글로 된 필사본의 제목을 한자로 다는 과정에서 잘못 옮긴 것이다.『聘聘傳』은『회모본』에는 같은 성격의 문언소설집으로『전등총화』,『염이편』,『문원사귤』등과 함께 저록되어 있어 1762년 이전까지 국내에서 번역된 것으로 보

인다. 권지일의 맨 앞부분은 「환혼기」의 번역이라 할 만큼 일치하나 1권 후반부터 인명과 이야기의 골격만 일치할 뿐 다름을 보여주고 있다. 때문에 『빙빙전』은 문언소설 「가운화환혼기」에서 등장인물과 기본 줄거리를 빌어와 부연한 번안소설로 추정된다.

(3) 『빙빙전』은 청년 재사 위붕과 指腹之婚을 맺은 빙빙과의 애절한 사랑을 그리고 있다. 그들은 막부인의 반대로 인해 고통을 겪으면서도 서로의 이해를 증진하고 애정을 심화시켜 마침내는 위붕과 혼인한다. 남주인공 위붕이 오부인, 가부인, 김씨, 동중선, 해춘 등 처첩들과 결연하는 과정, 그리고 성혼 후 여인들 사이에 벌어지는 처첩 갈등이 중심된 이야기를 형성하고 있다. 가운화의 혼사장애나 오부인 투기심을 강조한 점에서 혼사장애 主旨에 의한 남녀간 혼사갈등이라는 축과 처첩갈등을 보조 축으로 이루어져 있다고 보아 무방할 것이다.

(4) 「수월뎡몽유긔서」의 "만녁(萬曆)으로브터 여러 권 칙이 되니라"란 기록, 「가운화서」의 "한궁 샹원비 옥텹을 현판ᄒ실 시 샹명을 밧즈와 만녁(萬曆) 긔ᄉ(己巳) 계츈(季春) 회일(晦日)의 병부샹셔 왕경유와 녜부시랑 마튱원은 긔록ᄒ다."란 기록과 완산이씨 『중국소설회모본』의 기록을 종합해 보건대, 대개 기사(1629)년 후로부터 1762년 이전에 이루어진 것으로 추정된다.

그러나 낙선재본 번역소설 가운데 영빈 이씨(?~1763)의 인장이 찍혀 있어 필사연대가 확실한 『손방연의』나 『무목왕정충록』, 사역원의 중국어 학습서로 개간한 『오륜전비언해』(1721)보다도 고어와 고문체가 두드러지는 것으로 보아 위 번역본보다 훨씬 전인 17세기 말, 18세기 초반에 이루어진 것으로 보인다.

(5) 『빙빙전』에 보이는 많은 고어와 고문체는 낙선재본 소설 가운데 연대가 가장 오랜 것 중의 하나로 추정되며 17세기에 이루어진 필사본

이라 할 것이다. 특히 "굿기다, 기티다, 닉도ᄒ다, 내왓다, 니음츠다, 두굿기다, 미믈ᄒ다, 믹받다, 맛ᄌᆞᆺ다, 벙으리와다, 슷그러ᄒ다, 슷두어리다, 아쳐ᄒ다, 잇브다, 측ᄒ다, 향암되다" 등은 낙선재본 번역소설 중 연대가 오랜 『형세언』, 『성풍류』, 『평산냉연』, 『선진일사』 등에 두루 보이는 고어이다. 특히 "ᄀᆞ올ᄒ다, 그므다, 긔걸ᄒ다, 늗믓, 눕대죄, 다이ᄌᆞ다, 더위잡다, 미야ᄒ다, 머오다, 바자니다, 뵈다, 비기다, 숫치, 서의ᄒ다, 싀여디다, 외다, 이대, ᄌᆞ져ᄒ다, 즈즐ᄒ다, 추러ᄒ다, 퓌오다, 허우록ᄒ다" 등은 중세국어의 흔적을 보여주는 중요한 자료이다. 지금까지 발견된 국문소설 필사본 중 가장 연대가 오랜 것 가운데 하나임에 틀림없다.

■『중국소설논총』 제4집, 한국중국소설학회, 1995

제5장 朝鮮 刻本 『花影集』에 대하여
－ 한글 번역본 「뉴방삼의뎐」과 관련하여

1.

　1996년 2월 장춘에 갔다가 王汝梅 교수로부터 명대 전기 문언소설집 『花影集』 교점본을 받아들고 이 책이 조선에서 판각되었다는 사실을 처음 알았다. 종래에 개별적으로 중국 소설 사전류에 이 소설에 대한 해제가 간혹 실렸지만 조선 각본임을 명시하지 않거나[1] 명대 寫刻本으로만 기재하는[2] 등 조선에서 판각되었다는 사실을 간과하였다. 아마도 짧은 발문의 내용을 제대로 판독하지 않은 탓도 있었겠지만 조선 문인에 대한 이해가 전무하였기 때문일 것이다. 그러다가 1995년 11월 길림대

---

1) "明代文言傳奇小說集. 四卷二十篇.陶輔作於弘治初年, 初刻於嘉靖初年, 今存萬曆丙戌崔岦重刊本. 寫刻, 無圖." (黃霖 主編, 『中國歷代小說辭典』 제2권, 雲南人民出版社, 1993, p.522.)

2) "日本早稻田大學存明代寫刻本." (中國古代小說百科全書, 中國大百科全書出版社, 1993, p.179) "國內已無傳本. 日本早稻田大學圖書館藏明寫刻本一種……" (寧稼雨 撰, 『中國文言小說總目提要』, 齊魯書社, 1996, p.230.)

학출판사에서 희귀본 소설총서의 하나로『花影集』이 출판됨으로써 정의중에 의해 명대 조선 간본으로 바로잡혔다.3) 이 책의 원전은 현재 중국에는 남아 있지 않고 일본 와세다대학 특별자료실에 소장되어 있는데 유일본이다.

『화영집』에 대한 국내 기록은 1585년(宣祖 18) 목판본『攷事撮要』「昆陽」조에 처음 보인다.

> 十日半程 昆陽
> 三十一息十七里, 別號昆明·昆南·鐵城·昆山, 冊板大全小學·救急簡易方·大字孝經·赤壁賦·花影集.4)

이보다 앞서 나온『剪燈新話』·『剪燈餘話』·『嬌紅記』·『效顰集』등에 대해서는 여러 기록 등을 통해서 조선 전기에 전래되었고5) 일부는 인출되었음이 널리 알려졌다.6) 최립의 발문 전문을 옮겨 본다.

> 전 오륙 년 간 과거 동기인 君會와 내가 군수였을 때 서해의 풍토가 나쁘고 백성들의 송사가 빈번하여 그곳에 머물러 즐겁지 못했고 일에 시달

---

3) 此書國內未見傳本, 只有日本早稻田大學圖書館藏有一部朝鮮刻本, 書後有萬曆丙戌(1586) 朝鮮人崔岦的跋(〔明〕陶輔 撰 程毅中 校點,『花影集』〔明〕釣鴛湖客 撰 徐野 校點,『鴛渚志餘雪窓談異』합본, 吉林大學出版社, 1995, p.2.)

4)『攷事撮要』, 韓國圖書館學研究會, 南文閣, 1974.

5) 柳鐸一의 논문,「15·6世紀 中國小說의 韓國傳入과 受容」(『고소설연구1』, 태학사, 1997. pp.209~246.)에 상세하게 소개되어 있다.

6)『韓國冊板總目錄』(鄭亨愚·尹炳泰 編, 韓國精神文化研究院, 1979.)에 따르면, 北漢山城, 保寧, 密陽, 永川, 陜川, 居昌, 全州, 順天, 龍安, 濟州, 原州 등 三南 일대에서 골고루 간행되었음을 알 수 있다. 이밖에도『攷事撮要』(韓國圖書館學研究會, 南文閣, 1974.)에 보면 임란 전『剪燈餘話』와『效顰集』이 淳昌에서 방각본으로 판각된 기록이 단 한번 보이는데, 그 중『效顰集』은 朝鮮 刻本이 일본 蓬左文庫에 소장되어 있다.

려 책을 벗삼아 즐길 겨를이 없어 서로 이를 고통스러워하였다. 이제 형이
영남 昆陽의 군수로 있으면서 내게 새로 판각한 소설『花影集』을 보내왔
으나 미처 열람하지 못하였다. 그러나 필시 이 책은 세상의 勸戒에 관한
것으로 의미를 밝혀 취할 바가 있을 것이다. 그러나 형이 이 책을 판각함
에 전에 있던 곳에서 하지 못하고 곤양에서 이루었으니, 곤양에 있음에 즐
겁고 일이 적어 책을 벗삼을 수 있었음을 알 수 있겠다. 내가 또다시 成都
로 떠났다가 지금은 서울 일로 바쁘니 책을 매만지며 저도 모르게 부러움
을 금할 길 없다. 형의 종조부 尹溪가 嘉靖 丙午年에 중국에 사신 갔다가
이 책을 구득하였다 한다. 군회의 이름은 景禧로 군과 주의 수령을 두루
역임하여 명망이 드높았다. 萬曆 丙戌 초봄 통천 최립이 쓰다. (前五六年
間, 君會年兄與余俱爲郡守, 西海風土惡而民訟繁, 使人居之不樂, 疲於事爲,
未暇以書爲嬉, 盖相與病之. 今兄守嶺南之昆陽, 寄余以新刻小說曰『花影集』
者, 余未及閱覽, 而必其書關世戒乎, 發人意思乎, 有取焉耳. 然兄之刻此不于
前而于昆, 昆之居可樂, 少事爲, 足以書爲嬉者可想矣. 余又適去成都, 而碌碌
於京師,　不覺撫卷而嗟羨也.　兄之同姓從祖父尹斯文溪於嘉靖丙午奉使中朝,
購得此集云. 君會名景禧, 前後爲郡及州, 有治聲. 時萬曆丙戌首春通川崔岦之
識.)

　　위 발문에 의하면 尹景禧의 종조부 尹溪가 가정 병오년(1546, 명종 1)에
중국에 사신 갔다가 이 책을 구득하였음을 알 수 있다. 이 책을 40년 뒤
에 윤경희가 영남의 昆陽(지금의 경남 泗川) 군수로 있으면서 판각한 것을
황해도에서 함께 군수로 재임했던 지우인 崔岦[7])에게 보였고, 이에 최립
이 만력 병술년(1586, 선조19) 초봄에 친필로 발문을 쓴 것을 받아 사각하
여 뒤에 덧붙였음을 알 수 있다. 그런데 1585년(선조 18)에 간행된 것으로
알려진『攷事撮要』에[8]) 이미 "花影集" 책판 목록이 실려 있어 1585년에

---

7) 최립과 윤경희는 각별한 사이였던 듯하다. 뒤에도 언급하겠지만 실제로 1581년 崔
　　岦은 載領郡守로, 尹景禧는 信川郡守로 飢民을 구제하는 데 힘써 表裏를 하사받은
　　적이 있으며 발문 말미에 윤경희가 군과 주의 수령을 차례로 역임하여 명망이 드
　　높았다는 말은 이를 가리키는 듯하다.

이미 『화영집』 4권 20편에 대한 판각이 다 끝나 있었음을 알 수 있으며 최립의 발문은 그 뒤에 추가된 것으로 추정할 수 있다. 발문에 成都란 지명은 평안도에 있는 "成川都護府"를 지칭한다.9) 실제로 최립은 1582 년 성천부사에 부임한 적이 있다.

2.

사마방목에 따르면 윤계는 자가 浩甫, 본관은 玄風, 부친은 輔殷이며 1511년(중종 6, 辛未) 별시 을과에 합격하였고 성균관 전적, 예조정랑 안변 부사, 첨지 등을 역임하였다. 그에 대한 기록은 1511년(중종 6) 10월 26일 (癸卯) 稀蹄守 李瑚의 혼사 문제 처리와 관련하여 처음 기록이 보인다.10) 처음에 희제수가 嫡女는 진사 강은에게, 서녀는 윤계에게 시집보내기로 혼약을 정하였는데, 윤계가 과거에 급제하자 희제수의 첩사위가 되는 것을 부끄럽게 여겨서 적녀를 나에게 시집보내지 않으면 혼인 못하겠 다고 하자 희제수가 부득이 적녀를 그에게 시집보내고, 대신 서녀를 강

---

8) 『攷事撮要』는 1554년(명종 9)에 魚叔權이 편찬한 類書. 조선시대의 사대교린을 비롯 하여 일상생활에 필수불가결한 일반상식 따위를 뽑아 엮은 것이다. 어숙권의 原撰 에서부터 1771년(영조 47) 徐命膺이 『攷事新書』로 대폭 개정, 증보하기까지 무려 12 차에 걸쳐 간행되었다. 초간본은 현재 전하는 것이 없고 1568년(선조 1)에 발간된 乙亥字本이 최고본이다. "花影集" 책판 목록은 許篈이 續修하여 宣祖 18년(1585)에 간행된 판본에 실려 있다. 이 간본은 原撰 당시부터 선조 18년까지 사이에 조사된 八道冊板이 종합적으로 수록되어 있는 점에서 다른 어떠한 간본보다도 그 이용 가 치가 높이 평가되고 있다.

9) 東至黃海道谷山郡界一百二里, 至江東縣界四十二里, 西至殷山縣界四十六里, 北至陽德 縣界六十五里, 距京都七百二十四里.(『新增東國輿地勝覽』 제54권, 168면)

10) 稀蹄守李瑚, 嫡妾俱有女, 姜[氵+隱]議嫡女, 尹溪議庶女, 皆以納采, 後尹溪登第, 以嫡女 歸之, 欲以庶女, 妻澃.澃家請勿與爲婚. 宗簿寺啓, 還姜澃納采以罪瑚, 從之.(『中宗實錄』 卷14, 14집, 539면)

은에게 시집보내려 하니 강은이 거절하였다. 희제수가 강압하자 강은이 헌부에 呈訴하여 끝내 희제수의 사위가 되지 않은 사건이다. 이 사건으로 그는 평생 곤욕을 치루게 된다. 7년 뒤인 1518년(중종 13) 8월 2일(己巳)에 이 일로 사헌부에서 탄핵당하였고,11) 같은 해 12월에 전적이 비록 낮은 벼슬이기는 하지만 사표가 되는 직임이므로 부적합하다 하여 체직당하여12) 병조정랑으로 옮긴 이듬해인 1519년(중종 14) 9월에 또다시 혼인의 예를 잃어 일이 진실로 올바르지 못하니, 육조의 낭관이 될 수 없는 사람이니 체직하라는 간언이 있었으나 임금은 윤허하지 않았다.13) 1525년(중종 20) 6월 승문원 제조가 새 급제자 중에서 이문과 한어에 밝은 자를 선발하여 아뢰면서 이문에 밝은 사람의 하나로 윤계가 거론되고 있었다.14) 얼마 후 그는 외직인 황해도 豊川府使로 나갔다. 1525년(중종 20) 윤계는 풍천부사로 있던 중, 거상 중에 서울 집에 있으며 항시 平笠을 쓰고 음주에 棋博을 일삼아 또다시 체직되었다.15) 여기서 끝나지

---

11) 중종 13년 8월 2일. 憲府又啓曰 : "稀蹄守有嫡女子姜女子, 以姜女子, 將嫁今戶曹正郎 尹溪, 而嫡女子, 則許歸于進士姜[氵+隱], 及尹溪登第, 卽以嫡女, 移嫁尹溪, 而溪亦甘心 爲嫡婿, 請皆罷黜.……" 傳曰 : "稀蹄守尹溪等, 不可遽罷, 當推訊而罪之.") 『中宗實錄』 卷34, 15집, 468면)

12) 臺諫啓前事, 諫院啓曰 : "尹溪前之所失, 有關人倫, 典籍雖卑官, 師表之任也. 請遞之. 尹 溪事依允. (『中宗實錄』 卷35, 15집, 496면)

13) 중종 14년 9월 18일. "戶曹正郎尹溪已失姻之禮, 事固不正, 不可爲六曹郎官.……不允.) 『中宗實錄』 卷36, 15집, 569면)

14) 중종 20년 6월 4일. "承文院提調啓曰 : '吏文·漢語崔世珍趙翊外, 未聞有名之人, 此必 不勤爲學, 其中可爲人, 必加勸懲事, 已有傳敎, 其成効者少, 揀擇肄習十餘年, 而其中稍 成才者, 漢語尹漑·沈達源金蕈, 吏文李芄·尹溪·姜顯·蔡世英·趙琛而已. 以此相代 赴京可也, 但李芄, 已陞堂上, 然已成就, 故書啓耳. 久業而不用意講習者推論事, 亦有上 敎, 然敎勸如一, 而無成效, 亦如一, 難以抄啓. 故新及第可當人, 別抄以啓.' 傳曰 : '知 道.'" (『中宗實錄』 卷54, 16집, 424면)

15) 中宗 20년 9월 5일. "豊川府使尹溪, 守喪, 時在京家, 常着平笠, 日事飮博, 以有識文臣, 所 爲如此, 非徒有累於其身, 大關風敎, 請勿齒仕版."傳曰 : "…尹溪以承文院之啓, 已遞豊川 府使矣. 其所爲, 果若此, 則推而罪之可也. 餘皆不允" (『中宗實錄』 卷55, 16집, 450면)

않고 사헌부는 급제한 윤계가 거상할 때 근신하지 않은 사실을 승복하지 않는 것을 들어 의금부로 이관할 것을 청하였고,16) 중종은 그를 의금부에 가두어 추국하고 그 아내와 이혼하게 하였다. 의금부 죄인이 된 윤계는 당시 자신의 소회를 상소하기에 이르렀으나 이미 판결이 난 뒤였다.17)

한미한 집 출신으로 사람됨이 외람되다는 평을 받는 그는, 당초 윤계와 강은은 모두 재명이 있으므로 희제수가 사위로 삼으려 하였는데, 윤계가 강은보다 먼저 과거에 급제하자, 윤계가 혼인하지 않을까 염려하여 도리어 적녀를 주었다. 희제수는 무식하니 나무랄 것조차 없으나, 윤계는 조금 학식이 있으면서 차마 이런 일을 하였으므로 사림의 눈 밖에 난 지 오래되었다. 후에 沈思順과 벗이 되어 날마다 술 마시기를 일삼았었는데, 사순이 諫官이 되어서는 또한 그가 아버지 상사에 근신하지 않

----

16) 중종 20년 9월 14일. "憲府以及第尹溪, 啓喪不謹事, 不承服, 請移禁府, 從之." (『中宗實錄』 卷55, 16집, 452면)

17) 중종 20년 9월 21일. "의금부 죄인 급제(及第) 윤계(尹溪)가 상소하였다. "신은 초야에서 성장하여 전연 족당(族黨)이나 벗들의 원조가 없는 몸인데, 쓸데없이 어리석게 지극히 미욱하고 지극히 용렬한 짓을 하여 오랫동안 물의를 일으키며 오늘에 이르렀고, 심문할 때를 당해서 또한 모두 승복(承服)했으니, 신의 무상(無狀)한 짓은 죄가 만번 죽어도 지당한데 오히려 가벼운 죄를 입게 되어, 신에게 너무나 관대하게 하셨습니다. 다시 무슨 낯으로 감히 애매하다는 말을 하겠습니까? 다만 떠도는 논이 더러 실정에 지나치게 되었다고 하지만, 금부가 추국(推鞫)할 때면 으레 전지(傳旨)를 받아서 했고, 더구나 신의 몸이 여위고 약하므로 한 번도 형장을 받지 않았습니다. 이미 승복한 뒤에야 변명하려는 것이 아니라, 삼가 그윽이 생각하건대, 나이 많은 병든 어미가 의지할 데라곤 오직 신뿐이고, 고단하고 한미한 신역시 의지할 데가 오직 성상입니다. 삼가 생각하건대, 전하께서 우(虞)나라 순(舜)처럼 인(仁)하시고, 아성(亞聖)보다도 총명하시니, 혹시라도 온 나라 사람들이 모두 말하는 대목을 살펴주시고 '의심스러운 죄는 오직 가볍게 한다.'는 글에 유의하여 주시면 목석(木石)이 아닌 신이 어찌 감격되지 않겠습니까? 죽어서도 보답할 것은 말할 것이 없습니다. 구구하지만 미미한 소회를 그만 둘 수 없습니다."(『中宗實錄』 卷55, 16집, 454면)

음을 논박함으로써 사람들이 심사순이 친구 팔아먹은 것을 야박하게
여겼을 뿐 아니라 윤계의 친구 취택을 잘못한 것 역시 비웃었다고 한다.
　그런 그가 복직된 것은 3년 뒤였다. 1528년(중종 23) 1월 "이문을 제술
하는 일을 최세진 혼자 하고 있는데 만약 병이라도 나면 달리 할 만한
사람이 없어 이문을 습득한 윤계를 승문원에 상근시키려고 하나, 윤계
는 죄를 입고 해임되어 지금까지 직첩을 받지 못하고 있으므로 편법으
로 군직을 제수하여 상근시킬 것을 계청하였다. 이에 중종은 윤계가 흠
이 있는 사람이어서 顯職은 줄 수 없지만 직첩을 도로 주어 군직에 붙
여 승문원에 상근하도록 하였다.[18] 그 해 4월, 윤계는 정시에서 수석하
여 승급하였고,[19] 5월에는 평안도에 咨文點馬官으로 의주에 가 있다
가[20] 6월에 중국 사람 劉長 등이 湯站으로 도망하여 '조선이 정동할 적
에 우리들을 길잡이로 삼으려 했다.'고 밀고한 사건이 발생하자 의주 있

---

18) 중종 23년 1월 20일. "光弼・貞・荇等仍啓曰：'承文院漢語吏文成才者, 無之. 只有崔
　　世珍一人, 而其後, 更無能通者, 漢語則尹溪・沈達源, 頗有將來, 然赴京時, 不爲同行, 故
　　言語不能質正矣. 若於一行次同往, 則可以相質傳習, 請於今次聖節使之行, 以此兩人差
　　遣, 而且吏文製述事, 崔世珍若有疾病, 則他無可爲者, 但尹溪, 於吏文, 旣已成才, 故欲以
　　此人, 常仕於承文院事啓請, 但此人被罪作散, 而時未授職牒, 故未得啓請矣. 然事大文書,
　　崔世珍不可獨爲也. 尹溪雖不可敍於顯職, 請除授軍職, 令常仕.' 傳曰：'漢語敎誨之事,
　　法雖嚴密, 近來專不崇尙, 此人等, 若於漢語, 有將來, 則令一時赴京, 而質正言語, 但我國
　　赴京者, 若通事則可以周行於市街, 朝官則在舍館, 不得出入. 云如此則似不得質正也. 然
　　往來亦有益矣. 萬一天使出來, 則他通事, 不可出入於殿前, 不得已使此人等, 傳通矣. 尹
　　溪・沈達源兩人, 於今聖節使行次, 並令入送, 且事大文書, 一人不可獨製, 而世珍若有故,
　　則亦難, 大臣所啓之意, 甚當. 尹溪有釁咎之人, 顯職則果不可爲也. 其還給職牒而付于軍
　　職, 使之常仕於承文院."(『中宗實錄』 卷60, 16집, 616면)
19) 중종 23년 4월 23일. 文臣庭試優等, 賞賜有差. 〔居首尹溪加一資.〕(『中宗實錄』 卷61,
　　16집, 657면)
20) 중종 23년 5월 22일. "'……且前日金同難事亦發遣京朝官而推之. 今此金同難事, 至爲
　　重大, 亦當發遣京朝官而推之, 雖不得別遣京朝官, 而尹溪今以咨文點馬, 往在義州, 則令
　　尹溪推之可也. 遼東移咨, 則今方磨鍊矣. 幸於遼東, 若有往復之事, 則尹溪詳知承文院意
　　矣. 可爲之故啓之' 傳曰：'知道.'"(『中宗實錄』 卷61, 16집, 670면)

는 수직을 맡았던 군사들을 추문하는 일을 맡고[21] 8월에는 金同難을 추고하는 일까지 떠맡았다.[22]

1534년(중종 29) 안변부사를 역임하였다.[23] 윤계는 이문에 능했던 듯 당시 한어의 대가인 최세진과 『吏文諸書輯覽』 편찬에 참여한 기록도 보인다.

嘉靖 庚子年(1540) 여름에 慕齋 김공이 임금께 아뢰어 纂集局을 설치하고 『吏文諸書輯覽』을 지었는데, 同知 崔世珍·參議 尹漑·僉知 尹溪로 당상을 삼고 吏文學官이 그 일을 맡아 보았다. 『吏文』『續吏文』은 鄭君陳 柳大容 李景成 및 나의 형제 등 5명이 함께 그 일을 보았는데, 공에게 아뢰어 의논하는 일은 유대용이 주로 하고, 『駁稿』와 『奏議擇稿』는 내가 주로 맡아 하였다. 얼마 안 되어 윤참의는 충청도 안찰사로 나가고, 윤첨지는 延安郡守로 나가 崔同知가 혼자서 맡아 전부를 꾸려나갔다. 이듬해 신축년 봄에 책이 완성되어 서국에 명하여 출판하게 하였는데, 무릇 吏語 및 각 서적에 보이는 중국의 대소 관제를 모두 자세히 주석했으므로, 이 책을 펴 보면 분명하여 마치 돌아갈 곳이 있는 손과 같다고나 할까. 다만 간혹 억지로 끌어다 댄 것이 한둘, 또 자세하지 않은 것이 몇 조목 있으나, 그

---

21) 중종 23년 6월 20일. “憲府啓曰 : ‘臣等聞唐人劉長等, 亡去湯站云, 朝鮮征東時, 以我等爲鄕道云. 征討之事, 朝廷時未定議, 慮事漏洩, 非特湯站, 將轉聞上國矣. 唐人所聞必有所從, 守直人及通譯者, 俱在焉. 可據而推之也. 軍機重事, 在我國, 尙不可虛洩, 況致聞於上國, 此豈國家細事也, 須與大臣議處, 以杜漏洩機密事之路.’ 傳曰 : ‘當初自上, 見其啓本, 至爲驚愕, 軍機重事, 雖漏洩于胡人, 尙且不可, 況轉聞於上國乎. 當初推其守直人, 則其招云.劉長等, 常時思戀本土, 日夜悲號云. 劉長等, 雖以征東事, 言于湯站, 其實聞此事而言之, 抑爲誣言乎. 是未可知也. 然劉長等, 旣以事, 言于上國, 我國則不可謂不言于劉長也. 義州守令則已議于大臣而推之, 譯學訓導及守直人, 則未及推之. 今與大臣, 有別爲謀議之事, 則未可知也. 但予意, 嚴推守直人等而決罪時, 當與大臣議爲也. 譯學訓導及守直人, 其令點馬尹溪, 推之.”(『中宗實錄』 卷61, 16집, 679면)

22) 중종 23년 8월 17일. “傳曰 : ‘推考金同難, 敬差官欲差遣, 但平安道使命煩多, 欲使元繼蔡推之而繼蔡, 又爲巡邊使從事官, 故使尹溪〔時以義州官吏推考事, 在平安道.〕推之, 以大臣所啓之意推閱事.下書于尹溪, 幷諭于其道監司.”(『中宗實錄』 卷62, 17집, 24면)

23) 중종 29년 11월 21일. “諫院啓曰 : ‘安邊府使尹溪, 素有物論, 臨民不合, 請遞. 學官孫溥, 殘忍害倫之人, 不可復齒朝列, 請改正.’ 皆不允.” (『中宗實錄』 卷78, 17집, 549면)

후 여러 차례 중국에 가서 물어 본 바도 많이 있다. 그러나 찬집이 오늘날
남아 있지 않는 것이 안타깝다.24)

1545년(인종 1)에 명나라 황제가 우리나라 陪臣에게 특별히 一品宴을
예부에서 내려주고 또 제주에서 표류해 온 사람을 돌려보내 주었다 하
여, 임금께서 尹溪를 보내어 사은케 하였다.25) 아무튼 『花影集』이 이문
학관인 윤계에 의해서 국내에 반입된 것은 우연이 아니다. 1549년(명종 4)
목판으로 국내에서 간행된 『剪燈新話句解』는 역시 이문학관인 垂胡子
林芑에 의하여 集釋되었다. 특기할 것은 그 주해가 단순히 소설을 즐기
기 위함만이 아니라 외교를 담당하는 서리들의 실용적인 요청에 의해
서 이루어졌다는 점이다.

3.

『花影集』은 곤양군수로 있던 尹景禧에 의해 판각된 것이다. 사마방목
에 의하면 통덕랑으로 자는 君會, 부친의 이름은 柟이며, 1562년(명종 17,
壬戌) 춘별시에 병과에 급제하여 監正을 지냈는데, 선조실록에 의하면
1581년(선조 14) 3월 신천군수로 재직 중 황해감사에 의해 구황을 잘한

---

24) 嘉靖庚子夏, 慕齋金公啓, 設纂集局, 撰吏文諸書輯覽, 以崔同知世珍·尹僉議漑·尹僉知
溪爲堂上, 以吏文學官掌其事, 『吏文』『續吏文』則鄭君陳柳大容李景成, 及余昆季等五人
雜就之, 于公奏議則柳大容主之, 『駁稿』『奏議擇稿』則余主之, 未幾尹僉議出按忠淸, 尹
僉知出倅延安, 崔同知獨專摠裁, 明年辛丑春書成, 命書局印出, 凡吏語及中朝大小官制之
見於各書者, 註釋頗詳, 開卷了然, 殆所謂如客得歸者也, 但其間有一二牽强處, 又未詳者
若干條, 其後屢往中朝, 頗有所質, 惜其纂集之不在於今日也.『大東野乘』卷之四「稗官
雜記一」(『국역대동야승1』민족문화추진회, 1983, p.754.)
25) 嘉靖乙巳, 帝特賜本國陪臣一品宴于禮部, 又送濟州漂海人口, 上遺命僉知尹溪謝恩.(『大
東野乘』卷之四,『국역대동야승1』, 민족문화추진회, 1983, p.733.)

수령으로 재령군수 崔岦 등과 함께 보고되어 각각 表裡 한 벌씩을 하사 받았으며,26) 4월 황해도 어사 金應南은 "신천 군수 윤경희는 자상하고, 재령 군수 최립은 청렴하다"라고 장계한 기록이 보인다.27) 임진왜란이 일어난 이듬해 1593년(선조 26) 6월 "司僕正 윤경희가 咨文을 가지고 가는 데, 문안하는 일까지 겸할 것을 자청하여,28) 7월 司僕副正 윤경희가 이 제독에게 문안하고 돌아와서 보고했다."29)는 기록이 있다.

발문을 쓴 최립(1539~1612)은 본관이 通川으로 자는 立之, 호는 簡易 또 는 東皐이다. 진사 自陽의 아들로 빈한한 가문에서 태어났으나, 타고난 재질을 발휘하여 1555년(명종 10) 17세의 나이로 진사가 되고, 1561년 식 년문과에 장원으로 급제하였다. 이어 여러 외직을 지낸 뒤 1577년(선조 10) 주청사의 질정관으로 명나라에 다녀왔다. 1581년 재령군수로 굶주린 백성을 구제하는 데 힘써 表裏를 하사받았고, 그해 다시 주청사의 질정 관이 되어 명나라에 다녀왔다. 1582년 성천부사가 되었다. 1586년(선조 19) 護軍으로 吏文庭試에 수석하여 가선으로 자급이 올랐다.30) 1592년 공주목사, 이듬해 전주부윤을 거쳐 승문원제조를 지내고, 그해 다시 주

---

26) 선조 14년 3월 28일. "黃海監司書狀, 載寧郡守崔岦, 信川郡守尹景禧, 安岳郡守尹睍, 延 安府使尹斗壽, 海州牧使宋鑢, 善爲救荒事入啓. 傳曰 : '各別下書褒之, 各賜表裡一襲.'" (『宣祖實錄』 卷15, 21집, 374면)

27) 선조 14년 4월 3일. "黃海道御史金應南書啓,"信川郡守尹景禧慈祥, 載寧郡守崔岦廉簡, 康翎縣監柳渭庸劣不治."傳曰 : '尹景禧·崔岦則因監司狀啓, 已爲褒賞矣. 柳渭罷職.'" (『宣祖實錄』 卷15, 21집, 375면)

28) 선조 26년 6월 24일. "上教政院曰 : '李提督, 以不爲問安爲言云. 移咨時問安, 仍告以車 駕來此, 趂來前進之意.' 回啓曰 : '司僕正尹景禧, 咨文賫去, 兼爲問安事差定矣. 趂未前 進之意, 令尹景禧, 言于接伴使, 使之措辭以告." (『宣祖實錄』 卷39, 22집, 18면)

29) 선조 26년 7월 17일. "司僕副正尹景禧問安于李提督來, 啓曰 : '如此暑熱, 特遣陪臣問 安, 多謝厚意, 倭奴今復猖獗, 本府調精兵一萬, 以待的確消息, 數日內發向全羅道, 今日 明日, 遊擊戚金王問, 領火砲手四千, 先發選云." (『宣祖實錄』 卷40, 22집, 42면)

30) 선조 19년 10월 1일. "護軍崔岦, 以吏文庭試居首, 加階嘉善. 兩司啓請." (『宣祖實錄』 卷20, 21집, 427면)

청사의 질정관, 1594년 주청부사가 되어 각각 명나라에 다녀왔다. 그 뒤 판결사, 1606년 동지중추부사, 이듬해 강릉부사를 지내고 형조참판에 이르러 사직하고 평양에 은거하였다. 그는 당대 일류의 문장가로 인정을 받아 중국과의 외교문서를 많이 작성하였다. 특히, 임진왜란 중 명나라의 관계가 빈번하여지자 문장으로 보국하였다. 그리고 중국에 갔을 때 중국문단에 군림하고 있던 왕세정을 만나 문장을 논하였고, 그곳 학자들로부터 명문장가라는 격찬을 받았다. 草·木·花·石의 40여 종을 소재로 한 시부가 유명하며, 역학에도 심오하여 『周易本義口訣附說』 등 2권의 저서가 있다. 그의 글과 車天輅의 시, 韓濩의 글씨를 "松都三絶"이라고 일컬었다. 그는 시보다 문으로 이름이 높았음을 알 수 있다. 그러나 시에서도 소식과 황산곡을 배워 풍격이 豪橫하며, 質致深厚하고 聲響이 굳세어 금석에서 나오는 소리 같다는 평을 들었다. 문장은 일시를 풍미하였다. 당대 명나라에서 유행하던 왕세정 일파의 문장에 경도하여 古雅簡潔하며, 법도에 맞는 글이라는 칭찬을 받았다. 그러나 의고문체에 뛰어났기 때문에 문장이 평이한 산문을 멀리하고 선진 산문을 모방하여 억지로 꾸미려는 경향에 대한 비판도 있었다. 글씨에도 뛰어나 송설체에 일가를 이루었다. 문집으로 『簡易集』이 있고, 시학서로 『十家近體詩』와 『漢史列傳抄』 등이 있다.[31]

4.

『花影集』은 명대 문언소설집으로 陶輔(1441~?)가 홍치 초에 지어 가정

---

31) 『한국민족문화대백과사전』, 한국학중앙연구원, 1997, p.424 ; 『韓國文集叢刊解題 2』, 民族文化推進會, 1998, p.290.

초에 판각한 것으로 추정되는데,32) 원간본은 일실되어 찾아볼 수 없다. 『百川書志』 小史類와 『千頃堂書目』 小說類에 저록되어 있다. 작자 陶輔 (1441~?)의 자는 廷弼, 호는 夕川老人, 安理齋 또는 海萍道人이며 鳳陽人이 다. 그의 선조는 군공으로 大同伯에 봉해졌다. 도보는 음관으로 應天衛指 揮를 세습받았다. 그는 무인이었으나 문학을 좋아하였다. 張孟敬은 「花 影集序」(1516, 正德11)에서 "공은 귀공자로 무예를 하찮게 여겨 무예는 힘 쓰지 않고 경사와 글쓰기에 전념하였으니 그 갈고 닦음이 실로 깊다. 응천친위소용이란 작위를 세습하였으면서도 시류에 영합하지 않고 곧 바로 벼슬을 내던지고 산 좋고 물 좋은 곳을 찾아다니며 그 뜻을 넓혔 다. 붓을 들어 화선지를 적시매 그 해박함을 마음껏 펼치고 친구와 옛 사람을 좋아하여 즐겨 시대의 변화를 살펴 그 정을 극진히 하였다.(公以 貴遊子, 薄武藝而不事, 專志於經史翰墨間, 其蓄之深固有自矣. 暨襲應天親衛昭勇之爵, 又 不苟合於時, 卽時丐恩休致, 尋山玩水, 又豁其趣; 操觚染翰, 以肆其博; 尙友古人, 樂觀時變, 以極其情.)"고 한 데서도 그의 취향을 엿볼 수 있다. 도보의 저작은 매우 많아 『桑楡漫志』 1권, 『四端通俗詩詞』 1권, 『夕川愚特』 2권, 『蚍蠍淸娛』 2 권, 『閭檐通俗詩詞』 1권과 『夕川詠物詩』 1권이 있다(『百川書志』에 보인다).33) 『花影集』은 4권 20편으로 이루어져 있다.

卷一	卷二	卷三	卷四
退逸子傳	節義傳	邢亭宵會錄	丐叟歌詩

---

32) "題曰'花影集', 亦自以爲得意之作也. 是後數年, 得暇求學, 方知聖賢旨意, 深以前作爲非, 擲而不睹者三四十載. 今予之年八十有三, 衰耄已至, 兒輩點予書篋, 出其生平稿帙, 意欲 裝輯以爲遺澤. 適有'花影'一集存焉. 告予曰 : '此亦成書, 何不序乎?' 予含而嘆曰 : '欲存 而序之, 實非當爲之事; 欲棄而焚之, 其奈三先生何? 予獨何人, 敢望每事盡善乎.' 故勉以 爲引. 嘉靖二年夏四月吉旦, 夕川老人八十三翁書." 「花影集引」

33) 「前言」 〔明〕 陶輔 撰 程毅中 校點, 『花影集』 〔明〕 釣鴛湖客 撰 徐野 校點, 『鴛渚志餘 雪窓談異』 합본, 吉林大學出版社, 1995, p.2.

劉方三義傳	賈生代判錄	郵亭午夢	翟吉翟善歌
華山採藥記	東丘侯傳	心堅金石傳	雲溪樵子記
潦倒子傳	廣陵觀燈記	四塊玉傳	閑評淸會錄
夢夢翁錄	管鑑錄	龐觀老錄	晚趣西園記

권수에 張孟敬의 「花影集序」와 작자의 「花影集引」(1523, 嘉靖2)이 있어 이 책에 실린 각편의 취지와 작자의 창작동기를 자세하게 소개하고 있다. 작자는 장년 시절 『전등신화』, 『전등여화』, 『효빈집』 등을 읽고 다음과 같이 언급하였다.

"세 책의 지은 이치가 각각 다르나 나름대로 볼 만한 것이 있다. 그러나 심경을 토로하고 온축된 바가 있어 빛과 향기가 현란하고 허깨비와 환영이 백출하여 학문이 낮은 사람이 도달할 수 있는 경지가 아니다. 이에 자신의 능력은 생각지 않고 세 책의 득실의 일단을 비교하여 번다한 것은 줄이고 소략한 것은 기워 20편을 지어 "花影集"이라 이름하며 스스로 득의의 작품이라 생각한다."34)

그런데 20편 가운데 일부는 史傳을 실록하였고, 일부는 작가 자신의 이야기이며, 또 어떤 것은 우언이나 가탁에 가깝다. 또 일부 작품의 주인공은 작가 자신을 대변하고 있다. 예컨대 「退逸子傳」의 주인공이 "성이 鮑이고 이름은 道이며 抱道先生이라고도 한다"라든가, 「廣陵觀燈記」의 "余論", 「閑評淸會錄」의 "閑評" 등등의 표현에서 그러한 사실을 알 수 있다.

"책 맨 처음에 나오는 「퇴일자전」은 공 자신을 이야기한 것이다. 비

---

34) "雖三家造理之不同, 而備有所見, 然皆吐心葩, 結精蘊, 香色混眩, 鬼幻百出, 非淺學者所能至也. 予不自揣, 遂較三家得失之端, 約繁補略, 共爲二十篇, 題曰『花影集』, 亦自以爲得意之作也." <花影集引>

록 자신을 드높이는 말이 없진 않으나 마침내는 자신을 낮추고 남을 비난하지 않았으니 실로 대단하다. 맨 마지막 작품 「晚趣西園記」과 중간의 「夢夢翁錄」은 벼슬을 버리고 산과 계곡에서 노닐며 유유자적하는 소회를 서술하였다. 대개 소부와 허유, 백이 숙제 이후 엄자릉, 도연명, 임군복 이후에도 이 같은 사람들이 있으니 참으로 고귀하다 하지 않을 수 없다. 그 가운데 「劉方三義傳」, 「節義傳」, 「東丘侯傳」은 다 충효절의를 실록한 것으로 세상의 계감이 될 만하다. 동구 일가가 목숨을 바쳐 절개를 지킴은 더욱 열렬하고, 그 첩 손씨가 본처의 아들을 키운 공 또한 크다. 다른 작품은 다 우언의 형식을 빌렸으나 「潦倒子傳」만은 송나라 사직이 기욺을 하늘의 뜻으로 돌려 간신을 배척하고 충신을 기리는 말이 그대로 드러나 있다. 「雲溪樵子記」는 송나라 말의 재앙을 하늘의 응보로 말미암은 것이라며 신하로서의 비분강개한 마음을 억누르지 못하고 있다. 「郵亭午夢」은 신하된 자의 충의를 격려하는데, 비록 인간 세상에서는 신원을 풀지 못하나 마침내는 하늘의 보답을 받는다는 이야기이다. 「華山採藥記」는 연단술에의 인도가 잘못된 것임을 밝혀 인간의 미혹을 일깨우고, 「閑評淸會錄」은 귀신이 조화 부리는 이치를 밝혀 이 세상의 혼미함을 깨우친다. 「四塊玉傳」과 「心堅金石傳」은 음란과 사악, 아첨이 미덕을 해치고 화를 부르는 것임을 경계하고 있다. 「廣陵觀燈記」와 「管鑑錄」은 다 가탁인데, 전자가 이단을 배척하는 폐해에 대한 묘사가 핍진하다면 후자는 선악의 응보를 분변함이 상세하다. 「賈生代判錄」은 錢神의 유지를 바탕으로 이 세상의 탐욕을 경계하여 청렴케 하고자 한다. 「邘亭宵會錄」은 남녀의 아름다운 만남을 빌어 세상 사람들의 음란하고 사악함을 경계하여 바른 데로 돌아가게 한다. 「翟吉翟善歌」는 길한 것을 좇고 흉한 것을 피하는 것이 인지상정이라며 선을 베풀어 악을 제거하도록 한다. 「龐觀老錄」은 술과 여자, 돈과 젊은 혈기의 모습을 곡진하게 묘사하여 징계하는 바를 알게 한다.「丐叟歌詩」는 부귀와 빈천은 모두 자신에게 달렸으며 스스로 선택하는 것이라 한다. 아무튼 이 모두는 교화와 관련이 있으며 이전의 『剪燈新話』·『剪燈餘話』·『效顰集』과 비교컨대 문사가 다르고 자기 주장이 지나친 감이 있다"35)라고 하였다. 전체를 종합해 보건대 설교적인 분위기가 짙고 일부 작품은 줄거리가 빈약한 데다 대량의 시와 사를 삽입하여 소설로 보기 어려울 정도이다. 그러나「劉方三義傳」「節義傳」이나「心堅金石傳」 등은 줄거리가 우여곡절이 있고 이야기에 생동감이 넘친다. 특히 후자는 애절하고 감동적이며 의미심장하여 실로 전기 중 가작이라 할 수 있다. 나중에 『燕居筆記』나 『繡谷春容』36) 등 책에 수록되어 후대에까지 큰 영향을 끼쳤다. 가장 대표적인 작품 2편을 살펴본다.

---

35) 首之以「退逸子傳」, 公自道也. 雖有絶世自高之言, 卒章不忘躬自厚, 而薄責于人之意. 此固偉矣. 終之以「晚趣西園記」, 間以「夢夢翁錄」, 則又敍其休致林泉·幽雅自適之情懷. 盖自巢·許·夷·齊而下, 嚴子陵·陶靖節·林君復之後, 我朝而有若人, 此其最高歟? 于中若「劉方」·「節義傳」·「東丘侯傳」, 則皆實錄其忠孝節義, 足爲世勸. 而東丘一門死節尤烈, 其妾孫氏植孤之功尤大. 其他雖皆寓言,「潦倒子」以宋社之傾, 歸之天道, 而抑奸獎忠之言, 溢于言表.「雲溪子」又言宋末之禍, 由天果報, 而臣子忠憤之情, 自不容己.「郵亭午夢」則獎人臣之忠義, 雖不見伸于人, 終當獲報于天也.「華山採藥記」深明黃白導引之非, 以醒世人之狂惑;「閑評淸會錄」, 深明鬼神造化之理, 以覺斯世之昏迷.「四塊玉傳」與「心堅金石傳」, 托詞比事, 以爲淫邪私媚, 敗德致禍之懲.「廣陵觀燈記」與「管鑑錄」, 雖皆假托, 一則辟異端之爲害至矣, 一則辯善惡之果報詳矣.「賈生代判」, 則本古人錢神之遺意, 以激斯世之貪, 而使之廉也.「邗亭宵會」, 則托士女佳遇之風情, 以戒世人之淫邪而歸之以正也.「翟吉翟善」, 則因人情之趨吉避凶而導迪之, 使爲善去惡也.「龐觀老」, 曲盡酒色財氣之情狀, 使人之知所懲.「丐叟歌詩」, 一明富貴貧賤之自取, 使人之知所擇. 凡此皆于世教有關, 視前人『新話』·『餘話』·『效顰』諸作, 文詞不同而立意過之. ＜花影集序＞

36) 12권. 일명 "騷壇撫粹嚼麝譚苑". 明 萬曆 연간 金陵 世德堂 간본으로 본문은 상하 2층으로 나뉘어져 있으며, 모두 소설 13종이 있다. "新話撫粹" 1종은 단편 160편으로 구성되어 있다. 상단의 한 면은 14행이고, 1행은 20자이며, 하단의 한 면은 12행이며 1행은 17자이다. 傳奇 10편(吳生尋芳雅集 /龍會蘭池全錄 /聯芳樓記 /劉熙環覓蓮記 /申厚卿嬌紅記(일명 嬌紅擁爐記) /白潢源三妙傳(일명 花神三妙傳) /李生六一天錄 /祁生天緣奇遇 /古杭紅梅記 /宰駱鍾情集.) 등과 心堅金石傳 등 단편 125 편이 실려 있다.

5.

心堅金石傳 : 원대 후기 어느 가을날 송강 청년 이언직은 친구와 시를 읊게 되었는데, 이언직이 시를 다 쓴 다음 무심코 시전지를 담 밖으로 던졌다. 마침 기생 장노파의 딸 여용이 줍게 되었다. 장려용은 열일곱 나이로 얼굴이 예뻤다. 시를 본 후 화답시를 적어 담장 안으로 되던졌다. 이언직은 장려용의 시를 보고 크게 기뻐하며 급기야 장려용과 대화를 나누게 되었고 마침내 결혼을 약속하였다. 그러나 이씨 집안에서 반대하자 이언직은 학업을 소홀히 하고 정신이 흐려지는가 싶더니, 식음도 전폐하고 미친 듯 어린 듯하기를 일 년 남짓 하였다. 그동안 장려용도 손님을 받지 않았다. 이씨 부모는 할 수 없이 두 사람의 혼인을 허락하였다. 그러나 혼례날이 가까워졌을 때 큰 변화가 생겼는데, 탐욕스런 우승상 伯顔이 참정 阿魯台 등에게 만금을 바칠 것을 강요하였다. 바칠 돈이 없어 고민하던 아로태에게 그의 부하 한 사람이 돈 대신 아리따운 장려용을 바치는 것이 어떻겠느냐고 꾀를 내었다. 이렇게 해서 장려용은 배로 서울로 보내졌다. 이공자는 이 소식을 듣자 배를 타고 두 달여 동안 뒤따라 갔고, 배가 臨淸에 이르렀을 때 이공자의 두 발은 짓무르고 온몸은 탈진한데다 서울에 다다른 후에라도 두 사람이 다시 결합할 희망이 없게 되자 그만 쓰러져 죽고 말았다. 길가던 사람이 그를 언덕 옆에 묻어주었다. 이 소식을 들은 장려용은 목을 매어 스스로 목숨을 끊었다. 아로태는 화가 난 나머지 장려용의 시신을 불태워 버렸다. 장려용의 전신은 재로 변했으나 심장만은 그대로 있었는데 황금처럼 빛나고 돌처럼 단단하였다. 아로태는 다시 이공자의 시신도 불태웠는데 그의 심장도 황금옥돌 같았다. 어떤 사람이 이 기이한 돌 두 개를 만금에 값하는 것이나 다름없다며 백안에게 바칠 것을 제안하였고 아로태는 사

람을 시켜 우승상에게로 보냈다. 설명을 들은 우승상 백안이 구경하고
자 했을 때 황금옥은커녕 썩은 피덩어리만 남아 있었다. 대노한 우승상
은 이언직과 장려용을 핍박하여 죽게 한 죄로 아로태를 참수하였다.

이 글은 이언직과 장려용이 생전에 사랑하는 사람과의 결합을 위해
완강하게 투쟁하는 모습과 사후의 신화적인 이야기를 통해 변치 않는
두 사람의 지고지순한 사랑을 표현하였고, 아로태나 백안처럼 자신의
부와 지위만을 탐하면서 일반 백성의 결혼생활을 파괴하는 추악한 모
습을 비판하였다. 이야기가 굴곡이 있고 문체가 유려하다.

이 이야기는 명대 널리 유행하여 『繡谷春容』에도 전재되었고, 거의 같
은 시기에 공안소설로 각색되어 『百家公案』(1594) 제5회,37) 『包公演義』
(1597) 제5회에38) "辨心如金石之冤"이란 제목으로 수록되었다. 내용은 이
러하다.

李彦秀는 기생 張麗容과 서로 사랑하는 사이였다. 언수는 약혼을 하
려 매파를 보내, 장래를 기약하였는데, 불행하게도 여용은 주참정의 눈
에 들어 왕 우승상에게 바쳐지게 되었다. 언수는 그녀를 빼내려고 백방
으로 주선하였으나 가산을 모두 탕진하도록 어찌할 방법이 없었다. 마
침내 언수가 죽자 여용도 스스로 목숨을 끊었다. 참정은 노하여 그 시
신을 불살랐으나 심장만은 죽지 않고 살아 움직였다. 이를 짓밟으니 각
각 작은 사람 모양이 생겨났는데 황금처럼 빛나고 돌처럼 단단하였다.
장려용의 심장이 변한 작은 인형은 이언수를 닮고, 이언수의 심장이 변
한 인형은 장려용의 모습과 비슷하였다. 참정은 이를 왕우승상에게 바
쳤다. 우승상이 보려고 하는 순간 그 인형은 갑자기 썩은 핏덩어리로

---

37) 〔明〕安遇時 編集 朴在淵 校注, 『百家公案』, 江原大出版部, 1994, pp.18~22.
38) 〔明〕完熙生 編 朴在淵 校點, 『包公演義』, 學古房, 1995, pp.10~12.

변하였다. 우승상은 대노하여 포공에게 고발하였다. 포공은 사랑하는
두 사람의 억울함을 풀어주었다. 참정은 사형에 처해졌고 아들은 변방
군인으로 유배되었으며 왕우승상은 파직되었다.

이상의 줄거리에서 보듯 주인공 李彦直이 李彦秀로 바뀌고 나중에 포
공에게 고한다는 이야기가 새로 들어가 있을 뿐 내용은 대동소이하다.
그러나 청대 나온 『龍圖公案』에는 이 이야기가 빠져 있다.

희곡 『霞箋記』는 작자 미상으로 2권 30척으로 이루어져 있다. 呂天成
의 『曲品』에는 이 극을 "중품"으로 분류하였다. "「心堅金石傳」은 죽은
사람이 환생하고 헤어졌다가는 재결합한다는 이야기로 전형적인 전기
체이다. 심히 강렬하고 절실하며 만나고 싶어하는 사랑의 고통을 그렸
으나 문사가 소략한데 이는 필력이 부족한 탓이다."39)라고 평하였고, 祁
彪佳(1602~1645) 『遠山堂曲品·雅品殘稿』에서는 "기생 이야기를 전함에
오로지 우여곡절로 재미를 더하는데 『西樓』에 와서 절정에 이르렀으며
그 밖은 설 자리가 없다."40) 또 『서루』를 평하면서 "기생 이야기를 전하
는 것은 많으나 『서루』가 나오면서 『繡襦』나 『霞箋』은 모두 뒤로 밀렸
다."41)고 하였다. 명 만력 금릉 廣慶堂 간본이 있고 명말 汲古閣에서 처
음 간행한 육십종곡본이 있으며 유씨 暖紅室彙刻傳奇는 광경당본을 가
지고 복각한 것이다. 목차는 다음과 같다.

　　　1. 家門始末　2. 中丞訓子　3. 麗容矢志　4. 霞箋題字　5. 和韻題箋

------

39) "此卽「心堅金石傳」, 死者生之, 分者合之, 是傳奇體. 搬出甚激切, 想見鍾情之苦. 但詞覺
　　草草, 以才不長故." (『中國古典戲曲論著集成 6』, 中國戲劇出版社, 1980, p.249.)

40) "傳靑樓者, 唯此委婉得趣, 到『西樓』更大暢, 此外無餘地容人站脚矣." (『中國古典戲曲論
　　著集成6』, 中國戲劇出版社, 1980, p.125.

41) "傳靑樓者多矣, 自『西樓』一出, 而『繡襦』·『霞箋』皆拜下風……" (『中國古典戲曲論著
　　集成6』, 中國戲劇出版社, 1980, p.10.)

6. 端陽佳會　7. 灑銀求歡　8. 烟花巧賺　9. 灑銀起釁　10. 父子傷情
11. 求美結歡　12. 書房私會　13. 聘求佳麗　14. 麗容行售　15. 被賺登程
16. 踰牆得喜　17. 追逐飛航　18. 得寵遭妬　19. 探音獲實　20. 麗容習禮
21. 主僕相逢　22. 驛亭奇遇　23. 駙馬聯姻　24. 春闈首選　25. 訴情得喜
26. 霞箋重會　28. 養親辭歸　29. 司書報喜　30. 書錦榮歸

　　내용은 「심견금석전」과 거의 같으나 행복한 결말로 끝나는 점이 다르다. 맨 나중에 李玉郎(이언직)이 서울로 좇아가 자신과 여용은 이종사촌 남매간이라며 우승상 백안에게 한 번 만나게 해줄 것을 간청한다. 한편 백안은 여용을 이미 부인 안채에 감춰 두고 태후에게 보내려고 하였다. 司書는 계책을 세워 옥랑을 나졸로 분장시켜 여용을 호송하는 행렬에 끼게 한다. 역참에서 여용은 옥랑을 알아보고 서로의 마음을 헤아리지만 내색하지 못한다. 한편 옥랑은 과거에 장원급제함으로서 상황은 반전된다. 즉 올도부마와 화화궁주의 도움으로 상봉하여 나란히 금의환향한다.

　　何大掄의 『燕居筆記』 권7과 馮夢龍의 『情史』에 모두 전재되어 있으며 백화소설 『霞箋記』, 일명 "情樓迷史"는 바로 이를 개작한 것이다. 현재 북경도서관에 청 醉月樓 간본이 유일본으로 소장되어 있으며 다른 판본은 보이지 않고 있다. 속표지에 "新編情樓迷史"라 제하였고 卷端에 "新刊霞箋記"라 되어 있다. 서발문, 삽화, 평은 없다. 본문은 한 면은 9행, 1행은 20자로 이루어져 있으며 목차는 다음과 같다.

　　　　제1회　中丞延師訓愛子　霞箋題字覓姻緣
　　　　제2회　麗容和韻動情郎　彦直得箋赴佳會
　　　　제3회　灑良公子求歡娛　麗容拒絶起禍端
　　　　제4회　灑良定計拆鴛鴦　中丞得書禁浪子

　위 차례의 회목과 본문의 회목이 약간 다른 것이 눈에 뜨이는데, 제7회 후구가 목록에서는 "玉郞情急追飛航"으로 되어 있으나 본문에서는 "玉郞情急追飛航"으로, 제8회 "翠娘墜計入相府, 夫人拈酸獻內宮"은 본문에서는 "伯顔丞相納麗容, 奇妒夫人獻內宮"으로, 제9회 후구가 목록에서는 "丞相施恩送蕭寺"라고 되어 있는데 반해 본문에서는 "丞相施恩送寺中"으로 되어 있다.42) 내용은 이언직이 會景樓에서 명기 장려용을 만나 담 너머로 하전에 시를 써서 주고받고 사랑하다가 도통제 阿魯台에 의해 서울로 올려보내진 장려용이 우여곡절 끝에 부마 부중으로 들어가 공주를 모시게 되고 언직은 승상 백안의 도움으로 장원급제하여 여용과 재결합하게 된다는 이야기이다.『화영집』의「심견금석전」과는 달리 이 장회소설은 행복한 결말로 끝맺고 있다.

6.

　『화영집』가운데 가장 인기를 누렸던 또 하나의 작품은「劉方三義傳」

---

42)『中國古代珍稀本小說』(3)(春風文藝出版社, 1995.)『中國古代孤本小說集』(3)(中國文史出版社, 1998.)에 각각 수록되어 있다.

이다. 줄거리는 이러하다.

　명대 宣德 연간에 河西 지방에 劉氏 성을 가진 노부부가 살고 있었다. 하루는 두 노인이 외지에서 온 두 부자가 사경을 헤매고 있는 것을 보고 집으로 데려와 간호하였다. 반 달 만에 아들은 소생했으나 아버지는 병사하였다. 열두어 살 된 아들은 성이 方氏로, 유씨 노인은 그를 양자로 들이고 劉方으로 개명하였다. 그로부터 수년이 지난 어느 날 상류에서 낡은 배 한 척이 떠내려 왔다. 그 안에 빈사 상태에 빠진 젊은 부부가 실려 있었다. 구호한 끝에 아내는 죽고 남자만 살아 남았다. 그 남자의 이름은 劉奇로 나이가 스무 살로 박학다재하였다. 유방이 총명함을 보고 시문을 가르쳤고 열 달이 못 되어 글을 통하게 되었다. 두 사람은 비록 성은 달랐지만 결의형제를 맺었고, 1년 후 유씨 부부는 차례로 세상을 떠났다. 유기는 동생 유방을 장가보내려 하였으나 유방은 한사코 반대하였다. 유기는 시를 지어 두 숫제비가 둥지를 트는 것을 비유하여 "제비가 둥지를 트나 쌍쌍이 수컷이라네. 아침저녁으로 부지런히 둥지를 트나 암컷을 찾아 알을 품지 않으면 둥지가 있어도 결국은 텅 비겠네"43)라고 읊자, 유방이 "제비둥지를 트려고 쌍쌍이 나네. 하늘은 암수컷을 두어 오랫동안 함께 하였으니 암컷은 수컷을 얻어 이미 족할진대 수컷은 암컷인 줄 어찌 어찌 모르는가?"44)라고 화답하였다. 그제야 유기는 비로소 유방이 여자임을 깨닫고 이를 캐묻자 유방은 자신이 여자였음을 실토한다. 당초 부자가 유랑할 때 먼 길 가기 편하게 하기 위해 남장을 했노라고 하였다. 유기는 유방에게 청혼하고 유방은 이를 기꺼이 받아들인다. 그 후 자손이 번창하고 재산이 불어 부자가 되었다는 이야기

---

43) 營巢燕, 雙雙雄, 朝暮辛勤巢已成. 若不尋雌繼殼卵, 巢成畢竟巢還空.
44) 營巢燕, 雙雙飛, 天設雌雄事久期. 雌兮得雄願已足, 雄兮將雌胡不知?

이다.

이 작품을 한글로 번역한 「뉴방삼의뎐」이 전한다. 종전에 낙선재본『태평광긔언해』권지이에 실려 있었으나 원전『태평광기』에는 실려 있지 않아 작품의 출처를 알 수 없었던 것이다.45)

낙선재본『태평광긔언해』소재 한글 번역을 전재해 본다.

대명 초의 전당강(錢塘江) ㄱ의 뉴강의 늙은 한아비46) 사로디 술ㅎ여 ㅍ라 먹으며 집이 유여ㅎ디 늙도록 ㅈ식이 업서 부체 미양 셜워ㅎ더니 홀론 ㅎ 부인이 나흔 ㅅ십여는 ㅎ고 아들은 나히 열 셜 먹은 아희롤 ᄃ리고 그 집의 와 쥬인ㅎ엿더니47) 그 부인이 병드러 가디 못ㅎ여 게셔 머므다가 인ㅎ여 병이 듕ㅎ여【88】죽게 되어 쥬인ᄃ려 닐오디,

"나는 냥반의 사룸이 되니 지아비롤 조차 면48) 고을 원을 갓더니 블힝ㅎ야 지아비 죽고 ㅈ식이 어려 도라가디 못ㅎ야 지아비 신톄롤 쇼화ㅎ야 본향의 도라가 뭇과쟈49) ㅎ더니 내 듕노의셔 죽게 되엿시니 내 죽으믄 블관ㅎ거니와 이 어린 ㅈ식이 의탁홀 ᄃ 업고 뎌 샹ㅈ의 술온 거술 간ㅅ홀 곳이 업스니 엇디 ㅎ리오?"

뉴가 부체 블샹ㅎ여 좃차 울고 닐오디,

"부인은 셜워 마르쇼셔. 블힝ㅎ여 부인이 죽으시나 내 집의 ㅈ식이 업스니 뎌 아기로 내 양ㅈ롤 삼아 기르고 부인과 뎌 샹ㅈ롤 ᄒᆞᆫ디 무더 졔ㅅ롤 긋디 아니케 ㅎ리이다."

부인이 닐오디,

"이 아희 셩이 방(方)이라."

ㅎ고 말이 뭇츠며 죽으니 그 아희 이통ㅎ기롤 마디 아니ㅎ거늘 뉴가 부체 위로ㅎ여 닐오디,

---

45) 金一根,「태평광기언해 해제」,『國學資料와 研究 태평광기언해본』제1집, 書光文化社, p.7.

46) 한아비 : 할아비.

47) 쥬인ㅎ엿더니 : 주인(主人)하였더니. 머물렀더니.

48) 원래는 "면"으로 되어 있으나 오기인 듯하여 고침.

49) 뭇과쟈 : 묻고자, 매장하고자

"너를 부인긔 쳥ᄒ여 양ᄌ를 삼아시니 내 ᄌ식이 되어시니 이 상ᄉ는 극
진이 ᄒ리니 셜워 말라."

ᄒ고 즉시 일홈지어 뉴방(劉方)이라 ᄒ고 극【89】진이 츌혀 뒤 뫼히 영
장을 ᄒ되 그 샹ᄌ의 쇼화(燒火)ᄒ 시신을 ᄒ디 뭇고 졔ᄉᄒ기를 극진이
ᄒ니 뉴방이 양지옥(羊脂玉) ᄀᆺ고 얼골이 단졍ᄒ고 양부모 셤기기를 지극
히 효도로 ᄒ고 제 부모 졔ᄉ를 극진이 ᄒ며 겸ᄒ여 글을 ᄀ장 힘뼈 ᄒ더
라.

두어 ᄒ는 ᄒ여 젼당강의 풍패 니러나 ᄒ 비 ᄭH여뎌 비 니믈 ᄀ의 ᄒ 사
ᄅ이 ᄯH오거늘 뉴개 사ᄅ을 건디니 나히 이십여나 ᄒ 져믄 션비러라. 졀ᄒ
고 닐오디,

"내 집이 가난ᄒ여 셩되 어려워 안해를 드리고 강을 디나 먼 ᄯ히 겨
리50) 이시매 의탁ᄒ여 가더니 블힝ᄒ여 풍파를 만나 비 ᄭH여져 쳐지 다
죽으니 내 일신만 나맛는디라. ᄉ면으로 도라보아도 의디홀 곳이 업고 믈
의 죽게 되엿던 목숨을 살오시니 원컨대 쥬인집 죵이나 되여 은혜를 갑하
리이다. 뉴가 부체 크게 깃거 셩명을 무르니 일홈은 뉴비오 나흔 이십이
셰로소이다."

ᄒ거늘 뉴개 더옥 깃거 닐오디,

"내 셩명이 뉴개러니 네 셩【90】이 뉘오? ᄌ식이 업셔 양ᄌ를 어더시되
나히 어렷고 네 임의 내 집의 잇기를 원ᄒ니 널로뼈 ᄯ 양ᄌ를 삼으리라."

ᄒ고 뉴방을 블러 졀ᄒ여 형을 삼으니 뉴긔(劉奇) 얼골이 단졍ᄒ고 글을
ᄀ장 잘ᄒ더라. 양부모를 지효로 셤기고 뉴방을 ᄉ랑ᄒ여 글을 ᄀ르치며
ᄒ가지로 디내더니, 오라디 아냐 뉴가의 부체 다 죽거늘 뉴긔 뉴방이 ᄀ장
셜워ᄒ고 거상 닙고 졔ᄉ를 극진이 ᄒ니라. 삼년 디내고 거상 버슨 후 형
뎨 ᄉ랑ᄒ여 일시도 ᄯ나디 아니ᄒ더라. 이리 굴 ᄉ이51) 뉴방의 나히 십팔
이라. 얼골이 옥 ᄀᆺ트며 글을 ᄀ장 잘ᄒ고 집이 유여ᄒ더니 뉴방이 혹당의
장원ᄒ니 보는 재 다 ᄉ랑ᄒ여 구혼ᄒ리 ᄀ장 만커늘, 뉴긔 홀론 뉴방드려
닐오디,

"우리 형뎨 비록 지극이 ᄉ랑ᄒ나 다 취쳐(娶妻)를 아니코 댱 뷔이니 혼
자 살리오. 둘히 다 용ᄒ52) 안해를 어더 사쟈."

---

50) 겨리 : 친척.
51) 이곳에 "ᄉ의" 두 자가 더 있었으나 중복인 듯하여 삭제함.

ᄒ니 뉴이(劉二) 정식고 닐오디,

"녜브터 쳐ᄌ롤 어든즉 동셩의 ᄉ랑ᄒ【91】 논 졍이 눈호여 졈ᆞ셔의 ᄒ여지게53) 살게 되ᄂ니 둘히 나히 졈어시니 무어시 밧브리오. 형은 비록 취쳐롤 밧바ᄒ시나 나는 일셩 취쳐롤 아니ᄒ려 ᄒᄂ이다."

뉴긔 여러 가지로 기유(開喩)ᄒ여 닐오디 듯디 아니ᄒ더라.

이러구러54) 쟝가들 ᄯ이 업ᄉ니 뉴긔 ᄀ장 민망ᄒ여 여러 가지로 닐러도 듯디 아니매 위김질55)로 못ᄒ여 겨리 둥의 어룬 쟈의게 쳥ᄒ여 기유ᄒ니 뉴방이 다만 닐오디,

"형은 대쟝뷔라 취쳐ᄒ미 올커니와 나는 질약(質弱)ᄒ고 병이 만ᄒ니 형을 의지ᄒ여 죵신홀디니 취쳐는 졍코 아니ᄒ리라."

말슴이 근졀ᄒ고 ᄯ이 구드니 권티 못ᄒ여 뉴긔ᄃ려 니르리라.

뉴긔 ᄀ장 민망ᄒ여 시름ᄒ더니 늙은 죵이 나아와 고ᄒ되,

"낭군이 쟝년의 혼자 겨샤 시름ᄒ시고 가ᄉ롤 보리 업ᄉ니 엇디 구혼티 아니ᄒ시ᄂ니잇고?"

뉴긔 닐오디,

"내 뭇으로 이셔 몬져 어드미 맛당티 아니코 아이 쟝ᄒ니 몬져 어린 쳐ᄌ롤 어더【92】 주고 내 좃차 엇과쟈56) ᄒ되 아이 고집ᄒ여 뎡ᄒ여 취쳐롤 아니려 ᄒ고 날재 쟝가들기롤 맛당이 아니 너기니 그 졍은 지극ᄒ되 일이 맛당티 아니ᄒ니 민망ᄒ여 이리 심ᆞᄒ여 ᄒ노라."

늙은 죵이 잠간 웃고 닐오디,

"두 낭군이 ᄉ랑ᄒ시기 지극ᄒ시니 아ᄆ리 혼 비예 나신 인들 이러ᄒ리잇가. 녯사롬이 형뎨 ᄉ랑ᄒ여 미양 혼 니블의 자더라 ᄒ니 낭군내도 그리 ᄒ시니잇가?"

뉴긔 닐오디,

"아이 셩픔이 듬브ᄅ고57) 고집ᄒ여 혼 방의 이션 디 칠팔 년이 되여시

---

52) 용훈 : 착한. 능력 있는.

53) 서의ᄒ여지게 : 서먹서먹하게.

54) 이러구러 : 어느덧.

55) 위김질 : 강제. 협박.

56) 엇과쟈 : 얻고자.

57) 듬브ᄅ고 : 듬직하며 바르고.

되 속오술 벗디 아니코 자며 손굿도 닷티 아니킈 ᄒ니 엇디 ᄒ 니블의 자
리오.”
　그 죵이 닐오디,
　“두 분이 다 취쳐 깃거 아니시믄 반ᄃ시 깁흔 ᄯᅳᆺ이 겨실소이다. 하ᄂᆯ히
변홰 ᄀᆞ 업스니 아니 남화위녀(男化爲女)ᄒᄂ 일이 잇ᄂ가 술피쇼셔.”
　뉴개 이 말을 듯고 ᄭᅮᆷ이 ᄭᆡᆫᄃᆺ ᄒ여 닐오디,
　“과연 아니 킈 젹고 허리 ᄀᆞᄂᆯ며 말슴이 민쳡ᄒ고 목소리 ᄀᆞᄂᆯ고 아담ᄒ
디 내 ᄭᆡᄃᆺ디 못ᄒ엿더니 오늘 네 말【93】이 ᄀᆞ장 유리ᄒ도다.”
　ᄒ고 늙은 겨집죵으로 ᄒ여곰 그 말을 바드라 ᄒᆫ대 그 죵이 죠용ᄒᆫ ᄢᅢ를
어더,
　“처엄의 낭군의 모부인이 날ᄃ려 ᄀᆞ마니 닐오시디, ‘이 ᄌᆞ식이 ᄯᆯ이로디
제 얼골이 ᄀᆞ장 아름다오니 길희 두려 남쟝ᄒ여 가노라’ ᄒ던 거시니 다ᄅᆫ
디 아름다온 ᄧᆨ을 일오미 올ᄒ니 고집히 셰월을 보내미 가티 아니ᄒ이다.”
　뉴방이 울고 닐오디,
　“네 말이 진실로 올커니와 이제 다른 ᄃᆡ 가면 양부모 은혜를 니ᄌᆞ며 내
부모 분상을 ᄯᅥ날 거시니 형으로 조차 죵신코져 ᄒ되 이 ᄯᅳᆺ을 뉘 알리오.”
　늙은 죵이 술오디,
　“이ᄂ 아조 쉬니 큰 낭군이 아ᄅ시긔 ᄒ리이다.”
　ᄒ고 뉴긔ᄃ려 ᄌᆞ시 니ᄅᆞ니 뉴긔 크게 깃거 겨리58)의 어룬59)을 쳥ᄒ여
이 일을 고ᄒ니 모다 크게 놀라고 긔특이 너기더라. 쥬쟝 어룬의 사름이
뉴방을 ᄃ려 제 집의 가 녀복을 ᄀᆞᆺ초와 닙히고 ᄐᆡᆨ일ᄒ여 뉴긔와 혼인ᄒ니
부쳬의 진듕ᄒ미 비길 곳이 업서 뉴가의【94】집의셔 살며 뉴긔 부모와
방가의 신쥬(神主)를 ᄒᆫ디 모도와 세 집 졔ᄉᆞ를 ᄒ고 가ᄉᆞ를 지극히 출혀
어진 소리 닌니향당(隣里鄕黨)의 유명ᄒ더니 후의 뉴긔 급뎨ᄒ야 졀도ᄉᆞ
(節度使)ᄭᆞ지 ᄒ고 뉴방도 여러 ᄌᆞ식 나코 부귀를 안향ᄒ니, 그 시졀의 어
시 도라가 님군ᄭᅴ 엿줍고 그 집의 문을 셰워 “뉴방삼의劉方三義”라 ᄒ니
라.60)

---

58) 겨리 : 겨레. 친척.

59) 어룬 : 어른.

60) 낙선재본 『태평광긔언해』 권지이 ; 金一根, 『國學資料와 硏究 太平廣記諺解本』 제2
집, 書光文化社, pp.231~238.

고어와 고문체로 보건대 18세기에 전사된 것으로 보이는 이 역문은『화영집』소재「劉方三義傳」과는 다소 차이를 보여 또 다른 이본이 있었거나, 아니면 역자에 의해 변개되었을 가능성이 있다. 원문은 아버지가 아들을 데리고 유씨 집에 의탁하는 것으로 되어 있으나 번역문에는 어머니가 아들(사실은 딸)을 데리고 들어오는 것으로 되어 있고, 그 다음은 젊은 부부가 배를 타고 떠내려 왔을 때 둘 다 살아 있다가 나중에 처가 죽은 것으로 되어 있으나 번역본에서는 처음부터 남자만 살아서 떠내려 온 것으로 되어 있다. 또한 형제가 장성하여 결혼할 나이가 되었을 때 "채연시"를 읊어 동생이 여자임을 깨달았으나 역문에서는 늙은 종이 귀띔해 주는 것으로 되어 있다. 그런데 여자가 남자로 분장하고 공부하는 이야기는 양산백과 축영대 이야기와 비슷하다. 명대『玉芝堂談薈』가운데「女子男飾」조,『情史』권2「劉奇」조,[61] 何大掄과 余公仁本『燕居筆記』에 수록되었다. 명 잡극『三義記』, 范文若의 전기『雌雄旦』, 청 전기『彩燕詩』 등은 모두 이 이야기를 부연한 것이며[62] 풍몽룡의 화본소설집『醒世恒言』제10권의「劉小官雌雄兄弟」로 개작되는 등 널리 유행하였다.

7.

이상으로『花影集』의 조선 전래와 작품 내용에 대하여 살펴보았다. 지금까지의 논의를 정리해 보면 다음과 같다.

첫째, 명대 陶輔(1441~?)의 문언 전기소설집『화영집』은 홍치 초에서

---

61) "宣德間, 河西務劉翁夫婦, 業沽酒, 家亦小康, 年俱六十餘, 無子.…… 大劉雖曰端人, 終 是駛漢. 小劉固然貞女, 誠亦巧人." (〔明〕馮夢龍,『情史』, 岳麓書社, 1991, pp.49~50.)
62) 寧稼雨 撰,『中國文言小說總目提要』, 齊魯書社, 1996, p.230.

가정 초에 지어져 1523년경 초간본이 나왔다.『百川書志』,『千頃堂書目』
등에 저록되어 있을 뿐 중국에서는 일실되었으나 유일하게 조선 복각
본이 일본 와세다대학에 소장되어 작품의 전모를 알 수 있게 되었다.

둘째,『화영집』은 중종 때 이문에 능한 첨지 윤계가 1546년 중국에 갔
을 때 구해온 것을 40년 뒤인 1586년 곤양군수로 있던 윤경희가 昆陽(지
금의 泗川 지방)에서 판각한 것을 사각한 것이다.

셋째,『화영집』의 발문은 선조 때 송도삼절의 하나로 문장이 뛰어났
으며 주청사로 여러 번 명나라에 다녀온 적이 있는 崔岦(1539~1612)이
1586년에 친필로 쓴 것이다.

넷째,『화영집』은『剪燈新話』·『剪燈餘話』·『效顰集』·『嬌紅記』와 마
찬가지로 조선 전기에 우리나라에 전래되어 지방에서 인출된 전기집의
하나이다.

다섯째,『화영집』 가운데 가장 환영을 받았던 작품은「心堅金石傳」과
「劉方三義傳」이다. 전자는 공안 단편소설집『包公演義』의 한 편인「辨心
如金石之冤」과 희곡『霞箋記』, 백화 장회소설『情樓迷史』로 각각 개편되
어 후대에까지 널리 유행하였고, 후자는 전기『雌雄旦』청 전기『彩燕詩』,
풍몽룡의 화본소설집『醒世恒言』의 한 편인「劉小官雌雄兄弟」로 개작되
었다.

여섯째,『화영집』 가운데 한 편인「劉方三義傳」은 한글로 번역되어
낙선재본『태평광기언해』에 실려 있다. 원전과는 다소 차이가 있어 다
른 이본을 번역했거나 번역시 변개되었을 가능성이 있다. 고어와 고문
체로 보건대 18세기 필사본으로 추정된다.

■『花影集』 영인본을 제공해 주신 程毅中 선생과 尹溪와 尹景禧, 成都를 찾는
  작업을 도와준 안장리 선생에게 고마움을 표한다.
■『한국문학논총』 제26집, 한국문학회, 2000

우리나라에서는 과거 중국의 어떤 문언소설들을 즐겨 읽었을까? 그 대표적인 것들을 꼽는다면 신라시대의 『遊仙窟』, 고려시대의 『山海經』·『世說新語』·『太平廣記』, 조선 전기의 『剪燈新話』, 조선 후기의 『虞初新志』·『聊齋志異』 등을 들 수 있으리라. 이러한 소설들은 중국에서 건너온 후 우리나라 문인들의 애호를 받아 다투어 필사되고 번역되었으며, 그 중 일부는 번각되기까지 하였다.

『刪補文苑楂橘』1) 2권 1책은 『太平廣記詳節』2)·『剪燈新話句解』3)·『玉壺氷』4)·『效顰集』5)·『世說新語補』6) 등과 마찬가지로 목판으로 번각되

---

1) "楂橘"이란 명칭은 『莊子』「天道篇」의 "其猶柤梨橘柚邪, 其味相反, 而皆可與口."에서 따온 말이다. (劉輝, 「文苑楂橘」, 『中國古代小說百科全書』, 北京, p.562)

2) "伯氏文安公(成任)好學忘倦, 嘗在集賢殿, 抄錄『太平廣記』五百卷, 約爲詳節五十卷刊行於世."(成俔, 『慵齋叢話』十卷, 『增補文獻備考』) 현재 국립중앙도서관에 목판본으로 卷14~19 1冊, 淸芬室書目에 8卷2冊, 忠南大에 3冊이 전한다.

3) 二卷. 明瞿佑著, 滄洲訂正, 垂胡子集釋. 半葉十一行, 每行二十字. 有雙行小字註釋. 「剪燈新話句解跋」, 署"嘉靖己未(1559)五月下浣, 靑州垂胡子跋." 「題註解剪燈新話後」, 署"嘉靖甲子(1564)閏二月日, 正憲大夫刑曹判書, 兼藝文館提學尹春年謹跋."

거나 금속활자로 인쇄된 문언단편소설집이다.

그런데 이 책은 1934년에서 1938년 사이에 손해제에 의해 처음 중국에 소개되었다.

删補文苑楂橘二卷日本成簣堂文庫藏高麗活字本

　　不著撰人名氏. 書無序跋, 不知其始末. 唯曰删補, 似尙有舊本. 所收小說二十篇, 唐人傳奇居十分之七八. 其卷一「負情儂傳」, 記萬曆間杜十娘事. 馮夢龍『情史』 卷十四"杜十娘"條云："浙人作「負情儂傳」." 似卽此文. 又考王士禎『池北偶談』 卷二十二云："明宋幼淸有『九籥集』, 如秤官家劉東山·杜十娘等事, 皆集中所載." 幼淸名懋澄, 雲間人, 擧人. 吳偉業志其墓, 稱其落拓有壯節, 詩文豪宕自喜. 所著『九籥集』, 今鮮傳本, 玆所錄「負情儂傳」蓋卽集中之一篇. 然幼淸雲間人, 不得云浙, 豈「負情儂傳」自爲浙人所作, 抑夢龍一時誤記, 偶以文屬之浙人邪? 「韋十一娘」篇記程德瑜事. 顧起元『客座贅語』載以爲胡汝嘉作, 稱"汝嘉著小說數種多奇艷, 「女俠韋十一娘傳」記程德瑜云云, 托以誚當事者. 其「紅線」雜劇大勝梁辰魚"云. 汝嘉字懋札, 號秋宇, 嘉靖己丑進士, 金陵人. 斯編所選唐人小說, 皆摭自『廣記』, 無足異者, 獨存此二篇, 則亦有裨藝文, 不可遽廢矣.[7]

이처럼 일찍이 손해제는 일본에 소장된 것을 보고 조선 사람이 명본을 번각한 것이거나 조선 사람이 작품을 뽑아 편집 인쇄한 것이 아닌가 추정한 바 있다. 이 책의 가치는 『삼국지연의』·『전등신화』 등과 같이

---

4)　明　都穆編. 中宗10年(1515)刊. 沈喁俊著, 『日本訪書志』, 韓國精神文化硏究院, 1988, p.564.

5)　明　趙弼 撰述, 王靜 證正. 孝宗(1650) 이전 刊으로 현재 木板後刷本이 일본 蓬佐文庫에 전한다. 沈喁俊著, 위의 책, p.564.

6)　二十卷七冊. 劉義慶(宋)撰, 劉孝標(梁)注, 劉踰(宋)批. [活] 顯宗實錄本. 30.5×19.6cm. 上下單邊, 左右雙邊. 半葉匡郭：22.9×15.4cm. 10行18字. 注雙行. 版心：上下黑魚尾. 卷首：嘉靖丙辰(1556)王世貞撰; 萬曆庚辰(1580)王世懋撰; 萬曆丙戌(1586)燭王權撰. 印：[弘文館] (『奎章閣圖書總目錄』, 서울대도서관, 1981, p.1780)

7)　孫楷第著, 戴鴻森校次, 『戱曲小說解題』, 北京：人民文學出版社, 1990, pp.29~30.

우리나라에서 번각된 4~5종의 중국소설 가운데 하나라는 점과, 중국에
서 이름만 전하고 원문이 전하지 않는 명인의 단편「韋十一娘」과 중국
에서조차 흔히 볼 수 없는「負情儂傳」이 실려 있다는 점에 있다.

　담정벽은 특히 위 책에 실린「負情儂」과「韋十一娘」에 대해 언급하였
다. 특히「위십일낭」에 대하여는 "「위십일낭」이 程德瑜의 일을 기록하
고 있는데, 바로 능몽초의『初刻拍案驚奇』권4「程元玉店肆代償錢, 十一
娘雲岡縱談俠」의 남본으로, 능몽초의 서술이 보다 상세하다"고 하였고,
"능몽초 스스로도 작품 말미에 성화 연간 胡汝嘉의「韋十一娘傳」을 토
대로 썼다고 하여 일찍이 단행본으로 나온 것을 알 수 있다. 또「부정농」
과「위십일낭」두 편의 글은 모두 장편으로 당인 전기의 생동감만 못하
지만 태작이 아님"[8])을 강조하였다.

　이 책은 2권 2책으로 상권 57장, 하권 52장으로 이루어져 있다. 前期
校書館印書體 活字本으로, 사주쌍변이며 반곽은 세로가 21.4cm, 가로가
13.2cm이다. 반엽 10행, 1행은 20자이며 上二葉花紋魚尾이다. 전체 크기
는 세로 27cm, 가로 17cm이다. 종이는 닥지[楮紙]를 사용하였다. 현재 국
내에는 국립중앙도서관 一山文庫와 한국학중앙연구원[9])에 활자본이 각
각 1부씩 소장되어 있고, 필사본은 국립중앙도서관[10])에 1부, 연세대 도
서관에 2부,[11]) 그리고 필자가 각각 1부씩 소장하고 있다. 국외에는 손해
제·담정벽의 기록대로 일본에는 成簣堂(德富蘇峯)文庫에 활자본 1부,
今西龍 소장본 1부,[12]) 宮內省圖書寮에 필사본 1부가 소장되어 있다.

---

8) 譚正璧·譚尋 著,『古本稀見小說彙考』, 杭州, 浙江文藝出版社, 1984, pp.32~33.

9) 著者未詳. 木活字版. 刊年未詳. 2卷 2冊. 四周雙邊, 半郭 21.4×13.2cm. 有界. 半葉 10行
　　20字. 上二葉花紋魚尾. 27×17cm. 線裝. 表題：文苑楂橘. 印：李王家圖書之章. 紙質：
　　楮紙.『藏書閣圖書韓國版總目錄』, 文化財管理局藏書閣, 1972, p.1219.

10)『韓國古書綜合目錄』, 國會圖書館, 1968, p.1013.

11) 一. 刪補文苑楂橘 寫本, 2卷 2冊, 32.5×20cm. 二. 零本1冊(卷之一缺) 32.5×20.5cm.

『刪補文苑楂橘』은 권두에 서문과 간기가 없어 이 책의 유래에 대해서
알 도리가 없으나 "깍고 기웠다[刪補]"라고 해서 원래 "文苑楂橘"이 있
었음을 알 수 있다. 실제로 1762년(영조 38) 완산이씨(사도세자)가 여휘각에
서 기록한 것으로 알려진 『중국소설회모본』小敍에는 독자가 본 중국소
설의 하나로 "艷異編"과 함께 "文苑楂橘"을 기록하고 있어 실존했음을
알려주고 있다.

夫「四書」・「六經」及「綱目」・「通鑑」・「宋鑑」・「明史」・「綱鑑」諸書, 韓・
柳, 白・李・杜, 蘇諸集, 朱子諸書, 「二程全書」等諸子百家之外, 又有稗官少
史等諸書, 其名不可勝記. 然其中有大少精粗・虛實・警世之, 何則? 槩其條目
之大則, 曰「開闢演義」, 曰「涿鹿演義」, 曰「西周演義」, 曰「列國志」, 曰「西漢演義」,
曰「東漢演義」, 曰「三國志」, 曰「東晉演義」, 曰「西晋演義」, 曰「禪眞逸史」, 曰「隋
唐演義」, 曰「殘唐演義」, 曰「南宋演義」, 曰「北宋演義」, 曰「皇明英烈傳」, 曰「續英
烈傳」, 曰「焦史演義」也. 其條目之小則曰「留人眼」, 曰「西湖佳話」, 曰「人中畵」,
曰「禪眞後史」, 曰「剪燈叢話」, 曰「文苑楂橘」, 曰「艷異編」, 曰「五色石」, 曰「型
世言」, 曰「醒世恒言」, 曰「拍案驚奇」, 曰「今古奇觀」, 曰「列仙傳」, 曰「女範」,
曰「士範」, 曰「養正圖解」, 曰「孫龐演義」, 曰「四才子書」, 曰「玉巧利」, 曰「玉支磯」,
曰「春風眼」, 曰「春柳鶯」, 曰「破閑談」, 曰「巧聯珠」, 曰「好逑傳」, 曰「王翠翹傳」,
曰「弁以釵」, 曰「引鳳簫」, 曰「鳳簫梅」, 曰「山中一夕話」, 曰「仙媛傳」, 曰「富公
傳」, 曰「盛唐演義」, 曰「太原志」, 曰「聖經直解」, 曰「七克」, 曰「聘聘傳」, 曰「西廂
記」也. 其中又有大中小帙曰「西遊記」, 曰「後西遊記」, 曰「東遊記」, 曰「水滸志」,
曰「後水滸志」, 曰「水滸後傳」, 曰「西洋記」, 曰「包公演義」, 曰「無冤錄」, 曰「迪
吉錄」, 曰「感應篇」, 曰「剪燈新話」也. 又其中有淫談怪說曰「艷情快史」, 曰「昭
陽趣史」, 曰「錦屛梅」, 曰「陶情百趣」, 曰「玉樓春」, 曰「貪歡報」, 曰「杏花天」,
曰「肉蒲團」, 曰「戀情人」, 曰「巫夢緣」, 曰「燈月緣」, 曰「鬧花叢」, 曰「艷史」, 曰「桃
興圖畵」, 曰「百抄」, 曰「何澗傳」也. 形形色色, 鬱鬱葱葱, 不可盡喻. 其中可鑑
可戒者, 可笑可愛者, 抄集成册, 令繪士主簿金德成等若干人, 摸本粧册, 開卷
歷代事跡, 其可瞭然. 引書序于首, 又作小跋于末, 以傳後之子孫, 其勿泛看也

---

12) 『韓國古書綜合目錄』, 國會圖書館, 1968, p.246.

夫. 壬午閏五月初九日完山李氏書于麗暉閣之上.[13]

『文苑楂橘』의 편찬연대는 작품의 소재와 배경으로 보건대 가장 후대
의 것으로 추정되는 「負情儂傳」이 만력(1573~1620) 연간의 일을 기록하고
있어 만력 이후임을 알 수 있다. 조선에서의 간행연대는 서문이나 발문
이 없음으로 해서 정확한 간행연도의 추정이 불가능하다. 그러나 간행
에 사용된 활자가 숙종 10년(1684)경부터 영조 36년(1760)경에 사용된 전
기 교서관인서체자인 점으로 미루어 1664년에서 1760년 사이에 간행된
것으로 보인다.

校書館印書體字란 일명 "唐字"라고도 한다. 이것은 본 활자가 명나라
전기의 후반기경부터 많이 쓰여 오던 인서체자인 명체를 模刻한 까닭으
로 그런 명칭을 부르게 되었다. 본 활자의 명칭은 성립된 시기와 자체
및 주조한 기관의 이름을 붙여 전기·후기 교서관인서체자로 나뉜다.
본 활자를 전기와 후기로 나눈 것은 본 활자의 주조된 시기와 또는 그
자체의 차에 의한 것이다.

전기 교서관인서체자는 협소하고 자획은 세로획이 굵고 가로획은 가
늘어서 그 차가 현저하며 보기에도 긴박하고 조밀한 느낌을 주나 후기
교서관인서체자는 그와 반대로 자체가 편평하고 가로 세로 획의 굵기
차가 그다지 심하지 않으므로 전기보다 소통하고 관대하게 보이는 인
상을 준다.

그런데 전기와 후기 자체의 차는 주로 명나라로부터 수입해 온 명판
인본들을 자본으로 하여 본 활자를 주조하게 된 때문이다. 명나라 전기
의 후반기에 해당되는 가정 연간의 인본들 중에는 그 자체가 전기 교서

---

13) 完山李氏敍・金德成外畵, 『中國小說繪模本』, 江原大學校 出版部, 1993, pp.15~19.

관 인서체와 거의 같은 것이 많이 보인다. 그 일례로는 명의 가정 연간에 新安 吳琯이 간행한 『古今逸史』 16책은 조선에서도 많이 읽은 책으로,14) 그 인본을 펼쳐 보면 그 자체가 전기 교서관인서체자의 인본과 구별하기 힘들 정도로 거의 일치된다. 같은 가정 연간에 간행한 『資治通鑑綱目』의 인본도 그 일례이다. 이러한 명판 인본들이 전기 교서관인서체자의 자본이 되었을 것이다.

그리고 명나라의 후기인 만력 연간부터 후기 교서관인서체자와 비슷하게 된 명판 인본들이 많이 보이게 되는데 이러한 인본들이 후기 교서관인서체자의 자본이 되었을 것은 충분히 짐작할 수 있다. 본 활자의 성립시기는 대개 숙종 초로 추정된다.15)

본 활자의 성립시기에 대해 田間恭作은 현종 9년 8월에 金佐明이 주조한 三鑄甲寅字가 본 활자에 해당된다16)고 하였으나, 金斗鍾은 이에 대해 숙종 10년 이전에 교서관에서 주조되었다고 주장하였다. 즉 三鑄甲寅字는 그 자체가 대중형에 속한 것이므로 그 활자의 印書에 불편을 느껴서 숙종 초경에 교서관에서 본 인서체자와 같은 중소형의 활자를 주조했으며, 숙종 초에는 세태가 이미 안정된 때이므로 군영의 힘을 떠나 교서관에서 자력으로 금속활자를 주조할 수 있었다는 것이다.

그럼 전기 교서관인서체자로 간행된 인본들을 나열해 보면 아래와 같다.

---

14) 본 총목 중에는 『方言』 13卷, 『獨斷』 1卷, 『古今注』 3卷, 『釋名』 8卷, 『白虎通』 3卷, 『風俗通』 4卷, 『小爾雅』 1卷, 『博物志』 10卷, 『山海經』 18卷 등 21종이 있다. 본 총서는 漢唐 이래의 逸書들을 수집한 것으로써 당시 우리 문인들 사이에서 애중히 여겨오던 서책들이다.(金斗鍾, 同上書, p.319.) 그러나 王重民에 의하면 『古今逸史』는 明 萬曆間 刻本으로 되어 있다.(『中國善本書提要』, 上海古籍出版社, 1983, p.417)

15) 金斗鍾, 『韓國古印刷技術史』, 서울 : 探究堂, 1980, p.312.

16) 田間恭作, 『朝鮮板本』「雜鑄字」乙一, 唐字.

書名		刊行年月	備考
樂田先生歸田錄	1책	肅宗 15년 甲子	國立圖書館 一山文庫
息庵先生遺稿	11책	肅宗 23년	國立圖書館 一山文庫
文谷集	12책	肅宗 25년	國立圖書館 一山文庫
南岳集	3책	肅宗 30년	奎章閣圖書總目錄
觀復菴詩稿	1책	肅宗 35년	國立圖書館 一山文庫
農巖集	17책	肅宗 36년	國立圖書館 一山文庫
退憂堂集	10책	肅宗 36년	國立圖書館 一山文庫
蔡窓集	3책	肅宗 38년	奎章閣圖書總目錄
尤庵集 154권	54책	肅宗 43년	國立圖書館 一山文庫
圃隱集	3책	英祖 원년	國立圖書館 一山文庫
寒圃齋集	5책	英祖 34년	國立圖書館 一山文庫
二憂堂集	3책	英祖 34년	國立圖書館 一山文庫
夢窩集	5책	英祖 35년	國立圖書館 一山文庫
疎齋集	10책	英祖 35년	國立圖書館 一山文庫
桂南詩稿	1책	英祖 35년	國立圖書館 一山文庫
玉吾齋集	9책	英祖 36년	國立圖書館 一山文庫
删補文苑楂橘	1책	未詳	國立圖書館 一山文庫
儷文抄	2책	未詳	國立圖書館 一山文庫
雪海遺稿	3책	未詳	國立圖書館 一山文庫
鶴谷集	3책	未詳	國立圖書館 一山文庫
東國史略	3책	未詳	國立圖書館 一山文庫
孫武子直解	3책	未詳	國立圖書館 一山文庫
武經尉繚子 上下	2책	未詳	國立圖書館 一山文庫
宋朝史詳節	5책	未詳	國立圖書館 一山文庫
迂齋集	5책	未詳	國立圖書館 一山文庫

위 서목에 의하면 본 활자는 숙종 10년경부터 영조 중기 이후인 36년까지 계속 이용되었음을 알 수 있다.[17) 여기서 한 가지 특기할 만한 것은 영조대왕이 이 책을 읽고 칠언절구를 지었다는 사실이다.

---

17) 작년 10월 中國古代小說百科全書 責任編輯 劉輝 선생은 韓國精神文化硏究院에서 이 책을 직접 보고, "明末 朝鮮刻本"이라 했으나(「中國古代小說硏究方法」, 『中國小說硏究會報』 第16號, 中國小說硏究會, 서울, 1993), 『删補文苑楂橘』은 刻本이 아니라 활자본이며, 英祖 연간은 명대가 아니라 청대에 해당되므로 "淸代朝鮮活字本"으로 정정하는 것이 마땅하다.

뽑아놓은 글 과연 능금과 귤 같으니
예전에 김정승이 다 모은 것이 생각나네.
죽탑 은상에 아무 일 없을 때
초당에서 자주 열람하며 봄날을 보내네.
抄文其若果楂橘, 憶昔金相類聚悉.
竹榻銀床無事時, 草堂頻閱弄春日.18)

이 시 가운데 "金相"은 아마도 영조 때 정승을 지낸 사람이 아닐까. 이것이 사실이라면 『文苑楂橘』은 이 정승에 의해 편집된 것으로 영조 연간에 나온 것이 더욱 분명해진다.19)

『산보문원사귤』에 실린 개별 작품의 원전 출처를 살펴보면 아래와 같다.

删補文苑楂橘	太平廣記	艶異編/情史/國色天香	
		上卷	
虬髥客	卷193 豪俠1	『艶異編』 卷23 義俠部1	
紅線	卷195 豪俠3	『艶異編』 卷23 義俠部2	出『甘澤謠』
崑崙奴	卷194 豪俠2	『艶異編』 卷23 義俠部2	出『傳奇』
古押牙	卷486 雜傳記3	『情史』 卷4 情俠類	『無雙傳』
		『艶異編』	卷23 義俠部
韋十一娘			
義倡		『艶異編』 卷30 妓女部5	
汧國夫人	卷484 雜傳記1	『艶異編』 卷29 妓女部4	出『異聞集』

<hr>

18) 英祖, 「題文苑楂橘」, 『列聖御製』, 列聖御製出版所, 1924, p.301.

19) 최근에 김정승이 김석주(1634~1684)임이 밝혀졌다. 수경실 소장 『海東書冊』에 김석주의 편저로 기록되어 있다. 김석주는 전기 교서관인서체자와 밀접한 관련이 있다. 김석주는 명성왕후(1642~1683, 현종 비, 김우명의 딸)의 사촌이라는 외척의 신분에다가 부마였던 정재륜(사위가 김석주의 아들 김도연)과도 사돈이었기에 영조와도 인척 관계에 있다. (김영진, 「조선후기 서적 출판과 유통에 관한 일 고찰」, 『동양한문학연구』 제30집, 동양한문학회, 2010, pp.604~605)

負情儂		『情史』卷14 情仇類	出『九籥集』
崔鶯鶯	卷488 雜傳記5	『艶異編』卷17 幽期部1	
趙飛燕		『艶異編』卷 7 宮掖部3	

下卷

裴諶	卷17 神仙17	『艶異編』卷4 仙部	出『續玄怪錄』
韋鮑生	卷349 鬼34		
崔玄微	卷416 草木11	『艶異編』卷35 妖怪部4	
韋丹	卷118 報應17		出『河東記』
靈應	卷492 雜傳記9	『艶異編』卷 3 龍神部	
柳毅	卷419 龍2	『艶異編』卷 3 龍神部	出『異聞集』
薛偉	卷471 水族8		出『續玄怪錄』
淳于棼	卷475 昆蟲3	『艶異編』卷22 夢游部	出『異聞錄』
張直方	卷455 狐9	『艶異編』續編 卷12 獸部	出『三水小牘』
東郭先生		『國色天香』卷9	

위에서 보듯 상권에 10편, 하권에 10편 도합 20편의 작품이 실려 있다. 위 작품들은 대개 내용에 따라 차례대로 분류되어 있다. 크게 "義俠類", "妓女類", "神仙·妖怪類", "獸·魚·昆蟲類" 등으로 나눌 수 있다. 「虯髥客」·「紅線」·「昆崙奴」·「古押牙」·「韋十一娘」 5편은 협객 이야기이고, 「義倡」·「汧國夫人」·「負情儂」은 기녀 이야기이며, 「崔鶯鶯」은 애정, 「趙飛燕」은 궁중 이야기이다. 「裴諶」·「韋鮑生」·「韋丹」 등이 "神仙妖怪類"에 해당되며, 「應靈」과 「柳毅」는 용, 「薛偉」는 물고기, 「淳于棼」은 개미, 「張方直」은 여우, 「東郭先生」은 늑대 이야기이다.

작품의 출처를 살펴보면, 『태평광기』에 15편으로 가장 많이 실려 있고, 그 다음 『염이편』에 14편이 실려 있으며, 2편이 『정사』에, 『국색천향』에 1편이 보이고 있다. 그 밖에 일부 작품들이 『古今說海』·『合刻三志』·『唐人說薈』·『說郛』·『顧氏文房小說』·『剪燈叢話』·『綠窓女史』 등에 재수록되어 있다. 『산보문원사귤』에 실린 개별 작품들은 『태평광기』나 다른 문언소설집에 수록된 동일 작품과 비교할 때 문자에 있어서 『염이편』에 수록된 작품과 가장 가깝다.

『艶異編』은 문언소설집으로 왕세정의 작으로 되어 있다.『千頃堂書目』 소설류에 『염이편』 35권이 저록되어 있고,『販書偶記續編』에는 45권본이 찬자 없이 기록되어 있다. 대개 명 가정 연간에 간행되었으며, 맨 앞에 息庵居士의 서문이 있다. 이밖에도 천계 연간 왕세정이 찬하고 湯顯祖가 評選한 "新鐫玉茗堂批評王弇州先生艶異編"이 있다.[20] 이 책은 정편은 40권 361편, 속편은 19권 163편으로 이루어져 있다. "艶"과 "異"란 중국 고소설에 대한 왕세정의 분류로 명 이전의 대량의 소설과 사적에 나오는 이야기를 "艶"과 "異" 두 유형으로 개괄한 것이다. "艶"은 "汎淫泛艶"·"美色爲艶"의 뜻으로, "香艶而放縱"한 정을 가리킨다.

『情史』는 일명 "情史類略"·"情天寶鑒"이라고도 불리는데 풍몽룡이 역대 필기소설과 기타 문학작품에서 남녀간의 사랑에 관한 이야기만을 뽑아 편찬한 문언 단편소설집으로 24권 870여 편으로 이루어져 있다.

『國色天香』은 명나라 사람 吳敬所가 편찬하여 만력 15년(1587)에 간행한 것으로, 모두 10권 28편으로 이루어져 있는데 "寫幽思, 寄離情"이라는 서문이 말해주듯 남녀 간의 사랑과 靈怪異事를 싣고 있다.

우리나라에 보이는 『염이편』과 『국색천향』에 대한 최초의 기록은 광해조 허균(1569~1618)의 『閑情錄』 권5「游興」에 인용된 것이 처음이다.[21]

滕達道·錢醇老·孫莘老·孫巨源同在館中, 花時各數京師花最盛處, 滕曰 : "皆不足道, 約旬休日相率同遊." 三人如其言. 達道前行, 出封丘門八一小庵中, 行數步至, 一門陋甚, 又數步至, 大門特壯麗, 造廳下馬主人戴道帽, 衣紫半臂, 徐步而出, 達道素識之, 因曰 : "今日風埃特甚." 主人曰 : "此中不寬, 諸公宜往小廳." 至則雜花盛開, 雕欄畵楣, 樓觀甚麗, 水陸畢陳, 皆京所所, 未嘗見, 又頤指開後堂門, 坐上, 已聞樂聲矣. 莘老時在諒闇中, 辭之衆, 遂起去. 莘老

---

20)『中國古代小說百科全書』, 北京 : 中國大百科全書出版社, 1993, p.658.
21) 許筠著, 李離和編,『許筠全書』, 亞世亞文化社, 1980, p.287.

常語人云：“平生看花只此一處.”(艷異編)

　이처럼 허균은 위 글을 『염이편』에서 뽑았다고 했으나 정확하게 어느 작품인지 아직 확인하지 못했다. 허균의 『한정록』 범례에 의하면 위 책은 허균이 경술(1610, 光海君 2)년 咸悅 적소에 있을 때 중국인 朱氏가 준 『栖逸傳』·『玉壺氷』·『臥遊錄』 등을 반복해 보다가 은거생활에 필요한 내용을 「隱逸」·「閑逸」·「退休」 등으로 나누어 선록하였다. 그 후 갑인(1614, 光海君 6) 을묘(1615, 光海君 7) 두 해에 걸쳐 중국에 갔을 때 구입한 4천여 권의 책에서 다시 관련 글을 더 모아 놓은 것이다.[22] 그렇다면 『염이편』도 그 때 구입한 책 중의 하나였을 것이다.

　이밖에도 陶谷 李宜顯(1669~1745)의 문집 중 「庚子燕行雜識」을 보면 중국에서 구입한 책 중에 『염이편』과 『국색천향』 등의 서목이 보이고 있어 16~17세기에 우리나라에 들어와 읽혔음을 알 수 있다.[23] 『정사』 역시 같은 시기에 들여왔을 것이라고 추측된다. 과문한 탓인지 『정사』의 한래기사는 아직 보지 못했지만, 현재 규장각에 도광 28년(1848) 經綸堂刊 13권 6책과 간행연도를 알 수 없는 1책 낙질본(卷9)이 전한다.

---

22) 余在庚戌夏抱病謝事, 杜門攜客, 無以消長日, 巾行中, 適披得數秩, 乃朱蘭嵎太史所贈, 『栖逸傳』『玉壺氷』『臥遊錄』三種反覆披覽, 仍取三書爲四門類彙, 名曰：「閑情錄」, 一曰“隱逸”, 二曰“閑適”, 三曰“退休”, 四曰“淸事”, 手自善寫, 置案頭, 同志友見之, 咸以爲佳. 余嘗恨家乏史籍所載甚簡略, 切欲添入遺事, 勒爲全書爲計久矣. 悾偬未暇, 甲寅·乙卯兩年, 因事再赴帝都, 斥家貨, 購得書籍幾四千餘卷, 就其中事涉閑情者, 以浮帖帖其提頭處, 以儒殺靑逮判刑部, 公務浩穰, 未敢下手粹選, 今年春權謗席藁, 戰悸之中, 無以破窮愁, 遂取諸書, 考浮帖寫出, 更分爲十六門, 而爲卷亦十六, 嘻! 『閑情錄』到此庶爲完備, 而僕之歸思, 益著於是矣. (「凡例」, 『閑情錄』, 『許筠全書』, 亞世亞文化社 影印本, p.253)

23) 李宜顯 『陶谷集』 「庚子燕行雜識」(1720)著錄. “燕京所購冊子……荊川稗編六十卷·三才圖會八十卷·名山藏四十卷·楚辭八卷·西湖志二十卷·盛京志六卷·通州志八卷·黃山志七卷·山海經四卷·四書人物考十五卷·黃眉故事十卷白眉故事六卷·艷異編二十卷·國色天香十卷.”

아무튼『산보문원사귤』에 실린 소설들은 대부분 당나라 사람의 전기로 우리가 흔히 볼 수 있는 작품이므로 자세한 고증을 요하지 않는다. 그러나 주목할 것은 명인의 작품인 「부정농」과 「위십일낭」, 馬中錫의 「동곽선생」이 실려 있다는 점이다.

「負情儂」의 내용은 잘 알려진 만력 연간 杜十娘의 이야기로 풍몽룡의 『정사』 권14에 실린 「두십낭」과 같은 작품이며, 송대 話本 「杜十娘怒沉百寶箱」(『警世通言』 권32, 『今古奇觀』 권5)은 이를 저본으로 부연 창작한 것이다. 작자의 自注에 의하면 제목은 王仲雍의 「懊恨曲」 "常恨負情儂, 郎今果行許"에서 따왔다고 한다. 『정사』의 「두십낭」조 맨 끝에 보면 "절강 사람이 「부정농」을 지었다"[24]고 적고 있어 「부정농」과 「두십낭」이 동일 작품임을 알 수 있는데, 원래는 명 宋懋澄의 『九籥集』[25]에 실려 있던 것이다.

작품의 내용은 이러하다. 명나라 만력 연간에 浙東의 선비 李生이 서울로 과거를 보러 왔다가 두십낭과 사랑에 빠져 헤어질 줄 모른다. 가지고 있던 돈이 떨어지자 기생어미는 그를 싫어한다. 이에 이생은 두십낭을 속량시키기로 결심한다. 친구들로부터 빌린 돈과 두십낭의 도움으로 삼백 냥을 마련하여 속량시킨다. 함께 고향으로 떠나기에 앞서 동료 기생들이 선물을 주며 두 사람의 결합을 축복해 준다. 배가 瓜洲에 이르렀을 때 두십낭은 밤에 소리를 한다. 소리를 들은 이웃 배의 안휘 新安의 소금 장수가 감동하여 이튿날 이생에게 접근한다. 그 염상은 기생을 데리고 살기 힘들고 또 부모가 허락하지 않을 것이라며 두십낭을 팔라고 설득한다. 이생은 유혹에 넘어가 천 냥에 두십낭을 그에게 전매하기

---

24) 明 馮夢龍 評輯, 『情史』, 長沙, 岳麓書社, 1986, p.457.
25) 明 宋懋澄撰, 王利器 校錄, 『九籥集』, 北京 : 中國社會科學出版社, 1984.

로 약속한다. 두십낭은 이 사실을 알고 은전을 교환하기를 기다렸다가 가지고 왔던 화장대를 꺼내 서랍마다 열어 보이니 수천만금의 보화가 가득 들어 있었다. 그녀는 뱃머리에서 하나하나 강물에 내던지며 소금 장구의 간교함과 이생의 박정함을 꾸짖고는 스스로 강물에 투신하여 자살한다. 이 소설은 미모가 뛰어나고 총명하며 인간적인 삶을 열정적으로 추구하는 기녀 두십낭의 삶을 그리고 있는데, 그녀의 정직과 강렬함을 이생과 소금 장수의 간교함 비열함과 선명한 대비가 되고 있다. 이 작품은 크게 환영을 받아 앞에서도 예시한 것처럼 명말『亘史抄』·『情種』·『情史』 등에 다투어 수록되었으며 유명한 의화본 소설 「杜十娘怒沉百寶箱」으로 개작되기까지 하였다.

「韋十一娘」은 程德瑜와 여협객 위십일낭의 일을 기록한 것으로 작자는 胡汝嘉이다. 호여가의 자는 懋禮, 호는 秋宇로 남경 上元縣 사람이다. 가정 32년(1553) 진사로 한림원 편수를 지냈다. 호여가는 "지은 소설이 여러 종 있는데 모두 奇艶하며 간혹 규방의 외설을 다루고 있어 차마 언급할 수 없다. '蘭芽傳' 등은 지금은 숨기고 전하지 않는다"고 한 기록에서 보듯 호여가는 주로 염정 전기소설을 썼다. 위십낭전은 潘之恒이 엮은『亘史』 외편 여협 권1에 실려 있다. 권말 주에 "己酉小春月沈氏鄴架齋校錄"이라 하여 반지항이 만력 37년(1609)에 심씨 소장하고 있던 "위십일낭전"을 전록하였음을 알 수 있다. 능몽초의『초각박안경기』 권4 「程元玉店肆代償錢, 十一娘雲岡縱談俠」의 저본이 되기도 하였다. 명 顧起元의『客座贅語』 권8 「秋宇先生著述」조에 그 자세한 내용이 실려 있다.26)

---

26) "胡秋宇先生在翰林日, 以言忤政府, 出爲藩參. 先生文雅風流, 不操常律, 所著小說書數種, 多奇艶, 間亦有閨閣之靡, 人所不忍言, 如"蘭芽"等傳者, 今皆秘不傳. 所著「女俠韋十一娘傳」'記程德瑜云云', 托以垢當事者也. 傳後, 傳聞蜀中某官暴卒, 心疑十一娘婢靑霞之所爲. 然某者好詭激飾名, 陰擠人而奪之位耳云云, 似人所指."

이 작품 내용은 이러하다. 성화 연간에 徽州 상인 程元玉은 품성이 과묵하고 단정하였는데 川·陝 지방을 다니며 장사를 하였다. 한번은 길에서 서른 살 남짓한 한 낭자가 객점에서 식사하고 밥값을 내지 못해 주인으로부터 모욕을 당하는 것을 보고 분연히 나서서 밥값을 대신 내준다. 여자는 감격해하며 자신의 이름이 위십일낭이라고 말한다. 헤어진 후 홀연 산속에서 화적을 만나 돈과 물건, 하인과 말 등을 모두 빼앗긴다. 그때 위십일낭과 그녀의 제자 靑霞가 나타나 구해 주어 잠시 위십일낭의 거처에 머물게 된다. 위십일낭은 자신을 검협이라고 소개하며 고금 검술의 신비함을 설파하고 탐관오리는 처단해야 함을 역설한다. 두 여제자는 직접 검술 시범을 보여준다. 이튿날 아침, 위십일낭은 자신은 원래 장안 사람으로 불우하여 집을 나와 무예를 익히게 되었다고 말한다. 떠날 때 위십일낭은 그에게 약을 선사하고 화적들은 강탈해 갔던 물건들을 되돌려 준다. 그 후 십 년이 지난 어느날 우연히 청하를 만나 위십일낭의 소식을 듣고, 며칠 후 촉 땅의 어느 탐관오리가 급사했다는 소문을 듣고 위십일낭이 했을 것이라 짐작한다.

이 이야기는 「紅線」·「聶隱娘」 등 당대 여협 전기와 마찬가지로 여협객 이야기로 화적떼를 제압함으로써 위십일낭의 출중한 무예를 보여주며, 탐관오리의 잔학무도함을 폭로하는 등 경세적인 의미를 담고 있다.

「東郭先生」은 일명 "中山狼傳"이라고도 하는데 당나라 시인 姚合과 송나라 사람 謝良 등이 처음 쓴 것을 명나라 문인 馬中錫이 이를 근거로 고쳐 쓴 우언소설이다. 내용은 동곽선생이 위험에 처한 늑대를 구하였다가 오히려 늑대에게 잡아먹힐 뻔한다는 이야기이다. 趙簡子의 사냥으로 상처를 입은 중산의 늑대가 동곽선생에게 구해줄 것을 애걸한다. 동곽선생은 뒤쫓아온 조간자를 따돌려 늑대를 구한다. 그러나 위험에서 벗어난 늑대는 은혜를 잊고 본성을 드러내며 동곽선생을 잡아먹으려고 시비를 건다. 나무와 소에게 누가 옳고 그른지 물어보지만 모두 동곽선생이 불리하게 말한다. 그러다가 지팡이를 짚은 노인을 만나 계교로서 늑대를 사로잡지만 동곽선생은 여전히 늑대를 찌르지 못하는 우유부단함을 드러낸다.

李夢陽이 목숨을 구해준 康海의 은혜를 저버린 것을 풍자했다고 한다. 명대에 중산랑을 소재로 康海·王九思·汪廷納·陳與郊 등이 희곡을 창작하였다. 이처럼 배은망덕을 꾸짖는 주제는 중국뿐만 아니라 인도·시베리아·노르웨이 등지에서도 대동소이한 민간전설이 전해지고 있다. 우리나라의 경우 박지원의 「虎叱」은 대체적으로 이와 동일한 소재를 가지고 당시 양반 세계의 위선과 비굴함을 부각시키고 있다. 주인공이 북곽선생과 호랑이로 바뀌었고 東里子가 등장하지만 기본적인 고사의 구성은 같다고 할 수 있으며, 다만 배은망덕을 강조하는 「중산랑전」에서 「호질」은 양반의 어두운 면을 호랑이의 질책을 통해 폭로하고자 하는 창작 의도에서 차이가 나고 있다.27)

이상의 사실을 종합해 보건대, 『산보문원사귤』은 중국에서 일실된 문언소설집이라기 보다는 조선인이 명말에 나온 문언소설집인 『염이편』·『국색천향』 등을 저본으로 하되, 일부는 『태평광기』·『설부』·『긍사』 등에서 작품을 뽑아 편찬한 것으로 추정되며, 간행시기는 사용된 활자가 전기 교서관인서체자인 점, 『문원사귤』에 대한 영조 임금의 시, 『중국소설회모본』의 기록으로 미루어 영조 36년(1760) 전으로 볼 수 있다. 『산보문원사귤』에 실린 작품들이 명말 문언소설집에 실린 원작품들과 문자에 약간씩 차이를 보이고 있다. 특히 일부 작품 말미에서 첨삭 현상이 두드러져 이는 앞으로 좀더 살펴봐야 할 것이다.

---

27) 중국소설연구회 편, 『중국소설의 이해』, 도서출판 서울, 1993, p.111.

■「朝鮮刻本 『刪補文苑楂橘』에 대하여」,『中國小說硏究會報』 제13호, 1993. 3

■朝鮮人選編, 朴在淵校注, 『刪補文苑楂橘』, 成和大學 中文系, 1994, pp.85~94

제7장 조선 각본
『新刊古本大字音釋三國志傳通俗演義』에 대하여

1. 머리말

조선 각본 『新刊古本大字音釋三國志傳通俗演義』는 그간 조선에서 개각한 것으로 알려졌으나, 필자는 판본 조사 과정에서 유세덕 선생의 논문을[1] 통해 중국사회과학원 도서관 소장 주왈교본의 판식이 13행 24자로 조선 각본과 일치함을 발견하였다. 필자는 조선 각본이 주왈교본 갑본의 복각본이며, 조선에서 간행되었음을 밝히고자 한다.

현재 국내에는 여러 종의 『삼국지연의』가 전해져 오는데 중국에서 건너온 판본 중 명판본은 남아 있지 않고 대부분 청대 판본으로 모평본이 대부분이며, 이 모평본은 19세기에 복각되어 20권 20책의 형태로 널리 유행하면서 지금도 국내에서 흔히 볼 수 있다.

---

1) 劉世德, 「『三國志演義』周曰校刊本四種試論」, 『第2屆中國古代小說國際研討會論文集』, 上海師範大學人文學院、中國社科院文學研究所中國古代小說研究中心, 2002, pp.134~144.

2. 『삼국지연의』의 조선 전래와 출판

『삼국지연의』의 조선 전래와 간행을 알려주는 최초의 기록은 1569년,
선조가 문정전에서 석강을 마친 다음 기대승이 선조에게 올린 계언이다.

> 上御夕講于文政殿, 進講『近思錄』第二卷. 奇大升進啓曰：「頃日張弼武引見
> 時, 傳敎內張飛一聲走萬軍之語, 未見正史, 聞『三國志演義』云. 此書出來未
> 久, 小臣未見之, 而或因朋輩間聞之, 則甚多妄誕, 如天文地理之書, 則或有前
> 隱而後著史記, 則初失其傳後臆度, 而敷衍增益, 極其怪誕. 臣後見其册, 定是
> 無賴者裒雜言. 如成古談, 非但雜駁無益, 甚害義理. 自上偶爾一見, 甚爲未安.
> 就其中而言之, 如董承衣帶中詔, 及赤壁之戰勝處, 各以怪誕之事, 衍成無稽之
> 言. 自上幸恐不知其册根本, 故敢啓. 非但此書, 如『楚漢衍義』等書, 如此類,
> 不一無非害理之甚者也. 詩文詞話, 尙且不關況, 『剪燈新話』、『太平廣記』等
> 書, 皆足以誤人心志者乎. 自上知其誣而戒之, 則可以切實於學問之功也. /又
> 啓曰：正史則治亂存亡俱載, 不可不見也. 然若徒觀文字而不觀事跡, 則有害
> 也. 經書則深奧難解, 史記則事迹不明, 人之厭經而喜事, 擧世皆然. 故自古儒
> 士, 雜駁則易, 精微則難矣. 『剪燈新話』鄙藝可愕之甚者, 校書館私給材料, 至
> 於刻板, 有識之人, 莫不痛心, 或欲去其板本而因循至今, 閭巷之間, 爭相印見,
> 其男女會淫神怪不經之說, 亦多有之矣. 『三國志演義』則怪誕如是, 而至於印
> 出, 其時之人豈不無識. 觀其文字亦皆常談, 只見怪僻而已.[2]

文政殿 夕講에서 임금에게 『近思錄』 제 2권을 강하게 되었다. 奇大升이
상계하여 아뢰었다. "전에 張弼武를 인견하실 때 傳敎에 張飛의 대갈일성
에 천군만마가 달아났다 하셨사오나, [그러한 사실은] 정사에는 나오지 않
고『三國志演義』에 나온다고 들었습니다. 그 책은 나온 지 얼마 되지 않아
신도 보지 못했사오나 친구들의 말을 들건대 심히 황당무계하여 천문지리
의 책 같다 하옵니다. 처음에는 은닉하다가 나중에는 역사를 꾸미는가 하
면, 애초에 그 전을 유실하고 나중에 억측하여 부연하는 등 지극히 황당무

---

2)『朝鮮王朝實錄』宣祖 卷3 宣祖 2年 6月.

계합니다. 신이 후에 그 책을 훑어보니 영낙없는 무뢰배의 잡언이옵니다. 고담 같은 것은 잡박하여 무익할 뿐만 아니라 의리를 해치옵니다. 하온대 상감께서 이따금 보시니 심히 걱정되옵니다. 그 속에 적힌 이야기 중에 동승이 의대 속에 조서를 내린다든가, 적벽대전에서 승리하는 것 등은 모두 꾸며낸 허황된 이야기이옵니다. 임금께서 그 책의 근본을 모르실까봐서 감히 장계를 올리는 것입니다. 이 책뿐만 아니라 『楚漢衍義』 같은 것 등은 이치를 심하게 해치지 아니하는 것이 없습니다. 시문이나 사화는 상관없다지만 『剪燈新話』나 『太平廣記』 등은 사람의 심지를 오도하기에 족합니다. 상께서 그 그릇됨을 아시고 계도하신즉 학문의 공에 충실할 수 있사옵니다." 또 다시 장계를 올려 아뢰었다. "정사에는 치란과 존망이 다 기록되어 있으니 꼭 보아야 합니다. 그러나 문자만 보고 그 사적을 보지 않으면 해가 됩니다. 경서는 심오하되 난해하고 사기는 사적이 불분명하므로 사람들이 경서를 싫어하고 사를 좋아하니 세상이 다 그러하옵니다. 그러므로 옛부터 자고로 잡하고 박하기는 쉬우나 精微하기는 어렵다 했습니다. 『剪燈新話』는 외설되기 이루 말할 수 없사온데 校書館에서 사사로이 물자를 내주어 판각하기에 이르니 양식 있는 사람치고 통탄해 하지 않는 사람이 없습니다. 그 판본을 없애려고 하되 이제까지 내려와 여염에서 서로 다투어 찍어 내다 보니 그 남녀간의 교합과 신괴하고 허황된 이야기가 많습니다. 『三國志衍義』 또한 허황되기가 이와 같은데 출판되기까지 했으니 그때 사람들이 무식한 소치가 아니겠습니까. 그 문자를 보건대 흔한 이야기로 괴이하기 짝이 없습니다.

위 인용문에서 알 수 있는 사실은 『삼국지연의』가 궁중에까지 유입되어 임금이 읽었다는 점, 또 『삼국지연의』가 전래된 지 얼마 안 되었다는 점, 기대승과 같은 지식인이 벌써 이 소설을 읽었다는 점이다. 이밖에도 무뢰배의 잡언으로 잡박무익하며 의리를 해치는 고담이라는 지식인의 소설관과 『초한연의』도 『삼국지연의』와 마찬가지로 이때 벌써 우리나라에 전래되었다는 점, 『전등신화』와 같은 것이 교서관에서 사사로이 출판 인출되고 있었다는 점을 짐작할 수 있다.

여기에서 우리가 주목할 것은 "『三國志演義』則怪誕如是, 而至於印出."이라는 기록으로, 이는 1569년 이전에『삼국지연의』가 국내에서 출판되었다는 사실을 말해주고 있다.3)

이와 같은 사실은 150여 년 뒤 李瀷(1681~1763)의 기술에서도 확인된다.

> 『三國演義』; 宣廟之世, 上敎有張飛一聲走萬軍之語. 奇高峰大升進曰：「『三國演義』出來未久, 臣未之見, 後因朋輩聞之, 甚多誕妄」云云. 蓋此書始出, 而上偶及之. 高峰之啓, 眞得體矣. 在今印出廣布, 家戶誦讀, 試場之中, 擧而爲題, 前後相續, 不知愧恥, 亦可以觀世變矣.

선조 때 삼국지연의에 대한 기록을 언급하면서『삼국지연의』가 간행 보급되어 집집마다 열람하고 과거장의 시제로까지 올랐었다는 내용이다. 그러한 사실은 김만중(1637~1692)의『서포만필』의 기록에서도 확인된다.

> 李彝仲爲大提學, 嘗出風雪訪草廬二十韻排律, 以試湖堂諸學士. 余謂令公何以衍義出題? 李笑曰：「先主之三顧, 實在冬月. 其冒風雪, 不言可知矣.4)

위에서 인용한 星湖의 기록을 보면 16세기 중반에 간행된 삼국지연의 한문본이 17, 18세기에 널리 유포되었음을 알 수 있다. 그때까지 널리 유행한 판본은 주왈교본이다. 17세기 후반에 모종강평본이 나와5) 전래

---

3) 선조 이전 삼국지연의의 출판문제와 관련하여 유탁일은 "'其時之人'의 '其時'는 막연하게 출판인출하였던 그 당시를 말한 것이고 우리나라에서 간행되었던 그 당시라고 해석하기에는 무리가 있다며 우리나라에서 간행되었다고 판단하기는 어려운 것이다"라고 하였다. (柳鐸一, 「『三國志通俗演義』의 傳來版本과 시기」, 『碧史李佑成先生停年退職紀念國語國文學論叢』, 여강출판사, 1990, p.771.)

4) 金萬重 著, 洪寅杓 譯註, 『西浦漫筆』, 一志社, 1987, pp.384~385.

5) 지금까지 알려진 毛評本의 최초 간본은 李漁의 서문이 실려 있는 醉耕堂刊本으로 강희 18년(1679)에 간행되었다.

되었다 해도 곧바로 판각되어 주왈교본을 대체하였다고 보기는 힘들다. 모평본 복각본 20권 20책(卷首 포함)이 나온 것은 19세기에 들어서이며,[6] 필자가 일찍이 고서점에서 한남서림에서 후쇄한 판권지를 본 적이 있어 일제 강점기에도 책판이 남아 있었던 듯하다.

한편 『삼국지연의』가 다른 소설보다 압도적으로 유행하게 된 원인은 임진왜란이 직접적인 계기였다. 한 차례의 큰 전란을 겪은 이후 국민들의 의식 속에는 영웅을 대망하고 기리는 마음이 있었다. 실제로 관우의 영정을 모신 사당이 선조 25년(1602) 서울 동대문 밖에 세워지기도 하였다. 또 이 작품이 다른 소설보다 백화가 적어서 읽기가 수월했다는 점도 원인의 하나로 들 수 있다. 이런 이유 때문에 소설을 멀리하던 사대부들도 『삼국지연의』만은 즐겨 읽었던 것이다.

李植(1584~1647)의 『澤堂別集』 "雜著"에 보면 다음과 같은 기록이 있다.

> 역사를 부연한 작품들은 처음에는 붓장난으로 시작하여 문장이 비속하고 내용도 진실하지 못하다. 또 流傳된 지 이미 오래된 까닭에 眞假가 혼재되어 있으며, 책 속에 인용된 말들은 類書에서 취한 것이 많으나 문장을 하는 사람도 살피지 않고 혼용하고 있다. 예컨대 陳壽의 『三國志』는 司馬遷과 班固에 버금가는 역사서임에도 불구하고 연의에 가려 사람들이 더 이상 읽으려 하지 않는다.[7]

위 기록은 사서인 『삼국지』가 소설 『삼국지연의』에 밀려 더는 읽혀

---

6) 柳鐸一, 「『三國志通俗演義』의 傳來版本과 시기」, 『碧史李佑成先生停年退職紀念國語國文學論叢』, 驪江出版社, 1990, p.773.

7) 演史之作, 初以兒戱, 文字亦卑俗, 不足亂眞, 流傳旣久, 眞假竝行, 其所載之言頗採入類書, 文章之士亦不察, 混用之, 如陳壽三國志馬班之亞也. 爲演義所掩, 人不復觀. 今歷代各有演義, 至於皇朝開國盛典, 亦用誕說敷衍, 宜子家痛禁之, 如秦代之禁書可也. (李相翊, 『韓中小說의 比較文學的 研究』, p.205에서 재인용)

지지 않음을 지적한 것이다. 이 소설은 또한 여성들 사이에서도 크게 유행하였다. 김만중의 『서포만필』에는 다음과 같은 기사가 보인다.

今所謂三國志演義, 出於元人羅貫中, 壬辰後, 盛行於我東, 婦孺皆能誦說, 而我國士子多不肯讀史. 故建安以後, 數十百年之事, 擧於此而取信焉. 如桃園結義, 五關斬將, 六出祈山, 星壇祭風之類, 往往見引於前輩科文中, 轉相承襲, 眞膺雜糅, 如呂布射戟, 先主失匕, 的盧跳檀溪, 張飛據水斷橋之類, 反或疑於不經, 甚可笑也.[8]

글에서 부인이나 어린아이들이 모두 외울 수 있을 정도로 이 작품이 성행하였던 것을 알 수 있다. 또 여성들도 읽을 수 있었다는 것은 그 작품의 한글본이 이미 존재했음을 시사하는 것이다. 규장각본 『옥원재합기연』 권15 표지 안쪽에 『삼국지』 한글본 목록이 보이고,[9] 『중국소설회모본』에도 중국소설명이 나열되어 있다.[10] 이들 소설의 대부분이 규장각 소장본 『옥원재합기연』의 소설 목록과 대체적으로 일치하는 것으로 보아 한글 번역본으로 추정된다. 실제로 한국학중앙연구원 장서각에는 39권 39책본의 번역 필사본이 소장되어 있는데 이는 주왈교본을 번역한 것이다.

---

8) 金萬重 著, 洪寅杓 譯註, 『西浦漫筆』, 一志社, 1987, pp.384~385.
9) 서울대본 『玉鴛再合奇緣』 권14의 표지 안쪽과 권15의 표지 안쪽에는 당시 존재하던 소설 목록이 적혀 있는데, 권15에 장편 가문소설과 함께 중국 역사소설이 주류를 이루고 있다. 개벽연의·타녹연의·서쥬연의·녈국지·초한연의·동한연의·당전연의·삼국지·남송연의·북송연의·오대됴사연의·남계연의·쇼현성녹·옥소긔봉·셕듕옥·소시명행녹·뉴시삼대록·님하뎡문녹·옥인몽·서유긔·튱의슈호지·셩탄슈호지·구운몽·남졍긔. (張孝鉉, 「長篇 家門小說의 成立과 存在樣態」, 『정신문화연구』 제14권 제3호(통권44호), 韓國精神文化硏究院, 1991, p.31.)
10) 完山李氏序, 金德成外 畵, 『中國小說繪模本』, 江原大學校 出版部, 1993.

3. 周曰校本四種

　　현전하는『삼국지연의』의 명대 판본 가운데 간행시기가 가장 이른 것은 가정 간본으로 嘉靖壬午本(1522)과 葉逢春本(1548)이 있다. 만력 연간에 나온 삼국지는 40여 종이 있으나 그 중에서 주왈교본이 가장 이르다. 주왈교본은『삼국지연의』의 여러 판본 가운데 매우 중요한 위치를 차지하고 있다. 주왈교본을 가정임오본과 비교해보면 십여 항목의 인물과 고사의 묘사가 더 들어가 있는데 그 가운데 關索 이야기가 가장 두드러지며 수회에 걸쳐 삽입되어 있다. 가정임오본과 엽봉춘본에는 관삭 이야기가 없다. 삼국지연의에 관삭 이야기가 삽입된 것은 현존하는 판본 가운데는 주왈교본이 가장 이르고 그 다음으로 余象斗刊本 갑본(萬曆 20)이다.

　　주왈교본은 그동안 인수당본 또는 만권루본으로 알려져 왔으나 유세덕에 의해 중국사회과학원 문학연구소에 1종이 더 있어 모두 4종 이상이 있는 것으로 밝혀졌다. 그는 이 4종을 각각 ① 周曰校本 甲本, ② 周曰校本 乙本(原刊本),[11] ③ 周曰校本 丙本(重刊本),[12] ④ 仁壽堂本(已佚)으로 분류하였다. 유세덕은 갑본과 을본의 가장 큰 차이점을 삽화의 존재 여부와 장비의 자가 益德이냐 翼德으로 나오느냐로 들었다.[13] 갑본이 삽화가 없는데 비해 을본은 매회 두 장, 총 240장의 삽화가 있다. 을본과 병본의 차이는 전자가 원간본이라면 후자가 삽화의 화공(王希堯)과 각수(魏少峰)의 이름을 뺀 중간본이란 점이다.[14]

---

11) 國家圖書館(殘存卷3~6, 卷9~10), 北京大學圖書館(殘存卷1~7), 美國耶魯大學圖書館에 소장되어 있다.

12) 日本內閣文庫, 蓬左文庫와 臺北 故宮博物院에 소장되어 있다.

13) 劉世德, 「『三國志演義』周曰校刊本四種試論」, 『第2屆中國古代小說國際研討會論文集』, 2002, p.140.

14) 劉世德, 위의 글, 위의 책, pp.134~140.

만권루본 표지의 상단에 다음과 같은 글이 있다.

<blockquote>
是書也, 刻已數種, 悉皆訛舛. 輒購求古本, 敦請名士, 按鑑參考, 再三讎校, 俾句讀有圈點, 難字有音注, 地理有釋義, 典故有考證, 缺略有增補, 節目有全像.[15]
</blockquote>

그동안 여러 종의 『삼국지연의』가 나왔는데 모두 틀린 곳이 많았다. 고본을 구해 명사를 청해다가 사서를 참고하여 두세 차례 교정을 보아서 ① 구두점을 찍고, ② 어려운 글자에는 음을 달고, ③ 지명에는 뜻풀이를 하고, ④ 전고는 고증하고, ⑤ 빠진 곳은 증보하고, ⑥ 각 절목마다 삽화를 넣었다.

위 ①~⑤ 다섯 가지 사항은 기존 삼국지연의 판본과 주왈교본의 차이를 말해주며, ⑥의 삽화 부분은 주왈교본 갑본과 을본의 차이를 알려준다.

갑본과 을본의 또 다른 큰 차이는 장비의 자가 "三國志宗寮"(人物表)를 제외한[16] 갑본 본문에서는 "益德"으로 나타나는데 을본에서는 "翼德"으로 나타난다는 점이다.[17] 가정임오본 "益德"에서 주왈교본 갑본의 "益德"으로, 다시 주왈교본 을본의 "翼德"으로 변화하는 과정을 거치는데, 주왈교본 을본은 "益德"을 "翼德"으로 일괄 고치는 과정에서 간혹 누락하여 고치지 못한 곳도 있다.

---

15) 劉世德, 위의 글, 위의 책, p.139.

16) 조선 각본의 "三國志宗寮"에 "翼德"으로 나타나며, 만권루본도 조선 각본과 동일하다.

17) 陳壽의 『三國志』, 裴松之의 주에 인용된 『英雄記』, 『吳錄』과 李商隱의 無題詩, 吳鎭의 "張益德祠"와 嘉靖壬午本 『三國志演義』가 "益德"으로 되어 있는데 반해 『化陽國志』, 『水經注』, 王庭筠의 "涿州重修漢昭烈帝廟碑", 元人 雜劇, 『三分事略』과 『三國志平話』, 삼국지연의 閩刊本, 毛宗崗評本은 모두 "翼德"으로 나타난다.(劉世德, 『夜話三國』, 書目文獻出版社, 1995)

사회과학원 도서관에 소장된 주왈교본 갑본은 3책으로[18] 권6~7과 권 9가 남아 있다. 권6은 제79장 이하는 떨어져 나가고, 권7은 첫장과 79장 이하가 없으며, 권9는 82장 이하가 없다. 반엽은 13행 24자이다.

첫 장을 볼 수 있는 권6과 권9는 "新刊校正古本大字音釋三國志傳通俗 演義 /晋平陽侯陳壽史傳 /後學羅本貫中編次 /明書林周日校刊行"이라고 題 하고 있고, 반곽 13행 24자로 되어 있다. 세 권 모두 판심은 "三國演義" 로 되어 있다. 또한 "석의, 고증, 음주, 평론"이란 제하에 쌍행협주가 달 려 있다.

4. 조선 각본은 주왈교본 갑본의 복각본이다

주왈교본 조선 각본은 12권 12책으로, 권1에서 권12까지 여러 곳에 분산되어 소장되어 있다.

卷 1 : 선문대학교 중한번역문헌연구소
卷 2 : 선문대학교 중한번역문헌연구소, 규장각 想白文庫,[19] 청주박물관
卷 3 : 선문대학교 중한번역문헌연구소, 규장각 想白文庫, 청주박물관
卷 4 : 선문대학교 중한번역문헌연구소, 규장각, 林熒澤 교수, 청주박물관
卷 5 : 규장각, 동국대학교 도서관[20]

---

18) (新刊校正古本大字音釋)三國志傳通俗演義 十二卷 二百四十則 /(明) 羅貫中撰 /明萬曆十
　　九年書林周日校刊本　三冊　857.44 /6075-00 (中國社會科學院文學硏究所藏古籍善本書
　　目 p.326)

19) 新刊校正古本大字音釋三國志傳通俗演義, 羅貫中(明) 校 [木] 卷2, 1冊(零本), [後刷],
　　31.1×21.3cm. 半郭 21.4×17.2cm. 半葉 13行 24字. 서울대 想白.(『奎章閣圖書韓國本綜
　　合目錄』, 서울大學校 圖書館, 1981, p.1774)

20) 新刊校正古本大字音釋三國志傳通俗演義, 周日校 [木] 卷5, 1冊(零本). 25×20cm. 半郭
　　22.5×18cm. 半葉 13行24字. "三國志通俗演義"(裏題). 印 : 海圓樓珍藏, 竹紙. 東國大. /

卷 6 : 선문대학교 중한번역문헌연구소, 규장각, 嶺南大學校 圖書館 南齋
文庫,[21] 청주박물관

卷 7 : 규장각, 청주박물관

卷 8 : 선문대학교 중한번역문헌연구소, 규장각, 청주박물관

卷 9 : 선문대학교 중한번역문헌연구소, 규장각, 청주박물관

卷10 : 선문대학교 중한번역문헌연구소, 규장각, 청주박물관, 수경실

卷11 : 선문대학교 중한번역문헌연구소, 嶺南大學校 圖書館 南齋文庫, 청
주박물관

卷12 : 선문대학교 중한번역문헌연구소, 김영진 교수, 山氣文庫(李謙魯
구장본), 국립중앙박물관, 청주박물관, 수경실

　　권1은 연세대 도서관에 주왈교 갑본 조선 각본의 필사본 1책이 전한
다.[22] 조선 각본은 책표지에 대개 모필로 "三國誌" 또는 "三國演義"라
적혀 있다.

　　사회과학원 도서관 소장 주왈교본 갑본은 권1이 없으므로 첫면을 볼
수 없었으나 중한번역문헌연구소 소장 조선 각본을 통해 권1의 본문 첫
면을 볼 수 있다.

新刊校正古本大字音釋三國志傳通俗演義卷之一　/晋平陽侯陳壽史傳　/後學
羅本貫中編次　/晚學廬陵葉才音釋　/明書林周曰校刊行

필자의 자료 열람 결과 竹紙가 아니라 楮紙이며 "海圓樓珍藏"은 이 책을 소장했던
사람의 장서인이다.

21) 新刊校正古本大字音釋三國志傳通俗演義 /羅貫中編 木板本 2冊[零本] : 四周雙邊, 半廓
21.6×17.1cm. 有界, 13行24字, 上下內向二瓣黑魚尾(一部分　上下內向黑魚尾) ; 28.8×
21.3cm. 版心題 : 三國演義. 本館所藏 : 2冊(卷6, 11) (『古書目錄·南齋文庫』, 嶺南大學
校 中央圖書館, 2001, p.384.)

22) 『新刊校正古本大字音釋三國傳志通俗演義』, 陳壽(晉)史傳, 羅本編次, 葉才音釋 [寫] 卷1,
1冊(零本), 31cm. 11行20字. 外題 : "三國誌", 弘治甲寅(1494)仲春幾望庸愚子拜書. 延世
大. (『古書目錄2』, 延世大 中央圖書館, 1987. 2, p.386.)

만권루본과 달리 "晚學廬陵葉才音釋"이 1행 더 들어가 있다. 音釋한
사람이 廬陵의 葉才라는 사실을 밝히고 있다. 음석한 사람을 사서 『三國
志』의 저자 陳壽와 이를 연의소설로 編次한 나관중, 그리고 간행한 周曰
校와 나란히 열거했다는 사실에서 주왈교본이 大字와 특히 音釋을 특징
으로 내세웠음을 짐작할 수 있다. 그러나 권1에서만 단 한 번 언급했을
뿐 권2~12에서는 음석자의 이름을 빼버렸다. 권11은 "明書林周曰校刊
行"을 "明書林周曰校梓行"이라 하였다.

조선 각본에는 가정임오본·만권루본과 마찬가지로 弘治 갑인(1494)
庸愚子의 서문과 修髯子의 "三國志通俗演義引"과 삼국지 인물표가 실려
있다. 조선 각본에는 만권루본에 있는 "節目"이 없다.

조선 각본에서는 가정임오본과는 달리 "敍"에 앞서 "引"이 먼저 나오
며 서문의 연도가 壬午(1522)가 아니라 壬子(1552)로 되어 있는데 이 점은
만권루본과 동일하다. 그러나 만권루본(1591)은 "引" 뒤에 "嘉靖壬子孟夏
吉望關中修髯子書于居易艸亭, 萬曆辛卯季冬吉望, 刊于萬卷樓"라고 刻하여
간행시기와 간행처를 밝혀 놓았으나, 조선 각본에는 "嘉靖壬子孟夏吉望
關中修髯子書于居易艸亭"까지만 각하고 간행처를 밝히지 않았다. 조선
각본에는 가정임오본과 달리 작가의 서명 후에 金華 蔣大器의 인장과
수염자의 인이 판각되어 있지 않다.

유세덕이 갑본과 을본의 본문에서의 차이를 밝히기 위해 인용한 예
들을 살펴보면, 조선 각본은 갑본과 완전히 일치한다.

(1) 을본 : 事在危急, 下流頭港內一字兒使出十餘隻船來, 船上搖旗擂鼓. <7 : 5a>
　　갑본 : 事在危急, 下流頭港內一字兒使出十餘隻船來, 船上磨旗擂鼓. <7 : 4a>
　　조선 각본 : 事在危急, 下流頭港內一字兒使出十餘隻船來, 船上磨旗擂鼓. <7 : 4a>

(2) 을본 : 左邊是劉封, 右邊是關平, 二將引三萬□□兵截出, 殺退張任, 還赶二十里,

奪回戰馬極多. <7：23b>

　　갑본：左邊是劉封, 右邊是關平, 二將引三萬力生兵截出, 殺退張任, 還赶二十里,
　　　　　奪回戰馬極多. <7：20a>

　　조선 각본：左邊是劉封, 右邊是關平, 二將引三萬力生兵截出, 殺退張任, 還赶二
　　　　　十里, 奪回戰馬極多. <7：20a>

(3) 을본：張任引數十騎望山路而走, 正撞着張飛生力軍擺開. <7：33ab>

　　갑본：張任引數十騎望山路而走, 正撞着張飛力生軍擺開. <7：28a>

　　조선 각본：張任引數十騎望山路而走, 正撞着張飛力生軍擺開. <7：28a>

(4) 을 본：可令張翼、吳懿引趙雲撫巡未定江、健爲等處所屬州郡. <7：34a>

　　갑 본：可令張翼、吳懿引趙雲撫外水、定江、健爲等處所屬州郡. <7：28b>

　　조선 각본：可令張翼、吳懿引趙雲撫外水、定江、健爲等處所屬州郡. <7：28b>

(5) 을본：我自引軍出南門, 轉北門, 單捉劉備. <7：31a>

　　갑본：我自引軍出南門, 轉西門, 單捉劉備. <7：25b>

　　조선 각본：我自引軍出南門, 轉西門, 單捉劉備. <7：25b>

(6) 을본：今日天色已晚, 不可戰矣. <7：42a>

　　갑본：今日天晚, 不可戰矣. <7：35b>

　　조선 각본：今日天晚, 不可戰矣. <7：35b>

(7) 을본：趙雲分兵一半, 望東路抄阿會喃寨來. <9：65a>

　　갑본：趙雲分兵一半, 望西路抄阿會喃寨來. <9：55a>

　　조선 각본：趙雲分兵一半, 望西路抄阿會喃寨來. <9：55a>

(8) 을본：却說蠻王孟獲行至瀘水【釋義】瀘水, 地名, 今在四川直隸瀘州納谿是也,
　　　　　正遇着手下敗殘蠻兵, 皆來相尋. <9：68b>

　　갑본：却說蠻王孟獲行至瀘水【釋義】瀘水, 地名, 今在四川直隸瀘州納谿是也,
　　　　　正遇着手下敗殘蠻兵, 皆來爪尋. <9：57b>

　　조선 각본：却說蠻王孟獲行至瀘水【釋義】瀘水, 地名, 今在四川直隸瀘州納谿
　　　　　是也, 正遇着手下敗殘蠻兵, 皆來爪尋. <9：57b>

(9) 을본 : 却說趙雲引兵殺到阿會喃寨後之時, 馬忠已殺到寨前. 兩下夾攻, 蠻王大敗.
　　　　　<9 : 65ab>

　　갑본 : 却說趙雲引兵殺到阿會喃寨後之時, 馬忠已殺至寨前. 兩下夾攻, 蠻王大敗.
　　　　　<9 : 55>

　　조선 각본 : 却說趙雲引兵殺到阿會喃寨後之時, 馬忠已殺至寨前. 兩下夾攻, 蠻
　　　　　王大敗. <9 : 55>

(10) 을본 : 烟瘴甚起, 惟未、酉、申三箇時可以往來. <9 : 82b>

　　갑본 : 烟瘴甚起, 惟未、申、酉三箇時可以往來. <9 : 69a>

　　조선 각본 : 烟瘴甚起, 惟未、申、酉三箇時可以往來. <9 : 69a>

(11) 을본 : 孔明垂淚而嘆曰 : "吾雖有勇, 必損壽矣." <9 : 94b>

　　갑본 : 孔明垂淚而嘆曰 : "吾雖有功, 必損壽矣." <9 : 80b>

　　조선 각본 : 孔明垂淚而嘆曰 : "吾雖有功, 必損壽矣." <9 : 80b>

(12) 을본 : 獲曰 : "錦帶山僻道路窄狹, 誤遭汝手, 如何服耶?" 孔明曰 : "汝旣不服, 吾
　　　　　放汝, 若何?" <9 : 67a>

　　갑본 : 獲曰 : "錦帶山僻道路窄狹, 誤遭汝手, 如何服耶? 汝旣不服, 吾放汝, 若
　　　　　何?" <9 : 57a>

　　조선 각본 : 獲曰 : "錦帶山僻道路窄狹, 誤遭汝手, 如何服耶? 汝旣不服, 吾放
　　　　　汝, 若何?" <9 : 57a>

(13) 을본 : 至第四日, 雍闓、高定分兵兩路殺來, [　　]被伏兵殺傷太半. <9 : 60b>

　　갑본 : 至第四日, 雍闓、高定分兵兩路殺來, 取蜀寨. 却說孔明令魏延等兩路伺
　　　　　侯, 果然雍闓、高定兩路兵來. 被伏兵殺傷太半. <9 : 51a>

　　조선 각본 : 至第四日, 雍闓、高定分兵兩路殺來, 取蜀寨. 却說孔明令魏延等兩
　　　　　路伺侯, 果然雍闓、高定兩路兵來. 被伏兵殺傷太半. <9 : 51a>

　　조선 각본은 주왈교본과 완전히 일치한다. 다른 점이 있다면 사회과
학원 소장본에는 구두점이 있으나 조선 복각본에는 없다는 차이가 있
다. 복각하는 과정에서 편의상 일률적으로 구두점을 각하지 않은 것으

로 보인다. "〔161〕范彊張達刺張飛"를 예로 들어 살펴보자.

을본 : 却說先主欲起兵東征趙雲諫曰國賊曹丕非比孫權也宜先減其魏則吳自服
　　　矣. 今曹丕謀篡漢帝. 神人共怒. 陛下可早圖關中屯兵渭河上流以討凶
　　　逆關東義士必裹糧策馬, 以迎王師也若捨魏以伐吳. 兵勢一交豈能解
　　　焉願陛下察之. <9 : 1a>
갑본 : 却說先主欲起兵東征. 趙雲諫曰. 國賊曹操. 非比孫權也. 宜先減其魏.
　　　則吳自服矣. 今曹丕謀篡漢帝. 神人共怒. 陛下可早圖關中. 屯兵渭河
　　　上流. 以討凶逆. 關東義士. 必裹糧策馬. 以迎王師也. 若捨魏以伐吳.
　　　兵勢一交. 豈能解焉. 願陛下察之. <9 : 1a>
조선　각본 : 却說先主欲起兵東征趙雲諫曰國賊曹操非比孫權也宜先減其魏
　　　則吳自服矣今曹丕謀篡漢帝神人共怒陛下可早圖關中屯兵渭河上流
　　　以討凶逆關東義士必裹糧策馬以迎王師也若捨魏以伐吳兵勢一交豈
　　　能解焉願陛下察之 <9 : 1a>

을본이 5군데, 갑본이 18군데 구두점이 있는데 반해 조선 각본은 아
예 구두점을 없앴다.

5. 丁卯耽羅刊本

맨처음 주왈교본을 언급했던 유탁일 교수23)는 산기문고 소장본을 근
거로 간행시기와 간행처를 밝혔다. 그러나 유탁일 교수도 여러 차례 실
물을 보려고 했으나 보지 못했다고 한다. 山氣 李謙魯 선생은 한국의 유
명한 고서상이자 판본 전문가로, 정묘탐라간본을 지질이나 판형으로 미

---

23) 일찍이 陳翔華 主編, 『三國志演義古版叢書5種』(中華全國圖書館文獻縮微複製中心) 영
　　인 작업에 참여한 적이 있다.

루어 임란 이전의 간본으로 판단하고 있다.

> 卷之十二
>
> 新刊校正古本大字音釋三國志傳通俗演義, 陳壽(晉) 史傳, 貫中 編次, [木] 壬
> 亂以前刊. 卷12, 1册(零本), 29.9×21.8cm. 半郭 21.1×17cm. 半葉 13行24字, 『三
> 國演義』(板心書名), 丁卯耽羅開刊(刊記), 楮紙, 李謙魯 藏.[24]

처음 이 판본을 언급한 유탁일은 기존의 손해제의 『중국통속소설서
목』을 참조하여 기존에 알려진 『新刊校正古本大字音釋三國志傳通俗演義』
는 삽화가 없고 12권본이라는 점이 서로 같다는 점을 들어 夏振宇 간본
일 것이라고 추정했으나 하진우 간본은 12行 25字로, 13행 24자의 조선
각본과 달라 판단을 보류하였다.[25]

그 다음으로 정묘년이 언제인가 하는 점에 대해 유탁일은 중국에서 『新
刊校正古本大字音釋三國志傳通俗演義』는 명 만력 신묘년(1591, 宣祖24) 仁
壽堂에서 처음 간행되었으므로, 주왈교본이 조선에 전래되어 판각된 것
은 『조선왕조실록』에 기록된 기사를 근거로 1591년 이후 정묘(1627 /仁祖
5, 天啓7)로 추정하였다.[26] 유탁일은 "丁卯耽羅開刊"이란 간기와 관련하여
당시 주왈교본 갑본의 존재를 알지 못하고 만권루본(1591)만을 보고 정
묘를 만권루본이 나온 이후의 정묘 1627년으로 판단한 것이다.

---

24) 『韓國典籍綜合目錄』(山氣文庫目錄) 第1輯, 國學資料保存會, 1974, p.256. /현재 이 책
   의 행방은 알 수가 없다. 성균관대 임형택 교수께서 산기 이겸로 옹이 작고하시기
   전에 제공한 영인본을 소장하고 있어 탐라 간기가 있는 권12를 열람할 수 있었다.
   정묘탐라 간기가 있는 마지막 장을 영인·교주본에 공개할 수 있게 해주신 임형
   택 교수님께 감사드린다.

25) 柳鐸一, 「三國志演義의 傳來版本과 時期」, 『碧史李佑成先生定年退職紀念國語國文學論
   叢』, 驪江出版社, 1990, p.772.

26) 江蘇省 社會科學院 明淸小說硏究中心 編, 『中國通俗小說總目提要』, 北京：中國文聯出
   版公司, 1990, p.37.

그러나 필자는 선조조에 언급되었던 『삼국지연의』가 주왈교본 갑본이며 인출되었다는 기록이 있는 것으로 보아 그 기록이 있었던 1569년 이전 1567년 정묘(명종 22, 隆慶1)로 볼 수도 있지 않을까 한다. 1567년으로 시기를 잡아야 1569년 『조선왕조실록』에 맨처음 등장하는 『삼국지연의』 관련 기사, 특히 인출되었다는 기록과도 부합되기 때문이다.27)

그러나 탐라본이 『조선왕조실록』에서 언급된 판본이 아닐 수도 있다. 실제로 조선 각본은 2종 이상의 판본이 존재한다. 산기문고 소장본 권12에는 간기가 있는데, 필자와 김영진이 소장하고 있는 권12에는 간기가 없다. 조선 각본 주왈교본은 1~12권의 판각 형태가 일정하지 않다. 동국대 소장본 권5와 영남대 소장본 권11이 획이 가늘게 나타나는데 비해 다른 판본들은 획이 굵어 재복간한 흔적이 보인다. 실제로 서울대 규장각 상백문고 소장 권2, 3은 후쇄본으로 밝혀져 있다. 그렇다면 탐라에서 간행되기 훨씬 이전부터 서울이나 다른 지방에서 복각이 이루어졌을 가능성도 배제할 수 없다. 『전등신화』가 여러 지방에서 다투어 판각된 것을 보면 더더욱 그러하다.

다음으로 출판지와 관련된 문제이다.

최근 이은봉은 탐라, 즉 지금의 제주도에서 『삼국지』가 간행되었다는 기록을 찾아냈다.28) 1780년~1789년 사이에 작성된 『제주읍지』의 책판 기록을 살펴 보면 『논어』, 『맹자』, 『중용』 등과 함께 『삼국지』의 책판이 있다는 기록이 있다.

---

27) 근래 병자자 활자본 『삼국지연의』의 발굴과 아울러 강재열 수탁본 제주판 『삼국지연의』가 수경실에 의해 발굴되면서 1567년 또는 1627년 정묘설은 그 근거를 잃게 되었다. 수경실은 1687년에 간행되었다고 비정하였다. (박철상, 「제주판 『삼국지연의』 간년 고증」, 『한글 중국을 만나다 – 한글 생활사 자료와 삼국지』, 2012.)

28) 李殷奉, 「『三國志演義』의 受容樣相研究」, 仁川大學校大學院 博士學位論文, 2006. 12, p.25.

册版論語, 孟子, 中庸, 大學, 小學, 具諺解板各一秩, 宣廟御筆草書板, 史略, 通鑑, 剪燈新話, 童蒙先習, 擊蒙要訣, 喪禮備要, 疑禮問解, 禮記淺見錄, <u>三國誌</u>, 三韻通考, 嶺海唱酬錄, 密山世稿, 千子板, 新增類合, 春種書, 顏眞卿書, 敬齋箴書, 石峯書, 雪峯書, 篆字板太史公筆板出師表, 草書大字中字板地圖, 馬醫, 兵學指南, 三略, 焰焇新方, 捷解新語板各一件具.[29]

그리고 이후 1793년 7월까지의 기록을 담은 『濟州大靜旌義邑誌』에도 『삼국지』의 책판 기록[30]이 남아 있는 것으로 봐서 『新刊校正古本大字音釋三國志傳通俗演義』를 지속적으로 후쇄했음을 알 수 있다.[31]

6. 朝鮮刻本 周曰校刊本과 萬卷樓本의 비교[32]

音釋은 주왈교간본의 큰 특징 중의 하나이다. 12권 전체에 걸쳐 음석이 들어가 있으며 만권루본에서 틀린 곳이 많아 수정했다고 하였는데, 수정한 곳은 전반부 7권까지로 특히 1, 2권에 집중되어 있다.

> (15) 조선 각본 : 生得身長七尺五寸, 兩耳垂肩, 雙手過膝, 目能自顧其耳,
> 面如/冠音貫/玉, 唇若塗朱. <1 : 4a>
>
> 만권루본 : 生得身長七尺五寸, 兩耳垂肩, 雙手過膝, 目能自顧其耳, 面如/冠去聲/玉, 唇若塗朱. <1 : 4b>

---

29) 「濟州邑誌」, 韓國地理志叢書, 『邑誌』6, 濟州 : 亞細亞文化社, 1930, p.212.

30) 「濟州大靜旌義邑誌」, 韓國地理志叢書, 『邑誌』6, 濟州 : 亞細亞文化社, 1930, pp.303~304.

31) 그러나 李殷奉은 濟州道에서 편찬된 최초의 邑誌인 1652년(孝宗3)경 濟州牧使 李元進과 典籍 高弘進이 편찬하여 목판으로 간행한 私撰邑誌인 『耽羅誌』에는 『三國誌』 冊板 기록이 없기 때문에 "歲在丁卯耽羅開刊"이란 刊記가 1627년인지 현재로서는 확실치 않다고 하였다.

32) 조선 각본과 상해고적출판사에서 영인한 『古本小說集成』 소재 蓬左文庫 소장 만권루본(丙本)과 대조하였다.

(16) 조선 각본 : 且州縣之民皆大漢百姓, 與明公有何讐惡? 殺之不祥. /望三
음산/思然後行之, 幸甚. <1 : 81a>

만권루본 : 且州縣之民皆大漢百姓, 與明公有何讐惡? 殺之不祥. 望/三
去聲/思然後行之, 幸甚. <1 : 95a>

(17) 조선 각본 : "前者袁公路以金帛送公, 欲殺玄德, 公射戟解之. 術來求
親, 其中欲公女爲/質音至/, 隨後便來取玄德首級. 未必來求
借錢粮, 或求協助, 公必允之. 早晚造反, 公乃反賊親屬也."
<2 : 50b>

만권루본 : "前者袁公路以金帛送公, 欲殺玄德, 公射戟解之. 術來求親,
其中欲公女爲/質去聲/, 隨後便來取玄德首級. 未必來求借錢
粮, 或求協助, 公必允之. 早晚造反, 公乃反賊親屬也." <2 :
58a>

(18) 조선 각본 : 玄德、關、張動問畢, 瓚曰 : "若非玄德遠來救我, /幾音璣/
乎狼狽!" <1 : 53b>

만권루본 : 玄德、關、張動問畢, 瓚曰 : "若非玄德遠來救我, /幾平聲/
乎狼狽!" <1 : 62b~63a>

　　(15)는 "冠"의 독음을 조선 각본에서 "音貫", (16)은 "三"의 독음을 "音
訕", (17)은 "質"의 독음을 "音至"라고 했다가 만권루본에서 모두 "去聲"
으로 바꾸었고, (18)은 "幾"의 독음을 조선 각본에서는 "音璣"라 했으나
만권루본에서는 "平聲"으로 바꾸었다.

(19) 조선 각본 : 程遠志大怒, 遣副將鄧茂挺鎗直出. 張飛睜環眼, 挺丈八矛,
手起處, /刺音次/中心窩, 鄧茂翻身落馬. <1 : 6a>

만권루본 : 程遠志大怒, 遣副將鄧茂挺鎗直出. 張飛睜環眼, 挺丈八矛,
手起處, /刺/中心窩, 鄧茂翻身落馬. <1 : 6b>

(20) 조선 각본 : 允命貂蟬把盞. 卓擎盞/殢音替/曰 : "春色幾何?" 蟬曰 : "賤

妾年整二旬." <1：62b>

　　　만권루본：允命貂蟬把盞. 卓擎盞/殢/曰："春色幾何?" 蟬曰："賤妾年整二旬." <1：73a>

(21)　조선　각본：操敎/釃音師/上熱酒一盃, 與關某飮了上馬. <1：40b>

　　　만권루본：操敎/釃/上熱酒一盃, 與關某飮了上馬. <1：46b>

(22)　조선　각본：次日, 引軍入洛陽見帝, 奏曰："東都乃廢/弛音矢/之地久矣, ……" <2：30a>

　　　만권루본：次日,　引軍入洛陽見帝,　奏曰："東都乃廢/弛/之地久矣, ……" <2：35a>

(23)　조선　각본：太史慈馬上/拈音言/弓取箭, 搭箭云："看我射中這廝左手." <2：43b>

　　　만권루본：太史慈馬上/拈/弓取箭,　搭箭云："看我射中這廝左手." <2：50a>

(24)　조선　각본：守護中軍帳, 英雄獨典韋. 聞風皆膽裂, 望影摠魂飛. 猿臂持雙戟, 彪軀掛鐵衣. 淸河/鑒音燋/戰死, 千古顯神機. <2：54b>

　　　만권루본：守護中軍帳, 英雄獨典韋. 聞風皆膽裂, 望影摠魂飛. 猿臂持雙戟, 彪軀掛鐵衣. 淸河/鑒/戰死, 千古顯神機. <2：64b>

(25)　조선　각본：曹公笑曰："不如卿言. 吾待溫侯如養鷹耳：狐兔未息, 不可先飽, 饑則爲用, 飽則/颺音揚/去." <2：56b>

　　　만권루본：曹公笑曰："不如卿言. 吾待溫侯如養鷹耳：狐兔未息, 不可先飽, 饑則爲用, 飽則/颺/去." <2：64b>

(26)　조선　각본：曹操放毒東徐, 劉表稱亂南荊, 公孫瓚刨音袍休音梟燕、幽, 劉繇決力江、/許音虎/, 劉備爭盟淮隅, 是以未獲承命橐音高弓戢音集戈也. <2：60b>

　　　만권루본：曹操放毒東徐, 劉表稱亂南荊, 公孫瓚刨音庖休音梟燕、幽,

劉繇決力江、/許/, 劉備爭盟淮隅, 是以未獲承命櫜音高弓
戢音集矢也. <2：69a>

(27) 조선 각본：夫致主於周成之盛, 自受旦、/奭音赤/之美, 此誠所望於尊
　　　　　　　明也. <2：61a>

　　　만권루본：夫致主於周成之盛, 自受旦、/奭/之美, 此誠所望於尊明也.
　　　　　　　<2：69b>

(28) 조선 각본：操以棺槨/盛音成/之, 遷葬許都. 史官有廟祠, 讚曰：<2：
　　　　　　　81a>

　　　만권루본：操以棺槨/盛/之, 遷葬許都. 史官有廟祠, 讚曰：<2：93a>

(29) 조선 각본：今左將軍舊心依依, 實無薄意. 望/三音散/思裁劃音獲, 剖
　　　　　　　也, 可圖變化, 以保尊門. <7：29b>

　　　만권루본：今左將軍舊心依依, 實無薄意. 望/三/思裁劃音獲, 剖也, 可
　　　　　　　圖變化, 以保尊門. <7：35b>

(30) 조선 각본：有詩曰：/諕音下/殺江南衆小兒, 張遼名字透深閨. 才聞乳
　　　　　　　母低聲說, 夜靜更闌不敢啼. <7：56a>

　　　만권루본：有詩曰：/諕/殺江南衆小兒, 張遼名字透深閨. 才聞乳母低
　　　　　　　聲說, 夜靜更闌不敢啼. <7：66ab>

(31) 조선 각본：玄德/屏音丙/退左右, 趨席而告曰："漢室傾頹, 姦臣竊命,
　　　　　　　主上蒙塵, 孤不度德量力, 欲信音申大義於天下, 而智術淺
　　　　　　　短, 遂用猖獗, 【釋義】獗, 音厥, 犭畺也, 失脚兒. 至於今
　　　　　　　日. <4：56a>

　　　만권루본：玄德/屏/退左右, 趨席而告曰："漢室傾頹, 姦臣竊命, 主上
　　　　　　　蒙塵, 孤不度德量力, 欲信音申大義於天下, 而智術淺短, 遂
　　　　　　　用猖獗, 【釋義】獗, 音厥, 犭畺也, 失脚兒. 至於今日.
　　　　　　　<4：67b>

(19)는 "刺"의 독음을 조선 각본에서는 "音次", (20)은 "殢"의 독음을 "音替", (21)은 "醴"의 독음을 "音師", (22)는 "弛"의 독음을 "音矢", (23)은 "拈"의 독음을 "音言", (24)는 "鏖"의 독음을 "音燨", (25)는 "颺"의 독음을 "音揚", (26)은 "滸"의 독음을 "音虎", (27)은 "赩"의 독음을 "音赤", (28)은 "盛"의 독음을 "音成", (29)는 "三"의 독음을 "音散", (30)은 "誛"의 독음을 "音下", (31)은 "屏"의 독음을 "音丙"이라고 했으나 만권루본에는 삭제되고 없다.

> (32) 조선 각본 : 關某造八十二斤青龍偃月刀, 又名"冷艷鋸". 張飛造丈八點
> 鋼矛音牟. 各置全身/鎧音你/甲. ⟨1：5b⟩
> 만권루본 : 關某造八十二斤青龍偃月刀, 又名"冷艷鋸". 張飛造丈八點
> 鋼矛音牟. 各置全身/鎧/甲. ⟨1：6a⟩

> (33) 조선 각본 : 越五六日, 各下寨柵已定, 操令二十餘將, 皆披全付鐵/鎧音你
> /, 直到城下, 大叫 : "呂布苔話!" ⟨2：75b⟩
> 만권루본 : 越五六日, 各下寨柵已定, 操令二十餘將, 皆披全付鐵/鎧音
> 慨/, 直到城下, 大叫 : "呂布苔話!" ⟨2：87a⟩

(32)에서는 "鎧"의 독음을 "音你"라고 했으나 만권루본에는 삭제되고 없다. 그러나 (33)의 만권루본에서는 "鎧"의 독음이 "音慨"로 바뀌었다.

> (34) 조선 각본 : "朝廷自有公論, 汝豈可/躁音竈/暴!" 關公亦當住. 軍士簇擁
> 盧植去了. ⟨1：9a⟩
> 만권루본 : "朝廷自有公論, 汝豈可/躁音皂/暴!" 關公亦當住. 軍士簇擁
> 盧植去了. ⟨1：10b⟩

"躁"의 독음을 조선 각본에서는 "音竈"라 했으나 만권루본에서는 "音皂"로 바뀌었다.

(35) 조선 각본 : 董卓, 字仲穎, 隴西臨/洮音叨/人也. 卓數音朔討羌胡, 累有
　　　　　　　　邊功, 官拜河東太守, 鎮領中郎將. <1 : 9b>
　　　만권루본 : 董卓, 字仲穎, 隴西臨/洮音桃/人也. 卓數音朔討羌胡, 累有
　　　　　　　　邊功, 官拜河東太守, 鎮領中郎將. <1 : 10b~11a>

　　“洮”의 독음을 조선 각본에서는 “音叨”라 했으나 만권루본에서는 “音
桃”로 바뀌었다.

(36) 조선 각본 : 取七寶刀與操, 其刀長尺餘, 七寶/嵌音瞰/飾, 極其鋒利. 操
　　　　　　　　帶之. 良久, 皆散. <1 : 32a>
　　　만권루본 : 取七寶刀與操, 其刀長尺餘, 七寶/嵌音欠/飾, 極其鋒利. 操
　　　　　　　　帶之. 良久, 皆散. <1 : 36b>

　　“嵌”의 독음을 조선 각본에서는 “音瞰”이라 했으나 만권루본에서는
“音欠”으로 바뀌었다.

(37) 조선 각본 : 李樂、韓/暹音先/、胡才三處軍兵, 前來救應. <2 : 24b>
　　　만권루본 : 李樂、韓/暹音宣/、胡才三處軍兵, 前來救應. <2 : 29a>

　　“暹”의 독음을 조선 각본에서는 “音先”이라 했으나 만권루본에서는
“音宣”으로 바뀌었다.

(38) 조선 각본 : 操自封爲大將軍、武平侯, 以荀彧爲侍中、尙書令, 荀攸爲
　　　　　　　　軍師, 郭嘉爲司馬祭酒, 劉/曄音謁/爲司空曹掾緣去, 毛玠、
　　　　　　　　任峻爲典農中郎將、催督錢糧使, … <2 : 31b>
　　　만권루본 : 操自封爲大將軍、武平侯, 以荀彧爲侍中、尙書令, 荀攸爲
　　　　　　　　軍師, 郭嘉爲司馬祭酒, 劉/曄音葉/爲司空曹掾去緣, 毛玠、
　　　　　　　　任峻爲典農中郎將、催督錢糧使, … <2 : 36a>

“曄”의 독음을 조선 각본에서는 “音謁”이라 했으나 만권루본에서는 “音葉”으로 바뀌었다.

(39) 조선 각본 : 管粮官任峻部下倉官王/垕音厚/跟隨出征，　賫數目入稟操曰：
　　　　　　　　“兵多粮少，當如之何?” <2：63a>
　　　만권루본 : 管粮官任峻部下倉官王/垕音后/跟隨出征，　　賫數目入稟操曰：
　　　　　　　　“兵多粮少，當如之何?” <2：72b>

“垕”의 독음을 조선 각본에서는 “音厚”라 했으나 만권루본에서는 “音后”라고 하였다.

(40) 조선 각본 : 二人相推. 使曰：“你兩箇拈/鬮音拘/，拈着的便去.” <3：12a>
　　　만권루본 : 二人相推. 使曰：“你兩箇拈/鬮音鳩/，拈着的便去.” <3：14a>

“鬮”의 독음을 조선 각본에서는 “音拘”라고 했으나 만권루본은 “音鳩”로 바뀌었다.

(41) 조선 각본 : 蒙曰：“某把龍/湫音啾/水口，忽見江夏【釋義】按『一統志』，
　　　　　　　　江夏，今屬武昌府. 一舟傍岸，視之，人馬十餘，乃黃祖手下
　　　　　　　　驍將. <4：62a>
　　　만권루본 : 蒙曰：“某把龍/湫音秋/水口，忽見江夏【釋義】按『一統志』，
　　　　　　　　江夏，今屬武昌府. 一舟傍岸，視之，人馬十餘，乃黃祖手下
　　　　　　　　驍將. <4：74a>

(42) 조선 각본 : 方今秋雨連綿，數日襄江之水必然泛漲，吾已差人/堰音掩/
　　　　　　　　住各處水口. <8：30b>
　　　만권루본 : 方今秋雨連綿，　數日襄江之水必然泛漲，　吾已差人/堰音奄/
　　　　　　　　住各處水口. <8：36ab>

조선 각본에는 釋義, 考證·考正, 補証·補註, 音釋·音註, 補遺, 評論, 斷論, 論曰이란 제하에 쌍행협주가 달려 있다.

(43) 조선 각본：第二箇性如烈火, 體若奔狼, 官授騎都尉, 泰山華陰人也, 姓藏, 名覇, 字宣高, 腰懸雙簡, 躍馬橫鎗. 兩將齊出,【釋義】這兩員大將後來都降於曹操也。各引三員健將：郝萌、曹性、成廉、魏續、宋憲、侯成, 布軍五萬. <2：9b>

　　　만권루본：第二箇性如烈火, 體若奔狼, 官授騎都尉, 泰山華陰人也, 姓藏, 名覇, 字宣高, 腰懸雙簡, 躍馬橫鎗. 兩將齊出,【補註】這兩員大將後來都降於曹操也。各引三員健將：郝萌、曹性、成廉、魏續、宋憲、侯成, 布軍五萬. <2：11a>

(44) 조선 각본：策觀之, 乃丹陽故鄣人也, 姓朱, 名治, 字君理,【釋義】嘗從孫堅討長沙、零桂二郡賊有功, 又從破董卓於陽城　助陶謙討黃巾. 乃孫堅手下從事官. <2：37a>

　　　만권루본：策觀之, 乃丹陽故鄣人也, 姓朱, 名治, 字君理,【補註】嘗從孫堅討長沙、零桂二郡賊有功, 又從破董卓於陽城　助陶謙討黃巾. 乃孫堅手下從事官. <2：43a>

(45) 조선 각본：劉繇、笮融走豫章, 投劉表.【釋義】後在山林之中爲落草寇一般, 劫掠財物, 被居民所殺. <2：41b>

　　　만권루본：劉繇、笮融走豫章,　投劉表.【補註】後在山林之中爲落草寇一般, 劫掠財物, 被居民所殺. <2：48b>

(43), (44), (45)는 "釋義"가 "補註"로 수정된 경우이다.

(46) 조선 각본：飛曰："誰是你女婿?" 豹曰："呂布是也."【補証】呂布前妻是豹之女. <2：34b>

　　　만권루본：飛曰："誰是你女婿?" 豹曰："呂布是也."【補註】呂布前妻是豹之女. <2：40a>

(46)은 "補証"이 "補註"로 수정된 경우이다.

(47) 조선 각본 : 傍邊轉過關公來, 曰："兄長建下許多大功, 只得縣尉之職,
　　　　　　　 被督郵如此無禮. 吾思枳棘叢中, 非栖鳳凰之所；【考證】
　　　　　　　 古語云, 枳棘非鸞鳳所棲, 百里非大賢之路. 不如殺督郵,
　　　　　　　 棄官歸鄉, 別圖遠大之計." <1：13b>
　　　만권루본 : 傍邊轉過關公來, 曰："兄長建下許多大功, 只得縣尉之職,
　　　　　　　 被督郵如此無禮。吾思枳棘叢中, 非栖鳳凰之所；【方證】
　　　　　　　 古語云, 枳棘非鸞鳳所棲, 百里非大賢之路. 不如殺督郵, 棄
　　　　　　　 官歸鄉, 別圖遠大之計." <1：15b>

(48) 조선　각본 : 此是借公之手而殺劉備也, 斷絶讐人, 願明公思之."【考
　　　　　　　 證】此是玄德梟雄處. <3：38a>
　　　만권루본 : 此是借公之手而殺劉備也, 斷絶讐人, 願明公思之."【斷
　　　　　　　 論】此是玄德梟雄處. <3：46ab>

(49) 조선 각본 : 孔明曰："如亮之輩, 車載斗量, 不可勝數."【考證】肅又暗
　　　　　　　 暗的叫苦. <5：24b>
　　　만권루본 : 孔明曰："如亮之輩, 車載斗量, 不可勝數."【補註】肅又暗
　　　　　　　 暗的叫苦. <5：29a>

(50) 조선 각본 : 孔明曰："曹操破了呂布, 滅了袁紹, 平了袁術, 收了北番,
　　　　　　　 定了遼東, 新又降了劉琮, 馬步水軍一百餘萬."【考證】魯
　　　　　　　 肅聽了, 暗地叫苦, 却將分付的話不依. <5：24b>
　　　만권루본 : 孔明曰："曹操破了呂布, 滅了袁紹, 平了袁術, 收了北番,
　　　　　　　 定了遼東, 新又降了劉琮, 馬步水軍一百餘萬."【補註】魯
　　　　　　　 肅聽了, 暗地叫苦, 却將分付的話不依. <5：29a>

(47)은 "考證"이 "方證"으로, (48)은 "斷論"으로, (49), (50)은 "補註"로 수
정된 경우이다.

주왈교본 갑본에서 잘못된 것을 만권루본에서 바로잡았다.

(49) 조선 각본 : 肅曰 : "如某之不才, 尙爲/武賁中郞將/, 公若到彼, 貴不可言." <1 : 27a>

　　 만권루본 : 肅曰 : "如某之不才, 尙爲/虎賁中郞將/, 公若到彼, 貴不可言." <1 : 30b~31a>

(50) 조선 각본 : 孫策回到漢水, 方知父親被亂箭射死, 屍首已/披/劉表軍士扛擡入城請賞. <1 : 57b>

　　 만권루본 : 孫策回到漢水, 方知父親被亂箭射死, 屍首已/被/劉表軍士扛擡入城請賞. <1 : 67b>

(51) 조선 각본 : 表曰 : "吾有黃祖在/被/營中, 安忍棄之?" <1 : 58b>

　　 만권루본 : 表曰 : "吾有黃祖在/彼/營中, 安忍棄之?" <1 : 68a>

(52) 조선 각본 : 操每日稱于禁之能。夏侯惇引/七/大將來叅見, 禮畢, 操與諸官皆大驚. <1 : 79a>

　　 만권루본 : 操每日稱于禁之能。夏侯惇引/一/大將來叅見, 禮畢, 操與諸官皆大驚. <1 : 93a>

(53) 조선 각본 : 管亥出馬曰 : "吾知汝本州糧廣, 可借一萬石/來/, 便退軍士. <2 : 2a>

　　 만권루본 : 管亥出馬曰 : "吾知汝本州糧廣, 可借一萬石/米/, 便退軍士. <2 : 3a>

(54) 조선 각본 : 曹仁累戰皆不能勝, 特此/告忽/. <2 : 7a>

　　 만권루본 : 曹仁累戰皆不能勝, 特此/告急/. <2 : 8b>

(55) 조선 각본 : 太史慈見城上火起, /忽/上馬投東門走. 背後孫策自引軍馬來趕. <2 : 42a>

　　 만권루본 : 太史慈見城上火起, /急/上馬投東門走. 背後孫策自引軍馬來趕. <2 : 49a>

(54), (55)는 조선 각본에서 "忽"자로 나오는데 이는 "急"자의 오각이다.

(56) 조선 각본 : 【釋義】濮陽, 地名。『地理志』云, 東郡濮陽縣, 古昆吾國,
　　　　　　　　今濮州是. 屬濟寧府/地名/. <2 : 6b>
　　　만권루본 : 【釋義】濮陽, 地名。『地理志』云, 東郡濮陽縣, 古昆吾國,
　　　　　　　　今濮州是. 屬濟寧府/地方/. <2 : 8b>

(57) 조선　각본 : 餘曰 : "/喜/掌義兵二十萬, 並不用詐謀奇計." 不聽李左車
　　　　　　　　之言. <2 : 8b>
　　　만권루본 : 餘曰 : "/吾/掌義兵二十萬, 並不用詐謀奇計." 不聽李左車之
　　　　　　　　言. <2 : 10a>

(58) 조선　각본 : 第二箇性如烈火, 體若奔狼, 官授騎都尉, 泰山華陰人也,
　　　　　　　　姓/藏/, 名覇, 字宣高, 腰懸雙簡, 躍馬橫鎗. <2 : 9b>
　　　만권루본 : 第二箇性如烈火, 體若奔狼, 官授騎都尉, 泰山華陰人也, 姓/
　　　　　　　　藏/, 名覇, 字宣高, 腰懸雙簡, 躍馬橫鎗. <2 : 11a>

(59) 조선　각본 : 因此玄德領徐州牧, 糜竺、孫乾輔之, 陳登爲幕官, 盡取小
　　　　　　　　沛軍馬入城, 出榜/安氏/, 一面安排喪事. <2 : 13b>
　　　만권루본 : 因此玄德領徐州牧, 糜竺、孫乾輔之, 陳登爲幕官, 盡取小
　　　　　　　　沛軍馬入城, 出榜/安民/, 一面安排喪事. <2 : 16a>

(60) 조선　각본 : 惟帝/念績/, 爵命以章, 旣侯且恢, 啓土溧陽. <2 : 14a>
　　　만권루본 : 惟帝/念績/, 爵命以章, 旣侯且恢, 啓土溧陽. <2 : 16a>

(61) 조선　각본 : 四方雖有/進節之臣/, 其何能爲也? 若不早定, 使英雄生心,
　　　　　　　　後雖爲慮, 亦無及矣. <2 : 27b>
　　　만권루본 : 四方雖有/逆節之臣/, 其何能爲也? 若不早定, 使英雄生心,
　　　　　　　　後雖爲慮, 亦無及矣. <2 : 32b>

(62) 조선　각본 : 李別/這/一驚, 出馬陣前倒撞下馬. 褚斬之, 雙挽人頭回於

　　　　　　　陣前, 無人敢追. <2：28b>

　　만권루본 : 李別這/吃/一驚, 出馬陣前倒撞下馬. 褚斬之, 雙挽人頭回於
　　　　　　　陣前, 無人敢追. <2：33b>

(63) 조선 각본 : 下馬/然拜/已畢, 策向前跪告, 祝曰：“果若孫策能於江東立
　　　　　　　業, 復興故父之基, 即當重修廟宇, 四時祭祀.” <2：39a>

　　만권루본 : 下馬/叅拜/已畢, 策向前跪告, 祝曰：“果若孫策能於江東立
　　　　　　　業, 復興故父之基, 即當重修廟宇, 四時祭祀.” <2：45b>

(64) 조선 각본 : 呂布看了書云：“兩下都發書到, 一邊求救援, 一邊言休要/
　　　　　　　救教/. 我無奈何.” <2：47a>

　　만권루본 : 呂布看了書云：“兩下都發書到, 一邊求救援, 一邊言休要/
　　　　　　　救援/. 我無奈何.” <2：54b>

(65) 조선 각본 : 玄德見布攻之太急, /却說/麋竺、孫乾商議. <2：51b>
　　만권루본 : 玄德見布攻之太急, /却與/麋竺、孫乾商議. <2：59b>

(66) 조선 각본 : 猿臂持雙戟, /彪驅/掛鐵衣. 淯河鏖音燴戰死, 千古顯神機.
　　　　　　　<2：54b>

　　만권루본 : 猿臂持雙戟, /彪軀/掛鐵衣. 淯河鏖戰死, 千古顯神機. <2：62b>

(67) 조선 각본 : 即日/兵行/, 命劉備與呂布結爲兄弟, 使相救助, 再無相侵.
　　　　　　　<2：64a>

　　만권루본 : 即日/起行/, 命劉備與呂布結爲弟兄, 使相救助, 再無相侵.
　　　　　　　<2：73b>

(68) 조선 각본 : 操收敗軍, 查得/操軍/五萬餘人, 呂虔、于禁俱各被傷. <2：66a>
　　만권루본 : 操收敗軍, 查得/折軍/五萬餘人, 呂虔、于禁俱各被傷. <2：76b>

(69) 조선 각본 : 詡曰：“可/從整兵/, 再往追之.” <2：67a>
　　만권루본 : 詡曰：“可/重整兵/, 再往追之.” <2：77b>

(70) 조선 각본 : 却說呂布在徐州常設宴待陳珪, 珪父子/誇其/其德. <2：70a>
　　　 만권루본 : 却說呂布在徐州常設宴待陳珪, 珪父子/誇獎/其德. <2：80b>

(71) 조선 각본 : 關公便知此人有忠義之氣, /相距/終日, 並無惡言, 亦不令
　　　　　　　　　軍士打城. <2：71a>
　　　 만권루본 : 關公便知此人有忠義之氣, /相拒/終日, 並無惡言, 亦不令軍
　　　　　　　　　士打城. <2：82a>

(72) 조선 각본 : 宮曰 : "主公尙自執迷而問佞賊乎?" 軍士中/通尋/陳登不見.
　　　　　　　　　<2：74b>
　　　 만권루본 : 宮曰 : "主公尙自執迷而問佞賊乎?" 軍士中/遍尋/陳登不見.
　　　　　　　　　<2：86a>

(73) 조선 각본 : 宮曰 : "曹操遠來, 勢不能久. 若將軍以步騎出屯爲勢於外,
　　　　　　　　　宮將餘衆/閑守/於內, 操若攻將軍, 宮引兵而攻其背, 若來
　　　　　　　　　攻城, 將軍爲救於後. <2：76a>
　　　 만권루본 : 宮曰 : "曹操遠來, 勢不能久. 若將軍以步騎出屯爲勢於外,
　　　　　　　　　宮將餘衆/閉守/於內, 操若攻將軍, 宮引兵而攻其背, 若來攻
　　　　　　　　　城, 將軍爲救於後. <2：87b>

(74) 조선 각본 : 三國志傳/道俗/演義卷之二終 <2：89a>
　　　 만권루본 : 三國志傳/通俗/演義卷之二終 <2：102b>

(75) 조선 각본 : /荀彧/曰 : "權歸劉備, 二人亦無奈何." <3：7b>
　　　 만권루본 : /荀彧/曰 : "權歸劉備, 二人亦無奈何." <3：9ab>

(76) 조선 각본 : 操與繡盡日飲宴, 封繡爲揚武將軍, 封/賈記/爲執金吾使 <3：15b>
　　　 만권루본 : 操與繡盡日飲宴, 封繡爲揚武將軍, 封/賈詡/爲執金吾使 <3：19b>

(77) 조선 각본 : 且說董承自從劉玄德去後, 日夜與王子服等/問議/, 無計所施.
　　　　　　　　　<3：18b>
　　　 만권루본 : 且說董承自從劉玄德去後, 日夜與王子服等/商議/, 無計所施.
　　　　　　　　　<3：23b>

(78) 조선 각본 : 袁譚素敬玄德, 聞知匹馬到來, /速却/開門出迎, 至公廨, 問
　　　　　　　其故. <3：25b>
　　　만권루본 : 袁譚素敬玄德, 聞知匹馬到來, /速來/開門出迎, 至公廨, 問
　　　　　　　其故. <3：32a>

(79) 조선 각본 : 關公引敗兵入下邳, 見人民/安安/不動, 迤到府中來見二嫂
　　　　　　　嫂. <3：29a>
　　　만권루본 : 關公引敗兵入下邳, 見人民/安安/不動, 迤到府中來見二嫂
　　　　　　　嫂. <3：36a>

(80) 조선 각본 : 宋憲迤來取良.良大喝一聲, /從馬/來迎. <3：33a>
　　　만권루본 : 宋憲迤來取良.良大喝一聲, /縱馬/來迎. <3：41a>

(81) 조선 각본 : 羽自幼讀書,　知禮義, 至於觀羊角哀、左伯陶之事, 論張元伯、
　　　　　　　/范臣卿/之約, 未嘗不三嘆而流泪也. <3：41a>
　　　만권루본 : 羽自幼讀書,　知禮義, 至於觀羊角哀、左伯陶之事, 論張元伯、/
　　　　　　　范臣卿/之約, 未嘗不三嘆而流泪也. <3：50a>

(82) 조선 각본 : 公/曰拔箭出/, 血流不住. 飛馬迤奔韓福, 衝散衆軍. <3：47b>
　　　만권루본 : 公/口拔箭出/, 血流不住. 飛馬迤奔韓福, 衝散衆軍. <3：57a>

(83) 조선 각본 : /其/與劉皇叔商議, 先求脫身之計. <3：51a>
　　　만권루본 : /某/與劉皇叔商議, 先求脫身之計. <3：61b>

(84) 조선 각본 : 明日見袁紹, 可請親往荊州, /結運/劉表, 共破曹操. <3：57b>
　　　만권루본 : 明日見袁紹, 可請親往荊州, /結連/劉表, 共破曹操 <3：69b~70a>

(85) 조선 각본 : 張飛、糜竺、糜芳/問知/, 出廓迎接, 各相拜訴. <3：59b>
　　　만권루본 : 張飛、糜竺、糜芳/聞知/, 出廓迎接, 各相拜訴. <3：71a>

(86) 조선 각본 : 得神書於曲陽泉水上, 皆白素/未書/, 號曰'太平淸領道', 凡
　　　　　　　百餘卷, 皆治人疾病方術, 名之曰'禁咒科'. <3：62b>

만권루본 : 得神書於曲陽泉水上, 皆白素/朱書/, 號曰'太平清領道', 凡
百餘卷, 皆治人疾病方術, 名之曰'禁呪科'. <3：75ab>

(87) 조선 각본 : /北車/皆號其車爲"霹雷車". 由是北軍不敢登高窺望. <3：70b>
　　　만권루본 : /北軍/皆號其車爲"霹雷車". 由是北軍不敢登高窺望. <3：84b>

(88) 조선 각본 : 奉承/鈞命/, 使決進退之疑.愚意論袁紹. <3：71a>
　　　만권루본 : 奉承/鈞命/, 使決進退之疑.愚意論袁紹. <3：85a>

(89) 조선 각본 : 魯肅立於孔明之側, 只看他/回呑/. 孫權問孔明曰："多聞子
敬談足下之德, 今幸得相見, 欲求敎益." 孔明/呑曰/ : <5：
24a>
　　　만권루본 : 魯肅立於孔明之側, 只看他/回答/. 孫權問孔明曰："多聞子
敬談足下之德, 今幸得相見, 欲求敎益." 孔明/答曰/ : <5：
28b>

이상은 주왈교본 갑본의 조선 복각본에서 오각된 것을 만권루본에서
수정한 예들이다.

조선 각본에서는 완전한 부분이 주왈교본 을본에서는 문자가 빠져
있는 부분이 있다.

(90) 조선 각본 : 孔明一連三日不出. 至第四日, 雍闓、高定分兵兩路殺來,
取蜀寨. 却說孔明令魏延等兩路伺侯, 果然雍闓、高定兩路
兵來. 被伏兵殺傷太半, 生擒者無數, 都解到大寨來. <9：
51a>
　　　만권루본 : 孔明一連三日不出. 至第四日, 雍闓、高定分兵兩路殺來, [ ]被
伏兵殺傷太半, 生擒者無數, 都解到大寨來. <9：60b>

(91) 조선 각본 : 却說孔明因慮姜維, 自爲前部, 望天水郡進發. 將到城邊,

孔明傳令曰：“凡攻城池, 以初到之日, 激勵三軍, <u>鼓譟直上. 若</u>
<u>候日久, 急難破矣. 汝等諸將當</u>不可失此機會.” <10：18b>

만권루본：却說孔明因慮姜維, 自爲前部, 望天水郡進發. 將到城邊, 孔
明傳令曰：“凡攻城池, 以初到之日, 激勵三軍, [ ]不可失此
機會.” <10：22a>

(92) 조선 각본：“丞相用兵如神, 仁德極厚, 某等何憂哉!” 孔明曰：“汝二人
且莫卸甲, 可引兵去襲散關. 【釋義】『一統志』云, 散關, 在
陝西鳳翔府寶鷄縣南五十二里, 嶺下有關通褒斜大路. 把關
之人, <u>若知兵到, 必自走矣.” 魏延、姜維受令, 引兵逕到散</u>
<u>關. 把關之人</u>, 果然盡走. 二人上關, 纔要卸甲, 遙見關外塵
頭大起, 魏兵到來. <10：65a>

만권루본：“丞相用兵如神, 仁德極厚, 某等何憂哉!” 孔明曰：“汝二人
且莫卸甲, 可引兵去襲散關. 【釋義】『一統志』云, 散關, 在
陝西鳳翔府寶鷄縣南五十二里, 嶺下有關通褒斜大路. 把關
之人, [ ] 果然盡走. 二人上關, 纔要卸甲, 遙見關外塵頭大
起, 魏兵到來. <10：76a>

(93) 조선 각본：維令軍士辱罵, 至晚欲退, 山上鼓角齊鳴, 蜀兵復回, 魏兵
又不下來, 欲上山衝殺, 山上砲石甚嚴, 不能得進. 守至三更
欲回, 山上鼓角又鳴. <u>維移兵下山屯箚, 比及令軍搬運木石,</u>
<u>方欲竪立爲寨山上</u>, 鼓角又鳴. 魏兵驟至. 蜀兵大亂, 自相踐
踏, 退回舊寨. <12：3b>

만권루본：維令軍士辱罵, 至晚欲退, 山上鼓角齊鳴, 蜀兵復回, 魏兵又
不下來, 欲上山衝殺, 山上砲石甚嚴, 不能得進. 守至三更欲
回, 山上鼓角又鳴. [ ] 魏兵驟至. 蜀兵大亂, 自相踐踏, 退回
舊寨. <12：4ab>

(90)은 조선 각본의 밑줄친 25자가 빠져 있고, (91)은 조선 각본의 밑
줄친 21자가 빠져 있고, (92)는 조선 각본의 밑줄친 부분 24자가 만권루
본에서는 빠져 있고, (93)은 조선 각본의 밑줄친 부분 27자가 만권루본

에서 빠져 있다. 문장이 누락된 원인은 (90)은 "兩路殺來 /兩路兵來", (91)
은 "激勵三軍", (92)는 "把關之人", (93)은 "鼓角又鳴"의 중첩 때문이다. 일
종의 전사 착오로, 몇 행 내에서 유사한 단어나 구문이 두 번 출현할 때
전사자가 첫 번째 출현하는 단어나 구문을 베끼면서 원문을 잘못 보아
두 번째 출현하는 단어나 구문을 전사해 내려감으로써 새로운 전사본
에서는 단어나 문장이 통째로 누락되는 현상이 빚어진다.[33]

이 밖에도 조선 각본에 판목이 떨어져 나가 공백으로 남아 있거나 인
쇄가 흐릿한 부분을 이 책의 원 소장자가 앞뒤 문맥을 보고 보사하거나
개사한 부분이 있다.

(94) 조선 각본 : 此人家/甚/富豪, 莊戶僮僕等萬餘人. <2：1a>
　　　만권루본 : 此人家/世/富豪, 莊戶僮僕等萬餘人. <2：1a>

"世"자를 "甚"자로 잘못 보사한 것이다.

(95) 조선 각본 : /將/及數里, 婦人辭歸, 臨別對竺曰："我天使也, 奉上帝勅,
　　　　　　　 往燒汝家. 感君見待以禮, 故私告耳." <2：1a>
　　　만권루본 : /行/及數里, 婦人辭去, 臨別對竺曰："我天使也, 奉上帝勅,
　　　　　　　 往燒汝家. 感君見待以禮, 故私告耳." <2：1a>

"行"자를 "將"자로 잘못 보사한 것이다.

(96) 조선 각본 : 背後喊聲大震, 軍馬趕來, 大叫："/主駕/休動!" <2：23b>
　　　만권루본 : 背後喊聲大震, 軍馬趕來, 大叫："/車駕/休動!" <2：28a>

---

33) 魏安, 『<三國演義>版本考』, 上海古籍出版社, 1996.

"車"자를 "主"자로 잘못 보사한 것이다.

> (97) 조선 각본 : 少頃, 夏侯惇引許褚、典韋前來駕前面/那/. 三將一齊喏
> 曰 : "甲冑士不能下拜, 請以軍禮見天子." <2 : 28a>
> 만권루본 : 少頃, 夏侯惇引許褚、典韋前來駕前面/君/. 三將一齊喏曰 :
> "甲冑士不能下拜, 請以軍禮見天子." <2 : 33a>

"君"자를 "那"자로 잘못 보사하였다.

> (98) 조선 각본 : 使命於坐間, 取出/秘/書, 遞與玄德.去德看了, 曰 : "此事尙
> 容計議." <2 : 32b>
> 만권루본 : 使命於坐間, 取出/私/書, 遞與玄德.去德看了, 曰 : "此事尙
> 容計議." <2 : 38a>

"私"자를 "秘"자로 잘못 보사하였다.

> (99) 조선 각본 : 兵已三面/圍/縣, 太史慈引兵忽衝, 亂箭射回. <2 : 42a>
> 만권루본 : 兵已三面/困/縣, 太史慈引兵急衝, 亂箭射回. <2 : 49a>

"圍"자를 "困"자로 잘못 보사하였다.

> (100) 조선 각본 : 術生年以來, 不聞天下有劉備, 備乃/奉/兵與術對戰. <2 : 46b>
> 만권루본 : 術生年以來, 不聞天下有劉備, 備乃/擧/兵與術對戰. <2 : 53a>

"擧"자를 "奉"자로 잘못 보사하였다.

> (101) 조선 각본 : 先說呂布出城三十里下寨, 張勳軍馬也到, /來/呂布料非敵
> 手, 退二十里, 待四下兵接應. <2 : 59a>

만권루본 : 先說呂布出城三十里下寨, 張勳軍馬也到, /見/呂布料非敵
手, 退二十里, 待四下兵接應. <2：68a>

"見"자를 "來"자로 잘못 보사하였다.

(102) 조선 각본 : 精/銃/之兵都存留帳後, 預備秋音秋鑊音脚八音巴城器具. <2：66a>
　　　만권루본 : 精/銳/之兵都存留帳後, 預備秋音秋鑊音脚八音巴城器具. <2：75a>

"銳"자를 "銃"자로 잘못 보사하였다.

(103) 조선　각본 : 曹操不知在何處. 黎陽軍中無操認旗, 此城外却有他/操/
帳, 未見端的. <3：12a>
　　　만권루본 : 曹操不知在何處. 黎陽軍中無操認旗, 此城外却有他/幔/帳,
未見端的. <3：14ab>

"幔"자를 "操"자로 잘못 보사하였다.

(104) 조선　각본 : 玄德曰："不然. 操雖漢賊, 托天子明詔, 征進四方, 名正
言順. 我/妄/與他抗拒, 便是造反." <3：12a>
　　　만권루본 : 玄德曰："不然. 操雖漢賊, 托天子明詔, 征進四方, 名正言
順. 我/若/與他抗拒, 便是造反." <3：15b>

"若"자를 "妄"자로 잘못 보사하였다.

(105) 조선　각본 : 與明公爭天下者, 袁紹也. 今紹屯兵官渡, /當/有圖許都之
心. <3：23b>
　　　만권루본 : 與明公爭天下者, 袁紹也. 今紹屯兵官渡, /常/有圖許都之
心. <3：29a>

"常"자를 "當"자로 잘못 보사하였다.

(106) 조선 각본 : 於是關公不得/通/, 勒兵再回, 徐晃、許褚接住又戰. <3 : 27a>
　　　만권루본 : 於是關公不得/過/, 勒兵再回, 徐晃、許褚接住又戰. <3 : 34b>

"過"자를 "通"자로 잘못 보사하였다.

(107) 조선 각본 : "此言特說我也! 吾今雖處絶地, 視死如歸. 汝當速去, 吾
　　　　　當下山/迫/戰!" <3 : 27b>
　　　만권루본 : "此言特說我也! 吾今雖處絶地, 視死如歸. 汝當速去, 吾當
　　　　　下山/迎/戰!" <3 : 35a>

"迎"자를 "迫"자로 잘못 보사하였다.

(108) 조선 각본 : 關公曰 : "卞君請關某是好意也? 是/惡/意耶?" <3 : 48b>
　　　만권루본 : 關公曰 : "卞君請關某是好意也? 是/歹/意耶?" <3 : 59a>

"歹"자를 "惡"자로 잘못 보사하였다.

7. 맺는말

이상의 논의를 정리하면 다음과 같다. 유세덕의 논문에서 언급한 갑본이 조선복각본과 완전히 일치하는 것을 근거로, 필자는 조선 각본은 주왈교본의 개각본이 아니라 갑본의 복각본임을 입증하였다. 따라서 중국사회과학원 도서관에 3권 잔권으로 남아 있던 갑본의 전모를 조선복각본을 통해 파악할 수 있게 되었다.

뿐만 아니라 주왈교본 갑본과 을본 모두 수염자의 "引"을 "嘉靖壬午"
가 아닌 "嘉靖壬子"로 일치하고 있어서, "壬子"가 "壬午"의 오기가 아니
라 필사본 형태로 유통되던 삼국지연의의 또 다른 모본이 위 두 사람의
인과 서문을 실어 1552년에 간행한 것이 아닐까 추정된다. 그렇다면 중
국에서의 주왈교본의 최초 간본은 기존의 만권루본(1591)보다 39년 앞선
1552년으로 잡아도 무방할 것이다.

■『중국어문학지』 제27집, 중국어문학회, 2008

1. 들어가면서

삼국지연의의 조선 전래와 출판에 관하여 필자는 지난 2008년 7월 일본 東北大學에서 주최한 제4회 동아시아출판문화 국제학술대회에서 "근대시기 조선에서 출판된 중국고전소설"이란 주제로 발표하면서 당시 새로 발굴된 조선번각본을 토대로 국내에 전래된 삼국지연의 판본은 주왈교본 삼국지연의이며 1569년 이전에 국내에서 간행되었다고 주장하였다.[1] 하지만 이 견해에 대해 고문헌 연구가 박철상 선생은 현존

---

[1] 주왈교본의 全名은 "新刊校正大字音釋三國志傳通俗演義"이다. 조선 각본은 그간 조선에서 개각한 것으로 알려졌으나, 필자는 판본 조사 과정에서 劉世德 선생의 논문을 통해 중국사회과학원 도서관 소장 주왈교본의 판식이 13행 24자로 조선 각본과 일치함을 발견하고, 조선 번각본이 주왈교본 갑본의 번각본임을 입증한 바 있다. 졸고, 「조선 각본 『新刊校正古本大字音釋三國志傳通俗演義』에 대하여」, 『中國語文學誌』第27輯, 中國語文學會, 2008.

하는 조선 번각본 周曰校本『三國志傳通俗演義』(12권 12책)의 지질이나 판형 등 서지 형태를 보건대 1569년 이전으로 보기 어렵다는 의견을 제시한 바 있다.

그런데, 최근『三國志通俗演義』활자본 1책(卷8)이 새로 발견되어 필자의 견해를 수정하고자 한다. 이 책은 '포럼 그림과 책'의 李亮載 공동대표가 20여 년을 비장하고 있던 것이다. 이양재 공동대표는 '포럼 그림과 책'이 출범하고 처음으로 개최되는 정기 학술발표회를 위해 흔쾌히 자료를 제공하였고, 필자는 박철상 공동대표의 요청으로 이 책을 받아 한 달에 걸친 검토 끝에, 2010년 1월 23일 화봉갤러리에서 열린 '포럼 그림과 책' 정기 학술발표회를 통해 세상에 처음 공개하게 되었다.[2]

2. 『朝鮮王朝實錄』에 기록된 『三國志演義』

『三國志演義』에 관한 국내 최초의 기록은 1569년으로,『조선왕조실록』에서 선조가 문정전에서 석강을 마친 다음 기대승이 선조 임금에게 다음과 같이 아뢴 내용이다.

> 上御夕講于文政殿進講『近思錄』第二卷. 奇大升進啓曰：頃日張弼武引見時, 傳敎內"張飛一聲走萬軍"之語, 未見正史, 聞在『三國志衍義』云. 此書出來未久, 小臣未見之, 而或因朋輩間聞之, 則甚多妄誕. 如天文、地理之書, 則或有前隱而後著, 史記則初失其傳, 後難臆度, 而敷衍增益, 極其怪誕. 臣後見其册, 定是無賴者裒集雜言. 如成古談, 非但雜駁無益, 甚害義理. 自上偶爾一見, 甚

---

2) 이 자료를 활용할 수 있도록 제공해 주신 포럼 '그림과 책' 공동대표 李亮載 선생과 발표를 주선해 주신 朴徹庠 선생께 감사드린다. 또한 조선 활자본 校勘을 도와 준 金瑛 선생에게도 고마움을 표한다.

爲未安. 就其中而言之, 如董承衣帶中詔, 及赤壁之戰勝處, 各以怪誕之事, 衍成無稽之言. 自上幸恐不知其冊根本, 故敢啓. 非但此書, 如『楚漢衍義』等書如此類不一, 無非害理之甚者也. 詩文詞華, 尙且不關, 況『剪燈新話』、『太平廣記』等書皆足以誤人心志者乎. 自上知其誣而戒之, 則可以切實於學問之功也.

文政殿 夕講에서 임금에게 『近思錄』 제 2권을 강하게 되었다. 奇大升이 아뢰었다. "전에 張弼武를 인견하실 때 傳敎에 張飛의 대갈일성에 천군만마가 달아났다 하셨사오나, 그러한 사실은 정사에는 나오지 않고 『三國志演義』에 나온다고 들었습니다. 그 책은 나온 지 얼마 되지 않아 신도 보지 못했사오나 친구들의 말을 듣건대 심히 황당무계하다 하옵니다. 천문지리 같은 책은 이전에는 숨겨졌다가는 나중에는 나타나는 수가 있지만, 역사 기록은 처음에 해당 전기를 잃으면 그 후에 억측하여 부연하고 보충하는 것은 극히 황당하고 괴이한 일입니다. 신이 후에 그 책을 훑어보니 영낙없는 무뢰배의 잡언이옵니다. 고담 같은 것은 잡박하여 무익할 뿐만 아니라 의리를 해치옵니다. 하온대 주상께서 이따금 보시니 심히 걱정되옵니다. 그 속에 적힌 이야기 중에 동승이 의대 속에 조서를 내린다든가, 적벽대전에서 승리하는 것 등은 모두 꾸며낸 허황된 이야기이옵니다. 임금께서 그 책의 근본을 모르실가 봐서 감히 아뢰는 것입니다. 이 책뿐만 아니라 『楚漢衍義』 같은 책 또한 어느 하나 이치를 심하게 해치지 않는 것이 없습니다. 시문이나 사화는 상관없다지만 『剪燈新話』나 『太平廣記』 등은 사람의 심지를 오도하기에 족합니다. 주상께서 그 그릇됨을 아시고 경계하신즉 학문의 공에 충실할 수 있사옵니다."

又啓曰 : 正史則治亂存亡俱載, 不可不見也. 然若徒觀文字而不觀事迹, 則亦有害也. 經書則深奧難解, 史記則事迹不明, 人之厭經而喜史, 擧世皆然. 故自古儒士, 雜博則易, 精微則難矣. 『剪燈新話』鄙褻可愕之甚者, 校書館私給材料, 至於刻板, 有識之人, 莫不痛心, 或欲去其板本而因循至今, 閭巷之間, 爭相印見, 其間男女會淫神怪不經之說, 亦多有之矣. 『三國志衍義』則怪誕如是, 而至於印出, 其時之人豈不無識. 觀其文字亦皆常談, 只見怪僻而已.

또 다시 아뢰었다. "정사에는 치란과 존망이 다 기록되어 있으니 꼭 보아야 합니다. 그러나 문자만 보고 그 사적을 보지 않으면 해가 됩니다. 경서는 심오하되 난해하고 사기는 사적이 불분명하므로 사람들이 경서를 싫

어하고 사를 좋아하니 세상이 다 그러하옵니다. 그러므로 옛부터 儒士들
은 잡하고 박하기는 쉬우나 精微하기는 어려웠습니다. 『剪燈新話』는 외설
스럽기 이루 말할 수 없사온데 校書館에서 사사로이 물자를 내주어 판각
하기에 이르니 양식 있는 사람치고 통탄해 하지 않는 사람이 없습니다. 그
판본을 없애려고 하되 이제까지 내려와 여염에서 서로 다투어 찍어 내어
보니 그 남녀간의 교합과 신괴하고 허황된 이야기가 많습니다. 『三國志演
義』 또한 허황되기가 이와 같은데 출판되기까지 했으니 그때 사람들이 무
식한 소치가 아니겠습니까. 그 문자를 보건대 또한 흔한 고담으로 괴이하
기 짝이 없습니다.3)

이 내용을 통해 『三國志衍義』를 기대승과 같은 지식인뿐만 아니라 궁
중의 임금까지 읽었다는 점, 『삼국지연의』 외에 『초한연의』 등도 유입
되었었다는 점, 『전등신화』 같은 소설이 교서관에서 사사로이 출판 인
출되었다는 점, 『삼국지연의』 간행 문제 등을 확인할 수 있다.

그중에서도 특히 주목해야 할 대목은 첫째, "그 책은 나온 지 얼마 되
지 않아(此書出來未久)"라는 기록과 "『삼국지연의』 또한 허황되기가 이와
같은데 출판되기까지 했다(『三國志衍義』則怪誕如是, 而至於印出.)"라는 기록이다.

그간 학계에서는 이 기록을 바탕으로 하여 『삼국지연의』의 실체를
밝히기 위해 많은 연구가 이루어져 왔다. 유탁일은 "'其時之人'의 '其時'
는 그 당시를 말한 것이고 우리나라에서 간행되었던 그 당시라고 해석
하기에는 무리가 있다"며 중국에서 간행된 것으로 간주하였다.4)

반면, 유세덕은 '出來'는 '傳來'와 엄연히 다른 말로 '出來'는 조선 현
지에서 나왔다는 것을 의미하며, 만약 중국에서 건너왔다면 '傳來'란 표
현을 써야 한다고 하였다. 또한 『조선왕조실록』에 '『전등신화』가 외설

---

3) 『朝鮮王朝實錄』 宣祖 卷3 宣祖 2年 6月.
4) 柳鐸一, 「『三國志通俗演義』의 傳來版本과 시기」, 『碧史李佑成先生停年退職紀念國語
國文學論叢』, 여강출판사, 1990, p.771.

스럽기 그지없는데 교서관에서 사사로이 물자를 내주어 판각하기까지 이르렀다(『剪燈新話』鄙褻可愕之甚者, 校書館私給材料, 至於刻板.)'는 내용과 함께 언급되어 있는 점으로 미루어 보아도 『삼국지연의』는 조선에서 인출된 것을 의미한다고 하였다.5)

그런데 금속활자본의 발견으로 인해 『삼국지연의』 기록에 대해 새로운 정리를 할 수 있게 되었다. 즉, 『조선왕조실록』에 기록된 『삼국지연의』는 조선에서 인출되었고, 목판본이 아닌 금속 활자본을 의미한다. "『三國志衍義』則怪誕如是, 而至於印出."에서 '印'이라는 글자를 쓴 점 역시 활자본을 의미하는 것과 통한다고 하겠다.

둘째, 금속활자의 간행물이 꼭 국가가 필요로 하는 서적을 출판·보급하기 위한 목적으로만 사용된 것이 아니라는 점이다.6) 이는 윤춘년 (1514~1567)에 의해 간행된 을해자 『梅月堂集』(『金鰲新話』 포함), 현종실록자 『世說新語補』, 무신자 『海東異蹟』, 현종실록자 및 무신자본 『剪燈新話句解』, 교서관인서체자 『刪補文苑楂橘』, 『企齋記異』 및 『剪燈新話』 등 소설류, 도선류 책들에서 확인된다.7) 새 자료 활자본 『삼국지연의』 역시 이에 해당된다고 하겠다.

이러한 배경으로는 금속활자 및 서적 출판의 주도권을 쥐고 있는 중앙 고위관료의 개인적 취향 및 사적인 경로의 청탁을 통해 이러한 서적의 간행이 이루어졌다고 추정되고 있다.8)

---

5) 劉世德, 「『三國志演義』朝鮮翻刻本試論 － 周曰校刊本研究之二」, 『文學遺産』, 2010年 第1期, 中國社會科學院文學研究所, 2010, p.77.

6) 金榮鎭, 「조선후기 서적 출판과 유통에 관한 일고찰 － 『欽英』과 『頤齋亂藁』를 중심으로」, 『東洋漢文學研究』 제30집, 東洋漢文學會, 2010, p.601.

7) 金榮鎭, 위의 글, pp.603~604.

8) 金榮鎭, 위의 글, p.604.

3. 조선 활자본 『三國志通俗演義』의 서지적 검토

조선 활자본 『三國志通俗演義』는 1책[零本]으로 卷8(上·下)이 남아 있으며, 현재 이양재 선생이 소장하고 있다. 크기는 30.5×19.5cm, 사주쌍변이며, 반곽은 23.2×16.5cm이다. 유계에 반엽 11행 20자이며 대흑구 상하내향 삼엽화문어미이다. 판심제는 "三國志"이며, 표지가 없고, 앞부분과 뒷부분이 찢겨져 나갔다. 하지만 권지팔 하의 첫 면을 통해 책의 형태를 짐작할 수 있다. 살펴보면, 권8 하권의 첫 면 제1행에 "三國志通俗演義 卷之八下", 제2행에 "晉平陽侯陳壽史傳", 제3행에 "後學羅本貫中編次"으로 되어 있어 이 책의 전명이 "三國志通俗演義"이며 각 권을 다시 상하로 나누었음을 알 수 있다.[9]

가정임오본·주왈교본 갑본을 살펴보면, 가정임오본은 24권 24책으로 서명이 "三國志通俗演義", 판심제가 "三國志"인 반면, 주왈교본 갑본은 12권 12책으로 서명은 "新刊校正古本大字音釋三國志傳通俗演義", 판심제는 "三國演義"이다.

비교해 보면, 조선 활자본의 서명과 판심제는 가정임오본과 일치한다. 반면 분권은 주왈교본 갑본과 일치하나, 한 권에서 다시 상하를 나눈 점은 다른 판본에서도 보이지 않은 독자적인 형태이다.

이 책에 쓰인 활자는 丙子字이다. 병자자 간행과 관련된 『조선왕조실록』 기사 일부와 병자자에 대한 설명을 인용하면 다음과 같다.

---

9) 권을 上下로 나눈 체재는 조선에서 판각된 『剪燈新話』에서도 나타난다. 즉, 중국본은 四卷本인데 반해, 조선에서 간행한 白文本 『剪燈新話』(日本 東洋文庫 所藏)는 「剪燈新話卷上」, 「剪燈新話卷下」 두 책으로 이루어져 있다. 또한 이후 간행된 『剪燈新話句解』도 上下 二卷 二冊의 체재를 보여주고 있다. 崔溶澈, 『剪燈三種』(上), 소명출판, 2005, p.517 참조.

其令別設都監, 量擇勤謹人爲堂上、郞官, 弘文館所藏『朱文公集』、『眞西山讀
書記』、『朱子語類』、『資治通鑑』、『胡三省註』、『歐陽文忠公集』、『三國誌』、
『南北史』、『國語』、『梁書』、『隋書』、『五代史』、『遼史』、『金史』、『元史』、
『戰國策』、『伊洛淵源錄』及私藏『二程全書』等册, 監掌印出, 而八道中鉅道, 則
卷帙多數書籍, 小道則卷帙不多書籍分定, 開刊節目及都監名號, 幷磨鍊. 『資治
通鑑』唐本, 字樣細大適中, 以此改鑄銅字. 且甲辰、甲寅等字訛刓者, 悉令改鑄."

　　도감(都監)을 따로 설치하고 부지런하고 조심스러운 사람을 가려서 당상
(堂上)과 낭관(郞官)으로 삼아서 홍문관(弘文館)에 간직한 『주문공집』·『진
서산독서기』·『주자어류』·『자치통감』·『호삼성주』·『구양문충공집(歐陽
文忠公集)』·『삼국지』·『남사』·『북사』·『국어』·『양서』·『수서』·『오대
사』·『요사』·『금사』·『원사』·『전국책』·『이락연원록(伊洛淵源錄)』 및 사
사로 간직한 『이정전서』 등의 책을 감독해서 박아내게 하되, 팔도(八道) 중
에서 큰 도에는 권질(卷帙)의 수가 많은 서적을, 작은 도에는 권질의 수가
많지 않은 서적을 배정하여 발간하게 하고, 그 절목(節目) 및 도감의 명칭도
아울러 마련하라. 『자치통감』은 당본(唐本)이 글자 모양과 크기가 알맞으니,
그것대로 동자(銅字)를 다시 주조(鑄造)하라. 또 갑진자·갑인자 중에서 글
자가 잘못되고 닳아서 떨어져 나간 것도 모두 다시 주조하게 하라."10)

　　中宗祖에 들어와서 主用해 온 甲寅字는 물론 甲辰字에 유실이 생기고 닳
은 것이 늘어나서 중종 10년(1515)에 부분적으로 다시 補鑄토록 했지만,
워낙 오랜 세월에 걸쳐 사용하여 활자 전반에 마멸 상태가 나타나고 목활
자의 혼용도 심해졌다. 그리하여 이 때의 활자인본들은 모두 조잡하였다.
그 결과 조정에서 唐板『資治通鑑』의 가늘고 큰 字樣을 바탕으로 활자를
주조할 것이 건의되었고 그에 따라 鑄字都監의 설치와 그 실천이 하명되
었다. 그 명령에 따라 마침내 중종 11년(1516) 정월에 주자도감이 설치되
고 4월에는 그 일을 맡아보던 郞官들에게 陞職의 표창까지 하며 활자의
주조를 진행시켰던 것이다. 그런데 5월에 들어와 한발이 심하여 주자도감
이 혁파되고 말았다. 그 때까지 주성된 활자가 얼마나 되는지 자세히 알
수 없으나 이를 그해의 干支를 따서 丙子字라 하고 그 활자로 찍은 책을 「丙

10) 『朝鮮王朝實錄·中宗實錄』 卷23 中宗 10年(1515 乙亥 / 明 正德 10年) 11月 4日(丙戌)
　　4번째 기사)

子字板」, 「丙子字本」이라 일컫는다.

그리고 3년 뒤인 중종 14년(1519) 己卯 7월에 나타난 실록의 기록이지만, 지방의 鄕校에서 書冊이 너무나도 없으니 서책을 판매하는 書肆를 마련하고 책을 찍어낼 활자를 주조하여야 한다는 요청이 있었으며, 그에 따라 昭格署와 지방 사찰의 鍮器를 거두어 또 주자를 만들어냈다.[11] 이 기사는 李廷馨의 『東閣雜記』에도 보이며 이를 그 해의 간지를 따서 己卯字라 일컫고 있다. 그러나 이들 활자본을 두루 精査해 보면 동일한 글자에 차이가 있음이 나타나지만, 그 활자의 글자체만은 근본적으로 같은 계통의 것이다. 따라서 己卯字를 새로운 글자체의 활자로 여기지 않고 중종 11년(1516)에 주조하다 심한 한발로 마감했던 丙子字의 보주로 여기는 경향이 짙어졌다. 본시 이 활자는 서사의 설치를 목적으로 더 주조한 것으로 여겨지는데, 그것의 설치가 이루어지지 못했던 점에서도 병자자와 합쳐졌음을 알 수 있다. 이것이 「丙子字」로 통칭하는 까닭이라 하겠다. 이 활자의 모양이 庚子字와 비슷한 데가 있어 양자의 식별을 혼돈하는 이가 있음을 가끔 볼 수 있다. 그러나 정사하여 보면 글자체의 박력이 경자자만 훨씬 못하다. 병자자도 甲寅字, 乙亥字, 甲辰字 다음으로 오래 쓰였으며, 임진왜란 직전까지 70여 연간 사용되었다. 그러므로 임진왜란 직전 무렵의 인본이 되면 활자가 마멸되고 나무활자의 보자가 많이 섞여 인본이 깨끗하지 못하다.[12]

---

11) 僉曰 : "書肆設立, 其意則至矣, 然我國家, 與中國有異. 我國之民本貧, 故書板及紙, 私備甚難. 然廣布書冊, 使民間可易得見事, 出自天衷, 此甚美也. 故臣等更欲磨鍊以啓." 上曰 : "鑄字, 民果難自備. 昭格署鍮器及外方寺刹鍮器, 皆已屬公而多在. 以此爲鑄字則甚可. 此事亦磨鍊可也. 且宗法及國忌日變服事, 問于大臣. 書肆及鑄字等事, 旣有承傳, 禮曹自當爲之矣." 곤이 아뢰기를, "서사를 설치함은 그 뜻이 지당합니다. 그러나 우리나라는 중국과 달라 백성이 본래 가난하기 때문에 서판(書板)과 종이를 사사로이 마련하기가 매우 어렵습니다. 그러나 널리 서책을 배포하여 민간이 쉽사리 구득하여 볼 수 있게 하려는 것은 성상의 마음에서 나온 것으로 매우 아름다운 일이기 때문에, 신 등이 다시 마련하여 아뢰려고 합니다."하니, 상이 이르기를, "글자 주조는 과연 백성이 스스로 마련하기 어려울 것이다. 소격서(昭格署)의 유기(鍮器) 및 외방 사찰의 유기가 모두 이미 속공(屬公) 되어 많이 있으므로 이로써 글자를 주조하면 매우 좋을 것이니 이 일을 또한 마련함이 가하다. 또 종법 및 국기일에 복색 바꾸는 일은 대신들에게 묻겠다. 서사 및 글자 주조 등의 일은 이미 승전(承傳)한 것이 있으니 예조가 마땅히 스스로 하게 될 것이다." 하였다. (『朝鮮王朝實錄·中宗實錄』 卷36, 14年(1519 己卯 / 明 正德 14年) 7月 8日(己亥) 3번째 기사)

병자자는 이전에 주조한 을해자와 갑진자가 유실이 많아지고 마멸이 심해지자, 1516년(중종11, 丙子)에 명판『資治通鑑』을 자본으로 하여 주조한 동활자이다. 큰 자는 1.1×1.2㎝, 작은 자는 0.8×0.6㎝이다.

병자자는 임진왜란 직전까지 갑인자 등과 함께 약 70여 년 동안 사용되었으며,『朱子語類』,『瀛奎律髓』,『文苑英華』,『纂注分類杜詩』,『玉海』,『大宋眉山蘇氏家傳心學文集大全』 등의 많은 인본이 있다. 특히,『大宋眉山蘇氏家傳心學文集大全』는 반엽 11행 20자로『三國志演義』와 같은 판식을 보인다.13)

『三國志通俗演義』는 병자자 중에서도 후기 병자자로 추정되는데 이는 병자자 외에 드문드문 굵기와 크기가 다른 목활자가 발견되기 때문이다. 예를 들면, '火', '陀', '公', '權' 등이다.14) 획이 마모되는 글자가 많아 부득이하게 목활자를 보충하여 찍어낸 듯하다. 이는 천혜봉(1997)의 임진왜란 직전 무렵의 병자자 인본 상태에 대한 설명과도 일치하는 부분이다.

이를 통해 볼 때, 간행 시기는 1569년『조선왕조실록』에 기록된『삼국지연의』기사보다 앞서지만 후기 병자자라는 점을 감안하면 대략 1560년 초중반에 이루어졌을 것으로 추정된다.

---

12) 千惠鳳,『韓國書誌學』, 민음사, 1997, pp.333~337.

13)『大宋眉山蘇氏家傳心學文集大全』, 金屬活字(丙子字本), 國立中央圖書館 所藏, 70卷 17冊, 四周雙邊 半郭 23.0×15.4cm, 有界, 11行20字, 內向3葉花紋魚尾; 29.4×19.0cm, 序: 正德丁丑(1517)…李延臣裝幀: 蓮花紋暗色厚褙表紙, 白絲絹臨時綴. 宋 蘇洵 · 蘇軾 · 蘇轍 3부자의 글 가운데 시를 제하고, 주로 策, 論, 解 등 理論文만 모은 책이다. 蘇洵文 11권, 蘇軾文 32권, 蘇轍文 27권, 계 70권으로 각 권수는 명대에 나온『三蘇文集』들과 비슷하나, 누가 무엇 때문에 題名에 '家傳正學' 등 어를 붙였는지 알 수 없다. 교정한 李良卿에 대해서도 미상이다. 마지막에 소식의 次子인 小坡, 蘇過의 賦 1수가 붙이 있다. (『大宋眉山蘇氏家傳心學文集大全』국립중앙도서관 초록 참조.)

14) 목활자에 대한 부분은 한국학중앙연구원 한국학대학원 玉泳晸 교수의 도움을 받았다.

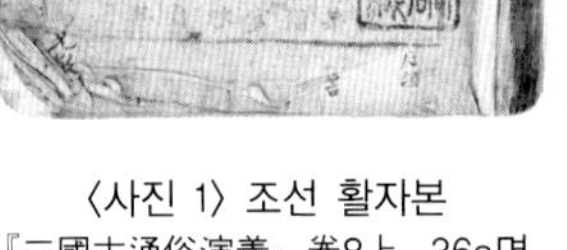

〈사진 1〉 조선 활자본
『三國志通俗演義』卷8上, 36a면

〈사진 2〉 조선 활자본
『三國志通俗演義』卷8下, 첫 면

이 책의 목차와 수록 범위는 다음과 같다.

<table>
<tr><td colspan="2">{三國志通俗演義 卷之八上}</td><td colspan="2">{三國志通俗演義 卷之八下}</td></tr>
<tr><td>〔141~146〕</td><td>············1a-35b〔落〕</td><td>〔151〕 關雲長大戰徐晃</td><td>· 1a-6a</td></tr>
<tr><td>〔147〕 龐德擡櫬戰關公</td><td>· 36a-40a</td><td>〔152〕 關雲長夜走麥城</td><td>· 6a-11a</td></tr>
<tr><td>〔148〕 關雲長水淹七軍</td><td>· 40b-46a</td><td>〔153〕 玉泉山關公顯聖</td><td>· 11b-18a</td></tr>
<tr><td></td><td>〔45ab落〕</td><td>〔154〕 漢中王痛哭關公</td><td>· 18a-23a</td></tr>
<tr><td>〔149〕 關雲長刮骨療毒</td><td>· 46a-51a</td><td>〔155〕 曹操殺神醫華陀</td><td>· 23a-28b</td></tr>
<tr><td>〔150〕 呂子明智取荊州</td><td>· 51b-56b</td><td>〔156〕 魏太子曹丕秉政</td><td>· 28b-33a</td></tr>
<tr><td></td><td></td><td>〔157〕 曹子建七步成章</td><td>· 33b-38b</td></tr>
<tr><td></td><td></td><td>〔158〕 漢中王怒殺劉封</td><td>· 39a-44b</td></tr>
<tr><td></td><td></td><td>〔159〕 廢獻帝曹丕簒漢</td><td>· 44b-47a</td></tr>
<tr><td></td><td></td><td></td><td>〔以下 缺〕</td></tr>
<tr><td></td><td></td><td>〔160〕</td><td>················</td></tr>
</table>

앞부분과 뒷부분이 훼손되어 떨어져 나갔다. 첫 면은 "一名部曲董起,
引各頭目叅拜于禁. 衡曰："今將軍提七枝重兵, 去解樊城之危, 期在必勝. 今

用龐悳爲先鋒, 豈不悞大事也?"로 시작한다. 이는 제36장에 해당하며 第
147則 "龐德攜櫬戰關公"의 내용이다. 훼손된 부분은 상권 1장~35장, 45
장, 하권 47장 이하 부분이다. 나타나는 목차와 수록 범위를 고려해 보
면, 훼손된 상권의 1장~35장은 제141 ~ 146칙과 제147칙 "龐德攜櫬戰關
公"의 앞부분이, 하권의 47장 이하는 제159칙 "廢獻帝曹丕簒漢" 중간부
터 160칙 "漢中王成都稱帝"까지 실렸을 것이다.[15]

제8권에 수록된 내용은 다음과 같다. 방덕을 죽이고 우금을 사로잡은
이후, 독화살을 맞은 관우가 뼈를 긁어내는 화타의 치료를 받고 다시
전장에 나갔으나 맥성에서 패하고 죽어서 혼령이 된다. 한편, 신의 화타
를 죽인 간웅 조조가 마침내 병사하고, 그 뒤를 이어 등극한 조비는 아
우 조식에게 칠보시를 강요하더니 급기야는 한나라 헌제를 폐하고 왕
위를 찬탈한다.

이 책은 서로 다른 재질의 두 종이를 덧붙여서 이은 것을 사용하기도
하였는데, 권8 상의 38장, 39장, 44장, 47~50장, 52장, 54장과 권8 하의 5
장, 9~33장, 35장, 37장, 38장, 42~47장이 그러하다. 이는 중종 연간에 나
타나는 특징으로 당시 종이가 귀하였기 때문에 이렇게 사용한 것이다.

또한, 권8 하의 10a~11a면 전체 3면에 걸쳐 구결토가 쓰여 있다.[16]

이밖에도, 권8 하의 4b와 13b 상단에는 각각 "三國志失之十年後得之,
可憐可笑", "三國志失之十餘年後得之, 可笑可ゝ"이라는 필사 흔적도 있는
데, 이 책을 잃어버렸다가 십여 년 만에 되찾았음을 알려주는 흥미로운
기록이다.

---

15) 주왈교본 갑본은 전체 12卷 240則으로 한 권에 20칙씩 수록하였고, 가정임오본은
　　전체 24卷 240則으로 한 권에 10칙씩 수록하고 있기 때문에, 141~160則은 주왈교
　　본 갑본의 권8, 가정임오본의 권15와 권16에 해당한다.

16) 口訣吐는 金文京 교수가 처음 발견하여 필자에게 알려주었다.

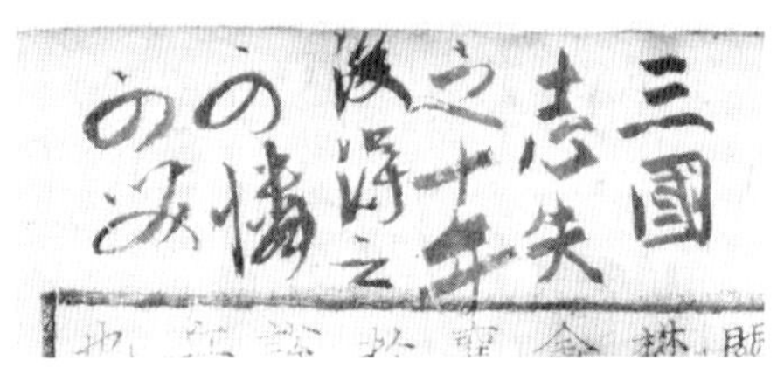 

〈사진 3〉 조선 활자본 『三國志通俗演義』 卷8下4b 상단

〈사진 4〉 조선 활자본 『三國志通俗演義』 卷8下13b 상단

이면에는 『孟子諺解』와 『山林經濟』[17]가 일부 필사되어 있는데 후대에 누군가가 옮겨 적은 것으로 보인다.

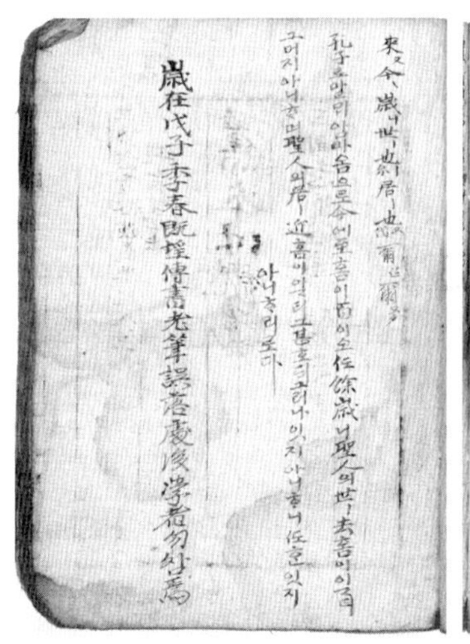 

〈사진 5〉 조선 활자본 『三國志通俗演義』 卷8上56b 이면

〈사진 6〉 조선 활자본 『三國志通俗演義』 卷8下10a 이면

上卷의 이면에는 『孟子諺解』의 「盡心」장구가 필사되어 있다. 『맹자언해』를 필사한 마지막 면에는 "歲在戊子季春旣望傳書, 老筆誤落處, 後學者

---

17) 『山林經濟』는 조선 숙종 때 실학자 流巖 洪萬選(1643~1715)이 농업과 일상생활에 관한 광범위한 사항을 기술한 소백과사전적인 책이다.

勿咎焉"라는 필사기가 있는데, 무자년(1768) 음력 3월에 필사한 것으로 추정된다.

下卷의 이면에는 『산림경제』가 필사되어 있다. 그 중 1a~4b 중반부는 제9지 「治膳」편의 "造醋", "造麴", "釀酒", "食忌" 항목이, 4b~10a 전반부는 제11지 「救荒」편의 "辟寒", "辟蟲" 항목이, 10a부터 35a중간까지는 제1지 「卜居」편, 제2지 「攝生」편, 제3지 「治農」편이, 35a부터 끝까지는 제6지 「養花」편, 제7지 「養蠶」편과 제8지 「牧養」편의 "養牛", "養馬" 항목이 필사되어 있다.

중간 중간에 물명이 한글로 기록되어 있는데, 벼, 기장, 조, 콩 등과 같은 곡식명에 집중적으로 표기되어 있다. '菱仁말암'<8下23a 이면>, '芡仁거싀년밤'<8下23a 이면>, '巨勝거문깨'<8下23b 이면>, '靑粱米싱동출'<8下30a 이면>, '三葉粟세닙희조'<8下30a 이면>, '萹豆동븨'<8下31b 이면>, '春小豆봄가리폿'<8下31b 이면> 등은 한글로 언해된 경우이며, '救荒狄所里구황되오리'<8下27b 이면>, '於伊仇智에우디'<8下27b 이면>, '沙老里사로리'<8下27b 이면>, '牛狄所里쇠되오리'<8下27b 이면>, '高沙伊沙老里고새사노리'<8下27b 이면>, '所伊老里쇠노리'<8下27b 이면>, '牛得山稻우득산도'<8下28b 이면>, '靈山狄所里녕산되오리'<8下28a 이면>, '高沙里眼檢伊고새눈검이'<8下28a 이면>, '多多只다다기'<8下28b 이면>, '倭水里예슈리'<8下28b 이면>, '狄所里되오리'<8下28b 이면>, '阿海沙里稷아히사리피'<8下30b 이면>, '密多里밀다리'<8下30b 이면>, '生動粘粟싱도출조'<8下30b 이면>, '五十日稷쉰나리피'<8下30b 이면>, '吾河波知오희파디'<8下31b 이면>, '沒衣菉豆몰의녹두'<8下32a 이면> 등은 한국식 한자어로 표기된 경우인데 대부분 이두식 표기이다.

특히, 下卷의 이면에는 『산림경제』 외에도 이 자료가 사찰에서 소장하고 있었던 것임을 방증할 만한 기록도 보인다. 사찰에서 불경관련 문헌 외에 통속소설도 탐독하였음을 알 수 있다.

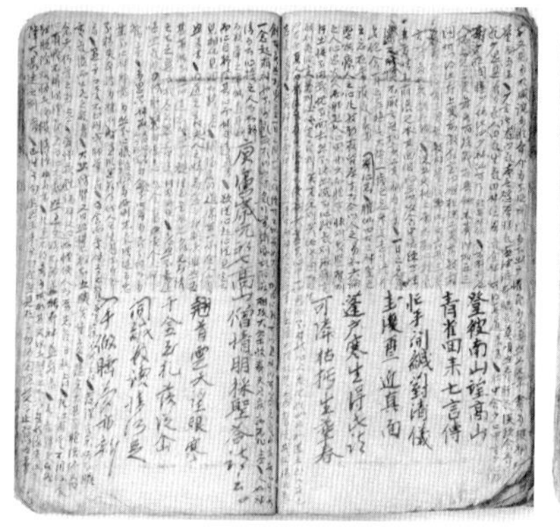

〈사진 7〉 조선 활자본 『三國志通俗演義』
卷8下 14ab 이면

〈사진 8〉 조선 활자본 『三國志通俗演義』
卷8下 17ab 이면

下卷 14ab, 17ab 이면에 『산림경제』와 함께 5언과 7언의 시가 수록되어 있는데[18], 5언시에는 "庚寅歲元初七, 高山僧情朋採聖荅詩云", 7언시에는 "辛卯仲春初八, 製贈朋僧采聖詩"라 쓰여 있다. 시를 쓴 주체가 누구인지는 알 수 없으나 갑인년과 신묘년에 벗인 採(采)聖 스님에게 쓴 시임을 짐작할 수 있다.

이 자료가 80년대 사찰에서 나왔다는 소장자의 전언에 근거하면 시를 쓴 이도 스님이었을 것으로 판단된다. 그리고 해당 필사면에 『산림경제』가 시를 비켜가며 쓰인 점으로 미루어 『산림경제』보다는 먼저 필

---

18) 8下 14ab 이면에 필사된 7언 시 ‖ 登彼南山望高山, 靑雀回來七言傳. 忙手開緘對淸儀, 圭復再三近眞面. 蓬戶寒生得此詩, 可憐枯樹生華春. <8下：14a> 庚寅歲元初七, 高山僧情朋採聖荅詩云：翹首雲天望眼寒, 千金玉札落從亽. 開緘數讀情何足, 入手做睡夢亦新. <8下：14b>

8下 17ab 이면에 필사된 5언 시 ‖ 辛卯仲春初八, 製贈朋僧采聖詩 雲遊三角返, 惠我手札傳. 開緘唯有恨, 扶錫過門前. 和風時二月, 更探老松亽. <8下：17a> 荅詩：雲自無心去, 情書有意傳. 相逢桃李月, 吐議臥山前. 景物玄都裡, 風光李白亽. 薄腔幽寂懷, 有遺一詩篇. <8下：17b>

사된 것으로 사료된다. 이 시의 필체는 앞서 언급하였던 卷8 下의 4b와 13b 상단에 쓰인 "三國志失之十年後得之, 可憐可笑", "三國志失之十餘年 後得之, 可笑可丶"란 기록의 필체와도 같다.

4. 조선 활자본과 周曰校本 甲本, 嘉靖壬午本의 관계

조선 활자본의 내용을 살펴보면, 상당 부분이 주왈교본 갑본(1552)과 일치하지만 반면에 가정임오본(1522)과 일치한 부분들도 있다. 또한 두 판본들과 글자 출입이 다른 경우도 발견된다. 따라서 본 장에서는 주왈 교본 갑본,19) 가정임오본과 비교하여 조선 활자본이 어떤 특징들을 보 여주는지 논하고자 한다.

1)

조선 활자본의 많은 부분이 주왈교본 갑본의 내용과 동일한데, 가정 임오본과 함께 비교해 보면 더욱 확연하게 드러난다. 다음은 第151則 '關雲長大戰徐晃'의 앞부분이다.

<1>【嘉靖壬午本】
　卻說南郡守將麋芳,　聞知東吳孫權令呂蒙等用詭計襲了荊州,　正無計可施,
忽報公安守將傅士仁至。芳忙接入城, 問其事故。仁曰："吾非不忠, 柰勢危力

---

19) 가정임오본과 주왈교본 갑본의 큰 차이는 다음과 같다. 주왈교본에는 명초 문인 周靜軒의 시가 삽입되어 있고, 가정본에 없는 10여 개의 이야기가 더 들어가 있으 며, 관우의 아들 關索이 서너 차례 등장한다. 中川諭,「『三國志演義』版本研究－毛宗 崗本的成書過程」,『三國演義叢考』, 北京大學出版社, 1995, pp.108~114.

困, 不能支持。我今已降吳侯矣。” 芳曰：“吾等累受漢中王厚恩, 安忍背之?”
<卷16：1a~1b>[20]

【周曰校甲本】(朝鮮翻刻本)[21]

卻說糜芳聽得荊州有失，正無計可施，忽報公安守將傅士仁至。芳忙接入城，問其事故。仁曰：“吾非不忠，勢危力困，不能支持。我今已降吳侯。” 芳曰：“吾等累受漢中王厚恩, 安忍背之?” <卷8：40b~41a>

【朝鮮活字本】

卻說糜芳聽得荊州有失，正無計可施，忽報公安守將傅士仁至。芳忙接入城，問其事故。仁曰：“吾非不忠，勢危力困，不能支持。我今已降吳侯。” 芳曰：“吾等累受漢中王厚恩, 安忍背之?” <卷8下：1a>

예문 <1>을 보면 조선 활자본이 가정임오본과는 글자의 출입이 많이

---

20) 가정임오본이 조선에 유입되었다는 구체적인 기록과 문헌은 발견되지 않지만 가
정임오본을 저본으로 하여 번역한 한글필사본이 현존하고 있어 일찍이 조선에 가
정임오본이 유입되었음을 확인할 수 있다. 현재 가정임오본 번역본인 한글필사본
은 한국학중앙연구원 장서각에 소장되어 있는 낙선재본 39권 39책과 낙선재본을
모본으로 하여 전사한 규장각본 27권 27책이 전한다. 자세한 내용은 朴在淵, 『朝鮮
時代 中國 通俗小說 飜譯本의 硏究－樂善齋本을 中心으로』, 한국외국어대학교 대학
원 박사학위 논문, 1993, pp.70~108 참조. 위 인용문에 해당하는 낙선재본의 번역
문을 인용하면 다음과 같다.
님군 딕흰 쟝슈 미방이 동오 손권이 녀몽으로 흐여곰 궤계롤 뻐 형쥐롤 업습흐여
아손 줄을 알고 훌일 업서 흐더니 믄득 보흐디, “슈쟝부ᄉ인이 왔다.” 흐거놀 방이
밧비 셩의 나가 마자드려 온 일을 무론디 인 왈, “내 블튱흔 줄이 아니라 셰 위티
흐고 힘이 곤흐매 능히 부디티 못흐야 볼셔 오후의게 항흐엿노라.” 방왈, “우리 한
듕왕의 은혜를 만히 니버시니 엇디 촘마 비반흐리오” <25：2>
21) 주왈교본 갑본은 권8이 없으므로 대신 주왈교본 갑본의 조선 번각본 권8을 대상으
로 비교하였다. 이하에 보이는 “주왈교본 갑본”은 조선 번각본 권8을 지칭하는 것
이다. (이하 생략) 그러나 조선 번각본에서 일부 오각이 확인되는데 주왈교본 갑본
과 정확히 일치하는 것은 아니므로 주의를 요한다. 조선 번각본에 보이는 오각의
자세한 사항에 대해서는 劉世德, 「『三國志演義』朝鮮翻刻本試論－周曰校刊本硏究之
二」, 『文學遺産』, 2010年 第1期, 中國社會科學院文學硏究所, 2010, p.80 참조.

있으나, 주왈교본 갑본과는 완전히 일치한다.

다음은 제153則 '玉泉山關公顯聖'의 뒷부분 일부이다.

　　〈2〉【嘉靖壬午本】
　　權聞之大驚，　乃跌足曰：“孤失其計較也！　似此如之奈何?”　昭曰：“主公勿
憂。某有一計, 令西蜀之兵不犯東吳, 荊州如磐盤石之安也。”權問：“有何妙
計, 可速敎之, 以安家國。”　試看張昭道出甚計來。　畢竟如何, 下回便覽。
〈卷16：25b~26a〉[22]

　　【周曰校甲本】(朝鮮翻刻本)
　　權聞之大驚，　乃跌足曰：“孤失其計較也！　似此如之奈何?”　昭曰：“主公勿
憂。某有一計, 令西蜀之兵不犯東吳, 使荊州如盤石之安也。”畢竟如何, 且聽
下回分解。〈卷8：53a〉

　　【朝鮮活字本】
　　權聞之大驚，　乃跌足曰：“孤失其計較也！　似此如之奈何?”　昭曰：“主公勿
憂。某有一計, 令西蜀之兵不犯東吳, 使荊州如盤石之安也。”畢竟如何, 且聽
下面分解。〈卷8下：18a〉

　　예문 〈2〉도 마찬가지로 가정임오본과는 글자의 출입이 많지만, 주왈
교본 갑본과는 '下回'의 '回' 한 자를 제외하고는 완전히 일치한다.

　　다음은 전사상의 착오로 주왈교본 갑본을 오독하거나 잘못 고친 경
우이다.

---

22) 위 인용문에 해당하는 낙선재본 한글필사본 번역문이다.
　　권이 듯고 대경ᄒᆞ여 발을 구ᄒᆞ며 닐오디, "괴 그 계규롤 일토다. 이롤 엇디ᄒᆞ리
오!" 쇠왈, "쥬공은 근심 미르쇼셔. 내 ᄒᆞᆫ 계귀 이시니 셔쵹 군ᄉᆞ로 ᄒᆞ여곰 동오롤
범티 아니킈 ᄒᆞ고 형쥐로 ᄒᆞ여곰 반셕ᄀᆞ티 평안킈 ᄒᆞ리이다." 권이 문왈, "므슴 묘
계 잇ᄂᆞ뇨? 샐리 ᄀᆞᆯ 쳐 국가로 ᄒᆞ야곰 평안킈 ᄒᆞ라." ᄒᆞ더라. 〈25：57-58〉

<3>【嘉靖壬午本】

淨禪師在菴中坐禪，忽聞空中有人大呼：“主人何在?” 禪師命行者觀之，見空中一人，騎赤免馬，提青龍刀，左右隨從二將。口中但呼如前言不息. 行者回報禪師，禪師知是關公與關平、周倉也. 待雲頭飛至菴前，禪師以手中塵尾擊其座曰：“顏良安在?” <卷16：22a>[23]

【周曰校甲本】(朝鮮翻刻本)

靜禪師正在庵中坐定，忽聞空中有人大呼：“還我頭來!” <u>靜禪師觀之，見空中一人，騎赤免馬，提青龍刀，左有關平右有周倉，隨公忽至玉泉山嶺，乘雲而起於空中，　高聲大叫。</u>普淨見是關公，　遂以手中塵尾擊其戶曰：“雲長安在也?” <卷8：51a~51b>

【朝鮮活字本】

靜禪師正在庵中坐定，忽聞空中有人大呼：“還我頭來!” [　]普淨見是關公，遂以手中塵尾擊其戶曰：“雲長安在也?” <卷8下：15b>

주왈교본 갑본의 밑줄 친 부분 45자가 조선 활자본에는 빠져 있다. 문장이 누락된 원인은 類似文頭(homoioarchton 串句脫文)로 인한 본문 탈락현상이다. 유사한 어두나 어미를 가진 2개의 구나 절이 서로 몇 줄을 사이에 두고 떨어져 있을 때, 사본을 베끼는 사람의 눈이 그 몇 줄을 뛰어넘기 때문에 생기는 탈락이 있다.[24] 전사되는 과정에서 발생하는 일종의 전사 착오로, 조선 활자본에서도 이런 유형의 탈락이 한 차례 보인다.

---

23) 위 인용문에 해당하는 낙선재본 한글필사본 번역문이다.

션시 암듕의 이셔 참션ᄒᆞ더니 믄득 드르니 공듕의 사ᄅᆞᆷ이 이셔 크게 브르되, “쥬인이 어ᄃᆡ 잇ᄂᆞ뇨?” ᄒᆞ거ᄂᆞᆯ 션시 ᄒᆡᆼ쟈로 ᄒᆞ여곰 보라 ᄒᆞ니 ᄒᆡᆼ재 닐오ᄃᆡ “공듕의 ᄒᆞᆫ 사ᄅᆞᆷ이 젹토마ᄅᆞᆯ ᄐᆞ고 쳥농도ᄅᆞᆯ 들고 좌우의 두 쟝쉬 뫼셔 잇고 브르기ᄅᆞᆯ 젼톄로 ᄒᆞ야 긋치디 아니ᄒᆞᄂᆞ이다.” ᄒᆞ거ᄂᆞᆯ 션시 ᄉᆡᆼ각ᄒᆞ오ᄃᆡ, ‘일뎡 관공이 관평 쥬챵으로 더브러 왓도다.’ ᄒᆞ고 구름 머리 암ᄌᆞ 알픠 니ᄅᆞ거ᄂᆞᆯ 쥐엿는 ᄑᆞ리채로 두드려 닐오ᄃᆡ, “안량이 어ᄃᆡ 잇ᄂᆞ뇨?” <25：54>

24) Andrew West[魏安], 「『三國演義』版本考」, 上海古籍出版社, 1996, p.63.

“靜禪師觀之 /普淨見是”와 같이 유사한 구문이 두 번 출현하면서, 전사자가 첫 번째 출현하는 단어나 구문을 베끼면서 원문을 잘못 보아 두 번째 출현하는 구문으로 건너뛰면서 새로운 전사본에서는 단어나 문장이 통째로 누락되는 현상이 빚어졌고, 이를 토대로 조판한 결과 누락이 발생한 것이다.

2)

조선 활자본이 가정임오본에 가까운 형태를 보여주는 부분들도 있다.

첫째, 앞 3장에서 언급한 바와 같이 조선 활자본의 판식은 기본적으로 가정임오본과 동일하다. 서명이 “三國志通俗演義”, 판심제가 “三國志”인 점, 제2행과 제3행에 “晉平陽侯陳壽史傳”、“後學羅本貫中編次”라 題하고 있는 점 등이 모두 가정임오본과 일치한다. 그러나 주왈교본 갑본 조선 번각본은 서명이 “新刊校正古本大字音釋三國志傳通俗演義”, 판심제가 “三國演義”로 되어 있으며, 제2·3행의 작자명 이외에도 제4행에 서적상의 이름을 “明書林周曰校刊行”이라 題하고 있어 조선 활자본과 다르게 나타난다.

둘째, 가정임오본에는 周靜軒詩가 실려 있지 않은데, 조선 활자본도 마찬가지이다. 이는 권8 上의 51a와 권8 下의 1b, 5a, 8a, 29a, 47a에서 확인된다. 그러나 주왈교본 갑본에는 周靜軒詩가 모두 실려 있다.

셋째, 본문 중간에 쌍행 협주가 달려 있는데, 주왈교본 갑본에서는 “釋義”, “考証”, “補註”, “補遺”, “註釋” 등의 제하에 쌍행협주가 있다. 반면 조선 활자본에는 이러한 설명 없이 바로 쌍행협주로 넘어가는데, 이 점은 가정임오본과 동일하다.[25) 예를 들면 다음과 같다.

周曰校甲本(朝鮮翻刻本)	朝鮮活字本/ 嘉靖壬午本
【考証】 會方六歲。<8：27a>	會方六歲。<8上：37a>/ <嘉15：52b>
【釋義】 艒艪, 乃深底之船也。<8：38b>	乃深底之船也。<8上：53b>/ <嘉15：76a>
【補遺】 潯陽, 今九江府是也。<8：39a>	
【釋義】 櫬, 音層, 去聲. 乃束身棺材也。<8：27a>	乃束身棺材也。<8上：36b>/ 乃束身之棺材也。<嘉15：52a>

넷째, 본문 가운데 조선 활자본이 주왈교본 갑본과는 다르지만 가정 임오본을 따르는 예가 있는데 다음과 같다.

朝鮮活字本/ 嘉靖壬午本(1522)	周曰校甲本 (1552)	朝鮮活字本/ 嘉靖壬午本(1522)	周曰校甲本 (1552)
肝胆塗地<8上：36b/嘉15：51b>	肝腦塗地<周8：26b>	盼上庸兵到<8下：10a/嘉16：14a>	盼上望庸兵到<周8：47b>
戰<8上：37a/嘉15：52b>	鬪<周8：27a>	秦晉之交<8下：14a/嘉16：19b>	秦晉之好<周8：50a>
忽帳下一人<8上：38a/嘉15：54a>	忽帳有一人<周8：28a>	其子<8下：13b/嘉16：19a>	比子<周8：50b>
送父回營<8上：40a/嘉15：57a>	送扶回營<周8：29b>	平素<8下：16b/嘉16：23b>	平生<周8：52a>
幸得射不深<8上：40b/嘉15：58a>	幸得箭不深<周8：29b>	英名<8下：17a/嘉16：24b>	若名<周8：52b>
成何<8上：42a/嘉15：60a>	成河<周8：30b>	父子英靈<8下：18a/嘉16：26a> 英靈<8下：19b,20a/嘉16：28b>	首級<周8：53b/54b>
離營<8上：42a/嘉15：60a>	移營<周8：30b>	設謀定計<8下：18b/嘉16：27a>	定謀<周8：54a>
預備船筏<8上：42a/嘉15：60a>	預備戰筏<周8：30b>	卻來攻魏<8下：20a/嘉16：28b>	卻去攻魏<周8：54b>
高阜去處<8上：44a/嘉15：62b>	古阜去處<周8：32a>	懼怕<8下：20b/嘉16：29b>	驚怕<周8：55a>
司馬朗<8上：48b/嘉15：69a>	司馬明<周8：35a>	差官看守已畢<8下：20b/嘉16：29b>	差官看守<周8：55a>
進言<8上：48b/嘉15：69a>	進告<周8：35a>	方敢勸王<8下：21a/嘉16：30b>	故敢勸王<周8：55b>
王上<8上：48b/嘉15：69b>	皇上<周8：35a>	親出<8下：24a/嘉16：34b>	觀出<周8：57b>
遜拜辭曰<8上：51b/嘉15：73b>	遜拜謝曰<周8：37b>	可造新殿居之<8下：24a/嘉16：34b>	可遣新殿居之<周8：57b>

25) 이외에 매회 마지막에 다음 회를 보라는 문구("且聽下回分解")가 있는데, 특이하게도 조선 활자본에서는 모두 '回'자 대신 '面'자로 바꾸어 일괄 "且聽下面分解"로 되어 있다.

朝鮮活字本/ 嘉靖壬午本(1522)	周曰校甲本 (1552)	朝鮮活字本/ 嘉靖壬午本(1522)	周曰校甲本 (1552)
敵國敗蹟<8上：52a/嘉15：74b>	敵國敗績<周8：38a>	或二十日之間, 卽平復矣<8下：25a/嘉16：36b>	或二十日之痛, 卽平復矣<周8：58b>
便欲<8上：53a/嘉15：75b>	欲便<周8：38a>	手不捨書<8下：30b/嘉16：44a>	手不釋卷<周8：62a>
何如<8上：54a/嘉15：77a>	如何<周8：39a>	開闢<8下：30b/嘉16：44a>	開創<周8：62b>
頸<8下：2a/嘉16：2b>	頭<周8：41b>	且說<8下：33a/嘉16：47b>	是時<周8：64a>
引軍<8下：6a/嘉16：8b>	引兵<周8：44b>	怒不致亂<8下：41b/嘉16：60b>	怒不置亂<周8：70b>
操因荊州未定<8下：6a/嘉16：8b>	操引荊州未定<周8：44b>	臨死<8下：43b/嘉16：63a>	臨刑<周8：72a>
四面圍定<8下：8b/嘉16：12a>	四面圍之<周8：46b>		
解良一武夫<8下：10b/嘉16：14b>	解梁一武夫<周8：48a>	……	

　실제로 조선 활자본 전체를 위 두 판본과 대조해 본 결과, 가정임오본과 다르면서 주왈교본 갑본과 일치하는 곳이 500여 자라면 주왈교본과 다르면서 가정임오본과 일치하는 글자는 200여 곳으로 나타났다.

3)

　다음은 조선 활자본이 명백하게 오독하거나 잘못 고친 예이다.

(1) 嘉靖壬午本："孤用兵三十餘年, 不能及也! 嘗聞古人善用兵者" <16：8a>

周曰校甲本："孤用兵三十餘年, 不能及爾! 嘗聞古人善用兵者" <8：44a~44b>

朝鮮活字本："孤用兵三十餘年, 不能及! 汝嘗聞古人善用兵者" <8下：5b>

(2) 嘉靖壬午本："兩下是山, 山邊皆蘆葦敗草叢雜" <16：18b>

周曰校甲本："兩下是山, 山邊皆蘆葦敗草叢亂, 樹木紛雜" <8：49b>

朝鮮活字本："兩下是出邊皆蘆葦敗草叢亂, 樹木紛雜" <8下：13a>

(3)a. 嘉靖壬午本："自引諸將直至臨沮" <16：19a>

周曰校甲本："自引諸將直至臨沮" <8：50a>

朝鮮活字本：“自弓末將直到臨沮” <8下：13b>

b. 嘉靖壬午本：“於是<u>麥城</u>盡屬東吳” <16：21b>

周曰校甲本：“於是<u>麥城</u>盡屬東吳” <8：51a>

朝鮮活字本：“於是<u>夜城</u>盡屬東吳” <8下：15a>

c. 嘉靖壬午本：“吾夜<u>夢見</u>主公渾身血…汚且說關公<u>一魂不</u>散，悠悠蕩蕩，乘
雲而飛” <16：21b>

周曰校甲本：“昨夜<u>夢見</u>主公渾身血汚…卻說關公<u>一魂不</u>散，悠悠蕩蕩” <8：
51a>

朝鮮活字本：“昨夜<u>末入</u>主公渾身血汚…卻說關公<u>一理不</u>昧，悠悠蕩蕩” <8下：
15a>

(4) 嘉靖壬午本：“逕奔<u>四冢</u>寨來” <16：4a>/ “逕投<u>四冢</u>寨來” <16：4b>

周曰校甲本：“逕奔<u>四冢</u>從寨來” <8：42a>/ “逕投<u>四冢</u>寨來” <8：42b>

朝鮮活字本：“逕奔<u>四家</u>寨來” <8下：3a>/ “逕投<u>四家</u>寨來” <8：3b>

(1)은 가정임오본 어조사 ‘也’와 주왈교본 갑본의 어조사 ‘爾’를 조선 활자본에서는 2인칭대명사 ‘너 汝’ 자로 잘못 인식한 예이다. (2)는 잘못 전사 조판한 경우로 가정임오본과 주왈교본 갑본의 ‘뫼 山’ 자 둘을 합쳐 ‘나올 出’ 자로 잘못 만들었다. (3a)는 가정임오본과 주왈교본 갑본의 ‘引諸’를 조선 활자본에서 ‘弓末’으로 잘못 인식하였고, (3b)는 가정임오본과 주왈교본 갑본의 ‘麥城’을 조선 활자본에서 ‘夜城’<8上：15a>로 ‘보리 麥’ 자를 ‘밤 夜’ 자로 잘못 인식한 경우이다. (3c)는 가정임오본과 주왈교본 갑본의 ‘夢見 /一魂不散’을 조선 활자본에서 ‘末入 /一理不昧’로 고쳤으나 문의가 통하지 않는다. (4)는 지명을 오독한 예이다. 가정임오본과 주왈교본 갑본의 “四冢寨”를 조선 활자본에서 “四家寨”로 고쳤는데 이는 “冢”자를 “家”자로 오독한 것이다.

이밖에, 가정임오본과 주왈교본 갑본의 “劍 /群 /荅 /畧 /慙 /恥 /搭 /憐 /綿 /讎 /扵/ 離” 등과 같은 이체자나 속자들이 조선 활자본에서는 일부만 “劔(7) /羣(2) /答(6) /略(6) /慚(1) /耻(1) /搭(1)/ 怜(2)/ 緜(2)/ 讐(8)/ 于(2)/ 离

(1)"로 바뀌었다.(괄호 안의 숫자는 출현 횟수)

4)

조선 활자본이 가정임오본, 주왈교본 갑본과 달라지는 예도 발견된다. 첫째, 가정임오본과 주왈교본 갑본 두 판본의 글자는 같은데, 조선 활자본에서는 글자 출입이 보이는 경우이다.

	朝鮮活字本	嘉靖壬午本(1522)/ 周曰校甲本(1552)
1	長大必与吾報誓雪恨也 <8上：37a>	長大必与吾報讐雪恨也 <嘉15：52b/ 周8：27a>
2	視死如歸,26) 何所不至? <8下：8b>	以死不歸, 何所不至? <嘉16：12a/ 周8：46b>
3	就而結草爲庵 <8下：15a>	就此結草爲庵 <嘉16：21b/ 周8：51a>
4	昔非今日, 一切休論 <8下：15b>	昔非今是, 一切休論 <嘉16：22b/ 周8：51b>
5	不忍繫瀆焉 <8下：16b>	不忍繁瀆焉 <嘉16：23b/ 周8：52a>
6	庶托足下發蹤 <8下：38a>	庶託足下未蹤 <嘉16：55b> 庶托足下未蹤 <周8：68a>
7	尙存神在洛陽宮 <8下：27b>	尙存身在洛陽宮 <嘉16：39b/ 周8：60a>
8	自我憧之 <8下：38b>	自我惰之 <嘉16：55b/ 周8：68a>
9	曹丕尙來准信 <8下：40a>	曹丕尙未准信? <嘉16：58b/ 周8：69b>
10	卽▼下馬27) <8下：15b>	卽落雲下馬 <嘉16：22a/ 周8：51b>
11	一面報▼鄢陵侯曹彰 <8下：31b>	一面報与鄢陵侯曹彰 <嘉16：45b/ 周8：63a>
12	是兒与處使吾居爐火上耶 <8下：27b>	是兒与▼使吾居爐火上耶? <嘉16：40a/ 周8：60a>
13	江東医華陀者乎? <8下：25a>	江東医周泰者乎? <嘉16：36a/ 周8：58a>
14	吳起謝罪 <8下：39b>	咎犯謝罪 <嘉16：57a/ 周8：68b>
15	豈死於等閑耶? <8上：38a>	豈死於等閑耳? <嘉15：54a/ 周8：27b>
16	安得不以公爲草芥耶? <8下：9b>	安得不以公爲草芥乎? <嘉16：13b/ 周8：47a>

위 표에서 보이는 바와 같이 한 자에서부터 네 자에 이르기까지 글자

---

26) 이 부분은 葉逢春本과 일치한다.
27) 이 부분은 葉逢春本과 일치한다.

의 차이가 있다. (10~12)는 생략되거나 추가된 예이다. (13,14)는 고유명사의 표기가 달라진 예이다. (15,16)은 어조사의 표기가 달라진 예이다. 가정임오본과 주왈교본 갑본의 '耳', '乎'가 조선 활자본에서는 '耶'로 확인된다.

둘째, 조선 활자본, 가정임오본, 주왈교본 갑본 세 판본의 표기가 모두 다른 경우이다.

(1) 嘉靖壬午本 : 軍士折傷太半, 四下無路, 不如投降, 以免其<u>禍</u> <15 : 61a>
    周曰校甲本 : 軍士折傷太半, 四下無路, 不如投降, 以免其<u>難</u> <8 : 31a>
    朝鮮活字本 : 軍士折傷太半, 四下無路, 不如投降, 以免其<u>罪</u> <8上 : 43a>

(2) 嘉靖壬午本 : 喊聲<u>擧</u>處 <16 : 18b>
    周曰校甲本 : 喊聲<u>去</u>處 <8 : 49b>
    朝鮮活字本 : 喊聲<u>衆</u>處 <8下 : 13a>

(3) 嘉靖壬午本 : <u>又</u>史官廟讚關平<u>曰</u> <16 : 20b>
    周曰校甲本 : <u>又</u>史官廟讚關平<u>詩</u> <8 : 50b>
    朝鮮活字本 : <u>又有</u>史官廟贊關平 <8下 : 14b>

(4) 嘉靖壬午本 : 止有一小<u>行者</u>, <u>時常下山</u>, 化飯度日。<16 : 21b-22a>
    周曰校甲本 : 止有一小<u>行者</u>, 化飯度日。<8 : 51a>
    朝鮮活字本 : 止有一小<u>行童下山</u>, 化飯度日。<8下 : 15a>

(5) 嘉靖壬午本 : 安得而不<u>恨乎</u>? <16 : 22b>
    周曰校甲本 : 安得而不<u>抱恨哉</u>? <8 : 51b>
    朝鮮活字本 : 安得而不<u>懼乎</u>? <8下 : 15b>

(6) 嘉靖壬午本 : 僕因法孝直自銜鬻<u>音楦禦</u>, 龐統斟酌其間 <16 : 54b>
    周曰校甲本 : 僕因法孝直自銜<u>音眩</u>鬻, 龐統斟酌其間 <8 : 67b>
    朝鮮活字本 : 僕因法孝直自銜鬻, 龐統<u>銜</u>, <u>音券</u>斟酌其間 <8下 : 37b>

(1)은 가정임오본의 '禍'가 주왈교본 갑본에서는 '難'으로 바뀌었는데, 조선 활자본에서는 다시 '罪'로 바뀌었다. (2)는 가정임오본의 '擧'가 주왈교본 갑본에서는 '去', 조선 활자본에서는 '衆'자로 바뀌었다. (4)은 가

정임오본과 주왈교본 갑본의 '行者'가 조선 활자본에서는 '行童'으로 바뀌었다.

(5)는 주석의 위치와 표기가 다른 경우이다. 가정임오본은 '衒鬻' 뒤에 '音樀御'라는 협주가 달려 있고, 주왈교본 갑본은 '衒' 한 글자에 대해서만 '音眩'이라고 협주가 달려 있다. 그런데 조선 활자본에서는 위치가 바뀌어 龐統 뒤에 '衒, 音券'으로 협주가 있다. '券'은 조판을 잘못한 것이다.

5. 조선 활자본과 葉逢春本과의 관계

다음은 활자본이 葉逢春本과는 일치하면서 다른 판본들과는 다른 부분이다.[28)]

(1) 8下1a
活字 : 今樊城之圍至急。
嘉靖 : 今樊城困之至急。
周甲 : 今樊城困之至急。
周丙 : 今樊城困之至急。
夷白 : 今樊城困之至急。
葉本 : 今樊城　圍至急。

(2) 8下2a
活字 : 陽陵陂地名駐紮，以救曹仁。
嘉靖 : 陽陵陂駐紮，以救曹仁。陽陵陂，地名也。

---

28) 金文京 교수는 활자본이 엽봉춘본과도 친연성이 있음을 제일 먼저 지적해 주셨다. 도움을 주신 김문경 교수께 감사드린다.

周甲：陽陵坡駐紮，以救曹仁。

周丙：陽陵陂駐紮，以救曹仁。

夷白：陽陵陂住札，以救曹仁。

葉本：駐大軍於摩陂 地名，以救曹仁。

(3) 8下8b

活字：視死如歸，何所不至。

嘉靖：以死不歸，何所不至。

周甲：以死不歸，何所不至。

周丙：誓死不歸，何所不至。

夷白：誓死不歸，何所不至。

葉本：視死如歸，何所不至。

(4) 8下10b

活字：同力破曹，共扶漢室，別無他意。

嘉靖：同力破曹，共扶漢室，別無他志。

周甲：同力破曹，共扶漢室，別無他恙。

周丙：同力破曹，共扶漢室，別無他志。

夷白：同力破曹，共扶漢室，別無他恙。

葉本：同力破曹，共扶漢室，亦非他意。

(5) 8下13b

活字：直到臨沮。

嘉靖：直至臨沮。

周甲：直至臨沮。

周丙：直至臨沮。

夷白：直至臨沮。

葉本：直到臨沮。

(6) 8下13b

活字：權乃大喜。

嘉靖：孫權大喜。

周甲：權　大喜。

周丙：權　大喜。

夷白：權　大喜。

葉本：權乃大喜。

(7) 8下14a

活字：其子關平一時被害。後史官有廟讚曰

嘉靖：其子關平同時歸神。後史官有詩讚曰

周甲：比子關平一時遇害。後史官有廟讚詩曰

周丙：其子關平一時遇害。後史官有廟讚詩曰

夷白：其子關平一時遇害。後史官有廟讚詩曰

葉本：其子關平一時被害。後史官有廟讚曰

(8) 8下15b

活字：英魂頓悟，　卽　　　下馬。

嘉靖：英魂頓悟，　卽落雲下馬。

周甲：英魂頓悟，　卽落雲下馬。

周丙：英魂頓悟，　卽落雲下馬。

夷白：英魂頓悟，　卽落雲下馬。

葉本：英魂頓悟，　卽　　　下馬。

(9) 8下35b

活字：頭上帶橫骨。

嘉靖：頭上帶兇骨。

周甲：頭上帶凹骨。

周丙：　。

夏本：頭上帶凹骨。

夷白：　。

葉本：頭上帶橫骨。

(10) 8下38a

活字：庶托足下發蹤，盡心於主公之業。

嘉靖：庶託足下末蹤，　盡心於主公之業。
周甲：庶托足之末蹤，　盡心於主公之業。
周丙：。
夏本：庶托足下末蹤，　盡心於主公之業。
夷白：。
葉本：庶記足下發蹤，　盡心於主公之業。

(11) 8下39a
活字：吳起謝罪，　逡巡於河上。
嘉靖：咎犯謝罪，　逡巡於河上。
周甲：咎犯謝罪，　逡巡於河上。
周丙：。
夏本：咎犯謝罪，　逡巡於河上。
夷白：。
葉本：吳起謝罪，　逡巡於河上。

6. 조선 활자본『三國志通俗演義』의 가치와 의미

　　과거 필자는『삼국지연의』에 대해서 당시 새로 발굴된 주왈교본 갑본 조선 번각본을 토대로 하여 국내에 전래된 삼국지연의 판본은 주왈교본이며, 1569년 이전 조선에서 간행된 것으로 주장한 바 있다. 그런데 최근 활자본『三國志通俗演義』1책(권8)이 새롭게 발견됨에 따라 필자의 견해를 수정하고자 한다. 새 자료 조선 활자본『삼국지통속연의』의 가치와 의의를 정리하면 다음과 같다.

　　첫째,『조선왕조실록』에 기록된『삼국지통속연의』에 관한 기사 중 "至於印出"이 가리키는 책은 조선 번각본이 아닌 활자본이다. 이『삼국지통속연의』역시 조선시대 금속활자로 간행된 여러 소설들의 간행 양상처럼 국가의 공식적인 출판 보급을 목적으로 이루어진 것이 아니라 출판주도권을 지닌 고위관료들의 사적인 취향과 청탁 등을 통해서 간행된 것으로 추정된다.

둘째, 이 활자본은 1516년부터 임진왜란(1592) 전까지 사용되었던 병자자이며, 그중에서도 후기 병자자로 추정된다. 신자료『삼국지통속연의』는 중국에서 원본이 간행된 1552년 이후 1560년대 초중반 사이에 인출된 것으로, 우리나라에서 현존하는『삼국지연의』간행본 중 가장 오래된 것이며,『삼국지연의』판본 중에 한·중·일 삼국을 통틀어 첫 번째 금속활자본이다.

셋째, 판식과 지질의 상태에 의하면, 그간 국내에 현존하는 간행본 중에서 가장 오래된 것으로 인식되었던 정묘년 탐라 간기가 있는 조선 번각본 周曰校本『三國志傳通俗演義』는 임란 이전의 정묘(1567)가 아니라 이보다 60년 뒤인 인조 연간의 정묘인 1627년으로 보는 것이 타당하다. 조선에서 활자본이 나온 이후에『삼국지연의』에 대한 수요가 많아짐에 따라 활자본의 주텍스트였던 주왈교본 갑본을 그대로 번각하였다. 번각은 두 차례 이상 이루어진 것으로 판단된다.

넷째, 주왈교본 갑본을 모본으로 하면서도 가정임오본을 참고하여 교감을 더하고 상하권으로 분류하여 간행된 독자적인 판본이다. 판식이나 서명, 판심제 등이 가정임오본과 동일하여 가정임오본에 가까운 듯하다. 그러나 본문 전체를 대조해 보면 가정임오본과 다르면서 주왈교본 갑본과 일치하는 것이 500여 자라면, 주왈교본과 다르면서 가정임오본과 일치하는 글자는 200여 자로 조선 활자본이 주왈교본 갑본에 더 가깝다는 사실을 확인할 수 있다. 그러나 극히 소수이기는 하나 조선활자본이 가정임오본, 주왈교갑본과 일치하지 않는 독자적인 부분도 있고, 엽봉춘본과 일치하는 부분도 확인되는 점으로 미루어, 현재 중국에도 일실되고 없는 주왈교본의 모본을 저본으로 하여 간행되었을 가능성도 배제할 수는 없다.

　다섯째, 조선시대에 많은 중국소설들이 간행되었으나 문언소설이 대부분이며 통속소설, 즉 백화소설의 간행은 『三國志通俗演義』가 처음이다.

■『중국어문논총』 제44집, 중국어문연구회, 2010

 **계명대 소장 한글필사본 번역고소설
『서유긔』 연구**

1. 머리말

우리나라에 전해진 『서유기』 관련 이야기는 원대의 『西遊記平話』에
서부터 시작된다. 이는 역관들의 중국어 회화서인 『박통사언해』(下卷)(숙
종 3년, 1677)에 언급된 「車遲國鬪聖」를 통해서 확인할 수 있다.[1] 훈민정
음 창제 이전인 『세종실록』 5년, 8년, 12년, 16년, 23년 기사에 언급된 한
문본 『박통사』와 현존하는 『번역박통사』(乙亥字本, 1517) 상권의 존재를 통
해 볼 때, 『박통사언해』는 이들 『박통사』 자료들을 토대로 간행된 것이
분명하므로, 『서유기평화』 관련 이야기는 상당히 이른 시기에 유입되었
다고 하겠다.[2]

---

1) 『西遊記平話』는 명대 吳承恩이 지은 『西遊記』의 모본으로, 중국에서조차 원본이 일
   실되어(「夢斬涇河龍」 대목만 『永樂大典』에 남아 있음) 그 내용을 알 수 없었던 것
   인데, 「車遲國鬪聖」 한 대목이 고스란히 전재되어 있어 『西遊記』의 초기 형태를 짐
   작할 수 있다.

　　명대 통속소설로서 신마소설의 대표작인『西遊記』는 조선에서 엄청
난 인기를 누리며 향유되었다. 그 인기는 많은 문인들의 소설에 대한
평론과 여러 서목들에 적힌 기록들을 통해서 확인되는데, 한문으로 쓰
인 원전뿐만 아니라 한글로도 번역 전사하여 읽혔을 만큼 대단하였다.

　　그리고 정확한 시기는 추정할 수 없지만 한글로의 번역은 1762년 完
山李氏(사도세자)가 서문을 쓴『중국소설회모본』, 1786년에서 1790년에 걸
쳐 온양 정씨가 필사한『옥원재합기연』권15의 표지 안쪽에 적힌 소설
목록, 洪羲福(1794~1859)의『第一奇諺』번역본 서문 등을 통해서 번역본『서
유기』의 유통 현황을 살펴볼 수 있다.

　　그러나『삼국지』·『수호지』와 더불어 18·19세기 베스트셀러 중의
한 작품으로서 조선 독자층들에게 각광받았었던 작품인데도 불구하고
현존하는 번역본은 소수에 불과하다. 현재 확인되는 바는 연세대, 계명
대, 영남대, 성균관대, 단국대, 순천시립 뿌리깊은나무 박물관, 일부 개
인 소장본 등이다.

　　연세대 소장본은 현존하는 번역필사본들 가운데 가장 고형의 어휘를
유지하고 있는 번역본으로 비교적 이른 시기인 18세기 초로 추정한다.[3]
이밖에 방각본으로는 경판『서유기』와 華山新刊『서유기』등이, 구활자
본으로는 1913년 박문서관, 조선회관 등에서 간행된『언한문 셔유긔』
등이 전한다. 구활자본은 구한말까지 남아있던 셔유긔 번역필사본을 가

---

2) 조선왕조실록 기록 외에 日本『西序書目草木』(일본 東北大 소장)에도 숙종대의 왕
　　실서고에 고려시대『朴通事』、崔世珍의『飜譯朴通事』와『老朴集覽』이 소장되어 있
　　었다는 기록이 있다. 磯部彰,「『西遊記評話』해제부분」, 石昌渝 主編,『中國古代小
　　說總目』(白話卷), 山西教育出版社, 2004, p.419.

3) 김장환·박재연·김영,『셔유긔』, 학고방, 2009 ; 연세대 소장본에 대한 자세한 내
　　용은 김영,『朝鮮後期 明代小說 飜譯筆寫本 硏究－새로 발굴된『셔유긔』,『高后傳』,
　　『슈양의ᄉ』,『슈ᄉ유문』,『南宋演義』를 중심으로』, 한국외국어대학교 대학원 박사
　　학위논문, 2007 참조.

지고 구활자로 조판한 듯하다.4)

본고에서 살펴보고자 하는 새 자료 계명대 소장 『셔유긔』는 한글필사본이다. 28권 24책으로 4책이 결본이지만 비교적 많은 분량이 현존하고 있어 당시 『서유기』 번역필사본의 유통과 향유를 살펴볼 수 있는 자료이다. 이에 본고에서는 이 자료의 서지적인 특징들을 고찰해 보고 어떤 판본을 저본으로 하여 번역하였는지 고증하고자 한다. 또한 이 자료에서 나타나는 국어학적 특징들을 통해 다양한 어휘의 활용상을 살펴보고 유통 시기를 추정해 보고자 한다.

2. 『셔유긔』의 서지적 고찰

〈사진 1〉 『셔유긔』 권2, 제59면   〈사진 2〉 『셔유긔』 권3, 제1면

---

4) 박재연·이재홍, 『셔유긔』, 이회문화사, 2001 이외에 『西遊記』 제10~12회를 번안한 방각본 『唐太宗傳』도 있다.

계명대 소장 『셔유긔』(청구기호 : (고)812.35.서유기)는 전체 28권 24책(권1, 10, 15, 20 缺)의 한글필사본으로 전체 크기는 20.9×20.2cm이다. 선장본으로 오침안정법으로 제책되었다. 겉표지 좌측 상단에는 한문으로 "西遊記" 서명을, 그 아래는 '三之四, 五之六, 七之八……'식으로 순서가 표시되어 있으며 五十五까지이다. 우측 상단에는 '二, 三, 四……'식으로 冊次를 표시하였다.

<사진 1·2>에서 보이는 바와 같이 글씨체는 흘림체로 두 가지의 서체를 보이는데 필사자는 2명이다. 권지삼 1책을 제외한 23책은 흘려 쓰는 정도의 차이만 있을 뿐 같은 서체를 유지하고 있다. 반면 권3은 이와는 다른 고졸한 민체로 쓰여져 있다.

광곽이나 계선이 없이 반엽 11~13행, 매 행 16~19자 내외로 일정하지 않다. 예컨대 권2는 반엽 11행, 1행 18자 내외인 반면, 다른 필사자로 보이는 권3은 반엽 12행, 1행 16자 내외이다. 본문 첫 면은 한글로 "셔유긔"라 쓰여 있다. 책장을 넘길 때마다 닿게 되는 모서리 부분은 글자가 훼손되는 것을 미리 감안하여 매 면 2행 하단은 두 자를 적게 필사하여 비워두었다. 또한 권4~9까지는 하단 모서리 부분에 장차를 표시하였다.

전체 필사 면수는 권2는 129면, 권3은 139면, 권4는 119면, 권5는 119면, 권6은 118면, 권7은 114면, 권8은 113면, 권9는 109면, 권11은 108면, 권12는 107면, 권13은 97면, 권14는 106면, 권16은 96면, 권17은 110면, 권18은 104면, 권19는 114면, 권21은 115면, 권22는 104면, 권23은 106면, 권24는 103면, 권25는 104면, 권26은 125면, 권27은 115면, 권28은 46면으로 도합 2,620면이다. 매 권마다 대개 3~4회의 내용이 실려 있으나, 한두 회만 수록된 경우도 있고, 원전의 상당 부분이 축약 번역되어 5~7회의 내용을 수록한 경우도 있다.

　빠진 단어 및 글자에 대해서는 작은 글씨로 추가하여 기입한 흔적도
있다. 본문 중간 중간에 고유명사나 생경한 한자 어휘 그리고 설명이
필요한 단어에 대해서는 쌍행으로 세주를 달아 설명하였다. 전체 23개
의 주석이 달려 있는데 그 예를 살펴보면 다음과 같다.5)

　　　긔응(饑鷹) [주린 미] <2 : 79>
　　　어응(魚鷹) [고긔미] <2 : 80>
　　　비죄(飛鳥丨) [훈 쫙 난식] <2 : 80>
　　　권즛(圈子) [망퇴란 말이럭] <2 : 96>
　　　참요디(斬妖臺) [요괴 버히난 디럭] <2 : 101>
　　　강요쥬(降妖柱) [요괴 강곡 밧난 기동이럭] <2 : 101>
　　　오근육(五斤肉) [다슷 블의에 고기라] <2 : 123>
　　　홍쥬지(紅柱子丨) [붉은 거동이럭] <2 : 123>
　　　씩지(喫之)ᄒ여 [먹단 말이라] <6 : 17>
　　　숨ᄼ(三三)ᄒ여 구류(勾漏)에 지으미오 육ᄼ(六六)ᄒ여 쇼옹(少翁)의 승냥
ᄒ미러라 [구류난 신션의 일홈이라 쇼옹은 도스의 일홈이라] <6 : 19>
　　　연과 슈은 갓흐니 [연은 납 녹인 물이라] <6 : 19>
　　　슈손디신(守山大神)을 숩고져 ᄒ노라 [슈손은 손직이라] <6 : 24>
　　　앗가 쇼긔(小价) 이럭되 [격은 ᄒ인이라] <6 : 39>
　　　제(猪)라 ᄒ고 [도야지 제쓰라] <6 : 41>
　　　구치정퍼(九齒釘鈀) 이시니 [아홉 니 가진 병장긔 정퍼이라] <6 : 52>
　　　네 본디 져러훈 쳔봉슈신(天蓬水神)으로 하계ᄒ여 져 모양 괴믈이 되어
시니 [쳔봉슈신은 북방구셩이니 신장이라] <6 : 59>
　　　나의 공ᄼ(公公)과 빅ᄼ(伯伯)계 뫼난 녜를 폐치 말나 ᄒ니 [공ᄼ은 아비라
마리오 빅ᄼ은 쇠아즛비라] <6 : 75>
　　　계도(戒刀)를 가져 오라 ᄒ여 [계도난 놋칼이라] <7 : 51>
　　　넘녜이 머리를 도로이난 곳이ᄼ곳 [영산이니이다 영산은 곳 영긔로온 산이오
뇌음스는 셕가여리 머무난 곳이라] <7 : 110>
　　　힉쇄법(解鎖法)을 부릴식 [힉쇄법은 잠을쇠 졀노 녈니난 법이라] <8 : 43>

---

5) 작은 글씨 부분이 쌍행협주이다. 한자는 필자가 임의로 첨가한 것이다. < >안의
　　앞의 숫자는 권차이고 뒤의 숫자는 해당 면을 가리킨다.

은각이 금권ᄌ로 [금으로 둥글게 두른 글ᄌ 모양] <11 : 108>
고지(瞽者ㅣ) [고지난 쇼경] <12 : 29>
셕갈(石碣)이 셧거날 [갈은 표셕이라] <21 : 92>

　작품 전체가 한글로 필사된 점을 고려하여 독자들이 보다 쉽게 이해
할 수 있도록 자세히 설명을 달았는데, 대개 한자어에 대한 설명을 우
리말로 풀어쓴 예가 많다. 도사·신선, 친족에 관한 어휘부터 조류·가
축·광물·산명·무기, 도술법에 대한 설명까지 광범위하다.

　이밖에 문장 곳곳에서 번역상의 오독과 전사상의 오기로 판단되는
경우가 빈번하게 발견된다. 그 예들을 살펴보면 첫째, 오자나 탈자가 상
당히 많다. 이는 인명·지명·물명·국명·관직명·한자어·고유어 등
에서 다양하게 나타나고 있다. 예컨대 한자어에서는 '普陀'를 '보탑'으
로, '黃極'을 '하극'으로, '五斗星君'을 '두성군'으로, '劉洪紀'를 '유순이'
로, '金剛琢'을 '금각탁'으로, '太宗'을 '디용'으로, '花果山'을 '화관산'으
로, '萬花店'을 '만훈점'으로, '五鳳樓'를 '오공누'로, '大雷音寺天竺國'을
'디뇌음ᄉ쳔국'으로, '九光寶蓋'를 '구왕보기'로, '人曹官'을 '이조관'으
로, '跑跑喊喊'을 '쵸ᄒ함함'으로, '金亭舘'을 '젼관'으로, '祖母綠'을 '조모
를'로 '光祿寺'를 '강녹시'로, '錦香亭'을 '금황뎐' 등으로 오기하고 있다.

　고유어에서는 '싸시난 덧'을 '싸지난 덧'으로, '봄에'를 '몸에'로, '그
려 가지고'를 '그져 가지고'로, '막어보라'를 '먹어보라'로, '밋츨 잡아'
를 '빗츨 잡아'로, '옷기슭'을 '옷슭긔'로, '문득'을 '묵득'으로, '버드남
계'를 '드남계'로, '바라나니'를 '바나니' 등으로 표기하고 있다. 이러한
오기와 누락자는 본문에서 빈번하게 나타나는 현상이다. '그 목판 그 목
판 우희 언고 <3 : 70>'나 '아등의계 보뇌여 아등의계 보뇌여 <5 : 23>'
처럼 중복되어 표기된 경우도 있다. '行李을 수십ᄒ여 <3 : 51>', '張氏
이로되 <3 : 55>', '自幼로 출가ᄒ엿난냐 <3 : 78>'처럼 중간에 한자를

섞어 쓴 경우도 있는데 이는 권3에서만 나타난다. 둘째, 회목명이 중국 원전을 직접 보고 번역하였다고 판단하기 어려울 정도로 복잡한 양상을 띤다. 즉, 본문에 回目이 제시되어 있기는 하나 回次가 맞지 않는 경우도 있고, 회목명에서 일부 글자가 누락되거나 중복 필사한 경우도 있고, 대구를 이루지 못하고 한 구만 적은 경우도 있고, 아예 회목명을 적지 않은 경우도 있다. 또한 한글 회목명이 중국 판본들과 아예 맞지 않은 경우도 있다.

이처럼 다양하게 나타나는 회목명에 대한 차이 외에, 회가 나뉘는 단락도 번역필사본과 중국 원전을 비교해 보면 서로 일치하지 않는다. 구체적인 차이들을 표로 비교하면 다음과 같다.[6]

	계명대본 『셔유긔』	淸板本 『西遊眞詮』	비고
권2	명쥬졔쳔의미령 오공디젼나탁티즈	4.官封弼馬心何足 名注齊天意未寧	권1缺
	□□□□□□□ 반쳔궁졔신착괴	5.亂蟠桃大聖偸丹 反天宮諸神捉怪	
	관음보회문원인 쇼셩시위항디셩	6.觀音赴會問原因 小聖施威降大聖	
	팔괘노즁도디셩 오힝셔ㅎ졍심원	7.八卦爐中逃大聖 五行山下定心猿	
권3	긔음ㅅ블죄번셜경문 관음보살구경연		
	아불조경젼극락 관음봉지상중안	8.我佛造經傳極樂 觀音奉旨上長安	
	진광지부임봉지 강유승복수보본	9.陳光蕊赴任逢災 江流僧復讐報本	
	진강유보부모원 은승상긔병축강포		
권4	노룡왕줄계법쳔존 위승상유계탁명□	10.老龍王拙計犯天條 魏丞相遺書托冥吏	
	경희용왕구명티죵 □□□□□□□□		
	유지부티죵환혼 진과ː뉴젼속비	11.遊地府太宗還魂 進瓜果劉全續配	
	(회목명 없음)	12.佽奘秉誠建大會 觀音顯像化金蟬	
	함호혈금셩희악 쎵필녕빅흠유승	13.陷虎穴金星解厄 雙叉嶺伯欽留僧	
권5	심원귀정 뉵졍무죵	14.心猿歸正 六賊無踪	
	샤반□데신암우 응슈간의□슈강	15.蛇盤山諸神暗佑 鷹愁澗意馬收韁	
	(회목명 없음)	16.觀音院僧謀寶貝 黑風山怪竊袈裟	

6) 굵게 표시된 부분은 회목이 다르거나 누락된 예이며, 밑줄 친 부분은 오독하였거나 전사상의 오기로 판단되는 예이다.

	계명대본 『셔유긔』	淸板本 『西遊眞詮』	비고
권6	□힝ㅈ더요흑풍손 관□음슈복웅비괴	17.孫行者大鬧黑風山　觀世音收伏熊羆怪	
	□□□□□□□　고노장힝ㅈ강마	18.觀音院唐僧脫難　高老莊行者降魔	
	운잔동오공슈팔계 부도산현장슈심경	19.雲棧洞悟空收八戒　浮屠山伭奘受心經	
	황풍영당승유난 반산즁팔계징션	20.黃風嶺唐僧有難　半山中八戒爭先	
	호법셜즁류디셩 슈미녕길졍퓽마	21.護法設莊留大聖　須彌靈吉定風魔	
권7	호셥셜장뉴디셩 슈미녕길졍퓽마(중복)	22.八戒大戰流沙河　木叉奉法收悟淨	
	숨장이블망본 ㅅ셩시션심	23.三藏不忘本　四聖試禪心	
	만슈산디션유고은 오장원힁졔졀과		
권8	만슈산디션유고은 오장원힁졔졀과(중복)	24.萬壽山大仙留故友　五莊觀行者竊人參	
	진원션환착취경승 숀힝지디요오즁관	25.鎭元仙趕捉取經僧　孫行者大鬧五莊觀	
	숀오공이숨도구방 관□음괌쳔활슈	26.孫悟空三島求方　觀世音甘泉活樹	
	시마□희당숨장 셩승호츅미후왕	27.屍魔三戲唐三藏　聖僧恨逐美猴王	
권9	시마삼희당삼장 셩승환츅미후왕(중복)		
	화과산군요취의 흑숑님삼장봉요	28.花果山群妖聚義　黑松林三藏逢妖	
	팔난강뉴니왕포 승은팔계젼산림	29.脫難江流來國土　承恩八戒轉山林	
		30.邪魔侵正法　意馬憶心猿	
권11	평졍산공조젼신 연화동묵모봉□	32.平頂山功曹傳信　蓮花洞木母逢災	권10缺
	외도미진셩 원심보죠심	33.外道迷眞性　元神助本心	
	외죠미진경 원심도본심(중복)		
	만두고산곤심원 디셩등나편보퓌	34.魔頭巧算困心猿　大聖騰那騙寶貝	
권12	외죠시위긔졍셩 심원회보복ㅅ마	35.外道施威欺正性　心猿獲寶伏邪魔	
	심원영체졔연복 벽화방문견월명	36.心猿正處諸緣伏　劈破旁門見月明	
	귀왕야갈당숨장 오공신화인연아	37.鬼王夜謁唐三藏　悟空神化引嬰兒	
	영아문모시지사졍 금목참연견가진	38.嬰兒問母知邪正　金木參佽見假眞	
권13	일닙금단쳔상득 슘년고쥬셰간□	39.一粒金丹天上得　三年故主世間生	
	영아희화션심난 원마도쥬목모공	40.嬰兒戲化禪心亂　猿馬刀圭木母空	
	심원조화퓌　목간피마금	41.心猿遭火敗　木母被魔擒	
권14	디셩□근비남히 관음ㅈ션박홍희	42.大聖殷勤拜南海　觀音慈善縛紅孩	
	흑하요억금숑거 셔히뇽지착탈회	43.黑河妖孽擒僧去　西洋龍子捉鼉回	
	법신원운봉거역 심졍요ㅅ도쳑관	44.法身元運逢車力　心正妖邪度脊關	
권16	마룽한풍표디셜 승ㅅ비블니칭빙	47.聖僧夜阻通天水　金木垂慈救小童	권15缺
		48.魔弄寒風飄大雪　僧思拜佛履層冰	

	계명대본『셔유긔』	清板本『西遊眞詮』	비고
권16	삼장뉴지침슈턱 관음구난헌어람	49.三藏有災沉水宅 觀音救難現魚籃	권15缺
	졍난셩동인외욕 신혼심동우마독	50.情亂性從因愛欲 神昏心動遇魔頭	
권 17	심원공용쳔반계 화슈무공난병마	51.心猿空用千般計 水火無功難煉魔	
	오공ᄃᆡ요금도동 여ᄅᆡ암시슈인공	52.悟空大鬧金𡸣洞 如來暗示主人公	
	션쥬탄ᄎᆞᆫ회귀잉 황파운슈히ᄉᆞ티	53.禪主呑餐懷鬼孕 黃婆運水解邪胎	
권 18	법셩셔ᄅᆡ봉녀국 심원졍계탈연화	54.法性西來逢女國 心猿定計脫烟花	
	식ᄉᆞ음희당삼장 셩졍수지불괴신	55.色邪淫戲唐三藏 性正修持不壞身	
권 19	신광쥬쵸구 도ᄆᆡ방심원	56.神狂誅草寇 道昧放心猿	
	(회목명 누락)	57.眞行者落伽山訴苦 假猴王水簾洞謄文	
	이심요란ᄃᆡ건곤 일졔난슈진졍멸	58.二心攪亂大乾坤 一體難修眞寂滅	
권 21	□□□□□□□ 숀힝ᄌᆞ삼죠파쵸션	61.猪八戒助力破魔王 孫行者三調芭蕉扇	권20缺 권21은 제61회 중반부터 시작
	쳑후셰심유쇼탑 ᄇᆡᆨ마ᄃᆡ졍ᄂᆡ슈신	62.滌垢洗心惟掃塔 縛魔歸正乃修身	
	이승탕괴요용궁 군션졔ᄉᆞ획보픠	63.二僧蕩怪鬧龍宮 群聖除邪獲寶貝	
	형극녕오릉뇌력 목션암숨장담시	64.荊棘嶺悟能努力 木仙菴三藏談詩	
권 22	요사가셜쇼뇌음ᄉᆞ ᄉᆞ즁ᄀᆡ죠ᄃᆡ악비	65.妖邪假說小雷音 四衆皆遭大厄難	
	졔신죠독슈 미륵박요마	66.諸神遭毒手 彌勒縛妖魔	
	(회목명 생략)	67.拯救駝羅禪性穩 脫離穢汚道心淸	
권 23	쥬ᄌᆞ국당승논젼셰 숀힝ᄌᆞ시위삼졀□	68.朱紫國唐僧論前世 孫行者施爲三折肱	
	심쥬야문슈약믈 국왕연상논요ᄉᆞ	69.心主夜間修藥物 君王筵上論妖邪	
	쥬ᄌᆞ국왕연상논요사	70.妖魔寶放烟沙火 悟空計盜紫金鈴	
	요마보방연ᄉᆞ화 오공계계ᄌᆞ금녕		
권 24	힝졔가명강괴후 관음현상복요왕	71.行者假名降怪犼 觀音現像伏妖王	
	반ᄉᆞ동칠졍미본 탁후쳔팔계망형	72.盤絲洞七情迷本 濯垢泉八戒忘形	
	졍인구환싱직득 심두죠마힝파견	73.情因舊恨生災毒 心主遭魔幸破先	
권 25	비구연ᄌᆞ견음심 금젼식마담도덕	78.比丘憐子遣陰神 金殿識魔談道德	제74~77회 번역 생략
	심동구요봉노슈 당죠졍쥬구영아	79.尋洞求妖逢老壽 當朝正主救嬰兒	
	턱녀휵양구비우 심원호쥬식요샤	80.姹女育陽求配偶 心猿護主識妖邪	
	진히ᄉᆞ심원지괴 ᄒᆞᆨ숑님산즁심ᄉᆞ	81.鎭海寺心猿知怪 黑松林三衆尋師	
권 26	타녀구양 원시호도	82.姹女求陽 元神護道	제85~86회 번역 생략
	심원식득단독 타녀환귀본셩	83.心猿識得丹頭 姹女還歸本性	
	난멸가지원ᄃᆡ가 법왕셩졍체천년	84.難滅伽持圓大覺 法王成正體天然	
	봉션군모천치한 □ᄃᆡ셩권션시림	87.鳳仙郡冒天致旱 孫大聖勸善施霖	

	계명대본 『셔유긔』	淸板本 『西遊眞詮』	비고
권 26	당삼장옥화쥬 삼왕지학득무예	88.禪到玉華施法會　心猿木母授門人	제85~86회 번역 생략
	표두산호구동봉요	89.黃獅精虛設釘鈀會　金木土計鬧豹頭山	
	힝지요젹파면 삼장니발표수정	90.師獅授受同歸一　盜道纏禪靜九靈	
권 27	금평부언야관등 <u>형여</u>동당승공장	91.金平府<u>元</u>夜觀燈　<u>玄英</u>洞唐僧供狀	제93~95회 번역 생략
	삼승디젼쳥뇽산 수승협착셔우괴	92.三僧大戰靑龍山　四星挾捉犀牛怪	
	구원외희디고승 당승불탐부귀	96.寇員外喜待高僧　唐長老不貪富貴	
	금슈호<u>의</u>죠마독 셩현<u>옥</u>혼구본원	97.金酬護<u>外</u>遭魔毒　聖顯<u>幽</u>魂救本原	
	원<u>슈</u>마슌방<u>탁</u>각 공승힝만견진<u>어</u>	98.猿<u>熟</u>馬馴方<u>脫</u>殼　功<u>成</u>行滿見眞如	
권 28	구구슈<u>원</u>마잔진 <u>산산</u>힝만도귀근	99.九九<u>數完</u>魔剗盡　<u>三三</u>行滿道歸根	
	경회동토 오셩셩진	100.徑回東土　五聖成眞	

　표에 보이는 것처럼 오자와 탈자의 글자 출입이 상당히 많이 발견된다. 제7회의 '山'을 '셔', 제10회의 '書'를 '계', 제15회의 '賊'을 '졍', 제24회의 '友'를 '은', 제29회의 '土'를 '포', 제32회의 '木'을 '묵', 제40회의 '圭'를 '쥬', 제52회의 '主'를 '슈', 제58회 '體'를 '제', 제73회 '先'을 '견', 제82회 '神'을 '시', 제91회 '玄英'을 '형여', 제97회 '外'를 '의', 제99회 '完'을 '원' 등으로 표기하고 있는데, 특히 초성 'ㅅ' 'ㅈ' 'ㅌ' 등을 'ㄱ' 'ㅅ' 'ㅍ'으로, 중성 'ㅚ', 'ㅡ' 등을 'ㅓ' 'ㅗ'로, 종성 'ㄴ'이나 'ㅁ'을 'ㅇ' 등으로 잘못 전사한 경우가 빈번하다.

　다음으로, 제12, 16, 57, 67회와 같이 회목명을 누락시킨 경우도 있고, 제21회 '호법셜즁류디셩 슈미녕길졍풍마', 제24회 '만슈산디션유고은 오자원힝졔결과', 제33회 '외도미진셩 원심보죠심' 등처럼 회목명을 중복하여 표기한 예도 보인다.

　원전과 다른 회목명도 있는데 권2의 제4회, 권3의 제8회~11회, 권26의 제88회~90회가 이에 해당한다.

　이밖에도, 표로 구분해 놓은 바와 같이 회가 나누어지는 부분이 중국 원전과 차이가 나타난다. 같은 단락에서 회가 나누어지는 경우도 있으나 대개 다른 단락에서 회가 나뉘고 있다. 심지어는 중국 원전에서는 한 회이지만 번역필사본에서는 이를 두 회로 나뉘어 회목명이 기재된 경우도 있다.

계명대본 『셔유긔』에 나타나는 번역 양상은 대체로 직역과 축약이 많다고 할 수 있다. 70회 이전까지는 대개 직역에 가까운 양상을 보이지만 70회 이후 후반부로 갈수록 대폭 축약하거나 몇 회를 건너뛰고 번역하는 경향을 보인다.

예를 들면, 제74회~제77회, 제85회~제86회, 제93회~제95회는 번역이 아예 생략되어 있고, 제90회는 회목은 제시되어 있지만 한 회의 내용이라 할 수 없을 정도로 매우 소략하게 축약·생략되었다. 그리고 서로 다른 한자어를 같은 어휘로 번역하는 등 오역 부분도 자주 발견되고 있다. 이러한 오역은 대개 어류, 조류, 곤충류의 이름과 관련된 어휘들이다.

   (1) 머역이 /머억이 /졈어
      가. <u>머역이</u> 정녕이로쇼이다 (我是<u>黑魚</u>精.) <21 : 37-62>
      나. 그 모양이 일기 큰 ᄌ라도 갓고 혹 <u>머역이</u> 갓더이ᄃ (那模樣像一個大鱉; 不然, 便是個<u>鼍龍也</u>.) <14 : 64-43>
      다. 문득 일기 거문 <u>머역이</u> 한낫 쳥좌ᄒ난 셔갑을 밧들고 하슈 머리로 좃ᄎ 힝ᄒ여 가거날 (正走處撞着一個<u>黑魚</u>精, 捧著一個請書匣兒, 從下流頭似箭如梭鑽將上來.) <14 : 66-43>
      라. 나는 부ᄅ긔롤 분ᄑ;라 ᄒ고 져는 칭ᄒ긔를 ᄑ;분이라 ᄒ오니 분ᄑ;는 <u>졈어</u>정이오 ᄑ;분은 <u>흑어</u>정이로쇼이다 (我喚做奔波兒灞是個<u>鯰魚</u>精, 他喚做灞波兒奔是個<u>黑魚</u>精.) <21 : 50-62>
      마. <u>가믈치</u> 정녕이오 (他是<u>鯰魚</u>怪.) <21 : 36-62>

  (1-가) '머역이'는 "메기"라는 뜻으로 '黑魚'의 대역어로 쓰였다. 『표

준국어대사전』에서는 '黑魚'를 "가물치"로 정의하였다. (1-나)는 '鼉龍'을 '머역이'로 번역하였다. (1-다) '머억이'는 '黑魚精'의 대역어이다. (1-라)는 '鯰魚'를 한자어 "졈어"로 번역하였다. (1-마)는 '가믈치'로 오역하였다.

    (2) 갈머기 /갈믜기 /고긔미
        가. 뜯즐 ㅊ겨 셔로 이즈니 <u>갈머기</u>와 히오라비 밍셰로다 (忘情結識松梅友, 樂志相交<u>鷗</u>鷺盟.) <3 : 129-10>
        나. 춧난 범을 그리고 <u>갈믜기</u>를 삭이미 될가 ᄒ나이다 (却不是畵虎刻<u>鵠</u>也.) <12 : 67-37>
        다. 즉시 변ᄒ여 과연 어웅[고긔미]이 되여 표람ᄒ여 간수물 머리ᄒ로 난아 치와 물속을 뒤여 등디ᄒ드니 (果一變變作箇<u>魚鷹兒</u>, 飄蕩在下溜頭波面上, 等待片時.) <2 : 80-6>

    (2)는 모두 "갈매기"를 가리키는데, (2-가,다) '갈머기/고긔미'는 모두 제대로 번역되었다. '갈머기'는 '鷗'의 번역이고 '고긔미'는 '魚鷹兒'의 번역이다. (2-나)는 '鵠'의 번역으로 '갈믜기'보다는 '고니'로 번역하는 것이 옳다.

    (3) 따쩌고리시 /쌋져고리시
        가. 힝지 팔계의 져러텃 어지러이 지져괴믈 뮈이 여겨 다시 변ᄒ여 <u>따쩌고리시</u> 되여 (誰知行者在他耳根後, 句句兒聽著, 忍不住, 飛將起來, 又搖身一變, 變作個<u>啄木蟲兒</u>.) <11 : 11-32>
        나. 반공 중에 <u>쌋져고리시</u> 날거날 이 도다지 니를 갈며 쑤지져 니로더 (原來是個<u>啄木蟲</u>, 在半空中飛哩, 獃子咬牙罵道.) <11 : 11-32>
        다. 진군이 쏘한 쏠니 언덕에 밋쳐 급히 즙으려 ᄒ드니 문득 <u>쌋져고리시</u> 난 보지 못ᄒ고 (眞君赶到崖下, 不見打倒的<u>鴇鳥</u>.) <2 : 84-6>

(3-가,나) ‘ᄶᅡ져고리ᄉᆡ / ᄶᅣᆺ져고리ᄉᆡ’는 “딱따구리”로 ‘啄木蟲兒’의 번역이다. (3다) ‘ᄶᅣᆺ져고리ᄉᆡ’는 ‘鷯鳥’의 번역으로 오역이다. “너새”로 번역하는 것이 옳다.

(4) ᄀᆡᄯᅩᆼ버러지 /ᄀᆡᄯᅩᆼ버레

가. ᄎᆞ시ᄂᆞᆫ 정월이어날 엇지 ᄀᆡᄯᅩᆼ버레 나라가난고 (此時正月, 蟄虫始振, 爲何就有螢飛?) <27 : 10-92>

나. 언필에 즉시 변ᄒᆞ여 ᄀᆡᄯᅩᆼ버레 되여 동즁으로 나라 드러가니 (卽捏訣, 念咒, 變做個火焰虫兒, 飛入洞中.) <27 : 10-92>

다. 힝ᄌᆞ ᄯᅩ 변ᄒᆞ여 ᄀᆡᄯᅩᆼ버러지 되여 팔계 귀 뒤히 붓터더니 (可不笑到了個孫行者, 隨卽還變個蟭蟟虫, 釘在他耳躲後面.) <11 : 13-32>

라. 진신은 변ᄒᆞ여 젹은 ᄉᆡᄯᅩᆼ버레 되여 호로 닙가에 붓터 호로에 쳡ᄌᆞ ᄶᅧ이기를 기다리더니 (眞身却變做個蟭蟟虫兒, 可在那葫蘆口邊.) <12 : 11-34>

마. 산 언덕 아ᄅᆡ 나려 몸을 흔드러 ᄒᆞᆫ 번 변ᄒᆞ여 말ᄯᅩᆼ버러지 되여 쇼ᄅᆡ를 잉〻ᄒᆞ며 나라 (他卽在山坡下, 搖身一變, 變作個蟭蟟蟲兒, 嚶的一聲, 飛將去.) <11 : 9-32>

바. ᄃᆡ셩이 몸을 흔드러 한 번 변ᄒᆞ여 모긔 되여 잉ᄒᆞ난 쇼ᄅᆡ로 (大聖閃在門傍, 搖身一變, 變做個蟭蟟虫兒, 嚶的一聲.) <25 : 15-78>

사. ᄂᆡ 즉시 변ᄒᆞ여 하로ᄉᆞ리 되여 (等我變作個蟭蟟虫兒.) <26 : 11-82>

(4-가,나) ‘ᄀᆡᄯᅩᆼ버레’는 각각 ‘螢’과 ‘火焰虫兒’을 옮긴 것으로 제대로 된 번역이다. (4-다~사)는 동일한 한자어를 한글로 다양하게 번역한 예이다. 『西遊記辭典』에는 ‘蟭蟟蟲兒’를 ‘蟭螟, 古代傳說中的一種極小的蟲’[7]으로 정의하였다. ‘蟭螟’에 대해 『漢語大辭典』에서는 ‘焦螟. 傳說中一種微蟲名.’으로[8], 『中韓大辭典』에서는 ‘모기의 눈썹에 집을 짓는다는 지극

7) 曾上炎, 『西遊記辭典』, 河南人民出版社, 1994, p.157.

8) 羅竹風主編, 『漢語大辭典』第八卷, 漢語大辭典出版社, 2001, p.970.

히 작은 벌레'로 풀이되어 있다.9) 그런데 (4-다,라)는 '기쑝버러지 /씨쑝
버레'로, (4-마)는 '말쑝버러지'로, (4-바)는 '모긔'로, (4-사)는 '하로스리'
로 각각 다르게 번역되었다. '모긔'는 '蚊子'의 번역이어야 맞다.10)

(5) 잔자리 /잔즈리 /존즈리

　가. 져 낭인의 형상을 의논홀진디 <u>잔자리</u> 돌기동을 흔들녀 홈과 갓ᄒ여
　　　분호도 음직이지 못ᄒ난지라 (兩個賊上前搶奪, 可憐就如<u>蜻蜓</u>撼石柱,
　　　莫想動得半分毫.) <19 : 16-56>

　나. 디셩이 몸을 니러 쳥방에 니다라 비결을 줍ᄋ 혼 번 변ᄒ니 문득 일
　　　기 붉은 <u>잔즈리</u> 된지라 (這大聖走出了廳房, 搖身一變, 變作個紅<u>蜻蜓</u>
　　　<u>兒</u>, 飛出前門, 赶上八戒.)<7 : 82-23>

　다. 나의 쌍안이 빅일 가온디 일쳔 리 원근 도로에 길흉을 보옵느니 텬
　　　지간에 비록 <u>존즈리</u> 날기 편 거시라도 혼 번 보와 알지라 (我這雙眼,
　　　白日裏常看一千里路的吉凶. 那千里之內, <u>蜻蜓兒</u>展翅, 我也看見.)
　　　<5 : 52-15>

(5)는 모두 '蜻蜓(兒)'의 번역으로 '잔자리 /잔즈리 /존즈리' 등 다양한
이표기를 보여주고 있다. 이 밖에 곤충과 관련된 단어로 '벼록이', '빈
디', '빗쑝이', '파리' 등이 보이고,11) 한자어로 번역된 예로 '슬즈(蝨子)',
'충승(蒼蠅)' 등도 보인다.12)

---

9) 『中韓大辭典』, 고려대학교 민족문화연구소, 1995, p.1054.

10) 졔 만일 젹게 변ᄒ여 파리나 <u>모긔</u> 꿀벌 나뷔갓치 젹은 모양으로 변ᄒ여 올진디 네
　　엇지 감히 알니요 (他若變作小的, 如蒼蠅·<u>蚊子</u>·蜜蜂·蝴蝶等項, 又會變我模樣, 你
　　却那裏認得?) <14 : 28-42>

11) 입으로 션긔를 부니 그 터럭이 변ᄒ여 쎠 가지 악믈이 되어시니 ㅼ와 <u>벼록이</u>와 <u>빈</u>
　　<u>디</u>지라 (吹口仙氣, 那些毫毛卽變做三樣惡物, 乃虱子·<u>虼蚤</u>·<u>臭虫</u>.) <24 : 12-71> 힝
　　지 다시 변ᄒ여 젹고 젹은 <u>빈디</u> 되여 쌀니 긔여 슘에 올나ㄱ 니블 속으로 드러가
　　(行者見了, 將身一變, 變作一個黃皮<u>虼蚤</u>, 跳上石牀, 鑽入被裏, 爬在那怪的胘膊上.) <1
　　7 : 42-52> 급히 고봉에 나려 ᄯ 동구에 니로러 몸을 흔드러 한 번 변ᄒ여 한 낫
　　<u>빗쑝이</u> 되여 (跳下高峰, 又至洞口, 搖身一變, 變作一個足織兒.) <17 : 40-52>

(6) 참별고기 /촘별고긔

가. 뎌셩이 변호여 <u>참별고기</u> 되여 순이 물결을 좃초 노드니 (那大聖變魚
兒, 順水正游.) <2 : 80-6>

나. 뎌셩이 쏘 한 번 신호여 급히 나려와 시너물 가온디로 드러가 핫 낫
<u>촘별고긔</u> 되여 곳초 박혀 물 속으로 솔 : 드러가거날 (大聖又將身按
下, 入澗中, 變作一箇<u>魚兒</u>, 滓入水內.) <2 : 79-6>

(6)은 '魚兒(물고기)'를 '참별고기'로 번역한 특이한 경우이다. "참별고
기"가 무엇을 의미하는지는 알 수 없다. 현대 국어사전에도 나오지 않
는다.

(7) 긴 부리를 늘희고 송곳갓치 쏀쪽훈 머리로 물비암을 집어 마시려 호
니 그 비암이 를 : 쮜여 독히 구드니 어니 사이에 쫫져고리식 되여
수변 외역 수풀 밋히 선 <u>긔중나무 우희</u>로 올나가거날 (水蛇跳一跳,
又變做一隻花鴇, <u>木木樗樗的</u>, 立在蓼汀之上.) <2 : 83-6>

(7) '<u>木木樗樗</u>'는 '긔중나무 우희로'로 번역되었으나 오역이다. 원 뜻
은 "멍하니", "우두커니" 라는 뜻으로 부사어이다.[13]

(8) 아등은 겨우 도망호여 이곳에 깁히 숨어시니 이난 가히 디곡홀 바 조
셰 번이요 이지 뎌셩야 : 쳔신을 쳐 물니치고 득승호여 도라오시니
일즉 숀상호미 업스오니 츠는 족히 디쇼홀 <u>바 조</u> 세 번이니이두 (我

---

12) 숀가락 머리로 여러 낫 슬즈를 좁아녀여 등쵹 아러 갓가이 디이고 숀톱으로 누르
며 보거날 (用指頭捏出幾個<u>虱子</u>來, 拿近燈前觀看.) <24 : 12-71> 어시에 뎌셩이 변
호여 어린 <u>츙숭</u>이 되여 문겻틱 붓터 져의 긴희 방비호믈 보고 즉시 나라 후궁에
드러가 문머리에 안조 보니 (原來大聖變做箇痴<u>蒼蠅</u>, 釘在門傍, 見前面防備甚緊, 他卽
抖開翅, 飛入後宮門首看處.) <24 : 2-71>
13) 鳩飛翅聲, 쌧쌧 셔다 <聯帖 西遊 24b> 鳩飛翅聲, 쌧쌧 셧다 <語覽 西遊 71b>

等逃生,　故此該哭.　今見大聖得勝回來,　未曾傷損,　故此該笑.)　<2 : 50-5>

　　예문 (8)의 '바 ᄌ'는 원래 한문 원문의 '所…者', '所以…者'의 구문을 번역시 사용되는 대역어이다. 한자 본래의 훈을 살려 '[…] -ㄴ # 바[所] ᄌ(者)'로 직역한 것인데, 이러한 예는 역사서 『강감정사약』과 『노릉지』, 『조야기문』 번역필사본에서 '밧 ᄌ', '바 쟈', '밧 쟈' 등으로 나타난다.14) 이 자료에서는 해당 한자어가 없는데도 '바 ᄌ'로 풀어서 쓰고 있는데, 당시 대중적인 한자어의 활용상을 보여준다. 즉, 직접적인 해당 한자어와 상관없이 습관적으로 사용하였던 단어를 사용하여 대체한 경우라 하겠다. 『명듀보월빙』, 『님화뎡연긔봉』 같은 국문소설 작품군에서도 '밧 ᄌ'를 쓰고 있는데,15) 이 역시 같은 경우이다.

　　이와 같은 번역적 특징은 본서가 원전에 대한 초벌 번역본이 아닌 기존의 한글 필사본을 다시 필사한 전사본임을 추정케 한다.

---

14) 이예 연문공을 달니여 굴오되 연의 뼈 병을 님치 아닌 <u>밧 ᄌᄂ</u> 뼈 됴국이 위ᄒ야 ᄀ리워시미라 (乃去說燕文公曰 : "燕之<u>所以</u>不被兵<u>者</u>, 以趙爲之蔽其南也.") <綱鑑 3 : 23a> 삼문이 뼈ᄒᄂ <u>바 쟈ᄂ</u> 하늘의 두 날이 업고 빅셩의 두 님금이 업스믈 위ᄒ미라 (三問之爲<u>此者</u>, 天無二日, 民無二主故也.) <魯陵志 34a> 이는 션현의 니른바 부지 이시디 군신이 업다 ᄒ야 샹해 개연ᄒᄂ <u>밧 재</u> 실로 이 일의 잇ᄂ니이다. (是近於先賢<u>所</u>謂有父子而無君臣, 臣之<u>所</u>嘗慨然<u>者</u>寔在於此) <朝記 17 : 63>

15) ᄆᆞᆷ의 듕히 넉이는 <u>밧 지</u> 뎡시 ᄯ름이니 아딕 취토 아닌 녀ᄌ를 위ᄒ여 이디도록 홀 니 이시리오 <명듀 95 : 63> 싱이 져런 긔딜과 그 티답이 슌전무일ᄒ여 작야 음밀ᄒᆫ 바로뼈 비기미 가히 니ᄅ 측냥치 못홀디라 의심ᄒᄂ <u>밧 지</u> 아니라 ᄒ죡 답언이 미미치 아니니 <님화 37 : 15>

3. 『셔유긔』의 대역 판본 고증

『西遊記』는 명판본에서부터 청판본에 이르기까지 다양한 판본들이 조선에 유입되었다. 현재 이러한 판본들이 모두 전하지는 않는다. 하지만 허균(1569~1618)의 『惺所覆瓿藁·西遊錄跋』에 언급된 기록을 통해서 만력 20년(1592) 이후 간행된 陳元之 서문이 있는 명판본이,『중국소설회모본』(1762)에 그려진 삽화와 일본에 소장되어 있는 朴淳益 구장본을 통해서 『李卓吾先生批評西遊記』가,16) 이규경(1788~?)의 「小說辨證說」 등의 기록을 통해『西遊眞詮』이 유입되었음을 알 수 있다. 그리고 현재까지도 대학도서관이나 개인 소장 등으로 곳곳에 전하고 있는데, 그중에서도『서유진전』이 가장 많이 전하고 있다. 이처럼 다양한 판본이 유입되었던 당시의 상황을 고려해 볼 때, 번역필사본이 어떤 판본을 저본으로 하여 번역하였는지는 1차적으로 고증해 내야 하는 과제이다. 때문에 저본을 판별해 내기 위해서는『서유기』 판본들 간의 차이점을 바탕으로 하여 번역필사본과 부합되는 특징들을 변별해내야 한다.

　가장 우선적으로 변별해낼 수 있는 특징은 명청대 시대구분이다.

　첫 번째로 뚜렷하게 구분되는 큰 특징은 청대 판본에서는 도교서로

---

16) 日本 東北大學 越中瓢簞菴藏 『李卓吾先生批評西遊記』가 있는데, 이는 조선시대 밀양 박씨인 朴淳益 舊藏本이다. 전체 28책으로 이루어져 있다. 박순익에 대한 자세한 내용은 알 수가 없다. 다만 17세기 초중반 시대의 인물로 추정한다. 특이한 점은 『西遊證道書』를 비롯한 청대 판본들에서 보이는 제9회 '陳光蕊赴任逢災 江流僧復讐報本'가 추가로 필사되어 있다. 제11회 다음으로 "此回此本無, 他本有, 故謄附"라고 쓴 뒤 제9회 전체를 필사하였다. 또한, 떨어져 나가고 없는 부분들은『西遊眞詮』을 그대로 옮겨 필사하였다. 해당되는 부분은 제25회~제28회 전체, 제61회 11장 a면 등이다. 보다 자세한 내용은 磯部彰 編, 越中瓢簞菴藏『李卓吾先生批評西遊記』(十冊), 明淸出版機構硏究會, 1999 ; 磯部彰, 『西遊記受容史の硏究』, 多賀出版株式會社, 1995, pp.215~216 ; 磯部彰, <關於近世韓半島對『西遊記』的接受狀況>, 『韓國中語中文學會 2007年度 聯合國際學術大會 發表集』, 韓國中語中文學會, 2007, pp.4~5 참조.

인식하려는 경향이 있었다. 청대 판본의 '證道書', '眞詮'과 같은 책명도 그러한 영향 하에서 붙여진 것이다.

두 번째로, 회목명의 변화와 새로운 내용의 삽입이 이루어졌다는 점이다. 즉, 명대 판본에는 陳光蕊가 부임하면서 재난을 당한 고사와 현장법사의 출생담이 없지만 청대 판본에서는『西遊證道書』를 필두로 하여 새롭게 회목명과 내용이 추가되었다. 바로 제9회 '陳光蕊赴任逢災 江流僧復讐報本'의 삽입이다. 때문에 기존의 명대 판본에서 유지되었던 제9회~제12회의 내용이『서유증도서』에서는 제10회~제12회로 합쳐졌다. 이처럼 명대 판본에서 4회 분량의 내용이 3회 분량으로 수정되었기 때문에 회목명도 달라지고 회가 나뉘는 단락도 달라진 양상을 보인다. 그리고 현장법사의 사부인 金山寺 스님의 이름이 '遷安'에서 '法明'으로 바뀌어 나타난다.

세 번째로, 명대 판본에서 있었던 산장시, 개장시, 삽입시·사, 정황설명과 같은 묘사적 서술을 보여주는 단락 및 대사들이 청대 판본에서는 모두 생략되었다. 명대 판본과 비교해보면 약 1/3정도가 축약되었다.『서유증도서』를 기점으로 하여 이후 간행되어 나온 청대 100회본『西遊眞詮』(1696),『新說西遊記』(1748) 등도 거의 동일한 양상을 띤다. 특히,『서유진전』은 위에서 언급한 변별적 특징을 외에 대부분의 내용은 世德堂本을 첨삭하여 간행된 것이다.

이러한 차이들을 토대로 하여 계명대본『셔유긔』와, 세덕당본,『서유증도서』,『서유진전』과 비교해서 살펴보면 다음과 같다.

1) 회목명의 차이

世德堂本(만력20년 1592)	계명대본 『셔유긔』	『西遊證道書』(청초) 『西遊眞詮』(1696)
8. 我佛造經傳極樂 觀音奉旨上長安	아불조경젼극락 관음봉지상중안	8. 我佛造經傳極樂 觀音奉旨上長安
	진광지부임봉지 강유승복수보본	9. 陳光蕊赴任逢災 江流僧復讐報本
	진강유보부모원 은승상긔병축강포	
9. 袁守誠妙算無私曲 老龍王拙計犯天條	노룡왕줄계법천존 위승상유계탁명	10. 老龍王拙計犯天條 魏丞相遺書托冥吏
10. 二將軍宮門鎮鬼 唐太宗地府還魂	경희용왕구명티종	
11. 還受生唐王遵善果 度孤魂蕭瑀正空門	유지부티종환혼 진과ㅈ뉴젼속븨	11. 遊地府太宗還魂 進瓜果劉全續配
12. 玄奘秉誠建大會 觀音顯像化金蟬	(회목명 생략)	12. 佽奘秉誠建大會 觀音顯像化金蟬

표를 살펴보면 번역필사본의 회목명이 청대 판본에 가까움을 알 수 있다. 먼저 새로운 제9회 "陳光蕊赴任逢災 江流僧復讐報本"이 추가되었으며 번역필사본에서도 동일하게 그 회목명을 "진과지부임봉지 강유승복수보본"이라 드러내고 있다. 또한 세덕당본의 제9회부터 11회까지의 회목명이 청대 판본에서 다르게 바뀌었는데, 청대 판본 10회와 11회의 회목명이 번역필사본에서 그대로 쓰였다.

2) 내용상의 차이

앞에서 언급하다시피 『西遊證道書』, 『西遊眞詮』을 비롯한 청대 판본들은 명대 판본의 삽입시, 묘사적인 서술 등과 같은 단락이나 서사적인 부분에 있어서 등장인물들 간의 대사들도 의도적으로 삭제하였다. 그 축약된 형태를 명대 세덕당본, 청대『西遊證道書』, 『西遊眞詮』그리고 번역필사본『셔유긔』와 비교해 보면 다음과 같다.

[1]

ㄱ. 又詩：一點靈光徹太虛, 那條拄杖亦如之：或長或短隨人用, 橫豎橫排任 卷舒. ＜世德堂本, 西遊眞詮 第7回＞

ㄴ. 없음. ＜西遊證道書＞

ㄷ. 쏘 시에 닐너시되 일점 영광이 틱허에 스모츠시니 져 가진 쇠막틱 쏘한 그러ᄒᆞ도ᄃᆞ. 혹 길며 혹 져ᄅᆞ며 사름을 ᄯᆞ라 쓰니 이 빗겨 이로 키고 베플믹 임의로 거두락 폐락 ᄒᆞ난쏘다. ＜2 : 109-110＞

[2]

ㄱ. 없음. ＜世德堂本, 西遊證道書＞

ㄴ. 詩曰; 百歲光陰似水流, 一生事業等浮漚. 昨朝面上桃花色, 今日頭邊雪片浮. 白蟻陣殘方是勾, 子規聲切早回頭. 古來陰隲能延壽, 善不求憐天自周.「西遊眞詮, 第11回」

ㄷ. 시이 왈, 빅시 광음은 믈 흐르닷ᄒᆞ 일싱 ᄉᆞ업은 믈겁품 갓도다.
어지 아춤 도화 갓흔 얼골의 오날；두번에 눈죠각이 ᄯᅥ도다.
흰[긔]얌의 진；ᄒᆞ여시니 바야흐로 이번에 화ᄒᆞ미요
즈규의 쇼리 쳐；이 ᄭᅳᆫ어져시니 일즉 얼골을 두로혀도라
녜로 오믹 음즐이 능히 목슘이 밋츠니
션ᄒᆞ니 어엽부믈 구치 아니ᄒᆞ여도 ᄒᆞ날이 스스로 쥬션ᄒᆞ시는이라.
＜4 : 24＞

위의 두 인용문은 시문의 차이를 보이는 예이다. 인용문 [1]은 제7회에 나오는 시문이다. 세덕당본에 나오는 시문의 내용이『서유증도서』에서는 생략되고 없지만,『서유진전』에는 보이며 번역필사본에서도 그대로 번역되었다. 인용문 [2]는 제11회에 나오는 시문이다. 세덕당본과『서

유증도서』에는 없는 내용인데,『서유진전』에서는 새로이 시문이 추가되었으며, 번역필사본에서는 추가된 시문이 번역되었다.

　이러한 시문 삭제나 생략, 추가는 본문 곳곳에서 보이며, 살펴본 바처럼 번역필사본의 내용이 모두『서유진전』과 일치한다.

[3]

ㄱ. 有拿住虎豹的, 有拿住獅象的, 有拿住狼虫狐駱的, 更不曾捉著一個猴精. <世德堂本　第5回>

ㄴ. 有拿住虎豹狼虫無數, 更不曾捉着一個猴精. <西遊證道書, 西遊眞詮　第5回>

ㄷ. 잡아온 호표와 싀랑과 곤충 등은 무수ᄒᆞ나 ᄒᆞᆫ 낫 후왕은 잡지 못ᄒᆞ여시니 <2 : 51>

[4]

ㄱ. 小妖急急跑到裏面, 報道 : "大王, 佛衣會做不成了, 門外有一個毛臉雷公嘴的和尙, 來討袈裟哩!" 那黑漢被行者在芳草坡前赶將來, 卻才關了門, 坐還未穩, 又聽得那話, 心中暗想道 : "這厮不知是那裏來的, 這般無禮, 他敢嚷上我的門來!" 敎 : "取披挂!" 隨結束了, 綽一杆黑纓槍, 走出門來. 這行者閃在門外, 執著鐵棒, 睜睛觀看, 只見那怪果生得凶險 : 碗子鐵盔火漆光, 烏金鎧甲亮輝煌. 皂羅袍罩風兜袖, 黑綠絲條䩵穗長. 手執黑纓槍一杆, 足踏烏皮靴一雙. 眼幌金睛如掣電, 正是山中黑風王. <世德堂本　第17回>

ㄴ. 小妖急報黑漢道 : "大王, 佛衣會做不成了, 門外有一個毛臉雷公嘴的和尙, 來討袈裟哩!" 那黑漢敎取披挂, 隨結束了, 綽一杆黑纓槍, <西遊證道書　第17回>

ㄷ. 小妖急報黑漢道 : "大王, 佛衣會做不成了, 門外有一個毛臉雷公嘴的和尙, 來討袈裟哩!" 那黑漢叫取披掛, 結束了, 綽一杆黑纓槍, 走出門來. 行者閃睛觀看, 只見他漆光盔, 烏金甲、皂羅袍、黑綠條、黑纓槍、烏皮靴, 通身如炭. <西遊眞詮　第17回>

ㄹ. 문너에 쇼요 등이 급희 흑훈의게 고ᄒᆞ니 흑훈이 피패를 경쇽ᄒᆞ고 흑

위의 두 인용문은 서술문의 차이를 보이는 예이다. 인용문 [3]~[4]의
서술문장을 번역필사본과 대조해 보면『서유진전』의 문장 흐름과 동일함
을 알 수 있다. 세덕당본에서는 구체적으로 기술되어 있는 문장들이『서
유진전』에서는 축약되었다. 번역필사본은『서유진전』과 일치한다.

[5]

ㄱ. 衆雷神與阿儺、迦葉, 一個個合掌稱揚道：“善哉! 善哉! 當年卵化學爲
人, 立志修行果道眞. 萬劫無移居勝境, 一朝有變散精神. 欺天罔上思高
位, 凌聖偸丹亂大倫. 惡貫滿盈今有報, 不知何日得翻身?” <世德堂本
第7回>

ㄴ. 衆雷神與阿儺、迦葉, 一個個合掌稱揚道：“善哉! 善哉! 當年卵化學爲
人, 立志修行果道眞. 惡貫滿盈今有報, 不知何日得翻身.” <西遊證道書
第7回>

ㄷ. 衆雷神與阿難、迦葉, 一個個合掌稱揚道：“善哉! 善哉!”當年立志苦修行,
萬劫無移道果眞. 一朝有變精神敝, 不知何日得翻身. <西遊眞詮 第7回>

ㄹ. 문득 뇌신과 아란 가셥 양인이 일시 합장ᄒᆞ고 칭양ᄒᆞ여 이로되, “션
지며 션지라! 당년에 뜻을 세워 오괴로니 슈힝ᄒᆞ여, 만겁에 옴기지
아니ᄒᆞ고 도래가 춤되엿도듯. 일죠에 변ᄒᆞ미 이셔 젼신을 폐ᄒᆞ여시
니 아지 못게라 어니 날에 두 번 몸을 번듸쳐 나올고?” ᄒᆞ드라 <2 :
127-128>

위의 인용문은 대화문이 내용 전개의 차이를 보이는 경우이다. 인용
문 [5]는 제7회 내용의 일부로, 아난과 가섭이 제천대성을 제압한 뒤 여
래보살에게 감사드리는 부분이다. 世德堂本에 비해『서유증도서』와『서
유진전』이 축약되었다. 축약된 문장들을 비교해 보면 내용은 비슷하지

만 글자들 간의 출입이 있다. 번역필사본의 내용은『서유진전』과 일치한다.

[6]

ㄱ. 一念才生動百魔, 修持最苦奈他何! 但憑洗滌無塵垢, 也用收拴有琢磨.
掃退萬緣歸寂滅, 蕩除千怪莫蹉跎. 管敎跳出樊籠套, 行滿飛升上大羅.
話說孫大聖用盡心機, 請如來收了衆怪, 解脫三藏師徒之難, 離獅駝城西
行. 又經數月, 早値冬天, 但見那;
岭梅將破玉, 池水漸成冰. 紅葉俱飄落, 靑松色更新.
淡雲飛欲雪, 枯草伏山平. 滿目寒光迥, 陰陰誘骨泠.
師徒們沖寒冒冷, 宿雨餐風, 正行間, 又見一座城池. 三藏問道 : "悟空, 那
厢又是甚麼所在?" 行者道 : "到跟前自知, 若是西邸王位, 須要倒換關文;
若是府州縣, 徑過." 師徒言語未畢, 早至城門之外. <世德堂本　第78回>

ㄴ. 話說大聖用盡心機, 請如來收了衆怪, 解脫三藏師徒之難. 離獅駝城西行.
又經數月, 早値冬天, 師徒們沖寒冒冷, 宿雨餐風. 正行間, 又見一座城
池, 師徒談論未畢, 早至城門之外. <西遊證道書　第78回>

ㄷ. <u>話說大聖用盡心機, 請如來收了衆怪, 解脫三藏之難. 離獅駝城西行. 又
經數月, 早値冬天, 師徒們沖寒冒冷, 宿雨餐風. 正行間, 又見一座城池,
三藏問道 : "悟空, 那厢又是甚麼所在?"行者道 : "到跟前自知." 師徒言
語未畢, 早至城門之外.</u> <西遊眞詮　第78回>

ㄹ. <u>각셜, 삼장 스도 즁이 길에 올나 서흐로 나아갈시 수삭 만에 문득 멀
니 바라보니 일좌 셩지 뵈난지라. 삼장이 문왈, "져 곳에 셩지 갓가
오니 이 무슴 곳이뇨?" 힝지 디왈, "져 곳에 갓가이 가야 알니로쇼이
다." 여츳 문답에 졈〻 힝호여 발셔 셩문에 당훈지라.</u> <25 : 1>

　　인용문 [6]은 제78회 시작 부분이다. 세덕당본의 개장시와 삽입시가『서
유증도서』와『서유진전』에서는 생략된 채 이야기가 전개되고 있다. 『서
유증도서』는 세덕당본에 나오는 삼장과 손행자의 대사도 생략하였지만,
『서유진전』은 삼장의 질문은 그대로 두고, 손행자의 대사를 축약하였

다. 그리고 『서유진전』의 축약된 대사는 번역필사본과 일치하며 전개되는 내용의 흐름도 같다.

이상과 같이 계명대본 『셔유긔』는 청대 판본 중에서도 『서유진전』에 가까운 번역 양상을 보여주고 있어 당시 유통되었던 『서유기』 번역본의 저본이 『서유진전』이라는 것을 알 수 있다. 그리고 국내에 현존하는 상당수의 판본이 陳士斌이 詮解한 『서유진전』이라는 것을 통해서도 확인할 수 있다.

4. 『셔유긔』의 국어학적 특징

대부분의 필사본 소설들이 그러하듯 계명대본 『셔유긔』 역시 필사기가 없다. 때문에 본 자료가 보여주는 표기, 음운, 문법, 어휘적인 특징을 살펴 그 필사 연대를 추정하고자 한다. 이 자료의 필사 시기 추정은 번역 및 유통 시기를 재검토할 수 있는 중요한 근거가 될 수 있기에 보다 체계적이고 구체적으로 살펴보고자 한다. 어휘 검색을 위해 전 자료를 전산 입력한 뒤 검색 프로그램인 깜작새(SynKDP)를 활용하였다.

1) 표기적 특징

첫째, 『셔유긔』에 사용된 어두 된소리 표기는 'ㅂ'계 합용병서인 'ㅄ'과 'ㅅ'계 합용병서인 'ㅺ, ㅼ, ㅅㅁ, ㅽ, ㅆ, ㅅㅋ, ㅅㅌ'이 쓰였다.[17] 'ㅅㅁ, ㅅㅋ, ㅅㅌ'

17) 합용병서의 예를 들면 ㅄ : 숀으로ᄡᅧ <4 : 16> ᄡᅡᆼ으로 <6 : 66> ᄡᅧᆺ난지라 <8 : 42> ᄡᅥᆨ어 <11 : 12> ㅺ : 걸니ᄭᅵ미 <2 : 14> ᄭᅩᆺ나무 <4 : 57> ᄭᅵᆨ지ᄒᆞ여 <6 : 17> ᄭᅮ지즈며 <12 : 20> 틔ᄭᅳᆯ이 <21 : 109> ㅼ : ᄯᅩᄒᆞᆫ <2 : 2> ᄯᅳᆺ에 <4 : 53> ᄯᅱ여 <7 : 60> ᄯᅥ러져 <11 : 43> ᄯᅮᆯ고 <17 : 43> ㅽ : ᄲᅡᆯ니 <2 : 2> ᄲᅡ혀니여 <5 : 26>

은 중세국어에서는 보이지 않던 특이한 표기이다. 이러한 표기는 일정한 표기 규칙이 적용된 것이 아니기 때문에 표기자 나름대로의 표기의식을 가지고 표기한 것으로 19세기 말의 필사본에 많이 나타난다.[18] 각자병서로는 'ㅆ'이 사용되었다.[19]

둘째, 종성표기는 'ㄱ', 'ㄴ', 'ㄹ', 'ㅁ', 'ㅂ', 'ㅅ', 'ㅇ'의 7종성법 체계를 보인다. 종성 'ㄴ'과 'ㄹ'의 빈도가 상대적으로 높고 'ㅂ'이 상대적으로 낮은 빈도를 보인다. 어간말 자음군 표기는 'ㄺ'과 'ㄼ'이 쓰였다. 'ㄺ'의 예로 '밝-', '묽-', '읽-', '븕-' 등이 쓰였는데 '밝으믜'와 '발근', '븕고'와 '블근'처럼 분철과 연철 중철 표기가 함께 나타난다.[20] 'ㄼ'의 경우는 '덟-', '밟-', '셟-' 등이 쓰였으며 '찰밟'처럼 명사로 쓰인 예도 있다.[21]

셋째, 근대국어 시기의 표기 경향과 유사하게 분철의 경향이 뚜렷하다. 특히 체언의 분철 경향은 거의 뚜렷하며, 용언의 경우 연철 분철이

ᄡᅢᆷ만 <8 : 64> ᄡᅧᆫ족ᄒᆞᆫ <13 : 19> 연ᄡᅢᆼ이니 <16 : 64> ᄡᅢᆷ어 <27 : 79> ㅶ : ᄶᅩᆺ치니 <2 : 75> 넘ᄶᅵ믈 <3 : 126> 보ᄶᅬᆷ을 <6 : 28> ᄶᅩ오리라 <7 : 14> 치ᄶᅧᆨ으로 <9 : 39> ᄶᅧ먹고져 <14 : 21> ㅼ : 금외 ᄯᅩ한 ᄯᅳᆷ을 ᄯᅳ라 <22 : 19> 눈을 ᄯᅵ이 ᄯᅥ 괴믈을 바라고 ㅄ : 념왕이 폐ᄒᆞ의 유신ᄃᆡ덕을 일ᄡᅥㅅ고 <4 : 60> ᄉᆞ지와 ᄡᅣ그리 등이 님군을 닐컷고 <6 : 85> 등촉을 ᄡᅧ 오거늘 <26 : 53> ㅳ : ᄹᅧᆯ을 ᄢᅢ여 <5 : 10> ᄹᅧᆨᄒᆞ여 죵젹이라 <7 : 7> ᄹᅳㅣ글 잡으믈 <7 : 53> 셰상 ᄡᅱ끌에 버셔난지라 <12 : 81> ᄹᅧᆸ으로 <27 : 8> 등이 있다.

18) 홍윤표, 『근대국어연구(Ⅰ)』, 태학사, 1994, p.192.

19) 각자병서의 예를 들면 ᄊᆞ홀식 <2 : 1> 둘너싸고 <2 : 42> 쌍안이 <3 : 93> 씌오니 <8 : 42> 쑥식플 <9 : 106> 등이 있다.

20) 밝으믜 <2 : 2> 밝히 <2 : 18>, 늙은 <2 : 18>, 븕고 <2 : 22> 읽으니 <2 : 66> 맑히 <2 : 85> 볽은 <2 : 123> 츩 부리로 <5 : 2> 즌흙 <5 : 55> 얽어 <8 : 64> 발근 구실과 <3 : 3> 발그미 <3 : 14> 발그믈 <25 : 99> 발근 빗치 <26 : 59> 블근 다리와 <4 : 75> 블근 무휘 <4 : 85> 블근 블을 <13 : 84> 블근 복셩이 <26 : 17>

21) 덟고 <2 : 36> 어듧이오 <2 : 46> 셟고 <3 : 105> 읇프미 <3 : 125> 넓히 <4 : 106> 밟아 <6 : 84> 찰밟 <8 : 112> 앏흐나 <21 : 77> 삷혀 <22 : 23>

보이고 중철 경향도 일부 나타난다. 연철, 분철, 중철에 해당하는 예를
제시하면 다음과 같다.

① 가. 연철
　체언 : 쓰슬 <7 : 76> 거시 <2 : 3> 칙흐믄 <4 : 15> 거슬 <7 : 100>
　용언 : 쑤러 <25 : 2> 스로자바 <2 : 63> 나즌 <2 : 10> 깃거 <3 : 45>
　　　　 발근 <3 : 3> 블근 <4 : 75> 알프나 <7 : 7>
　나. 분철
　체언 : 문을 <2 : 44> 말슴이 <4 : 45> 몸을 <2 : 10> 쯧을 <5 : 112>
　용언 : 늙은 <2 : 18> 밝으미 <2 : 2> 읽으니 <2 : 66> 밟아 <6 : 84>
　　　　 죽으니 <3 : 3> 먹어 <4 : 16a> 잡아 <2 : 23>
　다. 중철
　체언 : 옷슬 <7 : 70> 옷세 <8 : 19> 것시 <5 : 77>
　용언 : 잇셔 <7 : 4> 붉고 <2 : 22> 굵고 <26 : 77> 맑고 <2 : 71>

　분철표기는 체언의 어간말음이 'ㄱ, ㄴ, ㄹ, ㅁ, ㅂ'일 경우에는 거의
다 분철되고 'ㅅ'인 경우에는 분철되기도 하지만 연철표기도 보이며 드
물게 중철되는 경향도 있다. 동사형 어미 'ㅁ'은 거의 예외 없이 연철된
다. 용언의 경우 대부분이 분철되며 겹자음 'ㄹㄱ'의 경우에는 분철과 연
철표기가 함께 나타난다. 중철표기는 체언의 경우 어간말 자음이 'ㅅ'일
경우에만 나타나고, 용언의 경우는 어간말 자음이 'ㅅ'이나 'ㄹㄱ'인 경우
에 확인된다.

2) 음운적 특징

　이 문헌에서는 비어두 음절에서 '・ > ㅡ'의 제1단계 변화와 어두 음
절에서 '・ > ㅏ'의 제2단계 변화가 18세기나 19세기 초중반의 필사본 문
헌에 비해서 훨씬 활발히 진행된 모습을 보여주며 '・'가 유지된 예는

어두 음절에서 보이지 않으며 비어두 음절에서도 '다스리-'와 같은 특정 어휘에서만 확인된다.22) '스람'(177회), '드만'(2회)과 같이 어두 음절에서 원래 'ㅏ'를 모음으로 가지던 것이 '·'로 표기되기도 했는데, 이를 통해 당시 '·'와 'ㅏ'의 두 모음이 잘 구별되어 쓰이지 않았음을 알 수 있다.

순자음 아래에서의 원순모음화 현상 역시 18세기나 19세기 초중반의 필사본 문헌보다 비교적 많이 반영되었다. '믈'[水], '블'[火], '플'[草] 등과 같은 체언23)에 비해 의문사와 부사, 용언에서의 원순모음화 현상이 더욱 두드러지게 나타난다.24) 원순모음화에 대해 민감하게 의식하여 초래된 혼란을 반영한 결과인 비원순모음화 현상도 일부 보인다.25) 또한 이 문헌에서는 ㄷ구개음화가 완료된 모습26)을 보여 18세기나 19세기 초중

---

22) Ⅰ. '·' 유지형(비어두) : 다스리-
    Ⅱ. '·>ㅡ' 변화형 - ⅰ. 어두 : 흙
                        ⅱ. 비어두 : 가음알-, 흐믈며(1회) /하믈며(1회) /허믈며(6회)
    Ⅲ. '·'와 'ㅡ' 혼재형(비어두) : 아둘(1회) /아들(28회), 아름답-(4회) /아름답-(15회), 오르-(8회) /오르-(32회), 다르-(1회) /다르-(5회)
    Ⅳ. '·>ㅏ' 변화형 - ⅰ. 어두 : 갓갑-, 난호-, 갈희-, 밝-, 가음알-, 바람(87회) /바룸(45회)
                        ⅱ. 비어두 : 오날날, 다만
    Ⅴ. '·'와 'ㅏ' 혼재형 - ⅰ. 어두 : 무음(16회) /마음(344회), 스랑흐-(32회) /사랑흐-(7회)
                        ⅱ. 비어두 : 사룸(17회) /사람(82회)
    Ⅵ. '·'와 'ㅏ', 'ㅡ' 혼재형(비어두) : 반두시(47회) /반다시(60회) /반드시(63회)
23) '믈'[水], '블'[火], '플'[草]의 원순모음화 빈도는 다음과 같다. 믈(230회) /물(81회), 블(136회) /불(17회), 플(25회) /풀(14회)
24) '무엇'과 '무슴 /무삼' 등은 모두 원순모음화된 형태로만 나타난다.
25) 노손이 춤아 붓그럽고 <17 : 6>, 뷘 집의 이셔 <3 : 88>, 향을 픠오고 <18 : 82>, 져를 블상이 녀겨 <25 : 57>
26) 이 문헌에 보이는 ㄷ구개음화와 관련된 주요 어휘 및 문법형태들의 출현 빈도를 살펴보면 다음과 같다.
    Ⅰ. 어두 : 둏-(0회) /죻-(192회), 딕희-(0회) /직희-(47회), 디경(0회) /지경(1회)

반의 필사본 문헌보다 후대에 필사된 자료의 특징을 보여준다.

  3) 문법적 특징

이 문헌에 나타나는 일부 문법 형태를 통해 대략적인 문법적 특징에
대해 살펴보고자 한다.

주격조사 '가'는 16세기 후반 자료인 송강 정철의 자당 안씨가 쓴 언
간에서 처음 보이는데[27] 초반에는 거의 쓰이지 않거나 선행체언이 모
음 'ㅣ'나 반모음 'y'로 끝나는 특수한 환경에서만 일부 실현되다가 나
중에는 그 외의 모음으로 끝날 경우에도 확대되어 쓰이게 된다. 이 문
헌에서 주격조사 '가'는 선행체언이 모음 'ㅣ'나 반모음 'y'일 경우[28] 뿐
만 아니라 그 외의 다른 모음인 환경에서도 확대되어 나타난다.[29] 선행
체언이 모음 'ㅣ'나 반모음 'y' 외의 모음일 경우에는 주격조사 'ㅣ'와
'가'가 혼용되어 쓰였다.[30]

비교격조사 '에셔'가 확인된다.[31] 주로 18세기 자료까지에만 보이고

  Ⅱ. 비어두 : 더디-(0회) /더지-(34회), 어딜-(0회) /어질-(44회), 고티-(0회) /고치-(4
     회), 믈니티-(0회) /믈니치-(11회)
  Ⅲ. 문법형태 : -디 아니-(1회) /-지 아니-(1119회), -디 못(1회) /-지 못(2000회), -디
     말-(0회) /-지 말-(364회)

27) 쵼 구드리 자니 빅가 세니러셔 즈로 돈니니 <송강 정철 자당 안씨 언간1572>
28) 구미가 업셔 <11 : 101>, 머리가 압흐고 <5 : 44>, 귀박희가 맛시 잇다 <11 : 100>
29) 맛춤 비가 만이 오니 <27 : 47>, 의사가 깁도다 <2 : 110>, 금광 두 즈가 심히 좃치
   아니혼지라 <21 : 85>, 창즈가 끈어지난 듯ᄒ고 <22 : 58>, 쎠가 싀여가니 <18 :
   14>
30) 되 씨치지 못ᄒ면 니로지 못ᄒ는지라 <21 : 104>, 도가 놉고 덕이 츙ᄒ올지라
   <9 : 94>
31) 상담에 닐너시되 스룸의 일명 구ᄒ여 젹션ᄒ미 도로혀 칠급 부도 짓긔에셔 낫다
   ᄒ엿난지라 (常言救人一命, 勝造七級浮屠.) <16 : 10-47>

19세기 이후 자료에는 잘 보이지 않는 비교격조사 '도곤'은 쓰이지 않았다.

연결어미로 '-과져'[32)]와 '-ㄴ동'[33)], '-ㄹ동'[34)]이 쓰였다. '-과져'는 "-고자"의 뜻이고, '-ㄴ동'과 '-ㄹ동'은 각각 "-ㄴ지"와 "-ㄹ지"의 뜻으로 주로 무지, 미확인의 경우에 쓰인다.

평서형 종결어미로 "-었습니다"의 뜻을 가지는 '-과이다'[35)]와 '-더이다'[36)]가 보인다. 의문형 종결어미에는 '-릿고',[37)] '-ㄹ손냐'[38)], '-ㄹ다'[39)]가 쓰였다. '-릿고'는 "-릿고", "-으리까"의 뜻이며 의문사 '豈'의 대역어이고, '-ㄹ손냐'는 "-ㄹ 것이냐", "-겠느냐"의 뜻으로 "麽"의 대역어로 쓰였다. '-ㄹ다'는 주로 2인칭 주어와 함께 쓰여 "-ㄹ 것이냐, -겠느냐, -려느냐"의 뜻을 나타내는 의문형 어미로 의문조사 '麽'가 언해된 것이다.

---

32) 스승이 날다려 스형을 돕<u>과져</u> ᄒ엿거니와 나 도로혀 돕지 말<u>과져</u> ᄒ엿거늘 스형이 엇지 날을 칙ᄒᄂ뇨 (沙和尙, 如何麽! 我說莫來. 這猴子好的有些夾腦風. 我們替他降了妖精, 返落得他生報怨!) <26 : 29-83>

33) 샹담에 닐너시되 화숭은 싁즁아귀라 ᄒ니 이 뉘 그런 마음이 잇난<u>동</u> 알니요 (常言道 : '和尙是色中餓鬼.' 那個不要如此?) <7 : 80-23>, 오고 가며 가고 와 왕니ᄒ난 몃 녀지 힝동ᄒ난 줄 아지 못ᄒ고 엇지 ᄒ나힌<u>동</u> 줍으리오 (來來往往, 不知有多少女子行動, 莫想撈著一個.) <7 : 99-23>

34) 져 괴물이 죽을<u>동</u> 살<u>동</u> 아지 못ᄒ고 부리를 놀니나냐 (這和尙不知死活!) <14 : 63-43>, 사승이 답ᄒ여 니로되 사형의 말이 비록 그러ᄒ나 일졍 길흉이 엇더<u>홀동</u> 아지 못ᄒ노라 (沙僧道 : "哥阿, 定不得吉凶哩.") <9 : 66-28>

35) 스뷔 우리 쥬인의 집의 계신 줄 아랏던들 졔지 일즉 나아와 졀ᄒ여 뼈 여실 번 ᄒ<u>과이다</u> (師父, 弟子失迎. 무知是師父住在我丈人家, 我就來拜接.) <6 : 72-19>

36) 닉 디답ᄒ되 디왕의 가릇친 디로 이리ᐟᐟ 션언으로 희유ᄒ엿습더니 낭ᐟᐟ이 나의 말을 곳이 드르스 날을 명ᄒ여 디왕을 쳥ᄒ시<u>더이다</u> (是我說他不要你了, 他國中另扶了皇后. 娘娘聽說, 故此沒了想頭, 方才命我來奉請.) <23 : 102-70>

37) 나 노숀은 스부의 몸이 죽어시나 곳쳐 일믈도 셔로 갑흘 거시 업삽난지라 고로 스스로 슬허ᄒ미녀니와 엇지 감이 셔로 희롱ᄒ<u>릿고</u> (我師父喪身, 更無一物相酬, 所以自怨自悲, 豈敢相戱!) <24 : 90-73>

38) 네 감히 나의 명을 역ᄒ여 모다 노와보니지 못<u>홀손냐</u> (不放麽?) <14 : 100-44>

39) 네 가히 나의 경계를 밧<u>들다</u> (你可受吾戒行麽?) <14 : 47-42>

청유형 종결어미로 "-고 싶다", "-기 바라다"의 뜻으로 쓰인 '-어지
 ㄹ'40)가 보이며, 감탄형 종결어미로 "-도다", "-더구나"의 뜻을 가지는
'-닷다'41)와 '了'의 대역어로 쓰인 '-랏드'42), '-리랏드'43) 등이 확인된다.
 이 문헌에서는 '요괴를 잡는다 하니'<22 : 68>, '외면으로 담을 크게
하고'<22 : 66> 등과 같이 'ㅎ-'가 '하-'로 쓰인 예가 일부 나타나 19세
기 말 혹은 20세기 초에 필사되었음을 보여준다. 'ㅎ-'와 '하-'의 혼기
는 19세기 말 자료에서부터 극소수 보이기 시작하고 20세기 초에 들어
서면서 '하-'의 빈도수가 더욱 높게 나타나며 현재는 '하-'로 재구조화
되어 쓰이고 있다.

 4) 어휘적 특징

『셔유긔』에 나타나는 희귀어들을 먼저 살펴보고자 한다. 희귀어는 엄
밀하게 따지면 다른 문헌에 나타나지 않을 뿐 아니라 현대국어에서 사
어가 된 낱말을 지칭하나 본고에서는 다른 문헌에서도 일부 보이나 극
소수의 예만 나타나거나 기존 사전에 등재되지 않았던 어휘도 포함하
여 다루기로 한다. 이 문헌에서 보이는 희귀어는 다음과 같다.

　(1) 당수부야 우리 오즁관이 짜희 유벽ᄒ고 산이 것츠무로 무슴 믈을

---

40) 동지 귀를 뚤난 듯 알프고 쌤을 쑤시난 듯 다리 져려 온 몸을 즛치난 듯 알프물
　금치 못ᄒ여 ᄯᅡ에 것구러져 살거지ᄅ 부로난 쇼릭 연셩부졀ᄒ니 (那妖精疼得搓耳
　揉腮, 攢蹄打滾.) <14 : 51-42>
41) 오날이야 너를 식로이 시험ᄒ고 시험ᄒ닷다 이 엇지 다힝치 아니리오 (我的兒,
　你今日也來試試新了!) <12 : 17-35>
42) 닉 일즉 아랏드면 다라나지 못ᄒ게 ᄒ랏드 (早是驚覺, 未曾走了!) <27 : 13-92>
43) 닉 만일 급히 납함을 아니터면 온몸 쪄 모도 졍셩관이 먹어시리랏드 (不是我喊得
　緊, 連身子都着井星官吃了.) <27 : 25-92>

밧드려 드릴 거시 업스와 좀과실 두 낫흐로뻐 히갈호시계 호나니다
(唐師父, 我五庄觀土僻山荒, 無物可奉, 土儀素果三枚, 權爲解渴.)
<8 : 6-24>[44]

(2) 이 도다지난 너무 요란이 굿지 말고 져 나무 우희 무슴 죠희 지박이
잇난고 보라 (獸子, 不要亂嚷. 你看那樹上是個甚麼紙帖兒.) <7 :
11-21>

(3) 고뇌 븕은 쇼반에 니빅 양 훗틋든 조박 은을 너어 밧드러 올니고
(老高將一丹盤, 捧出二百兩散碎金銀奉獻.) <6 : 76-19>

(4) 힝지 나아와 금은 한 지빅을 집어 (行者近前, 抓了一把.) <6 : 77-19>

(5) 가. 이런 널분 뒤를 호 번 쩌적시면 항상 이삼십 인이 놀나 죽난이
라 (把耳兩頭一擺, 常嚇殺二三十人哩.) <6 : 97-20>

나. 팔계 머리을 드러 스면으로 쯧; 맛트며 귀박회를 쩍적이며 (八
戒調過頭來, 把耳朵擺了幾擺.) <6 : 96-20>

(6) 제팔계 긴 부리을 쥐여 들고 큰 쇼릭로 이로되 우리 삼인은 스부의
도제무로 병좌치 못호엿노라 호니 그 쇼릭 웅장호미 깁흔 산에서
범이 바람호난 듯흔지라 (八戒掬着嘴道 : "我三個是徒弟." 噫! 他這
一聲, 就如深山虎嘯.) <27 : 36-96>

(7) 쇼졔 츠경을 당호미 모골이 진경호여 몸을 강슈에 바리려 호니 뉴
홍이 썰니 좁쓰러안아 완심으로 은근이 달니여 왈 (小姐見他打死了
丈夫, 也便將身赴水. 劉洪一把抱住道.) <3 : 61-9>

(8) 이럿틋 쥬딜일 쥬음에 진군이 ;로러 무릭되 현제 등이 뎌셩을 쏜
라오드니 엇지 보지 못호난냐 (正嚷處, 眞君到了, 問 : "兄弟們, 赶到
那廂不見了?") <2 : 78-6>

(9) 아모죠록 너를 츠즈 원수를 갑고져 호나 득지 못호엿드니 원가에
길이 좁부낭호여 도로혀 네 날을 츠즈와시니 엇지 나의 다힝이 아
니리오 (我這里正沒處尋你報仇, 你倒來尋我, 還要甚麼水哩!) <17 :
101-53>

(10) 가. 이직 이곳에 니릭려 슝그런 거어지 승인을 만나 져의 말을 드르
니 보탑 더러이무로 인호미라 호니 ("今日至此, 遇有受屈僧人,
乃因寶塔之累.") <21 : 29-62>

---

44) < >안의 앞의 숫자는 卷次, 가운데 숫자는 해당 면, 뒤의 숫자는 回次를 가리킨다.

나. 즉시 쥬동이를 우희로 놉히 드러 전후죠ㅏ 우로 뒤흔들고 한 쌍
　　귀를 <u>슝그려</u> 곳쵸 셰우고 (八戒眞個把頭搖上兩搖, 竪起一雙蒲扇
　　耳.) <18 : 15-54>

(11) 힝지 져의 올나오믈 보고 금ㅈ봉을 <u>빗죠이</u> 놉히 들고 쮜여 니다라
　　쇼요를 즛치며 (行者見了, 擧鐵棒劈面迎來.) <17 : 37-52>

(12) 져 업츅이 일죠ㅏ 산동을 염복ㅎ미 여츠ㅎ니 이난 <u>쎡丶이</u> 션도에
　　연분이 丶시로다 (這孽畜占了這座山洞, 却是也有些道分.) <6 : 20-17>

(13) 쏘 사발에 담긘 거슨 국슈스리 아니ㄹ 이 몃 낫 아로락진 <u>먹젹이</u> 어
　　즈러니 쮜노난지ㄹ (却是一礶子拖尾的長蛆; 也不是麵筋, 却是幾個癩
　　蝦蟆, 滿地亂跳.) <9 : 8-27>

　　(1)의 '좀과실'은 '素果'의 대역어로 "소실과", "자잘한 과일"의 뜻으로
쓰였다.[45] (2)의 '지박'은 "쪼가리"란 뜻으로 '紙帖兒'의 대역어이고, (3)
의 'ㅈ박'은 '碎'의 대역어인데 'ㅈ박 은'으로 같이 쓰여 "부스러기 은"
의 의미로 해석된다. (4)의 '지빅'은 '把'의 대역어로 여기에서는 "줌",
"움큼", "주먹"의 뜻을 나타내는 단위명사로 쓰였다.[46] (4)의 '지빅'을 제
외하고 이 문헌의 다른 곳에서 나타나는 '지빅'은 모두 한자어 "재백(財
帛)"의 의미로 사용되었다.[47] (5-가)의 '쩌젹시-'와 (5-나)의 '쎡젹이-'는
"쫑긋하다"의 뜻으로 '擺'의 대역어이고, (6)의 '嘯'의 대역어인 '바람ㅎ
-'는 "휘파람하다"의 뜻을 가지나, 여기서에서는 '범이 바람ㅎ난 듯ㅎ지

---

45) 『후슈호뎐』에는 '素果'의 대역어로 '소실과'가 나타난다. 안ㅎ 드러가 보살 그린
　　녯 족ㅈ룰 내여다가 놉히 걸고 향탁을 가초와 분향ㅎ고 <u>소실과</u>와 느믈을 버려 공
　　양ㅎ기룰 ㅁㅊ매 (內去取出一幅古畵來, 懸掛上面. 香几上供了一帖紙神, ⋯便焚起好香.
　　不一時, 裏面先將<u>素果</u>、素點、素菜.) <후슈호뎐 5 : 73>

46) 'ㅈ박'과 '지빅'이 "자배기" 즉, "둥글넙적하고 아가리가 넓게 벌어진 질그릇"을 뜻
　　하는 단어인 'ㅈ박이'와 어휘적으로 연관되었을 가능성도 보이나 이는 확실하지
　　않다.

47) 츌ㄱ호 사롬이ㄹ 걸식ㅎ무로 힝장을 숨삽나니 무삼 <u>지빅</u>이 니시릿고 (出家人專以
　　乞化爲由, 那得個<u>財帛</u>?) <19 : 5-56>

라'로 쓰여 "호랑이가 포효하는 듯하다" 정도로 해석된다. "휘파람하다"의 의미를 가지는 '프람ᄒᆞ-/파람ᄒᆞ-'는 다른 자료에서 보이나 '바람ᄒᆞ-'로 쓰인 예는 이 자료에서 처음 보인다.[48] (7)의 '줍쓰러안-'은 '把抱住'의 대역어로 "잡아 쓸어안다"의 뜻이며, (8) '쥬딜이-'는 "주절이다"의 뜻으로, '囔'의 언해어이다. (9)의 '좁부냥ᄒᆞ-'는 "좁다"의 의미로 쓰였다. (1)~(9)의 단어들은 다른 문헌에서 보이지 않으며 이 문헌에서만 확인된다. (10-가)의 '슝그리-'는 "움츠리다", "위축되다"의 뜻으로 '受屈'의 언해어이며,[49] (10-나)의 '슝그리-'는 "웅크리다"의 의미로 사용되었다. 『윤하뎡삼문취록』에 '슝그리-'가 한두 예 보이며,[50] 『엄시효문쳥ᄒᆡᆼ녹』에는 "굽히다"의 의미를 가지는 '굽슝그리-'가 나타나기도 한다.[51] (11)의 '빗죠이'는 "빛나게", "영광스럽게"의 뜻이다. '빗져이'는 『방언류석』과 『수사유문』 등에서[52] 몇 예가 확인되나 '빗죠이'로 쓰인 경우는 보이지 않는다. (12)의 '쎡쎡이'는 "당연(當然)히", "응당"의 뜻으로, 『명듀보월빙』, 『화뎡션ᄒᆡᆼ녹』과 『조야회통』에서 한 예씩만 보인다.[53] (13)의 '먹

---

48) 『빙빙뎐』에서는 '브람ᄒᆞ-'가 보이나 "표식(標識)을 하다", "증거를 삼다"의 의미로 쓰여 이는 '보람ᄒᆞ-'의 오기로 판단된다. 븡이 월연당의 나가 두로 거르며 <u>브람ᄒᆞ</u> <u>여</u> 눈믈이 흐르는 줄 씨둧디 못ᄒᆞ여 굴오디 <빙빙뎐 3 : 29>

49) (9가)에서는 '슝그런'으로 필사되었으나 '슝그린'의 오기로 보인다.

50) <u>슝그리면</u> 뎌강 즁의 등복 ᄀᆞᆺ고 펼치면 쳔니의 가는지라 <윤하뎡삼문취록 53 : 22>

51) 무젹지 일쳥의 칭찬ᄒᆞ며 구쳑장신을 <u>굽슝그려</u> 창틈으로 규시ᄒᆞ니 <엄시효문쳥ᄒᆡᆼ 녹 25 : 17>

52) <u>빗져이</u> 오다 (<u>光降</u>) <方言類釋 酉部 5a> 졔공이 먼리 와 <u>빗져이</u> 보니 모르미 ᄒᆞᆯ 밤을 과히 먹으라 (諸公遠來<u>光顧</u>, 須得通宵快飮.) <隋史遺文 7 : 29> 내 이제 <u>빗져이</u> 나왓다가 무싃히 도라갈 쑨 아니라 (但我<u>高高興興</u>出來, 今又轉去.) <隋史遺文 7 : 75>

53) 사부의 비상ᄒᆞ미 여츳ᄒᆞ니 쳡이 다시 근심ᄂᆡ 아니ᄒᆞᄂᆞ니 <u>쎡쎡이</u> 관음이 나의 졍ᄉᆞ 롤 어엿비 너겨 강님ᄒᆞ민가 ᄒᆞ노라 <화뎡션ᄒᆡᆼ녹 9 : 3>, 공이 <u>쎡쎡이</u> 금년에 어진 손ᄌᆞ를 나ᄒᆞ리라 ᄒᆞ더니 <朝野會通 3 : 42b>

격이'는 '蝦蟆'의 대역어로 "두껍이"를 뜻한다. '두텁', '두터비', '두텁이' 등의 표기는 있으나54) '먹젹이'로 번역된 예는 이 자료에서 처음 보인다.

다음으로 이 문헌에서 나타나는 보수적인 어휘이다. 보수적인 어휘는 비교적 고형을 간직하고 있는 어휘를 말하는데 여기에서는 19세기 말에 번역된 일군의 번역소설이나 장편 국문소설들에는 이미 사라져 보이지 않는 어휘들의 예를 들기로 한다.55)

(14) 가. 힝지 말 압희 이셔 쳘봉을 가로 메고 산길을 씨쳐 놉흔 <u>비례</u>에 올나 (他在馬前, 橫擔著棒, 剖開山路, 上了高<u>崖</u>.) <8 : 105-27>

　　　나. 나아가는 곳에 길이 험악ㅎ여 모다 달니는 <u>비리</u>와 쏀죡흔 졀벽에 험쥰흔 길이오 (走的是些懸<u>崖</u>峭壁崎嶇路.) <5 : 50-15> 다른 날이 흐날에 연졉흔 <u>비리</u>를 맛나거든 져허ㅎ며 두러 말고 방심ㅎ라 (若遇接天<u>崖</u>, 放心休恐怖.) <6 : 84-19>

(15) 가. 네 비록 이럿탓 션심이 ㅅ시나 너 슈즁에 <u>좀긔</u> 업스니 엇지 너를 구ㅎ여 니리오 (你雖有此善心, 只是我又沒<u>斧鑿</u>, 如何救得你出?) <4 : 119-14>

　　　나. 비록 부착 <u>장긔</u>를 쓰지 아녀도 ㅅ부 즐겨 구홀진디 (不用<u>斧鑿</u>, 你但肯救我.) <5 : 1-14>

(16) 디셩이 좌수로 쳘봉을 두로며 우수로 <u>드레</u>를 나리워 믈을 쓰고져 흔즉 (大聖却便左手輪鐵棒, 右手使<u>吊桶</u>.) <17 : 105-53>

'崖'의 대역어로 쓰인 (14-가) '비례'와 (14-나) '비리'는 "벼랑"이라는

---

54) 또 <u>두터비</u> ㅅ론 지롤 粥 므레 머그라 (又方蝦蟆灰粥飲服之.) <구방 하 67> <u>두텁이</u> 우다 (蝦蟆鳴) <漢淸 聲響 7 : 24a>

55) 선문대 중한번역문헌연구소에서 편찬한 『필사본 고어대사전』에 실린 예문을 살펴본 결과 이 어휘들은 19세기 말 이후 문헌에서 거의 보이지 않는다. 아래 제시된 어휘의 시기 추정 역시 『필사본 고어대사전』을 참조하였음을 밝혀둔다.

뜻으로 중세국어의 '비레'에 소급된다. 중간본 『두시언해』에 '비레'로
쓰인 예가 있다.56) (15-가)의 '줌긔'와 (15-나)의 '장긔'는 모두 "연장"의
뜻으로, '斧鑿'의 대역어로 쓰였으며, (16)의 '드레'는 "두레박"이란 뜻으
로, '吊桶'의 대역어이다.

(17) 여츠ㅎ무로 아등이 감히 머리를 닉왓지 못ㅎ여 임의로 들에 나오지
      못ㅎ고 깁희 동부의 잠긔여 잇삼더니 (故此不敢出頭頑耍; 只是深潛
      洞府.) <9 : 38-28>

(18) 치우쳐 시니 다리에 봄물결 넘찌물 스랑ㅎ고 바회 밋뿌리에 시벽
      구름 찌물 어엿비 너기난쏘다 (偏愛溪橋春水漲, 最憐岩岫曉雲蒙.)
      <3 : 126-10>

(19) 시러금 숨중을 붓들러 놉흔 손에 올나가 플쏫틀 더위줍위며 츩부리
      로 붓줍아 직히 힝ㅎ여 겨우 올나 손머리에 니르러 보니 (伯欽只得
      扶着三藏, 復上高山. 攀藤附葛, 直行到那極巓之處.) <5 : 2 : -14>

(20) 몸[봄]에 마로진인 거시 바야흐로 승ㅎ니57) 시 깁을 닙엇고 여름에
      가비야온 옷슬 밧고니 프른 연을 구경ㅎ리로다 (春裁方勝著新羅, 夏
      換輕紗賞綠荷.) <7 : 73-23>

(21) 낭군은 원ㅎ장부시라 마음이 디체ㅎ시긔로 쳡이 감히 승지 두 쓰를
      발뵈지 못ㅎ엿나이드 <9 : 82-29>

(22) 가. 우리 스뷔재계서 연화를 더져 네 마음을 믹바드물 엇지 감히 알
        이요 (這是我師父抛來的蓮花, 你也不認得哩!) <3 : 30-8>
     나. 문득 일긔를 싱각고 팔계를 믹밧고져 구롬에 나려 도로 나려올
        시 힝지 짐짓 눈물을 흘니고 스부를 향ㅎ고 나아오더니 (你看他
        弄個虛頭, 把眼揉出些淚來, 迎著師父徑走.) <11 : 1-32> 팔계 이
        말을 드로미 더욱 깁부미 칙양 업시나 진실노 흔 말인지 거즛
        믹밧아 꾸짓난 말인지 의심이 발ㅎ여 <7 : 92-23>

---

56) 머리 도ᄅᆞ혀 두 비레롤 ᄇᆞ라노라 (回首望兩崖.) <두시언해 중간본 6 : 46>

57) (20)에서 '方勝'을 '바야흐로 승ㅎ니'로 번역한 것은 오류이다. '方勝'은 '장식매듭'
    을 가리킨다.

(23) 가. 권ᄌ을 손으로 <u>우희여</u> 잡고 의연니 다시 자거날 (他却把圈子又<u>捈</u>上兩<u>捈</u>, 依然睡下.) <17 : 42-52> 디셩이 블 가온디 니를 슬흐여 두 눈을 쌍수 <u>우희고</u> 정히 눈믈을 흘니드니 (那大聖雙手<u>侮</u>着眼, 正自<u>揉搓</u>流涕.) <2 : 107-7>

나. 니 젼긔[의] 고노장의 이실 적에 니 긴 부리를 취ᄒ여 ᄒ 번 <u>우휘취고</u> (若像往常在高老莊時, 把嘴朝前一<u>搊</u>.) <6 : 97-20>

다. 보살이 문득 진언 일편을 넘숑ᄒ니 냥힝지 일시에 머리를 <u>붓우희고</u> 쓰에 업듸여 (菩薩暗念眞言, 兩個一齊喊疼, 都<u>抱</u>着頭, 地下<u>打滾</u>) <19 : 87-58>

(24) 가. 즉시 털억 ᄒ 줌을 ᄲᅡ혀 <u>즛느으러</u> 바리며 쇼리 질너 변ᄒ라 ᄒ니 그 털이 문득 변ᄒ여 천빅 긔 디셩이 되여 (卽拔毫毛一把, 丟在口中, <u>嚼碎</u>噴去, 叫聲‘變!’, 就變了千百個大聖.) <2 : 49-5>

나. 몸의 한 낫 털을 잡아 여러 낫츨 ᄲᅡ혀니여 닙의 너허 <u>즛느흐러</u> 바리고 (把毫毛拔下幾根, 去入口中, <u>嚼碎</u>噴將出去.) <2 : 29-5>

(25) 가. 여ᄎ즉 니 두어 번 ᄲᅮᆷ어 <u>ᄌ최음ᄒ여</u> 진익을 토ᄒ여 져를 쥬어 약을 먹게 ᄒ리이다 (旣如此, 待我<u>打</u>兩箇噴嚏, 吐些津液, 與他吃藥罷.) <23 : 58-69>

나. 적은듯 ᄉ이에 한 번 <u>잣최음ᄒ더니</u> 발셔 독을 토ᄒ고 도로 셩명을 어든지라 (須臾, 藥味入腹, 便就一齊嘔噦, 遂吐出毒味, 得了性命.) <24 : 99-73>

(26) 팔계 이 말을 고지듯고 쳘봉을 놋코 <u>잠의략질ᄒ여</u> 우믈 밋칠 드러가니 믈 속이 심희 굽흔지라 (獃子眞個深知水性, 卽丟了鐵棒, 打個猛子, <u>淬</u>將下去.) <12 : 104-38>

(27) 몸을 <u>져줍어</u> ᄒ며 허리를 갓바ᄒ고 손을 두로 져ᄒ며 다리를 ᄶᅥ난 덧 부뢰 ᄌ식에 밧으미 거만ᄒ미를 지으니 이 진짓 연로ᄒᆫ 스름의 모양이러라 <11 : 96-34>

(28) 의심이 동ᄒ여 그 호로를 잡아 반공에 놉히 <u>치ㅣ고</u> 진언을 넘ᄒ더니 (這怪也把葫蘆<u>望</u>空丟起, 口中念道.) <11 : 80-34>

(17)의 ‘니왓-’은 "내밀다"의 뜻으로 ‘出’의 대역어이고, (18)의 ‘넘ᄶᅵ-’는 "넘치다"의 뜻으로 ‘漲’의 대역어이다. (19) ‘더위줍-’은 "붙잡다", "끌

어잡다. 움켜잡다"의 뜻으로, '攀'의 대역어이고, (20)의 '마로지이-'는
"마르고 재단하다"는 뜻으로, '裁'의 대역어로 쓰였다. (21)의 '발뵈-'는
"발보이다", "남에게 자랑하기 위하여 자기가 가진 재주를 일부러 드러
내 보이다"의 뜻이고, (22-가) '믹받-'과 (22-나)의 '및밧-'은 "살피다",
"일의 속내를 은근히 살피다", "시험하다"의 뜻으로, '認得'의 대역어이
다. (23-가)의 '우희-'와 (23-나) '우휘췸-'는 "움키다", "손가락을 오므려
물건을 힘있게 잡다"의 뜻으로 '抒 /揉搓 /搣'의 대역어이다. '우휘췸-'는
'우희-'에 비해 더 강한 동작을 나타내는 것으로 보인다. (23-다)의 '붓
우희-'는 "감싸다", "가리다"의 뜻으로 '抱'의 대역어로 쓰였다. (24-가)
의 '즛느을-'과 (24-나)의 '즛느흘-'은 "짓씹다", "짓물어뜯다"의 뜻으로,
'嚼碎'의 대역어이며 중세국어 '즛너흘-'에 소급되는 단어이다. (25-가)
의 'ᄌ칙음ᄒ-'와 (25-나)의 '잣칙음ᄒ-'는 "재채기하다"의 뜻으로, 각각
'打噴嚏'와 '嘔噦'의 대역어이다. (26)의 '잠의략질ᄒ-'는 "자맥질하다",
"물 속에서 팔다리를 놀리며 떴다 잠겼다 하다"의 뜻으로, '淬'의 대역
어이다. (27)의 '져줍-'은 "엉거주춤하다"의 뜻으로 중세국어 '저줍-'에
소급되는 단어이다. '저줍-'은 『구급간이방언해』에 처음 등장하는데
"(말을) 더듬다"의 의미로 사용되었고58), 17세기 자료인 『마경초집언해』
에서는 "(다리를) 절다"의 뜻으로 쓰였다.59) 이후 '저줍-'은 18, 19세기
자료에는 나타나지 않는데 이 자료에서 개신형인 '져줍-'으로 쓰이고
있어 의미가 있다. (28)의 '치치-'는 "던져 올리다"의 뜻으로, '丟'의 대
역어이다. 『한청문감』이나 『광재물보』 등에서 보인다.60)

---

58) 말ᄊ미 <u>저주브며</u> 입과 눈과 기울어든 (語言蹇澁, 口眼喎斜.) <救急簡易方諺解1：8>
59) 얼구리 여위고 다리 <u>저주브면</u> ᄒ여곰 고티디 말고 <馬經抄集諺解 下120a>
60) 치치다 (往上起) <漢淸文鑑 10：12> 썩거 <u>치치다</u> (鉤挑) <廣才物譜 文學 2a>

(29) 가. 짐이 공교흔 단쳥을 쳥ᄒ여 이즁의 <u>잇부믈</u> 덜고져 ᄒ노라 졔신
　　　의 ᄠᅳᆺ은 엇더ᄒ뇨 (朕欲召巧手丹靑, 傳二將眞容, 貼于門上, 免得
　　　<u>勞</u>他, 如何?) <4 : 20-10> 도로혀 이난 쳔존과 즁션의 너른 복이
　　　라 엇지 감히 치ᄒᆞᆼ믈 <u>잇부게</u> ᄒ리잇가 (還是天尊與衆神洪福.
　　　敢<u>勞</u>致謝?) <3 : 1-7>

　　나. 이졔 밧비 쥬비를 안비ᄒ고 금ᄉᆞ을 안비ᄒ라 니 맛당이 디왕을
　　　위ᄒ여 <u>닛부믈</u> 플녀 ᄒ노릭 (安排酒來與大王解<u>勞</u>.) <24 : 9-71>

(30) 당승이 관필에 반신반의ᄒ더니 져 <u>즛뮈온</u> 팔계를 엇지 금ᄒ리오 (唐
　　僧聞說, 他也信了; 怎禁那八戒傍邊咳嘴道.) <9 : 27-27>

(31) 반공즁에 오난 일기 요졍이 잇거늘 그 요졍이 과연 썸은 쌤에 <u>즈란</u>
　　털이오 긴 부리 큰지라 (只見半空裏來了一個妖精, 果然生得醜陋, 黑
　　臉<u>短</u>毛, 長喙大耳.) <6 : 48-18>

(32) 도졔 등아 니 일향 셔ᄒ로 오무로 이졔 <u>니르희</u> 허다흔 산슈를 지녀
　　여시되 (徒弟, 我一向西來, 經歷許多山水.) <7 : 109-24>

(33) 가. 긔약지 아닌 요괴 밋친 바람을 부려 나의 눈알을 쏘더니 니 눈
　　　알이 싀고 알프고 눈물이 것잡지 못ᄒ게 왕ᄉᆞ이 <u>니음츠</u> 흐르니
　　　이런 고로 안냑을 구ᄒ나이다 (不期被那怪一口風噴來, 吹得我眼
　　　珠酸痛; 眼淚汪汪, 故此要尋眼藥.) <7 : 6-21>

　　나. 이ᄯᅵ 즁관 등이 즈연 마음 비감ᄒ여 인ᄉᆞ이 일시에 안뉘 <u>이음츠</u>
　　　나리믈 씨닷지 못ᄒ고 <3 : 111-9>

　　중세국어의 '잇브-'에 소급되는 (29-가)의 '잇부-'와 (29-나)의 '닛부-'
는 "고단하다", "힘들다"의 뜻으로, '勞'의 대역어이다. (30)의 '즛믜오-'
는 "매우 밉다"의 뜻이고, (31)의 '즈라-'는 "짧다"의 뜻으로 '短'의 대역
어로 쓰였다. (32)의 '니르희'는 "이르도록", "이르기까지"의 뜻을 가진
다. 다른 문헌에서는 주로 '니를히' 혹은 '니르히' 등으로 나타나는데 동
사 '니를-'에 접미사 '-히'가 결합하여 생성된 부사이다. (33-가)의 '니
음츠'는 "잇달다"의 뜻을 가지는 동사 '니음츠-'에서 영파생된 부사로
(33-나)와 같이 '이음츠'로도 나타났는데 "잇따라", "연이어"의 의미로

사용되었다.

또한, 이 자료에서는 의성어나 의태어 등에서 단어를 중첩하여 표현한 경우가 나타나는데 예를 들면 다음과 같다.

(34) 힝지 겻틔 잇다가 낭ㅅ의 장딕에 금녕을 거두어 감쵸믈 보고 <u>미릐젹</u>ㅅㅅㅅ 나아가 가븨 아히 몸을 샌혀 숨기 금녕을 도젹ㅎ여 가지고 궁문 밧게 니다라(行者在傍取事, <u>挨挨摸摸</u>, 行近粧臺, 把三箇金鈴輕輕拿過, 慢慢移步, 溜出宮門.) <23 : 104-70>

(35) 꼬리를 갈기며 톱을 허우며 니다르니 <u>아로락</u>ㅅㅅㅅ 흔 일쳑 밍호라 (剪尾跑蹄, 跳出一隻那<u>班爛</u>猛虎.) <6 : 103-20>

(36) 힝지 그 약을 너코 눈을 감고 거러 <u>집벅</u>ㅅㅅ ㅎ여 오고가고 ㅎ거날 팔계 웃고 쥬인다려 니로되 (行者閉著眼亂<u>摸</u>.) <7 : 9-21>

(34)의 '미릐젹미릐젹'은 "밍그적밍그적"의 뜻으로 '挨挨摸摸'의 언해어이고, (35)의 '아로락아로락'은 "얼룩얼룩"의 뜻으로 '班爛'의 언해어인데 다른 문헌에서는 잘 보이지 않는 표현이다. (36)의 '집벅집벅'은 "더듬더듬"의 뜻으로 '摸'의 대역어로 『한불자뎐』에서도 그 예가 보인다.61)

(37)과 (38)은 중국어를 차용하여 쓴 어휘들이다.

(37) 도중에 보중ㅎ라 손에 오르거던 ㅈ셰이 범을 술펴 힝ㅎ라 만일 줌간 <u>칙지</u>ㅎ면 졍이 명일에 길머리 우희 고인이 젹을 가 ㅎ노라 (途中保重! 上山仔細看虎. 假若有<u>些差</u>池, 正是'明日街頭少故人!') <3 : 131-10>

(38) 용궁 밧계 니르려 변ㅎ여 젼 모양이 되여 팔계를 ᄯ라 <u>쇼젹문</u>을 블너 분부 왈 (及至龍宮外, 還變作前番模樣, 將八戒擲在地下, 叫<u>小的</u>們.) <21 : 62-63>

---

61) 집벅집벅 <한불자뎐1880 565>

(37)의 ‘츽지ᄒ-’는 “차질(蹉跌)을 빚다”, “잘못되다”의 뜻으로, ‘差池’의 대역어로 쓰였다. ‘츽지’는 중국어 ‘差池(chāchí)’의 차용어이다. 『隋史遺文』에서도 ‘差池’의 대역어로 ‘츽지ᄒ-’가 나타난다.[62] (38)의 ‘쇼젹문’은 “소인들”의 뜻으로 근대중국어 ‘小的們’을 우리나라식 한자음으로 발음하여 쓴 것으로 중국어 간접 차용어이다.

이 책에는 ‘나모~낢’[63], ‘구무~궁ㄱ’[64] 등과 같이 특수어간 교체를 보이는 체언이 나타난다. “노루[獐]”의 뜻을 가지는 ‘노ᄅ’는 중세국어에서 ‘노ᄅ~놀ㅇ’의 교체를 보이던 것인데 이 문헌에서는 ‘놀ㄴ’[65]의 형태로 나타난다.

한편, 이 문헌에는 속담이 많이 쓰였는데 구체적인 예를 들면 다음과 같다.

(39) 속어에 일너시되 <u>관법에 마ᄌ 죽나니 불법에 죽나니만 못ᄒ다</u> ᄒ니 니 가고 가리로다 (常言道 : ‘<u>依着官法打殺, 依着佛法餓殺.</u>’ 去也! 去也!) <3 : 34-8>

(40) 네 항상 말ᄒ기를 <u>닭의 삿긔도 공 업슨 밥을 먹지 아닌난다</u> ᄒ더냐 (賢弟, 常言道, <u>鷄兒不吃無工之食</u>.) <16 : 9-47>

(41) 속어에 닐너시되 <u>업친 믈을 도로 담지 못ᄒ다</u> ᄒ오니 엇지 믈을 다

<hr>

62) 소이야 내 몰을 ᄑ라 은을 가져와시니 밧긔셔 자다가 혹 <u>츽지ᄒ</u> 일이 이시면 엇디 ᄒ리오 (小二哥, 我的馬賣了, 拿銀子在此還你. 在外邊睡, 我却放心不下. 萬有差池, 不干我事.) <隋史遺文 2 : 50>

63) 닉 누은 거실 그룻 썩어 잣바진 <u>남그로</u> 아라 그 무삼 버러지를 ᄎᄌ먹고져 ᄒ미야 (我曉得了, 他一定不認我是個人, 只把我嘴當一段朽爛的樹, 到裡面, 尋虫兒吃的.) <11 : 12-32> 십팔공은 <u>쇼남그</u>오 고직공은 <u>잔남그</u>요 (十八公乃松樹, 孤直公乃柏樹.) <22 : 9-64>

64) 우ᄒ로 이마 <u>슘궁긔</u> 이 환궁에 니ᄅ고 아릭로 다리 미터 용천혈에 밋쳐 (上至頂門泥丸宮, 下至脚板涌泉穴.) <6 : 56-19> 힝지 긔회를 타 한 번 밋그러져 쑥 드러가 발셔 요졍의 <u>목궁글</u> 넘어가 (那行者乘此機會, 一轂轆鑽入咽喉之下.) <22 : 57-66>

65) 몸을 한 번 변ᄒ여 일쳑 <u>놀니</u> 되여 (將身一變, 變作一隻香獐.) <21 : 2-61>

시 거두리오 이 일좌 고산이 심이 놉고 쥰ᄒ니 져 바탕 흐로는 믈이
나즌 ᄃᆡ로 ᄯᅡ라 흐로니 (常言道 '潑水難收.' 咦! 那座山卻也高峻, 這
場水只奔低流.) <17 : 28-51>

(42) 고어에 닐너시되 <u>스스로 와 시비를 말ᄒ난 지 문득 시비ᄒ난 스룸</u>
<u>이라</u> ᄒ여스오니 원전하난 당장노의게 쳥ᄒ여 요스를 강복ᄒ고 공
쥬를 구ᄒ여 올진ᄃᆡ ᄎᆞ난 거위 만젼지칙이 될가 ᄒ나이ᄃ (自古
道：'<u>來說是非者, 就是是非人.</u>' 可就請這長老降妖邪, 救公主, 庶爲萬
全之策.) <9 : 95-29>

(39)의 '관법에 마즈 죽나니 불법에 죽나니만 못ᄒ다'는 "관법에 맞아
죽느니 불법에 굶어 죽느니만 못하다"의 뜻으로 '依着官法打殺, 依着佛
法餓殺'를 번역한 것이다. (40)의 '닭의 삿기도 공 업슨 밥을 먹지 아닌
난다'는 "병아리도 공 없는 밥은 먹지 않는다"는 뜻으로 '鷄兒不吃無工
之食'를 번역한 것이다. (41)의 '업친 믈을 도로 담지 못ᄒ다'는 "엎지른
물은 다시 담지 못한다"는 의미로 '潑水難收'를 번역한 것이며, (42)의
'스스로 와 시비를 말ᄒ난 지 문득 시비ᄒ난 스룸이라'는 '來說是非者,
就是是非人'을 번역한 것으로 『明心寶鑑』의 「省心篇」에 나오는 구절이다.

5. 맺는말

지금까지 계명대 소장 『셔유긔』를 원전과 대조하여 살펴보았다. 이상
의 논의를 정리하면 다음과 같다.

첫째, 계명대 소장 『셔유긔』는 28권 24책(4책 缺)으로 현존하는 번역본
가운데 비교적 완정한 상태로 남아있는 번역필사본이다.

둘째, 중국 원전과 비교해 인명 · 지명 · 국명 · 회목명의 한자음 표기
에 대한 오류가 있는 점으로 미루어 또 다른 국역본을 대상으로 삼아

필사된 전사본으로 판단된다.

셋째, 제9회 陳光蕊가 부임하여 재난을 당한 고사와 현장법사의 출신에 관한 이야기의 삽입과 제9회~제11회까지의 회목명이 청대 판본의 회목과 일치하며, 그 중에서도 시·사의 내용과 묘사 부분에 대한 서술, 이야기 전개에 대한 서술 등이 『西遊眞詮』에 상당히 부합하고 있음을 확인할 수 있었다.

넷째, 국어학적 특징을 살펴보면 표기적으로 어두 된소리 표기는 'ㅂ'계 합용병서인 'ㅄ'과 'ㅅ'계 합용병서인 'ᄭ, ᄯ, ᄱ, ᄲ, ᄶ, ᄸ, ᄹ'이 쓰였는데, 'ᄱ, ᄸ, ᄹ'은 중세국어에서는 보이지 않던 특이한 표기이다. 이러한 표기는 19세기 말의 필사본에 많이 나타나는 특징이다. 또한 근대 국어 시기의 표기 경향과 유사하게 체언의 분철 경향이 뚜렷하며, 용언의 경우 연철·분철·중철 경향도 일부 나타난다.

음운적으로 'ㆍ>ㅏ'와 'ㆍ>ㅡ'의 변화, 원순모음화, ㄷ구개음화 현상 등이 활발히 진행된 모습을 보여주며 19세기 말 혹은 20세기 초에 필사된 문헌의 특징을 보여준다. 이 문헌에서는 주격조사로 '가', 'ㅣ가'와 비교격조사 '에셔'가 나타나며, 연결어미 '-과져', '-ㄴ동', '-ㄹ동', 평서형 종결어미 '-과이다', '-더이다', 의문형 종결어미 '-릿고', '-ㄹ숀냐', '-ㄹ다', 청유형 종결어미 '-어지ᄅᆞ', 감탄형 종결어미 '-닷다', '-랏ᄃᆞ', '-리랏ᄃᆞ' 등의 문법 형태가 쓰였다.

『셔유긔』에 나타나는 희귀어들을 살펴보면 "소실과"의 뜻인 '좀과실', "뜯적이다"라는 뜻의 '쪄적시- /쩍적이-', "좁다"라는 뜻의 '좁부낭ᄒᆞ-'가 보이며 "잡아 쓰러안다"의 뜻을 가지는 '쥽쓰러안-' 등이 나타난다. 이 문헌에는 19세기 말의 일군의 번역소설이나 장편 국문소설에는 이미 사라져 보이지 않는 '비례 /비릐[崖]', '좀긔 /장긔[斧鑿]', '드레[吊桶]', 'ᄂᆡ왓-[出]', '넘찌-[漲]', '더위잡-[攀]', '마로지이-[裁]' 등의 보수적인 어휘들이 쓰인 것이 특징적이다. '미릐젹미릐젹', '아로락아로락' 등과 같이 단어를 중첩하여 쓴 어휘가 보이며, '최지흥–[差池]', '쇼젹문[小的們]' 등과 같은 중국어 차용어와 특수어간 교체를 보이는 체언이 일부 나타난다. 이상에 나타나는 국어학적 특징들은 19세기 말 혹은 20세기 초의 필사본 문헌에 나타나는 특징을 잘 보여주고 있다.

■『중국어문학논집』제60호, 중국어문학연구회, 2010

1. 『형세언』의 발굴과 그 의의

『형세언』의 발굴은 중국소설 연구사의 대사건이었다. 3백여 연간 실종되었던 의화본 소설집이 서울대 규장각에서 발굴되기 전까지 이 책에 대한 추적과 연구는 순탄치 않은 길을 걸어왔다.

반세기 전 작가이자 소설연구가이기도 한 鄭振鐸은 夢覺道人·西湖浪子 輯 명간본 『幻影』의 낙질본 7권을 소장하고 있었다. 그 당시 작자와 연대는 알 길이 없었다. 그후 1927년 정진탁은 프랑스 유학중 파리 국가도서관에서 『박안경기이집』(일명 "二刻拍案驚奇別本, 혹은 別刻二刻拍案驚奇"라고도 한다)을 발굴하였다. 전서는 34회로 그 가운데 제1회에서 제10회까지는 凌濛初의 『二刻拍案驚奇』에서 취했고, 제11회에서 제34회 가운데 일부 고사는 『幻影』과 유사하였다. 거의 같은 시기에 馬廉은 『三刻拍案驚奇』를 소장하였는데 30회 목록을 보존하고 있으나 실제로는 본문 27회만 남았는데 앞 7회 분은 『환영』과 똑같았다. 그리하여 정진탁·마렴 두 소장가는 이를 근거로 『환영』과 『삼각박안경기』의 원명을 고찰하면서, 전서는 대략 40회로 현존하는 『삼각박안경기』는 잔본이라고 하였다.[1] 그후 劉修業은 30년대 말 프랑스 파리 국가도서관에서 『拍案驚奇二集』원서를 열람하고 11회에서 30회를 고찰하여 그 가운데 15회가 『幻影』에서 나왔음을 밝혔다. 그 나머지 9회는 『二集』의 고본 일문에만 보이는데 (그 가운데 1편은 『삼각박안경기』에 회목만 남아 있다) 비교적 상세하게 제요를 써냈다. 그러다가 1958년 그의 『古典小說戲曲叢考』가 출판되면서[2] 처음으로 세상에 공개되어 이 9편 소설의 고사 내용을 알 수 있게 되었다.

또한 王重民은 1939년에서 1947년 사이 미 국회도서관에서 중국 선본 서적을 감정할 때에 『皇明十六名家小品』으로부터 陸雲龍의 "刊型世言二集, 懲海內異聞."이라 한 광고를 발견하였다. 이에 왕중민은 "이른바 『형세언이집』이라는 책이 나중에 『二刻拍案驚奇』로 판각된 듯하다. 내가 일찍이 파리에서 본 적이 있다."[3]고 예리하게 지적하였다. 왕중민은 雨侯(陸雲龍)의 평어를 통해 『형세언』과 『이각박안경기』(실은 별본)의 관계를 깨닫게 되었던 것이다.

1987년 연산출판사와 북경대 출판사는 각각 자신이 얻을 수 있는 판본을 근거로 『삼각박안경기』 교점본을 출판하였다.[4] 여러 가지 여건 때문에 『박안경기이집』으로 校補를 할 수 없었다. 나중에 나온 것도 같은

---

1) 鄭振鐸, 『書䄔書話』, 三聯書店, 1983, pp.193~195.

2) 劉修業 著, 「『拍案驚奇二集』二十四卷」, 『古典小說戲曲叢考』, 北京 : 作家出版社, 1958, pp.48~57.

3) 王重民, 『中國善本書提要』, 上海古籍出版社, 1983, p.477.

4) (明) 夢覺道人·西湖浪子 輯, 張榮起 整理, 『三刻拍案驚奇』, 北京大學出版社, 1987 ; (明) 夢覺道人·西湖浪子 輯, 宋陽冰·趙珩·海波 點校整理, 『三刻拍案驚奇』, 北京燕山出版社, 1987.

도시의 『환영』 잔본과도 상호 교정을 볼 수 없어 적지 않은 착오와 잔결을 남겨 보는 이를 안타깝게 하였다. 그러나 많은 독자들이 마침내 진귀한 소설 『삼각박안경기』를 비교적 편리하게 볼 수 있게 된 것은 다행한 일이다.

몇년 전 胡從經은 일본에서 또다시 佐伯文庫 도서 가운데 『박안경기 이집』의 잔본을 보다가 매편 뒤의 雨侯의 평어를 목격하고 일본 소장본 『皇明十六家小品』 권수 癸酉年 陸雲龍의 서문을 토대로 『型世言』初集이 육운룡 작임을 논정하며 崇禎 6年(1633) 전에 간행되고 『박안경기이집』은 명대 인쇄하였으되 가장 『형세언』 원작에 근접한 판본이라고 하였다.5)

상술한 몇몇 학자들의 고증은 『형세언』 연구에 각기 공헌을 하였고, 남은 문제들을 해결하는 데에 한 걸음 다가가는 계기가 되었다. 그러나 반세기나 끈 의문은 『형세언』 원서의 출현으로 종지부를 찍었다. 프랑스 화교 학자이자 프랑스 국가과학연구센터 연구원인 陳慶浩 선생은 서울대 소장 규장각 도서 가운데 이 책의 원본을 발굴하여 대만 중앙연구원 중국문철연구소에서 진본고적총간 제1종으로 영인 출판하고6) 연구 성과를 발표하였다.7) 이와는 별도로 필자는 낙선재본 소장 『형세언』 번역본을 연구하다가8) 원본이 서울대 규장각에 소장되어 있음을 알고 영

<hr>

5) 胡從經, 「東瀛訪秭錄－－中國小說史料的新發現(之二)」, 『明報月刊』 1988년 7월호, pp.92~95.

6) 陸人龍 編撰 陳慶浩 導言, 『型世言』 上中下 3冊, 中央研究院 文哲研究所, 臺北, 1992.

7) 陳慶浩, 「一部佚失了四百多年的短篇小說集『型世言』的發現和研究」, 『中國文哲通訊』 第2卷 第4期, 1992. 이 글은 영인본의 「導言」을 축약한 것으로 최용철 교수에 의해 「『型世言』－－4백년간 묻혔던 단편소설집」이란 제목으로 번역되어 『중국소설연구회보』 제13호(1993. 3)에 게재되었고, 북경에서 열린 '93 중국고대소설 국제 연토회에서 발표한 논문 「『型世言』研究補論」이 필자에 의해 번역되어 『중국소설연구회보』 제15호(1993. 9)에 게재되었다.

인 출판에 앞서 종전에 내용을 알 수 없었던 11편을(4, 8, 9, 10, 12, 16, 17, 22, 24, 31, 32회)을 교점 소개하였다.9) 그후 필자는 규장각본『형세언』에 대한 교점을 계속하고 조기 백화와 전고, 속어에 대한 주석을 가한 교주본을 간행하기에 이르렀고,10) 이와 거의 동시에 중국에서도 다투어 교점 작업이 이루어졌다.11) 한편 권영애는『삼각』을 연구하다가『형세언』의 발견과 아울러서『형세언 연구』로 학위논문을 완성하였다.12) 그리하여 그간 베일에 쌓여 있던『형세언』이 국내외 학자들에 의해서 마침내 모습을 드러내게 되었고, 이는 중국소설사 자료에 관심을 갖고 있는 많은 동료들에게 뜻밖의 즐거움을 가져다 주었다. 혹자는 이를 두고 "마치 어두운 동굴 속에서 탁 트인 공간으로 걸어나온 것 같다"13)고 하였으니 그 희열을 가히 짐작할 수 있을 것이다. 명말 사람이 편찬한 의화본소설집이 중국에서는 오래 전에 일실되었다가 영리를 도모하는 출판상들에 의해 얼굴을 바꾸었으되 원서가 우리나라 도서관에 보존되었다. 국내외 학자들의 성의와 노력으로 변신을 거듭하다가 이제 다시 중국에 알려지게 되었으니 다행한 일이다. 또 이 소설의 발견을 전후해 중국에서는 앞서 언급한『삼각』은 물론『별본이박』,『형세언』7종이 다투어

---

8) 朴在淵,「낙선재본 型世言에 대하여」,『靑河金炯秀博士華甲紀念語文論叢』, 東國大, 大邱 : 螢雪出版社, 1992.『文學遺産』1993년 제3기에「韓國所見奎章閣藏本『型世言』」이란 제목으로 번역되어 실림.

9)『中國小說硏究會報』제10~12호, 1992. 6~11.

10) (明) 陸人龍 著 朴在淵 校注,『型世言』, 江原大學校 出版部, 1993. 7.

11) 1993년 7월부터 94년까지『型世言』교점본 필자의 강원대본 외에도 覃君의 중화서국본(1993. 7), 齊裕焜·陳節의 해협문예출판사본(1993. 6), 산동문예출판사본(1993. 7), 북경연산출판사본(1993. 8), 雷茂齊·王欣의 파촉서사본(1993. 12.), 陳慶浩의 강소고적본(1993. 8) 등 7종이 나와 있다. 조사에 따라서는 더 있을 것으로 추정된다.

12) 權寧愛,『型世言研究』, 東吳大學 中文硏究所 博士學位論文, 1993.

13) 程毅中,「一件大好事––談『型世言』的發現和重印」,『書品』1993年 第4期, 中華書局, 1993, p.17.

간행되기에 이르렀다.[14]

2. 『型世言』의 조선 전래와 번역

『형세언』에 관한 국내 기록은 『중국소설회모본』이 처음인데 일찍이 조희웅 교수는 「낙선재본 번역소설 연구」에서 이를 근거로 『형세언』을 중국소설의 번역본으로 확정하였다.[15]

完山李氏 『중국소설회모본』은 현재 국립중앙도서관에 소장된 화첩이다.[16] 이 책에는 완산이씨의 序와 小敍가 있는데 그 가운데 83종의 서명이 나열되어 있고 소설 삽화가 128폭 실려 있다. 그런데 조희웅 교수는 회모본의 서문에 실린 중국소설명 가운데 "형세언"을 발견했으나 애석하게도 서문이 쓰여진 연대와 삽화를 모사한 화가를 고증할 수 있는 중요한 두 편의 서문 기록을 그냥 지나치고 말았다. 필자가 살펴본 결과 서와 소서가 영조 38년 壬午(1762)에 작성되었으며 완산이씨(사도세자)[17]가 金德成(1729~1797) 등 畵員을 시켜 그렸다는 사실을 알게 되었다.

서문 말미에 "임오년 윤오월 초아흐렛날에 완산이씨가 藏春閣에서 쓰다."라고 되어 있고, 소서 말미에는 "임오년 윤오월 초아흐렛날에 완산

---

14) 『三刻拍案驚奇』는 해남출판사본(1993. 4)과 경관교육출판사본(1994)이 있고, 『別本 二刻拍案驚奇』는 蕭相愷 點校의 절강고적본(1993. 9)이 있다.

15) 曹喜雄, 「樂善齋本 飜譯小說 硏究」, 『국어국문학』 62·63합번호, 1973, p.266.

16) 60張. 圖. 四周單邊, 半郭24.3×16cm. 無界. 行字數不同. 內向黑魚尾. 27.9×19cm. 表紙書名 : 「支那歷史繪模本」. 序 : 壬午(?)……完山李氏書于藏春閣 裝幀 : 無紋柳綠色厚褙表紙, 土紅絲綴. (國立中央圖書館, 『外國古書目錄2』, 1971, p.895)

17) 완산이씨에 대해서는 제2장 각주 14) 참조.

이씨가 麗暉閣에서 쓰다"[18]라고 되어 있어, 임오년 5월 9일에 같은 같은 날 완산이씨가 여휘각과 장춘각을 오가며 쓴 것임을 알 수 있다. 여기서 말하는 임오년은 영조 38년 1762년이다. 그 같은 근거는 화원 金德成의 생존연대가 1729년에 태어나 1797년에 죽었으므로,[19] 그 사이의 임오년은 1762년 하나뿐이라는 점에서 쉽게 알 수 있다. 실제로 장춘각과 여휘각『宮闕志』에 의하면 장춘각과 여휘각은 모두 昌慶宮 通明殿 서편에 있었으나 정조 14년(1790) 통명전 연소시 불타 버려 지금은 없으므로 1790년 이전 임오년이 1762년임이 재확인된다.[20] 그렇다면 한글본『형세언』이 이루어진 시기는 1762년 이전임이 확실하다. 실제로 낙선재문고에는『형세언』의 번역본까지 4책이나 전하고 있는 것이다. 번역본 역시 필자의 검토 결과 타 번역본에 비해 우리말 고어와 고문체가 현저하게 출현하고 있어 늦어도 18세기 경에 이미 번역된 것으로 추정된다.[21]

3. 작자와 평자

『형세언』각 회 앞에는 명 작자 陸人龍이라 서명하고 있다. 육인룡은

---

18) ……其中可鑑可戒者, 可笑可愛者, 抄集成冊, 令繪士主簿金德成等若干人, 摸本粧冊, 開卷歷代事跡, 其可瞭然. 引書序于首, 又作小跋于末, 以傳後之子孫, 其勿泛看也夫. 壬午閏五月初九日完山李氏書于麗暉閣之上.

19) "慶州人. 南里金斗樑族姪. 字汝三, 號玄隱. 畫員·僉事. 善畫神將.「雷公圖」." 吳世昌, 『槿域書畫徵』卷五,「鮮代編·英祖」, 啓明俱樂部, 1928. (普文書店 영인본, 1970, p.193)

20) 朴在淵,「完山李氏 中國小說繪模本 解題」,『中國小說繪模本』(附 : 韓國所見中國通俗小說書目), 江原大 出版部, 1993, pp.155~195.

21) 朴在淵,『朝鮮時代 中國 通俗小說 翻譯本의 研究』, 한국외국어대학교 박사학위논문, 1993, p.49.

명말 항주의 저명한 출판가인 취오각주인 陸雲龍의 동생이다. 육인룡의 생평에 관해서는 알려진 것이 많지 않다. 그는 육씨 가문의 다섯째 중 막내로 형 육운룡 외에 누이 셋이 있었다. 『형세언』을 지은 것은 적어도 스물 남짓한 때였다. 실제 나이는 더 많았을지도 모른다.[22] 숭정 초에 그는 "平原孤憤生"이란 필명으로 시사소설 『遼海丹忠錄』을 썼다.[23] 건륭 연간에 판금을 당한 적이 있는 이 책은 명말 요동의 싸움을 기록하고 있는데, 만력 17년(1589)부터 시작해서 숭정 3년(1630) 봄까지 기록하고 있다. 전서는 모문룡의 충성을 예찬하고 원숭환의 시기와 질투를 질책하여 당시의 여론을 반영했으며, 시사에 대한 작자의 관심과 자신의 "孤憤"을 표현해냈다. 이로써 육인룡이 사회와 정치에 관심을 가지고 세상의 풍속을 교정하는 것을 자신의 임무로 여긴 소설가임을 어렵지 않게 알 수 있다.

그의 형 육운룡은 자가 雨侯이고 당호는 翠娛閣主人이며 출판사명은 崢霄館이다. 생존연월은 고찰할 길이 없으나 그가 가장 활발하게 활동했던 시기는 천계 말년에서 숭정 연간으로 20여 연간 편집과 저작에 종사했으며 1644년까지도 활동을 계속하고 있었다. 편저가 많아 문사가들이 그에 대해 비교적 자세히 알고 있었다.

육운룡은 아우 육인룡의 소설창작을 지지하고 관심을 보여 『요해단충록』 서문을 쓰고 『형세언』 각회에 대해 각각 소서와 회후평을 썼다. 매회 서두에 "小敍" "小引" "題詞" 등의 이름으로 쓰여진 이 서문은 "삼언"이나 "이박"과 구별되는, 『형세언』의 가장 두드러진 특징 중의 하나이다. 육운룡의 소서·회후평, 소설 속에 삽입된 작자의 논의 등을 보건

---

22) 陳慶浩, 「『型世言』研究補論」, '93 중국고대소설 국제연토회 논문, 1993.
23) 苗壯의 校點으로 심양 遼瀋書社(1989)에서 교점본이 나왔고 뒤이어 북경 중화서국(1990)에서 펴낸 『古本小說叢刊』(第7輯)의 하나로 원본을 영인 수록하였다.

대 그들 형제는 모두 정치에 관심을 가지고 치열한 삶을 살았던 문인으로, 어지러운 시국을 바라보며 민생을 걱정하는 그들의 의식이 작품 속에 잘 드러나 있다.

육운룡 형제는 어려서 부친을 여의고 가난한 집안에서 嫡母와 생모의 부양으로 자랐다. 『형세언』 제16회 회후평에 다음과 같은 기록이 있다. "나의 생모는 나와 누이와 아우 등 다섯을 낳았고 적모 예씨는 우리를 친자식처럼 길렀다. 두 어머니는 이십여 년 동안 미망인으로 갖은 고초를 겪으면서 맹모가 세 번씩 이사를 가고 짜던 베를 자르던 것처럼 우리를 가르치셨다."24) 또 「選十六家小品序」에 보면, "무릇 자신이 가난함을 한할 뿐이라, 저 燕·趙·鄒·魯·洛·蜀·滇·粤 등지의 진기한 글들을 모으지 못하고 게다가 집이 가난하여 선생들의 훌륭한 글을 다 간행하지 못하고 그중의 한둘만을 상재한다……"25)고 하여 여러 차례 "집안이 가난하였다"고 기록하고 있다. 何偉然이 「十六家小品序」에서도 언급하였지만, 육운룡은 십육가소품을 편집해 놓은 후에 하위연에게 한 말 중에 이런 내용이 있다. "이번 내가 수년간의 마음과 힘을 다하여 이제 열여섯 선생의 훌륭한 글만을 모아 엮어 판각하니 각별히 안목을 갖추었다. 그대가 나를 위해 평하리라. 그런데 내가 가난하여 대작들을 세상에 펴내지 못하고 소품만을 간행할 따름이다."26) 하고 "'내가 가난에 쪼들려 다른 일을 돌볼 틈이 없도다. 아! 가난이 수집벽과 편집의 재주를 주었지만 기는 펼 수가 없다……"27) 육씨의 집안 형편이 좋지 않았음은

---

24) "予生母, 身生予姊弟凡五人, 而嫡母倪, 悉視猶已出, 各觀其成人, 兩母又茹茶飲苦稱未亡者二十餘年. 三遷斷機不殊孟, 截髮銼薦不殊陶……." (『型世言』 16 : 167)

25) "蓋其具已獨恨家儉而目亦因之, 不能大括燕·趙·鄒·魯·洛·蜀·滇·粤諸奇; 又恨目窮而家又窮之, 不能大梓諸先生之雄文, 僅劁行其一二……"

26) "此余竭數年心力, 乃今始得招十六先生之珍奇靈雋而聚之, 簡編抉剔爬搔, 別具手眼, 爾必有以評我. 且余貧度未能行其鴻章大篇于世, 姑以其小品行."

이로써 알 수 있다.

그는 젊어서부터 꾸준히 공부하였고 시재가 뛰어났고 해박하였다. "내 친구 雨侯는 공교히 훌륭한 문장들을 수집하였으니 뼈대는 고결 표일하고 구상이 탁월하고 내와 달이 가슴에 가득하고 구름과 노을이 그 붓끝을 비추었다. 약관에 李賀의 명성을 들레었고 부는 三都에 견주었으며 약관의 나이에 劉勰의 반열에 들었다. 장서가 눈에 차지 않았다……"28) 그는 일찍이 과거를 보아 벼슬에 나아가려 하였으나 계속 낙방하자 크게 실망하여 과거를 포기하고 출판업에 종사하게 되었다. 취오각 또는 쟁소관이란 이름으로 간행되어 지금까지 전하는 책은 천계 5년『合刻繁露太玄大戴禮記』3권을 위시하여 숭정 10년『李映碧公餘錄』에 이르기까지 30종에 달하는데, 대표적인 것으로『皇明八大家』16권,『皇明十六名家小品』32권,『翠娛閣評選鐘伯敬先生合集』16권,『翠娛閣評選行笈必携』21권 등과 같은 평선이 대부분이다.

만력 연간에서 천계 연간에 이르러 사회는 부정이 극에 달하고 과거제도는 부패할 대로 부패하였다. 그같이 돈도 권세도 없는 가난한 선비는 그저 비분강개할 뿐 벼슬길에 나아갈 수도 없었다. 위충현 일당이 몰락한 뒤 그는 즉각 위충현을 폭로 질책한 장편소설『魏忠賢小說斥奸書』를 지어 환관의 전횡에 대해 확고히 반대하는 태도를 엿볼 수 있다.29) 위충현 일당에 대한 그의 비판과 조소는『型世言』제37회의 회후 평에서도 보면 "요괴란 갑자기 생겨난 것이 아니라 반드시 그 조짐이

---

27) "'吾爲貧使, 無暇及其他焉耳', 嗟呼! 貧也使人有搜求之識, 采摭之材, 不得吐氣于人……."

28) "吾友雨侯, 巧徇天章, 艷分花谷, 靈骨珊珊, 錦腸灼灼, 烟月盈其心胸, 雲霞映其筆底. 弱齡騰李賀之聲, 手賦三都; 綺歲入劉勰之室, 目空二酉.……"(丁允和,「敍行笈必携」)

29) (明) 陸雲龍『魏忠賢小說斥奸書』는 최근 巴蜀書社(1993. 12)와 春風文藝出版社(1994)에서 각각 교점 출판되었다.

있으니 지금 간사한 무리들이 권력을 휘두르고 있다. 사내이면서 여자처럼 요사스럽게 꾸미고 사내이면서 여자처럼 교태를 부리고 아첨한다. 사내이면서 여자로서 선비축에 끼어 벼슬길에 나아간다. 간사한 암컷이 정치에 끼어드니 뭇 수컷들이 그에게 빌붙는다. 여자 요괴로서 천하를 뒤흔드는 것이 어찌 이양우 한 사람뿐이랴? 이양우는 부끄러움을 알되 조정 안팎은 부끄러움을 모르니 도리어 양우만 못하다."30)라고 하여 다시 한번 환관의 전횡에 대한 통한과 불만을 표하여 숭정을 옹호하고 위충현 일당을 물리치고자 하는 그의 충정을 보여 주었다.

육운룡의 평론관은 자연 그의 아우 육인룡에게 영향을 주었다. 그들 형제는 자신의 창작 속에 객관에서 출발하는 정신을 체현하였다. 육운룡은 『요해단충록』 서문에서 "그 글이 우아하되 속되지 않고 진실하되 황당하지 않고 진부한 말을 베끼지 아니하며 속된 무리에 영합하지 않고 당당히 그 경위를 펼치되 좋고 나쁨이 공정함에 근본하니 안목이 있는 사람이면 스스로 알아볼 것이다."31)라 하였다. 의심할 여지 없이 이는 또한 육씨 형제의 창작 원칙이기도 하다. 『형세언』 40편의 소설은 거개가 명대 사회생활에서 취하고 있다. 이야기의 많은 부분이 심지어는 바로 얼마 전에 일어난 것이기도 하다. 예컨대 제25회 「凶徒失妻失財, 善士得婦得貨」는 숭정 원년(1628) 7월 절강 연해에서 발생한 태풍과 해일로 큰 물난리를 겪은 정경을 묘사하였다. 여러 편의 내용은 모두 근거가 있어, 명대의 관보 아니면 야사나 민담을 근거로 한 것이다. 또 그가 묘

---

30) "妖不遽興, 必有其徵, 今紅紫載道, 丈夫而女子, 其飾妖冶自好; 丈夫而女子, 其容至諧媚承順; 則丈夫而女子, 其心浸而士林, 浸而仕路, 浸而一雌奸乘政群雄伏附之, 陰妖變天下矣, 直一李良雨哉? 李良雨知羞, 而朝野不知羞, 反而良雨不若." (『型世言』 37 : 375)

31) "至其詞之寧雅而不俚, 事之寧核而不誕, 不剿襲陳言, 不借吻于俗輩, 議論發抒其經緯, 好惡一本于大公, 具眼者自鑒之." (孤憤生 著 苗壯 校點 『遼海丹忠錄』, 遼瀋書社, 1989. 2)

사한 일부 사적들은 『명사』에서 그 근거를 찾을 수 있어 그 소재의 진실성을 엿볼 수 있다. 『형세언』에 대한 육운룡의 평론은 작품 내용과 사상 감정, 작자의 창작 의도에 중점을 두어 독자들로 하여금 소설의 심층적인 의미를 파악하도록 돕고 있다. 예컨대 제30회 평을 보면, "호랑이는 미끄러져 패하고 관리는 청지기 때문에 망하니 심하도다……."[32] 하여 각급 관원들이 남색을 밝히다가 청지기에게 신세 망치는 이야기를 빌어 사람들의 우둔함을 깨우치고 경각심을 불러일으킨다. 또 제28회 평에 "수재는 스스로 공명을 쟁취하지 못하고 돈과 권세를 빌거나 심지어 중에게 구걸하니 부끄럽기 그지없다. 어리석어 속임을 당하고 탐욕을 부리다 목숨까지 잃게 되니 모두 오늘날의 웃음거리로 삼을 수 있겠다."[33] 여기에서 스스로 노력하지 아니하고 돈과 권세에 의지하거나 중에게 벼슬을 구걸하는 우둔한 행위를 조소하고, 수재는 마침내 우매함으로 인해 사기를 당하고 중은 지나친 욕심 때문에 죽음에 이른다고 결론짓고 있다.

육운룡은 선평가로서 아주 치밀하여 자구 하나하나에 세심한 주의를 기울였다. 『형세언』 제11회의 한 미비는 "그림을 본뜨듯이 매우 정교하다(摹畵精工)", "안배가 절묘하다(布置絶妙)"라 하였고, 제12회의 한 미비는 "비녀를 떨어뜨려 복선을 깔다(爲髻鬆墜釵埋伏)", 제21회의 한 미비는 "말마다 재미를 담고 있다(語語含趣)", 제27회 미비는 "수식이 정말 뛰어나다(點染絶佳)"라든가 "복선도 훌륭하다(伏案也好)"라 하였고, 제37회 미비는 "말마다 운이 있다(語語有韻)", 제39회 미비는 "절묘하기가 화로에 단련한

---

32) "虎敗于滑, 官敗于門蠹, 甚矣. 剛之易柔, 而藏剛狠于柔, 正莫遏也, 窒欲防微, 敢爲當道借籌."(『型世言』 30 : 308)

33) "秀才不會自取功名, 假錢財, 借權要, 甚而乞靈和尚, 羞之極矣. 愚受局, 而貪得死, 都可作今笑柄." (『型世言』 28 : 286)

것 같다(絶妙爐錘)”라 하였다. 이처럼 육운룡은 그저 서너 자 또는 한두 자의 미비로 문장의 요점을 집어내었다. 이런 평점은 이루 헤아릴 수 없이 많은데 이상의 몇 대목에서 볼 수 있듯이 육운룡은 한편의 작품에 대한 구성, 맥락, 조응, 복선, 층차는 물론 어떻게 구성하고, 삽입하는가 에 무척 관심을 기울였음을 알 수 있다. 이 모든 것은 또한 작자 자신이 작품을 구상할 때에 전반적으로 고려해야 할 문제이기도 한데 육운룡 의 이러한 견해는 그 아우 육인룡에게 깊은 영향을 주었음에 틀림없 다.34)

4. 『型世言』의 주제사상

명말은 사회가 무척 혼란한 시대였다. 무능한 명 왕조의 통치하에 환 관들이 전횡을 부리고 전란과 자연재해가 끊이지 않아 백성들은 도탄 에 빠졌으며 정치는 부패하여 계급, 민족 간의 갈등이 격화되었으니 이 자성과 장헌충의 농민반란은 바로 이러한 모순과 갈등의 소산이었으며 명 왕조의 통치 기반을 뒤흔들었다. 육인룡은 바로 이러한 한 시대를 살았으며 당시의 사회적 혼란을 바라보면서 통속소설이란 형식을 빌어 세속을 깨우치고 세상을 구하는 방편으로 삼고자 했다. 작자는 이러한 사회적 난국을 예의를 밝히지 못하고 교화가 일어나지 않음에 귀결시 키고, 천하의 대란은 모두 탐욕에서 기인한다고 여겨, 설교를 통해 사람 들로 하여금 현실을 직시하게 함으로써 도리를 지키면 혼탁함을 바로 잡을 수 있으며, 참을 깨달을 수 있다고 해서 패관야사·고금 기담과

---

34) 孫一珍, 「從陸雲龍的評選看其人的文藝觀」, '93中國古代小說國際硏討會 발표 논문, 1993, pp.17~18.

인정세태를 빌어 선과 악의 모습을 보여줌으로써 봉건 윤리도덕을 선양하였다. 그러나 다른 한편으로 명말 사회의 어두움을 객관적으로 폭로하여 사회현실에 대한 작가의 불만을 표출하였다. 이 책의 작자는 당시의 사회생활에 익숙하고 체험이 남달랐던 듯 하층관리·서리·아전·문인·상인·수공업자·지주·농민·하층 부녀자 등 각계각층의 인물과 지방 풍물, 시정 풍속 등에 대해 생동감 있는 묘사를 하였다. 특히 빈곤한 농민의 비참한 생활을 사실적으로 묘사하였고, 관가의 부정부패를 신랄하게 풍자하였다.

『형세언』은 정통관념의 선전에 주력하고 있다. 작자는 유가적 입장을 견지하여 충효절의의 봉건 윤리도덕을 크게 선양하고 있다. 명대 문학계에 있어서 "情"과 "理" 두 파의 경쟁 속에서 육인룡은 후 일파에 편향되었다. 명대 통속소설의 한 파는 言情을 중요시 하였는바 그 말류는 노골적으로 욕정을 드러내는 염정소설로 발전하였고, 다른 한 파는 정면으로 풍속 교화를 선양하는 교훈적인 소설로 일부 재자가인소설도 한결같이 도학을 강조한다. 풍몽룡이 편한 "삼언"은 많은 구전하는 소설과 화본을 수집하여 대부분 시민계층의 삶과 사상의식을 반영하되 연애담에 치중하였고, 능몽초의 "이박"은 스스로 창작한 작품을 위주로 봉건문인의 사상의식을 비교적 많이 표현하되 충효를 권하는 설교가 적고 시민의식이 상당히 농후하다. 그런데 육인룡이 편찬한『형세언』은 창작시기는『박안경기』보다 늦지만 비교적 봉건사대부의 정통사상을 표현하였다. 특히 전반부는 작자의 취지를 분명하게 드러내었다. "삼언" "이박"과 비교할 때『형세언』은 작가의 개성이 더욱 선명하다고 볼 수 있다. 이는 먼저 작자의 소재 선택이 명대 현실과 민간에서 전해지는 이야기에 집중되었다는 것에서도 나타난다. 특히 명대 후기 사회 다방면의 상황에 대해서도 무척 익숙한 듯 더욱 진실되고 풍부하게 표현하었다.

"형세언"이란 책명은 작가의 형 육운룡이 말한 바 "시의적절하게 기록하여 세상의 틀이 된다"35)든가 "가히 오늘날 세상의 틀을 세울 수 있다"36)는 의미로 작자의 창작 동기를 명확하게 드러내었다. 이러한 짙은 풍유성은 "삼언"이나 "이박"에 비해 지나치면 지나쳤지 모자라지 않다. 우리가 『형세언』의 각권 회목의 순서를 유심히 살펴보면 하나의 규칙을 읽어낼 수 있다. 즉 제1회부터 제20회에서 드러내고자 한 것은 충신, 효자, 협사, 의복, 열녀, 붕우로 작자가 세상 사람들을 위해 세운 긍정적인 인물의 표본이다. 예컨대 효자 왕세명을 칭송한 제2회 「千金不易父仇, 一死曲伸國法」, 효자 주우륜을 칭송한 제3회 「悍婦計去孀姑, 孝子生還老母」, 효자 왕원을 칭송한 제9회 「避豪惡懦夫遠竄, 感夢兆孝子逢親」, 손녀 진묘진이 간을 꺼내 조모를 치유한 제4회 「寸心遠格神明, 片肝頓蘇祖母」 등과 충신 정제를 찬양한 제8회 「矢智終成智, 盟忠自得忠」, 정녀 철씨 두 딸을 칭송한 제1회 「烈士不背君, 貞女不辱父」, 열부 당귀매를 칭송한 제6회 「完令節冰心獨抱, 全姑醜冷韻千秋」, 열부 진치아를 칭송한 제10회 「烈婦忍死殉夫, 賢媼割愛成女」, 소씨 집안의 세 절부를 칭송한 제16회 「內江縣三節婦守貞, 成都兩孤兒連捷」 등이 그것이다. 이같은 사실은 18세기에 번역된 것으로 보이는 낙선재본『형세언』 필사본에서도 번역된 15편 가운데 의사류(9편), 의녀류(2편), 패행류(2편), 명장류(2편) 등으로 분류하고 있는 사실에서도 입증된다.37)

---

35) "若屢抗王師, 殫謀報國, 人不能勝天, 卒以死殉, 是爲公. 而高賢寧之作論, 又不食祿, 見之史冊. 鐵氏二女之詩, 見之傳聞, 固宜合紀之, 以爲世型也" (1：15 雨侯評)

36) "運奇謀于獨創, 何必襲迹古人; 完天倫于委蛇, 眞可樹型今世"(『型世言』 3：27 小引)

37) 朴在淵, 『朝鮮時代 中國 通俗小說 翻譯本의 硏究－낙선재본을 중심으로』, 한국외국어대학교 박사학위논문, 1993, pp.31~34.

제21회부터 제36회는 그 당시 사회 현실의 기괴하고 천박한 현상들을 그리되 도적, 건달, 흉악범, 사기꾼 등 부정적인 인물들이 징벌이나 응보를 받음으로써 세인의 경각심을 불러일으킨다. 마지막 몇회는 사회상의 기이한 민간고사를 기록하여 사회가 직면한 위기를 실증적으로 보여주었다.

명대 사회를 우려하는 의식에서 작자는 명나라 개국황제 주원장을 극력 예찬하여 명나라 부흥의 희망을 홍무제의 유령에 기탁하였다. 제14회에서는 원말 때 유기·왕면·노태 등이 함께 술을 마시다가 "서북쪽에 이상한 구름이 일어나 모두 상서로운 구름이라고 말하자 유백온이 '상서로운 구름은 무슨, 이제 왕자의 기운이야, 금릉에서 수년 후 내가 보필하고 있을 걸세.'"38)라고 말하는가 하면 제19회에서는 "우리 태조 임금이 부친의 관을 메고 독룡강에 이르렀을 때 비바람이 몰아치고, 공중에서 '누가 내 땅을 빼앗느냐!'고 외치자 아래에서 '주모이다!'라고 응수하였다. 태조가 잠시 비를 피했다가 이튿날 와보니 봉분이 이루어져 있었다. 이곳이 제왕의 땅임은 두말할 필요도 없다"39)고 하였고, 제34회에 주원장이 나라를 창건할 때 주전대사의 도움과 가르침을 받았다고 말한다. 또 천하가 아직 정해지지 않았을 때 주전은 곳곳에 다니며 "태평이 도래하였다"고 외치고 다녔는데 나중에 과연 주원장이 천하를 통일하였다. 그는 주원장에게 군대를 나누어 진우량과 장사성을 칠 것을 건의하며 "하늘은 당신의 것이지 그(진우량)의 것이 아니오. 그를 두려워 말고 두 달만 버티시오"40)라고 예언하였다. "태조가 웃고 길일을

---

38) "見西北異雲起, 衆人道是'景雲', 正分了箇'夏雲多奇峰'韻, 要做詩, 伯溫道 : '甚麼景雲, 這是王者氣, 在金陵, 數年後, 吾當輔之.'" (『型世言』 14 : 144)

39) "我朝太祖葬父, 昇至獨龍崗, 風雨大至, 只聞空中道 : '誰人奪我地?' 下邊應道 : '朱某'. 太祖因雨暫回, 明日已自成墳. 這是帝王之地所不必言.'" (『型世言』 19 : 189)

택하여 군사를 일으키자 그는 지팡이를 높이 치켜들고 휘두르며 앞으로 달려가며 필승의 흉내를 내었다"41) 태조와 헤어진 지 스물다섯 해만에 다시 나타나서는 태조의 병을 치료하였다고 하였다.

이처럼 성군을 칭송하는 동시에 작자는 또 명대 역사상 저명한 충신 몇 사람을 예찬한다. 제1회에서는 병부상서겸 산동참정 철현을 칭송한다. 그는 황제의 조카손자 정강왕 주수겸을 단죄하여 주원장의 인정을 받았다. "그는 백성을 사랑하고 선비를 깍듯이 대접하고…… 약자를 돌보고 포악한 자를 제압하였으며 이재민을 구휼하였다"42) 그는 나라를 위해 충성을 바쳤음에도 불구하고 영락황제에 의해 극형에 처해졌지만 임금을 향한 마음에는 변함이 없었다. 제12회는 대쪽같이 강직한 이시면이 직간을 하다가 영락제의 미움을 사 옥에 갇힌다. 새로 즉위한 선덕황제는 그가 "한림원 학사로서 남이 못하는 직언을 했으니 죄 줄 수 없다며 칼을 벗기고 도로 한림원 시독을 삼았다"43) 과연 이시면은 성은을 저버리지 않았고 국자감 좨주(祭酒)가 되어 과거의 폐해를 개혁하며, "국학은 천하의 기준이므로 풍속이 온아해야 하며 염치를 알아야 한다"44)고 말한다. 그는 태감이나 금의위 무리를 전혀 두려워하지 않았다. 분명 작자는 명대 중후기 조정의 부패와 쇠퇴를 목도하고 황제의 무능과 권신들의 간교함을 통탄하여 명대 전기의 성군과 어진 재상을 그 틀

---

40) "上面有你的, 沒他的, 不過兩箇月狂活, 休要怕他." (『型世言』 34 : 343)

41) 太祖一笑, 擇日興師時, 只見他擎了根拐杖高高的舞着, 往前跳去, 做一箇必勝模樣" (『型世言』 34 : 343)

42) "愛惜百姓, 禮貌士子, 地方有灾傷, 卽便設處賑濟, 鋤抑强暴, 不令他虐害小民" (『型世言』 1 : 3)

43) "憐他翰院儒臣, 却能言人所不敢言, 不可深罪, 不惟不殺, 反脫去他枷枙, 仍舊着他做翰林院侍讀." (『型世言』 12 : 129)

44) "國學是天下的標準, 須要風習恬雅, 不得寡廉鮮恥." (『型世言』 12 : 130)

로 세워 인심을 자극하려 한 것이다. 그 충효와 절의를 선양한 작품은 나라를 구하고자 하는 작자의 절박한 심정을 보여주었다.

이 밖에 협사 경식, 의로운 하인 심실, 서로 옥에 들어가 대신 형을 받겠다고 하는 요거인 요리인 형제 등은 모두 작자가 극력 선양하는 긍정적인 인물이다. 아무튼 소설 전반부가 봉건윤리 교화로 가득차 있음은 분명하다. 그러한 사상 경향은 송원 이래 "시정의 백성들을 대신해서 그 마음을 그릴 것"45)을 표방하고 나서 반봉건 의식을 띠고 있는 화본소설들과는 상치되는 것이 아닐 수 없다. 『경세통언』 제12권 「范鰍兒雙鏡重圓」에서 "말은 통속적이어야 널리 전할 수 있고 말은 반드시 재미있어야 사람을 감동시킬 수 있다"46)고 하여 이미 풍속과 교화 문제를 제기한 바 있고, 녹천관주인은 『고금소설』 서문에서 "이제 설화인이 현장에서 묘사하는 것을 보면 즐겁게 만들고 놀라게 하고 슬프게 만들고 눈물나게 하고 노래하게 하고 춤추고 싶게 만든다. 더 나아가서는 칼을 잡게 만들고 절을 하게 만들며 목을 찔러 자진하게도 하고 재물을 던져 버리도록 만든다. 겁쟁이는 용감해지고 음란한 자는 정숙해지고 경박한 사람은 진중해지고 완고하고 둔한 사람은 식은땀을 흘리게 만든다. 비록 날마다 효경이나 논어를 암송해왔다 할지라도 이처럼 신속하고 깊게 감동시킬 수는 없을 것이다. 아! 통속적이지 않고서 이럴 수가 있겠는가!"47)

이러한 인식에 기초하여 명대 후기 문인들은 다투어 통속소설의 편

---

45) "爲市井細民寫心"

46) "話須通俗方傳遠, 語必關風始動人" (『警世通言』, 上海古籍出版社, 1992, p.171)

47) "試今說話人當場描寫, 可喜可愕, 可悲可涕, 可歌可舞; 再欲捉刀, 再欲下拜, 再欲決胅, 再欲捐金; 怯者勇, 淫者貞, 薄者敦, 頑鈍者汗下. 雖日誦『孝經』·『論語』, 其感人未必如是之捷且深也. 噫, 不通俗而能之乎!" (黃霖·韓同文 選注, 『中國歷代小說論著選』上, 江西人民出版社, 1982, p.217)

찬 작업에 참여하였다. 그들은 매일 『효경』이나 『논어』를 암송해서는 감동하거나 실천할 수 없으므로 "교화를 즐거움에 기탁하는" 것만 못하며 "사람을 즐겁게"해서 "감동시키는" 것으로 통속소설을 선양과 교화의 유력한 무기로 삼았다. 『형세언』의 편찬은 세상 사람들에게 전형을 수립하는 것으로 작자의 의도는 매우 분명하였다. 그러나 안타깝게도 권수의 서문을 볼 수 없어 논증할 근거가 없으니 애석한 일이다. 『형세언』은 "삼언" "이박"과는 달리 효자와 열부, 충신, 의로운 하인을 찬양한다. 부정적 현상에 대한 비판은 일리가 있지만 그가 의도하는 교육은 받아들이기 어려운 면이 없지 않다. 제4회에서는 진묘진이 두 차례나 허벅지를 베어 위독한 조모를 구함을 그리고, 제10회에서는 진치아가 두 차례나 스스로 목을 매어 지아비를 따라 죽으려는 사적을 그리고 있는데, 이 같은 지나친 봉건예교의 선양은 "사람을 즐겁게 할 수도" "감동시킬 수도" 없다.

때문에 정진탁은 『환영』을 언급하면서 "이 소설은 전반적으로 교훈으로 가득찼으며, 권계적인 작품이 가장 많다"고[48) 하였는데, 이 책의 특징을 정확하게 지적한 평이 아닐 수 없다. 동시에 인과응보 숙명론으로 권선징악의 주관적인 목적을 이루는 것이 명 후기 백화 단편소설의 공통적인 특징으로, 『형세언』도 이를 면하지는 못하였다. "삼언" "이박"에서 애정을 노래한 「金玉奴棒打薄情郎」, 「賣油郎獨占花魁」, 「喬太守亂點鴛鴦譜」 같은 가작은 『형세언』에는 극소하다. 제7회 「胡總制巧用華棣卿, 王翠翹死報徐明山」, 제38회 「妖狐巧合良緣, 蔣郎終偕伉儷」 정도가 남녀 간의 사랑과 혼인을 다루었다지만 그 목적은 여전히 열부를 예찬하고 호색지도를 경계하고 있어서 그 예술적인 감동이 제한적이다. 이러한

---

48) 鄭振鐸, 「幻影(拍案驚奇三刻)」, 『西諦書話』, 三聯書店, 1983, p.194.

상황은 작자 창작의 강렬한 공리적 목적을 설명해주며 소설이 갖추어야 할 심미적 특성에 부정적인 영향을 끼쳤다.

그렇다고 명말에 유행하였던 염정소설의 영향을 완전히 탈피한 것도 아니다. 작품에 따라서는 진한 성애 묘사가 곳곳에 보이고 있기 때문이다.

> 그는 검은색 비단 도포를 걷어 올리니 안에 입은 것은 흰 비단 저고리에 흰 비단 바지로 화려하고 사랑스러웠다. 땅바닥에 쭈그리고 앉자 길쭉하고 커다란 남자의 물건이 드러났다. 부인은 보고 저도 모르게 실소를 금치 못하며, 얼른 손에 끼고 있던 가락지 두 개를 빼어 소매 속 붉은 비단 손수건에 싸서 경식의 머리 위로 "툭" 던졌다.
>
> …(중략)…
>
> "오빠! 제발 그러지 말아요."
>
> 경식은 어느새 그녀 대신 문을 닫고 다시 발 안으로 들어왔다. 등씨는 몸을 살짝 피했고 경식이 사납게 달려 들어와 와락 끌어안았고 입술을 가져갔다.
>
> 등씨가 말했다.
>
> "자꾸 그러면 소리 지를 거예요!"
>
> 입으로는 그렇게 말했으나 어느새 경식은 혀끝을 그녀의 입안으로 밀어넣었다. 마악 손을 뻗어 그녀의 속곳을 벗겨 내리는 찰나 문을 미는 소리가 들렸다.
>
> …(중략)…
>
> 두 사람은 서로를 탐하고 사랑하며 꼬박 두 시간을 놀았다.
>
> 등씨가 말했다.
>
> "오빠! 오빠 거시기가 이렇게 크고 단단한 줄은, 이렇게 정력이 셀 줄은 꿈에도 몰랐어. 그때 오빠에게 시집갔으면 몇년은 더 일찍 즐거웠겠지! 우리 그 등신은 말로만 날 위해준다고 설치지만 오빠 발가락의 때만도 못해? 오빠 나 싫지 않으면 자주 놀러 와."[49]

---

49) 只見他掀起一領玄色絹道袍, 裡面穿的是白綾襖 · 白綾褲, 華華麗麗, 又是可愛. 及至蹲在大地上時, 又露出一件又長又大好本錢, 婦人看了, 不覺笑了一聲, 忙將手上兩箇戒指, 把

이런 노골적 성애 묘사는 대부분에 뒤에 집중되어 있는데, 동성애 등 비정상적인 관계를 다룬 것도 있다.

5. 『형세언』에 나타난 명말 사회

명대 초년 통치자는 고도로 강화된 군주전제를 실시하여, 사회와 사상은 통제되었고 상품경제는 억압과 박해를 받았다. 그러나 천순 성화 연간 이후 상품경제는 날로 활발해지고 금전은 날로 그 힘을 발휘하였다. 위로는 조정의 관리로부터 아래로는 평민 백성에 이르기까지 "돈"의 노예가 되지 않는 사람이 없었다. 이러한 금전만능의 배물사상은 사회 곳곳에 침투하여 관가는 부패하고, 사회도덕은 타락하였다. 금전을 위해서라면 어떠한 위험도 무릅썼다. 양심을 팽개치고 골육을 버리며, 창칼을 디밀고 싸우는 일도 불사하지 않았다. 『형세언』 중의 많은 이야기 가운데는 이런 내용이 집중적으로 표현되어 있다.

제23회 서두는 이렇게 시작되고 있다. "요즘 사람들이 가장 쉽게 동하는 것에 돈 만한 것이 없다. 사람들은 돈푼께나 있게 되면 좋은 집에서 호의호식하고 노비를 부리며 마차를 탄다. 벼슬아치는 더 말할 필요도 없다. ……백삼십 냥만 있으면 생원도 살 수 있다. 그러면서 장사는

袖中紅紬汗巾裹了, 向耿埴頭上"朴"地打去.……鄧氏道 : "哥! 不要歪纏." 耿埴已爲他將門掩上, 復進簾邊. 鄧氏將身一閃, 耿埴狠搶進來, 一把抱住, 親過嘴去. 鄧氏道 : "定要咱叫喚起來!" 口裡是這樣講, 又早被耿埴把舌尖塞住嘴了. 正伸手扯他小衣, 忽聽得推門響……兩箇你貪我愛, 整整頑勾兩箇時辰. 鄧氏道 : "哥! 不知道你有這樣又長・又大・又硬的本錢, 又有這等長久氣力. 當日嫁得哥, 也早有幾年快活! 咱家忘八, 道着力奉承咱, 可有哥一毫光景麼? 哥不嫌妹子醜, 可常到這裡來." (『型世言』 5 : 50) 번역문 「음부는 남편을 배반하여 죽임을 당하고 협객은 성은을 입어 사면을 받다」, 『中國小說研究會報』 第20號, 1994, pp.21~38 참조)

장사대로 하고, 육백 냥만 있으면 문전에 공원(貢院)이란 편액을 높이 걸고 큰 깃발 두 개를 내건다 ……향신 행세를 하니 청렴한 관리가 어찌 부러우랴? 결국은 돈 때문이 아니겠는가?"[50] 금전이 이처럼 신통력을 부리므로 사람들은 수단과 방법을 가리지 않고 그것을 얻고 차지하려 한다. 결국 요명은 오십 냥을 강탈하기 위해 칼로 친구 주개를 살해하기에 이른다. 또한 제35회의 은세공장이 서문 부부는 백이십 냥 때문에 무구화상을 목졸라 죽인다. 제25회는 숭정 원년 칠월에 항주 연해 일대에서 발생한 수재를 사실적으로 보여주었다. "숭정 원년 7월 23일 곳곳에 폭풍우가 몰아쳐 성과 각 부와 현의 산림이 풍해를 입고, 담장이 무너지고 집이 무너져 나무가 뽑히고 모래가 날렸으며 돌과 나무로 된 패방들이 다 바람에 흔들렸다. 그 때문에 산사태가 일어나 압사한 사람과 가축이 헤아릴 수 없이 많았다. 근해에는 더욱 피해가 우심하였다. 근해 사람들은 해면의 검은 먹구름과 하얀 빗속에 있는 바다를 보았고 붉은 빛이 번쩍이며 먼곳으로부터 가까이 다가오고 바람소린지 물소린지 천둥처럼 포효하며 다가오는 소리를 들을 수 있었다"는 표현처럼, 이 홍수로 피해를 입은 지역은 항·가·엄·녕·소·온·태 일곱 부에 달했고, 떠내려간 집이 수백만 채였으며 떠내려간 사람만도 수천만 명에 달했다. 주안국은 홍수를 기화로 떼돈을 벌겠다고 상자 두 개를 빼앗고 물난리를 피하는 두 모녀를 홍수 속으로 내몬다. 제33회의 내용은 더욱 사람들을 섬뜩하게 한다. 여덟 량의 은자를 위해 일곱 명의 흉악한 강도가 무고한 두 사람을 살해하는 것이다.

---

50) "如今人最易動心的無如財, 只因人有了兩分村錢, 便可高堂大厦, 美食鮮衣, 使婢呼奴, 輕車駿馬. 有官的與世家不必言了, 在那一介小人也裝起憨來! ……有了一百三十兩便衣衫拜客, 就是生員. 身子還在那廂經商, 有了六百, 門前便高釘貢元扁額, 扯上兩面大旗……就夾在鄕紳中出份子·淸官, 豈不可羨? 豈不要銀子?" (『型世言』 23 : 227~228)

또 재물을 독차지하기 위해 사람들은 온갖 꾀를 다 짜내 사기극을 벌인다. 제26회는 한 사기꾼이 오이휘가 장이낭을 사모하는 것을 알고 장이낭의 남편인 체 접근하여 장이낭과 이혼하겠다고 한다. 관가에서 이혼서류를 훔친 사기꾼은 장이낭을 오이휘 집으로 유인하고 자신은 오이휘 집에서 은자 칠십 냥을 사취한다. 제32회의 사기극은 더욱 혀를 내두르게 한다. 임걸은 급전이 필요해 가보로 전해오는 골동품을 팔아달라고 수심월에게 내놓는다. 이 골동품은 값나가는 것이었지만, 수심월은 흔한 것이라고 거짓말한다. 수심월은 다시 골동상 잠박고와 결탁하여 잠박고로 하여금 열 냥으로 감정케 한다. 임걸은 할 수 없어 골동품을 수심월에게 넘기려 한다. 그런데 중간에 잠박고가 스물넉 냥을 주고 골동품을 가로채서는 손감생에게 백냥에 되판다. 그러나 뛰는 놈 위에 나는 놈이 있다고 손감생은 잠박고를 도박장으로 꾀어 판돈을 모두 잃게 만들어 골동품을 가로챈다. 그러나 손감생도 골동품을 소유하지 못하고 세력가 왕사방에게 강제로 빼앗긴다.

또한 재물을 탐하는 무리들은 동고동락하던 조강지처를 팔아 보다 많은 은냥을 벌어들이는 밑천으로 삼는다. 제31회는 서희가 순무가 된 뒤에 관상장이 호사장에게 보답하기 위해 그를 임지로 초청하는 내용이 있다. 호사장은 서희부인의 환심을 사기 위해 갖가지 예물과 노자를 준비하려고 조강지처를 팔 궁리를 한다. "그녀를 팔면 노자도 생기고 그녀를 신경쓸 필요도 없다. 이 가난한 마누라를 떨구면 수백 냥을 손에 넣어 양주에 정착할 수도 있다"51) 그래서 아내를 남에게 팔아 은자 열두 냥을 마련해 찾아간다. 아닌 게 아니라 서희는 보답하기 위해 그가 뒷거래하는 것을 허용한다. 청렴하고 공정하다는 서희가 이럴진대

---

51) "不如賣了她, 又有盤纏, 又省安家. 出脫了這寒乞婆, 我去賺上他幾百兩, 往揚州過, 討了一箇絶標緻的女子." (『型世言』 31 : 316)

다른 탐관오리야 더 말할 것도 없다. 그러나 호사다마라는 말처럼 호사장은 폭음으로 타향에서 객사한다.

금전의 유혹에 약하기는 선비도 매한가지다. 제27회는 훈장 전류 이야기이다. "그는 항주와 호주 부호 자제들의 대리시험을 쳐준다. 학에 들면 삼백 냥이다. 그는 재주도 있고 겁 없는 수재들을 찾아 그런 부호 자제의 이름으로 시험을 친다. 백팔십 냥은 글을 짓는 자에게, 백이십 냥은 그에게 돌아간다"52) 바로 이 전류가 진부사의 아들 진표의 가정교사로 초빙된다. 그는 진공자가 갓바치의 아내를 탐하는 것을 이용하여 함정을 파 진공자의 백은 구십 냥을 가로채고도 모자라 다시 관가의 아전을 가장하여 계속해서 천 냥을 내놓으라고 진공자를 협박한다. 진공자의 생모는 어찌할 도리가 없어 대들보에 목을 매고 진공자도 하마터면 부친에게 맞아죽을 뻔 한다.

출가승은 마땅히 재물에 담담해야 하거늘 이러한 사회 풍조의 영향을 받아 탐욕스럽고 음흉해져서 갖은 나쁜 짓을 다 저지른다. 제28회에서 도예화상은 자신이 남의 허물을 알 수 있다고 큰소리쳐 장수재를 꾀어 장원급제하여 입신양명케 해달라고 옥황상제께 올리는 표에 대명황제의 이름을 도용하게 한다. 그리고는 이 중은 이 약점을 잡아 은 천 냥을 요구한다. 그것도 모자라 장수재에게 두 계집종까지 달라고 요구한다.

관가는 금전이라면 사족을 못 쓴다. 과거장에는 뇌물이 성행한다. 제32회를 보면 소설 속의 인물을 빌어 이렇게 말한다. "요즘 세태가 돈만 따지지 글재주는 보지도 않는다. 관에서는 공공연히 뇌물을 요구한다.

---

52) "他做秀才……只是往來代考, 包覆試三兩一卷, 止取一名, 每篇五錢. 若只要黑黑卷子, 三錢一首. 到府間價又高了. 每考一番, 來做生意一次……他自與杭嘉湖富家子弟包倒, 進學三百兩. 他自去尋有才有膽不怕事秀才, 用這富家子弟名字進試, 一百八十兩歸做文字的, 一百二十兩歸他." (『型世言』 27 : 266)

만약 주지 않고 글에만 의지하면 아무리 비단 같은 문장이라도 쳐다보지 않는다"53) 임걸은 "부지런하고 묻기 좋아하고 공부에만 전념하는" 수재이다. 그런데 과거장에서 어떤 작자는 "시험 볼 때도 아무렇게나 보았건만 양원(兩院)의 시험관 감독관 모두 그의 돈을 먹고는 순무와 짜고 그를 일등으로 삼았다"54) 제29회에서는 서주동의 아들 서행이 묘지화상이 간음한 일을 알고 그것을 기화로 은 이백 냥을 갈취하려 한다. 이 사실을 안 그의 부친은 한술 더 떠서 최소한 천 냥은 받아낼 수 있다며 강도 양용을 사주하여 묘지화상을 장물아비로 몰아 고문을 가하고 은 오백 냥을 빼앗고 끝내는 묘지와 그 도제를 옥사시킨다. 제30회는 관가 내부의 뇌물 수수 풍조를 더욱 상세하게 묘사하고 있다. 무석현의 하지현은 남색 장계량을 좋아한다. 장계량은 그의 환심을 사 그 밑에서 잔심부름을 하며 재물을 갈취한다. "사람들이 송사가 있어 고발장을 내게 되면 뒷돈을 받아 챙겨 일년 안에 큰 부자가 되고 그에 빌붙어서 국물을 챙기는 서리들도 덩달아 부자가 된다"55) "하지현도 돈을 요구하기는 마찬가지여서" 장계량이 뇌물을 받고 갈취를 일삼는 것을 눈감아준다.

이때 명 왕조는 이미 부패하고, 봉건사회도 쇠락의 길로 접어들었다. 육인룡은 국운과 민생을 걱정하여 광란을 만회하고자 하였으나 기사회생의 묘약을 찾을 수 없어 지나간 도덕규범으로 옛 질서를 수호할 수밖에 없었지만 실제로는 연약하고 무력하였다. 작자는 늘 소설 속에서 쓸

---

53) "如今時勢, 只論銀子, 那論文才. 州中斷要分上, 若靠文字, 便是錦繡般, 他只不看, 怎處? 這不該文財兩靠." (『型世言』 32 : 322)

54) "考時也是胡亂, 到出案時, 儘了些前道前列, 兩院觀風, 自己得鈔的, 與守巡批發, 做了一等. 其餘本地鄕紳春元, 自己鄕親開薦衙門人役稟討, 都做二等." (『型世言』 32 : 322)

55) 人上告照呈子, 他竟袖下, 要錢才發. 好狀子他要袖下, 不經承發房掛號, 竟與相知. 莫說一年間他起家, 連這幾箇附着他的吏書皂甲, 也都發跡起來." (『型世言』 30 : 302)

데없이 장황하게 의론을 발표하고 독자들에게 설교하는데 급급함으로써 작품의 예술 역량으로 독자를 감동시키는 것에 대한 자신감이 결여되어 있음을 보여주었다. 『형세언』의 사상은 비교적 보수적이나 문자는 비교적 깔끔하고 절제되어 있다. 이는 명말 염정소설이 출판 시장을 휩쓸던 상황하에서 유일무이한 것이다.

물론 『형세언』의 사상 내용이 전혀 취할 것이 없으므로 전반적으로 부정해야 한다는 것은 아니다. 하나의 시사소설로서 명말 사회의 인정 세태에 대한 다양한 묘사와 폭로를 통해 우리에게 일정한 의미를 시사해 주고 있다. 명나라 정권이 장차 붕괴하려는 전야에 정치는 부패하고 사회는 불안한 가운데 탐관오리와 토호와 사기꾼, 악당들의 발호를 소설 속에서 매우 핍진하게 묘사하였다.

『형세언』처럼 집중적으로 명대 중기 후기 사회에 대한 금전의 침식을 묘사하여 특정시대의 모습을 보여준 문학작품은 많지 않다. 이런 점에서 『형세언』은 다른 여느 소설이 대신할 수 없는 가치를 지니고 있다.

작자 육인룡은 명대 사회, 특히 강소 절강 일대에 매우 익숙하다. 그러므로 소설 속에 작자가 관찰한 사회경제의 실상과 지방에서 발생한 중요한 사건들을 서술하였다. 제3회에서는 상인이 소주에서 "문 밖 다리 옆에 한 큰 주점을 열고 상경삼백·장원홍·연화백 등 각종 술을 판다"56) 또한 소상인이 "전당포의 옷들을 사서 여러 마을과 촌락에서 판다. 눈썰미만 좋으면 팔 때 오 전을 더 붙여 받을 수가 있다"57) 제26회는 "전당강에서 바다로 통하는 해변 모래사장에서는 곳곳에 솥을 걸어 모래를 졸여 소금을 만들어 염상에게 판다. 조정은 항주 채시교에 소금

---

56) "閶門外橋邊開一箇大酒坊, 做造上京三白·壯元紅·蓮花白各色酒漿." (『型世言』 3 : 28)
57) "買了當中衣服, 在各村鎭貨賣. 只要眼力, 買得着, 賣時也有加五錢." (『型世言』 3 : 30)

전매소를 두었고, 그 때문에 염상들은 모두 항주에 모여들었다"58) 하여 당시 강소 절강 일대 상업 경제가 얼마나 활발했는가를 알 수 있다.

6. 「형세언」에 보이는 어휘고

『型世言』은 또 지방색이 농후한 순수한 구어와 방언과 은어를 활용하고 있다. "방언의 활용은 주로 인물 간의 대화에서 나타나고 있는데 그 목적은 이야기 속의 인물의 문화 정도와 향토색을 나타내는 데 있다. 왜냐하면 작자는 문화 정도가 낮은 토속적인 인물을 묘사할 때에만 그들의 방언을 그대로 옮겨 놓았는데 이는 인물의 표정과 성격을 핍진하게 부각시킬 필요가 있었기 때문일 것이다. 제27회 「貪花郎累及慈親, 利財奴禍貽至戚」에서 소흥 선비 전공포가 갓바치의 처에게 눈독을 들인 학생 진공자와의 대화는 전형적인 예이다.59) 『형세언』에 나타나는 주요 방언은 吳方言으로 시골뜨기를 "麥秭包"<27 : 267>,60) 후살이를 "二婚頭"<19 : 191>, 장년이 되어 아직 망건을 틀지 않은 사람을 "扒頭"<30 : 300>, 이것저것 아는 것이 많지만 하나도 깊이가 없는 사람을 "三脚猫"<32 : 323>, 3인칭 대명사 "渠"<27 : 268>이 쓰였고, 억지로 친한 체하다는 것을 "搲家懷"<13 : 134, 19 : 194>라고 하는데 "搲"<2 : 23, 37 : 371>는 원래 억지로 물건을 남에게 떠맡기거나 강매하는 것을 뜻한다. 놀다는 "白想"<1 : 11>, 빈둥빈둥 놀기 좋아하는 한량을 "老白想"<11 : 114>, 안정되다를 "安耽"<1

---

58) "東首一帶, 自錢塘江直通大海, 沙灘之上, 灶戶各有分地, 煎沙成鹽, 賣與鹽商, 分行各地. 朝廷因在杭州荣市橋設立批驗鹽引所, 稱掣放行. 故此鹽商都聚在杭城" (『型世言』26 : 256)

59) 權寧愛, 『型世言研究』, 東吳大學 中文研究所 博士學位論文, 1993, p.240.

60) 『型世言』 출처는 필자 校注 江原大本 『型世言』에 준한다. 앞의 숫자는 회수, 뒤의 숫자는 쪽수.

6 : 165>, 예정하다 준비하다를 “打帳”<3 : 35, 8 : 81, 31 : 317>이라 하고, 할 줄 안다는 표현을 “會”라 하기 보다는 “會得”<11 : 114, 18 : 191>이라고 하는데 이 또한 오방언이다. 산동 방언으로는 상쇄하다는 뜻의 “準”<19 : 192>, “準折”<9 : 92, 19 : 192>,[61] “怎麽” 대신 쓰인 “仔麽”<1 : 2, 2 : 18, 4 : 40 · 44, 13 : 134, 31 : 310, 35 : 351, 40 : 398>, “仔麽樣”<6 : 66>가 있다.

사람의 호칭과 별칭 아내를 “阿正”<38 : 383>이라고도 하는데, 남에게 자기 아내를 말할 때 흔히 “房下”<13 : 134, 14 : 148, 20 : 201, 26 : 257, 31 : 311, 32 : 323> 또는 “家下”<32 : 326>라 하였다. 후자는 산동 방언이다. 아내를 낮추어 안사람이란 뜻으로 “家裡”<16 : 164>, “渾家”<6 : 61, 7 : 71>, “山妻”<19 : 195>라 불렀고 남의 아내를 호칭할 때는 “尊正”<31 : 317> 또는 “令正”<19 : 195, 26 : 259, 31 : 316, 37 : 369>, “老媽官”<27 : 269>이라 하는 등 다양하다. 반면 부인이 남편을 부를 때 “官人”<6 : 63, 10 : 108, 12 : 124, 32 : 322>이라 하였다. 상처하고 재취하는 것을 “塡房”<6 : 64, 13 : 135, 21 : 212>이라 하고, 첩을 높여서 “如夫人”<13 : 135, 27 : 265>, 정부를 “表子”<23 : 229>라 부르고 일반적으로 여자를 “粉黛”<8 : 87>라 하고 낮잡아 “妮子”<21 : 211>라 불렀다. 특히 바깥에 둔 첩을 “兩頭大”<6 : 64, 7 : 71, 16 : 165>라고 하는데 두 집 살림하므로 처첩의 구분이 없어 일컫는 말이다. 재가하는 것을 성어로 “琵琶再抱”<31 : 318>, 전 남편의 자식을 데리고 재가하는 것을 “拖油瓶”<4 : 41>이라 하였다. 의붓어미를 “晚娘”<3 : 28>, 의붓아비를 “晚爺”<4 : 41>, 아주머니를 “親娘”<4 : 41, 6 : 59, 10 : 107, 31 : 311, 33 : 333>이라 부르고 독부가 자신을 지칭할 때 “老娘”<5 : 52>이라고 한다. 간이라도 빼줄 듯이 친한 친척을 “桶兒親”<26 : 262>이라 하였다.

혼인 풍속 처녀를 “黃花”<21 : 213, 35 : 349>, “黃花閨女”<19 : 191, 37 : 371>,

---

61) “他每日把人勞, 我也騙他這一遭, 略略的准折也公道.” (『聊齋俚曲集 · 翻魘殃』 第5回)

"黃花女兒"<4 : 45>이라 하고 머리를 틀어올릴 나이인 열다섯 무렵을 "及笄"<1 : 14>이라 했고 중매를 서는 것을 "作伐"<31 : 312>, "撮合"<7 : 71, 16 : 165>, 중매장이를 "撮合山"<7 : 71, 33 : 335> 또는 "氷人"<40 : 397>, "媽媽"<19 : 191>라고 한다. 옛날에 빙례에는 반드시 차로서 빙례를 대신 가리켰다. 빙례를 "茶錢"<20 : 199>이라 하여 차를 마심으로써 남자측 빙례를 받아들인다는 의사를 표시했다. 한편 결혼 대상은 "頭代"<19 : 191>라고 하며 시집가기 전 신부화장을 "絞臉"<25 : 250, 37 : 371>이라 하는데 이는 솜털을 뽑기 위해 노끈을 말아 솜털을 민 데서 유래한다. 남녀 한쪽이 몰락했을 때 성혼하는 것을 "做荒親"<3 : 28>이라 하였다. 성혼 후에 "合卺"<6 : 62, 38 : 380>하게 되는데 혼인 후 삼일 째를 "三朝"<12 : 163, 21 : 212>, 집들이를 "煖屋"<15 : 158>이라 하였다. 이혼을 "離異"<21 : 211, 26 : 258>, 재가를 "再醮"<16 : 165>, 개가를 "出身"<4 : 41, 6 : 63, 33 : 334>이라 하였다.

풍수지리와 관련하여 풍수장이 또는 지관이란 뜻으로 "堪輿"<19 : 189, 27 : 268> 또는 "陰陽生"<27 : 274>이 쓰였고, 산세를 "來龍"<19 : 189> 또는 "來龍過脈"<9 : 96>, 무덤의 주변의 지세를 "沙水"<9 : 96, 19 : 189>라 하고 집자리를 보는 것을 "卜宅"<19 : 179>이라 하는데 관상 보는 것을 "相面"<9 : 96> 인중을 "天庭"<9 : 96>이라 하고, 사주팔자를 "造"<35 : 348>라 한다. 주로 동전 세 개를 죽통에 넣고 흔들어 점치는 것을 "起課"<9 : 96, 35 : 348>라 하고 복채를 "課錢"<15 : 154>이라 하였다.

불교 시주를 받는 것을 "抄化"<4 : 45, 8 : 82>, 재를 올리는 것을 "打齋"<9 : 99, 35 : 355>, 절구경을 "隨喜"<4 : 45, 29 : 291>라고 하는데 원래는 불상을 참배하면 따라서 저절로 즐거운 마음이 생긴다는 뜻에서 온 말이다. 중을 지칭하는 말에 "頭陀"<34 : 340>, "道者"<8 : 87>, "道衣"<9 : 99>, "方外"<19 : 194> 등 다양한 명칭이 있는데 그중에서도 주지를 "方丈"

<9 : 102>, 절에서 주로 손님 접대를 맡은 중을 "知客"<9 : 102, 28 : 279>이라 하고, 대처 도사를 "火居道士"<35 : 348>, 시주를 "檀越"<8 : 82, 9 : 99, 35 : 354>라 하였다. 집에서 부처님을 모시는 남자는 "優婆塞"<35 : 350>, 출가하지 않고 집에서 부처님을 모시는 여자는 "優婆尼"<35 : 350>라 불렀다.

직업과 관련한 호칭과 별칭 제26회에는 조지라는 재봉사의 이웃으로 각각 "중노미, 길쌈장이, 짐꾼, 행상, 갓바치" 등을 들고 있어[62] 당시 강소 절강 일대의 상업 경제활동의 일면을 볼 수 있다. 갓바치는 "皮匠"<27 : 267>, 땜장이는 "補鍋匠"<8 : 81>, 대장장이 "毛鐵匠"<6 : 66>, 은세공장이 "銀匠"<6 : 60>, 도장장이 "印匠"<35 : 350>, 절에서 밥 짓고 물 긷는 일을 하는 불목하니를 "火工道人"<34 : 341>, 호송원을 "解子"<13 : 139>, "管解的"<1 : 8>, 주릅을 "經紀"<37 : 372>, 老經紀<21 : 212>, "中人"<15 : 156>, 환관을 "內相"<32 : 327>, 의원을 "郎中"<17 : 172, 18 : 182, 31 : 315, 37 : 369>, "草頭郎中"<38 : 382>, 기패관을 "旗牌"<7 : 74, 24 : 241>, 검시관을 "仵作"<2 : 17, 13 : 1138 21 : 213, 27 : 271>, 옥졸을 "牢子"<32 : 327>, "禁子"<6 : 66, 28 : 286>, 죄수 중 고참을 "座頭"<6 : 66>, 강도를 "强梁"<18 : 179, 25 : 247>, "强人"<18 : 186, 25 : 251>, 마적을 "響馬"<22 : 219>, 놈팡이를 "光棍"<4 : 45, 28 : 278>, 건달을 "惡少"<11 : 120>, 그 지방 깡패를 "地老虎"<29 : 288>, 염알이꾼을 "細作"<24 : 242>, 포교를 "應捕"<36 : 359> 또는 "應捕頭兒"<22 : 219>, 역졸을 "驛遞"<18 : 181, 34 : 346>, "擺撥"<20 : 204, 27 : 265>, 집사를 "長班"<5 : 49, 8 : 84, 12 : 126>, 청지기를 "管家"<15 : 154, 26 : 259>, 대갓집 가정교사겸 서기를 "西賓"<11 : 114, 27 : 275> 또는 "西席"<27 :

---

62) "周仁(酒店), 吳月(織機), 錢十(淘沙), 孫經(挑脚), 馮煥(篦頭), 李子孝(行販), 王春(縫皮), 蔣大成(磨鏡)"

265>이라 하고, 고을 아전을 "里遞"<3 : 38, 4 : 46, 10 : 111, 24 : 240, 39 : 392>라 하였다. 한편 고대에는 복식의 색깔로 직급을 나타내었다. 관가의 하인을 "蒼頭"<18 : 181>, "皂隷"<12 : 124, 22 : 224, 23 : 233, 30 : 299> "靑衣"<23 : 235>, "靑衣人"<37 : 370>라 하고 일반 대갓집 노비를 일반적으로 "小厮"<5 : 48, 13 : 135, 15 : 154, 18 : 181>, "義男"<3 : 35, 7 : 71, 13 : 137, 15 : 154, 21 : 216, 29 : 296, 32 : 327>, "義兒"<21 : 209>라 하고 그중에서도 어린 노비를 "安童"<40 : 396>, 절에서 삭발하지 않은 채 잡일 하는 막동이를 "行童"<28 : 279, 29 : 291, 30 : 300>, 말구종을 "夫馬"<12 : 125, 34 : 345>, 계집종 또는 몸종을 "梅香"<40 : 398>이라 하였다. 노비의 자식을 "家生子"<13 : 137>, 협객을 "古押衙"<13 : 134>, 아첨을 잘하는 살살이 같은 사람을 "陪堂"<19 : 189, 27 : 266>, "幫襯"<1 : 9, 2 : 20, 15 : 155>, "幫閑"<13 : 134, 32 : 322>이라고 하는데 그중에서도 나이 어린 사람을 "小幫閑"<15 : 152>, 늙은이를 "老陪堂"<15 : 152>이라 하였다. "陪堂"은 원래는 절에서 시주하러 온 사람들 접대를 맡은 거사를 의미했다. 자기 하인을 낮춰서 "小价"<15 : 154, 36 : 365>라 불렀고 남의 하인을 높여서 "盛价"<15 : 154>라 불렀으며 평민이 관리에 대해 자신을 낮추어 "小的"<23 : 234>이라 하였다. 귀순하지 않은 오랑캐를 "生苗"<20 : 203>, 귀순한 오랑캐를 "熟苗"<20 : 202>라 하고 선비를 "斯文"<6 : 58, 26 : 262, 32 : 327> 수재를 "靑衿"<18 : 184>이라 하였다. 친구를 "相與"<20 : 197> 또는 "相知"<30 : 302>라 하고 새 친구를 "新相與"<23 : 229,> 전부터 알고 지내던 친구를 "舊相與"<8 : 83, 37 : 368, 38 : 378>라 하였다. 전문가를 "透手兒"<36 : 359>라 한다. 시험관은 "房官"<28 : 278, 32 : 328>, 그중에서도 자기를 뽑아준 시험관을 "房師"<32 : 328>라 한다. 한편 대개 "…家"자는 사람을 의미하는데 예컨대 객주는 "歇家"<20 : 201>, 장물아비는 "窩家"<23 : 234, 29 : 293>, 같은 과에 급제한 동기를 "年家"<18 : 181>라 했다. 경우는 약간 다르지만 대대로 알고 지

내는 집안 사이를 "通家"<11 : 114, 12 : 129, 31 : 312>라 했으며, "巴家"<31 : 309>는 살림한다는 뜻이고, "做家"<3 : 31, 4 : 44, 6 : 57, 37 : 368>는 절약해서 살림을 잘한다는 뜻으로 쓰였다.

기생집에는 기생어미 또는 뚜장이라 불리는 "龜婆"<1 : 8>, "虔婆"<1 : 8>, "鴇兒"<1 : 10, 7 : 72, 11 : 118>, "媽媽"<19 : 191>, "媒媽子"<20 : 199>가 있었다. 양주 지방의 기생집에서 어린 계집을 사서 노래와 춤을 가르쳐 자란 다음 첩이나 기생으로 팔았는데, 이를 "養瘦馬"라 하고[63] 어린 기생을 "瘦馬"<20 : 199>라 하였다. 기둥서방을 "龜子"<11 : 121> 또는 "烏龜"<3 : 38, 33 : 333>라 하고 기생집 출입하는 사람을 "孤老"<14 : 148>, 기생집에 가서 술을 사거나 자지 않고 앉아 있기만 하는 것을 "喫空茶", 남자의 외도를 "野食"<33 : 333>, "吃野食"<6 : 61>이라 하였고, 화냥질하는 것을 "賣俏"<23 : 233>, 기생을 처음 알게 되는 것을 "識俏"<2 : 21, 22 : 218>라 한다. 창녀를 "煙花"<26 : 264>, "小娘"<36 : 358> 또는 "小浪"<14 : 148>이라 하였는데, 손님이 머리를 얹어주는 것, 즉 기생이 첫 손님을 받는 것을 "梳櫳"<1 : 8>이라 하고, 처녀성을 잃는 것을 "破冠子"<21 : 211>라 한다. 조방구니 역할을 하는 것을 "吹木屑"<11 : 119, 15 : 155, 33 : 336>,[64] 반면 여자가 서방질하는 것을 "踹渾水"<26 : 256, 28 : 279, 29 : 288>, 정을 통한 여자에게서 이익을 보는 것을 "捉頭兒"<28 : 279>라 하고 여자가 중을 유혹하는 것을 "打和尙"<35 : 350>이라 하고, 남자가 남녀를 꾀어 간통하게 하는 것을 "括"<6 : 64, 28 : 282, 30 : 301>이라 하였다.

---

63) "揚州地方人家都養瘦馬, 不論大家小戶, 都養幾箇女兒, 敎他吹彈歌舞, 索人高價." (『型世言』 20 : 199)

64) "那些妓者作嬌, 這兩箇帮閑吹木屑, 轎馬·船隻, 都出在沈剛身上. 至于妓者生日, 媽兒生日, 都攛哄沈剛爲他置酒慶賀, 衆人乘機白嚼." (『型世言』 15 : 155) "王擧人去背後把陸仲含推着道 : '去! 去! 飮酒宿娼, 監學也管不着, 就是不去的, 也不曾見賞德行. 今請你帶挈, 我吹一箇木屑罷!'" (『型世言』 11 : 119)

남녀 간의 성교와 관련된 어휘를 살펴보면, "鳥"<7 : 74>, "本錢"<5 : 50>, "行貨"<36 : 362>, "那話"<10 : 107>, "卵袋"<2 : 19>는 모두 남성의 물건 즉 남자의 생식기를 지칭하는 은어이다. 한편 여성이 성욕을 해결하기 위해 남성을 대신한 자위 기구로 "景東人事"65)란 것이 쓰이기도 하였는데『형세언』을 제외하고는『금병매』제19회에 유일하게 보인다.66) 남자의 정기를 "元陽"이라 하고, <40 : 396> 동성애를 하는 남자를 "男風"<29 : 288, 30 : 300>, "男戎"<30 : 299> 또는 "龍陽"<37 : 371>이라 하였다. "龍陽"이란 전국시대 위왕의 총애를 받은 남색이 용양 땅을 식읍으로 받은 데서 유래하였다. 어린 남색이면 "變童"<28 : 281, 37 : 367>이라 불렀다. 남성 간의 교접을 "緊"<37 : 374>, "緊挽"<23 : 228, 33 : 333>이라 하였다. 이와 관련한 은어로는 항문을 가리키는 "後庭"<30 : 299>이 있다. "入港"<26 : 257, 35 : 351>은 남녀가 은밀히 정을 통하는 것을 의미했으나 나중에는 마음이 잘 맞는다는 뜻으로 쓰이게 되었다. 여자의 행동거지가 경박한 것을 "風騷"<16 : 165>라 하고 여자의 성격이 방탕한 것을 "水性"<6 : 58>, 매독을 "楊梅瘡"<37 : 373>이라 하였다.

비속어로는 중을 욕하는 말로 "賊禿"<28 : 279>, "禿驢"<29 : 288, 34 : 342>가 쓰였고 화냥년으로 "養漢精"<36 : 360>, 오입하는 놈으로 "入娘賊"<23 : 230>, 칼 맞을 놈으로 "攮刀的"<5 : 52, 9 : 93>, "囚攮的"<9 : 94> 등이 쓰였

---

65) 異寶傳來北虜, 奇珍出自南倭, 牙籤玉軸擺來多, 還有景東奇大. 王奶奶見了景東人事, 道: "甚黃黃這等怪物的?" 余姥姥道: "奶奶, 這是夜間消悶的物兒." (『型世言』12 : 126) 필자 교주본에서 "景東"을 지명으로 해석하는 오류를 범했으나 陳遼 선생의 지적으로 바로잡는다. 陳遼, 「欲讀『型世言』有善本－評朴在淵的『型世言』校注本」, 『中國小說研究會報』 제17호, 中國小說研究會, 1994, p.3.

66) 却說李瓶兒招贅了蔣竹山, 約兩月光景. 初時蔣竹山圖婦人喜歡, 修合了些戲藥, 縣門前買了些甚麽景東人事·美女相思套之類, 實指望打動婦人心. 不想婦人曾在西門慶手裡狂風驟雨都經過的, 往往幹事不稱其意, 漸漸頗生憎惡, 反被婦人把淫器之物, 都用石砸的稀爛, 都丟掉了. (蘭陵笑笑生著 梅節校訂, 『金甁梅詞話』 1, 夢梅館, 1993, p.213)

는데 후자는 산동 방언이다. 짐승 같은 놈이란 뜻으로 "塌毛"<26 : 257>, "驢蹄"<5 : 55>, "臘梨"<25 : 252>, "癩頭黿"<34 : 343> 등이 쓰였고 오랑캐란 뜻으로 남방 사람은 북방 사람을 가리켜 "韃子"<8 : 83, 9 : 98, 12 : 127> 또는 "臊子"<17 : 171>라고 욕하였고, 북방 사람은 남방 사람을 가리켜 "蠻子"<3 : 34, 6 : 59, 26 : 257, 36 : 359>라고 욕하였다.

노름판과 관련된 어휘로는 노름 기구의 하나인 주사위를 "骰子"<32 : 326>, "色子"<15 : 152>라 하고 판돈을 "稍管"<23 : 231> 또는 "管頭"<36 : 358>라 하고, 노름할 때 판돈을 셈하는 도구를 "籌馬"<32 : 326>라 하였다. 노름으로 운 좋게 돈을 따는 것을 "得采"<25 : 249, 27 : 274, 32 : 325, 36 : 362>, 돈을 잃는 것을 "走了稍"<32 : 323>, 잃은 돈을 다시 따는 것을 "翻"<23 : 233> 또는 "翻籌"<15 : 155, 32 : 326, 36 : 358>라 하였다. 돈 딴 사람에게서 판돈 떼는 것을 "捉頭兒"<15 : 155>, 노름판에서 생생이(속임수)를 쓰는 것을 "局賭"<32 : 326>, 속임수에 빠지는 것을 "落局"<29 : 290>라고 하고, 한패가 되는 것을 "合條兒"<23 : 230>, 속임수에 빠져 늘 지기만 하는 초심자를 "賭中酒"<23 : 231>, 운수에 맡기는 것을 "撞太歲"<30 : 302>라 한다.

사기 뇌물 청탁을 넣기 위해 뇌물을 쓰는 것을 "過龍"<6 : 65, 29 : 294, 30 : 299 · 308>, 사기치는 것을 "雲裡手"<26 : 255>, 중간에 부정한 사기나 협박으로 돈을 챙기는 것을 "赴水"<29 : 293>, 돈 많은 사람을 사기 협박해서 돈을 긁어내는 것을 "削高堆"<40 : 401>라 한다. "飛過海"<16 : 163>는 뇌물을 써서 영전하는 것인데 이에는 청꾼 "水手"<6 : 65>를 빼놓을 수 없다. "暴出龍"<30 : 301>은 관아에서 갑자기 요직을 맡게 된다는 뜻이며 남몰래 관리와 결탁하는 것을 "撞木鐘"<30 : 299>, 관리와 결탁할 때 술을 먹게 마련이다. 술을 마시면 정에 약해 뻣뻣할 수 없고 혀가 꼬부라져서 그 술을 "軟口湯"<15 : 156>이라 하는데 나중에는 뇌물이란 뜻으로 쓰이게 되었다. 뇌물 쓰는 것을 "開公擋"<15 : 153>, 마구 뇌물 쓰다는 "貼揌肉"<2 : 17, 7 : 72, 27 : 272>라 한다. 자기 몫으로 떼어두는 것은, "打後手"<21 : 208, 36 : 358>, 중간에서 국물을 먹는 것을 "打偏手"<15 : 156, 19 : 189, 29 : 289>, 중간에서 사기치는 자를 "剪綹頭兒"<22 : 219>, 바가지를 씌우는 것을 "鵪頭"<26 : 257>라 한다. "人情"<31 : 316>은 뇌물, "做人情"<3 : 30, 4 : 40>은 뇌물을 쓴다는 뜻이고 "八刀"<32 : 324>는 재물을 나눈다67)는 뜻이다. "書帕"<9 : 94>은 명대 관리들 간에 주고받던 예물을 지칭하는데 처음에는 책과 보자기를 선물로 보냈으나 만력 이후로는 금은보석으로 바뀌었다 한다.68) 길 떠나는 사람에게 주는 예물을 "程儀"<31 : 318>, 여러 사람에게 돌리는 수고비를 "堂衆包兒"<25 : 251, 36 : 358 34 : 343>이라 하였다.

　　의생활 관원의 예복을 "圓領"<12 : 129, 15 : 153, 17 : 171> 버선을 "水襪"<27 : 267, 30 : 300> 또는 "白水襪"<35 : 348>, 옷감을 "尺頭"<5 : 49, 13 : 135, 25 : 248>, 파란옷을 "官綠"<3 : 31, 25 : 252>, 검정옷을 "鴉靑"<12 : 126>, 소매가 넓은 두루마기를 "海靑"<3 : 36, 10 : 106, 26 : 259, 31 : 310, 36 : 358>이라 한다. 모자로는 "京帽"<32 : 326>, 평민이 쓰는 기왓장 모양의 모자를 "瓦楞帽"<33 : 336>, 명대 유생이나 처사가 쓰던 네모진 모자를 "方巾"<3 : 34, 26 : 259>이라 한다. 그 외에도 "粽繩大帽"<9 : 97>가 쓰였다. 비단에는 "京絹"<40 : 401>, "屯絹"<32 : 326> 등이 있다. 노래나 춤을 팔 때 쓰는 의상이나 도구를 "行頭"<22 : 220>라 하였다. 복대를 "暖肚"<9 : 99>, 헝겊신을

---

67) 권영애 선생은 "八刀"를 "入刀"라고 보았다.(「『型世言』의 問題 詞彙와 俗語 小考」, 『中國小說論叢Ⅱ』, 1993, p.187) "八"을 "入"으로 착각한 듯하다. "八刀"란 "分"자를 풀어쓴 것으로 재물을 나눈다는 뜻이다.

68) "典史坐在一個古廟裡, 唱名給散, 銀子每錢可有九分書帕, 穀一斗也有一升凹穀, 一升沙泥." (『型世言』 9 : 94) "明時京官奉使出差, 回京必刻一書, 以一書一帕相饋贈, 世卽謂之書帕本." (『書林淸話』 卷7)

"靸鞋"<26 : 256>, 관원이 행차할 때 앞서 가는 의장대를 "頭踏"<8 : 89>라 하였다. 고급 장신구를 "細軟"<3 : 35, 24 : 243>, 향주머니를 "香袋"<29 : 290> 또는 "香囊"<21 : 209>이라 하고 복주머니를 "順袋"<22 : 222>라 하였다. 면사포는 "眼紗"<12 : 125>라 하였다. "荷花頭"<6 : 60>, "密陀僧"<6 : 60>, "俏花"<25 : 252, 36 : 359> 등은 정확한 의미는 알 수 없으나 비녀 등 장신구를 지칭한 듯하다.

식생활 술에는 여러 가지가 있는데 가장 흔한 술이 "黃酒"<5 : 51, 40 : 400>요 소주는 "燒刀子"<9 : 92, 31 : 317>라 하였고, "蘇州三白"<31 : 316>, "京三白"<3 : 28>, "蓮花白"<3 : 28>, "壯元紅"<3 : 28>이 있었다. 음식으로 "棋炒"<17 : 171, 34 : 342>는 간식의 일종으로 밀가루와 설탕 소금 등을 반죽하여 구워 만든 것으로 바둑알처럼 생겼다고 해서 "棋子"라고도 한다. 중국식 찐빵<饅頭>을 "波波"<9 : 93> 또는 "饝饝"<9 : 93>라 하였고 "卷蒸"<34 : 342> "烏菱塔餅"<10 : 106> 등이 나온다.

금전 돈은 "阿堵"<23 : 227>라고 하는데 그중에서도 은전에는 여러 종류가 있다. 일반적으로 백은을 "白鏹"<23 : 227, 27 : 276, 28 : 285, 29 : 292>이라 한다. 은의 함량이 80퍼센트인 은은 "逼火"<3 : 34, 26 : 261>라고 한다. "逼冲"<26 : 261> 또는 "冲頭"<36 : 363>, "兌頭"<22 : 223>, "兌頭火耗"<22 : 222>, "火耗兌頭"<9 : 92> 등은 그 정확한 의미를 알 수 없으나 은전과 관련된 어휘임에 틀림없다. 청동전을 "靑錢"<12 : 123>, 원 이후 주조된 마제형 금은덩이를 "元寶"<32 : 326>, 아주 적은 돈을 "銖兩"<23 : 229>, "銖錙"<12 : 123>, "錙銖"<2 : 23, 12 : 123>라고 하는데 이는 24돈(銖)이 한 냥인 까닭이다. 빛깔 곱고 순도 높은 은을 "足紋"<15 : 153, 22 : 222> 또는 "紋銀"<27 : 270>이라 하였다. 가치가 떨어지는 돈을 "騷銅"<31 : 311, 35 : 348, 36 : 359>이라 하고 돈을 낭비하는 것을 "撒漫"<7 : 72, 19 : 194, 23 : 228>이라 하는데 "漫"은 곧 "鏝"으로 원래는 돈의 뒷면을 가리켰다. "銅臭"<28 :

277>는 동전을 더럽다고 형용해 이익만을 도모하는 무리를, “丁銀”<9 : 92>은 부역전을 의미한다. “⋯錢”과 관련해 다양한 어휘가 등장하는데 중이나 도사에게 주어 법회비로 주는 돈을 “襯錢”<24 : 240, 29 : 289, 34 : 342>[69]이라 하며 살살 쳐달라고 곤장치는 아역에게 주는 뒷돈을 “杖錢”<36 : 364>, 화대는 “花椒錢”<19 : 192>, 아람치는 “梯己錢”<3 : 29>, “私房”<27 : 272>, 하잘 것 없는 돈을 “村錢”<2 : 18, 23 : 227>, 과거장에서 시권을 낼 때 쓰는 돈은 “卷子錢”<11 : 121, 18 : 186>, 숙박비는 “歇錢”<31 : 317>이라 한다. 돈을 버는 것을 “趂錢”<3 : 30>, 돈을 모으는 것을 “起錢”<1 : 11, 7 : 72>이라고 하며 “索節錢”<8 : 83>은 그 의미를 알 수 없다. 이외에도 돈과 관련지어 “水”자가 은어로 많이 쓰였다. 은전을 다른 이름으로 “銀水”<26 : 259> 또는 “泉水”<29 : 293>라 하고, 부수입을 “外水”<9 : 96>, 부당한 이익을 “湯水”<26 : 259>, 장례비를 “喪水”<18 : 180>라 한다. 청꾼을 “水手”<6 : 65 · 66, 18 : 181, 20 : 201, 26 : 264>, 돈을 착취하는 것을 “赴水”<29 : 293>, 원인을 “起水”<1 : 9>라 하였다. 그리고 돈과는 관계없이 즉각이라는 의미로 “流水”<15 : 153, 21 : 210, 28 : 284, 36 : 363>가 쓰였다. 인신매매로 팔려가는 것을 “落水”<6 : 65, 26 : 258>라 하였다.

　　생활 도구 자물쇠를 “鐵將軍”<36 : 358>, 세숫물을 “臉湯”<21 : 209>, 은장도를 “解手刀”<5 : 53, 23 : 232>, 이쑤시개를 “銀挑牙”<5 : 50>, 손에 깍지 껴 고문하는 형구를 “拶子”<23 : 243>, 작은 배를 “舴艋”<9 : 101>, 다리처럼 이용하는 작은 배를 “脚船”<3 : 34>, 가마를 “兜轎”<10 : 107>, 광주리를 “栲栳”<5 : 48, 9 : 94>, 가구를 “家伙”<7 : 72, 32 : 322> 또는 “傢伙”<25 : 250, 32 : 322>, 일상용 가구를 “動用家伙”<31 : 317, 35 : 349>라 하였다. “燻藥”

---

69) “你這些禿驢, 藏着粧佛錢, 貼金錢, 買燭錢, 燒香錢, 還有襯錢, 開經錢, 發符錢, 不拏出來　　買喫, 來搶飯?” (『型世言』 34 : 342)

<6 : 61>은 정확한 뜻을 알 수 없으나 알약을 지칭하는 것 같다.[70]

이밖에도 흔히 쓰이지 않는 은어로 부엌떼기를 "鍋邊秀"<37 : 369>, 이집저집 다니며 일 거들어주는 사람을 "過圈猪"<36 : 360>라 한 것이『형세언』에 처음 보인다. 그밖의 관용어로는 쓸데없는 일에 질투하는 것을 "吃寡醋"<23 : 230, 30 : 300>, 재잘거리는 것을 "打吱喳"<3 : 30>, 종적을 헤아리는 것을 "踏脚影"<31 : 316, 40 : 400>, 남의 비밀을 폭로하는 것을 "做揎頭"<32 : 325>라 하였다. "揎頭"는 원래 신발에 넣어 모양을 내는 틀이었으나 후에 남의 은밀한 비밀을 의미하게 되었다. 아첨하는 것을 "捧粗腿"<9 : 94, 20 : 198, 37 : 372>, "呵卵泡"<20 : 198, 37 : 371>, 아직 득세하지 않은 사람과 사귀거나 평소에 사귀어 급한 때를 준비하는 것을 "燒冷竈"<30 : 301>라 한다.

이외에도 허튼소리하다 "汗邪"<5 : 51>, 멍청하다 "鶻突"<39 : 388>, "葫蘆"<21 : 207>, "葫蘆提"<2 : 17, 13 : 138, 21 : 214, 31 : 310>, 골치 아프게 되다 "兜搭"<3 : 30, 16 : 162>, 인마를 급히 보내다 "火人火馬"<23 : 234>, 주먹 "栗暴"<28 : 282, 34 : 341>, 당장 "一轂碌"<3 : 34> "一溜風"<10 : 107, 29 : 294, 30 : 308, 31 : 316>, 뇌물 써서 승진하다 "黑虎跳"<16 : 163>, 대리 시험 치다 "活切頭"<16 : 163 · 166, 27 : 266>[71], 왜곡하다, 본말을 전도하다 "翻黃"<31 : 316>, 공고하다 "揭黃"<31 : 317>, 등이 쓰였다.

"折東"<24 : 240, 27 : 269>, "捉淸"<23 : 229>, "捏破屁"<2 : 23>[72]등은 그 정확한 의미를 알 수 없다.

---

70) "錠子藥 : 燉火; 燉琴."(新刻江湖切要·醫藥類) 曲彦斌 主編,『中國秘語行話詞典』, 書目文獻出版社, 1994, p.307에서 재인용.

71) "這吏員官是個錢堆, 除活切頭·黑虎跳·飛過海, 這些都是個白丁, 吏部書辦作弊."(『型世言』16 : 163) "道中考試, 又沒有如今做活切頭, 代考, 買通場傳遞, 夾帶的弊病. 裡邊做文字, 都是硬砍實鑿, 沒處躲閃. 納卷又沒有衙役割卷面之弊."(『型世言』16 : 166)

72) "世名道 : ‘我原棄一死殉父, 斷不逃去, 貽累母親!’ 又有幾箇捏破屁里遞道 : ‘只是小心些, 就在府上借宿罷!’"(『型世言』2 : 23)

7. 「형세언」에 보이는 성어 속담고

성어는 백화 중의 문언으로 사회에서 전해져 내려와 습관적으로 쓰인 정형화된 단구나 단어결합이다. 성어의 내원은 다양한데 일부는 고대 문헌에서 유래하고[73] 일부는 구어 민요 속담에서 유래하였다. 문언문은 단음절 어휘를 위주로 하므로 사자성어는 풍부한 의미를 표현할 수 있고 간결하고 명쾌한 것이 특징이다. 따라서 작품의 창작이나 강담에든지 성어의 적절한 활용은 언어의 효능을 극대화시킬 수 있다.『형세언』에는 적지 않은 성어가 보인다. 대표적인 고사성어를 들면 다음과 같다.

搬是挑非<36：360> 病入膏肓<38：384> 鋤强助弱<39：393> 打退船鼓<19：194> 打牙撩嘴<3：30, 38：378> 帶月披星<37：368> 黨邪排正<19：190> 得隴望蜀<6：63, 18：185, 29：388, 31：317> 低三下四<18：181> 黷貨病民<20：204> 頓開茅塞<27：266> 防微杜漸<22：217> 風流倜儻<23：228> 風聲鶴唳<7：73> 弓藏狗烹<34：339> 和光同塵<19：190> 昏定晨省<3：27> 箕裘未紹<18：183> 紀信誑楚<21：212, 34：344> 家徒四壁<9：94, 19：194> 假公濟私<3：29, 24：242> 荊釵布裙<21：208> 科(磕)牙撩嘴<6：58, 6：62> 臨渴掘井<19：192> 面黃消瘦<4：41> 沐猴而冠<40：403> 難兄難弟<13：141> 逆來順受<3：27> 盤根錯節<1：11> 琵琶再抱<31：318> 七老八十<2：19> 七上八落<26：262> 祁山六出<17：169> 輕車熟路<21：212, 36：361> 輕諾寡信<40：397> 人極計生<28：283, 36：359> 肉眼凡胎<40：398> 如水投石<4：42> 色膽如天<27：268> 上馬見路<23：231> 上行下效<6：67> 十有八就<2：20> 鼠竊狗偸<11：113, 22：220> 隋侯之報<39：937> 隨鄕入鄕<1：8> 天網恢恢<33：337>

---

73) 예컨대 『논어』의 "君子有殺身以成仁"에서 "殺身"과 "成仁"만을 취하여 "殺身成仁"이 되었고, 『좌전』의 "夫禮, 死生存亡之體也"는 "死生存亡"을 취하여 순서를 조정하여 "生死存亡"이 되었다.

天淵相隔<32：323>　挑雪塡井<19：192>　偸寒送煖<36：360>　行將就木
<14：146>　尋花問柳<23：228>　掩耳偸鈴<28：285>　鷹頭鶻腦<36：360>
螢窓雪案<23：227>　捉奸見雙<27：271>

위에 열거한 성어 외에도 "覆水難收"<26：257>은 엎질러진 물은 쓸어 담기 어렵다, "成工不毁"<6：61>는 이미 완성된 공예품은 도로 부숴버리기가 아깝다, "山高水低"<10：109>는 뜻하지 않은 재난이나 죽음을 가리키고, 여기서 주목할 것은 "少長沒短"<3：30, 4：42, 10：108, 15：156>이나 "有心沒相"<23：229, 29：288> 같은 성어는 현재 유행하지 않고 있다. 전자는 "잘하는 것도 없지만 모자라는 것도 없다, 그저 그렇다"는 뜻이고 후자는 "시큰둥하다"는 뜻이다. "刀刀見底"<3：31>는 그 정확한 의미를 알 수 없다. 특히 "做小伏低"<3：36>에 대해 권영애는 "小伏低"를 "삼언"과 "이박"에 보이지 않는 어휘의 하나로 들면서 "거친 일을 하는 하인"으로 풀었으나[74] "비천하게 남의 밑에서 일하다"라는 뜻의 사자 성어로 보는 것이 타당할 듯하다. 성씨가 "내가 며느리와 사이가 좋지 않으니 함께 있기도 어렵고, 또 며느리에게 속아 이곳으로 팔려와 억울하게 비천하게 남의 밑에서 일했으니 내가 무슨 낯으로 돌아가 사람들을 보겠느냐"[75]고 말하고 있다. 실제로 관한경의 「玉鏡臺」 3절에도 "我求竈頭不如告竈尾, 爲甚我今日媒人跟前做小伏低?"라고 쓰인 용례를 찾아볼 수 있다.

　속담은 가장 정련된 언어로 기록한 삶에 대한 옛사람들의 인식과 경험이라고 정의할 수 있다. 이러한 기록은 조금씩 분산되어 전하므로 옛사람의 인식과 경험을 완전하게 반영한다고는 할 수 없으나 한 시기 한

---

74) 權寧愛, 「『型世言』의 問題 詞彙와 俗語 小考」, 『中國小說硏究論Ⅱ』, 도서출판 서울, 1993, p.187.

75) "盛氏又道："我與媳婦不投, 料難合伙, 又被媳婦賣在此間做小伏低, 也沒嘴臉回去見人." (『型世言』 3：36)

작가의 소설집 속에 출현하는 속담들을 모아 정리함으로써 그 당시의 생활 습관과 풍속을 이해할 수 있을 뿐 아니라 고대 사상 문화의 기본적인 면모를 인식할 수 있다. 대중의 구어에서 나온 속담은 언제 어디서 누가 말했는지 모르나 그것이 주위 사람들의 마음속에 깊은 공감을 얻고, 널리 퍼져서 그 민족에게 공통된 격언이다. 이러한 속담은 고대부터 유래한 것도 있고 송대나 그 이후 만들어진 것도 있다. 『형세언』에도 많은 속담이 실려 있는데 이를 통해 지금 전하는 많은 속담들이 백화소설로부터 전해진 것임을 알 수 있다.

敗子三變<15：156> 집안을 망치는 자식 세 번 변한다. 처음에는 옷가지를 집어가다가 차츰 재산을 팔아먹고 나중에는 사람까지 잡아먹는다.

冰炭不相入<13：133> 얼음과 숯은 함께 하지 못한다. "冰炭不同爐"라고도 한다.

捕生不如捕熟<6：62> 날 것을 잡느니 익은 것을 잡겠다. 익숙하지 않은 일에 종사하기 보다는 자신이 익숙한 일에 종사하는 것이 낫다는 뜻.

不看僧面看佛面<29：292> 중은 싫지만 부처님 얼굴을 보아라. 개가 싫어도 주인 낯을 보아야 한다는 말.

不孝有三, 無後爲大<1：13> 불효가 셋 있는데 후사가 없는 것이 가장 크다.

蒼蠅戴網子, 好大面皮<27：269> 파리가 망건 쓰려 한다. 꼴불견. "蒼蠅包網子, 好大面皮"라고 표현하기도 한다.

出了喪, 討材錢<6：64> 장사 치른 후에 관값을 요구한다. 무슨 일을 하든 시기를 놓쳐서는 안 된다는 말이다.

出其不意, 攻其無備<37：370> 의표를 찔러라.

打狗與猢猻看<31：314> 개를 패 원숭이에게 보이다. "殺鷄給猢猻看"이라고 표현하기도 한다. 일벌백계.

打虎不倒被虎咬<27：269> 호랑이를 잡기는커녕 호랑이에게 물리다.

"打虎不着, 反被虎傷"이라고도 한다.

打頭不應腦<26 : 262> 머리를 두드려도 생각이 안 난다. 전혀 까닭을 알
　　　　수 없다는 말.

刀口上不用, 用刀背上錢<28 : 285> 칼날에 돈 안 쓰고 칼등 쓰는데 돈
　　　　낸다. 돈을 요긴한 데 쓰지 못하고 엉뚱한 데 돈 쓴다는 뜻.

到老虎口中奪食<30 : 303> 호랑이 입에 든 음식을 빼앗다.

餓死事小, 失節事大<4 : 40> 굶어죽는 일은 작은 일이고 정조를 잃는 일
　　　　이 큰일이다.

兒女之情, 夫妻之情<27 : 272> 부모와 자식, 부부간의 정만 한 것이 없
　　　　다.

范張千里不亡雞黍之約<20 : 197> 범과 장이 천리를 멀다 않고 달과 기
　　　　장의 약속을 지키다.

放着鐘不打待鑄<27 : 269> 있는 종은 치지 않고 새 종을 만들어 치려 한
　　　　다. "現鐘不打打籌鐘"이라고 표현하기도 한다.

斧打鑿, 鑿入木<21 : 213> 자귀도 도끼로 쳐야 나무에 박힌다. "斧頭打
　　　　釘, 釘入木"이라고도 한다.

富易交, 貴易妻<31 : 309> 부유해지면 친구를 바꾸고 부귀해지면 조강
　　　　지처를 바꾼다.

高郵湖蚊子大如鵝<20 : 199> 고우호의 모기는 크기가 거위만 하다.

肱膊離不得腿<36 : 363> 팔뚝이 허벅지를 당하지 못한다. 팔뚝은 가늘
　　　　고 허벅지는 굵다는 뜻으로 지위가 낮은 사람이나 힘 약한 사람
　　　　이 지위가 높은 사람이나 힘 센 사람을 당하지 못한다는 뜻.

割鷄焉用牛刀<17 : 176> 닭 잡는데 어찌 소 잡는 칼을 쓰랴.

狗咬骨頭, 乾嚥唾<25 : 250> 뼈다귀 문 개 건침만 흘린다. 생각은 간절
　　　　하지만 실익을 얻지 못함을 형용한다.

顧了田頭, 失了地頭<3 : 30> 논으로 만들자니 밭을 잃고 밭을 일구자니
　　　　논을 잃는다.

官差吏差, 來人不差<27 : 271> 관리가 잘못한 일이면 심부름 온 사람은
　　　　죄가 없다.

官看三日吏, 吏看三日官<30 : 301> 관리는 아전을 아전은 관리를 사흘
　　　　간 상대방 속내를 살핀 뒤에야 대담하게 일을 한다는 뜻.

好漢餓不得三日<34 : 342> 사나이 대장부도 사흘을 굶지 못한다. 배고

픈데 장사 없다.

好死不如惡活<29 : 295> 깨끗한 죽음도 개처럼 사는 것만 못하다. "好死不如歹活"이라고도 한다.

虎毒不喫兒<35 : 352> 아무리 사나운 호랑이도 제 새끼는 잡아먹지 않는다.

禍福無門, 唯人自召<25 : 253> 길흉은 사람이 스스로 불러들이는 것이지 따로 문이 있는 것이 아니다.

旣來之, 則安之<3 : 35, 11 : 121> 기왕 왔으니 편안히 있어라.

將禮送人, 殊無惡意<6 : 60> 선물을 할 때는 결코 악의가 없다.

看米餓殺<32 : 323> 쌀을 눈앞에 두고서도 굶어 죽는다. 사물의 가치를 몰라 한옆에 방치해 두고 쓰지 않음을 비유하였다.

水米不打牙<6 : 66, 10 : 110> 물도 쌀도 입에 댄 적이 없다. 목이 몹시 마르고 배가 고픔을 가리킨다.76)

慷慨殺身易, 從容就死難<1 : 8> 의기롭게 죽이기는 쉬워도 의연하게 죽기는 어렵다; 慷慨易, 從容難<10 : 105> 호탕하긴 쉬워도 태연하긴 어렵다.

空裏來, 巧裏去<22 : 221> 쉽게 들어온 돈은 쉽게 나간다. "空裏得來空裏去"라고도 한다.

虧心事莫作, 枉法錢莫貪<29 : 294> 양심에 거리끼는 일랑 하질 말고 부정한 돈은 탐하지 말라.

老婆不曾得, 惹個白虱子頭上撓<38 : 383> 마누라를 얻기는커녕 서캐만 잔뜩 옮았다.

老鼠養兒子替猫掙<12 : 126> 쥐가 자식을 길러 고양이와 싸우게 한다. 남의 물건은 아깝지 않다.

兩硬必有一傷<26 : 257> 쌍방이 모두 강경하면 한쪽이 다친다. "兩硬相擊, 必有一傷"이라고도 한다.

留得靑山在, 不怕沒柴燒<10 : 108> 산이 푸른데 땔감이 없을까 걱정하랴.

留得五湖明月在, 不愁無處下金鉤<11 : 117> 오호명월이 있는데 낚시 드리울 곳이 없을까 걱정하랴.

---

76) 正經我那寃家, 半分折針兒, 也迸不出來與我! 我老身不打誑語, 阿彌陀佛, 水米不打牙, 他若肯與我一箇錢兒, 我滴了眼睛在此 (金甁梅詞話 78)

落水要命, 上岸要錢<2 : 20> 물에 빠진 놈 건져주니 내 돈 내놓으란다.
驢頭不對馬嘴<26 : 262> 머리는 나귄데 주둥이는 말. "牛頭不對馬嘴"라
　　　고도 한다.
賣馬的賣鞍<32 : 323> 말 팔던 사람이 안장을 판다. 비싼 물건을 싸게
　　　파는 것을 비유한 말.
隨身止帶一個指頭的刷牙, 兩個指的筯兒, 三個指頭的挀子, 四個指頭的木
　　　梳, 却不肯做五個指頭的伸手的事<9 : 96> 몸에 지닌 것이라곤
　　　한 손가락 치솔 양 손가락 젓가락 세 손가락 집게 네 손가락 빗
　　　이련만 다섯 손가락 내밀어 구걸은 않는다.
拿頭套枷戴<27 : 270> 머리를 칼에 디민다. 고생을 사서 한다.
內政不出壺<30 : 299> 집안일은 바깥에 드러내지 않는 법.
寧可沒了有, 不可有了沒<6 : 61> 없다가 있을지언정 있다가 없을 수는
　　　없다. 가난하다가 부유하게 되는 것은 가하지만 부유했다가 몰
　　　락하면 견디기 어렵다는 뜻.
貧不與富鬪<2 : 20> 가난뱅이는 부자와 싸우지 않는 법이다.
漆湯潑老鼠, 一窠兒死<17 : 177> 물에 빠진 생쥐 떼죽음.
前船就是背後眼<5 : 54, 16 : 163> 앞에 가는 배 뒤의 눈. 배가 앞에 가면
　　　뒤에서 분명하게 볼 수 있다는 뜻으로 옛 사람의 경험과 교훈을
　　　후세 사람이 계감을 삼을 수 있다는 말.
錢財性命, 性命卵袋<29 : 293> 돈은 곧 목숨.
巧言不如直道<26 : 258> 공치사는 직언만 못하다.
晴乾不肯走, 直待雨淋頭<4 : 41> 날이 화창할 때는 가만있다가 비가 오
　　　니까 가려 한다.
情人眼裡出西施<38 : 379>; 情人眼內出西施<16 : 162> 제 눈에 안경.
窮憎嫌, 富不要<32 : 323> 가난뱅이는 미워하고 꺼려하고 부자는 싫다
　　　한다. 누구한테도 소용이 없다거나 하나도 잘 하는 것이 없음을
　　　나타낸다.
饒人不是痴<2 : 20, 20 : 202> 용서는 어리석은 짓이 아니다. "饒人不是
　　　痴, 過後占便宜"라고도 한다.
人要衣裝, 馬要鞍裝<30 : 300> 사람에는 옷 말에는 안장. 사람은 나서
　　　서울로 보내고 말은 나서 제주도로 보낸다.
日趁日喫<1 : 9, 21 : 214> 하루 벌어 하루 먹고 산다.

撒手不爲奸<29 : 296> 떨어져 있으면 정을 통할 수 없다.

三脚蛤蟆無尋處, 兩脚婆娘有萬千<29 : 289> 세 발 두꺼비는 없어도 두 발 마누라는 얼마든지 있다. "三脚蛤蟆無尋處, 兩脚婆娘處處有"라고도 한다.

三遭爲定<34 : 344> 세 번은 겪어 봐야 결론을 내릴 수 있다.

三朝媳婦, 月裡孩兒<16 : 162> 며느리가 못된 것은 시어머니가 잘못이고 아들이 못된 것은 어머니 잘못이다. "三朝媳婦婆引壞, 月裡孩兒娘引壞"라고도 한다. 며느리는 시집온 지 사흘 만에 시어머니에 의해 아들은 낳은 지 한 달 만에 어머니에 의해 잘하고 못하는 것이 결정된다는 뜻으로 가정교육은 이를수록 좋다는 말.

實的虛不得<26 : 258> 진실은 감출 수 없다.

手掌也是肉, 手心也是肉<2 : 20> 손바닥도 살이요 손 복판도 살이라.

瘦女兒, 胖媳婦<3 : 29> 야윈 딸 통통한 며느리. 시집가기 전에는 여위었다가 시집간 뒤에는 쉽게 살이 찜을 비유.

瘦殺牯牛百卄觔<32 : 322> 썩어도 준치. 부자가 망해도 삼대는 간다. "瘦駱駝强似象."

私己的常是齊整, 公衆的便易坍損<2 : 18> 자기 것은 언제나 가지런한데 공공 물건은 쉽게 망가진다.

死馬做活馬醫<38 : 383> 죽은 말을 산 말처럼 치료한다. 어찌할 수 없는 절망적인 상황하에서 최후의 노력을 하다.

他財莫要, 他馬莫騎<26 : 264> 남의 재물은 탐하지 말고 남의 말은 타지를 말라. 흔히 남의 아내를 탐하지 말라는 비유로 쓰인다.

他的日子短, 我們的日子長<3 : 29> 남의 날은 짧아도 우리 날은 길다.

天無二日, 民無二王<1 : 2> 하늘에 두 태양이 없고 백성에게 두 임금이 없다.

未見風, 先見雨<31 : 317> 바람도 불지 않는데 비가 먼저 온다, 떡 줄 사람은 생각도 않는데 김칫국부터 마신다.

無官一身輕, 有子萬事足<16 : 162> 벼슬을 내놓으니 몸이 홀가분하고 자식만 있으면 만사가 족하다.

閑時不燒香, 極來抱佛脚<3 : 34> 평소에는 향도 사르지 않다가 급할 때는 부처님 발목에 매달린다.

小錢不去, 大不來<23 : 232> 작은 돈이 안 가는데 큰돈이 들어오랴. "小錢不去, 大錢不來"라고도 한다.

尋老鼠的猫兒, 沒一處不鑽到<28 : 278> 쥐 잡는 고양이 쑤시지 않는 곳
　　　이 없다.

燕雀不知鴻鵠志<14 : 144> 참새가 어찌 고니의 큰 뜻을 알랴.

羊肉不喫得, 惹了一身羶<26 : 264> 양고기는 먹지도 못하고 비린내만
　　　묻혔다. “羊肉饅頭沒的喫, 空敎惹得一身騷”라고도 한다.

妖不勝德, 邪不勝正<39 : 387> 요괴가 덕을 이기지 못하고 사악함이 정
　　　의를 이기지 못한다.

藥不執方, 病無定症<38 : 383> 약은 정해진 처방이 없고 병에 정해진 증
　　　상이 없다.

一報還一報<35 : 353> 자기가 지은 죄는 자기가 거둔다.

一尺天, 一尺地<2 : 19> 한 치의 하늘 한 치의 땅. 하늘과 땅이 매우 가
　　　까움을 형용한 말로 천지신명에 맹세코 사실의 왜곡이나 시비
　　　를 전도하는 것을 허용하지 않음을 가리킨다.

一動不如一靜<28 : 283> “움직이느니 가만있는 편이 낫다”는 뜻이었으
　　　나 나중에는 “일을 벌리는 것보다 없는 편이 낫다<多一事不如
　　　少一事>”는 뜻으로도 쓰이기도 한다.

一個霹靂天下響<27 : 274> 한번 벼락에 천하가 다 울린다.

一箇銅錢八箇字<26 : 256> 동전 하나에 여덟 글자. “一箇錢當兩箇使.”
　　　몹시 절약함을 형용하는 말이다.

一疑無不疑<29 : 295> 한번 의심하기 시작하면 끝이 없다.

一朝天子, 一朝臣<15 : 154> 하루 천자라도 신하는 신하.

有心不在忙<40 : 398> 심지가 있는 사람은 절대 서두르지 않는다. “有心
　　　不怕遲”라고도 한다.

冤有頭, 債有主<29 : 293> 원수와 빚에 다 주인이 있다.

在他矮檐下, 誰敢不低頭<3 : 35> 낮은 처마 밑에서 누군들 고개를 숙이
　　　지 않으랴.

斬草不除根, 萌芽依舊發<25 : 249> 뿌리를 뽑지 않으면 새싹이 난다.

招錢不隔宿<13 : 136> 돈 받는 일은 하루도 미룰 수 없다.

只有錦上添花, 沒有雪中送炭<14 : 143> 비단에 꽃을 보태는 일은 있어도
　　　눈오는 데 숯을 보내는 법은 없다. 염량세태를 나타낸 속담으로
　　　“只有錦上添花, 那有雪中送炭”이라고도 한다.

自病還須自醫<38 : 381>; 自病自醫<38 : 382> 자신의 병은 자기가 고쳐야

한다.

做鬼要羹飯喫<28：283> 귀신이 되어서도 젯밥을 요구한다. 돈을 탐하
는 사람에겐 돈으로 해결하는 수밖에 없다.

위에 수집한 97조의 용례 가운데는 격언, 금기어, 단순한 비유 등 관
용어로 엄밀한 의미에서 속담으로 보기 어려운 것도 있으나 민간에서
이루어진 관용적인 표현으로 보편적 의미를 강조하기 위해 쓰여진 세
련된 말이란 점에서 모두 수록하였다. 위에서 예를 든 속담 가운데 "尋
老鼠的猫兒, 沒一處不鑽到", "內政不出壺", "日趆日喫", "漆湯潑老鼠, 一窠
兒死", "前船就是背後眼"은 지금은 쓰이지 않으며 "高郵湖蚊子大如鵝"는
일부 지방에서만 통용되어 전국적으로 확산되지 못하였다. 고우호는 지
금의 강소성 중부 운하 서쪽에 있는데 고우 금호 안휘성 천장현 등지에
서는 모기가 큼을 이렇게 형용하였다.

8. 맺는말

『형세언』은 명대 후기 중요한 백화단편소설집으로 그 간행연대는 풍
몽룡의 "삼언"에 비해 늦으나 능몽초의 "이박"과는 거의 같은 시기로
중국소설사에 있어서 중요한 위치를 차지하고 있다. 이 책은 청초까지
는 아직 중국에 남아 있었던 듯하나 사라지고 명청 교체기에 우리나라
에 전래된 한 질이 삼백여 년 동안 파묻혀 있다가 다시 발굴되어 그 전
모를 알 수 있게 되었다. 이상에서 논의한 바를 정리하면 다음과 같다.
첫째, 『형세언』의 출현은 우리에게 다음과 같은 몇 가지 사실을 설명
해준다. 즉 『형세언』의 작자는 육인룡이며, 육운룡은 비평가이자 출판
가라는 점, 『환영』이나 『삼각박안경기』 혹은 『박안경기이집』 등은 『형

세언』을 해적판으로 낸 것이라는 점, 원서는 대개 숭정 5년(1632) 전후에 판각되었다는 점 등이다.

둘째, 낙선재본『형세언』은 "삼언" "이박"과 마찬가지로 일찍 국내에 들어와 읽혔다.『중국소설회모본』(1762)에 그 서명이 처음 보이며 그 이전에 이미 우리말로 번역되었음을 알 수 있고 낙선재본『형세언』의 고어와 고문체를 살펴보건대 이 책은 낙선재본 번역본 가운데 가장 오래된 것 중의 하나이다.

셋째,『형세언』은 거의 대부분 그 당시 사서와 필기소설, 민간에 전래되던 고사에서 제재를 취하여 그 사료적인 가치가 풍부하다. 그럼에도 불구하고 당시 특정한 환경 속에서 형성된 이 작품은 그 당시 사상적 토대와 윤리규범을 탈피하지 못했고, 또한 작가가 소설의 형식으로 세상을 구원하고 선을 권면하므로, 설교적인 요소를 면치 못했다. 예컨대 봉건예교, 인과응보, 충효와 절개 등을 선양하고 있는 것이 흠이다.

넷째,『형세언』은 각계각층의 다양한 이야기를 모은 소설집인 까닭에 풍부한 어휘 자료를 담고 있다. 그 가운데는 특정 계층에서만 쓰이는 은어가 있는가 하면 비속어나 방언도 있다. 특히 "踹渾水", "吹木屑", "打和尙", "鍋邊秀", "過圈蹄", "捧粗腿" 등은 유일하게『형세언』에서만 찾아볼 수 있는 근대 한어 자료이다. 그러나 "折東", "捉淸", "捏破屁" 등은 정확한 의미를 알 수 없어 앞으로 계속 연구가 필요하다.

다섯째,『형세언』에는 오십여 개의 성어와 백여 개의 속담이 실려 있다. 속담은 사회적 산물로 생활철학을 반영하고 향토성과 시대성을 반영하고 있으며 간결한 것이 특징이다. 이들 속담은 당시 생활습관, 풍속, 생업과 밀접한 연관을 갖고 있다. 그 가운데에는 현재는 전하지 않고 사라져 버린 속담도 다수 있었다. 또 격언이나 단순한 비유로 속담으로 보기 어려운 것도 있었으나 대중의 공감 아래 이루어진 것으로 보편적 의미를 강조하기 위한 세련된 말이라는 점에서 수록하였다.

　여섯째, 『형세언』삽화는 진경호 교수에 의해 파리에서 14葉의 삽화를 찾기는 하였으나 2葉 삽화는 아직 찾지 못하고 있다.『형세언』권수를 찾아 전체 서문과 삽화를 찾는 일과 규장각본『형세언』의 소장자로 보이는 淡軒이라는 사람을 확인하는 작업이 앞으로의 과제로 남는다.

■『중국학논총』제4집, 충청중국학회, 1995

1. 머리말

　필사본, 방각본으로 전해지던 고소설이 활판본으로 출판되기 시작한
것은 1910년대에 접어들면서부터이다. 이 활판인쇄의 보급으로 우리나
라 고소설은 물론 중국 통속소설의 번역본도 대량으로 출판되게 되었다.
　이처럼 20세기 이전의 고소설이 활판본으로 출판되기에 이르자 기존
의 우리나라 방각본 고소설은 전부 활판본으로 재판되었고 종래 필사
본으로만 전해지던 소설도 활판본으로 대량 출판되기에 이르렀다.[1] 이
에 편승해서 중국소설의 번역본도 여러 출판사에서 다투어 간행되었다.
방각본으로 간행되기도 했던 『삼국지』(大昌·普及·永昌)와 삼국지 계열의
초역 또는 축약소설은 물론 『수호전』(新文), 『서유기』(朝鮮·博文) 등 4대

---

1) 金起東, 「古典小說의 文獻學的 研究」, 『韓國學文獻研究의 現況과 展望』, 亞世亞文化
　　社, 1983, pp.112~113.

기서에 꼽히는 작품들과 우리나라 군담소설이나 여걸소설에 많은 영향을 주었다는 『설인귀전』(朝鮮·東美·新舊·盛文·京城) 계열의 소설과 단편으로 구성된 명대 화본소설인 『금고기관』(盛文·新舊) 등이 간행되었다. 이러한 소설들은 활판본으로 간행되기 이전에 이미 필사본으로 널리 읽혀졌던 소설이며, 그간 국문학계에서 비교문학의 측면에서 많이 다루어왔다. 그러나 광범위한 독자층을 형성하고 있던 『초한전』(京城·漢城·唯一·永昌·韓興·三光·以文)이나 『손방연의』(匯東·普成), 그리고 본고에서 다룰 『슈양뎨힝락긔』(新舊)와 『슈당연의』(匯東)에 대해서는 전혀 언급이 없었다. 다만 30년대에 김태준이 『당태종전』은 『隋唐演義』에서 摘輯한 것2)이라 하여 『수당연의』를 우리나라 고대소설과 관련지어 고찰한 후 국문학계에서 『당태종전』은 『서유기』의 번안이다,3) 번역이다, 번역도 번안도 아니다4) 등 논란이 많다가 이상익 교수가 김태준의 설을 재수용하여 『수당연의』의 영향설을 주장했다.5) 이 문제의 타당성 여부는 논외로 하고, 우선 『수당연의』의 번역이 확실한 위 두 종의 작품을 원본과 대조하여 그 번역 양상을 살펴보고자 한다.

2. 판본과 작자

『隋唐演義』는 20권 100회, 70여 만 자에 달하는 장편 역사소설로 4대

---

2) 金台俊, 『朝鮮小說史』, 學藝社, 1939, p.97.
3) 李在秀, 「韓國小說發達段階에 있어서 中國小說의 影響」, 『慶北大論文集』 第1輯, 1956. p.71 ; 丁奎福, 「西遊記와 韓國古小說」, 『亞細亞研究』 48號, 1977, p.142.
4) 李慶善, 『韓國比較文學論考』, 一湖閣, 1976, pp.181~182.
5) 李相翊, 「西遊記의 傳移過程」, 『韓中小說의 比較文學的 研究』, 三英社, 1983, pp.137~142.

기서·『홍루몽』등 일급소설에 버금가는 소설이다. 이는 청초에 등장한 이래 지금까지 광범위하게 유포되었고 적어도 10여 차례 이상 간행되었다. 가장 오래된 것은 1695년판(康熙 乙亥)으로 그 후 건륭·가경·도광·동치·광서 연간에 한두 차례씩 간행되었다. 그러나 『隋唐演義』의 창작 연대를 정확하게 지적해낸 사람은 없었다. 이에 대해 Robert E. Hegel(중국명 何谷里)은6) 다음과 같이 고증하고 있다.

　　周樹人이 『중국소설사략』을 쓸 때 본 『隋唐演義』의 서문은 1675년(康熙 乙卯)에 쓴 것으로 기록되어 있다.7) 한편 손해제는 『중국통속소설서목』에서 강희 己亥年(1719)으로 간지를 잘못 기록했다.8) 그 때문에 柳存仁은 대영박물관 目厚堂本 『수당연의』 서문에 강희 乙亥(1695)로 된 것이 도리어 잘못 판각된 것이 아닌가 오인하기도 했다. 그런데 대북 국립중앙도서관 선본실에 四雪草堂 『수당연의』가 있는데 서문에 "康熙乙亥冬十月旣望長洲人穉學稼氏題"라고 쓰여 있다. 그러니까 양력으로는 1695년 11월 22일인 셈이다. 四雪草堂主人은 『수당연의』의 작가 人穉이다.9) 이 판본은 초각본의 하나다. 『수당연의』는 1695년보다 10년 앞서 지어졌다. 그것은 四雪草堂本에 보면 매회 마다 삽화가 한 장씩 도합 100장이 들어있는데 그 중 맨 마지막 장에 '康熙甲子年仲春古吳趙澄筆'이란 기록이 보이기 때문이다. 甲子年은 1684년, 그러니까 서문을 쓰기 11년 전이다. 그런데 四雪草堂 일러두기에 보면 '是編草成已久, 刊刻過半, 因末後二十餘回偶爾散, 遂至中止, 玆幸得之, 一友人之中, 始成性全帳'이란 설명이 있어 1684년에 판각해 놓은 것임을 알 수 있다.(삽화는 마지막 20회분을 되찾은 후에야 그릴 수 있음) 따라서 이 책은 1684년 훨씬 이전에 쓰여진 것이다. 이상의 사실을 종합해 볼 때 『수당연의』는 대략 1675년에서 1680년 사이에 쓰여졌다 하겠다.

---

6) 何谷里, 「隋唐演義 : 其時代·來源與構造」, 『中國小說論集』第2輯(幼獅文化, 台北, 1977. 8) pp.154~156. 『Sui T'ang Yan-I : The Sources and Narrative Techniques of a Traditional Chinese Novel』(Colombia大 Ph. D 1973)을 요약한 것임.

7) 魯迅, 『中國小說史略』, 北京 : 人民文學出版社, 1973, p.110.

8) 孫楷第, 『中國通俗小說書目』, 北京 : 作家出版社, 1957, p.44.

9) 四雪草堂에서는 『封神演義』를 출간하기도 했는데 1695년에 쓴 서문이 있다.

위에서 보듯이 Robert E. Hegel은 이제까지의 학자들이 주목하지 않은 '일러두기'에 착안하여 상당히 신빙성 있는 고증을 하고 있으나 문제는 노신이 본 『수당연의』의 서문이 강희 을묘년(1675)이란 점이다. Hegel이 본 乙亥本(1695)보다 20여 넌이나 앞선다. 그 때문에 Hegel은 대북 국립중앙도서관본을 '초각본의 하나일 것'이라고 조심스럽게 추정하고 있다. 만약 노신이 본 『수당연의』가 강희 을묘년임이 확실하다면 『수당연의』의 실제 창작연대는 1675년 전으로 소급한다. 작자가 작품을 다 완성하기도 전에 서문을 썼을 가능성이 극히 희박하다. 더욱이 완성된 원고가 오랫동안 방치되다가 판각시에 서문을 썼을 가능성은 얼마든지 있다. 따라서 『수당연의』의 창작연대의 상한선은 1675년 이전으로 소급되어야 한다.

현재 국내에도 『수당연의』의 판본이 국립중앙도서관에 소장되어 있다.10) 크기는 가로 15.4cm, 세로 23.9cm이며, 반엽 10행 23자로 되어 있다. 표지 서명은 『四雪草堂重訂通俗隋唐演義』로 '重訂'이란 점에서 손해제가 『중국통속소설서목』에서 소개한 판본과 일치한다. 내향흑어미가 있고 판심에 '四雪草堂'이란 藏板記가 있다. 국립중앙도서관본을 좀 더 자세히 살펴보면,

卷數	收錄回目	葉數	卷數	收錄回目	葉數
卷1	1~2回	25	卷6	26~30回	65
卷2	3~8回	69	卷7	31~35回	62
卷3	9~14回	72	卷8	36~40回	59
卷4	15~20回	70	卷9	41~45回	64
卷5	21~25回	65	卷10	46~49回	50

---

10) 『고서목록』 古3736-54(국립중앙도서관, 1980), p.173.

이상과 같이 10권 9책(1,2권 합철)인데, 20권 100회 중 10권 49회까지만 남아 있어(권10은 20엽 정도 유실) 상하함 중 상함만 남은 것으로 추정된다. 문제는 10권 9책으로 권1(25엽)과 권2(69엽)가 합철되어 있다는 점이다. 있어야 할 서문·목차·일러두기·삽화(50엽) 등이 없이 곧바로 제1회로 직접 도입되고 있어 내용의 일부가 유실되었음을 방증한다. 원문의 내용은 초각본과 동일하다. 서문이 유실되었으므로 Robert E. Hegel이 지적한 대로 강희 기해년 서문이 과연 을해년의 오기인지 확인할 수 없는 것이 아쉽다. 그런데 무엇보다도 흥미있는 사실은 권1 첫 면에 '劍嘯閣 齋東野人等原本, 長洲後進沒世農夫彙編, 吳鶴市散人鶴樵子參訂'이라고 쓰여 있다는 점이다. 검소각은 작자 저인확이 『수당연의』를 집필할 때 참고한 장회 역사소설 『隋史遺文』의 출판사 이름이요, 齋東野人은 『수당연의』의 기본이 된 『隋煬帝艶史』를 編演한 장본인이다.[11] 長洲後進이라 했는데 작가가 강소 長洲(지금의 강소성 소주)사람이므로 沒世農夫는 저인확의 다른 이름임을 쉽사리 짐작할 수 있다. 그리고 參訂을 한 鶴市散人은 吳(지금의 소주) 지방 사람으로 청대 재자가인소설인 『성풍류』·『봉소매』의 작자이기도 하다.[12]

목판본 외에 석인본으로는 현재 성균관대 중앙도서관에 상해 진보서국간 8권 8책본[13)과 상해서국간 20권 10책본,[14] 영남대 도서관에 낙질본 2책이 전하며,[15] 필자 소장본으로 상해 금장도서국에서 발행한 『회

---

11) 孫楷第, 『中國通俗小說書目』, pp.43~44 참조.

12) 위의 책, pp.140~141참조. 『鳳簫媒』는 현재 전하지 않고 日本 寶歷 甲成(1754) 舶載書目에만 보이고 있는데 혹 『引鳳簫』(4卷 16回)의 다른 이름이 아닌가 생각된다. 『醒風流』와 『引鳳簫』는 한글로 번역되어 樂善齋文庫에 전한다.

13) 刊年未詳. 半郭 17.9×12㎝, 無界, 半葉, 27행 60字, 小黑口, 上黑魚尾, 20.2×13.5㎝, 竹紙.

14) 1907(光緖33)年刊. 四周雙邊, 半郭 17.4×11.9㎝, 無界, 半葉, 23行 50字, 上黑魚尾, 20.2×13.5㎝, 竹紙.

도수당연의』 10권 10책16)과 대성서국에서 발행한『繡像隋唐演義全傳』8
권 8책이 있다. 모두 강희 을해년 저인확의 서문을 싣고 있으며, 서문·
목차 뒤에 실린 인물삽화는 전자가 7엽에 40명을, 후자가 3엽에 32명의
인물을 소개하고 있는데 전자의 삽화가 훨씬 정교하다. 전자는 '民國甲
寅夏重付石印 古吳補生多恨人書於多事軒' 후자는 '民國癸亥秋七月精付石
印 縣唐在田書於海'라 쓰여 있다. 이처럼 국내에 전하는 석인본은 5종
또는 그 이상으로 1907년에서 1923년 사이에 간행된 것으로 보아 1918
년 번역본이 나오기 전은 물론 그 후에도 계속 수입되었음을 알 수 있
다.

한편『수당연의』의 작자가 저인확이란 사실은 서문에 보인다. 그의
자는 稼軒 또는 學稼이며 호는 石農인데 정확한 생존연대는 미상이다. 그
는 과거에 응시하거나 벼슬을 하진 않았으나 문인들이 많이 배출된 소
주에서 문명을 날렸다. 시문 외에도 명대 패사에 밝아『讀史隨筆』·『退佳
錄』·『績蟹譜』 등을 썼으며『鼎甲考』·『聖賢群輔錄』 등의 저서가 있다.
특히『堅瓠集』17)은 널리 알려졌는데, 이에 따르면 교유가 넓어 친구 중
에 강남의 저명한 문인들이 많았다. 한림원의 張潮, 서예가이며 사학자
인 尤侗(1618~1704), 시인 徐柯(1627~1700), 孫致彌(1642~1709), 극작가 洪昇
(1646~1704) 등과 왕래한 사실이 나타난다. 이 밖에도『삼국지연의』를 평
점·수정한 모종강과는 동학이었다. 저인확이 이들과 동년배라고 추정
한다면 그의 생몰연대는 1630년경에서 1705년경으로 추측할 수 있다.

---

15) 1907(光緖 丁未)年刊. 上海 普新端記善局.

16) 성균관대·연세대 도서관에 똑같은 판본이 있다. 四周雙邊 半郭 17.5×11.8cm, 無界,
    半葉 25行 50字, 上黑魚尾, 20.5×13.8cm, 洋紙.

17) 奎章閣에 崇德書院藏板이 있는데 66卷 32冊으로 1690년(康熙 庚午)에 쓴 서문이 있
    으며 帝室圖書之章印이 있다(『奎章關圖書中國本總目錄』중 6203, p.330, 서울대도서
    관, 1972).

3. 자료의 내원과 수용

『수당연의』의 내원에 대해서는 梁紹壬의 『兩般秋雨隨筆』, 兪植의 『小淨梅閑話』, 『茶香室叢』, 梁章鉅의 『浪跡叢談』, 그리고 작자를 알 수 없는 『談瀛室隨筆』 등에서 그 실마리를 찾을 수 있다.[18)

『수당연의』는 여느 연의소설과 마찬가지로 전설·희극·강사 등의 오랜 변천과정을 거쳐 엮어진 것이다. 기존의 『隋唐志傳』·『隋煬帝艶史』·『隋史遺文』 등을 저본으로 개편하고 당송 전기에서 많은 자료를 취했으며 "敍事多有來歷"[19)이란 노신의 말처럼 방대한 자료를 참고하였다. 그러나 가장 기본적인 자료로는 위에서 언급한 세 권의 장회소설이다. 그 첫 번째가 나관중이 지었다는 『수당지전』으로, 그의 원본은 오래 전에 일실되었다. 저인확이 참고한 것은 명 정덕 무진(1508)년에 林瀚(1434~1519, 자 亨大)이 거듭 펴내고 楊愼(1488~1559, 자 升庵)이 평을 한 12권 122회의 장편이다. 임한은 명나라 사람으로 벼슬이 이부상서에 이르렀다. 그는 서문에서 나관중의 원문을 빌어 다시 펴냈다고 했으나 손해제는 위탁일 가능성이 많다고 주장했다. 즉 당시의 서적상들이 명 가정 때 熊大木이 편찬한 『唐書志傳通俗演義』[20)를 토대로 당시 민간전설이나 詞話에서 많은 내용을 취하면서 고종 이후 희종 때까지의 당말 이야기를 첨가시켰다는 것이다. 현재 전하는 가장 오래된 『隋唐兩朝志傳』의 판본은 동경의 존경각문고본으로 1619년(萬曆 己未)에 姑蘇 襲紹山에서 출간된 것이

---

18) 蔣瑞藻, 『小說考證』, 上海 : 古典文學出版社, 1957.

19) 魯迅, 위의 책, p.110.

20) 8卷 90節로, 당태종의 사적을 중심으로 꾸며져 있는데 매우 粗率하다. 현재 東京에 淸江堂本 『唐書志傳通俗演義』, 三台館本 『唐國志傳』, 世德堂本 『唐書志傳通俗演義題評』, 武林藏珠館本 『唐傳演義』 등 4종이 전하는데 서명은 각각 다르지만 동일본이다(孫楷第, 『日本東京所見中國小說書目』, 上海 : 上雜出版社, 1953, pp.53~66).

다.21)

　그런데『수당지전』이 우리나라에 전래되었다는 기록이 허균의「西遊記跋」22)에 보인다.

余得戱家說數十種, 除三國隋唐外, 而兩漢齷, 齋魏拙, 五代殘唐率, 北宋略許, 則姦騙機巧, 皆不足訓, 而着於一人手, 宜羅氏之三世也.

　허균은 "수십 종의 소설을 얻어 보았는데『삼국연의』와『수당연의』를 제외한 나머지 소설들은 한결같이 치졸하고 투박하며 姦騙機巧해서 가르칠 만한 것이 못되며, 한 사람에 의해 쓰인 것으로 나씨 3세가 쓴 것일 것이다"라고 하였다. 여기서 지칭하는 '隋唐'은 나관중이 지었다는『수당지전』이거나 임한이 중편한『隋唐兩朝志傳』일 것이다. 그것은 허균의 생존연대(1569~1618)가 저인확이 서문을 쓴 1695년 훨씬 전인 점에서도 분명히 드러난다. 국내에는 명대 간본은 아니지만 임한이 참정한 玉蘭堂刊『新刻出像玉鼎隋唐演義』12권 12책이 전하는데23) 서문에 '賜進士出身資政大夫三山林瀚謹撰'이라 되어 있어『수당양조지전』과 동일한 책임을 알 수 있다.

　한편『隋史遺文』은 명청대 저명한 희곡가 袁于令(1600~1675)이 쓴 20권 60회의 장회소설로 서문은 1633년에 쓰여진 것이며 현존하는 고본은 대부분 동경에 소장되어 있는데 수양제 외에도 진숙보를 주요인물로 다루고 있는 것이 특징이다. 이는 최근에 대만에서도 영인되었다.24)

---

21) 孫楷第, 『中國通俗小說書目』, 北京 : 作家出版社, 1957, p.41.
22) 許筠, 『惺所覆瓿藁』 卷13(李離和編, 『許筠全書』 p.141), 亞細亞文化社, 1980.
23) 有圖, 圖周單邊, 半郭 17.5×11㎝, 無界, 半葉 10行 24字, 上黑魚尾, 22.5×12.6㎝ 竹紙(『古書目錄』Ⅰ, p.625, 成均館大 중앙도서관, 1979).
24) 夏志淸, 「隋史遺文重刊序」, 『中國古典小說論集』 第2輯, 台北, 幼獅文化, 1977, pp.119~

국내에는 규장각에 한 부가 소장되어 있으며[25] 한글로 번역된 필사본이 레닌그라드 Aston Collection에 전한다. 이 한글본은 12권 594엽, 12행 25자로 되어 있다.[26]

그 다음으로 8권 40회본『隋煬帝艷史』는『金瓶梅』바로 뒤에 나온 명말 작품으로 작자는 미상이다. 수양제의 풍류와 방탕한 행락을 그리고 있는데 송인소설『海山記』・『迷樓記』・『開河記』등을 토대로 한, 치밀하고 염정적인 묘사가 돋보이는 걸작이다.『수당연의』의 전반부는 이『艷史』를 그대로 답습하고 있으며『홍루몽』의 묘사기법이나 구성은 이 책에서 힌트를 얻었다.[27] 현재 가장 오래된 것은 齋東野人 編演으로 숭정 연간에 나온 것인데 대만 중앙연구원과 미국 캘리포니아대, 하버드대, 콜롬비아대 등 몇 개 도서관에 소장되어 있다. 국내에는 규장각에 청판본이 전한다.[28] 이 소설의 한글 번역본에 대해서는 김태준이 "『수당연의』도 나관중의 작으로서 청초의 저인확의 改定을 지낸 것이요, 그 속에서 特히 수양제의 음탕한 생활장면만을 采出한 것을 염사라고 하며, 당태종의 전기만을 摘輯한 것을 唐太宗傳이라고 한다"[29]고 하여『당태종전』과 아울러『艷史』가 있었음을 밝히고 있다.

이상 세 편의 장회소설은『수당연의』의 창작에 가장 중요한 자료이다. 저인확은 위 작품들을 부연 또는 개작하거나 아예 초록하기도 하였

124.

25) 12卷 13冊으로 크기는 23.8×15.2cm, 崇禎 癸酉(1633) 吉衣主人의 서문이 있고 '帝室圖書之章' 印이 찍혀 있다(『奎章閣圖書中國本總目錄』, p.238.)

26) W. E. Skillend, 『古代小說 : A Survey of korean Traditional Style Popular Novels』, London 大, 1968.

27) 鄭振鐸,『揷圖本中國文學史』卷4, 北京, 作家出版社, 1957, p.923.

28) 『全像通俗演義隋煬帝艷史』, 22卷 12冊, 齋東野人編演, 不經先生批評, 有圖, 木版本 17.2×11.4cm 癡子의 서문이 있다.

29) 金台俊, 위의 책, p.97.

다. 그 실례로『수당지전』의 22~26회는『수당연의』의 48~50회,『수사유문』의 1~2회는『수당연의』의 1~19회로 개편되었다. 특히 秦叔寶에 대한 묘사부분은 저인확이『수사유문』을 그대로 초록하다시피 하였다. 『수양제염사』의 5·6회는『수당연의』 19·20회로 개편되었으며『서유기』의 10~11회 '당태종 入冥故事'를 줄여 포함시켰다.

작자는 이 밖에도 이른바 "奇趣雅韻之事"30)를 당송 전기소설이나 필기소설에서 취했다. 그 예로『海山記』·『開河記』·『迷樓記』·『隋遺錄』 등을 들 수 있는데 직접적으로 취한 것은 아니고『수양제염사』에서 취한 것을 간접적으로 수용한 것이다. 그 외에 저인확이 참고한 것으로 보이는 전기 자료는 李復言의「李衛公靖」(『태평광기』31) 卷418→『수당연의』제3회), 杜光庭의「虯髥客傳」(『태평광기』권193 →제16, 50회), 曹業의『梅妃傳』(『唐代叢書』 4집→제79, 81, 91회), 樂史의「楊太眞外傳」(『唐代叢書』 4집→제79~84, 87, 89, 91, 98회), 楊巨源의「李吹笛記」(『당대총서』 3집→제86, 95회), 陳鴻의「長恨歌傳」(『태평광기』권486→제100회) 등을 들 수 있다.

『서유기』제11회「遊地府太宗還魂」이 張鷟의『朝野僉載』의 일부분(「授判冥人官」『태평광기』권146)을 근거로 지어졌듯이 저인확도 필기소설 자료를 사용했다. 즉 劉餗의『隋唐嘉話』(『당대총서』 1집→『수당연의』 제2회), 韓偓의『金密記』(『당대총서』 1집→제74회), 杜光庭의「神仙感遇傳」(『태평광기』권22→제85회), 鄭綮의「開天傳信記」(『태평광기』제77→제85회), 王仁裕의「開元天寶遺事」(『당대총서』 1집→제87회), 鄭處誨의『明皇雜錄』(『당대총서』 1집→제93회), 李肇의『國史補』(『태평광기』권204, 405→제95, 98회)이 그 좋은 예이다.

명대 화본으로는 풍몽룡의『삼언』에서 관련 고사를 찾을 수 있는데,

---

30) 其間闕略者補之, 零星者刪之, 更採當時奇趣雅韻之事點染之, 成一集, 頗改舊觀(「隋唐演義序」)

31) 李昉等編,『太平廣記』, 古新書局 影印本, 台北, 1980.

「馬周遭際賣」(『喻世明言』 第5회→제69회), 「李謫仙醉草赫蠻書」(『警世通言』 第9회 →제80, 83회), 「灌國 晚逢仙女」(『醒世恒言』 제4회→제73회) 등이 그것이다.

　작자는 서문에서 여러 자료를 사용하는 목적의 하나로 "廣其事, 極其 窮"을 내세우고 있다. 그러나 나관중의 『삼국연의』처럼 정사나 통감 같 은 사서를 이용하여 소설을 창작한 것이 아니라 기존 소설을 토대로 작 품을 썼으며 그 사용한 소설이나 필기의 종류가 다양하며 내용 역시 서 로 다르다. 위로는 황제로부터 아래로는 시인·협객·신선·도사·천민 등 각계각층의 인물을 묘사하였다. 그러나 개작의 필요를 느끼지 않았던 『수사유문』은 거의 베끼다시피 하였다. 그렇다고 창작적인 요소가 전연 없는 것은 아니다. 60~63회의 여걸 竇線娘, 그녀와 羅成과의 사랑 이야 기 등은 그 전고를 찾을 수가 없어 작자의 창작으로 보인다. 작가는 여 성 묘사에 주력한 것이 특징으로 심지가 강한 여자가 많이 등장하는데 41회의 李密을 두려워 않는 王雪兒, 51회의 이세민의 탈옥을 돕는 徐惠 英 등의 묘사가 돋보인다. 또한 등장인물 하나하나를 놓고 볼 때 『수당 연의』는 원래 내원이 되는 소설보다 복잡하고 인물의 성격 또한 복합적 이다. 『수양제염사』에서는 수양제가 잔인하고 또한 전통적으로 악독한 황제로 등장하는데 저인확의 소설 속에서는 악하지도 착하지도 않은 중간인물로 나타난다. 난장이 王義가 황제를 곁에서 모시고 싶어 거세 하려 하자 궁녀와 결혼시켜 내보내는가 하면(27회) 沙夫人이 유산했을 때 찾아가 위로해 준다(36회). 양제는 결코 폭군이 아니라 때에 따라서는 궁 녀들에게 정을 베풀기에 인색하지 않은 다정다감한 성품의 소유자였다. 빼어난 미모와 시재에도 불구하고 許庭輔에게 뇌물을 바치지 않았다는 이유로 간택에 나가지 못함을 분히 여겨 목매어 자진한 궁녀를 보고 슬 픔을 이기지 못하며 자책하는 장면(28회) 등은 대단히 인상적이다. 특히 그러한 황제의 총애에 보답하고자 朱貴兒는 병이 위독한 양제에게 자신의 팔뚝 살을 베어 약을 달여 올린다(34회). 측천무후도 저인확의 손에선 인정이 넘치는 인물로 나타나며(70회) 명군으로 알려진 이세민이 만년에 여자에게 경도되는 것으로 묘사된 점은(69~70회) 흥미롭다.

이처럼『수당연의』의 주요인물들은 장단점을 모두 갖추어 이전의 이상화된, 단순한 개성을 가진 등장인물에 비하면 대단히 복합적이고 사실적이다. 특히 작자는 '大帳簿'와 '小帳簿'[32]라는 개념을 제시하여 역사소설 창작의 이론 근거를 제시해 주고 있다. 여기서 말하는 '대장부'란 정사를 가리키며 '소장부'는 '奇趣雅韻之事'를 기록한 전설이나 야사를 지칭한다. 그는 이런 '소장부'를 정사와 마찬가지로 '不廢於世'한 것으로 다 같이 존재가치가 있음을 역설하였다. 종래 정사의 예속적인 위치에서 탈피하여 역사소설을 독립시켰다는데 큰 의의를 찾을 수 있다.

중국 통속소설의 서술은 전통적으로 연속적이지 못한 것이 특징이다. 강담사들은 '話分兩頭', '且說', '却說', '原來' 등의 상투어 사용으로 화제를 전환하여 거의 동시에 발생한 다른 사건을 기록했다.『수당연의』는 그 이야기, 환경, 인물이 복잡하다. 그러므로 話線(Narrative line)이 늘 변한다. 그러나 이러한 전환이 연대순이나 동류의 고사에 제한되지 않는 것이 특징이다.『수당연의』의 서로 다른 이야기들은 무질서하게 안배된 것이 아니라 일정한 방식에 따라 구성되어 있다. 연대순의 구성을 과감히 탈피, 수 왕조 30년이 소설의 반 이상을 차지하는데 반해 당태종·무측천이 차지하는 부분은 상대적으로 짧다. 구성 역시 중국의 전통적인 인생관과 밀접하게 연계되어 있다. 즉 음양의 상호 교차로 평형의 조화를 보여 준다. 이러한 평형은 비단 음양 뿐만 아니라 이야기 종류, 현실

---

32) 昔人以通鑑爲古今大帳簿, 斯固然矣, 第旣有總記之大帳簿, 又當有雜記之小帳簿, 此歷朝傳志演義諸書所以不廢於世也. (褚人穫,「隋唐演義序」)

과 비현실, 도적 등 다양하게 나타난다. 처음 제1, 2회가 수양제와 楊素의 음모담인데 반해 제3회는 李靖이 용을 대신해서 비를 내리는 신마고사라면 제4회는 청년시절 秦叔寶의 무협 이야기, 제4, 5회는 전쟁이야기요, 제6회는 柴紹와 李淵의 딸과의 사랑 이야기이다. 이러한 이야기는 진숙보와 양제 이야기를 제하고는 연속되지 않으며 서로 무관한 독립적인 하나의 이야기다. 다시 이연이 무슨 신통을 부렸다던가 시소가 그후 어떻게 되었다는 이야기가 없다. 작자는 형식상 되도록 다양한 이야기를 전개하여 이야기 종류의 평형을 기하려 했다. 그 다음이 현실과 비현실의 평형이다. 양소가 귀신에게 죽음을 당하는 이야기 다음에 진숙보와 친구와의 현실적인 이야기로 전환한다든지(20회), 무협고사 뒤에 양제가 꿈에 陳後主를 만난다든지(38~39회), 당현종이 하늘을 노닌 후에 양귀비와 사적인 언약을 한다든지(85~86회)하는 것이 그것이다. 그 외에도 도덕적 평형을 들 수 있다. 매 이야기마다 선인과 악인이 교차한다. 진숙보와 王小二(6~16회), 수양제와 王義(27회), 무측천과 蘇良嗣·安金藏(73회), 雷海靑과 王維(93회) 등이 서로 대립된다. 이러한 도덕적인 평형은 이 소설에서 가장 중요한 부분을 이룬다. 특히 매회마다 서두에 사람은 어떠해야 한다, 길을 잘못 들거나 잘못을 저지른 뒤에는 어떻게 해야 한다는 식으로 단문의 훈계를 하고 있어 계도적인 소설의 범주를 벗어나지 못하고 있다.

4. 『隋唐演義』의 번역 양상

'수당' 관계 소설이 우리나라에 전래된 것은 앞서 고찰한 바와 같이 16세기 말로 소급된다. 나관중이 지었다는 『수당지전』을 허균이 이미 독파했고 袁于令의『수사유문』이 이미 전래되어 한글로 번역되기까지 하였다. 그 후 17세기 말에 창작된 저인확의『수당연의』가 적어도 18세기 초엽까지는 국내에 유입되었으리라 추측된다. 그 후 번역되어 필사본33)으로 유포되다가 1910년대 들어서 활판본으로 출판되기에 이르렀다. 현재『수당연의』의 번역본은 두 가지가 있다. 1918년 회동서관에서 나온『슈당연의』와 역시 같은 해 신구서림에서 나온『슈양뎨힝락긔』가 그것이다. 이 번역본에 대해서는 일찍이 꾸랑서지(Bibliographie coreenne)34)에 소개되었고 김태준도 "17세기부터 우리나라에 유행한 소설"35)이라고 언급한 적이 있다.

본고에서는 1983년에 인천대 민족문화연구소 영인본『구활자본고소설전집』에 실린『슈양뎨힝락긔』와『슈당연의』를 원전으로 상해고적출판사 발행『수당연의』36)를 텍스트로 한다.

1)『슈양뎨힝락긔』

1918년 신구서림에서 동활자로 간행된 이 활판본은 현재 통용되는 활자보다 굵고 판형은 국판이며, 표지에 흑백의 그림이 있는데 그림의 형태는 치졸하다. 총 8회 137면으로 '미혼진슈양뎨힝락긔(迷魂陣隋煬帝行樂記)'라고도 한다. 1면에서 8면까지는 11행 35자이며, 독자의 이해를 돕기

---

33) 蘇在英,「古小說一覽表」,『古小說通論』, 二友出版社, 1983, p.530.

34) Courant Maurice, Bibliographie cor'eenne, Paris, Ernest Letroux, 1894.

35) 金台俊, 위의 책, p.86, p.92, p.97에 각각 언급되었다.

36) 1955년 12월 淸初 四雪堂本을 저본으로 정리하였는데 서문과 매회 뒤에 붙어 있는 總評은 생략하였다. 이 책은 1963년 北京 中華書局에서 재판되었고 1981년에 다시 上海古籍出版社에서 출간되었다. 趙澄이 그리고 王祥宇·鄭子予가 板刻한 삽화 100장을 그대로 수록하였다.

위해 한자어 옆에 한자를 병기하였고 9면부터 46면까지는 17행 35자로 한자를 병기하지 않다가 27면부터 끝까지는 한자를 괄호로 묶었다. 이와 같이 한자 병기에 일관성이 없어 몇 사람이 나누어 번역·정리한 원고를 조판에 넘긴 것이 아닌가 추측된다.

각 장회를 살펴보면(방점 및 띄어쓰기 – 필자)

제1회
陳主起兵伐陳 슈쥬가 군ᄉ를 일희여 진나라를 치고
晉王樹功伐嫡 진왕이 공을 세워 틱ᄌ위를 쎄앗다

제2회
楊廣施讒謀易位 광이 참언을 베푸러 틱ᄌ위 밧고기를 쒸ᄒ고
獨孤逞妬殺官妃 독고황후가 투긔를 부려 궁비를 죽이다

제3회³⁷⁾

제4회
皇后假宮娥貪博歡寵 황후가 거즛 궁녀 모양을 ᄒ여 널리 환총을 엇고
權臣說鬼話陰報身亡 권신이 귀신에 음모를 말ᄒ고 몸이 죽다

제5회
窮土木煬帝逞豪華 역ᄉ를 궁극히 ᄒ야 양뎨가 호화홈을 부리고

---

37) 仁川大 民族文化硏究所 영인본의 p.31~46이 낙장으로 제2회 뒷부분과 제3회 전체가 누락되어 그 내용을 알 수 없었다.

思淨身王義得佳偶 몸을 정히 ᄒ고ᄌ ᄒ다가 왕의 아름다은 짝을 엇다

제6회

衆嬌娃剪彩爲花 모든 가인이 최단을 오려 ᄭᆺ을 민들고
侯妃子題詩自縊 후비ᄌ가 글을 지여 노코 스스로 목미여 죽다

제7회

隋煬帝兩院觀花 슈양데 양원에서 ᄭᆺ을 보고
衆夫人同舟遊舟 모든 부인이 비를 ᄒᆫ가지 ᄒ야 바다에서 놀다

제8회

睹新歌寶兒薄寶 시 노리를 너기홀시 원보아가 보비를 알쎄 ᄒ고
觀畫圖蕭后思遊 그림을 본 후 소후가 놀기를 싱각ᄒ다

　방점 부분은 원문과 다르거나 잘못 표기한 것이다. 제1회의 陳主는 隋主, 제4회 貪博歡寵은 貪歡博寵, 제5회의 佳偶는 佳耦, 제8회의 薄寶는 博寵의 오기이다. 특히 제8회의 睹新歌寶兒薄寶는 "시 노리를 너기홀시 원보아가 보비를 알쎄 ᄒ고" 라고 번역하여 문맥이 통하지 않는다.
　『슈양데힝락긔』 제1회는 『隋唐演義』 第1回, 제2회는 第2, 3回, 제3회는 第19回, 제4회는 第20回, 제5회는 第27回, 제6회는 第28回, 제7회는 第29回, 제8회는 第30回의 번역이다. 번역형태는 대체로 원문에 충실한 직역 위주이며 이야기 전개에 필요한 작중인물 사이에 주고받는 시나 詞는 번역문과 함께 원문을 실었다.38) 매회 서두의 개장시나 '怎見得', '正是'

---

38) 『長相思』 제4회, pp.54~55 ; 『如夢令』 제6회, pp.87~88.

뒤에 나오는 시나 사, 계도어, 매회 뒤에 나오는 총평 등은 번역을 생략
하였다.

    第1回 開場詩(七律) 1, 七絶8, 五絶1, 五律2, 七言句1

    第2回 七排1, 七言句1

    第4回 巫山一段雲1, 五絶2, 七絶1, 七言句1

    第5回 滿庭芳1, 飛練衝宵1, 六言四句1, 七絶6, 七言二句1

    第6回 菩薩蠻1, 四言四句1, 五言二句1, 七言二句1, 五絶1, 七排1

    第7回 踏沙行2, 五律1, 7律1, 七言二句1

    第8回 蝶戀花1, 五絶1, 七言二句3

그런데 상황설명의 시이면서 자연스럽게 본문 번역 속에 포함된 부
분이 있어 흥미를 끈다(밑줄 친 부분, 띄어쓰기 필자).

    到晚來靜悄悄掩上房門, 捱到二更之後, 熬不過傷心痛楚, 遂將一幅白陵, 懸
梁自縊而死. 正是 : 香魂已斷愁何在, 玉貌全消怨尚深. (위의 책, 第28回,
p.211)
    밤이 들미 가마니 방문을 걸고 이경이 지는 뒤에 <u>상심홈을 더욱 춤지 못
ᄒ야 ᄒ날을 우러러 장탄 왈 하날이 엇지 날노 ᄒ야금 식티와 지조를 쥬
신 후 다시 홍안명박ᄒ야 천고의 한을 먹음고 죽게 ᄒ시는고</u> ᄒ며 상심ᄒ
ᄂ 마음이 압흐고 쓸이물 견디지 못ᄒ야 드디여 ᄒ 폭 빅릉을 들보에 걸
고 스스로 목미여 죽으니 정히 향혼은 임에 ᄯᅳ허졋스ᄂ 근심은 도로혀 잇
고 옥모는 젼혀 ᄉᆞ라졋스ᄂ 원통홈은 오히려 깁흘네라 (위의 책, 제6회,
pp.91~92)

번역본은 원본을 대체적으로 부분 생략, 축약하고 있다. 이는 이야기
의 빠른 진행과 사건의 내용전달을 중심으로 이루어지고 있는데 기인

한다. 따라서 이야기 전달에 무리가 없는 한도 내에서 설명을 생략하고 있다(밑줄 부분 생략).

世子勇爲大子, 次子廣封爲晉王. …… 又因獨孤皇后, 悍妬非常, 成全他不近女色.

셰즈 용으로 틱즈를 삼고 츠즈 광으로 진왕을 봉ᄒ다 원러 독고황후는 투긔가 심ᄒ야 슈데로 ᄒ야금 녀식에 갓가히 못ᄒ게 ᄒᄂ 고로 〈1 : 3〉

淸閒無事, 詩賦之餘, 不過酒杯中快活, 被窩裏歡娛, 臺池的點綴, 打點一段風流性格, 及時取樂, 始得卽位, 不說換出他一寸肝腸, 陸江總爲僕射, 用孔範作都官尙書

청한무사ᄒ야 시부로 음영ᄒᄂ 자ᄂ 쥬비로써 쾌락을 취홀 뿐이라 진왕이 즉위ᄒᄆ 강총을 도도와 복야를 삼고 공범으로 도관상서를 삼아 〈1 : 4〉

姓張, 名麗華, 髮長七尺. 光可鑑物, 更是性格敏慧, 擧止嫺雅, 淺笑徵釁, 豊華入目, 承顏順意, 婉孌快心, 還有一種妙處, 肯薦引後官嬪御

성은 장이오 명은 려화라 텬셩이 민혜ᄒ고 거지 한이ᄒ며 머리털이 길기 칠 쳑이오 그 광치 거울 갓ᄒ며 ᄯ호ᄒ 묘ᄒ 곳이 잇스되 능히 후궁에 비빈을 쳔거ᄒ며 〈1 : 4〉

상황을 묘사하거나, 설명하는 어구를 일부 생략함으로써 단순히 이야기의 진행, 전달만을 재촉하고 있다.

이상에서 살펴본 생략 이외에도 첨가 및 변형이 중국 통속소설 번역의 큰 특징을 이루고 있다. 번역에서 빚어지는 언어 표현의 차이를 감소시키기 위해 변형된 부분이 있는가 하면 뜻의 강조를 위해 첨가나 변형이 가해진 부분도 있다. 특히 이러한 과정은 앞에서처럼 단순히 내용 전달을 재촉하기 위해 몇 부분이 탈락된 것과는 달리 독자의 이해를 돕기 위한 역자의 노력으로 보여진다(밑줄 친 부분은 첨가된 곳).

> 這陳主叔寶, 也是一個聰明穎異之人, 奈是生在南朝, 沿襲文弱艶麗的氣習,
> 故此好作詩賦. (위의 책, 제1회, p.3)
> <u>각셜, 강남 진왕 진슉보는 진퍼션에 후예라 퍼션이 량나라를 찬탈훈 후
> 국호를 진이라 ᄒ야 강남에 도읍ᄒ얏더니</u> 슉보에 이르러 위인이 총명령리
> ᄒ나 다만 남죠에 싱장ᄒ야 무예만 슝상ᄒᄂ 긔습이 잇ᄂ고로 시부로써
> 일을 삼으며 (위의 책, 제1회, p.3)

원문에 느닷없이 陳叔寶 이야기가 나오자 역자는 그 등장인물의 인적
사항을 간략히 첨가하여 독자의 이해를 돕고 있다.

> 叔寶無道, 塗炭生民. 天兵南征, 勢同壓卵, 若或遷延, 叔寶殞滅. (위의 책,
> 第1回, p.5)
> 슉보가 무도ᄒ야 싱민이 도탄에 든지라 텬병이 남으로 치미 그 형세 알
> 을 누름 갓ᄒ리니 <u>청컨디 일지병을 거ᄂ려 급히 침이 올흘가 ᄒᄂ이다</u> 만
> 약 쳔연ᄒ다가 슉보가 죽고 (위의 책, 제1회, p.6)

이같은 원문의 생략이나 첨가는 1회만도 10여 차례 나오는데(詩詞 생략
은 제외하고) 생략의 경우, 적게는 8자에서 41자에 이른다.

> 不必恐懼, 不失作一歸命侯! 着他領了宮人, 暫住德敎殿, 外邊分兵圍守. (위
> 의 책, 第1回, p.7)
> 져다지 두려 말라 귀명후 벼술은 일치 안이홀 거시니 궁인을 다리고 잠
> 간 멈으러 발락을 기다리라 (위의 책, 제1회, p.12)

위의 경우는 역자가 대화가 끝나 상황설명으로 바뀐 줄 모르고 계속
대화로 번역한 특수한 예이다.

한편 제2회에서는 수양제 행락과 무관한 李靖의 등장 부분을 모두 생략했다. 그리고 이야기의 절정부분에 이르러 원문이 간략한 경우에 역자는 원 뜻을 벗어나지 않는 한도 내에서 과감하게 대화체로 이야기를 부연 첨가한다.(밑줄 부연 첨가)

夫人望見, 心中又羞又惱, 然到了這個地位, 怎敢抗拒, 俯伏在地, 低低呼了一聲 "萬歲", 太子慌忙攙了起來, 是夜太子就在夫人閣中歇宿. <위의 책, 第19回, p.142>

부인이 팅즈를 보미 심중의 붓그럽고 또한 분호노 이 씨를 당호야노 엇지홀 슈 업슬 뿐더러 이 곳흔 지위를 쳐호야 엇지 일호노 감히 항거호리요. 마지 못호야 소리를 나작이 호야 혼 소리 만세를 부르니 팅지 급히 옥슈를 잡아 이루혀 왈 니 부인으로 인연호야 허다 심력을 허비호야 오날날 이갓치 상봉호니 평싱 원이 족호지라 부인은 젼슈를 조금도 긔의치 말노호고 옥슈를 쓰으러 침뎐에 드러가니 어슈의 락을 이로 칭양치 못홀네라 팅지 이날 밤을 션화궁중에서 헐숙호고 (위의 책, 제3회, p.48)

이 같은 부연첨가는 3회부터 본격적으로 나타나는데 모두가 대화체를 빌어 부연시키는 것이 특징이다.(밑줄 부연 첨가)

煬帝聽了, 把龍眉微蹙道：“王義你起來, 朕對你說, 凡淨身之人, 都是命犯孤鸞, 傷剋刑害, 不是有妨父母兄弟, 定是刑剋妻孥, 算來與其爲僧爲道, 不若淨了身, 後來或有光耀受用的日子. 就是父母肯割捨了, 我們那些老內監, 還要替他推八字算剋度, 然後好下手, 況是孩童之事. 年二十有餘, 豈可妄自造作, 倘有未妥, 豈不枉害了性命?” (위의 책, 第27回, p.204)

양데 듯고 눈섭을 쏭그려 왈 왕의야 너 이러 짐의 말을 드르라. 디져 정신호는 스롬은 져의 명되 긔구호야 외로운 란시와 가치 승니노 도스가 될 혐훈 팔즈를 가져야 정신을 호는 법이요 또 정신호는 것도 어려쓸 써에 살이 연호고 힘줄이 가늘며 양경이 실치 못홀 써에 버혀야 무스홀 것이어놀 너는 나히 발셔 이십여 세라 살이 질기고 힘줄이 굴그며 양경이 임의 그 밖에 번역과정에서 한자어의 誤讀이 눈에 띈다.

高凉郡 고경군, 蠱惑 츙혹, 姹娘 원랑

‘凉・蠱・姹’는 각각 ‘량・고・타’로 읽어야 옳다.

2) 『슈당연의』

1918년 匯東書館에서 高裕相이 발행한 이 책은 모두 13회 111면으로 1
면은 17행 35자로 되어 있다.『슈양뎨힝락긔』와는 달리 개역 내지는 개
작된 번역본으로 심지어는 원전의 흔적을 찾을 수 없을 만큼 변형된 부
분도 있다. 먼저 전 13회의 회목을 살펴보자.

데일회 독고황휘몽중잉퇴
데이회 슈양뎨 락양에 십륙원을 짓고 풍뉴로 즐기다
데삼회 셔원으로브터 강도에 별궁을 짓다
데ᄉ회 황상이 퇴상경 우홍을 보니여 유후묘에 뎨ᄒ다
데오회 양뎨 곤의융복으로 쳔리마를 타고 치빙ᄒ다
데륙회 마슉뮈 월여에 기하역ᄉ를 쥰공ᄒ다
데칠회 비셔랑 우세람이 어젼에서 요동치ᄂᆞᆫ 됴셔를 짓다.
데팔회 양뎨 미미루에셔 미인으로 즐기다
데구회 도인이 양뎨를 권ᄒ야 산즁에 드러가라 ᄒ되 듯지 아니ᄒ다
데십회 변방이 요란ᄒ야 셔셩뎌왕이 표문을 올니다
데십일회 당공 리연의 ᄌ 셰민이 관즁을 쳐 드러오다

뎨십이회 양뎨 공즁에 문뎨의 꾸지지믈 밧다
뎨십삼회 슈양뎨는 망국살신ᄒᆞ고 당틱종 셰민은 삼빅년 긔업을 셰우다.

『슈양뎨힝락긔』가 수양제 행락 부분만을 골라 각 회목도 원문 그대로 옮겨 놓은데 반해『슈당연의』는 13회로 장회를 새로 설정하고 원문을 다양하게 축약시켜 새로 꾸미고 있는데 역시 전 50회까지 수양제를 중심인물로 설정, 그의 출생에서 시작하여 반란 군사들에게 깁으로 목졸려 죽는 데서 끝나지만 당대까지 내려가지 않아 '슈당연의'라고 하기에는 다소 어폐가 있다. 뎨일회는『隋唐演義』1, 2, 19, 20回, 뎨이회는 27, 28回, 뎨삼회는 28, 29, 30, 32回, 뎨ᄉᆞ회는 32回, 뎨오회는 34, 33回, 뎨륙회는 33, 32, 36回, 뎨십일회는 46回, 뎨십이회는 47回, 뎨십삼회는 47, 48回를 토대로 각각 축약·변형하였다. 그러나 이러한 축약·변형은 반드시 원문의 장회 순서에 따르는 것은 아니어서, 뎨일회의 경우 원문의 1回 →2回→1回→2回→19回→20回의 내용으로 이어져 재구성한 것임을 알 수 있다. 이 같은 예는 뎨오회에서 34回→33回 뎨륙회에서는 33回→32回→36回로 이야기가 진행되어 발행자가 번역된 필사본을 가지고 활판본 소설의 분량에 맞추어 재구성했으리라는 추측을 가능하게 한다. 특히 뎨십회는 수양제가 단약을 즐기고, 소후와 밤이 깊도록 즐기다가 袁寶兒가 吳絳仙이 있는 유미원에 가 노는데 소후가 있으면 흥이 나지 않는다고 술에 취하게 하여 먼저 돌려보내려 꾀하다가 애꿎은 오강선이 소후의 미움을 받는다는 내용으로 원문에는 없는 역자의 창작이다. 이처럼 번역본은 변형된 부분이 거의 대부분으로 원문에 가깝게 번역된 부분이 오히려 적다. 여기에 우선 원문과 근사하게 번역된 부분의 생략과 첨가현상을 살펴보자(방점부분이 생략된 곳임).

又見世南生得淸淸楚楚, 弱不勝衣, 故憨的只管貪看. 看了一回, 忽回轉頭來, 見煬帝淸淸的看着自己. 若是寶兒心下有私, 未免要驚慌, 或是面紅, 或是踢蹶, 因他出於無心, 故聲色不動, 看看煬帝, 也只是憨憨的嬉笑. 煬帝知他素常是這態, 却不甚猜疑. 不多時, 虞世南寫完了詔書呈上來。(위의 책, 第36回, p.274)

우셰람의 거동이 청슈ᄒ믈 보고 졍히 흠모ᄒ더니 홀연 머리를 두루혀니 양뎨 졍히 져를 보ᄂᆞᆫ지라 셩식을 요동치 아니ᄒ고 미미히 우스미 양뎨 의혹지 아녓더니 오라지 아녀 우셰람이 죠셔 쓰기를 다ᄒ미 ᄶᅮ러 드리니 (위의 책, 제7회, p.54)

생략 뿐만 아니라, 원문에 없는 내용을 문맥에 맞게 부연하여 첨가하기도 했다.

拜祝禮告未完, 只見香案前, 忽然捲起一陣冷風來, 一聲響亮, 兩扇石門, 輕輕的閃開. 麻叔謀等衆人走進去, 見裏面幾百盞漆燈, 點得雪亮, 如同白晝, 中間放着一個石匣, 有四五尺長, 上面都是鑿的細細花紋. 麻叔謀見了, 心下有些懼怯, 不敢輕易開看, 又轉着後一層, 却是一個小小圓洞, 洞中壁直的, 停着一個石棺材. 麻叔謀同令孤達又禮拜了, 叫入揭開蓋兒細看, 只見裏面仰臥一人, 容貌猶紅白, 顔色如未死的一般, 渾身肌肉肥胖如玉, 一頂黑髮, 從頭上險上腹上, 蓋將下來, 直至脚下. (위의 책, 第32回, p.243)

빌기를 마지 못ᄒ야 향안 알뢰 음풍이 니러나며 돌문이 졀로 열니니 슉뮈 마음을 졍ᄒ고 셕문을 나니 슈빅 간의 등촉이 잇셔 빅쥬 갓고 <u>스벽에 허다 귀신의 형상을 민드라 잇고</u> ᄯᅩ ᄒᆞᆫ 층을 보니 가온디 셕갑을 노화시니 기리 ᄉᆞ오 쳑은 ᄒ고 우희 곳츌 삭엿더라. 슉뮈 마음에 경겁ᄒ야 감히 갑을 여러 보지 못ᄒ고 ᄯᅩ ᄒᆞᆫ 층을 보니 다른 거 업고 돌관 ᄒᆞ나히 잇거늘 슉뮈 영호달노 의논 왈 <u>셕관이 분명 신션의 분묘니 가히 셜만치 못ᄒ리라</u> ᄒ고 다시 향안을 버리고 졀ᄒ야 빈 후에 좌우로 관을 닉여 노코 덥흔 거슬 여러 보니 ᄒᆞᆫ 스람이 누엇시디 얼골이 산 닷ᄒ고 긔뷔 옥 ᄀᆞᆺᄒ며 머리털이 낫ᄎ로브터 다리까지 덥헛시니 (위의 책, 제13회, pp.25~26)

料是得道仙人骨相, 不敢輕易毀動, 仍叫左右, 將材蓋上. 把前邊石匣開看, 匣中並無別物, 祇有三尺來長一塊石板, 上寫着許多蝌蚪篆文. 這些人俱不能辨認. 虧得山中一個修眞煉性, 百來多歲的老人, 抄譯出來. 其文曰：“我是大金仙, 死來一千年. 數滿一千年, 背下有流泉. 得逢麻叔謀, 葬我在高原. 髮長至泥丸, 更候一千年, 方登兜率天.” 麻叔謀見連他姓名, 都先寫在上面, 驚訝不已, 方信仙家妙用, 自有神機. (위의 책, 第32回, p.244)

필연 득도훈 신션의 히골이라 감히 움작이지 못ᄒ고 다시 관을 닷고 령호달노 더브러 의논 왈 만닐 관을 움작이다가눈 신명게 죄를 어들 거시오 예디로 두ᄌ ᄒ니 하도를 팔 길이 업스니 엇지 구쳐ᄒ고 영호달 왈 우리 아모커나 셕갑을 여러 보리라 ᄒ고 셕갑을 여러 보니 셕 ᄌ 기리는 된 셕관이 노혓거늘 우히 허다 글지 잇스디 다 상고 젼지라 능히 알지 못ᄒ지라 슉뮈 젼령ᄒ야 왈 즁인 즁에 이 글 아ᄂ니 잇으면 군역을 면ᄒ고 쏘 즁상ᄒ리라 ᄒ나 모든 스롬이 다 아라보지 못ᄒ더니 훈 군시 고왈 소인의 아ᄂ 스롬이 도학의 놉스오니 동향인이라 스스로 황셕공을 흠모ᄒ야 스스로 빅셕도인이라 일카르니 셰인이 그 낫츨 아ᄂ니 업스되 소인의 할아비 빅 년 젼에 보오니 그 ᄶ 느히 동년이옵고 글을 아니본 거시 업스오니 이제 그 스롬을 다려오면 결단코 알니이다 슉뮈 대희ᄒ야 즉시 스롬을 보니려 ᄒ거늘 녕호달 왈 산즁에 득도훈 스롬이 곳 오지 아니리니 셔스로 간절이 ᄒ며 쳥ᄒ미 오르리라 슉뮈 좃ᄎ 명쳡을 써 두 필 말을 가져 관니를 보니엇더니 반일이 못ᄒ야 도인이 거러왓거늘 이에 보니 느히 칠팔십 셰ᄂ 된 닷ᄒ고 홍안학발이 가장 긔이ᄒ더라 슉뮈 마ᄌ 시례ᄒ고 왈 우리 등이 죠졍 명을 밧ᄌ와 하도를 파려 ᄒ더니 훈 션묘를 만느니 신션의 관이 잇고 셕비 ᄒ느히 잇스되 쓴 글을 아지 못느니 바라건디 로옹은 가르치라 로옹이 ᄌ시 보고 왈 이는 요명을 지어 썼도다 ᄒ고 지필을 드러 예스 글노써 뵈니 그 글에 ᄒ얏스되 느는 디금션묘군이니 죽은 지 일쳔 셰라 마슉무를 만느 느를 곳쳐 고원에 무드리라 ᄒ였더라 슉뮈 졔일홈 썻시믈 더욱 경이ᄒ야 바야흐로 션가 작용이믈 알고 (위의 책, 제3회, pp.26~28)

원문이 설명식으로 간략하게 되어 있는 것을 원문의 뜻에 어긋나지 않는 한도 내에서 대화체로 읽어나갔다. 이러한 첨가 부연 부문은 전편에 걸쳐 나타나는데, 생략과정을 소극적인 수용작업이라 한다면 첨가 및 변형은 적극적인 수용작업이라 할 수 있다. 이 같은 첨가 및 변형의 예를 들면 다음과 같다.

원본 제33회에 보면 진숙보가 아이를 도둑질하는 陶京兒를 붙잡아 관에 넘기자, 도경아가 진상한 어린아이 고기에 맛을 들인 麻叔謀가 그를 무혐의로 풀어준다는 내용이다. 그러나 번역본에서는 진숙보가 등장하지 않는다. 대신 도량아가 하도를 우회시켜 조상의 묘자리를 훼손치 않으려고 어린아이 고기를 양고기라고 속여 환심을 사는 과정을 1,700여 자 정도로 부연 개작하였다(『슈당연의』 제5회, pp.39~42). 한편 원본 제32회에 보면 운하공사를 총감독하던 마숙모가 장량이 토지신으로 있는 곳에서 작업하던 중 뜻하지 않게 소나기와 우박의 재앙을 당하여 공사에 어려움을 겪게 되자 이 사실을 양제에게 보고한다. 양제는 곧 축문을 짓고 태상경 牛弘에게 白璧 한 쌍을 주어 보내 제사 지내게 함으로써 雍邸 지방까지 무사히 운하를 건설할 수 있었다고 기술하였다. 그런데 번역본에서는 백벽을 놓고 제사 지내는 장면으로부터 시작해서 백벽을 둘러싸고 일어나는 기이한 이야기를 장황하게 부연하고 있다. 이에 따르면 백벽은 제사 도중 어디론가 사라져 버렸는데 운하를 파다 병들고 지쳐 뒤에 처져있던 한 인부가 달밤에 귀인을 만나 구슬을 되돌려 받게 된다는 것이다. 인부는 귀인의 말대로 그 구슬을 마숙모에게 바친다. 그러나 구슬에 탐이 난 마숙모는 인부를 죽여 입을 막고 구슬을 독차지해 버린다. 이 같은 첨가부분은 무려 1260자에 달한다(위의 책, 제4회).

또 번역본은 제5회에 보면 薛冶가 황제 앞에서 말타기 시범을 보여 환심을 사는 대목이 있는데 이는 원본 제31회 「薛冶兒舞劍分歡」 즉, 칼춤을 추어 보여 양제의 총애를 받는 내용의 변형이다. 번역본 제6회에는 운하를 개통한 뒤 바람이 없어 유람선이 뜨지 못하자 임시방편으로

殿脚女를 뽑아 운하 양쪽에서 배를 끌게 하자고 牛文達이 제안하는데 원본에 의하면 왕흠이 제안한 것이 맞다. 이 같은 변형 현상 외에도 오기가 상당히 많다.

> 華陰縣 황음현, 蔚39)遲迥 울지형, 張衡 장현, 宇文愷 운문지, 翠光湖 취당호, 迎陽湖 녕휘호, 晟光院 션관원, 段達 관달, 朱貴兒 쥬시오 쥬진이 쥬지이, 韓俊娥 한쥰오 환쥰아 한쥰, 麻叔謀 마슉뮈, 河陰 황음, 耿純臣 셩슉신, 黃金窟 황금골, 雍邱 응구, 皇甫君 황보국, 石柱 셔루, 阿摩 암아 , 崇陽 동양, 上馬材 함마촌, 陶京兒 도량아 도령이, 劉武周 유무족, 蕃釐觀 쥬이관 번니관 번이관 변디관, 瓊花 뎡홰, 晉陽官 잔양궁, 突厥 돌골, 薛世雄 설계웅 셜셰웅, 司馬德戡 스마부감, 馬文擧 마문계, 智及 의급, 丞基 동긔, 丞址 동디

이같이 한자의 고유명사의 오기가 심한 것은 역자의 자의적인 변개나 조판시의 잘못이라기보다는 구활자본으로 출간할 때 저본으로 사용했던 한글 필사본이 여러 사람의 전사를 거치는 동안 표기가 달라졌던 것이 아닌가 생각된다. 이는 번역본 중국소설에서 흔히 나타나는 현상으로 본 소설이 상당히 오래 전에 번역되어 읽혔다는 사실을 반증한다.

5. 맺는말

백화문으로 쓰여진 중국 통속소설은 크게 두 가지로 분류된다. 하나는 이야기꾼의 전록이요, 다른 하나는 문학가의 저작이다.『수당연의』는 후자에 속한다. 이는 수문제가 진을 멸망시키는 데서 시작해서 당현

---

39) 원문에는 慰遲迥이다. ‘慰遲’는 複姓으로 ‘위지’로 읽어야 하나 ‘蔚遲’로 고쳐 쓰고 ‘울지’로 읽는다. 이 같은 현상은『셜인귀젼』,『울지경덕실기』,『당진연의』,『녹목단』등에서도 똑같이 나타난다.

종이 사천으로 피난 갔다가 장안으로 돌아오는 170여 연간의 이야기를 묘사하고 있다. 소설 전반에 걸쳐 집중적으로 묘사하려 한 것은 다음의 세 부분으로 나누어 볼 수 있는데, 첫째는 수양제 이야기, 둘째는 秦叔寶·單雄信·尉遲敬德·羅成 등 영웅호걸들의 이야기, 셋째 당 현종과 양귀비 이야기이다. 이러한 이야기를 통해 궁정생활과 황음무도함을 폭로하면서 영웅호걸들의 의협과 무용을 예찬하였다. 그러나 시대와 환경의 제약으로 인해 작가는 봉건도덕의 미신적인 인과응보 사상에서 탈피하지 못했다. 그 때문에 한편으로는 봉건도덕 질서를 유지하려 하면서도 다른 한편으로는 음란방탕한 묘사를 서슴지 않는 모순을 드러내고 있는데 이는 당시 사대부 계층의 통폐이기도 했다. 따라서 수양제와 朱貴兒, 당 현종과 양귀비의 '兩世因緣'을 그려 윤회와 인과응보 사상을 선전하는 격이 됨으로써 역사소설의 현실적 의의를 격감시켰음은 물론 여러 가지 이야기를 고루 넣으려는 욕심 때문에 인물의 성격이 선명하지 못한 흠을 또한 갖고 있다. 그러한 결함에도 불구하고 이 소설은 중국에서 지금까지도 널리 읽히고 있는 작품임에 틀림없다. 앞에서 살펴본 것처럼 우리나라에는 『수당연의』뿐만 아니라 이 소설의 저본을 이루는 세 편의 소설과 당송 전기·필기소설 등이 16,17세기에 들어와 유행하였고 조선 후기에는 각각 한글 번역본이 나오게 되어 수당관계 고사, 특히 수양제 행락이 그다지 일반 독자에게 생소하지 않게 되었고 1910년대 활판인쇄의 보급과 더불어 대량으로 출판되었다고 하겠다.

『슈양뎨힝락긔』, 『슈당연의』는 둘 다 수양제의 풍류의 행락 부분만을 취하였는 바, 전자가 대체로 원문에 충실한 직역이었던 반면, 후자는 원전을 초역·축약·첨가·부연·변형·재구성하는 번역 양상을 나타내 경우에 따라서는 창작도 서슴치 않아 번역에 있어서 적극적인 수용자세를 보여주었다. 특히 원전이 강담사에 의한 전록이 아닌 문인의 저작으로 문체가 화려하고 설명식으로 간략하게 기술한 반면 번역본, 특히 『슈당연의』에서는 독자들의 취향을 감안해서 간략한 기술을 대화체로 유도하였다.

내용상으로는 수양제와 양소의 갈등, 삶은 어린아이 고기를 바치는 도경아와 이를 즐기는 마숙모, 땅굴에서 큰 쥐로 변한 수양제가 황보군에게 매맞는 장면을 목격하는 적거사, 운하를 파다 무덤 속에서 송양공을 만나는 마숙모, 난장이 왕의의 거세, 시사를 남기고 자진하는 侯夫人, 서원 十六院에서 미녀들과 즐기는 수양제, 楊梅와 玉李의 개화, 용선을 끄는 전각녀, 황제를 핍박하는 사마덕감, 주귀아의 순절 등의 대목이 핍진하게 옮겨졌으나 일반적으로 가장 뛰어난 묘사로 알려진 진경이 말을 사는 대목40)이나 후50회의 당태종과 그를 둘러싼 영웅호걸들의 활약상이나 당 현종과 양귀비 부분은 전혀 옮기지 않아 발신자와 수신자 간의 시각차를 보여주고 있는데, 이는 기존에 이미 『설인귀전』, 『울지경덕실기』, 『당태종전』, 『당진연의』 등의 필사본 또는 방각본·구활자본 소설이 있어 따로 독자에게 소개할 필요를 느끼지 못했거나, 아니면 보통 100면 내외의 분량을 지켜야 하는 활판본 소설(일명 : 육전소설)의 성격상 앞부분인 수양제만을 중심으로 꾸민 것이라 추정할 수 있다

■『중국학연구』 제3집, 중국학연구회, 1986
■부기 : 구활자본 『슈당연의』가 중국본 『隋唐演義』에 변형되어 나온 작품이라고 보았으나, 김영의 연구에 의해 『隋煬帝艷史』를 축약한 것으로 확인되었다. (김영, 『조선 후기 명대소설 번역본의 연구』, 한국외국어대학교 박사학위 논문, pp.112~118 참조.)

---

40) 夏濟安, 馮承基, 陳萬益 등이 극찬함. 馮承基, 「論隋唐演義精采之處因及章回小說的選錄問題」, 陳萬益, 「朱門與草莽—論隋唐演義裏的素瓊」. (柯慶明, 林明德主編 『小說之部(三)』, 台北 : 巨流圖書, 1978)

 조선시대 재자가인소설의 전래와 수용
― 새로 발굴된 『빙규지』를 중심으로

1. 머리말

일찍이 우리나라는 지리적으로 인접하고 같은 한자 문화권인 중국의 문학을 적극 수용하여 왔다. 특히 조선 중기 이후 지속적으로 유입된 중국의 각종 백화통속소설은 한글 번역본의 보급과 함께 왕실을 비롯한 사대부가의 부녀자, 閭巷의 서민들까지 상당히 두터운 독자층을 확보하며 확대되었다.

이러한 소설은『삼국지연의』,『열국지』등의 역사연의류,『태평광기』,『전등신화』와 같은 문언소설류,『수호지』같은 영웅전기류,『서유기』,『봉신연의』같은 신마소설류 등 명대 이전부터 청대에 이르기까지 수백 종에 이른다.[1] 청대소설의 주류를 이루었던 재자가인소설 역시 국내에 전

---

1) 민관동은 전체 330여 종이며 명대 이전 40여 종, 명대 100여 종, 청대 190여 종으로 조사하였다. 국내에 유입된 중국고전소설을 도표로 작성하여 시대별로 일목요연하게 보여주고 있다. 민관동,『중국고전소설의 출판과 연구자료 집성 ― 한국편』,

파되었는데,『平山冷燕』,『玉嬌梨』,『好逑傳』,『錦香亭記』 등 다량의 작품이 중국 원전 또는 한글로 번역·필사되는 등 활발한 독서 열풍은 20세기 초 구활자본에 이르기까지 오랫동안 지속·향유되었다.

이처럼 많은 작품이 애독되었음에도 불구하고 현존하는 수량은 극히 미비해 그 면모를 재구하기가 쉽지 않다. 재자가인소설의 경우 40종 가까이 유입되었다는 기록이 있지만 국내에 남아있는 판본은 이보다 적으며 한글로 번역된 작품은 말할 나위 없이 미비하다. 물론 많은 연구자들의 관심과 노력으로 과거에 비해 많은 작품이 발굴되었지만 아직도 알려지지 않은 많은 자료가 곳곳에 산재해 있다.

본고에서는 재자가인소설 가운데 새로 발굴한 자료『빅규지』에 대해 소개하고자 한다. 그동안 유입된 기록도 있고 현재 국내에 수종의 중국 판본이 소장되어 있었음에도 불구하고 번역본이 발견되지 않았다. 그러나 최근 선문대 중한번역문헌연구소에서 이 자료를 입수하여 작품의 실체를 확인할 수 있게 되었다. 비록 상태가 양호하거나 전체 완질은 아니지만 현존하는 유일한 한글 필사본이라는 점에서 이 작품의 가치를 둘 수 있을 것이다. 먼저 재자가인소설이 명대 다른 백화장편소설들에 비해 두드러지는 변별적 특징과 국내에 유입되어 번역되고 읽힌 상황을 살펴본 다음, 신자료『빅규지』의 서지사항과 아울러 번역상의 특징과 작품이 갖고 있는 문학적, 국어학적 특징에 대해 논하고자 한다.

아세아문화사, 2008, pp.503~527 참조.

2. 재자가인소설의 특징 및 조선시대 전래와 수용

1) 재자가인소설의 특징

才子佳人小說은 명말 청초에 출현한 사랑과 혼인을 제재로 한 人情小說의 한 분파로, 이러한 소설들은 대략 5~60부에 달한다.[2] 노신이 "그 서술한 바가 대체로 재자와 가인의 일로 文雅와 풍류를 그 속에 담고 있고, 공명과 만남을 위주로 하되, 처음에는 우여곡절을 겪다가 마침내는 뜻대로 이루어진다."[3]고 말한 바와 같이 내용적으로는 대부분 아름다운 여자와 빼어난 수재가 사사로이 백년가약을 맺고, 수재는 장원급제하며, 마침내는 임금의 명을 받아 결혼에 이른다는 기본 틀을 갖고 있다. 형식적으로는 대체로 16회에서 20회 정도로 일정하며, 상당수의 작품들이 "金甁梅"를 모방해 주인공의 이름을 따서 제목을 지었는데『玉嬌梨』,『平山冷燕』,『金雲翹傳』,『春柳鶯』,『宛如約』 등이 그러하다.

재자가인소설이 명말 청초에 갑작스레 대량 출현한 데에는 여러 가지 요인이 있다. 먼저 당시의 정치 경제 상황이나 사상 문화 사조가 이러한 소설의 출현에 사회적 토대를 제공하였다. 명대 중엽 이후, 싹트기 시작한 자본주의 생산 양식에 의해 상업적인 수공업이 발전함에 따라 도시경제는 번영하고 시민계층이 확대되기에 이른다. 이러한 기류는 사상 문화 영역에도 변화를 일으켜 봉건예교에 반대하고 인간성의 해방을 추구하는 신사조를 낳게 한다. 이와 같은 신사조는 사랑과 결혼 문제에도 반영되어 부모의 중매에 의한 봉건 혼인제도에 회의를 품기 시

---

2) 齊裕焜 主編,『中國古代小說演變史』, 蘭州 : 敦煌文藝出版社, 1990, p.391.

3) "至所敍述, 則大率才子佳人之事, 而以文雅風流綴其間, 功名遇合爲主, 始或乖違, 終多如意." 魯迅,,『中國小說史略』, 北京 : 人民文學出版社, 1973, p.160.

작하였고, 젊은 남녀들 사이에서 자유연애와 자유결혼을 요구하는 소리가 날로 드높아지게 되었다. 이러한 사회 현실은 필연적으로 작가의 창작 열정을 자극하여 새로운 소설 형식이 보다 이상적으로 작품에 반영되었을 것이다.4)

재자가인소설의 원류는 당대 전기와 송원화본, 그리고 명대 의화본으로까지 거슬러 올라간다. 제재는 얼핏 보면 "당대 전기와 유사한 듯하나 사실은 다르다."5) 즉 전기나 화본이 모두 단편소설 형식을 취하고 있는데 반해 재자가인소설은 단편에서 그치지 않고 중편이나 장편으로 각색됨에 따라 마침내는 재자가인소설이라는 한 유파를 형성하게 된 것이다. 장편이라는 형식은 『금병매』의 영향이 절대적이었다.

재자가인소설의 발전은 크게 두 시기로 나눌 수 있다. 제1기는 명말부터 청초 순치, 강희 연간 사이로 재자가인소설의 전성을 이루었던 시기이다. 『玉嬌梨』, 『平山冷燕』, 『好逑傳』, 『金雲翹傳』, 『定情人』, 『醒風流』 등이 대표작이다. 제2기는 옹정, 건륭 연간이다. 이 시기의 재자가인소설은 전 단계보다 다소 변화하여 주로 생활상을 많이 반영하고 世情 방면의 묘사도 증가되었으며 신마, 협의, 강사가 합류하는 추세를 보여주었다. 『駐春園小史』, 『鐵花仙史』, 『白圭志』 등이 대표작이다. 그러나 건륭 이후는 재자가인소설이 차츰 쇠퇴하기 시작하여 狹邪小說로 발전하여 가인 대신 기녀나 배우 등을 주인공으로 등장시켜 혼외정사나 동성애 등을 그리기 시작하였고, 신해혁명을 전후로 원앙호접파 소설로 전락하였다.6)

---

4) 潘知常, 「明末淸初才子佳人小說的美學風貌」, 『社會科學輯刊』 1986. (『中國古代, 近代 文學硏究』, 中國人民大學書報資料中心, 報刊資料選彙, 1987, p.189에서 재인용)

5) "察其意旨, 每有與唐人傳奇近似者, 而又不相關." 魯迅, 위의 책, p.160.

6) 齊裕焜 主編, 위의 책, pp.391~392.

비록 시대적 제약으로 한 남자가 여러 여자를 거느리고 사는 일부다처제를 반대하지 않고, 재자가인의 사랑 이야기가 봉건계급의 이상을 그대로 반영하여 동방화촉을 밝히는 첫날밤과 장원급제를 인생의 최고 이상으로 대변하고, 심각한 도식화와 개념화된 경향을 낳아 하나같이 줄거리와 인물의 성격 창조가 기존 소설을 모방하고 답습하며, 독창성, 즉 사상성과 예술성이 떨어지는 천편일률적인 작품을 만들어내기도 하지만[7] 이야기 전개에 있어 이전의 작품들과는 뚜렷한 차이를 보이고 있다. 즉, 작품 속의 남녀 주인공들이 사랑을 쟁취함에 있어 단순히 첫눈에 반한다든가 찰나적인 성애를 누리는 결합으로만 나타나는 것이 아니라, 어떤 일정한 기준을 두고 서로의 사상이나 성격, 생활 취향을 돌아보고 있다는 사실이다. 따라서 그들의 결합은 결코 일시적인 충동이나 강압에 의한 결합이 아닌 오랜 구애와 시련, 탐색 과정을 거쳐 이루어진 것이다. 이처럼 지극히 현대적인 의식 속에서 싹튼 사랑과 결혼 관계는 의심할 나위 없이 그 시대의 진보적인 애정관과 결혼관을 그대로 반영한다고 해도 무방할 것이다.[8]

2) 재자가인소설의 조선시대 전래와 수용

재자가인소설이 언제부터 국내에 전래되어 읽혔는지에 대한 구체적인 기록은 없다. 그러나 여러 가지 독서 기록을 통해 보건대 재자가인소설의 조선 유입은 창작과 동시에 거의 비슷한 시기에 이루어진 것으로 추정된다.[9]

---

7) 潘知常, 위의 논문, p.190에서 재인용.

8) 周建忠, 「試論才子佳人小說婚姻觀念的演變」, 『南通師專學報』, 1988. (『中國古代近代文學研究』, 中國人民大學書報資料中心 復印報刊資料, 1989, p.251 참조)

　　필자가 조사한 바에 의하면 목록이 확인되는 문헌은 17세기부터 20
세기에 이르기까지 현종(1660~1674)의 한글편지, 문인들의 문집, 완산이
씨의『중국소설회모본』(1762)을 비롯한 여러 궁중 서목, 윤덕희(1685~1766)의
「자학세월」(1744)[10]과 「소설경람자」(1762),[11] 유만주(1755~1788)의 『흠영』,[12]
필자 미상의 「칙녈명녹」[13] 등 다양하다. 관련 문헌 기록들과 현재 국내
에 소장된 현황을 표로 도식화하면 다음과 같다.[14]

---

9) 박영희, 「17세기 才子佳人소설의 수용과 영향」,『韓國古典硏究』 4, 한국고전연구회,
　　1998, p.187.

10) 乾隆 9년(1744) 달력을 이용한 낙서장이라고 할 수 있다. 윤덕희는 이 달력 위에
　　인물, 산수, 수지법, 암석법 등을 연습하고 관심 가졌던 여러 가지 내용을 기록하
　　였는데 여기에 46종의 서목이 적혀 있다. 차미애,『낙서 윤덕희 회화연구』, 홍익대
　　석사학위논문, 2002, pp.43~44.

11) 문집『私集』 권4 맨 후면에 자신이 읽은 128종의 서목이 필사되어 있다. 이 서목을
　　기록한 맨 앞장 하단에 "駱西今年七十八寫此小字試目 '白日依山盡 黃河八海流 欲窮
　　千里目 更上一層樓' 知有前期在難家此夜中七十九書"라 적혀 있는 것으로 보아 1762
　　년경에 쓴 것으로 추정된다. 차미애, 위의 논문, pp.42~43 참조.

12) 兪晩柱라는 한 사대부가 21세였던 영조 51년(1775)부터 죽기 한 해 전인 정조 11년
　　(1787)까지 13년 동안 기록한 일기이다. 유만주는 자가 通園으로 老論의 명문가 출
　　신이며 가정형편도 좋은 편이었으나 개인적으로는 과거에 급제하지 못하고 34세
　　에 요절하였다. 그는 유가 서적뿐만 아니라 많은 중국소설을 탐독하였는데 여기에
　　많은 중국소설 서목들과 더불어 작품에 대한 작자의 소설관도 기입되어 있다. 최
　　자경,『兪晩柱의 小說觀 硏究』, 연세대 석사학위논문, 2000, p.81 참조.

13) 연세대 중앙도서관에 소장된『國朝故事』 말미에 부기되어 있는데 전체 다섯 장으
　　로 각 장마다 2.3단으로 소설의 제명과 권수가 기재되어 있다. 필사 시점은 1893년
　　에서 1910년 사이로 추정되며, 전체 197종의 제명이 기록되어 있다. 현재 제명조
　　차 거론되지 않은 고소설이 상당수 포함되어 있고, 중국소설의 경우 중국에서조차
　　일실된 것으로 알려진 작품이 다수 존재한다는 점에서 상당히 중요한 목록이라
　　할 수 있다. 유춘동, 「「책열명록」에 대하여」,『문헌과 해석』 53호, 태학사, 2006,
　　pp.187~196 참조.

14) 여러 문헌기록들을 토대로 유입 상황을 고찰하는데 참고는 할 수 있겠지만 이를
　　근거로 유입시기를 단정 짓기에는 무리가 있다.

「재자가인소설 관련 문헌기록 및 국내소장현황」[15)

번호	서명	관련 기록 문헌[16)	중국판본 및 한글번역본 소장현황[17)	
1	平山冷燕 (四才子書)	『北軒集』/『正祖實錄』, 36, 16년(1792)/「小說經覽者」: 平山冷烟[燕]/『中國小說繪模本』: 四才子書『隆文樓書目』: 平山冷燕 六卷/『集玉齋書目』: 平山冷燕 四卷 演慶堂『諺文冊目錄』: 平山冷燕 十冊/『諺文古詩』「언문칙목녹」[18) : 평순냉연/「칙녈명녹」: 평산닝연 오	[木](6권6책), 帝室圖書印, 규장각 [木](4권4책), 集玉齋印, 규장각외 국립중앙도서관, 성균관대 존경각 [石](4권4책), 동아대, 단국대 등	
			번역	[필]『평산닝연』, 10권10책, 낙선재본, 장서각 [필]『평산닝연』, 4권3책(낙질,권3缺) 국립중앙도서관
2	玉嬌梨	「小說經覽者」: 玉嬌梨/『中國小說繪模本』: 玉巧利[嬌梨]/『象胥記聞』(1794, 小田幾五郎(1754~1831)/『大畜觀書目』: 玉嬌梨 諺一套五冊 현종의 諺簡/『諺文古詩』「언문칙목녹」: 옥교리/「칙녈명녹」: 옥교리 오	[木](4권4책), 三讓堂, 성균관대 존경각 [石](4권4책),廣益書局, 광서34(1908), 고려대	
			번역	[필]『옥교리』, 3권3책 일본 동경대 阿川文庫 [필]『옥교리전』 1책(낙질) 고려대 만송문고

---

15) 재자가인소설의 범위는 최수경의 『淸代才子佳人小說硏究』(고려대 박사학위논문, 2001), 齊裕焜의 『中國古代小說演變史』, 張俊의 『淸代小說史』, 苗莊의 『才子佳人小說史話』 그리고 여러 소설사전 등을 근거로 하였고, 배열순서는 재자가인소설의 창작연대를 기준으로 하였다. 국내 자료는 拙著, 『韓國所見中國小說戱曲書目資料集』, 중한번역문헌연구소, 2002 ; 조희웅, 『고전소설연구보정』(上·下), 박이정, 2006 ; 유춘동, 「「책열명록」에 대하여」, 『문헌과 해석』 53호, 태학사, 2006 ; 민관동, 『중국 고전소설의 전파와 수용』, 아세아문화사, 2007 등을 참조하였다.

16) 간략하게 형태와 소장처만 밝혔다. 또한 지면상 약호를 사용하였다. [木] : 중국 목판본, [石] : 중국 석인본, [필] : 한글 필사본, [筆] : 한문필사본, [방] : 방각본, [구] : 구활자본을 가리킨다.

17) 간략하게 형태와 소장처만 밝혔다. 또한 지면상 약호를 사용하였다. [木] : 중국 목판본, [石] : 중국 석인본, [필] : 한글 필사본, [筆] : 한문필사본, [방] : 방각본, [구] : 구활자본을 가리킨다.

18) 한글 필사본 『諺文古詩』(1책 58장, 31.6×20.6cm)에 수록되어 있는 목록이다. 가람 이병기 선생이 소장하고 있던 것으로 지금은 서울대 규장각 한국학연구원에 소장되어 있다(청구기호 : 가람 古811.061-Ed57). 주로 가사가 실려 있으며 한시와 간단한 메모의 성격을 띤 실용 산문도 수록되어 있다. 권말의 5장(9면)에 「언문칙목녹」이라 하여 국문소설, 번역소설, 행록계열 작품, 기행문, 잡기문 등 222종의 한글서적 목록이 기록되어 있다. 소설 목록이 주를 이루며 필사 시기는

번호	서명	관련 기록 문헌	중국판본 및 한글번역본 소장현황	
3	金翠翹傳 王翠翹傳	「字學歲月」, 「小說經覽者」: 金翠翹傳 『中國小說繪模本』: 王翠翹傳	번역	梁白華, 「破睡漫草-金雲翹傳」『개벽』제6호~8호, (1921년 6월~8월)
4	合浦珠	「칙녈명녹」: 합포쥬[19]	실전	
5	錦香亭	「小說經覽者」: 錦香亭/ 『欽英』: 錦香亭 三冊 『諺文古詩』 「언문칙목녹」: 금향정긔 칠권/『朝鮮書誌』(모리스 쿠랑): 금향정긔, 錦香亭記/「칙녈명녹」: 금향뎡긔 삼	번역	[필]『금향졍긔』, 7권7책(세책본), 규장각 [필]『금향뎡긔』 1책(낙질) 1877년 고려대 도서관외 영남대(6책), 장서각(1책), 일본 동양문고, 개인 소장 등. 이외에 방각본, 구활자본 등도 현존.
6	畫圖緣	「字學歲月」, 「小說經覽者」: 畫圖緣/ 『欽英』: 杏譜畫燈	번역	[필] 『畫道演』 3권1책(낙질), 文友書林
7	鳳凰池	「小說經覽者」: 鳳凰池	실전	
8	引鳳簫	「小說經覽者」, 『中國小說繪模本』: 引鳳簫 演慶堂『諺文冊目錄』: 麟[引]鳳韶[簫] 三冊	번역	[필]『인봉쇼』, 낙선재본, 3권3책, 장서각
9	情夢柝	「小說經覽者」: 情夢柝	실전	
10	五鳳吟	「字學歲月」「小說經覽者」: 五鳳吟	실전	
11	好逑傳	『玉所集』(1749, 權燮1671~1759): 義俠好逑傳 「小說經覽者」, 『中國小說繪模本』: 好逑傳		[木](4권4책), 성균관대, 규장각, 장서각(낙질) 등 [筆]『好逑傳』 4권4책, 규장각
			번역	[필]『호구전』 4권4책, 이화여대 도서관
12	玉支磯	「小說經覽者」: 玉支機 『中國小說繪模本』: 玉支磯 『諺文古詩』 「언문칙목녹」: 옥지긔	번역	[필]『옥지긔』 4권4책, 연세대 도서관
13	兩交婚傳	「小說經覽者」: 兩交婚傳	실전	

고종 9년 壬申年(1872)으로 추정한다. 강전섭, 「언문칙목녹(諺文冊目錄) 小考」, 『敬山史在東博士華甲紀念論叢』, 중앙문화사, 1995./ 규장각 한국학연구원(http://kyujanggak.snu.ac.kr)해제 부분 참조.

19) 유춘동, '「책열명록」에 대하여'에는 '합조주'로 판독하였는데 오독이기에 바로잡는다.

번호	서명	관련 기록 문헌	중국판본 및 한글번역본 소장현황	
14	定情人	「字學歲月」, 「小說經覽者」：定情人	실전	
15	賽花鈴	「字學歲月」, 「小說經覽者」：賽花鈴	실전	
16	春柳鶯	「小說經覽者」,『中國小說繪模本』：春柳鶯 『諺文古詩』「언문칙목녹」：츈유힝/「칙녈명녹」：츈뉴잉	실전	
17	吳江雪	「小說經覽者」：吳江雪	실전	
18	飛花艶想	「小說經覽者」：飛花艶想 「칙녈명녹」：비화염상	실전	
19	十二峰	「字學歲月」, 「小說經覽者」：十二峰 演慶堂『諺文冊目錄』：十二峰記 四冊		
20	醒風流	「字學歲月」, 「小說經覽者」：醒風流 演慶堂『諺文冊目錄』：醒風流 七冊 『칙목록』[20]：셩풍뉴 공칠	번역	[필]『셩풍뉴』, 낙선재본 7권7책, 장서각
21	麟兒報	「字學歲月」, 「小說經覽者」：獜[麟]兒報	실전	
22	驚夢啼	「字學歲月」, 「小說經覽者」：驚夢啼	실전	
23	歸蓮夢	「小說經覽者」：歸蓮夢	실전	
24	快心編	『欽英』：杏·豆·一片·快·嘯 演慶堂『諺文冊目錄』：快心編 三十二冊	[木]3책(낙질), 전남대/ (12책), 동아대/ [石](10책) 국민대, 국립중앙도서관 등[21]	
			번역	[필]『쾌심편』 낙선재본 32권32책, 장서각

---

20) 가람 이병기 선생이 소장하고 있던 책 목록으로 현재는 서울대 규장각 한국학연원에 소장되어 있다.(청구기호 : 가람古 015.51-C346) 총 89종의 서적 목록이 국문으로 기록되어 있다. 기록된 서적 종류는 경서류, 경서언해류, 운서류, 중국소설, 국문소설, 가사 등 다양하다. 중국소설로는 10여 종이 등재되어 있는데, 이 목록은 궁중본 목록으로 보인다. 그것은 『삼국지』, 『무목왕정튬녹』, 『셩풍뉴』, 『쥬션뎐』 등이 실제로 낙선재본으로 유일본 형태로 전하고 있고, 희귀한 중국소설 번역이 눈에 띄기 때문이다. 여기에 수록되어 있는 『일좔금』, 『유빅아』는 『大畜觀書目』에서도 보인다. 또한 기록된 서적의 책 수 역시 낙선재본의 책 수와 일치한다.

21) 국립중앙도서관 서목카드(5-76-B84)에는 '「快心編」 上卷(淸天花才子 著 尾上八郎〔紫

번호	서명	관련 기록 문헌	중국판본 및 한글번역본 소장현황	
25	巧聯珠	「小說經覽者」,『中國小說繪模本』: 巧聯珠 「칙녈명녹」: 교련쥬[22](이)	실전	
26	催曉夢	「小說經覽者」,『欽英』: 催曉夢	실전	
27	駐春園 小史	無	[木]『第十才子書雙美緣』(6권4책), 序: 嘉慶 辛未(1811), 성균관대 존경각	
			번역	[구]『쌍미긔봉』, 1책, 24회, 滙東書館(1916)
28	英雲夢	『集玉齋書目』: 英雲夢 八卷	[木](8권8책), 集玉齋印, 규장각 외 고려대, 국립중앙도서관	
29	離合 蓮子瓶	『集玉齋書目』: 蓮子瓶 四卷	[木](4권4책), 綠雲軒, 道光22(1842), 集玉齋印, 규장각	
30	二度梅	『集玉齋書目』: 二度梅 六卷	[木](6권6책), 序: 光緒 戊寅(1878), 集玉齋印, 규장각	
31	蝴蝶媒	「小說經覽者」: 蝴蝶媒	[石](4권2책), 經益山房, 光緒30(1904), 동아대 도서관	
32	合錦 迴文傳	「小說經覽者」: 迴文傳 『朝鮮古典文學作品展示會目錄』(1947): 回文傳, 필사본, 1책, 이해청 소장	[木]『繡像合錦迴文傳』(16권8책), 本堂藏板, 서울대 중앙도서관	
			번역	[필]『회문뎐』, 5권5책, 동국대 중앙도서관 [필]『회문뎐』, 4권2책(낙질), 梁承敏 소장
33	白圭志	『集玉齋書目』: 白圭志八才子書 四卷	[木] (4권4책), 經國堂, 集玉齋印, 규장각외 성균관대, 연세대 [石] 이화여대, 동아대, 아단문고, 전남대 등	
			번역	[필]『빅규지』 1책(낙장), 선문대 중한번역문헌연구소
34	五美緣	『集玉齋書目』: 五美緣 八卷	[木](8권8책), 九如堂, 道光28(1848), 集玉齋印, 규장각	

舟) 譯 東京 昭和 十九年 一冊)라는 것이 보인다 조희웅, 위의 책(上), p.1108 참조
22) 유춘동, 「「책열명록」에 대하여'에는 '교견쥬'로 판독하였는데 오독이기에 바로잡는다.

번호	서명	관련 기록 문헌	중국판본 및 한글번역본 소장현황	
35	夢月樓	「字學歲月」書目, 「小說經覽者」	실전	
36	娉娉傳	『中國小說繪模本』: 聘聘傳 演慶堂『諺文册目錄』: 聘聘傳 五册 「칙녈명녹」: 빙빙젼 단	번역	[필]『빙빙뎐』 낙선재본 5권4책 (권1결), 장서각 [필] 1책(권1), 김완진 소장본23)
37	夢中緣	『集玉齋書目』: 新刻夢中緣 四卷	[木] (4권4책), 序 光緒11年(1885) 有益堂, 集玉齋印, 규장각	
38	鳳嘯梅	『中國小說繪模本』: 鳳簫媒[嘯梅]	실전	

　위의 도표와 같이 국내에 유입된 것으로 확인된 재자가인소설은 전
체 38종이다. 상당히 많은 재자가인소설들이 17세기부터 유입되었고 한
글로의 번역과 향유는 20세기에 이르기까지 상당히 오랫동안 지속되었
다는 사실을 알 수 있다.

　위에서 정리한 도표를 토대로 몇 가지 확인되는 사실을 정리하면 첫
째, 가장 이른 재자가인소설의 기록은『玉嬌梨』24)이다. 이명구가 某氏宅
소장 필첩에서 찾아낸 어필 중에 보이는 내용을 보면, 현종이 대왕대비
전에 보낸 한글편지와, 딸 明安公主에게 보낸 한글편지에 동봉한 籤紙
에 소설 제목을 첨부하고 있는데 그곳에『太平廣記』,『魏生傳』,『王慶龍
傳』,『還魂傳』,『拍案驚奇』와 함께『玉交梨』의 책명이 들어 있다.25) 또
정조 18年(1794) 일본 대마도 역관 山田士雲이 사신 간의 왕래를 통해 들

---

23) 궁중본으로 추정된다.

24)『옥교리』와 관련된 자세한 내용은 정병설, 「조선후기 동아시아 어문교류의 한 단
　　면 - 동경대 소장『옥교리』를 중심으로」,『한국문화』27, 서울대학교 규장각 한국
　　학연구원, 2001 ; 송성욱, 「17세기 중국소설의 번역과 우리 소설과의 관계 - 옥교리
　　를 중심으로」,『한국고전연구』7, 한국고전연구회, 2001 참조.

25) 이명구, 「明代話本小說과 韓日文學」,『동방문학비교연구회 발표요지』, 1987(孫秉國,『韓
　　國古典小說에 미친 明代話本小說의 影響 - 특히『三言』과『二拍』을 중심으로』, 동국대
　　박사학위논문, 1989, p.58 재인용)

은 바를 적은『象胥記聞』에 "張風雲傳, 九雲夢, 崔賢傳, 蘇大成傳, 張朴傳, 林將軍忠烈傳, 蘇雲傳, 崔忠傳, 泗(謝)氏傳, 淑香傳, 玉校梨, 李白慶傳, 三國志" 등이 언문으로 쓰여져 있다고 밝히고 있다.[26] 이를 통해 볼 때 원전은 17세기 중반에는 유입되었고 한글로의 번역은 최소한 18세기에는 이루어졌을 것으로 추정한다.

이밖에『平山冷燕』역시 초기 재자가인소설로서 비교적 이른 문헌 기록들을 찾아볼 수 있다. 김춘택(1670~1717)의『北軒雜說』에 "如平山冷燕, 又何等風致"[27]이라 적혀 있는데, 현존하는 원전이 1658년에 지어진 것을 감안하면 우리나라에는 얼마 지나지 않은 17세기 후반에 들어온 듯하다. 이후『정조실록』에 翰苑에서 숙직하던 관리들이『평산냉연』을 비롯한 소설들을 읽고 있는 것을 정조가 보고 꾸짖으며 보지 못하게 태우도록 했다는 기록도 있다.[28] 표를 통해 보듯 17세기부터 20세기 초까지 많은 문헌에 서명이 거론되고 있어 상당히 오랜 시간 동안 인기 있었던 작품임을 반증하고 있다. 또한 대부분의 소설들이 18세기 이전에는 이미 유입된 것으로 보인다.

---

26) 山田士雲,『象胥記聞』天理大 圖書館 영인본, p.216.

27)『北軒集』(김춘택 1670~1717), 16, '囚海錄' : 小說無論『廣記』之雅麗「西遊」·「水滸」之奇變宏博「平山冷燕」又何等風致 然終於無益而已 : 소설이란『태평광기』의 우아함이나 아름다움이나「서유기」·「수호전」의 기이함과 웅대함은 논할 것도 없고「평산냉연」과 같은 것은 또한 어쩌면 그토록 풍치가 있는가? 그러나 무익함에서 끝나버릴 따름이다.

28)『正祖實錄』, 36, 16년(1792) 先時丁未年間, 相璜與金祖淳, 伴直翰院, 取唐宋百家小說及『平山冷燕』等書, 以遣閑, 上偶使入侍注書, 視相璜所事, 相璜方閱是書, 命取入焚之戒兩人專力經典, 勿看雜書. (『正祖實錄』卷36, 16年 壬子 十月 乙丑條) 앞서 정미년에 이상황은 김조순과 더불어 한원(예문관)에서 숙직하면서 당송시대의 백가 소설과「평산냉연」등을 읽으면서 시간을 보내고 있었다. 임금이 우연히 입시해 있던 주서에게 이상황이 하고 있는 바를 보고 오게 하였다. 이상황이 이 책들을 읽고 있었으므로 그것을 가져다 태워 버리게 하고 두 사람에게 경전에 전력하고 잡서를 보지 말도록 경계하였다.

둘째, 중국에 일실되고 없는 작품에 대한 기록이 보이고 또한 그 가운데 한글본으로 존재하는 것도 있어 주목된다. 먼저『빙빙전』은 현재 중국에서조차 그 서목이 확인되지 않는 작품인데『중국소설회모본』에 "聘聘傳"이라 적혀 있고 또한 현재 낙선재문고에 한글 필사본『빙빙뎐』이 전하고 있다. 번역본만 남아 있고 원전은 발견되지 않고 있으나『전등여화』의 한 편인「賈雲華還魂記」를 재자가인소설로 부연한 원전이 있을 것으로 추정되며 어쩌면 중국에서조차 일실되고 없는 작품일 가능성도 배제할 수 없을 것이다. 다음으로『十二峰』29)은 일본『舶載書目』의 元祿間目에 처음 보이는데 "元祿"은 일본 東山天皇의 연호로 강희 27년~42년간(1688~1703)이다. 이 작품은 첫머리에 "戊申 巧夕 西湖寒士"의 서문이 있는데 "戊申"은 강희 7년(1688)으로 보인다. 즉 청초의 작품으로 추정된다. 국내에서는 한문 서목이「자학세월」과「소설경람자」에 나타난다.『중국소설회모본』에 보이는『鳳簫媒』는『鳳嘯梅』의 오기이다. 이 책은 목록만 확인될 뿐 중국에서도 전하지 않는 작품인데 이 목록을 통해 재차 그 존재가 입증된 셈이다. 일본 寶歷 甲戌年(1754)『박재서목』에 素位堂刊本이 실려 있을 뿐 원본은 전하지 않고 있다.

셋째, 유입 기록이 있었음에도 한글로의 번역 여부는 알 수 없었던 작품이 상당수 존재하는데 그 중 한글 필사본의 존재가 새롭게 확인된 서목이 보인다.『巧聯珠』는「소설경람자」와『중국소설회모본』에 기록이 있긴 하지만 한문기록으로 한글 번역은 확인할 수가 없었다. 그러나「칙널명녹」의 "교련쥬 이"라는 기록을 통해 한글 필사본이 존재했었고 또 두 책으로 번역 필사되었음을 알 수 있다. "츈뉴앵" 역시「소설경람자」와『중

국소설회모본』에 기록이 있긴 하지만 한문기록이다. 그런데 유일하게『諺
文古詩』「언문칙목녹」에 "츈유힝", 「칙녈명녹」에 "츈뉴잉"이라는 서목
이 확인됨으로써 한글 필사본이 존재했었다는 사실이 입증된 셈이다.
"비화염상"은 「칙녈명녹」 한 곳에서만 한글 서목이 확인되고 있다.[30]
20세기 초까지 한글본이 유행했었음을 알 수 있다.

넷째, 새로이 조선시대에 유입된 재자가인소설 목록으로 추가할 수
있는 서목이 확인되고 있다.『合浦珠』는 전체 16회로 烟水散人가 지은
것이다. 청대 순치 말이나 강희 초기에 간행된 것으로 추정되는 작품으
로[31] 재자 錢蘭과 가인 范夢珠의 사랑과 많은 우여곡절 끝에 혼인에 이
르기까지의 이야기이다. 어느 문헌에서도 보이지 않았었는데 유일하게
「칙녈명녹」에서 이 서명이 보임으로써 국내에 유입되어 한글로 번역되
어 읽혔음이 확인된다.

다섯째, 현존하지는 않지만 한글 필사본 가운데 이본이 존재했었음을
입증하는 작품이 다수 보인다. "빙빙전"은 전체 5책의 한글 필사본이
전하고 있지만 「칙녈명녹」에 "빙빙젼 단"이란 기록이 있음으로 인해 최
소한 두 종의 한글 필사본이 유통되었다 할 수 있겠다. 그리고 한 책인
점으로 보아 5책에 비해서는 대폭 축약된 형태를 유지했으리라 추정된
다.『평산냉연』은 현재 한글본으로 10책본과 4책본(권3결)이 전하는데「칙
녈명녹」에 "평산닝연 오"라는 기록을 통해 5권으로 된 또 다른 한글 필
사본이 존재했었음을 알 수 있다.『옥교리』역시 왕실서목『大畜觀書目』[32]

---

30) 한글본 '비화염상'에 대한 기록이 유일하게 확인된다는 논의는 유춘동의 논문에서
　　이미 제기된 바 있다. 유춘동, 위의 논문 참조.
31) 최수경, 위의 논문, p.90.
32) 大畜觀은 순조 연간(1801~1834)에 만들어졌을 것으로 추정된다. 이 서목에는 469
　　종의 서적이 명기되어 있는데 특히 한글 자료가 상당수 있다. 여기에 수록된 한글
　　자료는 演慶堂『諺文冊目錄』에도 발견되는데 大畜觀에 있던 책들이 후에 연경당으

의 기록으로 미루어 현존하지는 않지만 당시 궁중에 5책의 한글 필사본
『옥교리』가 존재했었고, 「칙널명녹」을 통해서 5책의 한글 필사본이 사
대부가에서도 유통되었음이 확인된다.

여섯째, 소설 서목 기록이 보이는 작품은 37종이며 문헌기록 없이 현
재 국내에 소장되어 있는 작품은 『駐春園小史』 1종이다. 『주춘원소사』
는 중국 목판본과 구활자본이 전하는데, 구활자본은 원전과 전혀 다른
『쌍미긔봉』이란 제목으로 1916년 滙東書局에서 발행되었다. 원전 『주춘
원소사』는 원서명 이외에 "綠雲緣", "第十才子書", "雙美緣", "一笑緣" 등
다양한 서명으로 간행되었는데, 구활자본 『쌍미기봉』은 그 가운데 가경
16년(1811)에 『第十才子書雙美緣』이라는 제목으로 간행된 판본을 저본으
로 하여 번역된 것으로 판단된다. 또한 현재 성균관대 존경각에 이 판
본이 전하고 있어 국내 유입 사실을 재차 확인할 수 있다. 즉, 이 판본
이 국내에 유입된 이후 이를 번역한 한글 필사본이 유통되었을 것인데
아쉽게도 현재 전하지는 않는다. 하지만 구활자본의 서명을 통해 당시
이 한글 필사본의 존재 여부는 추적할 수 있다. 또한 두터운 독자층을
확보할 수 있는 인기 있는 작품이었기 때문에 20세기 초 구활자본으로
간행되었을 것이다.

이밖에 궁중 서목 가운데 演慶堂 『諺文冊目錄』은 장서각에 사부목록
류(2-4698)로 분류되어 있는 책 목록으로33) 44종의 소설 목록 가운데 재
자가인소설은 "셩풍류", "인봉소", "쾌심편", "평산냉연", "빙빙전" 5종
으로 모두 한글 필사본이다. 모두 낙선재본으로 현재 한국학중앙연구원
장서각에 소장되어 있다. 연경당에 소장되어 있던 작품들이 낙선재로

로 옮겨졌음을 알 수 있다. 이종묵, 「조선시대 王室圖書의 守藏에 대하여」, 『서지학
보』 26, 2002, pp.32~33.
33) '연경당 언문책목록'이란 이름으로 소개된 바 있다. 『장서각의 역사와 자료적 특성』

거처를 옮겼다가 장서각으로 이관되었다고 할 수 있다.

集玉齋는 고종이 경복궁이 중건된 이후 신무문 안에 세운 서재이다. 집옥재의 서적은 渡廊으로 통하게 되어 있는 팔각루에 수장되어 있었으며 대부분이 중국 서적이다.34) 『集玉齋書目』은 1908년 도서과가 설치된 이후 규장각 도서 외에 홍문관, 시강원, 집옥재 도서 등을 총괄하는 목록을 작성하기 위해 장서에 대한 조사가 이루어지면서 편찬된 것이다.35) 여기에 다수의 중국소설 목록이 보이는데 그 가운데 재자가인소설은 7종이다. 이들 재자가인소설은 대개 건륭 연간(1736~1795)에서 가경 연간(1797~1820) 사이에 완성된 것으로 추정되며 7종 모두 현재 서울대 규장각에 소장되어 있다. "集玉齋" 장서인이 찍혀 있어 후에 규장각에 흡수된 것으로 보인다. "평산냉연"을 제외한 6종은 오직 이 서목에서만 확인되는데 『白圭志』와 『英雲夢』은 국내 여러 곳에 소장되어 있지만, 『離合蓮子瓶』, 『二度梅』, 『五美緣』, 『夢中緣』 4종은 규장각 소장본이 유일하다. 『集玉齋書目』 외에도 『集玉齋書籍目錄』, 『集玉齋目錄外書冊』, 『集玉齋書籍調査記』 등에도 집옥재에 소장되었던 서책 목록들이 자세히 수록되어 있다.36)

확인되는 서목 38종 가운데 중국본, 한글 필사본, 구활자본 구분 없이 국내에 현존하는 작품은 전체 21종이며, 그 가운데 중국판본이 전하는 경우가 13종, 한글 필사본이 전하는 경우가 13종, 구활자본이 전하는 경우가 2종이다. 중국판본과 한글본이 모두 전하는 경우는 『옥교리』, 『호구전』, 『평산냉연』, 『쾌심편』, 『회문던』, 『백규지』, 『쌍미긔봉』 전체 7종이다. 또한 중국에서조차 전하지 않는 소설이 국내에 남아있는 경우는

---

34) 이종묵, 위의 논문, p.18.
35) 서영희, 「통감부 시기 일제의 권력 장악과 규장각 자료의 정리」, 『규장각』 17, 1994.
36) 이종묵, 위의 논문, p.18.

『빙빙뎐』과『십이봉뎐환긔』 2종이다. 왕실 서목 기록 가운데 현존 현황을 살펴보면 한글 필사본으로는 낙선재본『셩풍뉴』,『빙빙뎐』,『인봉쇼』,『평산닝연』,『쾌심편』 5종 이외에 국립중앙도서관에 소장되어 있는『십이봉뎐환긔』(4책)를 포함하여 6종이며 중국본은 8종이다.

이상 서목 기록을 살펴보면「소설경람자」에 27종,『중국소설회모본』에 11종,「자학세월」에 10종,「칙녈명녹」에 8종,『집옥재서목』에 7종, 연경당『언문책목록』에 6종 등이다. 완산이씨의『중국소설회모본』(1762)을 비롯한 여러 궁중 서목에서 서명이 확인되고 또한 중국판본뿐만 아니라 한글본필사본이 현존한다는 점에서 많은 재자가인소설들이 왕실에서 향유되었음을 알 수 있다. 이외에「소설경람자」,『흠영』,「칙녈명녹」의 서목과 현존 현황을 통해 일반 사대부가와 서민층에서도 다양하게 재자가인소설을 탐독했음이 확인된다. 재자가인소설의 탐독 시기는 청대 소설발전의 대세를 이끌었던 재자가인소설의 열풍을 따라 우리나라에서도 동일하게 오래도록 향유되었음을 알 수 있다.

3. 청대 재자가인소설『白圭志』와 한글 필사본『빅규지』

1) 청대 재자가인소설『白圭志』

『白圭志』는『第八才子書』,『第十才子書』,『第十才子書白圭志』,『第一才女傳』,『第一才女傳白圭志』,『白圭全傳』이라고도 하며 전체 4권 16회로 이루어진 청대 재자가인소설이다. 작자는 崔象川이나[37] 작가에 대해 알

---

37) 孫楷第의『中國通俗小說書目』에서는 崔象川의 저작으로『玉蟾記』 6卷 53回가 있다고 적고 있다.

려진 바는 전혀 없다. 다만 晴川居士가 쓴 「序」를 통해 미비하나마 건륭 가경 연간 살았던 博陵사람 정도로 추정할 뿐이다.

현존하는 가장 오래된 목판본은 가경 10년(1805)에 간행된 補餘軒刊本38)과 繡文堂刊本이다. 補餘軒에서 간행된 『第八才子書白圭志』는 현재 북경도서관에 소장되어 있다.

繡文堂에서 간행된 『繡像第八才子書』 역시 <사진 1>에서 보는 바와 같이 표지 뒷면에 「嘉慶乙丑新鐫」라 판각되어 있다. 가경 을축은 1805년이다. 맨 처음에 晴川居士의 「序」가 있고 "第八才子書白圭志傳, 博陵崔象川輯"이라는 기록과 함께 "首卷 序文 /總目 /繡像 /凡例"라 하여 이 책 전체의 목차가 적혀 있다. 元·亨·利·貞의 四集으로 나누고 매 집마다 4회가 수록되어 있다. 주요 등장인물 8명에 대한 삽도와 贊이 있으며, 범례는 작품 내용 소개로 전체 6則이 적혀 있다. 반엽 8행이며, 매 행 16자이다. 매 회 앞에는 모두 평어가 있다. 鄭州大學도서관에 소장되어 있다.39)

특이할 만한 판본은 가경 정묘년(1807)에 간행된 永安堂刊本40)과 함풍 9년(1859)에 간행된 右文堂刊本이다. 이들 판본은 속지에 각각 "嘉慶丁卯新鐫"와 "咸豊己未新鐫"라는 간기와 함께 "紀曉嵐評 第十才子"라 적혀 있다. 다른 목판본에서는 모두 "第八才子書"로 적고 있는 데 반해 이들 판본에서는 "第十才子書"로 분류하고 있다. 그러나 序의 "허실을 막론하고 후세의 모범이 될 수 있는 것이기에 평론을 상세히 덧붙이고 여덟 번째 재자서로 두어 간행한다"41)는 내용에서도 알 수 있듯이 十才子書

---

38) 道光 辛丑年(1841)에 간행된 補餘軒 刊本도 있다.
39) 1992년 上海古籍出版社에서 출판된 『古本小說集成』은 이 판본을 영인한 것이며 본 고에서는 이 책을 참고하였다.
40) 1991년 中華書局에서 출판된 『古本小說叢刊』은 이 판본을 영인한 것이다.

가 아닌 八才子書에 해당함이 다시
확인된다. 오각이 의심된다.

또한 "紀曉嵐[42] 評"은 앞에서 이
미 언급한 서문의 내용과 마찬가지
로 晴川居士 자신이 읽어 보고 상세
하게 평을 덧붙였다고 밝히고 있는
데, 평론자로 기효람이 될 수 없음
은 자명한 사실이다. 그리고 시기상
으로도 잘 맞지 않다. 현존하는 최
초의 판본은 1805년 간본인데 기효
람의 생몰연대를 살펴보면 1805년
이 바로 작고한 해이다. 후대 유명
인의 이름을 빌려 위탁한 것으로
판단된다.[43]

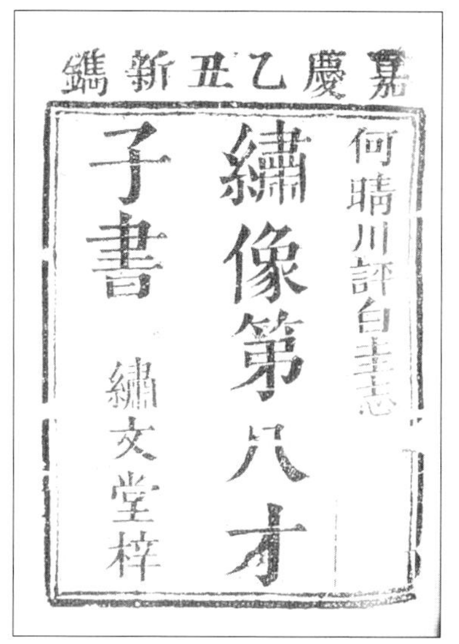

〈사진 1〉 嘉慶 乙丑(1805) 繡文堂刊本

1805년에 간행된 판본들과 비교하여 序文, 總目, 繡像, 凡例의 배열 순
서가 뒤바뀐 것을 제외하고는 내용상의 차이점은 없다. 이 밖에도 緯文
堂刊本(1813), 聚錦堂刊本(1858), 文德堂刊本(1862), 연대가 확실치 않지만 비
슷한 시기에 출판되었을 것으로 추정되는 經綸堂刊本, 經國堂刊本, 盛德
堂刊本, 務本堂刊本, 近文堂刊本 등 여러 판본이 현존하고 있다. 석인본

---

41) "今子之書, 則無論其虛實, 皆可以爲後世法者, 是以詳加評論, 列於才子書之八, 付子刊
　　之"「晴川居士・序」

42) 紀昀(1724~1805), 字 曉嵐, 春帆 청대 학자이자 문학가. 四庫全書館의 總纂官이 되어
　　10여 년에 걸쳐 『四庫全書總目提要』와 『四庫全書簡明目錄』을 편찬하여 옛 책 정리
　　에 지대한 공헌을 하였으며 文言小說 『閱薇草堂筆記』가 있다. 연세대학교 중국문
　　학사전 편찬실, 『中國文學辭典 Ⅱ』, 도서출판 다민, 1994, p.61.

43) '咸豊九年(1859)右文堂刊本題『第十才子白圭志』, 署"紀曉嵐評", 當爲僞托.' 劉世德 主
　　編, 『中國古代小說大百科全書』, 北京; 中國大百科全書出版社, 1998, p.5.

은 崇文書局(1894), 上海書局(1895), 文宜書局(1896), 錦章書局(연대 미상)에서 간행한 여러 종류의 인본들이 존재하는데 그 가운데 광서 甲午年(1894) 숭문서국에서 출판된 석인본에서는, 제목이 "第一才女傳"으로 바뀌어 있다.[44]

현재 국내에도 목판과 석인본으로 수종이 전하는데 이른 시기의 것인 補餘軒刊本과 繡文堂刊本은 없고 이보다 뒤늦게 간행된 판본들이 현존하고 있다. 조사한 바에 의하면 다음과 같다.

판사항	版式 및 주기사항	간행사항 (시기/간행처)		소장처
木板	4권4책, 四周單邊, 半郭 16.3×10.4cm 卷頭書名　第八才子書白圭志,　序：晴川居士,　版心題：白圭志 印記 集玉齋, 帝室圖書之章	미상	經國堂	규장각 한국학 연구원
	4권4책, 四周單邊, 半郭 12.0×7.6cm 綿裝 無界, 8행16자, 小黑口 15.9×9.9cm 竹紙	미상	盛德堂	성균관대 존경각
	4권4책, 揷圖, 上下單邊 左右雙邊 半郭 11.0×8.1cm, 無界, 8행16자, 上下小黑口, 無魚尾：16cm 標題：第十才子書繡像白圭志, 版心題：白圭志, 序：晴川居士	미상	江左書林	연세대
石印	4권4책, 四周雙邊 半郭 12.4×8.1cm, 無界, 16행38자, 上下向黑魚尾, 15.0×8.7cm 序：光緒 戊甲(1908) 淸和月中浣晴川居士題于湖北之藕香館	中華民國 元年 (1912)	廣益書局 (上海)	이화여대 동아대, 고려대 (1책,낙질)
	4권4책, 四周雙邊 半郭 12.3×7.7cm, 無界, 16행38자, 上黑魚尾	미상	미상	아단문고
	4권4책, 揷圖, 四周雙邊 半郭 11.2×6.8cm, 無界, 14행31자, 上黑魚尾, 13.1×8.2cm, 竹紙 序：晴川居士題, 裏題：繡像白圭志八才子書, 版心題：八才子白圭志　表題：繪圖第八才子白圭志	미상	미상	전남대

44) 江蘇省社會科學院 明淸小說硏究中心 文學硏究所 編, 『中國通俗小說總目提要』, 中國文聯出版社, 1990 ; 劉世德 主編, 『中國古代小說大百科全書』, 中國大百科全書出版社, 1998 ; 王淸原, 牟仁隆, 韓錫鐸, 編纂, 『小說書坊錄』, 北京圖書館出版社, 2002 참조.

앞의 도표에서 보이는 바와
같이 목판본은 3종이 규장각과
성균관대, 연세대에 전하고 있고
석인본은 이화여대, 동아대, 아
단문고, 전남대 등 여러 곳에 소
장되어 있다.

그 중 규장각 한국학연구원에
서 소장하고 있는 經國堂刊本은
궁중에서 소장했던 서적이라는

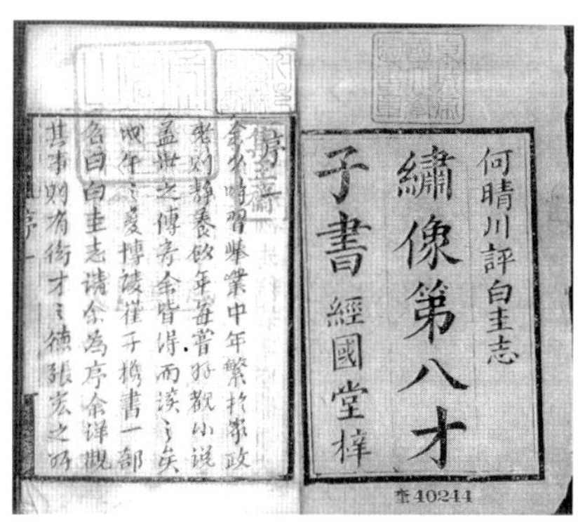

〈사진 2〉 규장각 소장 『白圭志』

점에서 주목할 만하다. 앞 절에서 주지하다시피 1908년 서적조사가 이
루어지면서 작성된 『集玉齋書目』에 수록되어 있던 바로 그 책이다.[45]

경국당간본은 간기가 없어 간행 연대는 알 수 없지만 19세기 초중반
일 것으로 판단된다. 경국당간본 역시 선행판본과 비교하여 이렇다 할
특이사항은 없다. 기존의 선행판본을 그대로 복각한 것으로 추정한다.
이밖에 "十才子書"라는 서명으로 江左書林에서 간행한 목판본이 연세대
에 전한다. 다른 판본들 모두 선행 판본을 그대로 복각한 것들이다.

성균관대 존경각 소장 盛德堂刊本은 특이하게도 작자의 서명이 다르
게 표기되어 있다. 다른 판본에서는 "博陵崔象川輯"으로 되어 있는데 이
판본의 元亨利貞 4책 가운데 亨集(제5회~제8회)과 貞集(제13회~제16회)에서

---

45) 〈사진 2〉에서 보이는 바와 같이 '集玉齋'·'帝室圖書之章'·'朝鮮總督府圖書之
印'·'京城帝國大學圖書館'·'서울大學校圖書' 등의 장서인이 있어 이 서목의 흐름
을 짐작하게 한다. '集玉齋'라는 장서인 옆에 "帝室圖書之章"이란 장서인은 1908~
1909년의 "제실도서" 정리단계 시 서적 조사 이후 찍힌 것이다. 집옥재 도서들이
제실도서로 바뀐 뒤 그 대부분은 1915년 규장각 도서가 아닌 총독부도서로 전환
되었다. 그것이 다시 경성제대 부속도서관 소속을 거쳐 오늘의 서울대 규장각도서
에 이르고 있다. 이태진, 「奎章閣 中國本 圖書와 集玉齋書目」, 『민족문화논총』 16,
영남대 민족문화연구소, 1996. p.182 참조.

는 "博陵崔象以輯"으로 되어 있다.

『백규지』의 출판·간행 시기는 간기를 통해 알 수 있지만 최초로 작품이 완성된 시기는 정확히 알 수 없다. 서문에 쓰인 기록을 통해 대략적으로 추론할 뿐인데, 서문에 "무오년 여름 박릉 사람 최씨가『백규지』라는 책 한 권을 가지고 와 나에게 서문을 부탁하였다(戊午之下, 博陵崔子攜書一部, 名曰『白圭志』, 請余爲書)"라고 적혀 있다. 補餘軒刊本이 1805년에 간행된 것을 근거로 할 때 간행되기 전 가경 연간 무오년에 작자가 완성된 책을 들고 睛川居士를 찾아가 서문을 부탁한 것이다. 그렇다면 무오년은 가경 3년(1798)이 되는 셈이다. 그러므로 적어도 작품 집필을 시작하여 완성된 시기가 이즈음일 것이라는 추정이 가능하다.

청대 재자가인소설은 시기별로 작품 경향의 변화를 보인다. 이를 전기(순치·강희 연간)와 후기(옹정 연간 이후)로 구별해 보면 전기에 개인의 자의식 표현이 치중되면서 상대적으로 집단적 사회의식이나 勸戒, 교훈주의 등이 희석된 경향을 보여주는 반면 후기 옹정 연간 이후에는 다시금 인과응보와 소설의 '공용론'적 역할인 권선을 강조하기 시작한다. 비록 애정과 혼인이라는 주제와 재자가인의 형상 기준 등은 전기와 같을지라도 인과응보적 도덕 설교가 늘어나는 변화를 보여준다.46)『백규지』는 후기에 해당되는 작품으로서 후기 작품 경향의 특성을 그대로 반영해 내고 있다. 비록 허구의 이야기이지만 그 안에서 교화의 측면을 강조하고자 하는 창작 의지를 반영하고자 하는 작자의 의도를 짐작케 한다.

> 무오년 여름 박릉 사람 최씨가『백규지』란 책 한 권을 가지고 와 나에게 서문을 부탁하였다. 내가 그 작품을 자세히 살펴보니 衡才의 인덕, 張宏의 간사함, 楊公의 영험, 中常의 의리 등 많은 사건들이 그 안에 상세하며 군

---

46) 최수경, 위의 논문, pp.104~117.

자들의 마음 씀씀이가 담겨 있다. 재자가인은 칠정의 중용을 갖추고, 인과응보가 백행의 근본이 되는 이러한 것들이 모두 통속으로서 올바름을 인도하는 책이다. 그러나 역사서를 들추어 보면 그러한 사실은 존재하지 않는다. 무릇 작가가 실제 사실들을 빌어 작품을 완성하기란 쉽지 않으며 있지도 않은 일을 지어내는 것은 더욱 어렵다. 예컨대 주말의 열국, 한말의 삼국 이야기는 가장 이름난 것으로 사실을 근거로 글을 이루었다.『서유기』,『금병매』 같은 작품들은 모두 근거 없는 사실을 만들어 허망되게 글을 이룬즉 실제 사실과 상관없이 글이 만들어졌다. 그러나 그 사실이 世道에 무익하기에 나는 항상 이상하게 여겼다. 지금 그대의 작품은 사실이든 허구든 간에 모두 후세의 본보기가 될 만하다. 이로써 평을 자세히 덧붙이고 여덟 번째 재자서로 삼아 간행한다.

(戊午之夏, 博陵崔子攜書一部, 名曰『白圭志』, 請余爲書. 余詳觀其事, 則有衡才之德, 張宏之奸, 楊公之神, 中常之義, 種種事端, 詳於其中, 大有正人之心法也. 才子佳人得七情之中道, 善惡報應見百行之規模, 此皆通俗引正之書也. 然以鑒史稽之, 則又未見其事矣. 夫造說者, 藉事輯書, 尙以爲難, 若平公擧事, 尤其難矣. 如周末之列國, 漢末之三國, 此傳奇之最者, 必有其事而後有其文矣. 若夫『西遊』、『金甁梅』之類, 此皆無影而生端, 虛妄以成文, 則無其事而亦有其文矣. 但其事無益於世道, 余常怪之. 今子之書則無論其虛實, 皆可以爲後世法者. 是以詳加評論, 列於才子書之八, 付子刊之.「晴川居士・序」)

위 인용문은 晴川居士가 崔象川에게 서문을 써 달란 부탁을 받고 읽은 후 작품의 가치와 의의를 적은 것이다. 작자가 작품 속에서 독자들에게 표현하고자 하였던 正人의 心法, 선악과 인과응보 등의 교화의 외침을 대신 전달하고 있는 셈이다. 비록 허구의 이야기이지만 후세의 본보기가 될 만하다는 점에서 청천거사는 이 작품의 가치를 높게 평가하고 있다. 단지 머리를 식히는 용도로써 의미 없이 재미만을 추구하여 대중들의 관심과 독서 욕구를 유발시키지 않고, 그 즐거움 가운데 발신자인 작자와 수신자인 독자들의 의미 있는 수확, 즉 작품을 통해서 의식적으로 말하고, 비판하고자 하는 것들을 독자들이 공감대를 형성하여 같이 인식하고 고민하며 교화될 수 있다는 점에서 더욱 그러하다. 권계를 고리타분하게 강조하고 설교하게 되면 또 소설이 가지는 예술성에 자칫 소홀하게 되는데 이 작품은 교화성과 예술성이라는 두 조건을 갖추어 재자가인인 남녀의 애정과 혼인 문제 속에서 여러 가지 문제점들을 비판하는 등 교훈을 주고 있다. 때문에 많은 독자들이 두루 읽어도 해가 되지 않고 오히려 득이 될 수 있는 꼭 읽어볼 필요가 있는 작품으로 인정하고 있는 것이다.

2) 한글필사본 『빅규지』의 서지사항

다른 번역소설들과 마찬가지로 『백규지』 역시 언제 유입되어 번역되었는지는 알 수 없다. 이 작품에 관한 문헌기록은 현재 『集玉齋書目』 단 한 곳에서만 확인되는데 "白圭志八才子書 四卷"이라 적혀 있다. 『집옥재서목』은 규장각과 장서각에 같은 책이 각각 소장되어 있다. 서목은 비록 1908년에 작성된 것으로 추정하지만 작품의 유입 시기는 현존하는 중국 목판본 『白圭志』의 서지를 통해 보듯 19세기 초중반에 우리나라에 전해진 듯하다.

중한번역문헌연구소 소장 한글 필사본 『빅규지』 1책(31.4×19.2㎝)은 전체 106면으로 청대 재자가인소설 『백규지』 4권 16회를 번역한 것이다. 표지는 없고 대신 한지 한 장이 덧대어 있다. 본문 첫 면에는 "빅규지"라 적혀 있다. 매 면 11~15행, 매 행 적게는 19자부터 많게는 30여 자에 이르기까지 매 면 글자 크기가 고르지 않아 그 수가 정확하지 않다. 대체로 24자 내외가 주를 이룬다. 예컨대 57면까지는 매 면 11~12행, 매 행 24자 내외였다가 58면부터 89면까지는 글자가 작아지면서 매 면 13행~15행, 매 행 28자 내외, 90면부터 99면까지는 다시 글자가 커져 매 면 12행,

매 행 25자 내외 등 매 면당 적혀 있는 글자 수가 일정하지 않다.

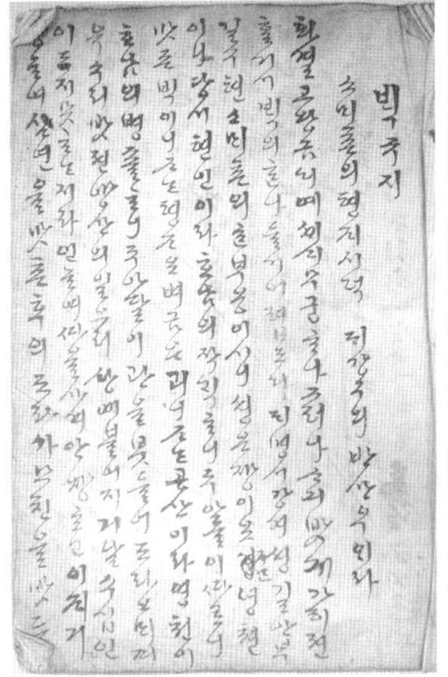 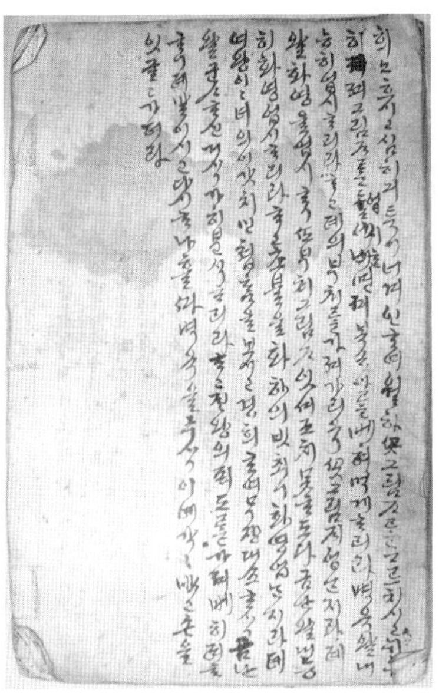

〈사진 3〉 한글 필사본 『빅규지』 첫 면　　〈사진 4〉 한글 필사본 『빅규지』 마지막 면

　궁중본이 아닌 민간에서 구독되었던 필사본으로 서체가 심하게 흘려
쓴 부분들이 많아 판독하기 어려운 글자들도 보인다. 심하게 흘려서 썼
다가 정갈한 궁체로 바르게 썼다가 다시 흘려 쓰는 등 일정치 않은 것
으로 보아 한 자리에서 쉬지 않고 끝까지 써내려 간 것이 아니라 시간
차를 두고 필사한 것으로 판단된다. 예를 들면 1면부터 53면 제3행까지
는 흘려 썼고, 53면 제4행부터 57면 제5행까지는 비교적 단정히 썼다가,
99면부터는 다시 흘려 쓰는 등 서체가 불규칙적이다.

　또한 잘못 필사된 부분, 오자, 탈자에 대해서는 수정한 흔적도 보인
다. 잘못 필사한 글씨는 덧칠하고 그 옆에 수정하여 썼으며 탈자는 빠
진 글자 사이에 덧붙여 기록하였다. 쌍행협주로 주석을 달아 설명한 부

분이 단 한 곳에서 보인다.47)

　작품 곳곳에서 인명, 지명뿐만 아니라 글자가 누락되거나, 글자의 종성 받침이 빠지는 등 오기가 발견되는데 다른 국역본을 저본으로 하여 필사한 전사본이라 여겨진다. 예를 들어 "張博"의 "博"을 "빅"으로, "孟賢"을 "민현"으로, "南康"을 "남당"으로, "呂宅"을 "여탁"으로, "九江"을 "국왕"이나 "국강"으로, "春香"을 "츈형"으로, "張宏"을 "쟝공"으로, "女子"를 "녀즈"로, "花園"을 "황원"으로, "凄凉"을 "쳥량" 등으로 잘못 적고 있다. 이와 같은 오기는 한 글자 내지 한 단어가 바르게 표기된 형태와 오기를 작품 처음부터 끝까지 번갈아가면서 나타나고 있다. "즈시 보(니)" "말ᄒ지 (아니)ᄒ엿나 보다" "도젹을 잡(아) 도라올세" "쳥상에셔 기득(리)니", "매향이 대경ᄒ(고)", "간(화)ᄒ든 셔싱을 싱각ᄒ고", "엇(지) 들어갈이요" 등의 탈자가 많은 점으로 미루어 전사본이라 하더라도 작품의 내용을 진지하게 생각하면서 필사한 것이 아닌 시간에 쫓겨 베껴 쓰기에 급급했던 것으로 추정된다.

　원전『白圭志』가 元亨利貞의 4集으로 나누어 매 집 4회씩 전체 16회로 구성되어 있는 데 반해 한글 필사본『빅규지』는 권차와 회차 없이 한 책에 수록되어 있다. 또한 제1회부터 제10회 중반까지만 번역 필사되어 있고 뒷부분 제11회부터 제16까지는 누락된 상태이다. 후에 손실되어 떨어져 나간 것으로 보인다. 비록 완전히 번역된 형태로 남아 있진 않지만 그동안 한글본이 존재한다는 그 어떤 기록도 문헌에서 확인되지 않아 번역의 유무를 확인할 길이 없었는데 새롭게 발굴되었다는 점에서 가치가 있다.

　원본의 목차와 필사본의 목차를 대조해 보면 다음과 같다.(괄호 안의 한

---

47) 노복 : 일홈은 신발 「13면」

자는 필자가 첨기한 것임.)

1. 소미촌의 형직시덕 딕강구의 반산우이라. (小梅村衡才施德 大江口方山遇孩)
2. 절쟝굉여산종학 우국영월하증밍 (絶張宏廬山從學 遇菊英月下訂盟)
3. 건쟝무의우년인 미옥취광초횡화 (建章無意遇緣人 美玉醉狂招橫禍)
4. 후화원쇼져투고졍 젼양산국영우귀년 (後花園小姐投古井 前陽山菊英遇鬼緣)
5. 미옥쟝촌모졍셔 국영동방식간인 (美玉張村冒庭瑞 菊英洞房識奸人)
6. 뉴쇼졔쟝화유의시 쟝미옥쵸인무두화 (劉小姐唱和有意詩 張美玉招引無頭禍)
7. 쥬ᄌ당뉴츙득몽 셩황묘쟝굉살신 (朱子墻劉忠得夢 城隆廟張宏殺身)
8. 셜신문졀단유언약 강보덕음도오강망 (說新文絶斷劉園約 講道德掩倒吳江盟)
9. 가셔싱묘론경순안 진ᄌ녀긔문탈회과 (假書生妙論驚巡按 眞才女奇文奪會魁)
10. 덕쳔암도ᄉ희몽 문환뎐졍쥬초셔 (德泉庵道士解夢 文華殿聖主招婿)

제1회의 회목은 한 문장으로 적고 있는 반면 2회부터 10회까지의 회목은 한자음만 적고 있다. 필사기가 없어 언제 어디서 필사되었는지는 알 수 없다. 다만 출현하는 어휘의 형태와 문체로 보아 19세기 말에서 20세기 초에 필사된 것으로 추정되며 이 필사본이 원 번역본이 아니라 전사본이라는 점을 감안한다면 번역 시기는 그 이전으로 소급될 수 있을 것이다.

4. 한글필사본 『빅규지』의 번역 양상과 그 문학적 성격

1) 번역 양상

(1) 체제의 변화

중국 백화소설은 모두 장회체로서 일련의 체재를 갖추고 있다. 그러나 지극히 중국적인 소설 형식을 모두 수용하여 우리나라에서 번역하기에는 어려움이 있었을 것이다. 이에 형식에 대한 약간의 변화를 보인다.

첫째, 원전에서는 제1회 시작 전 서술될 주요 사건을 詞로 암시해 주는 개장시가 있는데 한글 필사본에서는 이 개장시를 생략하였다.

둘째, 매회 마지막에 다음 회를 기약하는 형식적 문구인 “且聽下回分解”, “且聽下文分解” 등의 상투어가 원전에서는 나온다. 그러나 이 부분을 한글 필사본에서는 모두 생략하고 바로 다음 회로 넘어가고 있다.

셋째, 매회 마지막 “且聽下回分解”, “且聽下文分解” 등의 상투어 앞에 이야기의 대의나 독자에게 타이르는 내용을 시, 사, 운문으로 요약하여 표현하는 산장시에 해당하는 부분이 있다. 원전에서는 “正是”라 하여 본문 내용과 사건에 대해 5언 내지 7언의 두 구절로 간략하게 요약하고 있는데 한글 필사본에서는 이 체제를 모두 생략하였다.

넷째, 일부 소설의 경우 매회 마지막에 그 회에 대한 내용을 서술하고 평어가 덧붙여 있기도 하는데『백규지』에서는 晴天居士의 평어가 매회 마지막이 아닌 처음에 덧붙여 있다. 그러나 한글 필사본에서는 이를 모두 생략하였다.

반면, 회차는 밝히지 않았지만 회목은 한자음을 그대로 표기하였고, 화제 전환시 사용되는 “話說, 却說, 且說” 등의 발어사는 한글 필사본에서 모두 “화셜, 각셜, 차셜”로 그대로 옮겨 번역하였다. 사건 전환 장치의 일환으로 사용되는 이 발어사는 대개 이른 시기에 번역된 낙선재본『성풍류』,『손방연의』,『평산냉연』 등에서는 번역되지 않았다가 후대로 내려갈수록 이러한 장회체에서 가지고 있는 형식적 특징을 그대로 옮겨 번역하는 경향을 보인다. 이는 즉 국내에서의 중국소설에 대한 수용 변화를 보여주는 한 단면이라 할 수 있다. 초기 번역되었을 당시 중국소설의 형식이 조선시대에는 생소하고 낯설었기 때문에 독자들이 읽으면서 느낄 괴리감 등을 고려해 번역하였으나 점차 많은 중국소설이 번역되고 대중화되면서 차츰 익숙하게 받아들여졌고 이는 번역된 필사본의 형식적 체재에서도 드러났던 것이다.

(2) 서술 내용의 변화

『빅규지』가 비록 낙질의 필사본이지만 전체 16회 가운데 10회가 번역되어 있기 때문에 일부분의 번역 양상을 통해 전체적인 번역 경향을 유추해 볼 수 있으리라 판단된다. 한글 필사본『빅규지』는 원전과 대비하여 줄거리의 획기적인 변화를 보여준다든가 인물의 성격 및 이미지를 바꾸어 번역한 예는 보이지 않는다. 전체적으로 서사구조에 중점을 두어 서술하면서도 부분적으로 생략된 경향을 보인다. 가장 큰 특징은 직역과 생략이라 할 수 있다.

번역의 기본 원칙인 직역은 여과과정 없이 원전의 내용을 독자들이 그대로 받아들여 감상할 수 있는 편의를 제공한다. 즉, 번역자는 원작자와 독자의 중간 전달자로서 작품의 완성도를 고려해 원전의 내용을 최대한 반영함으로써 독자들이 자유롭게 감상하고 느끼도록 여지를 남겨두고 있는 것이다. 아래의 예시를 통해 직역된 단락을 살펴보면 다음과 같다.

> [1] 却說南康府星子縣, 有一人姓武名英, 字方山. 自幼讀書, 由科甲出身, 官至福建漳州道, 其人居官淸正, 年六十無子. 妻劉氏早故, 繼取孫氏, 亦不生育. 因思年老無子, 居官何益. 且家資富厚, 思欲享太平之福, 乃上表告老. 帝准其表, 卽行收拾, 催船歸家. 由贛關而下, 船到大江口. 遠見一群烏鵲, 擁着一物, 浮於江面. 空中百鳥翩翩, 聲聞四野. 方山忙令船戶打撈起來, 却原來是一嬰孩也. 年約三歲, 兩朶白眉, 四体不凡. 方山抱在懷中大喜曰 : "此天賜我奇兒也!" 因名之曰奇兒, 遂帶歸南康養育. 却原來此子, 卽夏松之子也.

각셜 남강부 셩즈현에 훈 스룸이 이시니 셩은 무요 일홈은 영이요 자는 방산이니 즈유독셔ᄒᆞ여 과갑출신이라 벼슬이 복건 쟝쥐도에 일으니 그 스룸이 거관쳥졍ᄒᆞ고 나히 뉵십에 무즈ᄒᆞ고 쳐 유삐 조고ᄒᆞ고 계취 손삐 또 훈 생휵지 못훈지라 싱각ᄒᆞ건대 년노무즈ᄒᆞ고 벼술 무어시 유익ᄒᆞ리요 또 가산이 부후ᄒᆞ니 태평지시룰 누리고져 ᄒᆞ여 표를 올여 믈너가기를 고ᄒᆞ니 졔허ᄒᆞ시거를 힝쟝을 슈습ᄒᆞ여 비를 타고 도라갈세 대강구에 일을어 멀이 보니 일군 조작이 일믈을 에워삐 강변에 쩌 잇고 공즁 일빅 시가 날매 쇼리 스야에 들이니 방산이 비를 밧비 져허 와 본즉 훈 어린 아희라 나히 삼 세 즈음이 되고 두 눈셥이 희고 스쳬블범ᄒᆞ니 방산 품에 품고 커게 깃거 왈 이는 하눌이 쥬신 긔특훈 아희라 인ᄒᆞ여 일홈ᄒᆞ여 ᄀᆞ로되 긔ᄋᆞ라 ᄒᆞ고 대리고 남강으로 도라와 양휵ᄒᆞ니 이 아희는 원내 하숑의 아들이라

인용문 [1]은 나이가 육십이 되도록 후사를 보지 못하던 武英이 관직을 사퇴하고 본가로 돌아가는 길에 강에서 夏宋의 아들을 구해 아들로 삼는 과정을 이야기하고 있다. 보이는 바와 같이 원전과 한글본의 내용이 일치한다. 원전의 글자 하나하나를 놓치지 않고 충실히 번역하였음을 알 수 있다.

직역에 충실하면서도 원본의 내용이 훼손되지 않는 범위 내에서 정황묘사 및 인물들간의 대화, 문맥 진행에 있어서 불필요하다고 판단되는 어절들을 생략, 축약하고 있는데 예를 들면 다음과 같다.

[2] 亦命書童抱琴出艙來, 彈一《風求凰》詞. 琴聲旣罷, 又聞那船上琴聲洋然, 依韻而轉. 庭瑞詩興浮然, 自不能禁. 遂高聲吟曰：嫦娥何事夜彈琴, 彈出好音正有情. 窗內玉人多美伴, 可憐明月一孤輪. 吟罷自思：'不知窗內才人曾聽否, 又不知肯憐我意否.' 正想間, 祇聽得那船內低聲和云：窗外何人夜聽琴, 新詩分外更多情. 一輪明月當空照, 照出江中月一輪. 庭瑞聽罷, 舞掌樂甚. 乃暗磋曰：'若得此女一見, 勝佔鰲頭百倍矣.' 『백규지 2회』

셔동을 명ᄒᆞ여 단금을 가져다가 봉구황 일셩을 탈세 금셩이 마츠며 졔비의셔 금셩이 양ᄌᆞᄒᆞ여 화답는 듯ᄒᆞ거를 졍셰 시흥이 고동ᄒᆞ여 스스로

금치 못ᄒ여 쇼리를 커게 ᄒ여 음영홀세 혜아리되 아지 못게라 챵 안에
지인이 들엇는가 쏘 닛 쓰즐 블샹이 아는가 샤샹ᄒ더니 비 안에서 쇼리를
느즈시 ᄒ여 화답ᄒ니 졍세 듯고 심히 즐겨 차탄 왈 만일 계집을 ᄒᆞᆫ 번 보
면 과거에 빅빈 늣깃도다『빅규지 19~20면』

    인용문 [2]는 주인공인 재자 張庭瑞가 과거를 보러가던 도중 강위에
서 호남순무 楊時昌의 여식 楊菊英과 마음이 통해 서로 시구를 주고받
는 부분이다. 장정서가 양국영의 거문고와 노랫소리를 듣고 감흥이 일
어 시를 읊고 이에 대해 양국영이 다시 시로 화답하는데 밑줄 친 바와
같이 중국본에서는 읊은 시구의 내용을 자세히 서술해 두 남녀의 감정
을 한층 심도 있게 드러내고 있지만 한글본에서는 구체적인 시구 내용
을 생략한 채 '음영할세', '화답ᄒ니'라는 단 한 마디로 일축하고 있다.
이러한 시구는 사건이 벌어지는 분위기와 주인공들의 감정과 심리 상
태를 함축적으로 담아 표현하기 때문에 독자들이 보다 깊이 있게 느끼
고 이해할 수 있지만 감상적 측면이 강해 자칫 지루함을 야기할 수도
있다. 때문에 번역자는 이와 같이 서사 전개에 치중한 서술적 태도를
보여주며 사건을 보다 속도감 있게 진행시키고 있는 것이다. 또한 줄거
리를 그대로 유지하면서도 번역 분량을 줄일 수 있는 효과적인 방법의
하나이기도 하였던 것이다. 그러나 뒤에 나오는 張美玉과 劉秀英이 서
로 화답한 시는 일부 번역하였다. 이밖에도 원전의 내용을 변질시키지
않는 범위 내에서 정황 묘사 및 인물들 간의 대화, 문맥 진행상 불필요
하다고 판단되는 어절들도 축약 내지는 생략된 양상을 보이고 있는데
가장 많이 생략된 부분은 유씨 가족에 대한 설명과 劉秀英이 張美玉과
시를 주고받으면서 싹튼 좋아하는 감정과 재회를 기대하며 벽에 和詩를
써놓는 행위 등을 서술하고 있는 부분이다.

[3] 原來, 菊英小姐因賊匪退近, 是以雜在衆人中奔逃. 當下爲父親看見, 捕
歸內衙. 重與母親相見, 悲喜交集, 但又恐父親見怒. 正與母親商量, 忽鑼聲響
亮, 巡撫捕盜百餘而歸. 卽時立決, 餘賊多死於戰場. 公事旣畢, 乃入內衙, 夫
人笑迎. 巡撫曰 : "爾女兒還魂, 你知道否?"

근본 국영이 도젹 핍근훈 고로 즁인의게 셕겨 도망ㅎ더니 부친이 보고
내아로 보내여 다시 모친과 샹견ㅎ니 비희교집ㅎ나 다만 부친이 노홀가
져허ㅎ더니 이윽ㅎ여 부친이 도젹을 잡(아) 도라올세 부인이 우으며 영접
ㅎ니 순믜 왈 네 녀이 넉시 도라와시니 아라는가

양국영이 사사로이 장정서와 혼인을 약속한 일을 부모님이 알게 되
자 죽을 고비를 넘겨 집을 나와 張昆山의 도움으로 그의 집에서 지내는
중 도적떼의 침입으로 피난을 가게 된다. 인용문 [3]은 양국영이 피난
도중 도적떼를 잡으러 온 부친 양순무를 만나 집으로 돌아와 기뻐하는
부분이다. 밑줄 친 부분에는 국영이 어머니와 상의하는 사이 징소리가
울리며 양순무가 백여 명의 도적을 잡아와 처분하고, 남은 도적들이 다
현장에서 죽고 공사를 마치고 아문에 들어오기까지 주변 상황들을 설
명하고 있는 데 반해 한글본에서는 자질구레한 설명이라 판단하여 이
를 '이윽ㅎ여 부친이 도젹을 잡아 도라올세'라는 짤막한 구절로 축약하
고 있다. 기실 이런 구체적인 설명은 빠져도 이야기 흐름에 전혀 문제
되지 않는 부분들이다. 한글본 곳곳에서 이처럼 짤막하게 축약된 형태
가 보인다. 이러한 번역 양상은 속도감 있는 서사 전개에 중점을 두고
있기에 독자들이 읽어 내려가는 과정에서 자칫 지루함을 불러일으키고
작품에 대한 집중도를 떨어뜨리는 요인이 될 수 있다 판단하여 간략하
게 축약 내지는 생략한 것으로 보인다.

또한 전체적인 번역 경향이 한자에 대해 한글로 하나하나 풀지 않고
한자음을 그대로 옮겨 번역하고 있어 전형적인 후기 번역 특징을 드러

낸다. 예를 들면 "졔거홈을 입부면 힝막디언이로다(得蒙提擧, 幸莫大焉.)", "내 현데로 공음ᄒ니 가위지긔를 만나도다 쟝연의 무ᄉ 긔의ᄒ리요(愚與賢弟共飮, 可謂酒逢知己. 當此壯年, 何必介意), "뉴원후 ᄋ달 뉴츙이 경ᄉ의 잇셔 쳥년의 학이 널고 이논이 뉴방ᄒ니 졔심이지ᄒ야(劉元輝之子劉忠在京, 靑年學博, 議論有方, 帝甚愛之)" 등 한자어 사용이 빈번하다. 이러한 현상은 작품 전반에 걸쳐 나타나고 있다.

2) 문학적 성격

위와 같이 중국본 『白圭志』와 한글 필사본 『빅규지』를 비교해 본 결과 한글 필사본 『빅규지』는 원전을 대체로 충실히 번역하고 있음이 확인된다. 작품 전체가 내용 위주로 간결하게 전달하고자 하는 경향도 소소하게 보이기는 하지만 이로 인해 줄거리나 인물의 성격 변화는 전혀 보이지 않는다고 할 수 있다. 즉 『백규지』는 우리나라에서 원작에 충실하여 번역·수용되었다 할 수 있는데 이것은 작품의 내용이 당시 큰 거부감을 불러일으킬 정도로 문제되지 않았기 때문이라 추측할 수 있다.

『백규지』는 다섯 명의 재자가인 이야기인데 큰 축은 재자 장정서와 가인 양국향·오수영을 중심으로, 작은 축은 재자 무건장과 가인 장난영을 중심으로 하여 이들의 애정과 혼인의 결연과정을 그리고 있다. 사건전개 과정을 살펴보면 다음과 같다.

1. 張博이 나이 마흔이 넘어 아들 庭瑞와 딸 蘭英을 본다.
2. 장박은 동성형제인 張宏에게 독살을 당한다. 장박의 모든 재산을 장굉이 가로채 관리하며 부를 축적한다. 장굉에게는 아들 美玉이 있다.
3. 夏宋은 소주로 이사 가는 도중 풍랑을 만나 세 살 된 아들을 잃어버리는데 그 아이를 武英(方山)이 구해 아들로 삼고 武建章이라 부른다.

4. 장정서는 여산에 있는 백록서원에서 동학 무건장을 만나게 된다.

5. 장정서는 무건장의 재주와 됨됨이를 보고 그의 누이동생과 혼인시키기로 약속한다.

6. 장정서는 홀로 과거 보러 떠나는 도중 양순무의 딸 양국영을 만나 둘만의 종신언약을 맺는다.

7. 도중에 장미옥을 만난 장정서는 취중에 양국영과 혼인을 약속했던 그간의 일들을 모두 말한다.

8. 비록 여인의 신분이나 난영도 남장을 하고 과거 보러 가는 도중 무건장을 만난다.

9. 과거를 치러 난영이 장원, 장정서가 2등, 무건장이 5등을 하고 내년 회시를 기약하고 각자 집으로 돌아간다.

10. 양국영은 장정서와 혼인을 약조한 일이 탄로나 도망쳐 우물에 빠졌다가 겨우 살아나 장박의 동생 張昆山의 도움을 받아 그의 집에 기거한다.

11. 양국영을 통해 조카 장정서와의 일을 알게 된 장곤산은 서신을 써서 장정서에게 보내나 장미옥이 이를 가로채 양국영과 혼인하려는 흑심을 품는다.

12. 장정서 행세를 하며 혼례를 치르려던 장미옥은 가짜임이 발각되자 집에 돌아가지 않고 다른 베필을 찾으러 호남을 떠나 소주로 향한다.

13. 소주에서 장미옥은 우연히 劉府의 劉秀英을 만나 서로 사랑을 느끼게 되고 수영은 미옥을 만나기 위해 남장을 하고 집을 나간다.

14. 이로 인해 미옥은 옥에 갇히고 소식을 들은 부친 장굉은 아들을 구하기 위해 소주로 향한다.

15. 때마침 劉忠이 꿈을 꿔 장박이 살해당한 일을 알게 되고 장굉을 붙잡아 살해하고 미옥도 옥에서 죽는다.

16. 수영은 양국영을 만나게 되고 이들은 가까운 자매 사이가 된다.

17. 일 년 뒤 장정서, 장난영, 무건장은 과거를 치르고 세 명 모두 합격한다.

18. 황제는 공주들을 이들과 혼인시키려 하나 장정서와 무건장은 이미 약속한 혼처가 있다며 거절하고 장난영은 공주가 더 성장한 뒤에 혼인하기로 한다.

19. 장정서는 유충을 통해 부친 장박이 살해당했음을 알게 되고 이를 계

기로 유충의 요청에 의해 유수영과 혼인을 맺기로 약속한다.

20. 난영은 사직하고 국영과 수영은 장정서의 소식을 기다리다 못해 남
    장을 하고 찾아 떠나는 중 縣試를 치르고 學憲 王彥의 추천으로 서
    울로 가게 된다.

21. 국영과 수영은 서울에서 시험을 치르고 황제가 이들을 사위삼고 싶
    어하자 몰래 도망친다.

22. 결국 황제는 국영과 수영을 장정서의 배필로 맺어주고, 건장은 난영
    과 혼인하고 아울러 친부모도 알게 된다. 모두 대대로 부귀를 누리
    며 행복하게 산다.

『백규지』라는 제목은 劉忠이 꿈에 복건왕에게 "白圭"라는 구슬을 받
게 되는데 거기에 적힌 張衡才(張博)의 억울한 피살 사연을 읽고 장꿩을
붙잡아 살해함으로써 원한을 풀어주는데 바로 원한을 해소시켜 주는
매개체 "白圭"에서 비롯된 듯하다.

주지하다시피 큰 줄거리는 재자가인 5명이 여러 가지 혼사장애를 극
복하고 혼인에 이르기까지의 과정이다. 『白圭志』에서 추구하는 이상적
인 재자가인상은 재능과 외모뿐만 아니라 거기에 덕까지 갖추고 있어
야 한다. 이는 부정적 인물이라 할 수 있는 張美玉을 통해서 더욱 사실
감 있게 드러난다. 장미옥은 장정서, 장난영과 같이 과거를 치러 4등을
하고 회시에서는 장원을 하는 뛰어난 재능을 지니고 있다. 그의 글재주
는 비단 과거뿐만 양국영에게 흑심을 품고 가짜 장정서 행세를 하며 혼
사를 치르는 대목에서 양국영에 의해 가짜임이 밝혀지고, 아버지인 양
순무에게 이 일을 고하지만 오히려 "비록 아니라 ᄒ여도 이 지모 잇스
니 내 녀셔 되기 붓그럽지 아니ᄒ노라(縱然不是, 有此才貌, 不愧爲我女婿.)"하
며 그의 재모를 높이 사 사위를 삼으려 하는 구절, 이후 파혼을 당하고
소주에서 劉秀英과 시로 화답하며 애틋한 마음을 표현하는 구절에서도
확인할 수 있다. 그러나 이처럼 뛰어난 재모를 지니고 있지만 덕을 갖

추지 못했기 때문에 인과응보에 의한 비극적 결말을 맺는다. 이것은 "재자가인은 칠정의 중용을 지녀야 하고 인과응보는 백행의 근본이 된다(才子佳人得七情之中道, 善惡報應見百行之規模.)"고 晴川居士가 서문에서 이 책의 근본 취지를 말하고 있는 것과 같은 것이다. 이와 같은 예는 장미옥뿐만 아니라 장미옥의 부친 張宏이 친구 장박의 재물을 탐낸 나머지 그를 살해하고 부를 축적하지만 결국 이로 인해 죽음을 맞는 부분에서도 확인할 수 있다.

작품에서 표현하고자 하는 대의는 재자가인이 갖추어야 할 이상적 인간형과 권선징악, 인과응보로 교화를 추구하는 유교적 이념이다. 이러한 사상추구는 유교적 관념을 토대로 했던 조선시대에 지녔던 사상과도 일맥상통하여 정치, 경제, 사회, 문화 등 모든 분야에 근본을 차지하였고[48] 문학 역시 예외는 아니었다. 시론, 문장일반론을 비롯한 소설론에도 반영되었는데 김춘택이 『사씨남정기』에 대해 "인간의 떳떳한 도리를 돈독하게 만들고 세상의 교육에 보탬을 줄 수 있는[49]" 작품으로 평가한 글, 『창선감의록』에서 "착한 일을 하는 자는 반드시 창성하고 악한 일을 하는 자는 반드시 망하는 이치를 보여 주어서 또한 족히 사람을 감동시키기 勸懲할 만한 것"[50]이라 말한 부분에서도 확인할 수 있다.

즉, 소설을 통해서도 사람을 이롭게 하고 교화시킬 수 있는 여지가 있었기에 권선징악이나 인과응보 같은 사유가 『흥부전』, 『옹고집전』, 『창선감의록』, 『장화홍련전』, 『사씨남정기』, 『적성의전』 등과 같은 많은 고

---

48) 강재철, 「중국과 한국의 권선징악 이론의 전통」, 『동양학』 24, 단국대 동양학연구소, 1994, p.76.

49) 김춘택, 『北軒集』 권16, 「散藁」(한국문집총간185, 228면). "其可以敦民彝, 裨世敎者, 惟南征記乎!"

50) 『倡善感義錄』 卷一 二葉山房版 張1 "然爲善者必昌, 爲惡者必亡, 亦足可以動人, 而懲勸者矣."

소설 작품에 그대로 반영되고 있다. 『백규지』는 바로 이러한 勸戒를 지니고 있는 작품으로서 장굉과 장미옥의 비도덕적이고 비양심적인 행위를 통해 이들에게는 비극적 결말을 이끌어내고 재자로서의 자질을 갖추고 있는 장정서와 무건장에게는 그에 어울리는 가인들과 혼인을 맺는 행복한 결말의 대단원을 이루고 있다. 이와 같은 사상을 토대로 완성되었기에 국내에서도 거부감 없이 읽혔을 것이며 또한 한글로까지 번역되어 많은 사람들이 공유할 수 있었을 것이다.

이외에도 재자가인소설에서 드러나는 특징 중에 하나로 가인은 출중한 용모와 재주를 바탕으로 자신이 직접 적극적으로 배우자를 선택해 혼인을 성사시킨다. 중국 전통사회에서 결혼이란 집안끼리의 결합이었으며 부모의 명과 중매쟁이의 혼담이 있어야만 성사되는 것이었다. 당사자의 의견보다는 혼인할 가문의 부모와 양 집안을 오가며 결혼의 조건을 조율하는 중매인의 의견이 더 중요하게 작용했었다. 그런데 재자가인소설에서는 여자가 배우자를 직접 선택하는 획기적인 발상을 내놓고 있다.[51] 『백규지』에서도 예외는 아니다.

양국영은 吳城 湖亭에서 장정서를 만나 화시를 주고받을 때도 시종인 매향을 통해 "우리 쇼제 앗가 묘귀롤 듯고 심히 경앙 죵신코져 ᄒᄂ니 엇더호뇨"라며 먼저 적극적인 태도를 취하고 있다. 이에 대해 장정서가 "혼인대ᄉᆞ롤 맛당이 부모롤 좃지 임의로 갈힘은 듯지 못ᄒ엿노라"며 수동적인 태도를 취하며 거절함에도 불구하고 우선 당사자끼리 혼인을 약조하면 부모님의 허락은 받아낼 수 있다는 매우 적극적인 자세로 혼인을 성사시키고 있다. 이 외에도 劉秀英이 장미옥을 만나 시를 주고받

---

51) 정동보, 「才子佳人小說에 보이는 佳人의 形象 小考」, 『中國人文科學』 31, 중국인문학회, 2005, p.425.

은 후 연모의 정을 품고 그를 만나기 위해 직접 남장을 하고 집을 나가는 것 역시 상통하는 부분이다. 그러나 이처럼 가인 자신이 직접 배우자를 선택하는 지극히 개방적인 태도에도 불구하고 이에 반응하는 부모님 특히 부친의 경우 오히려 보수적인 경향을 보인다.

예를 들면, 양국영이 혼사에 대해 말하자 모친은 "네 시셔롤 읽어시니 맛당이 염치롤 싱각ᄒ리라 비필은 부뫼 졍ᄒ거늘 밤에 스롬으로 스스 언약ᄒ니 규볍이 어대 잇ᄂ니 ᄭᅮ짓고 치려 ᄒ되 남도 웃고 가볍이 퓌홀가 짐쟉ᄒ니 이후는 각별 조심ᄒ여 이젼 잘못ᄒ 거술 고치라"며 심하게 질책하며 받아들이지 않는다. 부친은 이보다 더 강한 태도로 "만일 이 욕된 ᄌ식을 업시치 아니ᄒ면 무슨 면목으로 남의 우히 되리요" 하며 막대기를 들고 국영을 찾아 나선다. 국영이 화원으로 피했다가 우물 속에 숨어 들어가자 노복을 시켜 죽일 작정으로 "네 이 흙으로 우물을 메이라"고 까지 하며 매우 강경한 태도로 자식의 목숨보다는 집안의 체면과 윤리도덕을 먼저 앞세운다. 유수영이 남장하고 가출한 사실을 알게 되었을 때도 부친은 딸을 죽일 작정으로 사람을 시켜 당장 잡아오라 시킨다.

오히려 女息이 개방적인 인물들로 부각되어 나타났다면 부모님은 이에 대해 적극적으로 반대하며 심지어 죽어서라도 집안을 바로 잡겠다는 가부장적이며 보수적인 인물로 부각되어 자식과 부모 사이에 갈등을 증폭시키고 있다. 이는 중후기 재자가인소설의 대표적인 특성 중 하나로 『聽月樓』에서도 전형적인 가부장 인물인 '何太僕'을 내세워 결국에는 딸이 자살에까지 이르고 있다. 당시 봉건사회의 대표적인 가부장 인물과 젊은 남녀 사이에 충돌하고 있는 애정·혼인에 대한 갈등을 그대로 보여주는 것이라 하겠다.

3) 국어학적 특징

『백규지』에 보이는 어휘들은 같은 시기에 나온 문헌들에 나온 어휘들과 많이 다르지 않아 여기에서는 표기법과 특징을 간략하게 살펴보고자 한다.

첫째, 초성 병서자의 표기는 'ㅅ'계열 합용병서의 'ㅺ, ㅼ, ㅽ, ㅾ'과 'ㅂ'계열 합용병서인 'ㅲ, ㅄ' 등으로 나타나며, 각자병서로 'ㅆ'이 보인다.

병서 빈도	ㅺ	ㅼ	ㅽ	ㅾ	ㅆ	ㅲ	ㅄ
빈도	110	214	5	14	15	1	54

위 표는 초성 병서자의 빈도를 보인 것이다. 'ㄱ, ㄷ, ㅂ, ㅈ'의 된소리 표기는 'ㅅ'계열 합용병서인 'ㅺ, ㅼ, ㅽ, ㅾ'이 쓰였고, 'ㅅ'의 된소리 표기는 'ㅂ'계 합용병서와 각자병서 'ㅆ'이 둘 다 쓰이고 있다.

둘째, 종성에 쓰인 종성자는 'ㄱ, ㄴ, ㄹ, ㅁ, ㅂ, ㅅ, ㅇ'의 칠종성 이외에 'ㅍ'이 있고, 자음군으로 'ㄺ' 'ㄼ'이 쓰였다.

병서 빈도	ㄱ	ㄴ	ㄹ	ㅁ	ㅂ	ㅅ	ㅇ	ㅍ	ㄺ	ㄼ
빈도	1156	3535	3154	874	480	1180	2745	1	5	3

위 표는 종성자의 빈도를 나타낸 것이다. 종성 ㄴ, ㄹ, ㅇ의 빈도가 상대적으로 높게 나타나며 ㅂ과 ㅍ은 그에 비해 확연히 낮은 수치를 보인다. 종성에 쓰인 자음군으로는 'ㄺ' 'ㄼ' 만이 나타난다.

셋째, 근대국어 후기의 일반적 경향과 유사하게 분철 현상이 보인다.

특히 체언 어간말 자음은 분철되는 경향이 뚜렷하다. 연철, 분철, 중철에 해당하는 일부 예를 제시하면 다음과 같다.

    (가) 연철
    a. 체언 : 쓰즌<12, 17>, 쓰지<19/21/45>, 버긔<26>, 볼 거시니<71>, 뿐
        거순<102>, 위티훈 거슬<46>
    b. 용언 : 쑤러<72>, 너허<74>, 드러가니<95>, 드르니<30/47/87>, 므르니
        <29, 99>, 업스니<53, 80>, 주기고<37>
    (나) 분철
    a. 체언 : 가법으로<84>, 가산이<3/11/13>, 간인은<56>, 곡식을<3>, 쑴을
        <99>, 눈믈을<10/32/34/94>, 쯧을<62/82/86>, 쏠이라<3>, 므
        음을<62/68/ 78/86>, 손이<4>, 스람이<3>, 아둘이라<11/87>,
        언덕에<31>, 하눌이<11/39/70/82/85>
    b. 용언 : 걸어시니<103>, 쑬어<46/52/71/98/105>, 넘으니<57>, 들어가니
        <26/ 38/41/99>, 들으니<77/85/90/99>, 믈으니<7/25/61/90>, 읽어
        시니<33>, 잡아<31/50/80/105>, 죽은지라<8>, 쥭어스니
        <89/95>
    (다) 중철
    a. 체언 : 박긔<61/63/80/88>, 관원니<52>, 일를<56>, 말롤[글]<60>, 지
        믈롤<73>, 인거홈미<2>; 년못셔<60>, 훈 곳슬<37>, 거즛 것
        스로<53>
    b. 용언 : 쩍그니<60>, 쥭거시니<75>, 닥가<85>, 속기도다<88>, 벽기고
        <99>, 잔는<7>, 운는<60>, 춘는<63>, 문노라[問]<77>, 쿨로
        대<8>, 웃스나<25>
    b. 어간내부 : 먹금어<68>, 박고지<73>, 단니니<76>, 믈르니[聞]<97>,
        일르러[至]<98>

넷째로, 어중에서 *流音*의 표기는 'ㄹ-ㄹ'보다는 거의 대부분 'ㄹ-ㄴ'으로 쓰였다.

	말리-	말라	블러	놀라	실로	진실로	날로
ㄹ-ㄹ	1회	0회	0회	0회	0회	0회	0회
ㄹ-ㄴ	4회	15회	11회	9회	14회	4회	10회

위 표는 어중 유음 표기의 'ㄹ-ㄹ'과 'ㄹ-ㄴ'의 빈도를 나타낸 것이다. "말리-" 한 예를 제외하고는 모두 'ㄹ-ㄴ'로 표기되어 어중에서의 유음의 표기는 'ㄹ-ㄴ'이 월등히 우세함을 보여준다.

위와 같이 근대후기 및 개화기 국어의 특징들을 그대로 반영하고 있어 19세기 말에서 20초 필사된 것으로 판단된다.

5. 맺는말

지금까지 재자가인소설의 국내 유입현황과 새로 발굴된 자료『빅규지』한글필사본을 원전과 대비하여 살펴보았다. 이상의 논의를 정리하면 다음과 같다.

첫째, 재자가인소설은 명말에서부터 청말에 이르기까지 대다수의 작품들이 국내에 유입되어 탐독해 왔다. 그 유입 시기 역시 원전이 창작된 시기와 거의 비슷하게 전래되었던 것으로 판단된다. 중국 판본에서부터 한글 필사본 구활자본에 이르기까지 독서 열풍은 상당했고 또한 독서 계층 역시 궁중뿐만 아니라 사대부, 민간에까지 널리 공유했다고 하겠다.

둘째, 현존하지는 않더라도 문헌을 통해 당시 많은 필사본이 유통되고 향유되었음이 확인된다. 새롭게 목록이 확인된『合浦珠』의 번역본 "합포쥬",『巧聯珠』의 번역본 "교련쥬" 등이 이에 해당한다고 하겠다.

셋째, 새로이 발굴된 한글 필사본『빅규지』는 중한번역문헌연구소 소장본으로 구체적인 번역 시기는 확증할 수 없지만 19세기 말에서 20세기 초로 추정된다. 원전과 대비해 인명, 지명 외에도 많은 곳에서 오기가 발견되는데 또 다른 국역본을 대상으로 삼아 필사한 전사본으로 판단된다.

넷째, 원전에 충실하게 번역하면서도 백화소설이 가지고 있던 일련의 체재는 모두 생략하였다. 예컨대, 개장시, 산장시 등이 그러하다. 또한 매 회 마지막에 있는 晴天居士의 평어에 대한 번역도 일괄 생략하였다. 즉, 서사 전개와 무관한 부분에 대해서는 과감하게 생략된 형태를 보인다.

다섯째, 교화와 권계를 내세우고 있는 작품의 사상이 당시 조선시대의 유교적 사상과 부합하여 공감대가 형성될 수 있었기 때문에 유입되고 한글로 번역되어 향유되었던 것으로 판단된다.

여섯째, 한글 필사본『빅규지』에 나타나는 어휘적 특징으로 'ㅅ'과 'ㅂ'계열의 합용병서와 각자병서 'ㅆ이, 종성자는 칠종성 이외에 'ㅍ'이, 체언 어간말 자음군에서 분철표기가 뚜렷하게 나타나는 등 근대 후기 국어의 특징들을 보이고 있다.

■『중국어문학논집』제51호, 중국어문학연구회, 2009. 12

 조선시대 공안협의소설 번역본의 연구
－낙선재본 『포공연의』와 구활자본 『염라왕전』을 중심으로

1. 머리말

중국 공안소설이 우리나라에 본격적으로 전해지기 시작한 것은 언제 부터일까? 그것은 임진왜란을 전후한 선조 때로 추정된다. 당시 많은 중국 통속소설이 한글로 번역되고 필사되어졌으며 궁중과 민간에서 널리 읽혀졌다. 『包公演義』도 그 시기에 읽혀졌던 작품 중 하나였다. 일찍이 선조 임금은 경연에서 『三國志演義』를 이야기하다 기대승의 간언을 듣기도 했거니와, 그 선조 임금이 부마에게 『包公案』을 읽으라고 내려준 기록도 있다.[1] 실제로 서울대 규장각에는 만력본 『全相新鑴包公孝肅公神斷百家公案演義』(이하 편의상 "包公演義"라 칭함)가 전해지고 있다. 이 판본은 전세계적으로 단 하나밖에 없는 유일본으로 알려지고 있어 초기 『포공연의』의 모습을 연구하는 귀중한 자료가 되고 있다. 그 후 경종 1년

---

1) 金一根, 『諺簡의 硏究』, 建國大學校 出版部, 1986, p.113.

(1721)에 간행된 중국어 교과서 『伍倫全備諺解』 인용 서목 가운데 중국 통속소설인 『岳武穆貞忠傳』과 함께 청대에 나온 『龍圖公案』이 적혀 있는 점으로 보아서,2) 이들 소설도 18세기 이전에 우리나라에 전래되어 읽혀졌음을 알 수 있다. 또 명나라 때 작성된 법의학격인 책 『無冤錄』을 한글로 번역한 『增修無冤錄諺解』 역시 공안소설과 밀접한 관계가 있는데, 이는 정조 14년 경술년(1780)에 전 형조판서 徐有隣에게 명하여 한글로 번역하게 하여 정조 16년(1782)에 간행한 목판본이며,3) 『중국소설회모본』(1762)에는 『包公演義』의 이름이 보이고 있다.

청나라 말엽에는 공안협의소설이 흥성하였는데 이는 기존에 나와 있던 공안소설에 협의적 요소를 가미시켜 만든 것으로 공안소설에서 보여지는 적극적인 면을 협의로 대체시킨 것인데 『三俠五義』, 『小五義』 등이 대표적인 작품이다.

현재 낙선재본에 전해지는 포공 계열 공안협의소설 번역 필사본은 세 편이 있는데, 앞에서 언급한 『포공연의』 외에 『삼협오의』의 번역본인 『충렬협의전』, 『소오의』의 번역본 『충렬소오의전』이 그것이다. 중국본의 창작 연대, 국내에 전래된 시기, 번역본의 번역 양상 등을 종합해 본 결과, 전 1편은 1800년대 초에 번역된 것으로 보이며 후 2편은 고종 21년(1884) 전후에 이종태 등의 문사를 시켜 대량으로 번역 전사된4) 소설 가운데 하나로 추정된다. 이밖에도 구한말에 『삼협오의』의 전20회를 조선인이 개작한 『包閻羅演義』의 번역본 『염라왕전』이 구활자본으로 유

---

2) 『伍倫全備諺解』, 亞細亞文化社, 1982, 영인, p.19. 『伍倫全備諺解』와 관련하여 沈慶昊 교수의 필사본 「『오륜전전(伍倫全傳)』에 대한 고찰」(「애산학보」 제8집, 애산학회, 1989. 12)이 주목할 만하다.

3) 『增修無冤錄諺解』, 弘文閣 影印, 1983.

4) 白鐵・李秉岐 共著, 『國文學全史』, 新丘文化社, 1961, p.192.

통되었다. 이들 번역본에 대한 연구는 조선시대 중국소설의 전래와 번역 양상을 이해하고 우리말 고어 자료를 발굴하는 데 도움이 되리라 믿는다.

2. 『龍圖公案』에 대하여

낙선재 번역 필사본『포공연의』는 작자 미상의 공안소설『龍圖公案』을 번역한 것이다. 고어와 고문체를 보건대 19세기 초에 이루어진 것으로 추정된다.『용도공안』을 살펴보기에 앞서 이의 모본으로 알려져 있는『포공연의』와 이의 조선 전래에 관한 기록을 살펴보기로 한다.『포공연의』가 맨처음 우리나라에 전래된 것은 선조 연간이다. 선조 임금이『包公案』을 부마 東陽尉 申翊聖(1588~1644)에게 보내준 사실이 선조의 친필 언간에서 발견되기 때문이다. 선조는 즉위 36년(1603) 冬至 念五日 午時에 下嫁한5) 貞淑翁主에게 편지를 주었는데, 그 속에『包公案』에 관한 기록이 적혀 있다.

> 今日 亦親往見之 則幾盡脹起ᄒ고 녀나믄 證이 업스니 닌일 모리 ᄉᆞ이면
> 庶有回根之望矣 且四書一帙 書言故事一帙 包公案一帙 보내노니 駙馬 주라
> 包公案 乃怪妄之書 只資閑一　而已[21]
> 　萬曆癸卯冬十一月 念五日 午時6)

이는 선조 언간 22건 중 하나로, 貞安翁主의 痘疾(下嫁不遠 궁중에서 발병)에 대해 언니인 정숙옹주가 부왕께 문의한 편지에 회답을 보낸 것이다. 정숙·정안옹주는 인빈 김씨의 소생으로 정안옹주 시가와 궁중 사이의

---

5) 貞淑翁主가 下嫁한 것은 申翊聖이 열두 살 때인 宣祖 33年(1600)이다.
6) 金一根,『諺簡의 研究』, 建國大學校 出版部, 1988, p.184.

연락을 정숙옹주가 거중했음을 알 수 있다.[7]

선조 36년 동지는 1603년인데, 그 이전에 중국에서 발간된 『包公演義』는 모두 2종이다. 하나는 일본 나고야 봉좌문고에 소장되어 있는 建陽書林 與畊堂의 만력 22년(1594)간 『新刊京本通俗增像包龍圖判百家公案』이고, 다른 하나는 규장각에 갎아 있는 금릉 만권루의 만력 25년(1597)刊 『新鐫全像包孝肅公神斷百家公案演義』이다. 전자는 낙질이 없는 완본으로 간행연도가 후자보다 조금 이른데 반해 후자는 이보다 간행연도가 뒤지며 낙질본(卷3 缺)이다. 선조 임금이 정숙옹주에게 보낸 글월에서 "『包公案』을 부마에게 주라"고 한 점으로 미루어 볼 때 책이 중국에서 간행된 지 6년 뒤인 1603년에는 우리나라에 들어왔음을 알 수 있다. 그러나 현재 낙선재 번역필사본은 이를 번역한 것이 아니고 회목명을 바꿔 약간의 문자 수정을 거쳐 청대에 나온 『용도공안』이다.

『용도공안』은 包拯(999~1063)이 억울한 사건을 당한 사람들의 원을 풀어주는 이야기 100편을 모아 꾸민 단편소설집이다. 10권 100칙으로 이루어져 있으며 무명씨 찬으로, 서문에 "江左陶烺元乃斌父題於虎丘之悟石軒"이라 기록되어 있다.

그런데 이 소설은 포증이 공정한 판결을 내리는 이야기로 당시의 사회상을 반영하고 있으며, 포공에 대한 민간인들의 숭모의 정을 엿볼 수 있다. 이야기의 거의 대부분이 먼저 범죄사건 발생과 소송을 서술하고 마지막으로 판결문과 포공의 훈계적인 말로 마무리를 짓는데, 각 편간에는 아무런 연관성도 없으며, 『百家公案』의 줄거리를 거의 그대로 답습하고 있다.

『용도공안』은 만권루본 『백가공안』의 내용과 기술 방식을 답습하고

---

7) 위의 책, p.167.

있다. 편목은 둘씩 둘씩 대구를 이루며, 대구를 이룬 편목끼리는 내용과 성격까지 유사하다. 즉, 간통사건은 간통사건끼리, 절도사건은 절도사건 끼리 묶어서 정리했으며, 每則의 이야기의 기본 구성도 비슷하다. 이야 기의 기본 구성은 사건 발생, 고소, 판결 등의 형태를 취하고 있으며, 경우에 따라 포공의 설교를 곁들이기도 한다.

　『용도공안』의 연원에 대해서는 馬幼垣의 고증이 비교적 상세하다. 그에 의하면, 많은 이야기들이 대부분 서적상들에 의해 “가위질하여 풀로 붙이는” 방법으로 만들어졌다는 것이다. 즉『皇明諸司廉明奇判公案傳』 등 많은 공안소설을 수용한 뒤 그래도 수가 차지 않자 다시 편자를 청해 부분적인 보충과 수정을 가하여『용도공안』100칙을 만들고 평어를 덧붙였다는 것이다.[8] 마유원의 연구에 따르면『용도공안』은 100칙 고사 중 20칙은『廉明公案』에서 나왔고, 13칙은 祖本에서 나왔으며, 48칙은『百家公案』에서 나왔다고 한다.[9] 그리고 나머지 19칙은『용도공안』중 가장 수준이 낮은 것으로, 짧고 불완전하며 교훈적인 고사로 채워져 있다. 이렇듯『용도공안』은 여러 가지 연원을 가지고 있음을 알 수 있다. 이밖에도 민간 전설 등에서 내용의 많은 부분을 취하였다. 예컨대 권7의「桑林鎭」같은 것은 당시 민간에 유행되던 전설을 包公의 이름으로 각색한 것이며, 권3「賣眞靴」는『明史』권161「周新傳」에 나오는 이야기이다. 宋元 소설, 희곡과 관계있는 것으로, 권2의「偸鞋」와「烘衣」는『淸平山堂話本』중의「簡帖和尙」의 영향을 받았다. 또 권5의「烏盆子」는 元劇「盆兒鬼」의 인물 이름만을 바꿔 꾸민 것이며, 권7「獅兒巷」은 원극「生金閣」의 영향을 받은 것이다.[10]

---

8) 馬幼垣,「明代公案小說的版本傳統－－『龍圖公案』考」,『中國小說史集考』, 時報出版公司, 1980, pp.147~173.

9) 馬幼垣, 위의 책, p.166.

이 소설에 나오는 각종 범죄 사건의 유형을 통해 우리는 당시의 사회 상을 엿볼 수 있다. 명말 정치의 암흑과 사회 혼란, 상업의 발달 등이 그것인데, 특히 부녀자들의 신분 하락이 두드러지며 간통과 강간의 피해가 우심했음을 알 수 있다. 이밖에 상업 경제의 발달로 도시에서 절도나 강도가 집중적으로 발생하여 억울한 사건이 빈번하게 일어나고 있었다.

범죄 해결 방법은 크게 네 가지 유형으로 나눠 볼 수 있다. 1) 정밀한 사건 조사, 2) 범죄 사건에 대한 정확한 심리와 분석, 3) 용의자에 대한 유도 심문, 4) 미신에 의한 해결 등이 그것이다. 1) 2) 3)은 포공의 지혜로 사건을 해결하는 형태를 취하지만, 4)의 경우는 해몽이나 관상, 점복 등에 의존하여 사건을 해결하는 것으로, 비현실적인 양상을 띠고 있어 당시의 미신 사상을 엿볼 수 있다.

결론적으로 말해서 『용도공안』은 『詳刑公案』 등 많은 공안집을 초록하는 과정에서 사건 해결자를 모두 포공으로 대체시켜 꾸민 것으로, 이야기의 굴곡이 많고 줄거리 전개가 흥미진진할 뿐 아니라 통속적이고 유려한 문언과 백화가 혼합 구사되고 있다.

3. 낙선재본 『包公演義』의 번역 양상

낙선재본 번역필사본 『포공연의』가 처음 알려진 것은 1969년 정병욱 교수에 의해서였다. 그는 「낙선재문고본 국문서적 해제」에서 "『포공연의』는 9권 9책 총 421엽 미발표, 살인 기타의 중대한 범죄가 일어난 것

---

10) 胡士瑩, 『話本小說槪論』 下, 北京 : 中華書局, 1980, p.679.

을 다 포공이 해결하는 것으로 되어 있는 연작 단편소설집의 번역본이다."11)라면서 1)아미타불강화(阿彌陀佛講和)와 4)교설고후(咬舌扣喉)의 줄거리를 소개하였다. 한편 정병욱과 함께 낙선재 국문소설을 조사했던 W.E.Skillend도 그의 『고대소설』목록 "474 包公演義 P'o-gong Yonui"조에서 『包公演義』가 11세기에 중국에 실존했던 包拯 Pao Cheng에 관한 중국소설의 번역본일 듯하나 그 내용은 살펴보지 않았다고 했다.12)

『포공연의』는 모두 9권 9책, 총 831면으로, 크기는 29×20.7cm이고 앞 표지에 한자로 "包公演義"라 씌어 있다. 1면 11행, 1행은 24~26자 내외이다.13)

각 권에 수록된 편수와 면수를 도표로 그려보면 아래와 같다.

권수	수록편수	면수	권수	수록편수	면수
권1	5	89	권6	8	89
권2	8	98	권7	10	99
권3	13	90	권8	8	86
권4	9	101	권9	6	83
권5	13	96	총합계	81편	831

보다 자세한 편명을 원본과 직접 대조해 본다(밑줄 친 부분은 번역되지 않은 부분임).

---

11) 鄭炳昱, 『韓國 古典의 再認識』, 弘盛社, 1979, pp.457~458. / 『국어국문학』 제44·45 합번호, 1969.에 처음 실림.

12) 『古代小說 Kodae Sosol : A Survey of Korean Traditional Style Popular Novels』,School of Oriental and African Studies, University of London, 1968, p.234.

13) 文化財管理局 藏書閣, 『藏書閣圖書韓國版總目錄』, 探究堂, 1972. 10, p.1217.

권지칠

낙선재본 『포공연의』는 정본 『용도공안』을 저본으로 하여 그 가운데 80편만 번역하였다. 위에서 보듯 28「死酒實死色」, 45「牙簪揷地」, 60「獸公私媳」, 79「箕帚帶入」, 80「房門誰開」, 83「遺帕」, 85「壁隙窺光」, 96「扮戲」 등은 근친상간과 윤간 사건을 다루었고, 57「紅牙毬」는 尸姦을 다루었으며, 61「獅兒巷」은 횡포를 일삼는 國舅를 처단하는 이야기, 62「桑林鎭」은 궁중의 음모를 다룬 이야기이다. 위 11편은 번역되지 않았다.[14]

---

14) 沈慶昊, 「朝鮮後期小說考證(1)」, 『韓國學報』 第56輯, 1989 가을, 一志社, p.84.

이는 지나치게 비윤리적인 내용이거나 아니면 황친과 관계되는 부분이어서 역자가 일부러 번역하지 않은 듯하다.

또 제63회의 「斗粟三斗米」로부터 제70회의 「賊總甲」까지가 빠져 있는 것은 번역 때 쓴 저본이 결본이었기 때문인 것으로 추측된다. 번역에서 빠진 20편을 제외한 나머지 각 편의 번역은 원본에 충실한 완역이다.

4. 『포공연의』 소재 고어 자료

고어와 고문체를 검토해 보건대 낙선재본 『빙빙뎐』, 『형셰언』, 『후슈호뎐』, 『삼국지통쇽연의』, 『대명영렬뎐』, 『무목왕졍튱녹』, 『손방연의』, 『션진일사』, 『셩풍뉴』 등 18세기 번역필사본보다는 후대에 나왔으나 고종 21년(1884)을 전후해 이종태 등 문사 수십 명을 동원하여 번역했다는 『홍루몽』과 그 속서 등 일군의 중국소설 번역본보다는 시대가 앞선 것으로 보아 대개 1800년대 전반에 이루어진 것으로 추정된다. 다음은 『포공연의』에 보이는 우리말 고어 자료이다.

【가야미】 명 개미.¶ 蟻 ‖ 위뎐의 가지ᄅᆞᆯ 겁냑ᄒᆞ야 고로〻 ᄂᆞᆫ홀시 올흐니 죄ᄅᆞᆯ 가히 도망티 못ᄒᆞᆯ디라. 다만 빌건ᄃᆡ 가야미 ᄀᆞᄐᆞᆫ 목숨을 살오쇼셔 (不合打劫衛典家財均分是實, 罪無可逃, 乞爺超活蟻命.) <包公銅錢插壁 8 : 70>

【가음열-】 형 부유하다.¶ 殷富 ‖ ᄀᆡ봉부 셩 안ᄒᆡ ᄒᆞᆫ 벼슬ᄒᆞᄂᆞᆫ 집 사ᄅᆞᆷ이 이시니 셩명은 진종위오 항녈은 닐곱재라 집이 가음열고 셩동 뎡미의 녀ᄌᆞᄅᆞᆯ 취ᄒᆞ야 쳐ᄅᆞᆯ 삼으니 (話說開封府城內有一個仕宦人家, 姓秦字宗祐, 排行第七, 家道殷富, 取城東程美之女爲妻.) <包公 耳畔有聲 5 : 11> 네 이런 말을 어이ᄒᆞᄂᆞᆫ다 네 금년 이십 뉵 세니 내 너ᄅᆞᆯ 가음연 집의 보ᄂᆡ여 혹 쳐ᄅᆞᆯ 삼으나 쳡이 되나 여러 냥 빙녜 은을

바다 우리 두 사름이 날을 지니려 ᄒ거든 어이 이런 말을 ᄒᄂ다?
(你今一十六歲長大了, 我意欲將你嫁與富家, 或爲妻爲妾, 多索幾兩聘
銀, 將來我二人度日, 何說此話?) <包公 三寶殿 4：32> 경듕의 ᄒ 댱
재 이시니 셩명은 옹건이라 집이 ᄀ장 가음여러 지믈을 경히 너기
고 ᄂᆞᆷ 주기를 됴하ᄒᆞ야 닌리 죵죡이 은혜 아니 닙은재 업고 (話說京
中有一長者, 姓翁名健, 家資甚富, 輕財好施, 隣里宗族, 加恩撫恤."
<包公 審遺囑 7：65> 이후로 집의 잇ᄂ 쟈ᄂ 샹히 크게 가음열기
ᄂ 하늘의 잇고 격은 가음열기ᄂ 사름의게 잇ᄂ니라 ᄒᄂ 넘녀를
두며 벼술의 잇ᄂ 쟈ᄂ 돈이 ;시면 사라나고 돈이 업스면 죽으리
라 ᄒᄂ 말을 브르디 말면 (以後, 居民者常存大富由天小富由人的念
頭, 居官者勿召有錢得生無錢得死的話柄.) <包公 鬼推磨 9：19>

【가혀-】 图 접다. 개다.¶ 收拾 ‖ 그날 태슈파의 니르러 뎡영의 뎜을 비러
　　잘ᄉᆡ 이 밤의 강승이 홀노 방듕의 이셔 의복을 가혀며 가져온 은을
　　상 우희 버리니 (那日恰行到大開坡, 就投程永店中借歇. 是夜, 江僧獨自
　　一個于房中收拾衣服, 將那帶來銀子鋪于床上.) <包公 江岸黑龍 7：1>

【간디로】 閉 제멋대로.¶ 오딕 미련ᄒ 사름은 약간 돈을 어더도 깁히 상머
　　리의 곰초와 감히 간디로 쓰디 아니ᄒᆞ야 비록 묏치 ᄲᆞ하셔도 평
　　상ᄒ 사름과 ᄀᆺᄐᆞ여 일홈을 돈딕횐 놈이라 ᄒ니 (惟有那痴呆的人,
　　得了幾文錢, 深深的藏在床頭邊, 不敢胡亂使用, 任你堆積如山, 也只平
　　常一般, 名爲守錢虜是也.) <包公 鬼推磨 9：17> 녕당이 챵두를 보내
　　여 은을 쥬마 언약ᄒᆞ엿ᄂ 고로 내 간디로 이에 왓ᄂ니 만일 셔로
　　줄 은이 업스면 이ᄂ 관듕ᄒ 일이 아니어눌 엇디 젼일 금일노 말을
　　ᄒᄂ다 (令堂遣盛價來約以銀贈我, 故造次至此; 若無銀相贈亦不關甚
　　事, 何須以前日今日爲辭.) <包公 借衣 8：6>

【개】 图 개. 항구(港口).¶ 港 ‖ 그 밤의 텬슈 시신이 흘너 ᄒ 개 안흐로
　　가니 이ᄂ 쳥하현이라. 셩 셔문의 ᄌᆞ혜시라 ᄒᄂ 졀이 이시니 (再說
　　當夜那天秀屍首流在蘆葦港裏, 隔岸便是淸河縣, 城西門有一慈惠寺.)
　　<包公 港口漁翁 5：38>

【개어귀】 图 개어귀. 항구(港口).¶ 港口 ‖ 졍히 삼월 십오일을 당ᄒ니 지
　　를 베플ᄉᆡ 즁들이 다 개어귀에 나와 믈의 등블을 혀더니 보니 ᄒ
　　시톄 피 눗치 ᄀᆞ득ᄒ고 하톄의 의복이 오히려 잇거눌 (正是三月十
　　五, 會作齋事和尙都在港口放水燈, 見一屍首, 鮮血滿面, 下身衣服尙

在.) <包公 港口漁翁 5：38>

【-게야】 미 -어서야. -고서야.¶ 포공이 크게 놀나 즉시 공패롤 보ᄂᆡ여 뎡쳔 뎡만을 블너오라 ᄒᆞ니 오ᄅᆡ게야 이인을 잡아왓거놀 (包公大駭, 便差公牌喚丁千・丁萬. 良久, 公差押二人到.) <包公 烏盆子 5：60>

【격군】 명 격군(格軍). 뱃사람. 수부(水夫).¶ 水手 ‖ 소ᄌᆔ부 오현의 사공 단귀와 격군 셥신이 이시니 신은 단귀의 ᄆᆡ뷔라 (話說蘇州府吳縣船戶單貴, 水手葉新, 即貴之妹丈.) <包公 夾底船 2：55>

【고로로】 부 고르게.¶ 均 ‖ 션계 부친이 가산을 다 져롤 주어 문셰 명ᄇᆡᆨᄒᆞ야 아ᄋᆞ와 고로로 난호디 아니케 ᄒᆞ여시믈 보고 ᄆᆞ음의 깃거 이에 아ᄋᆞ롤 ᄒᆡᄒᆞᆯ ᄯᅳᆺ이 업더라 (善繼見父將家私盡付與他, 鬮書開寫分明, 不與弟均分, 心中歡喜, 乃無害弟之意.) <包公 扯畵軸 7：55> 이인이 그 허리롤 뒤여 은 칠팔 냥과 은빈혀 둘흘 어드니 형뎨 그 시신을 뫼겻히 뭇고 은을 고로로 난호니 (二人搜其腰間, 得碎銀七・八兩, 又有銀簪二根, 兄弟將尸埋掩山傍, 將銀均分.) <包公 鹿隨獐 7：95> 위뎐의 가ᄌᆡ롤 겁냑ᄒᆞ야 고로ᆢ 논ᄒᆞᆯ시 올흐니 죄롤 가히 도망티 못ᄒᆞᆯ디라. 다만 빌건ᄃᆡ 가야미 ᄀᆞ튼 목숨을 살오쇼셔 (不合打劫衛典家財均分是實, 罪無可逃, 乞爺超活蟻命.) <包公 銅錢插壁 8：70> 均匀 ‖ 녹 주기롤 고로ᆢ 못ᄒᆞ매 고ᄒᆞᄂᆞ이다 (只爲他不均匀, 因此告了他.) <包公 鬼推磨 9：14>

【고쳑】 명 원고와 피고.¶ 原被告 ‖ 이에 고장을 지어 영평디현 진후의게 고ᄒᆞ니 고쳑과 닌리 간증을 다 잡혀 일ᆢ히 므ᄅᆞ니 (乃作狀告于永平縣主秦侯案下, 原被告幷隣里干證一一拘問.) <包公 栽贓 9：24>

【곳비】 명 고삐.¶ 繮 ‖ 삼인이 노ᄉᆡ롤 닛그러 이젼 ᄆᆞᆯ 일턴 곳의 니ᄅᆞ러 곳비롤 노하 임의로 가게 ᄒᆞᄃᆡ 다만 플 잇ᄂᆞᆫ ᄃᆡ롤 만나면 노ᄉᆡ롤 막아 일졀 먹지 못ᄒᆞ게 ᄒᆞ니 그 노ᄉᆡ 플을 먹을 의식 업고 ᄎᆡ롤 치지 아니ᄒᆞ여도 고든 길노 ᄃᆞᆺ거놀 (令牽從原路拐騙之處引上路頭, 放繮任走, 但逢草地, 二人攔擋冲咄, 那騾徑奔歸路, 不用加鞭, 跟至四十里路外.) <包公 騙馬 5：94>

【구실】 명 세금.¶ 이젼 두 사ᄅᆞᆷ이 후항뎡의셔 구일쇠 우산 비든 일을 보왓다 ᄒᆞᄂᆞᆫ 재 그 ᄒᆞ나흔 구실 밧치ᄂᆞᆫ 호슈 손뷔라 (適有前在後巷見邱一所騙幇者二人, 其一乃是糧戶孫符.) <包公 奪傘破傘 6：63>

【긔이-】 동 속이다.¶ 隱瞞 ‖ 소ᄋᆡ 놀나 얼골이 븕어 감히 긔이지 못ᄒᆞ야

전스룰 니르디 (其婦一驚, 滿面通紅, 不敢隱瞞, 只得說出前事.) <包
公 招帖收去 2：41>

【기치-】 图 남기다.¶ 遺 ‖ 이 몸은 긔구의 기친 조손이오 시례의 션비라
(念身箕裘遺胤, 詩禮儒生.) <包公 包袱 2：7>

【ᄀ만ᄒ-】 图 은밀하다. 비밀스럽다.¶ 私 ‖ 나는 절 가온디 사람이라 져
의 ᄀ만ᄒ 일을 본들 무어시 ᄒ로오리오 (我是寺中人, 見他私事亦甚
無妨?) <包公 梆上得穴 8：25>

【ᄀ치】 图 가쁘게.¶ 辛苦 ‖ 이윽고 황귀 술을 가지고 와 져룰 도모ᄒᆯ 뜻
이 이시ᄆ 년ᄒ야 댱만을 권ᄒ야 큰 그릇스로 두어흘 먹이고 쏘 안
쥐 업ᄂ디 ᄒᄆ며 길ᄒ ᄀ치 왓ᄂ지라 일시의 취ᄒ야 ᄂ로 ᄀ의 것
구러지니 (須臾間, 黃貴持酒來, 有意算計, 他一連勸張兄, 飲了數杯,
又無下酒的, 況行路辛苦, 一時昏沉醉倒.) <包公 岳州屠 4：95>

【-ㄴ다】 图 -ᄂ냐.¶ 네 이러틋 넘티업서 어이 무단이 ᄂᆷ의 부녀룰 ᄃ러
ᄂ다? (你這等無恥, 緣何無故扯人婦女?) <包公 黑痣 8：33>

【나기ᄒ-】 图 내기하다.¶ 賭博 ‖ 농양현 사람 나승지 위인이 경솔광탕ᄒ
야 법도룰 좃디 아녀 만히 벗을 사괴고 집 안희 방새 너르매 잡기
나기ᄒᄂ 터룰 민ᄃ라 사람의 격전을 거두고 보인이 되여 ᄂᆷ을 위
ᄒ야 뎐당ᄒ고 빗니기룰 잘ᄒ니 (話說龍陽縣羅承仔, 平生爲人輕薄,
不遵法度, 多結朋伴, 家中房舍寬大, 開場賭博, 收入頭錢, 慣作保頭,
代人典當借貸.) <包公 銅錢插壁 8：60> 싱각건디 이 도적들은 다
져의 집의셔 잡기 나기ᄒᄂ 광곤이라 가업을 탕진ᄒ고 의식이 업ᄂ
고로 사오나온 ᄆ음을 니여 내 집을 겁냑ᄒ여시니 (想此劫賊俱是他
家賭博的光棍, 破蕩家業, 無衣少食, 故起心造謀來打劫我.) <包公 銅
錢插壁 8：63>

【나조ᄒ】 图 저녁.¶ 暮 ‖ 승인 운외 운표 운데 등이 사오나온 거술 셔르
도와 거즛 방외의 노ᄂ라 의탁ᄒ야 아춤의 남으로 가고 나조희 븍
으로 가며 실노 인간의 도적이 되여시니 일희 ᄆ음이오 개 힝실이
라 (審得僧雲外·雲表·雲際等, 同惡相濟, 合謀朋奸. 假扮方外之游
僧, 朝南暮北; 實爲人間之蠱狗, 行狠心汚.) <包公 西瓜開花 8：57>
晚 ‖ 뉴젼ᄃ려 남글 ᄭ우이라 ᄒ디 주지 아니ᄒᄆ 일노 혼ᄒ야 칠월
십삼일 나조희 보니 뉴젼의 쇠 언덕의셔 플을 먹거눌 과연 쇠 혀룰
버혓ᄂ이다 (因與劉全借柴薪不肯, 因致此恨, 又七月十三日晚, 見劉全

牛在坡中吃草, 遂將牛舌割了.) <包公 割牛舌 5 : 88> 샹년 칠월 십亽
일 나조희 져 세 듕이 와 자기롤 빌거늘 쳡의 지아비 졔쉬 니르디
나는 고촌 빈인이라 상과 니블이 업亽니 가히 머므디 못ᄒ리라 ᄒ
니 (因舊年七月十四日晚這三個和尙來借宿, 妾夫褚壽辭道: ‘我乃孤村
貧家, 又無床被, 不可以歇.’) <包公 和尙皺眉 8 : 50>

【낡】⑲ 나무.¶ 樹 ‖ 밤의 국지 벗으로 더브러 술먹여 좀들믈 기ᄃ려 그
후원 안의 드러가 괴화 남글 ᄒ 번 흔드니 (龐龍投入園內, 將槐樹一
搖.) <包公 龍騎龍背試梅花 6 : 52>

【남져지】⑲ 나머지.¶ 네 은을 일허 엽공이 주어 어덧거늘 내 너롤 위ᄒ
야 ᄎ즈주니 네 가히 삼냥 오젼은 관가 구실을 밧치고 남져지는 엽
공을 논화 주어 슈고ᄒ 거술 갑흐디 이 후의 서로 만나도 이젼 흔
을 싱각ᄒ야 서로 함희치 말나 (汝落了銀子, 係是葉孔拾得. 我今與你
追還, 汝可把三兩五錢秤糧完官, 更有五錢可分與葉孔以作酬勞之資.
自後相見, 不許兩相芥蒂.) <包公 蟲蛀葉 5 : 81>

【녀롬지이】⑲ 농사.¶ 耕種 ‖ 나승지 위인이 임의 녀롬지이도 아니ᄒ고
ᄯ 상고질도 아니ᄒ야 쥬야로 나기롤 븟치고 보인이 되여 여러 사
롬을 모ᄒ디 다 눗치 션 무뢰지비라. 이는 도적의 와쥐니 엇디 가히
업시티 아니ᄒ리잇고 (羅承仔爲人旣不事耕種, 又不爲商賈, 終日開場
賭博, 代作保頭, 聚集多人, 皆面生無籍之輩, 豈不是窩賊? 豈不可剪
除!) <包公 銅錢揷壁 8 : 64>

【녑ᄒ】⑲ 옆구리.¶ 脇下 ‖ 과연 시신이 강어귀에 ᄯ려왓거늘 나아가 보니
이 정히 댱형이라 엇던 사롬이 질너는지 녑희 ᄒ 굼기 이셔 샹ᄒ엿
거늘 내 쇼일노 더브러 사롬 둘흘 어더 시신을 언덕의 올녀 관을
사 빈념ᄒ엿노라 (果見有尸首浮泊江口, 認來正是張兄, 脇下不知被甚
人所刺, 已傷一孔, 我同小一看見, 移尸上岸, 買棺殮之.) <包公 岳州屠
4 : 96>

【녜디ᄒ-】⑧ 예대(禮待)하다.¶ 이제 션싱을 벌ᄒ야 쇼롤 민ᄃ라 쥬인의
집 밧츨 가라 슉채롤 갑게 ᄒ고 쥬인은 벌ᄒ야 돗틀 민ᄃ라 금싱의
션싱을 녜디치 아녀시니 니싱의 고기롤 베혀 눔을 먹이게 ᄒ라 (今
罰先生爲牛, 替主人家耕田, 還了宿債; 罰主人爲猪, 今生舍不得禮待先
生, 來生割肉與人吃.) <包公 惡師誤徒 6 : 88>

【니임】⑧ 이임(里任). 이쟝(里長).¶ 耆老 ‖ 니임으로 ᄒ여금 각 향촌 부

민의게 니르라 ᄒᆞ다 (令耆老各鄉村富戶.) <包公 青靛記穀 3 : 48>

【대되】⊞ '대도(大都)히'의 준말. 모두.¶ 共 ‖ "뵈ᄅᆞᆯ ᄑᆞᄂᆞᆫ 네 동뫼 몃 사
름이나 ᄒᆞ뇨" 니삼 왈 대되 네 사름이니이다. ("'汝賣布客伴還有幾
人?' 李三答道 : '共有四人.'") <包公 木印 7 : 23> 믄득 보니 ᄒᆞᆫ 무리
쇼졸이 대되 아홉 사름이라 원긔 츙텬ᄒᆞ야 (忽見一群小卒, 共有九
名, 紛紛告功, 悽慘之狀, 怨氣衝天.) <包公 侵冒大功 7 : 45>

【더시-】⊞ 묵다.¶ 投宿 ‖ 황혼 ᄢᅢ의 ᄒᆞᆫ 즁이 이셔 동용의 뎜의 와 ᄒᆞ로
밤 더시기ᄅᆞᆯ 비러 왈 (黃昏時, 忽有一和尙稱是洛州翠玉峰大悲寺僧道
隆, 因來此方抄化, 天晚投宿一宵.) <包公 殺假僧 3 : 69> 임의 머디
아니ᄒᆞ면 ᄒᆞ로밤 더시기ᄅᆞᆯ 허ᄒᆞᆯ딘디 명일의 일즉이 가고 맛당히 후
히 샤례ᄒᆞ리라 (旣然不遠, 敢借府上歇宿一宵, 明日早行, 卽當厚謝.)
<包公 免戴帽 7 : 75>

【-도곤】⊠ -보다. 비교격 조사.¶ ᄌᆞ식이 죽으면 반ᄃᆞ시 념왕긔 고ᄒᆞᆯ 거
시니 몬져 명부ᄢᅴ 고함만 ᄀᆞᆺ지 못ᄒᆞ고 노신이 셰샹의셔 신원ᄒᆞ미
ᄌᆞ식이 명ᄉᆞ의셔 폭빅ᄒᆞᆷ도곤 나은지라 <包公 咬舌扣喉 1 : 52>

【도산】⊞ 화대. 해웃값.¶ 歇錢[15] ‖ 네 집의 머므러 두어 쥬효ᄅᆞᆯ 쟝만ᄒᆞ
고 남은 거슨 도산을 삼게 ᄒᆞ라 ("李賓笑道 : '留在女家做酒, 餘者當
歇錢.'") <包公 繡履埋泥 5 : 73>

【됴희】⊞ 종이.¶ 紙包 ‖ 못 가의 피흔적이 잇거늘 경이 이십을 시겨 못
안흘 건져보니 과연 셜민 사름의 죽인 비 되엿고 손의 오히려 ᄒᆞᆫ
됴희ᄅᆞᆯ 가졋거늘 경이 그 됴희ᄅᆞᆯ 여러보니 (只見池邊有血迹, 卽喚衆
人池內撈看, 却是雪梅被人殺死. 池邊遺下一個紙包.) <包公 龍騎龍背
試梅花 6 : 53>

【둣덥ᄒᆞ-】⊞ ≪둣덮다≫ 두둔하다.¶ 回護 ‖ 하부 강빈은 다 ᄌᆞ강의 졀
친심복으로 그 뇌믈을 바닷는 고로 셔ᄅᆞ 둣덥ᄒᆞ니 만일 형장을 ᄡᅳ

---

15) 人事(兒) : 芝峯曰 : "『雲谷難記』曰 : '今人以物相遺, 謂之人事.'" <洛閩 事> [쉰스] 도
산 ‖ "多謝姐姐, 我回來時, 多多的與你人事." 만히 깃게이다 누의님하 내 도라 오면
만히 너를 도산 주마 <翻朴 上48b> 人事, 土産, 俗"도산". 舊本作"撒花". ‖ 多謝ᄒᆞ노
라 姐姐ㅣ아 내 도라오면 만히 네게 人事ᄒᆞ마 <朴上 44a> "人事與相識弟兄." 人事
로 셔ᄅᆞ 아ᄂᆞᆫ 弟兄을 주라 <朴下 70a> 禮物. ‖ "管營處又自加倍送銀兩幷人事." <水
滸 37> "不只一日, 干當完費, 安排行裝, 買了人事, 雇了船隻, 卽日起程, 取水路歸來."
<警通 20>

디 아니면 결단코 딕초ᄒᆞ디 아니리이다 (這何富·江賓皆是自强切近
心腹, 皆受自强銀兩賄賂, 故彼此互爲回護, 若不用刑, 決不直吐.) ＜包
公 瓦器燈盞 9：43＞ 이ᄂᆞᆫ 다 텬리인리 인심의 공평ᄒᆞᆫ 말이니 엇디
져를 듯덥ᄒᆞ리잇고 (一言一語, 皆是天理人心, 公平理論, 豈敢曲爲回
護?) ＜包公 瓦器燈盞 9：43＞

【딩즙-】 동 경계하다.¶ 警 ∥ 추경이 완악ᄒᆞ야 노스의 치죄ᄒᆞ시믈 닙으
디 제 ᄯᅩ 발악ᄒᆞ야 길거리의셔 ᄭᅮ짓고 욕ᄒᆞ니 ᄇᆞ라건디 엄히 다ᄉᆞ
려 사오나온 놈을 딩즙게 ᄒᆞ쇼셔 (鄒敬刁頑, 蒙老師責治, 彼反撒潑,
又在街上大罵, 乞加嚴治, 方可警刁.) ＜包公 瞞刀還刀 6：65＞

【디쳠지】 명 대쳠.¶ 竹籤 ∥ 그 몸을 보니 젼혀 샹ᄒᆞᆫ 디 업고 다만 입시
욹이 터지고 눈을 져기 ᄯᅥᆺ거늘 그 입을 버려보니 ᄒᆞᆫ ᄂᆞᆺ 디쳠지 ᄇᆞ
로 인후를 ᄶᅮ럿거늘 (看驗身上幷無傷痕, 只脣皮迸裂, 眼目微露, 撬開
口視之, 乃一根竹籤直透咽喉.) ＜包公 賣眞靴 3：77＞

【ᄶᅵᄶᅵ】 부 때때로¶ 손앙이 그 아븨 형셰를 미더 요ᄉᆞ이 개원ᄉᆞ 조흔 밧
ᄒᆞᆫ ᄌᆞ리를 앗고 ᄶᅵᄶᅵ 챵기를 거ᄂᆞ려 졀의 와 놀며 향촌의 힝힝ᄒᆞ야
인가 부녀를 강간ᄒᆞ니 뉘 감히 져를 거스르리오 (孫某恃父勢要, 近
日侵占開元寺腴田一頃, ～帶領娼妓到寺中取樂飮酒, 橫行鄕村, 奸宿
莊家婦女, 哪一個敢不從他.) ＜包公 廚子做酒 3：62＞

【-ㄹ손】 미 ‘-ㄹ손’의 변이형. -ㄹ 것은, -ㄴ 것은.¶ 가련ᄒᆞᆯ손 쇼졸이라.
괴로오믄 쇼졸이 당ᄒᆞ고 공이 이시면 다른 사름이 엇고 공이 업서
도 머리를 베히고 공이 이셔도 ᄯᅩ 머리를 베히니 이 아니 가련ᄒᆞ니
잇가 (可憐做小卒的, 有苦是小卒吃, 有功是別人的; 沒功也要切頭, 有
功又要切頭.) ＜包公 侵冒大功 7：47＞

【-ㅣ라셔】 조 (받침없는 체언 뒤에 붙어) 특별히 가리켜 강조하며 주어임
을 나타내는 조사. -이라서, -가.¶ 놀나 안아 니ᄅᆞ혀 보니 목 아리
칼에 샹ᄒᆞ엿거늘 크게 울며 닐오디 뉘라셔 내 쳐를 죽엿ᄂᆞᆫ고 (“三郎
抱起看時, 咽喉下傷了一刀. 大哭道：‘是誰謀殺吾妻?’”) ＜包公 繡履埋
泥 5：67＞

【-롸】 미 (1인칭 주어와 함께 쓰어) -(었)다.¶ 녀이 젼브터 귀ᄒᆞ롸 교만ᄒᆞ
야 비쳡을 능욕ᄒᆞ더니 일젼의 심녀셰 친히 와 구혼ᄒᆞ니 그의 의복
이 남누ᄒᆞ야 쳬면을 출히디 못ᄒᆞᆷ믈 보고 응당 븟그려 스스로 목ᄆᆡ
여 죽으니 (女兒往日驕貴, 凌辱婢妾, 日前沈女婿自來求親, 見其衣冠

襤褸, 不好見面, 想以爲羞, 遂自縊死.) <包公 借衣 8 : 8>

【말뇌-】 동 말리다.¶ 烘焙 ‖ 밧비 부억의 드러가 남긔 불을 살나 내여다
가 즁을 쥬어 뙤라 ᄒᆞ니 그 즁이 감덕ᄒᆞᄆᆞᆯ 일ᄏᆞᆺ고 불 것희셔 옷술
말뇌오거늘 (連忙到廚下燒着一盆火出來與僧人烘着, 那僧人滿口稱謝,
就將火烘焙衣服.) <包公 烘衣 3 : 2>

【모롷】 명 모퉁이.¶ 隅 ‖ 본뷔 디게 ᄒᆞᆫ 모로히 잇고 길히 삼셩을 통ᄒᆞ
야 부세ᄂᆞᆫ 휴흡의 ᄂᆞ리고 병황이 동남의 웃듬이라 (本府居界一隅,
路通三省, 貯賦下于休寧, 兵荒首于東南.) <包公 玉樞經 9 : 68>

【뫼히-】 동 모이다.¶ 聚 ‖ 그 요괴 대쇼로 일홈을 브ᄅᆞ니 셔일 셔이 셔
삼 등이라 일ᄏᆞᆯ라 바회 굼긔 뫼혓더니 (其怪以大小呼名, 有鼠一·鼠
二等稱, 聚穴在瞰海巖下.) <包公 玉面猫 6 : 19>

【믄희치-】 동 무너뜨리다.¶ 壞 ‖ 쥬인의 집도 임의 션ᄉᆡᆼ을 쳥ᄒᆞ여시면
맛당이 녜로 디졉ᄒᆞ고 가히 ᄉᆞ문 톄문을 믄희치지 말미 올흔더라
(但主人旣請了那先生, 雖則不通, 合當禮待, 以終其事, 不可壞了斯文
體面.) <包公 惡師誤徒 6 : 88>

【믈기-】 형 몰리다.¶ 簇簇 ‖ 젼면의 사ᄅᆞᆷ이 믈겨시니 무ᄉᆞᆷ 일이 잇ᄂᆞ뇨
(前面人頭簇簇, 有何事故?) <包公 廢花園 6 : 78>

【믈쪄들-】 동 몰려들다.¶ 擁 ‖ 황혼 ᄯᅢ는 ᄒᆞ야 거믄 구름이 ᄭᅵ이고 큰비
좃ᄎᆞ와 삼쥬야를 긋치지 아니ᆞ 강믈이 시진의 믈쪄드러 잠시 ᄉᆞ이
의 그런 빅셩의 집이 다 믈의 ᄶᅥ 나믄 거시 업고 믈의 ᄲᅵ져 죽은 지
이만 여인이니 (黃昏左側, 黑雲幷集, 大雨滂沱, 三晝夜不息, 河水擁入
市頭鎭. 一時間那人民居屋流蕩無遺, 溺死二萬餘人.) <包公 石獅子
2 : 89>

【믈쪄오-】 동 몰려오다.¶ 擁 ‖ 이틀 후의 길히 묘당 ᄀᆞ으로 디나더 과연
졔젼을 ᄒᆞ디 아니ᄒᆞ고 가더니 일니 못 밋쳐 풍이 닐며 비사쥬셕ᄒᆞ
고 검은 구름과 안개 뒤흐로조ᄎᆞ 믈쪄오거늘 머리ᄅᆞᆯ 두로혀 보니
갑병이 심듕ᄒᆞ야 ᄯᆞᄅᆞᄂᆞᆫ 재 쳔승만긔라 (越二日, 道經廟邊, 果不設
奠, 遽然而往, 未及一里, 大風振作, 飛沙走石, 玄雲黑霧, 自後擁至, 回
頭見甲兵甚衆, 似千乘萬騎趕來, 自分必死.) <包公 玉樞經 9 : 63>

【믈외비】 명 무뢰배(無賴輩).¶ 光棍 ‖ 그 쇼년은 셩듕 믈외비 구일쇠라
거즛말을 ᄭᅮ며 사ᄅᆞᆷ 속이기ᄅᆞᆯ 잘ᄒᆞ더니 (其後生乃是城內光棍邱一所,
花言巧計, 最會騙人.) <包公 奪傘破傘 6 : 59>

【미부-】 형 미덥다.¶ 信 ‖ 이 반ᄃᆞ시 도흥이 ᄭᅬᄒᆞ야 죽이고 주머니ᄅᆞᆯ 글너 다른 사ᄅᆞᆷ의 시톄의 ᄆᆡ야 너ᄅᆞᆯ 미부게 너기게 ᄒᆞ야 이 일을 소기도다 (此必是陶興謀殺, 解錦囊係他人之尸, 取信于汝, 瞞了此事.) <包公 龜入廢井 3：17>

【미조ᄎᆞ-】 동 뒤따르다.¶ 後 ‖ 포슌이 그 일을 황시ᄃᆞ려 니ᄅᆞᆫ듸 황시 ᄀᆞ장 즐겨 아니ᄒᆞᆫ듸 포뫼 ᄯᅳᆺ이 구더 막기 어려온지라 즉시 ᄇᆡᆨ금을 슈습ᄒᆞ야 가지고 만안을 분부ᄒᆞ야 ᄒᆡᆼ니ᄅᆞᆯ 메고 미조ᄎᆞ 오라 ᄒᆞ다 (鮑以其事與黃氏說知, 黃氏甚是不樂, 鮑某意堅難阻, 卽收拾百金, 分付萬安挑行李後來.) <包公 紅衣婦 5：49>

【버으-】 동 (돈을) 벌다.¶ 作家 ‖ 우리 뷘손으로 버으러 겨유 입을 먹으니 어ᄂᆞ날 허다ᄒᆞᆫ 은을 어드리오 (你我空手作家, 只足度日, 何時積得許多銀?) <包公 二陰筶 4：46>

【범마ᄒᆞ-】 동 범마(犯馬)하다. 미처 길을 피하지 못하다.¶ 擅衝馬頭 ‖ 문의 즉시 사ᄅᆞᆷ을 시겨 ᄉᆞ마도ᄅᆞᆯ 잡아 부즁의 드러가 범마ᄒᆞᆫ 죄ᄅᆞᆯ ᄎᆡᆨᄒᆞ야 말을 뭇지 아니ᄒᆞ고 (文儀卽着人拿入府中, 責以擅衝馬頭之罪, 不由分說.) <包公 黃栄葉 2：67>

【병작ᄒᆞ-】 동 병작(竝作)하다. 반작(半作)하다.¶ 佃 ‖ 이 ᄯᅳᆺ이 이시면 나의 압 ᄆᆞ올의 뎐디 병작ᄒᆞᄂᆞᆫ 녀진녹은 고지식ᄒᆞᆫ 사ᄅᆞᆷ이라 (你有此意, 我前村佃戶呂進祿是個朴實人.) <包公 二陰筶 4：44>

【병잠기】 명 병장기(兵仗器).¶ 兵 ‖ 병잠기ᄂᆞᆫ 흉ᄒᆞ고 ᄡᅡ홈은 위ᄐᆡᄒᆞ미 ᄌᆞ고로 그러ᄒᆞᆫ디라 (兵凶戰危, 自古爲然.) <包公 侵冒大功 7：45>

【ᄲᅦ치-】 동 빼다.¶ 抽 ‖ 부듸 지ᄅᆞ려 ᄒᆞ니 명일이 아니면 다만 조만간의 이시리라. ᄒᆞ고 셜파의 몸을 ᄲᅦ쳐 가거ᄂᆞᆯ ("'叔叔休管, 管教他身上掘個窟窿.' 言罷, 抽身走起去了.") <包公 江岸黑龍 7：4>

【산힝ᄒᆞ-】 동 사냥하다.¶ 打獵 ‖ ᄒᆞᆫ 아ᄃᆞᆯ을 나흐니 일홈은 포셩이라 젼혀 놀고 산힝ᄒᆞ기ᄅᆞᆯ 됴하ᄒᆞ야 부뫼 금ᄒᆞ되 긋치지 아니ᄒᆞ더니 ᄒᆞᆯᄂᆞᆫ 포셩이 가동 만안을 ᄃᆞ리고 나가 산힝ᄒᆞᆯᄉᆡ (生一子名鮑成, 專好游獵, 父母禁之不得. 一日鮑成領家童萬安出去打獵.) <包公 紅衣婦 5：44> 獵 ‖ 즉시 산힝ᄒᆞᄂᆞᆫ 개ᄅᆞᆯ 텨 죽이고 ᄡᅳᄂᆞᆫ 긔믈을 다 ᄭᆡ친 후 농소로 ᄧᅩᄎᆞ 보ᄂᆡ여 집의 도라오지 못ᄒᆞ게 ᄒᆞ니 (卽將獵犬打死, 使用器物盡行毀壞, 逐于庄所.) <包公 紅衣婦 5：46>

【상좌】 명 상좌(上佐). 어린 중.¶ 小伴童 ‖ 날이 ᄇᆞᆰ으ᄆᆡ 즁의 상좨 니러

나 즁을 ᄎᄌ디 보지 못ᄒ야 (至天明, 和尙小伴童起來, 遍尋和尙不
見.) <包公 殺假僧 3 : 70>

【새볘】 ⃞명 새벽.¶ 무起 ‖ 내 새볘 니러나 돗틀 잡다가 보니 계란이 일계
를 돗터 문으로 니여보니거눌 내 즉시 가 계란의게 간졍을 구ᄒ니
계란이 니른디 일계의게 허가ᄒ엿노라 ᄒ고 즐겨 날을 좃디 아니커
눌 (我因早起宰猪, 見季蘭送一桂出門, 我便去奸季蘭, 他說要嫁一桂,
不肯從我.) <包公 蜘蛛食卷 8 : 83>

【샤ᄆ괴】 ⃞명 사마귀.¶ 痣 ‖ 의 댱뷔 우편 풀의 검은 샤마괴 이시니 가히
알니이다 (“何氏道 : ‘妾夫右臂有黑痣可驗.’”) <包公 玉面猫 6 : 24>
⇒ ᄉ마괴

【샹지】 ⃞명 상좌(上佐). 어린 즁.¶ 徒弟 ‖ 쇼승의 일홈은 진쉬오 져 세흔
다 샹지니 일홈은 여졍 여회 여개니이다 (小僧名眞守, 那三個都是徒
弟, 名如貞・如誨・如可.) <包公 和尙皺眉 8 : 48>

【손샤ᄒ―】 ⃞동 손사(遜謝)하다. 겸손하게 사양하다. 위로하다.¶ 慰道 ‖ 그
모친이 공시로 더브러 본디 옥이 이 일 ᄒ는 줄을 아쳐로이 너기더
니 마태의 와시믈 보고 심히 깃거 아니ᄒ니 태 아디 못ᄒ고 저를
노ᄒ는가 ᄒ야 됴흔 말노 손샤ᄒ디 (母與龔氏久惡玉幹此事, 見泰來
甚是不悅, 泰不知, 以爲怒己, 乃緩詞慰道.) <包公 免戴帽 7 : 76>

【쇼뎍】 ⃞대 소적(小的). 소인.¶ 小的 ‖ 이 뵈는 쇼뎍의 거시 아니니 감히
내거시라 못ᄒᄂ이다 (此實是小人的布, 不知相公何處得之?) <包公
石碑 7 : 33>

【슷치―】 ⃞동 낌새를 채다.¶ 션계 인ᄒ야 지믈을 ᄉ랑ᄒ고 탐심이 무염ᄒ
야 부친이 어린 아들 나흐믈 깃거 아녀 제 가업을 난홀가 ᄒ야 샹
히 그 아ᄋ를 ᄒ홀 ᄯᆺ을 두니 슈겸이 그 ᄯᆺ을 슷쳐 아더니 (善繼慳
吝愛財, 貪心無厭, 不喜父生幼子, 分彼家業, 有意要害其弟. 守謙亦知
其意.) <包公 扯畵軸 7 : 54>

【ᄉ마괴】 ⃞명 사마귀.¶ 痣 ‖ 쇼인의 쳐는 좌편 졈 아러 검은 ᄉ마괴 잇ᄂ
니이다 (小人妻子左乳下有黑痣.) <包公 黑痣 8 : 39> 월계 비 우희
셔 졋줄 너여 ᄋ희를 먹이니 좌편 졋 아러 검은 ᄉ마괴 잇는디라
(月桂取乳與子食, 其左乳下生一黑痣.) <包公 黑痣 8 : 33>

【ᄉ망】 ⃞명 조화.¶ 造化 ‖ 내 ᄒᆫ 계교를 베퍼 네 ᄉ망이 엇더ᄒ고 볼 거
시니 너는 노시를 두고 집의 도라갓다가 삼일 후의 다시 와 계교를

드ᄅᆞ라 (我設下一計, 看你造化如何. 你歸家, 三日後再來聽計.) <包公 騙馬 5 : 93> 두 사ᄅᆞᆷ이 ᄀᆡ봉부의 ᄆᆡᄆᆡᄒᆞ라 가노라 ᄒᆞ더니 반 ᄃᆞᆯ은 ᄒᆞ여셔 은을 만히 어더 ᄉᆡᆼ듕의셔 집을 두고 뎐디ᄅᆞᆯ 사니 이런 ᄉᆞ망이 잇더라 (他兩人去開封府做買賣, 半月間, 撿銀若干. 就在省城置家, 買田數頃, 有如此造化.) <包公 氈套客 4 : 12>

【ᄉᆞ이들-】 동 다리 놓다.¶ 做脚 ‖ 동모ᄒᆞᆫ 일은 실노 업거니와 다만 댱무칠이 일즉 닐오ᄃᆡ 네 쥬뫼 쳥년의 얼골이 아ᄅᆞᆷ답다 ᄒᆞ고 쇼쳡으로 ᄒᆞ여금 ᄉᆞ이들나 ᄒᆞ거ᄂᆞᆯ (同謀委實沒有, 只茂七曾說過, 你主母青年貌美, 教小婦人去做脚.) <包公 咬舌扣喉 1 : 48> 반ᄃᆞ시 네 ᄆᆞ음이 이셔 츈향으로 ᄉᆞ이들나 ᄒᆞ여시니 엇지 이 일이 업다 니ᄅᆞᄂᆞᆫ다 (必然是你有心叫春香做脚, 怎說沒有此事?) <包公 咬舌扣喉 1 : 48> 니되 왈 나ᄂᆞᆫ ᄉᆞ이들녀 ᄒᆞ엿ᄂᆞ이다 ("李陶道 : '我做馬脚耳.'") <包公 床被什物 9 : 58> 네 져로 더브러 ᄆᆞ어시 친쇽ᄒᆞ관ᄃᆡ 져의 ᄉᆞ이ᄅᆞᆯ 들녀 ᄒᆞ든다 (你與他熟? 幾時相熟的, 做他馬脚?) <包公 床被什物 9 : 58> 너희 이인이 몬져ᄂᆞᆫ 다 니ᄅᆞᄃᆡ 통간ᄒᆞ야 아모의 은 약간을 어덧ᄂᆞ니라 ᄒᆞ더니 즉금은 ᄒᆞ나흔 니ᄅᆞᄃᆡ 은을 그 지아비ᄅᆞᆯ 주라 ᄒᆞ고 ᄒᆞ나흔 니ᄅᆞᄃᆡ ᄉᆞ이들녀노라 ᄒᆞ여 잠간 ᄉᆞ이 그 말이 여러 가지로 반복ᄒᆞ니 이ᄂᆞᆫ 광곤의 졍ᄐᆡ 현연ᄒᆞ다 (你二人先稱他通奸, 得某某銀若干, 一說銀交與夫, 一說做馬脚. 情詞不一, 反覆百端, 光棍之情顯然.) <包公 床被什物 9 : 58>

【ᄉᆡᆼ니】 명 생리(生理). 살아갈 방도. 장사. 살림살이. (중국어 간접 차용어)¶ 生計 ‖ 포공 왈 네 죄ᄅᆞᆯ 샤ᄒᆞᆯ 거시니 도라가 ᄯᆞ로 ᄉᆡᆼ니ᄅᆞᆯ ᄒᆞ고 네 아비ᄅᆞᆯ 보ᄃᆡ 말미 엇더뇨 ("包公曰 : '赦你的罪, 回去別做生計, 不見你父如何?'") <包公 江岸黑龍 7 : 11> 네 만일 아모 ᄉᆡᆼ니나 ᄒᆞ렷노라 ᄒᆞ면 내 너ᄅᆞᆯ 돈 일쳔 관을 주어 보ᄂᆡ리라 (我若願做甚麽生理, 我與你一千貫去.) <包公 江岸黑龍 7 : 11>

【ᄡᆞ호-】 동 썰다.¶ 쾌ᄒᆞ고 쾌ᄒᆞ다 다만 ᄒᆞᆫ 사ᄅᆞᆷ을 만 번을 ᄡᆞ흔들 엇디 쳔여 인의 목숨을 당ᄒᆞ리오 (快活快活! 但一人萬割也抵不得幾千民命.) <包公 侵冒大功 7 : 51>

【ᄡᆞᆷ】 명 쌈. 포(包¶). 봉. 包 ‖ 거경을 ᄃᆞ리고 ᄒᆞᆫ 뷘 방으로 가니 ᄉᆞ면이 다 놉흔 담이라 노 ᄒᆞᆫ 오리와 머리 ᄊᆞᆨᄂᆞᆫ 칼 ᄒᆞ나와 비상 ᄒᆞᆫ ᄡᆞᆷ을 가져 거경을 주며 니ᄅᆞᄃᆡ (邀居敬至一空房去, 四面皆是高墻, 將繩一條,

剃刀一把, 砒霜一包送與胡居敬道.) <包公 枷上得穴 8：23>

【아쳐로이】㈎ 싫게.¶ 惡 ∥ 그 모친이 공시로 더브러 본디 옥이 이 일
　　ᄒᆞᄂᆞᆫ 줄을 아쳐로이 너기더니 마태의 와시믈 보고 심히 깃거 아니
　　ᄒᆞ니 태 아디 못ᄒᆞ고 저를 노ᄒᆞᄂᆞᆫ가 ᄒᆞ야 됴흔 말노 손샤ᄒᆞᄃᆡ (母與
　　龔氏久惡玉幹此事, 見泰來甚是不悅, 泰不知, 以爲怒己, 乃緩詞慰道.)
　　<包公 免戴帽 7：76>

【알도ᄒᆞ-】㈕ 갈도(喝道)하다. 벽제(辟除)하다. 큰소리로 꾸짖어 길을 치
　　우다.¶ 喝道 ∥ 압ᄒᆡ 알도ᄒᆞ고 부ᄆᆡ 온다! (前面喝道, 駙馬來矣!) <包
　　公 石獅子 2：84>

【업쳐지-】㈕ 엎어지다.¶ 覆 ∥ 듕노의셔 비 업쳐진 고로 유락ᄒᆞ야 이곳
　　의 니ᄅᆞ러시니 범ᄉᆞ를 엇디 알니오 (不意途中覆舟, 流落至此, 諸事
　　不會幹.) <包公 枷上得穴 8：19>

【원앙ᄒᆞ-】㈖ 원왕(冤枉)하다. 억울하다.¶ 모긔 내 몰머리의 모다 흐터지
　　지 아니니 아니 원앙흔 일이 잇ᄂᆞᆫ가 네 ᄯᅡ라가 ᄌᆞ셔히 알고 와 알
　　외라 (蠅蚋集我馬首不散, 莫非有冤枉事? 汝隨前去根究明白, 卽來報
　　我.) <包公 木印 7：19>

【외ᄃᆡᄒᆞ-】㈕ 외대(外待)하다. 푸대접하다.¶ 見外 ∥ 비록 가인이 잘못흔
　　말이 이실지라도 맛당히 나의 이젼 졍분을 보아 외ᄃᆡ치 말게 ᄒᆞ라
　　(就是嫂有不周之言, 當看我往日情分, 休要見外.) <包公 臨江亭 3：25>

【위연이】㈎ 우연히.¶ 偶然 ∥ 졍히 글을 보다가 위연이 사이의 ᄐᆡ흔 글
　　귀를 보니 몽듕의 글귀와 부합ᄒᆞᄂᆞᆫᄃᆡ라 (包公正看卷時, 偶然見査彝
　　詩句符合夢中之意.) <包公 移椅倚桐同玩月 6：47>

【-의셔】㈜ -보다. 비교격 조사.¶ 勝如 ∥ 뇌음ᄉᆞ 셰존뎐젼의 보개로 덥
　　흔 농 안히 ᄒᆞᆫ낫 얼골이 흰 고양이 이시니 이룰 어더오면 가히 요
　　괴룰 멸ᄒᆞ야 십만 텬병의셔 나으리이다 (除非雷音寺世尊殿前寶盖籠
　　中一個玉面猫能伏之, 若求得來, 可減此怪, 勝如十萬天兵.) <包公 玉
　　面猫 6：34>

【좀져오-】㈖ 《좀젹다》 좀스럽다.¶ 菲薄 ∥ 댱재 슉슈로 ᄒᆞ여곰 녜믈을
　　밧으라 ᄒᆞ니 슉쉬 그 녜믈이 다 좀져오믈 보고 기듕 후흔 거술 굴
　　히여 두어 가디 것과 그 거유룰 밧으니 (長者令廚子受禮, 廚子見其
　　禮物菲薄, 擇其稍厚者略受一二, 遂乃受其鵝.) <包公 靑糞 8：41>

【쟝ᄉᆞ질ᄒᆞ-】㈕ 장사하다.¶ 덩쥐 셩밧 십오리 왕가촌의 형뎨 두 사름이

이셔 일즉 외방의 가 쟝ᄉ질ᄒ고 도라올시 (話說鄭州離城十五里王
家村, 有兄弟二人, 常出外爲商.) <包公 牌下土地 7 : 12> 네 쟝ᄉ질
ᄒ니 일즉 어늬 짜히 뵈를 ᄑᆞᄂᆞᆫ다 (汝做經紀, 賣的哪一路布?) <包公
木印 7 : 21> 너희 등은 남글 딕희여 톳기를 기ᄃᆞ리디 말고 내 이제
ᄎᆞᄌ 쇠도로 ᄒ여곰 집을 딕희오고 널노 ᄒ여곰 외방의 쟝ᄉ질ᄒ야
젹은 니를 어더 용도를 보틱고져 ᄒ니 네 ᄯᅳᆺ이 엇더ᄒ뇨 (汝等不要
守株待免, 吾今欲令次兒柴祖守家, 令汝出外經商, 得獲微利, 以添用
度. 不知汝意如何?) <包公 石碑 7 : 26>

【ᄌ히-】 圐 재다.¶ 量 ‖ 이 뵈 두 ᄭᅳᆺ티 표ᄒᆞᆫ 거술 비록 도적이 밧고와시
나 쇼인이 이 뵈 자수를 다 아ᄂᆞ니 샹공이 밋디 아니시거든 가히
ᄌᆞ흘 갓다가 ᄌᆞ혀 보쇼셔. 만일 갓디 아니면 쇼인이 죄를 감당ᄒ리
이다 (其布首尾印記雖被他換過, 小人中間還有尺寸暗記可驗, 相公不
信, 可將丈尺量過, 如若不同, 小人甘當認罪.) <包公 石碑 7 : 33>

【ᄌ져ᄒ-】 圐 자저(越趄)하다. 주저하다. 망설이다.¶ 不悅 ‖ 댱지 ᄆᆞ음의
ᄌ져ᄒ야 그 쥬인이 극히 엄ᄒ니 집의 도라가 ᄎᆡᆨ을 밧을가 넘녀ᄒ
야 두어 잔 슐을 먹고 민ᄌ민ᄒ야 광쥬리를 메고 도라갈시 (長財不悅,
恐回家主人見責, 飮酒幾杯, 悶悶挑幾筐而回.) <包公 靑糞 8 : 41>

【저ᄌ-】 圐 저지르다.¶ 虧 ‖ 거경이 빗머리의 셔ᄌ 슈하로 ᄒ여곰 잡아
오라 ᄒ니 두 듕이 저즌 죄 잇ᄂᆞᆫ디라 ᄉᆞ치 못ᄒᆞᆯ 줄 알고 즉시 믈의
ᄲᅡ져 죽고 (居敬立在船頭, 令手下拿之. 二僧心虧, 知無生路, 投水而
死.) <包公 柟上得穴 8 : 32>

【조츨ᄒ-】 혱 깨끗하다.¶ 潔 ‖ 내 사ᄅᆞᆷ이 만흐믈 보면 스스로 목질너 몸
을 조츨히 ᄒ고 ᄯᅳᆺ을 붉히미 샹칙이라 (吾見人多, 便先自刎以潔身明
志, 此爲上策; 或被其汚, 斷然自死, 無顔見你.) <包公 試假反試眞 4 :
2> 네 당일의 잡혀와 즉시 죽어시면 몸과 일홈이 조츨ᄒᆞᆯ 거시오 지
아비 ᄯᅩᄒᆞᆫ 붐 속의 드ᄂᆞᆫ 난은 업술지라 (你當日被拐便當一死, 則身
潔名榮, 亦不累夫有鐘盖之危.) <包公 觀音菩薩托夢 1 : 22>

【즈름】 圀 거간꾼.¶ 牙儈 ‖ 셔경의 뎡영이라 ᄒᄂᆞᆫ재 이시니 이ᄂᆞᆫ 즈름ᄒ
ᄂᆞᆫ 집이라 왕ᄂᆡᄒᄂᆞᆫ 긱샹을 머므르디 (話說西京有一姓程名永者, 是
個牙儈之家, 通接往來商客.) <包公 江岸黑龍 7 : 1> 처음은 즈름이
되야 왕ᄂᆡ 긱샹을 흥졍브텨 돈을 어더 가업을 일웟ᄂᆞ이다 (當初曾
做經紀, 招接往來客商, 得牙錢成家.) <包公 江岸黑龍 7 : 8> ⇒ 즈름

【즈룸】똉 중개인.¶ 牙儈 ∥ 이 믈화는 강셔 남풍으로서 낫느니 못춤 긱
인이 무호의셔 풀거눌 쇼인이 은 스십 냥을 주고 즈룸을 녀허 사왓
느이다 (此貨出自江西南豊, 適有客人販至蕪湖, 小人用價銀四十兩憑
牙掇來.) <包公 葛葉飄來 2 : 23>

【의심저오-】똉 ≪의심젓다≫ 의심쩍다. 의심스럽다.¶ 나의 주손을 부귀
ㅎ라 원ㅎ믄 진실노 됴커니와 다만 놀남도 업고 쇼요홈도 업게 ㅎ
란 말이 가히 의심저오니 (願我子孫富貴誠好, 但無驚無擾的話, 却有
可疑.) <包公 銅錢揷壁 8 : 68> 막예는 더옥 방탕훈 무리라 그 치마
와 바지롤 벗기려 ㅎ니 우모 응예 욕저오미 태심ㅎ믈 보고 손을 노
코 먼니 셔니 정괴 두 손을 버셔나미 (莫譽乃是輕薄之輩, 卽解脫其
下身衣裙. 于謨·應信見汚辱太甚, 遂放手遠站.) <包公 試假反試眞
4 : 3> 이는 판관의 편벽저오미 아니라 이 정히 판관의 공되이니라
(這不是判官的偏向, 正是判官的公道.) <包公 鬼推磨 9 : 16> 절젓다
니시여 도적질ㅎ는 우믈을 마시디 아녀 스스로 목미여 죽고 어디다
문환은 죽기롤 둘게 아니 너겨 입으로 진경을 외오니 (絶哉李氏, 不
飮盜泉寧自縊; 善哉文煥, 不甘就死誦三官眞經.) <包公 三官經 9 :
81>

【의심져오-】똉 ≪의심젓다≫ 의심스럽다. 수상쩍다.¶ 날을 착ㅎ다 ㅎ믄
올커니와 다만 번뇌ㅎ미 이시리라 ㅎ는 말이 가히 의심져워 젼의
드론 바와 又틈니 이는 다 도적 무리의 말이로다 (說我眞好固是, 但
齊有煩惱的話又更可疑, 此言如前所聽者俱是賊盜的話.) <包公 銅錢揷
壁 8 : 68>

【지-】똉 (과거) 떨어지다.¶ 不第 ∥ 극튱이 블힝ㅎ야 과거 지고 인ㅎ야
병을 어더 샹의 누어 니지 못ㅎ니 (克忠不幸不第, 染病懕懕, 臥床不
起.) <包公 爵舌吐血 1 : 24>

【지이-】똉① 옭아매다.¶ 扳 ∥ 쇼인이 비롤 브리미 국긔와 간셥ㅎ미 업
는지라. 데 스스로 사롬을 모회ㅎ고 무슴 연고로 어즈러이 우리롤
지이리잇고? (小人掌船, 與克己無干, 彼自謀人, 何故亂扳我等?) <包
公 葛葉飄來 2 : 28> ② 짓게 하다.¶ 造 ∥ 댱직 댱시드려 이 말을
니르고 즉시 장인을 시겨 강フ의셔 십여 쳑 큰 비롤 지이니 (長者對
張氏說知, 卽令匠人於河邊造十數隻大船.) <包公 石獅子 2 : 78>

【진격ㅎ-】똉 진적(眞的)하다. 참되고 틀림없다. 명료하다.¶ 的有 ∥ 포공

이 싱각ᄒᆞᄃᆡ ‘통간ᄒᆞᆫ 일은 진적ᄒᆞ거니와 쥬인 죽인 일은 증게 업ᄉᆞ니 제 엇지 즐겨 승복ᄒᆞ리오? (包公思量通奸之弊的有, 謀死主人未得證見, 他如何肯招?) <包公 臨江亭 3 : 30>

【짓궤-】 동 지걸이다. 떠들다.¶ 喧鬧 ∥ 이 밤의 홍이 등블을 들고 쥬방으로 드러가니 여러 사름이 짓궤는 듯ᄒᆞᆫ 쇼리 나거늘 (是夜, 葛洪持燈入廚下, 忽聽似有衆人喧鬧之聲.) <包公 龜入廢井 3 : 9> 홍이 덥흔 거술 열고 보니 이는 산 거복이 셔로 ᄡᅡ화 짓궤는 소리라 (洪揭開視之, 却是一缸生龜在內喧鬧.) <包公 龜入廢井 3 : 9>

【뗑긔-】 동 찡그리다.¶ 皺 ∥ ᄒᆞ로 밤은 꿈의 보니 셩황이 듕 네흘 보니여시ᄃᆡ 세흔 입을 여러 웃고 ᄒᆞ나흔 홀노 눈섭을 뗑긔엿거늘 (偶一夜夢見城隍送四個和尙來, 三個開口笑, 一個獨皺眉.) <包公 和尙皺眉 8 : 47>

【첨년ᄒᆞ-】 동 첩련(貼聯)하다. 증거 서류를 덧붙이다.¶ 粘 ∥ 쓰기를 뭊ᄎᆞ매 문안을 민ᄃᆞ라 손철의 시권과 ᄒᆞᆫ가지로 첨년ᄒᆞ고 각인은 각 마을노 보ᄂᆡ니라 (批完, 做成案卷, 把孫徹的原卷一幷粘上, 連人一齊解往十殿各司去看驗.) <包公 屈殺英才 7 : 44>

【츄수ᄒᆞ-】 동 추수(推數)하다. 사주보다.¶ 算命 ∥ 네 눈이 흐리여 글을 잘못 보왓노라 ᄒᆞ면 너를 벌ᄒᆞ야 ᄂᆡ싱의 두 눈 먼 션싱을 민ᄃᆞ라 늠의 목숨을 츄수ᄒᆞ게 ᄒᆞ고 (如推眼昏看錯文字, 罰你來世做個雙瞽算命先生.) <包公 屈殺英才 7 : 42> 벌ᄒᆞ야 두 눈을 멀게 ᄒᆞ미 ᄀᆞ튼나 츄슈ᄒᆞ기와 비러먹기 다ᄅᆞᆫ 즉 블명블공ᄒᆞᆫ 분별이 뵐더라 (罰做雙瞽算命. ……) <包公 屈殺英才 7 : 42>

【쳥ᄃᆡ】 명 청대(靑黛). 쪽으로 만든 검푸른 물감.¶ 靑靛 ∥ 츳일의 관챵 곡식 이빅 셕을 니여 ᄇᆡ의 싯고 스스로 호광의셔 곡식 흥판ᄒᆞᄂᆞᆫ 긱인의 모양을 ᄒᆞ야 바로 허쥬 가 곡식을 풀ᄉᆡ 곡식셤의 쳥ᄃᆡ롤 볼나 표롤 ᄒᆞ야 허쥬 믈ᄀᆞ의 가 ᄂᆞ리니 (次日, 乃發義倉穀二百擔, 乃放靑靛爲記, 裝載船上, 扮作湖廣客人, 徑往許州來糶.) <包公 靑靛記穀 3 : 46>

【투셔】 명 도서(圖書). 도장. (중국어 직접 차용어).¶ 印 ∥ 포공이 늠의 손의 죽은 줄을 아ᄃᆞ니 믄득 보니 씌 우희 ᄒᆞᆫ 낫 젹은 남그로 삭인 투셰 이시ᄃᆡ 이ᄂᆞᆫ 뵈 ᄑᆞᄂᆞᆫᄃᆡ 표ᄒᆞᄂᆞᆫ 거시여늘 (包公知被人謀死, 忽見衣帶上係一個木刻小小印子, 却是賣布的記號.) <包公 木印 7 : 20>

포공이 즉시 나모 투셔룰 니여 공니룰 시겨 뵈의 친 투셔와 마초와
보니 훈 말도 그르디 아닌디라 (包公復取木印記對之, 一些不差.)
<包公 木印 7 : 24>

【프즈】 명 포자(鋪子)가게. (중국어 직접 차용어).¶ 屠 ‖ 풍쉬 집의 도라
와 큰 암돗 ㅎ나흘 쳐 여러 슷기룰 나흐니 니룰 수비룰 어든지라
쟝촛 프즈의 풀녀 ㅎ니 그 암돗치 믄득 사룸의 말을 ㅎ야 닐오디
(馮叟回家, 畜一大母彘, 一歲生數子, 獲利幾倍, 將欲售之于屠, 忽作人
言道.) <包公 手牽二子 5 : 21>

【휘】 명 화(靴). 신발. (중국어 직접 차용어).¶ 靴 ‖ 네 가히 피쟝의 모양
을 ㅎ고 밀ᄌ히 거믄 휘룰 짐 우희 언져 빅학ᄉ로 가 각 승방의 두
로 둔니며 푸디 사룸이 아라보ᄂ니 잇거든 즉시 와 니로라 (汝可裝
作一皮匠, 密密將此皂靴挑在擔上, 往白鶴寺各僧房出賣, 有人來認, 卽
來報我.) <包公 賣眞靴 3 : 79>

【흥판ㅎ-】 동 흥판(興販)하다. 장사하다.¶ 生意 ‖ 홀난 분연ㅎ야 친훈 벗
풍인과 언약ㅎ야 운남의 가 흥판ㅎ려 홀시 간 지 십여 년의 크게
니룰 어더 (一日, 奮然相約知己馮仁, 同往雲南生意, 一去十數餘年, 大
獲其利.) <包公 接迹渡 2 : 55>

【ㅎ마】 부 하마터면.¶ 險些 ‖ 도라오기 더디기룰 니르디 마르쇼셔 하마
쥬인의 셩명을 보젼치 못홀 번 ㅎ얏ᄂ이다 (休說歸遲, 險些主人性命
難保.) <包公 玉面猫 6 : 22>

【훗갓】 부 한갓.¶ 徒然 ‖ 훗갓 그곳의 ᄡᅡ핫다가 죽어도 가져가디 못ㅎᄂ
가시니 듕인을 흐터 주어 훈가지로 ᄡᅥ 하민의 블균훈 탄식이 업게
ㅎ리라 (徒然堆在那裏, 死了也帶不來, 不如散與衆人, 大家受用些, 免
得下民有不均之嘆.) <包公 鬼推磨 9 : 18>

5. 『包閻羅演義』에 대하여

『包閻羅演義』는 2권 23회로 鶩溪叟가 짓고 安往居(彛堂生)가 訂正하여
1915년 경성 五車書廠에서 인쇄한 연활자본이다. 책의 맨 앞에 「讀法」이

있고,16) 肯來의 詞 1수, 吳剛의 「打缺壺口」가 실려 있다. 작자인 鷺溪叟
에 대해서는 알려진 것이 거의 없다. 그러나 다음과 같은 몇 가지 상황
으로 미루어 조선인임을 쉽게 알 수 있다. 첫째는 우리나라 방언이 나
온다는 점이다. 예를 들면 제5회 "但生在田家, 忽入富堂, 逡逡巡巡, 如高
麗人俚語所謂, 村雞官廳一般." 제1회 서두에 "話說支那五季之間, 國無正
統, 民無寧日."이라 하여 중국을 '支那'로 표기한다든가, 제7회 "催店小賣
些料理, ……. 須臾, 店小把料理排在小桌. ……店小問道 : '老人家要吃甚麼
料理?'"에서 보듯 '料理'란 단어를 쓴다거나 과거 급제자를 "狀元"이라
표기하지 않고 한국식 한자어인 "壯元"으로 표기한 점 등은 이 책의 저
자가 조선인임을 나타내 주는 확실한 증거이다. 『삼협오의』 고사의 배
경은 송대이지만 글 속의 많은 제도와 풍속 등은 명청시대를 따랐다.
가령 포증의 과거에 응시하는 과정이 生員(秀才)에서 鄕魁(향시 제1등, 解元)
에서 會試 23명 진사의 하나가 되는데 『포염라연의』에서는 "中了生員壯
元"을 하고 다시 "又捷壯元"하고 회시에서 "中了第九榜進士"라 하여 초
시 향시 전시의 1등을 일률적으로 "壯元"으로 칭하는 오류를 범하고 있
는데 이는 목계수가 중국 명청 과거제도에 익숙지 못함을 알려 준다.
　이 책의 말미에는 이 책을 출간한 辛亥唫社 五車書廠17)의 개업 社告
가 있어18) 오거서창이 당시 중국과의 서적 거래를 활발히 했음을 알 수

---

16) 一, 讀稗史, 當知線法. 當知線法, 凡有六線, 一曰伏線, 其曰複線者, 在此無情, 在彼有情.
二曰隱線, 其曰隱線者, 彼此情形雖殊, 却有機關相似. 三曰對線, 名形不同, 機關亦異而
情感相類者也. 四曰單線, 如占家飛伏神, 世爻安靜, 應爻發動者也. 五曰雙線, 如世爻發動,
應爻安靜者也. 六曰無形線, 文字元無照應處, 而其原因. 比如得瓜者, 不見種瓜時節也.
一, 凡貪財者, 嗜淫者, 忠孝心薄弱者, 當以正傳醫治.(이에 대해서는 黃浿江, 「古典小說
의 構成法－＜包閻羅演義＞에 나타난 '線法'을 중심으로」, 『覓南金一根博士華甲紀念
語文學論叢』(1985)의 논문이 참고가 된다).
17) 朝鮮 京城府 苑南洞 一七九番地에 소재하고 있었음.
18) 本社에서는 各地 會員의게 對ᄒ야 各種 書冊의 請求를 忘勞酬應ᄒᄂ 義務가 有ᄒᆷ으

464　중국 고소설과 문헌학

있으며, 이 책 외에도 『許夫人蘭雪軒集』(1913), 『姑婦奇譚』(1915) 등을 출간하였다.

　조선 문인들은 고문에는 조예가 깊었지만 백화문에 대해서는 문외한이었다. 그러므로 목계수는 문언문으로 백화문을 眉批의 형식으로 주석을 가하였다. 주석은 모두 174조로 일부 주석을 예로 들어보자.

　　風車兒勢 : 호로라기 <15 : 二27> 刺斜裏 : 얼는 <18 : 二46> 假髻 : 딴머리 <20 : 二60> 蠻力 : 쑥심 <4 : 一19> 搶白 : 俗言빈퉁이 <8 : 一40> 熱鏖 : 猶言火熨斗, 디리미 <7 : 一36> 灑油滿地拾芝麻 : 기름을 쏫고 씨롤 줏는다 <4 : 一20>

　위에서처럼 우리말로 뜻을 풀이한 것이 있는가 하면 조기 백화를 한문으로 풀어놓은 것도 있다.

　　白吃 : 空食 <8 : 一43> 鳥 : 方言 辱話也 <12 : 二13> 這 : 此也 <1 : 一3> 怎麼 : 何也 <17 : 二40> 東西 : 物件也 <11 : 二6> 好歹 : 好否 <13 : 二19> 多嘴 : 多言也 <2 : 一4> 們 : 輩也 <2 : 一5> 那 : 彼也 <1 : 一3> 耍 : 戲也 <5 : 一26> 我們 : 猶言我等 <5 : 一23> 險些兒 : 幾乎也 <4 : 一20>

　주석을 단 것을 보면 목계수도 근대한어에 대해서는 그다지 익숙지 못한 듯 적절하지 않은 표현이 적지 않다. 예컨대 '변소 가다'는 뜻을 가진 '出恭'을 '守門也'로, '醫藥'을 뜻하는 '刀圭'를 '醫醫'로 푼 것이나, 머리를 올려 묶는 머리 형식의 하나인 '綹兒'를 '首飾'으로, '관중'이나 '독자' 여러분을 지칭하는 '看官'을 '指看書眸子而言'으로, 중국 한족 부

로 如今에 五車에 超過혼 萬種 書籍을 儲置ᄒ고 特別廉價로 發售ᄒ오며 中華國書店에도 連絡이 有ᄒ오니 書籍을 愛覽ᄒ시ᄂ 僉君子ᄂ 陸續注文ᄒ심을 望홈

녀자의 전족을 뜻하는 '雙鉤'를 단순히 '雙足'으로 푼 것은 정확한 주석이 아니다. '一般', '平常'을 의미하는 '小可'를 '小格'이라 풀었는데 무엇을 의미하는지 알 수 없다. 이와는 대조적으로 목계수의 한문시는 꽤 괜찮은 편이다. 『포염라연의』는 매회 말에 두 수의 시가 있다. 어떤 대구는 상당히 세밀하고 정련되어 있다. 예를 들어 제1회 말미에 "莫將天上麒麟夢, 說與宮中獅子知."가 그것이다. 『삼협오의』 제1회 말에 포공의 출생 고사를 이렇게 읊고 있는데 "家遇吉祥反不樂, 時逢喜事頓添愁."는 이것과 같지 않다. 다시 예를 들면 "誰知飛燕多相妬盡, 蹴昭陽殿裏花如今." (第3回) "只爲脊令思急難, 不敎鶺鴒許同棲."(第4回) 등은 모두 전아하여 『삼협오의』의 많은 싯구보다 깔끔하고 단아하다. 특히 독법은 『포염라연의』를 읽는 독자에게 稗史의 구성 원리를 알려 작품 이해에 도움을 주고자 책머리에 실은 것 같다. 저자 자신의 글이라기보다는 편자인 安往居의 작문인 듯싶다. 조국원 씨의 말에 의하면, 안왕거는 본명을 口重, 호를 지정이라고 하였는데, "往居(어디 가 살리오!)"라는 이름은 한일합방 후 나라 잃은 비애를 나타낸 이름이라고[19] 한다.

책머리에 吳剛이라는 이름으로 저작 경위를 밝힌 글이 있다. 즉,

소설 일부를 지었으니 의견을 말해 달라는 鷺溪의 청을 받고 오강이 그의 서재를 찾아갔다. 때마침 목계는 머리를 풀고, 버선 벗은 발에 손은 金剛牌를 잡고 병풍 친 탁자를 향하여 치성을 드리고 있었다. 병풍에 그린 그림은 음산하였다. 十部鬼王, 羅刹, 力士가 향로와 보검을 늘어놓은 탁상에서 命簿錄류를 살피고 있는 것이다. 이윽고 치성 드리기를 마친 목계는 의관을 정제하고 오강을 맞아 술자리를 베풀었다. 오강은 그 일이 궁금하여 까닭을 물었다. "선생의 도력이 심히 넉넉하여 평생에 귀신의 일을 말

---

19) 黃浿江, 「古典小說의 構成法 -『包閻羅演義』에 나타난 '線法'을 중심으로」, 『頁南金一根博士華甲紀念語文學論叢』, 1985에서 재인용.

쓸 안하시더니, 방금 전에 하신 일은 미련한 소견에 도무지 알 수가 없습니다." 목계는 대답하기를, "포염라련의 용도공안을 읽으니, 족히 천고의 기절하여 이를 연의하고자 하되 거짓 꾸미기를 힘쓰고 바른 기록을 돕지 못하는 근세 패가들의 연의류를 따르고 싶지 아니하였소이다. 그리하여 이 화상을 늘어놓고 치성드림으로써 귀신을 치닫게 하여 보고 들은 다음 이라야 글이 거짓 발하게 되지 않을 것이외다." 하고 약간의 원고를 내보였다. 그것이 바로 본 연의였는데, 그것을 읽은 오강은 감탄하고, "염라패사는 귀신의 재주"라고 칭찬했다.[20]

이로 미루어 목계자가 명나라 때 저술인 『용도공안』(사실은 『三俠五義』)을 연의하였고, 저자 자신 연의에서 근세 패가류의 허식을 버리고 바른 사기를 보태는 것이 되고자 하였음을 알 수 있다.

『포염라연의』의 모본인 『三俠五義』에 대하여 살펴보자. 『삼협오의』는 일명 '忠烈俠義傳'이라고도 하는데 『龍圖耳錄』을 개편하여 지은 것이다. 120회로 이루어진 이 장편소설은 문인에 의해 쓰인 것이 아니라, 청 중엽 강담사 石玉昆(1810~1871)에 의해 창작된 것이다. 석옥곤은 자가 振之이며 천진 사람이다. 그는 청말의 유명한 강담사로 '石先生'으로 더 잘 알려져 있다. 청 동치 10년(1871)에 文竹老人이 첫번째 수정을 가하고 광서 원년(1875)에는 入迷道人이 이를 다시 다듬은 것으로 退思主人의 손을 거쳐[21] 청 광서 5년(1879) 북경 聚珍堂에서 간행되었다.

---

20) 鶯溪先生馳書謂余曰："我著說部一部, 請子一題." 不敢孤命, 詣至衡門. 有童子引入書房, 看見先生披髮跣足, 手執金剛牌, 朝向屛桌. 屛上所畵, 皆陰雲慘霧, 十府鬼王·羅刹·力士; 桌上列香爐寶劍, 檢命簿籙之類, 心甚怪之. 童子曰："客官, 愼勿作聲, 待先生功畢, 攀話未遲." 須臾, 先生撤去屛桌, 整了衣冠, 執手敍闊, 勸酒相樂. 余問道："先生道力甚富, 平生不言鬼神事矣, 這般作怪, 甚惑劣意." 先生笑曰："我豈作怪? 我閱『包閻羅龍圖公案』, 足爲千古奇絶, 聊欲演爲一部, 不欲效近世稗家, 務多飾許, 演不補正. 故此繪列形像, 馳神觀聽, 然後可以文不虛發." 言畢, 出示若干表稿, 剛讀之寇宮人, 志願超度, 郭奸閹繫戀陽壽, 擧腕一拍, 壺觴盡缺, 繼吟一絶曰："悲從劇處難爲淚, 喜事齊天笑莫開. 打破壺觴起自舞, 閻羅稗史鬼神才."

『포염라연의』는『삼협오의』의 전반부를 개작한 것이다. 전반부의 내용은 이러하다. 송나라 진종 때 劉·李 두 비는 서로 황제의 총애를 다투었다. 이비가 분만하자 유비는 태자를 삵쾡이로 바꿔치기하여 요물을 낳았다고 소문을 내었다. 이비는 내궁에 감금되는 신세가 된다. 包拯은 盧州 合肥縣 包家村에서 태어나 진사에 급제하여 定遠縣 지현으로 부임한다. 소송사건을 귀신처럼 헤아려 개봉부에 용도각대학사를 제수받는다. 포공은 陳州에서 양곡을 풀어 백성들을 구제하고, 龐昱을 처형하고, 귀로에 이비를 만나 태자를 삵쾡이로 바꾼 억울한 사건을 밝혀내 인종의 신임을 얻는다는 이야기이다.

『포염라연의』의 줄거리를 구체적으로 살펴보면,『포염라연의』제1~3회는 갓 낳은 태자를 삵쾡이로 바꿔치기하여 이비가 억울하게 유폐되는 이야기이며, 제4~9회는 포공의 출생담이며, 제10회는 沈淸의 누명이 벗겨지는 이야기, 제11회는 烏盆을 판단하는 이야기, 제12회는 포공이 파직당한 뒤 요양하는 이야기, 제13회는 인종이 꿈에 현자를 만나고 여자 귀신이 억울함을 하소연하는 이야기, 제14~19회는 포공이 진주에서 방욱 사건을 처리하는 이야기, 제20~22회는 이비의 누명이 벗겨져 환궁하는 이야기, 제23회는 龐吉이 포공을 해치고 展昭가 인종을 배알하는 이야기이다.

『포염라연의』의『삼협오의』개작 양상은 크게 세 가지 측면으로 나타난다.

첫째, 내용에 첨삭이 있으나 회목은 변동된 것이 서로 비슷하다.『삼협오의』의 제1회에 삵쾡이로 태자를 바꿔친 고사는 원래 1회가 채 안

---

21) 戊寅(光緒 4年, 1878)冬, 于友人入迷道人處得是書之寫本, 知爲友人問竹主人互相參合刪
　　定, 彙以成卷, 携歸卒讀, 愛不釋手, 爰商兩友, 就付聚珍板以供同好云爾(「退思主人序」).

되는데『포염라연의』에서는 더 길어져 삼회에 이른다. 또 余忠의 누이 余琰과 寇珠의 여동생 寇珺 등의 인물이 더 등장하고 회목을 보면 곧 줄거리가 더 증가했음을 알 수 있다. 또한 소설의 제7회와 제8회 각각 楊鬪鬚와 孟平 두 인물을 더 등장시키고 있다. 또 제1회 劉妃가 처음으로 구주를 고문하게 되는데 원래『삼협오의』에는 없는 내용이다. 개작자가 갈등과 긴장을 고조시키고자 했음을 알 수 있다. 그리고 구주가 제3회에서 재차 형을 당할 때 벽에 부딪쳐 자살하는 장면 역시 개작자가 삵쾡이로 태자를 바꿔치는 고사에 대해 정성을 들여 가공한 부분이라 할 수 있다.

둘째, 구성을 조정하였다.『포염라연의』는 이비 고사와 포공의 출생담 두 이야기를 중점으로 묘사하여,『삼협오의』의 제1회 후반에서 제4회까지를『포염라연의』에서는 제4회에서 9회로 조정하였고,『삼협오의』의 4·5·6 삼회는 또『포염라연의』제5회에서 9회로 옮겨놓았다. 제10회 이하의 내용에 대해서는 크게 축약하였다. 예를 들어,『삼협오의』제5회 하반부인「烏盆訴苦別古鳴寃」에서『포염라연의』는 원래 오분귀 고사를 서술한 것을 張古別이 말한 것으로 바꾸어 원래 3천 자의 내용을 1,500자로 줄여 편폭을 반으로 줄였다.

셋째, 이야기 순서를 뒤바꿨다.『포연라연의』제12회 서두에 포공이 해직된 내용이 있는데,『삼협오의』에서는 이 줄거리가 제6회 서두에 나온다. 소설 18회에서 전소와 백옥당이 묘원외 집에 가서 은을 훔치는데, 이 내용은『삼협오의』에서는 제13회에 기록되어 있으며 개작자가 다음과 같이 덧붙이고 있다.

看官, 你知道, 白玉堂雖有本能, 當夜展俠已瞧了自己, 自己瞧不得展俠, 便是不及處. 他日襄陽府, 陷落銅網陣, 亦自有由, 此是後話.〔白玉堂竟死銅網陣〕

이렇게 첨가된 말로 인해 비록 백옥당의 최후를 앞당겨 예고해 주지만 읽는 흥미가 줄어들지 않았을 뿐만 아니라 독자로 하여금 훨씬 읽어 내려가고 싶은 마음을 유발한다. 아무튼 『포염라연의』는 20세기 초까지 조선 문인이 중국 통속소설을 개작하고, 또 문언문으로써 백화문을 주석까지 해놓은 특이한 자료라고 하겠다.22)

6. 구활자본 『염라왕전』에 대하여

『염라왕전』은 목록에는 '음양염라왕전(陰陽閻羅王傳)'이라고도 표기되어 있는데 구활자본이다. 저자는 '박건회'로 되어 있다. 총 187면으로 되어 있으나 마지막 장이 많이 훼손되고 판권지가 떨어져 나가 정확한 출간연도는 알 수 없다. 朴健會라는 사람은 1920년대 중국소설을 수차례 번역 또는 축약하여 출간한 편집겸 발행인이다. 실제로 『더월셔상긔』(1917), 『장즈방실기』(1917), 『셜인귀전』(1919), 『당태종전』(1919), 『화용도실긔』 등을 조선서관, 유일서관 등에서 출간한 바 있다. 따라서 『염라왕전』은 『포염라연의』가 출간된 1915년 이후부터 30년대 사이에 출간되었을 것으로 추정된다. 이 자료는 흔치 않은 것으로 국내 도서관 소장 목록에는 보이지 않고 다만 북한에 국문소설로 이 소설이 등재되어 있는 목록을 본 적이 있다. 그간 이 작품의 원전이 『包閻羅演義』라는 사실은 전혀 언급된 바 없어 살펴보기로 한다.

『염라왕전』은 제1회부터 제5회까지는 『포염라연의』의 제4회부터 제8회의 번역, 『염라왕전』 제6회는 『포염라연의』 제9회 앞부분과 제1회의

---

22) 程有慶, 「簡評『包閻羅演義』」, 『北京圖書館刊』 1998年 第2期, 1998, p.112~113.

번역, 제9회는『포염라연의』제9회 뒷부분과 제10회의 번역이며, 그 뒤
는 차례로 번역하였다. 따라서 두 회가 줄어 번역본은 21회로 끝난다.

　이처럼 앞뒤가 뒤바뀐 현상은『포염라연의』제1회부터 3회가 삵쾡이
로 갓 낳은 태자를 바꿔치기하는 이야기로부터 시작하는 반면에『염라
왕전』에서는 포공의 출생담(『포염라연의』제4~9회)으로부터 시작한 데서
비롯되는 것으로 이야기 전개에는 아무런 문제가 없다.『염라왕전』은
20세기 초 국어자료이긴 하지만 고어와 고문체의 흔적이 남아 있어 살
펴보기로 한다.

【가음알-】圖 관장(管掌)하다. 다스리다.¶ 掌 ‖ 내 일작이 드르니 구궁인
　　의 아오 구비가 남쳥궁에 잇셔 음식을 가음안다 ᄒ니 디기 스룸의
　　형졔라 ᄒᄂ 것은 비록 모양이 쏙갓지ᄂ 못ᄒᄂ 맛당히 일분이라도
　　근사ᄒ 곳이 잇나니 엇지 뎌를 불너 ᄒ 번 시험ᄒ야 보지 아니ᄒ나
　　잇고? (曾聞寇宮人胞弟寇琲, 在南淸宮掌饍, 雖未必雷同, 當有一分肖
　　似處.) ＜閻羅 21∶183＞
【결-】圖 ≪겯다≫ 대, 갈대, 사리 따위로 씨와 날이 서로 어긋매끼게 엮
　　어 짜다.¶ 藤 ‖ 이 ᄽᅢ에 류귀비가 티ᄌᆞ를 밧고와 가지고 ᄌᆞ긔 궁
　　즁에 도라와 가마니 심복 궁녀 구쥬로 ᄒ야금 등으로 겨른 치롱을
　　가져다가 가마니 티ᄌᆞ를 감초아 너은 후 금슈교 밋희 더지고 오라
　　ᄒ니라 (且說劉妃換取太子, 到了自己宮內, 密使心腹宮人寇珠, 取藤籃
　　暗藏太子, 投了金水橋下.) ＜閻羅 7∶56＞
【곤비ᄒ-】圖 곤비(困憊)하다. 피곤하다.¶ 憊 ‖ 장부ᄶᅧ셔 만약 려산이ᄂ
　　무릉에 역스를 ᄒ얏스면 곤비ᄒ심이 극ᄒ시련이와 이졔 ᄒ 낫 갓
　　ᄂ흔 어린 아ᄒᆡ를 파셔 뭇으시고 이갓치 슘을 헐〱거리시ᄂ잇고
　　(丈夫, 你若赴了驪山茂陵之役, 好容易憊了, 如今葬了一塊小孩, 這般
　　喘喘麽?) ＜閻羅 1∶7＞
【궁ᄀ】圖 구멍.¶ 쏘 싱각ᄒ되 이 마른 우믈에 일홈이 병우믈이니 병이라
　　ᄒᄂ 것은 우흔 좁고 아리ᄂ 너른 물건이라 이 우물이 궁기 디단
　　좁으니 이 속은 필연 너르리로다 (又驀想道：'此枯井名稱瓶井, 瓶是

上夾下廣之物.') <閻羅 2：15>

【긔틀】 图 기회(機會).¶ 機 ∥ 가히 인후흔 뎐하로다 모롬이 방심ᄒ라 니 맛당이 긔틀을 맛나거든 텬즈씌 권ᄒ야 풀게 하리라 (好個仁厚殿下, 且須放心, 我當遇機, 在上前解勸.) <閻羅 8：67>

【긔연이】 图 개연(慨然)히.¶ 드디여 긔연이 우러〻 디왈 (遂乃慨然仰對曰.) <閻羅 7：60>

【뉘웃ㅂ-】 图 후회스럽다.¶ 悔 ∥ 너의 부ᄌ에 횡지흔 돈 삼빅 오십 량이 여늘 엇지ᄒ야 잘 감쵸지 못ᄒ고 뉘웃버 ᄒᄂ뇨 (你父子財星洽爲三百五十兩, 爲何慢藏而悔了?) <閻羅 2：148>

【다라오-】 图 달려오다.¶ 奔 ∥ 포희 이 말을 듯고 어디서 보결이ᄂ 어든 것 갓ᄒ여 연망이 셔지에 다라와 부친을 보고 리씨에 의견을 셰〻 이 고ᄒ되 (包海如得寶訣, 連忙奔至書齋, 把將李氏意見, 自述了一遍.) <閻羅 1：7>

【마로지-】 图 마르고 재다.¶ 裁定 ∥ 너의 일평싱 착ᄒ고 약흔 것 지은 것은 맛당이 이십 년 후에 스스로 마로지여 질졍흠이 잇스련이와 오날ᄂ 원고의 일은 은휘치 말고 즉초ᄒ라 (爾的一生善惡, 當於二十年後自有裁定, 今日原告之事, 毋隱卽招.) <閻羅 21：182>

【박셕】 图 박석(薄石). 얇고 넓적한 돌. 또는 중국식 벽돌.¶ 磚 ∥ 본 고을 지현이 계시를 븟치되 누구던지 감히 흔 낫 기와든지 흔 낫 박셕을 상ᄒᄂ 지 잇스면 도적의 률노 쓰리라 ᄒ얏ᄂ 고로 일노 인ᄒ야 모든 즁과 속인이 일동ᄒ야 불을 구ᄒ믹 져 법명의 시쳬ᄂ 믄득 흔 낫 무쥬빅골갓치 되엿ᄂ지라 (本知縣揭版節目, 有敢毀了一磚一瓦者, 與賊律同照, 因此衆僧俗, 一同救火. 這法明屍處, 看作無定河邊.) <閻羅 5：35>

【발뵈-】 图 발보이다. 드러내보이다.¶ 다힝이 쥬부인이 아래 스룸을 거ᄂ림이 법도가 잇스며 쏘흔 포희의 부쳐를 너그럽고 화ᄒ게 달니여 한독흔 마음을 발뵈지 못ᄒ게 홈으로 뎌 형뎨와 쥬리 간에 셔로 닷홈이 업스니 (幸喜周安人率下有法, 又因包山夫妻凡事寬和, 持心柔靄, 故這昆弟妯娌, 迄未有鬪墻交嘴之事, 正是占家所謂'二凶神不能當三吉神'.) <閻羅 1：4>

【부비】 图 부비(浮費). 어떤 일에 드는 비용. 씀씀이.¶ 이제 맛당히 션싱을 쳥ᄒ야 쳣지ᄂ 조고맛치 셔적을 가라쳐 의리를 씨닷게 ᄒ고 둘지ᄂ

여간 부긔를 가랏쳐 다른 ᄉ룸을 다려다가 의식을 주어가며 사용ᄒ
ᄂ 부비를 덜가 ᄒᄂ이다 (如今請了師範, 一來敎些書籍, 曉得義理;
二來敎些簿記, 省得聘用別人.) <閻羅 3 : 18> 盤費 ‖ 원외쎄셔 포ᄉᆷ
으로 ᄒ야금 향시에 가지 못ᄒ게 ᄒ심은 반다시 부비를 인연ᄒ야
허락지 아니ᄒ심이라. 로뷔 비록 빈한ᄒᄂ 뎌의 반젼을 보틔여 쥬
어 써 그여코 쳥운에 긔회를 일치 아니케 ᄒ리라 (東家不准包三赴
試, 必是係戀盤費. 老夫雖貧, 請愿助他盤纏, 庶不失靑雲機會.) <閻羅
3 : 21>

【붓닫-】 동 나아가다.¶ 赴 ‖ 녕션싱이 혜아리되 뎌의 지학이 족히 향과
에 슈지가 되염즉ᄒ다 ᄒ고 빈ᄂ이 향시에 붓다르물 권ᄒᄂ 맛춤니
포원외ᄂᆫ 근검혼 ᄉ룸이라 과거가 무엇인지 모로며 ᄯ혼 반젼을 소
비ᄒᆞᆯ가 두려 의심ᄒ고 허락지 아니홈이 일노 인ᄒ야 두 ᄒ를 ᄯ 지
닉인지라 (審先生料他才學, 足爲鄕貢秀才, 頻頻勸赴了鄕試. 爭奈包員
外原是勤儉的人, 不識科第是何件物, 又恐消了盤川, 持疑不許, 因此又
過了兩歲.) <閻羅 3 : 21> 각셜 포삼이 임의 싱원에 ᄲᅡ혓스미 쟝ᄎ
즁시에 붓다르고자 홀시 녕션싱이 임의 로원외가 즁시에 보닐 ᄯᅳᆺ이
업슴을 짐작ᄒ고 다만 포산으로 더부러 상의ᄒ고 반젼을 판비ᄒ야
즁시에 보닉엿더니 (却說包三已中了生員, 將赴重考, 審先生已料老員
外無意送考, 只與包山商議, 一切判濟, 送了重考.) <閻羅 4 : 24> 다
만 어려온 일 혼가지가 잇스니 우리 상공은 본시 문학 츌신이시라
지금 바야흐로 경ᄉ에 올나가 회시에 붓다르고ᄌ ᄒ심이 필연 귀공
의 쳥홈을 질기여 허락지 아니홀가 두리노라 (但有一件難事, 我相公
本是文學出身, 方赴京師會試, 必不肯許貴邀.) <閻羅 5 : 39> 赴試 ‖
이 ᄒ에 마춤 본군에셔 향시를 보이거ᄂᆞᆯ 션싱이 포증을 지쵹ᄒ야
향시에 붓다르게 ᄒᄂ 원외ᄂᆫ ᄯᅩ 허락지 아니ᄒ거ᄂᆞᆯ (是年, 適値本
鄕小試, 先生催包拯赴試, 員外又不許了.) <閻羅 3 : 21>

【슉마줄】 명 슉마(熟麻)줄. 노.¶ 繩子 ‖ 혼 거리 슉마줄을 가져다가 포공
의 쥬복을 단단이 묵근 후에 소루라를 명ᄒ야 산즁으로 ᄭᅳ으러 가
라 ᄒᄂ지라 (把將繩子綁縛主僕, 命嘍囉牽入山中.) <閻羅 11 : 91>

【슛등걸】 명 숫덩이.¶ 炭 ‖ 좌편을 보미 구쥬ᄀ 셔셔 잇ᄂ디 겻희 혼 낫
ᄉᄂ희 귀신이 셧스되 젼신이 지와 슛등걸이라 (看見左邊, 立着寇
珠, 又見寇珠旁邊, 立着一個男子鬼, 全身渾是灰炭.) <閻羅 21 : 182>

【시장ᄒᆞ-】 형 시장하다. 배고프다.¶ 嘶腸 ‖ 이 ᄯᅥᆨ 포ᄉᆞᆷ이 과연 시장ᄒᆞ야 ᄒᆞ다가 이를 보고 크게 깃거 일변 ᄉᆞ례ᄒᆞ며 일변 ᄯᅥᆨ을 밧다가 (此時, 包三果是嘶腸, 一口謝回, 一手接餅.) <閣羅 2：13>

【ᄯᅥ르치-】 동 떨어뜨리다.¶ 落 ‖ 홀연 보ᄆᆡ 츄향의 머리 우흐로셔 앗가 보든 소복ᄒᆞᆫ 녀ᄌᆡ 번득여 나려오ᄆᆡ ᄌᆞ긔 팔을 잡아다리ᄆᆡ 홀연 손이 져리여 쥐엿든 ᄯᅥᆨ을 ᄯᅥ르친지라 (忽見秋香頭上, 閃出素衣女子, 掺了自己臂腕, 臂腕忽地發麻, 把餅子落在塵土.) <閣羅 2：13>

【어룬】 명 어른.¶ 人 ‖ 작일에 ᄂᆡ가 후원에 가셔 ᄭᅩᆺ을 구경ᄒᆞ다가 머리에 ᄭᅩ진 금빈혀를 우연이 마른 우물에 ᄯᅥ러친지라 그 우물 궁기 젹어 다른 어룬은 들어갈 슈 업스니 쳥컨ᄃᆡ ᄉᆞᆷ슉은 ᄒᆞᆫ 번 슈고를 ᄉᆞ양치 말고 금빈혀를 건져쥬기를 바라노라 (昨日愚嫂, 在後園看花, 頭上金釵, 墮了廢井, 那井口夾小, 別人攀下不得, 請三叔, 勿辭一勞, 撈出金釵.) <閣羅 2：15>

【어리-】 동 어리다.¶ 繚繞 ‖ 일〻은 포원외 울〻ᄒᆞ야 홀노 셔ᄌᆡ에 안잣다가 상을 의자ᄒᆞ야 누엇더니 ᄉᆞ몽비몽간에 다만 보건ᄃᆡ 반공즁으로조ᄎᆞ 오ᄉᆡᆨ ᄎᆡ운이 어리이며 상셔의 긔운이 두루더니 (一日, 包員外悶悶獨坐了書齋, 枕几而臥, 似眠非眠間, 只見半空, 彩雲繚繞, 瑞靄氤氳.) <閣羅 1：4>

【자지】 명 자지(紫的 자줏빛. (중국어 직접 차용어).¶ 紫 ‖ 홀연 ᄒᆞᆫ 낫 ᄂᆡ시가 금슈교를 ᄇᆞᆲ고 지ᄂᆡ여 가ᄂᆞᆫᄃᆡ 몸의 자지옷을 입엇스며 발에 거문 신을 신엇스되 ᄒᆞᆫ 쌍 눈셥과 눈이 랑랑ᄒᆞᆫ지라 (有一個公公的打扮, 踏過金水橋, 身穿紫袍, 脚着烏靴, 一雙眉目, 朗朗淸光.) <閣羅 7：57>

【허위-】 동 허비다. 긁어 파다.¶ 홀연 슈풀 ᄉᆞ이로조ᄎᆞ 푸은 빗이 ᄒᆞᆫ 번 번ᄶᅧᆨ ᄒᆞ며 ᄒᆞᆫ 낫 모진 범이 ᄯᅱ여 ᄂᆞ아오니 눈빗은 홰불 갓고 입은 쥬홍 갓더라. 포히를 향ᄒᆞ고 ᄭᅮ러안져 발톱을 허위며 소릐를 크게 지르니 (忽於樹林中, 綠光一閃, 跑出一雙猛虎, 眼光若炬, 口如丹妙, 蹲着向包海咆哮.) <閣羅 1：7>

【헐헐거리-】 동 헐떡거리다.¶ 喘喘 ‖ 장부ᄭᅦ셔 만약 려산이ᄂᆞ 무릉에 역ᄉᆞ를 ᄒᆞ얏스면 곤비ᄒᆞ심이 극ᄒᆞ시련이와 이제 ᄒᆞᆫ 낫 갓 ᄂᆞ흔 어린 아희를 파셔 뭇으시고 이갓치 ᄉᆞᆷ을 헐〻거리시ᄂᆞᆫ잇고 (丈夫, 你若赴了驪山茂陵之役, 好容易憊了, 如今葬了一塊小孩, 這般喘喘麽?) <閣羅

1 : 7>

【헐헐아-】🇰 헐떡이다.¶ 홀연 슈풀 스이로조추 푸은 빗이 혼 번 번쩍 ㅎ
며 혼 낫 모진 범이 쮜여 느아오니 눈빗은 홰불 갓고 입은 쥬홍 갓
더라. 포희를 향ㅎ고 쓰러안져 발톱을 허위며 소리를 크게 지르니
포희 크게 놀나 혼비빅산ㅎ야 쏭과 오줌을 무한이 싸고 급히 허위
져 겨우 도망ㅎ야 슘을 헐ㅎ이며 집으로 쮜여도라와 즈긔 방에 드
러가며 믄득 것구러지니 (忽於樹林中, 綠光一閃, 跑出一雙猛虎, 眼光
若炬, 口如丹妙, 蹲着向包海咆哮. 包海嚇得魂飛魄散, 屍尿交流, 喘喘
跑回至房內便倒了.) <閻羅 1 : 7>

‘과거에 나아가다’ 뜻으로 ‘赴’ 또는 ‘赴試’를 ‘붓달다’로 다섯 차례나
일관되게 옮긴 것이 특이한데, 다른 필사본에 그 용례를 찾아볼 수 없
다. 그리고 이제까지 고유어로 알려졌던 ‘시장ㅎ다’가 ‘시장(嘶腸)’이란
한자어에서 왔으리라는 추측을 가능케 하는 용례가 보인다.

7. 맺는말

이상으로 낙선재 번역필사본 『포공연의』와 구활자본 『염라왕전』에
대한 고찰을 마치기로 한다. 이상의 논의를 정리하면 아래와 같다.

첫째, 중국 공안소설이 우리나라에 본격적으로 전해지기 시작한 것은
임진왜란을 전후한 선조 때이다. 일찍이 선조 임금이 부마에게 『포공안』
을 읽으라고 내려준 기록이 언간에 보인다. 실제로 서울대 규장각에는
만력본 『全相新鐫包公孝肅公神斷百家公案演義』(이하 편의상 "包公演義"라 칭
함)가 전세계적으로 단 하나밖에 없는 유일본으로 전해지고 있고, 경종
1년(1721)에 간행된 중국어교과서 『오륜전비언해』 인용 서목 가운데 『용
도공안』이 있으며, 『중국소설회모본』(1762)에는 『포공연의』의 이름이 보

이고 있다.

둘째, 낙선재 번역필사본 『포공연의』는 모두 9권 9책, 총 831면으로, 청대 『용도공안』을 저본으로 하여 그 가운데 81편만 번역한 것이다. 근친상간과 윤간사건, 시간(尸姦) 등 지나치게 비윤리적인 내용이거나 횡포를 일삼는 국구를 처단하는 이야기, 궁중의 음모를 다룬 이야기는 번역되지 않았는데 이는 지나치게 비윤리적인 내용이거나 아니면 황친과 관계되는 부분이어서 역자가 일부러 번역하지 않은 듯하다. 또 제63~70회가 빠져 있는 것은 번역 때 쓴 저본이 결본이었기 때문인 것으로 추측된다. 번역에서 빠진 19편을 제외한 나머지 각 편의 번역은 원본에 충실한 완역이다.

셋째, 번역필사본 『포공연의』의 고어와 고문체를 검토해 보건대 낙선재본 『빙빙뎐』, 『형세언』, 『후슈호뎐』, 『삼국지통쇽연의』, 『대명영렬뎐』, 『무목왕졍튱녹』, 『손방연의』, 『션진일사』, 『셩풍뉴』 등 18세기 번역필사본보다는 후대에 나왔으나 고종 21년(1884)을 전후해 이종태 등 문사 수십 명을 동원하여 번역했다는 『홍루몽』과 그 속서 등 일군의 중국소설 번역본보다는 시대가 앞선 것으로 보아 대개 1800년대 전반에 이루어진 것으로 추정된다. 많은 고유어 외에도 한자어가 쓰였으며, 차자어로 '프즈(鋪子pùzi)' '훠(靴xuē)' 등을 들 수 있는데 특기할 만한 것은 '선물'이나 '해웃값'의 뜻으로 쓰인 '도산〔䤚錢〕'이란 말이다. 이는 『번역박통사』(1515)에 처음 나왔던 중세국어로 19세기 초반까지도 쓰였음을 보여주는 좋은 용례이다.

넷째, 『包閻羅演義』는 鶩溪叟가 짓고 安往居(彝堂生)가 정정하여 1915년 경성 五車書廠에서 인쇄한 연활자본으로 2권 23회로 되어 있다. 작자인 鶩溪叟에 대해서는 알려진 것이 거의 없으나 글 속에 고려 방언이 나오며, '支那' '料理'란 단어를 사용한다든가 명청시대의 제도와 풍속에 익숙지 않은 것으로 미루어 조선 문인인 것은 분명하다. 『포염라연의』는 『삼협오의』 전반부를 개작한 것으로 첨삭하거나 이야기 순서를 바꾸거나 구성을 조정하였다. 제1~3회는 갓 낳은 태자를 삵쾡이로 바꿔치기 하여 이비가 억울하게 유폐되는 이야기, 제4~9회는 포공의 출생담, 제10회는 심청의 누명이 벗겨지는 이야기, 제11회는 오분(烏盆)을 판단하는 이야기, 제12회는 포공이 파직당한 뒤 요양하는 이야기, 제13회는 인종이 꿈에 현자를 만나고 여자 귀신이 억울함을 하소연하는 이야기, 제14~19회는 포공이 진주에서 방욱 사건을 처리하는 이야기, 제20~22회는 이비의 누명이 벗겨져 환궁하는 이야기, 제23회는 방길이 포공을 해치고 전소가 인종을 배알하는 이야기로 구성되어 있다.

다섯째, 『포염라연의』의 번역본인 구활자본 『염라왕전』은 모두 21회로 이루어져 있으며 저자는 '박건회'로 되어 있다. 187면으로 되어 있으나 마지막 장이 많이 훼손되고 판권지가 떨어져 나가 정확한 출간 연도는 알 수 없으나 박건회가 1917년에서 1919년 사이 중국소설을 수차례 번역 또는 축약하여 출간한 편집겸 발행인으로 미루어 『염라왕전』도 이와 비슷한 시기에 나온 것으로 추정된다. '과거에 나아가다' 뜻으로 '赴' 또는 '赴試'를 '붓달다'로 다섯 차례나 일관되게 옮긴 것이 특이한데, 고어사전에 나오지 않던 특이한 용례이며 이제까지 고유어로 알려졌던 '시장ᄒ다'가 '嘶腸'이란 한자어에서 왔으리라는 추측을 가능케 하는 용례가 보인다.

■『중어중문학』 제25집, 한국중어중문학회, 1999

제14장 『英雄淚』 해제
－『영웅루』 출간에 부쳐

십여 년 전 중국소설 목판본과 석인본을 수집하기 위해 고서방을 뒤지던 어느 날 袖珍本으로 된 책 하나가 눈에 띄었다. 책장을 넘겨보던 나는 조선 말 개화기를 배경으로 한 역사소설임을 깨닫고 가벼운 흥분을 금치 못했다. 아마도 전적으로 우리나라를 소재로 한 유일한 중국소설이었기 때문이었을 게다. 게다가 책 제목인 "英雄淚"의 영웅이 안중근이었음에랴. 그러나 당시 중국의 현대소설에 재미를 붙이고 있던 나는 역시 고소설이란 진부함과 당시의 역사 사실과의 차이, 엉성한 구성에 그만 실망하고 한 구석에 밀어두고 말았다. 그러다가 이 작품의 존재를 재확인하게 된 것은 1987년 봄이었다. 그 때 나는 역시 조선인 여성이 주인공으로 나오는 蕭軍의 『八月의 鄕村』을 번역하고 있었는데 그에 관한 평론을 읽다가 우연히 다음과 같은 기록을 보았기 때문이다.

이 「영웅의 눈물」에 대하여는 일찍이 중국 현대 작가인 소군(蕭軍)에 얽힌 재미있는 일화가 있다. 소군의 아버지는 일생을 통틀어 학교라곤 문턱에도 가보지 못한 사람으로 문학에는 전혀 문외한이었다. 그러나 그는 아들이 자라서 '큰 그릇'이 돼주기를 바랐다. 어떤 그릇이 되느냐 하는 것은 부친의 능력 밖의 일이다. 그러나 부친은 알게 모르게 소군에게 잊지 못할 인상을 심어주었으니, 이는 부친 자신도 당시에는 전혀 예측하지 못했던 것이다. 그의 부친은 모두 8권으로 되어 있는 장편의 「국사비영웅루」 고사를 창하였던 것이다. 부친은 안중근 의사를 숭배하여 기쁠 때나 슬플 때나 술만 걸쳤다 하면 안중근 의사를 입버릇처럼 되뇌었다. 특히 안중근 의사가 이토 히로부미를 저격하고 나서 '까레이 우라' 하고 외치는 대목에 이르러서는 신명이 나서 소리 높여 창하며 "안중근 의사를 봐라. 지기와 담략이 있는 사나이 대장부가 아니냐. 너라면 그렇게 할 수 있겠니?" 라고 말하곤 했다 한다. 이에 대해 소군 자신은 "우리 부자는 다른 면에 있어서는 서먹서먹하고 거리감이 있었지만 …… 안중근 의사를 숭배하는 점에 있어서는 한마음이었다"고 회상한다.[1]

이렇듯 소군은 민간 강창예술, 특히 『英雄淚』에서 문학적 소양을 얻었다. 보다 중요한 것은 이 작품이 그의 민주주의와 애국주의 사상 형성에 많은 영향을 주었다는 사실이다.

『영웅루』는 4권 26회로 "繡像國事悲英雄淚全集"(전8권)의 후 4권에 해당된다. 전 4권 『國事悲』는 같은 약소민족 국가인 폴란드가 러시아 피터 대제에 의해 멸망당하는 이야기이다.

작자는 "鷄林 冷血生"으로 되어 있다. 처음에는 계림이 혹 경주를 지칭해서 조선인이 쓴 소설이 아닐까 하는 의구심을 가졌다. 道光(宣宗愛新覺羅旻寧)의 '寧'자를 기휘하여 '甯' 또는 '寗'으로 표기하면서, 고종 황제의 휘 '李熙'를 그대로 쓰는가 하면 민비가 마치 박영효의 하수인에 의

---

1) 徐塞, 「蕭軍的文學道路」, 『文學評論』 第11輯, 中國社會科學出版社, 1982, pp.162~163.

해 시해되었으며, 김옥균을 철저하게 일본의 앞잡이로 묘사하는 등 역사적 사실과 부합되지 않는 명백한 오류와 철저하게 중국측 입장에 선 뚜렷한 작가의식으로 볼 때 조선 사람이 썼을 가능성은 희박했다. 그렇다면 계림은 어디를 가리키는 것일까? 의문은 의외로 쉽게 풀렸다. 魯德才 교수는 吉林(jilín)을 우회적으로 표기하기 위해 음차자인 鷄林(jilín)을 썼을 것이라는 지적을 하였다. 실제로 작자는 행간에서 자신이 동북 사람임을 드러내고 있는데 이와 무관하지 않다.

이 작품의 창작연대와 간행시기를 살펴보건대 중간중간에 "大淸"이란 표현이 자주 보이고, 특히 제15회 가운데 侯元弼이 雲在霄에게 "今日是大淸國光緒二十二(1896)年三月二十日"이라고 한 대목과, 자서에서 "경술(1910) 중추에 한일합방으로 한국이 멸망한 원인과 결과를 책으로 엮어 백성들의 민족의식을 고취시키며 백성들을 자강시킬 목적으로 석 달 만에 집필했다는 기록으로 미루어 대개 1910년 말에서 1911년 초에 이루어진 것으로 추정된다.

이 소설은 개화기 한반도를 둘러싼 동북아 주변 정세를 폭넓게 다루고 있으며 당시 만주의 시대상을 반영하고 있다. 작자는 조선 역사에 밝아서 부분적으로 역사적 사실과 어긋나는 부분이 없지 않지만 대체적으로 역사적인 흐름을 잘 읽고 있다. 이는 당시 양계초의 소설을 통한 민중 계몽운동 및 조선에 관한 많은 저술과 무관하지 않고[2] 또 동북에서 많은 조선인들을 접할 수 있었으므로 가능하지 않았던가 싶다. 일본의 침략을 두려워하던 동삼성에서 전 중국이 조선처럼 일본에 점령당하지나 않을까 하는 위기감에서 자국민들을 계몽하기 위해 쓰여졌다.

---

2) 「論支那獨立之定力與日本東方政策」(1889)・「朝鮮亡國史略」(1904)・「朝鮮滅亡之原因」(1910)・「日本倂呑朝鮮記」(1910)・「朝鮮對於我國關係之變遷」(日本合倂朝鮮記附)(1911).

작자의 서문과 작품 속에서 볼 수 있듯이 조선 망국의 역사를 타산지석으로 받아들이고자 하는 것이었다. 이는 1905년 양계초에 의해 쓰여진 『越南亡國史』가 이듬해 우리말로 번역되었던 것과 맥락을 같이 한다.

속표지에 "醒世小說"이라 칭하고 있으나 엄밀하게 말하면 소설은 아니고 "鼓詞"이다. 고사란 강창문학의 일종으로 청초 북방 민간에 널리 성행하였다. 이와 비슷한 것으로 "彈詞"가 있는데 탄사와 고사는 똑같은 가창 위주이며 가사 사이에 일련의 강설을 집어넣는 점이 같으나 고사와는 다소 차이가 있다. 탄사가 명청 양대 주로 남방에서 성행하던 속문학 예술형식으로 부녀자와 밀접한 관계를 맺고 있으며 내용적으로는 남녀 간의 애환을 그린 작품이 비교적 많다면 고사는 내용이 비분강개하거나 격앙된 역사 이야기에 편중되어 있으며, 사설을 창할 때도 북을 쳐서 장단을 맞춘다. 말하자면 우리의 판소리와 비슷한 문학형식이다.

이 작품은 안중근 의사가 이토 히로부미를 암살하는 것을 주요 골자로 하여 일본이 조선을 합병하기까지의 비참한 현실과 우국 지사들의 구국 활동을 그렸다. 등장인물과 주요 사건은 모두 역사적인 근거가 있다. 예컨대 고종 황제, 민비, 대원군, 김옥균, 박영효, 이상설, 이완용 등 실존인물들이 나오는가 하면 雲在霄, 侯元首, 寇本良, 金有聲 등 허구인물들도 있다. 제1회에서 제7회까지는 병인(1866)·신미(1871) 두 차례의 洋擾와 운양호 사건(1875) 갑신정변(1884) 을미사변(1895) 등을 다루었고 일본 정부가 이토 히로부미를 기용하여 점차 국력을 강성하게 하여 마침내는 조선을 삼키고 중국을 제압하려 하여 조선은 일본에 먹히게 되는 위기에 처한다. 안중근은 부친을 따라 평양에 있는 전 병부상서 운재소의 집으로 피신한다. 그 부친은 중도에 일인에게 피살당하고, 일본침략을 반대하는 활동을 하던 후원수는 실패하고 운씨 집에 있으면서 안중근 등 애국지사와 결의를 맺는다. 제8회에서 제16회는 동학혁명이 일어나고 일본은 조선 내정에 간섭하여 외교권을 빼앗으려고 획책함으로써 청나라는 일본과의 전쟁(1894)을 벌이지만 청 정부의 부패와 무능으로 중국은 전쟁에서 패하고 이홍장은 시모노세끼 조약(馬關條約)을 맺어 조선이 일본에 속함을 인정한다. 이러한 배경 아래 후원수는 안중근을 위시한 애국학생들을 미국에 유학시키고 신문을 발행하여 애국운동을 펼친다. 제17회에서 제22회는 이토 히로부미가 조선에 통감부를 설치하여 행정권을 행사하고 일본인이 조선인 부녀자를 겁간하려다 처형당한 사건을 계기로 경찰권과 재판권마저 빼앗아 조선 민중을 탄압하자 후원수는 애국단체를 결성하여 이에 대항하고 岳公은 이토 히로부미를 척살하려다가 실패한다. 제23회에서 제26회는 안중근이 동지들과 이토 히로부미를 저격하고 체포된다. 마지막으로 조선은 일본에 의해 공식적으로 합병되고 수많은 애국지사들이 살해당하고 백성들은 더 깊은 고난에 빠짐으로써 중국에 경종을 울린다.

이 작품은 청말 진보적인 소설의 하나로 위기의식과 사명감 그리고 애국주의 정신으로 가득 차 있다. 작자는 자서 가운데서 "한 나라의 국민을 새롭게 하려면 먼저 한 나라의 소설을 새롭게 하지 않으면 안 된다. 대개 소설은 사람의 지기를 떨치게 하고 은연중에 감동을 주기 때문이다"고 하였는데 "영웅루"가 갖는 의미는 바로 여기에 있다. 애국계몽 운동과 구국정신을 고취하고 새로운 지평을 제시하기 위해 이 작품은 쓰여졌던 것이다.

작품은 기개가 높고 스케일이 크지만 작자의 학식은 그다지 깊지 못했던 듯 평이하게 쓰여졌고, 소설의 예술적 기교면에서 좀 거친 것이 흠이다. "陳", "得住", "靡", "溜", "流平", "相應", "招呼", "啥"와 같은 동북 방언과 속어, 음차자가 많이 쓰였다.[3]

■朴在淵 校注,『英雄淚』, 학고방, 1995, pp.1~4.

3)『영웅루』교점본을 출판하는 과정에서 南開大學 魯德才 교수의 도움을 받았다. 특히
  동북 출신으로 동북 방언과 속어를 일일이 설명해 주신 데 대해 감사드린다.

연세대 소장본『태평광긔』권지이에 대하여

‖ 김장환·박재연 ‖

1. 머리말

조선시대에는 많은 중국소설이 물밀듯이 우리나라에 전해옴에 따라 번역이 이루어졌다. 이들 중국소설은 대량으로 번역·전사되어 주로 궁중에서 비빈과 궁녀들에게 읽혔으며 나아가 사대부 집안의 유한한 부녀자들에까지 독자층이 확대되었다. 조선시대 후기는 세책방이 나타나 번역소설의 보급을 부추겨 일반 여항의 부녀자들도 중국소설을 접할 수 있게 되었다. 낙선재문고[1]에 갈아 있던 중국소설류의 번역물을 보면,『태평광긔』·『삼국지통쇽연의』·『후슈호던』·『형셰언』 등을 비롯하여『홍루몽』과 그 속서 등 무려 30여 종을 헤아릴 수 있다. 이 외에도 각처에 산장된 중국소설의 번역물을 함께 헤아리면 상당수에 이른다.

---

1) 한국학중앙연구원 장서각에 소장되어 있다.

이들 궁중본 외에도 각급 도서관이나 민간에 전하는 중국소설 번역본 역시 적지 않다.

연세대에 소장된 『옥지긔』[2)]나 『태평광긔』 또한 그 중의 하나이다. 특히 覓南本 『태평광기언해』는 중국소설 번역 가운데 일찍이 소개되어 국어학적인 측면에서 크게 각광받았으나 5권 5책 중 권지이 1책이 낙질로 4책만 남아 있었다. 그런데 최근에 연세대 중앙도서관에 소장되어 있는 『태평광긔』 1책이 바로 멱남본에서 낙질로 알려져 있던 바로 그 책임을 확인하고 학계에 소개하고자 한다.

2. 연세대본 『태평광긔』의 서지

주지하듯이 멱남본 『태평광기언해』는 김일근 교수에 의해 1957년 통문관에서 그 중 제1권만 국문학자료 제1집의 형태로 영인 공개하였고, 그 후 1990년 서광문화사에서 멱남본 전체(4책)와 낙선재본 9권 9책을 전 3책으로 영인해 내었으며, 1998년에 박이정 출판사에서 다시 찍어낸 바 있다.

이 책을 발굴한 경위에 대하여 김일근 교수는 이렇게 언급하고 있다.

> 該典을 筆者가 入手한 것은 6·25動亂中 大邱 某紙物工場에서 製紙原料로 殞命하기 直前에 救出한 것이다. 同時에 얻은 것 中에는 『字類註釋』 上·下 『孤山遺稿』 『訓蒙宗篇』 等이 있었는데 太平廣記諺解는 夢中에도 그려보지 못한 것이나 유감스럽게도 筆寫本인 것과 金水火土 四冊뿐이고 木卷을 찾지 못하였다. 그의 裝幀으로 봐서 京師 王宮甲族의 寶藏이 流出됨이 確實하다.[3)]

---

2) 김장환·박재연 교주, 『옥지긔玉支璣』(조선시대 번역고소설 총서 5), 이회, 2003.

그 후 2~3년 전 某人이 此 낙질본 제2권을 가지고 나타났다가 그 후 연락이 없어 입수치 못했으며, 이로 인해 현재 비장본이 閔丙奭님 家로부터 6·25후 유출되었음이 확인되었다고[4] 하였으나 그 이후의 행방은 묘연하였다. 그런데 뜻밖에도 이 1책이 연세대 중앙도서관에 소장되어 있었던 것이다.

먹남본은 평균 약 60장, 1면 10행, 1행 25자, 표지는 녹색의 고급 淸製 紋緞으로 입혀져 있고, 朱黃色의 二甲絲로 정교하게 제본되었다. 제본을 해체해 보면, 結紐 裏面에 '平一一, 平一二, ……平五 五十四' 등으로 제본시의 편리를 위한 권수와 면수가 표시되어 있는데, '平'이란 '太平廣記'의 약칭이 기록된 점으로 보아, 딴 종류의 서적들과 함께 전문적인 서사에 의해 필사 성책된 것임을 알 수 있다.

종이는 전라도산 壯紙로 매우 고급이며, 매면 사방 雙廓線이 뚜렷하게 쳐져 있고, 欄行線은 없으며 어미도 없다. 각 권 60여 면, 매면 10행에 매행 22~24자 정도인데, 남필 궁체, 반초서의 주옥같은 필치로 시종 여일하게 필사되어 있다.[5]

먹남본『태평광기언해』에 수록된 작품과 분량을 살펴보면 다음과 같다.

<blockquote>

권지일 26편 120면

권지이 缺

권지삼 21편 118면

권지ᄉ 26편 125면

</blockquote>

---

3) 金一根 校說, 『太平廣記諺解』, 通文館, 1957.

4) 金一根, 「太平廣記詳節에 對하여」, 『한메 金永驥 先生 古稀記念 論文集』, 대구 : 형설출판사, 1971.

5) 金一根, 위의 책, pp.2~3 ; 金鉉龍, 『韓中小說說話比較研究』, 一志社, 1976, p.53.

　위에서 보듯 멱남본은 권지이를 제외한 권1, 3, 4, 5, 4책에 106편이 실려 있다.

　연세대 소장『태평광긔』의 표지와 장정은 위와 같으나 50장 99면으로 분량이 가장 적다. 연세대 중앙도서관『고서목록』에는 사본 1책(권2) 27.5×17.5cm로 간략하게 소개되어 있고6) 稀覩本으로 분류되어 있다.

　위 기록으로 볼 때 이 책이 연세대 도서관에 유입된 시점은 김일근 교수가 이 책을 팔려고 찾아 온 사람이 있었다는 기록을 보여 주고 있는 1968~69년 이후부터 연세대 중앙도서관 고서 목록이 작성된 1977년 사이일 것이다.

　연세대 소장본『태평광긔』권지이에 실려 있는 편명을 정리해 보면 다음과 같다. 각 편명의 / 뒷부분은『태평광기』원전의 본래 편명이고 (　　) 안은 권수와 대분류명이다.

1. 강슈뎐 / 姜修(卷370 精怪)
2. 오감뎐 / 吳堪(卷83 異人)
3. 원셔뎐元緒傳 / 永康人(卷468 水族)
4. 댱슈국뎐 / 長鬚國(卷469 水族)
5. 뉴귀슌뎐 / 劉歸舜(卷18 神仙)
6. 강능부ᄉ니군뎐江陵副使李君傳 / 李君(卷157 定數)
7. 위풍뎐 / 韋諷女奴(卷375 再生)
8. 두건덕뎐竇建德傳 / 鄴中婦人(卷375 再生)
9. 옥쇼뎐玉簫傳 / 韋皋(卷274 /情感)
10. 니싱뎐李生傳 / 齊推女(卷358 神魂)
11. 니좌문뎐 / 李佐文(卷347 鬼)

---

6)『古書目錄』第1輯, 연세대 중앙도서관, 1977, p.381.

12. 독고목뎐 / 獨孤穆(卷342　鬼)

13. 뉴댱ᄉ녀뎐 / 劉長史女(卷386　再生)

14. 원관뎐 / 圓觀(卷387　悟前生)

15. 요싱뎐姚生傳 / 姚氏三子(卷65　女仙)

16. 최언무뎐 / 崔彦武(卷387　悟前生)

17. 향뎡뎐 / 向靖女(卷387　悟前生)

18. 니복뎐 / 李福女奴(卷275　奴婢)

19. 댱언뎐 / 張偃(卷311　神)

20. 뉵옹뎐 / 陸顒(卷476　昆蟲)

21. 비부국뎐蚍蜉國傳 / 徐玄之(卷478　昆蟲)

　모두 21편이 실려 있으며 50장으로 이루어져 있다. 편제는『太平廣記』
의 순서와는 달리 일정하지 않다. 대개 再生 3편, 悟前生 3편, 鬼 2편, 水
族 2편, 昆蟲 2편, 精怪, 異人, 神仙, 定數, 情感, 神魂, 女仙, 奴婢, 神이 각
1편으로 구성되어 있다.

　편명은『태평광기』원제목에 '–뎐(傳)'으로 표기하고 있는데, 일부 작
품은『태평광기』의 원제목과 달리 표기되었다. 예컨대 '永康人'은 '원셔
뎐元緒傳'으로, '李君'은 '강능부ᄉ니군뎐'으로, '韋諷女奴'는 '위풍뎐'으
로, '鄴中婦人'은 '두건덕뎐'으로, '韋皋'는 '옥쇼뎐'으로, '齊推女'는 '니
싱뎐'으로, '姚氏三子'는 '요싱뎐'으로, '向靖女'는 '향뎡뎐'으로, '李福女
奴'는 '니복뎐'으로, '徐玄之'는 '비부국뎐'으로 개제하였다.

　이 권지이 1책 21편을 覓南本과 합치면 모두 5권 5책에 127편이 실려
있는 셈이다. 면수로는 연세대 소장본 99면(권2), 먹남본 470면(권1,3,4,5)
도합 569면이 된다.

　연세대 소장본 권2 가운데「강슈뎐」,「오감뎐」,「원셔뎐」,「댱슈국뎐」,
「뉴귀슌뎐」,「강능부ᄉ니군뎐」,「니싱뎐」,「니좌문뎐」,「뉴댱ᄉ녀뎐」,「원
관뎐」,「최언무뎐」,「향뎡뎐」,「니복뎐」,「댱언뎐」 14편은 낙선재본 권1

에도 실려 있으므로, 이번에 처음 알려진 번역 작품은 「위풍뎐」, 「두건
덕뎐」, 「옥쇼뎐」, 「독고목뎐」, 「요싱뎐」, 「뉵옹뎐」, 「비부국뎐」 7편이다.

연세대본 『태평광긔』(권2)를 중심으로 낙선재본, 『太平廣記詳節』, 『태
평광기』 원전과의 관계를 도표로 정리하면 다음과 같다.

延世大本(권2)	樂善齋本(권1)	太平廣記詳節	太平廣記	大類	篇名
강 슈 뎐	강 슈 뎐	권33	권370	精 怪	姜修
오 감 뎐	오 감 뎐	—	권083	異 人	吳堪
원 셔 뎐	원 셔 뎐	—	권468	水 族	永康人
댱슈국뎐	댱슈국뎐	—	권469	水 族	長鬚國
뉴귀슌뎐	뉴귀슌뎐	—	권018	神 仙	劉歸舜
강능부ᄉ니군뎐	니 군 뎐	—	권157	定 數	李君
위 풍 뎐	—	—	권375	再 生	韋諷女奴
두건덕뎐	—	—	권375	再 生	鄴中婦人
옥 쇼 뎐	—	권23	권274	情 感	韋臯
니 싱 뎐	니 싱 뎐	—	권358	神 魂	齊推女
니좌문뎐	니좌문뎐	—	권347	鬼	李佐文
독고목뎐	—	권30	권342	鬼	獨孤穆
뉴댱ᄉ녀뎐	뉴댱ᄉ뎐	권33	권386	再 生	劉長史女
원 관 뎐	원 관 뎐	—	권387	悟前生	圓觀
요 싱 뎐	—	권06	권065	女仙	姚氏三子
최언무뎐	최언무뎐	—	권387	悟前生	崔彦武
향 뎡 뎐	향 졍 뎐	—	권387	悟前生	向靖女
니 복 뎐	니 복 뎐	권24	권275	奴 婢	李福女奴
댱 언 뎐	댱 언 뎐	—	권311	神	張偓
뉵 옹 뎐	—	권44	권476	昆 蟲	陸顒
비부국뎐	—	권44	권478	昆 蟲	徐玄之

3. 연세대본 『태평광긔』 수록 미공개 작품 간개

연세대본 『태평광긔』 권지이에 수록되어 있는 21편의 작품에 대한
언해 양상을 살펴보면, 편폭이 짧은 작품은 대체로 원전을 충실히 옮겼
으나 편폭이 긴 작품은 부분적으로 생략하여 축약 언해한 경우도 있으

며, 간혹 원전에 없는 내용을 임의로 첨가한 경우도 보인다. 또한 오역한 곳도 종종 보이는데, 예를 들면 「옥쇼뎐」의 "조산의 잇는 도시"는 "산인 조씨[祖山人7)]"를 잘못 옮긴 것이며, 「비부국뎐」의 "의리게라 혼 디 집을 사니"는 "입의리에서 사니[於立義里居]"를 잘못 옮긴 것이다. 전체 21편의 작품 중 낙선재본과 중복되는 14편은 그 내용이 이미 공개되었으므로, 여기서는 이번에 처음 공개되는 7편의 내용을 간략히 살펴보기로 한다.

　*「위풍뎐」(「韋諷女奴」/『太平廣記』卷375「再生1」)
　당나라 때 위풍이라는 사람이 있었는데, 그는 한가할 때면 동산을 가꾸었다. 하루는 가동이 동산의 풀을 베다가 사람의 머리카락을 발견했는데, 깊이 파 들어가자 한 여자가 나오더니 일어나 앉았다. 그녀는 위풍에게 절하고 나서 다음과 같이 말했다. 그녀는 위풍 조부의 麗容이라는 하녀였는데, 마님이 질투심이 많아서 조부가 없을 때 그녀를 동산에 생매장했으나 그런 사실을 아는 사람이 없었다. 저승에서는 그녀의 억울함을 인정하여 마님의 수명에서 11년을 깎아 그녀에게 주었다. 위풍이 그녀에게 왜 형체가 훼손되지 않았냐고 묻자, 그녀는 사건이 해결되지 않은 사람들에게는 저승 관리가 약을 발라주기 때문에 형체가 훼손되지 않을 수 있다고 했다. 이에 그녀를 목욕시키고 옷을 갈아입힌 뒤에 보았더니 20살 남짓 된 미인이었다.

　*「두건덕뎐竇建德傳」(「鄴中婦人」/『太平廣記』卷375「再生1」)
　두건덕이 한번은 鄴中에서 한 무덤을 파냈더니 안에 다른 물건은 없고 한 여자만 있었는데, 그녀는 20살가량 된 미인이었다. 얼마 후에 그녀가 살아나더니, 자기는 魏나라 文帝의 궁녀로 甄皇后를 따라 업 땅에서 살다 죽어 그곳에 묻혔는데 자기를 위해 신께 호소해 줄 가족이 없어서 저승에 갇혀 있었다고 했다. 그러면서 견황후가 피살당할 당시의 이야기를 자세

---

7) 山人은 속세를 떠난 隱士, 또는 점쟁이를 뜻한다.

히 해주었다. 두건덕은 그녀를 몹시 총애했는데, 나중에 두건덕이 太宗에게 멸망하자 태종은 그녀를 첩으로 들이려 했다. 그러자 그녀는 사양하며 자신이 땅속에서 300년이나 갇혀 있었는데 寶公이 아니었던들 어찌 오늘이 있었겠냐고 하면서 죽기를 자청했다. 그리고는 한을 삼킨 채 죽으니 태종이 이를 몹시 슬퍼했다.

*「옥쇼뎐玉簫傳」(「韋皐」/『太平廣記』卷274「情感」)

　당나라 西川節度使 韋皐가 젊었을 때 江夏를 유람하다가 姜使君의 집에 머물렀는데, 강씨의 아들 姜荊寶가 그를 형님의 예로 대했다. 강형보에게는 겨우 10살 된 옥소라는 어린 여종이 있었는데, 그는 늘 옥소에게 위고를 모시게 했으며 옥소 또한 정성스럽게 위고를 받들었다. 2년 후 강사군이 도성으로 들어가 관직을 구하게 되었지만 집안 식구들은 함께 따라가지 않았다. 이에 위고는 頭陀寺로 거처를 옮겼다. 그 동안 옥소도 나이가 들었고 두 사람은 서로 사랑하게 되었다. 그때 위고의 숙부가 廉察使 陳常侍에게 편지를 보내 위고를 속히 집으로 돌려보내라고 하자, 위고는 눈물을 흘리며 강형보와 옥소와 이별하면서 짧으면 5년, 길면 7년 안에 옥소를 데리러 오겠다고 언약했다. 그리고 옥가락지 한 짝과 시 한 수를 남겨주었다. 그러나 5년이 지나도록 위고가 돌아오지 않자 옥소는 鸚鵡洲에서 기도를 올렸다. 위고가 떠난 후 8년째 되던 어느 봄날 옥소는 탄식하며 음식을 끊고 지내다 죽었다. 강형보는 그녀의 정조를 가련히 여겨 옥가락지를 그녀의 손가락에 끼워주고 묻었다. 그 후에 위고는 蜀을 진수하게 되었는데, 부임한 지 3일 만에 억울하게 수감된 죄수들을 모두 풀어주었다. 죄수 중에 다섯 가지의 형구를 한꺼번에 차고 있던 중죄인이 있었는데 그는 다름 아닌 강형보였다. 위고가 깜짝 놀라며 어찌된 일이냐고 묻자, 강형보는 위고와 이별한 뒤 明經科에 급제하여 靑城縣令에 발탁되었지만 집안 식구가 실수로 관사와 창고, 그리고 관인과 명패 등을 태워버린 바람에 이렇게 되었다고 했다. 위고는 그 일은 강형보의 잘못이 아니라고 하면서 즉시 신원하여 眉州牧으로 삼았다. 그 후 한가한 때에 위고가 강형보에게 옥소의 소재를 물었더니, 그는 위고가 기한이 지나도록 돌아오지 않자 음식을 끊고 죽으면서 시를 남겨 놓았다고 했다. 위고는 많은 불경을 필사하고 불상을 만들어 옥소의 일편단심에 보답했지만, 그녀를 다시 만날 수는 없었다. 당시 점쟁이 祖氏가 있었는데 그는 법술로 죽은 사람을 산 사람과 만나게

해 줄 수 있었다. 위고는 조씨가 시키는 대로 7일간 목욕재계하고 기다렸더니, 어느 날 밤에 옥소가 위고에게 와서 감사를 올리며 자기를 위해 불경을 필사하고 불상을 만들어 준 덕분에 열흘 후면 다시 환생할 것이며 13년이 지나면 다시 위고의 侍妾이 되어 은혜에 보답할 것이라고 했다. 그 후 위고는 많은 공적을 세워 中書令이 되었는데, 그의 생일에 東川節度使 盧氏가 歌姬 한 명을 보내왔다. 그녀 역시 이름이 옥소였는데, 자세히 보니 바로 옛날의 그 옥소였다. 그녀의 가운데 손가락에는 반지 자국이 살짝 나 있었는데 위고가 이별할 때 남겨 주었던 그 옥가락지를 끼었던 자국이었다.

* 「독고목던」(「獨孤穆」 / 『太平廣記』 卷342 「鬼27」)

당나라 河南 사람 독고목이 淮南을 떠돌다가 밤에 大儀縣에서 10리 남짓 떨어진 곳에 이르렀을 때, 말 탄 하녀를 보았는데 용모가 자못 아름다웠다. 독고목은 그녀를 따라가면서 수작을 걸었지만, 그녀는 집에 혼자 계시는 아씨께서 허락하지 않을 것이라고 했다. 독고목이 아씨에 대해 묻자, 그녀는 아씨의 성이 楊氏라고만 대답했다. 그녀는 독고목을 모시고 집으로 들어가 촛불을 켜고 이부자리를 깔았다. 그녀는 안으로 들어갔다가 다시 나오더니 독고목에게 혹시 隋나라 장수 獨孤盛의 후손이 아니냐고 물었다. 독고목이 자신은 독고성의 8대손이라고 말하자, 그녀는 그렇다면 그와 아씨는 오랜 친분이 있는 것이라고 했다. 잠시 후 온갖 산해진미를 차려 왔는데, 독고목이 식사를 마치자 20여 명의 하녀가 한 여자를 인도하여 나오면서 縣主께서 나오신다고 했다. 현주라는 여자는 열서너 살가량 되어 보이는 절세미인이었다. 현주가 독고목에게 인사의 말을 건네자, 독고목도 극진히 대접해 주어서 고맙다고 했다. 한참 만에 현주는 자신이 인간 세상을 떠난 지 200년이나 되었다는 사실을 털어놓았다. 그러나 독고목은 현주가 귀신임을 알고서도 두려워하지 않았다. 이윽고 현주는 울먹이며 말하길, 자신의 부친인 齊王은 수나라 황제의 둘째 아들로 나라가 망했을 때 황제와 함께 살해당했는데 그때 독고목의 선조인 독고장군만이 역적들에게 대항했으며 또 자신을 욕보이려는 도적을 꾸짖다가 자신도 죽임을 당했다고 했다. 그리고는 슬픔을 가누지 못하다가 술을 가져오게 해서 독고목과 함께 마셨다. 이어서 현주가 옛일과 자신의 심정을 시로 읊었는데, 독고목은 그녀의 詩才에 감탄하며 역시 시로 화답했다. 잠시 뒤에 시녀 몇

명이 악기를 들고 오더니 현주에게 이렇게 슬퍼하고만 있지 말고 내씨(來氏)댁 아씨를 모셔와 함께 즐기시라고 권했다. 현주는 독고목에게 방금 부른 사람은 대장군 來護兒의 歌人으로 당시에 자기와 함께 살해되어 이 근처에 살고 있다고 일러주었다. 얼마 후 내호아의 가인이 왔는데 그녀 역시 절세미인이었다. 세 사람은 서로 노래와 시를 주고받으며 즐거운 시간을 보냈다. 내씨는 명문귀족 집안의 후손인 독고목과 현주가 서로 짝이 된다면 정말 좋은 일이라고 분위기를 띄웠다. 독고목이 현주에게 封地가 어디냐고 묻자 현주가 대답하길, 자신은 仁壽 4년(604)에 도성에서 태어난 후에 淸河縣主와 臨淄縣主에 봉해졌으며 황후의 사랑을 받고 늘 궁 안에서 지냈다고 했다. 내씨는 밤이 깊었으니 빨리 혼례를 올리라고 재촉했다. 혼례의식은 인간세상과 똑같았다. 독고목은 신방에 들어간 뒤에 현주의 숨결과 몸이 아주 차갑다는 것을 느꼈다. 잠시 후 현주가 울면서 독고목에게 부탁하길, 옆에 있는 惡王 때문에 곤욕을 치르고 있으니 자신을 낙양의 북망산에 옮겨 묻어달라고 했다. 그러면서 王善交라는 도사가 淮南의 저자에서 부적을 써 주는 일을 하고 있는데 그의 부적이면 악왕의 해코지를 막을 수 있을 것이라고 했다. 독고목은 그녀의 청을 흔쾌히 허락했다. 날이 밝아오자 독고목은 눈물을 흘리면서 현주와 내씨와 작별했다. 독고목이 문을 나선 뒤에 돌아보았더니 아무 것도 보이지 않자, 버드나무 한 그루를 옮겨 심어서 표식을 해두었다. 독고목은 곧장 회남의 저자로 가서 과연 왕선교를 만나 부적 한 장을 얻었다. 독고목이 악왕의 묘에 이르렀을 때 회오리바람이 서너 차례 덮쳤는데, 그때 부적을 꺼내 보이자 바람이 그쳤다. 이듬해 정월에 독고목은 강남에서 돌아와 현주의 무덤을 파서 유골을 잘 수습한 다음 낙양으로 옮겨 와서 安善門 밖에 이장해 주었다. 그날 밤에 현주가 독고목의 거처로 찾아 와서 은혜에 감사하며, 타고 왔던 수레와 시종을 모두 그에게 주면서 己卯年에 틀림없이 다시 만나게 될 것이라고 했다. 그날 밤에 현주는 독고목과 함께 자고 이튿날 떠나갔다. 그 후 기묘년에 독고목이 새벽에 일어나 문을 나서려는데 갑자기 수레 몇 대가 집 앞으로 오더니 현주의 명을 받들고 왔다고 아뢰었다. 그날 저녁에 독고목은 갑자기 죽어서 결국 현주와 함께 묻혔다.

* 「요싱뎐姚生傳」(「姚氏三子」/『太平廣記』 卷65 「女仙10」)
　　당나라 어사 姚生은 관직을 그만둔 후 蒲州의 한 읍에서 살았다. 그에겐

아들 하나와 외조카 둘이 있었는데, 모두 나이가 들었으나 미련하고 재주가 없었다. 그래서 날마다 깨우치고 꾸짖었지만 그들은 여전했다. 결국 요생은 條山 남쪽의 초가집에 그들을 살게 하면서 학업에만 열중하라고 했으며, 학업에 진척이 없으면 매를 때리겠다고 했다. 셋 중에서 나이가 많은 요생의 아들은 열심히 공부했으나 두 외조카는 여전히 놀기만 했다. 그러던 어느 날 요생의 아들이 밤늦도록 공부하고 있을 때 무언가가 자꾸 뒤 옷자락을 잡아당기기에 돌아보았더니, 옥처럼 하얗게 눈부신 작은 돼지 한 마리가 옷자락을 깔고 엎드려 있었다. 그래서 文鎭으로 돼지를 내리쳤더니 소리를 지르며 도망갔다. 그는 조카들을 불러 돼지를 찾아보았지만 아무 데도 없었다. 다음날 어떤 노복이 말을 타고 오더니, 부인께서 죄송하다는 말씀을 전하라 했다고 하면서 어젯밤에 어린애가 장난을 치다가 얻어맞아 상처를 입긴 했지만 그다지 심하지는 않다고 했다. 잠시 후 노복이 유모들과 함께 상처 입은 아이를 안고 와서 보여 주었는데, 아이의 눈썹에서 코끝까지 붉은 실 같은 자국이 나 있었다. 노복 등은 곧 부인께서 직접 오실 것이라는 말을 남기고 떠나갔다. 얼마 후 아주 기이한 향기와 함께 화려하기 그지없는 수레가 당도하더니, 그 안에서 30세쯤으로 보이는 아주 기품 있는 부인이 내렸다. 부인은 그들이 걱정할까봐 찾아왔다고 하면서 결혼한 사람이 있는지 물었다. 그들이 아직 결혼하지 않았다고 하자, 부인은 자기의 세 딸을 그들에게 시집보내겠다고 했다. 그들이 감사의 절을 올리자, 부인은 순식간에 훌륭한 저택을 지어 각자에게 주었다. 다음 날 많은 시종을 거느린 화려한 수레를 타고 세 여자가 왔는데 모두 17~18세 정도였다. 부인은 진귀한 술과 안주를 차려 놓고 세 딸에게 각자 원하는 사람의 배필이 되라고 했다. 그날 저녁에 혼례를 올린 뒤 부인은 세 사람에게 말하길, 100일 동안 이 사실을 남에게 발설하지 않으면 부귀장생을 누릴 것이라고 했다. 그들이 다시 감사의 절을 올리며 자신들의 우매함을 걱정하자, 부인은 그런 걱정은 하지 말라고 했다. 그리고는 孔子를 불러오게 하여 그들에게 육경을 가르쳐주게 했으며, 姜太公을 불러오게 하여 병법과 비결을 가르쳐주게 했다. 그 결과 그들은 문무에 통달하게 되어 出將入相의 재목이 되었다. 그 후 요생이 노복을 보내 아들과 조카들에게 식량을 가져다주게 했는데, 노복이 돌아와서 자기가 본 바를 소상히 아뢰었다. 요생은 깜짝 놀라며 그들이 귀신에게 홀렸다고 생각하여 황급히 불러오게 했다. 그들이 떠날 때 부인은 무슨 일이 있어도 이 일을 발설해서는 안 된다고 주의를 주었다. 요생은 그들에게 사실대로 말하라고 다그쳤으나 말하지 않자 매질을 했다. 결국 세 사람은 고통을 참지 못하여 자초지종을 말하고 말았다. 요생은 관사에 머물고 있던 비범한 선비를 불러 그 일을 말해주었더니, 선비가 깜짝 놀라며 그들이 천기를 누설했기 때문에 將相이 될 부귀공명을 잃어버렸다고 했다. 요생이 그 까닭을 묻자 선비가 대답하길, 천문을 살펴보니 織女·婺女·須女의 세 별자리가 빛을 잃었는데 이는 세 별이 인간 세상에 강림한 것으로 장차 세 사람에게 복이 될 것이었으나 이젠 천기를 누설하고 말았으니 화나 면하면 다행이겠다고 했다. 그래서 요생은 그들에게 산으로 돌아가라고 했는데, 세 부인은 그들을 모르는 사람처럼 대했고 부인도 그들을 꾸짖으며 이제 작별해야겠다고 했다. 그리고는 세 사람에게 탕을 마시게 했는데, 탕을 마신 그들은 예전처럼 미련해져서 아무 것도 모르게 되었다. 선비는 요생에게 그 세 별이 아직 인간 세상에 있는데 여기서 멀리 있지 않다고 했다. 그는 친한 이에게 은밀히 그 장소를 말해주었는데 혹자는 河東 張嘉眞의 집이라고 했다. 그 후 장씨 집에서는 삼대에 걸쳐 재상과 장수가 나왔다.

＊「뉵옹뎐」(「陸顒」『太平廣記』卷476「昆蟲4」)

吳郡 사람 육옹은 長城에서 살았는데 집안 대대로 明經科에 급제하여 벼슬했다. 그는 어려서부터 밀가루 음식을 좋아했는데 많이 먹으면 먹을수록 몸이 야위었다. 그는 장성한 뒤 과거에 응시했으나 낙방하여 太學生으로 있었다. 몇 달 뒤에 胡人들이 술과 음식을 가지고 육옹을 찾아와서 말하길, 자기들은 南越 사람으로 천하의 영재들이 모여 있는 태학을 구경하러 왔는데 그의 풍모가 너무 빼어나기 때문에 교유하고 싶다고 했다. 육옹은 별다른 재능이 없다고 겸손해하면서 그들과 기분 좋게 술을 마신 뒤 헤어졌다. 열흘쯤 뒤에 호인들이 금과 비단을 가져와서 육옹에게 주었는데, 육옹이 꺼림칙하여 받지 않자 그들은 별 뜻 없으니 의심하지 말고 생활비에 보태라고 했다. 다른 태학생들이 그 소문을 듣고 육옹에게 충고하길, 오랑캐란 사소한 이득에도 목숨을 거는데 아무 이유도 없이 금과 비단을 주며 하필 그에게만 친구 삼자고 하겠느냐고 하면서 잠시 피해 있으라고 했다. 그래서 육옹은 잠시 渭水 가에 살면서 두문불출했는데, 한 달 남짓 지나 호인들이 또 찾아오자 육옹은 너무 놀랐다. 그들은 육옹의 손을 부여잡고 말하길, 사실은 부탁이 있어서 찾아왔는데 그에게는 아무런 해

가 되지 않을 테니 꼭 좀 들어달라고 했다. 육옹이 말해보라고 하자, 그들은 그에게 밀가루 음식을 좋아하냐고 물었다. 육옹이 그렇다고 하자 그들이 말하길, 그가 먹는 밀가루 음식은 그의 뱃속에 있는 벌레가 먹는 것인데 지금 주는 알약을 먹고 그것을 토해내면 좋은 값을 쳐주겠다고 했다. 그래서 육옹은 호인이 준 보랏빛 약을 먹고 벌레 하나를 토해냈는데, 그것은 2촌쯤 되는 청개구리 같은 모양이었다. 그들은 그것을 천하의 진귀한 보물인 消麵蟲이라고 했다. 육옹이 어떻게 아느냐고 묻자, 그들은 그 벌레가 내뿜는 寶氣가 하늘까지 닿기 때문에 쉽게 찾을 수 있었으며 그것은 천지의 中和之氣를 부여받았기 때문에 가을에 씨를 뿌려서 늦여름에 수확하는 보리를 좋아하는 것이라고 했다. 그러면서 육옹에게 밀가루를 먹여보면 알게 될 것이라고 했다. 그래서 육옹이 밀가루 한 말을 앞에 놓았더니 그 벌레가 금방 모두 먹어치웠다. 그들은 그 벌레를 통에 담아 금함에 넣고 자물쇠를 채운 뒤 육옹에게 침실에 두라고 하면서 내일 다시 오겠다고 했다. 다음날 아침에 호인들은 수레 10여 대에 금은보화와 비단을 가득 싣고 와서 육옹에게 주고 금함을 가져갔다. 육옹은 그 후로 큰 부자가 되어 장안에서 豪士로 불렸다. 1년쯤 후에 호인들이 또 오더니 육옹에게 함께 바다를 여행하자고 하면서 바닷속에 있는 보물을 찾고 싶다고 했다. 육옹은 평소에 한가했던 터라 그들을 따라서 바닷가로 갔다. 호인들은 은솥 안에 기름을 넣고 불을 땠으며 다시 그 벌레를 솥 안에 넣고 7일 동안 계속 달였다. 그때 바닷속에서 한 동자가 나오더니 직경 1촌짜리 구슬이 가득 담긴 쟁반을 바쳤는데 호인들은 오히려 동자를 크게 꾸짖었다. 또 한 옥녀가 진주 수십 개를 바쳤지만 호인은 역시 꾸짖었다. 마지막으로 한 仙人이 직경이 3촌쯤 되고 기이한 빛이 공중에 퍼지는 구슬을 바치자 호인은 웃으며 그것을 받았다. 그리고는 불을 끄게 하고 솥 안에서 벌레를 꺼내 금함에 넣었는데, 그 벌레는 그렇게 오랫동안 달였지만 처음처럼 팔짝 뛰었다. 호인은 그 구슬을 삼키며 육옹에게 두려워하지 말고 자기를 따라 바닷속으로 들어가자고 했다. 그들은 바닷속 용궁으로 가서 하룻밤 만에 진주와 보배를 마음껏 가져왔는데 아무도 막는 자가 없었다. 호인이 진귀한 보배 몇 가지를 육옹에게 주자, 그는 그것을 남월에서 팔아 더욱 부자가 되었다. 그 후 육옹은 결국 벼슬하지 않고 閩越에서 늙어 죽었다.

＊「비부국뎐蚍蜉國傳」(「徐玄之」『太平廣記』卷478「昆蟲6」)

徐玄之란 사람이 浙東에서 吳 땅으로 옮겨와 立義里에서 살았다. 그 집은 본래 흉가였지만 진기한 화초와 나무가 있어서 가꿔보기로 했다. 1달쯤 지난 어느 날 밤에 그가 책을 읽고 있을 때, 수백 명의 기병이 침상의 서남쪽 모퉁이에서 나오더니 담요 위에서 대대적으로 사냥을 했는데, 날짐승과 길짐승이 셀 수 없을 정도로 많았다. 사냥을 끝내자 깃발을 들고 인도하는 사람, 칼·도끼·활·몽둥이를 든 사람, 장막·평상·쟁반·솥을 든 사람, 그릇에 산해진미를 담아 나르는 사람 각각 수백 명이 분주히 오갔다. 서현지가 軍中을 들여다보았더니, 붉은 두건을 쓴 사람이 수천 명의 시종을 거느리고 있었는데, 그 옆에서 鐵冠을 쓴 사람이 선포하길, 전하께서 紫石潭에서 물고기를 구경하려 하신다고 했다. 이윽고 붉은 두건 쓴 사람이 서현지의 돌벼루 위로 올라가자, 옆에서 주연을 준비하고 춤추면서 음악을 울렸다. 잠시 후 그는 漁具를 가져오라고 명하여 직접 고기를 낚았는데, 방어·잉어·농어·쏘가리 100여 마리를 잡았다. 그는 또 서현지를 돌아보며 손님들에게 말하길, 자기는 周公의 예법이나 孔子의 책을 익히지 않아도 왕위에 올랐는데 이 유생은 머리카락이 세고 빠지도록 애만 쓰고 있으니 자기의 신하가 되면 이 잔치에 참석할 수 있을 것이라고 했다. 이에 서현지가 촛불을 들고 자세히 살펴보았더니 순식간에 모든 것이 사라졌다. 서현지가 책을 덮고 막 잠들었을 때, 무기를 든 수천 명의 기병이 서쪽 창 아래에서 대오를 정비하더니 그에게 다가와 소리치길, 비부국의 왕자께서 羊林에서 사냥하고 자석담에서 낚시하실 때 서현지란 놈이 갑자기 위협하여 혼란에 빠뜨렸으니 대장군 蠦虰에게 잡아오라고 분부하셨다고 했다. 그리고는 흰 비단으로 서현지의 목을 묶어 끌고 갔다. 그곳에서 서현지는 三事에 넘겨져 肉刑에 처하라는 판결을 받았다. 그때 太史令 馬知玄이 상소하여 논하길, 왕자는 법도를 따르지 않고 과도하게 사냥에 탐닉하다가 화를 자초했으며 서현지는 성품이 고결하고 박식한 선비인데도 대왕께서 무고하게 벌을 주신다면 이는 장차 나라가 망할 조짐이라고 했다. 왕은 상소문을 보고 대노하여 마지현을 국문에서 참수했는데, 바로 그때 폭우가 쏟아졌다. 草澤臣 蠮飛가 또 상소하여 말하길, 병서에 구름도 없는데 비가 오는 것은 하늘이 우는 것이라 했는데 지금 충직한 신하가 살육당했기 때문에 하늘이 우는 것이며 또 대왕께서 죄 없는 서현지를 엄한 형벌로 다스리려는 것은 뼈에 사무친 원한을 사는 일이라고 했다.

왕은 상소문을 읽고 나서 즉시 위비를 諫議大夫로 삼고 마지현을 安國大將軍에 추증했으며, 그의 아들 馬蚯를 태사령에 임명하고 많은 비단과 쌀을 賻儀했다. 또 서현지에 대해서는 차후에 처리하겠다고 했다. 그러자 마지가 사직의 표문을 올려 말하길, "어찌 주살당한 아비로 인해 나라의 영광을 받고 어찌 하늘의 뜻이 장차 변하여 나라가 위태롭게 되는 지경을 지켜보겠습니까"라고 했다. 왕은 상소문을 보고 기뻐하지 않으며 候雨殿으로 돌아가 잤는데, 깨어난 뒤 백관을 陵雲臺에 소집해 놓고 말하길, 꿈에 上帝께서 나타나 너의 쇠를 도와 너의 나라를 열고 너의 강토를 펼치며 남쪽부터 북쪽까지 붉은 옥과 돌로 너의 덕에 보답하리라고 하셨으니 이 꿈을 시원하게 푸는 사람에게는 벼슬 한 품급을 올려주겠다고 했다. 그 말을 듣고 신하들이 모두 절하며 경하드렸으나 위비는 대단히 불길한 꿈이라고 하면서 말하길, 쇠를 돕는다[助金]는 말은 호미질 할 '鋤'를 뜻하고 나라를 연다[開國]는 말은 제거한다는 '闢'자를 뜻하며 강토를 펼친다[展疆土]는 말은 분열시킨다는 뜻이고 붉은 옥과 돌은 玉石이 함께 탄다는 뜻이니 이는 서현지가 우리 땅을 파헤치고 불태워 자신의 치욕을 갚으려는 것이 아니겠냐고 했다. 그러자 왕은 서현지의 죄를 사면해주고 편안한 수레에 태워 돌려보내 주었다. 서현지는 꿈을 깨고 나서 다음날에 가동을 불러 서쪽 창 아래의 땅을 파게 했더니 커다란 개미굴이 나오자 하나도 남김없이 모두 불태워버렸다. 그 후로 그 집에 더 이상 흉흉한 일이 일어나지 않았다.

4. 연세대본『태평광긔』에 나타난 표기적 특징

연세대 소장본『태평광긔』의 표기적 특징을 살펴보면 다음과 같다.
1) 어두 자음군의 표기는 'ㅅ'계열과 'ㅂ'계열이 동시에 사용되었다. 'ㅼ', 'ㅺ', 'ㅳ', 'ㅄ' 등이 보이며, 종성에는 'ㄲ', 'ㅙ'이 쓰였다.

씰 빼 <1> 밧끠 <1>
뚤오더니 <1> 쁘려졋고 <3>

붉거늘 <3>

2) 어간 말음의 'ㅅ'과 함께 'ㄷ'이 나타난다.

        찌드되 (焚 /撌火) <8 /88>8)

3) 'ㄷ'계 구개음화 현상 이전 모습을 보여주고 있다.

        것구러디다 <3> 다티니 <2> 뎐각 <9> 뎜 <19> 뎐ᄒᆞ더니 <9> 됴셕
        <10> 디다 <21> 모딜기를 <37> 톄ᄒᆞ고 <4>

4) 비원순모음화 현상이 보인다.

        고은 <79> 아프 <22> 아프란 <67> 아프디도 <12> 아프드로셔 <63>

5) 어중의 유기음 표기가 다음과 같이 나타난다.

        깁픈 <15> 알퍼 <9> 얇퍼 <61> 읇프며 <15> 흐터디며 <16>

6) ㅎ말음 체언

        ᄀᆞ올ㅎ(秋) 51 나라ㅎ(國) <10> 나조ㅎ(夕) <13, 72, 90> 눌ㅎ(刃) <50>
        두어ㅎ(數) <39> 짜ㅎ(地) <39> 돌ㅎ(石) <13> 둘ㅎ(二) <10> 드르ㅎ(野)
        <2> 들ㅎ(郊野 /曠野) <26 /33> 우ㅎ(上) <13> 자ㅎ(尺) <1> 칼ㅎ(刀)

---

8) 나모 일빅 수리롤 <u>찌드되</u> 닉디 아니ᄒᆞ거늘 (焚柴百車, 語猶如故.) <太平 2 : 8>
   되돌히 막 미고 살며 은솟터 기름을 붓고 블을 <u>찌드며</u> (胡人結宇而居, 於是置油膏於
   銀鼎中, 撌火其下.) <太平 2 : 88>

<78> 풀ㅎ(臂) <5> 하늘ㅎ(天) <5> 흐나ㅎ(一) <39>

7) ㄱ말음 체언

'굼'은 '굼긔(穴)'<98>, '굼글'<99> 등으로 곡용하였으며9), '낡'은 '남기
(桑樹)'<7>, '남글(樵)'<8> 등으로 곡용하였으나 '나모(樹)'<8>도 보인다.

5. 연세대본『태평광긔』에 나타난 고어와 고문체

위 번역본은 국어학적으로 매우 중요한 자료이다. 번역고소설 필사본
으로는 유일하게 먹남본『태평광기언해』가 일찍이 학계에 소개된 바
있어,『이조어사전』(劉昌惇),『고어사전』(南廣祐) 등 기존 고어사전에서 어
휘 자료로 채록된 바 있다. 실제로 기존의 낙선재본 필사본들이 대부분
18~19세기 것인데 반해, 먹남본(4책)과 연세대 소장본(1책)은 이보다 앞선
17세기 후기 번역본 내지 전사본으로 추정된다.

1) 명사

개고리(蛙) <86> 개암의(蠶) <94> 개야미(螘) <96> 개암의(蚯) <94> 거
복(龜) <7> 결릭(親族) <65> 곳ᄎ(花) <14> 구실(官) <43> 귀엿꼴(珥)
<89> ᄀᆺ난아히(新兒) <66> 나죄(夕) <59> 닐웨(七日) <89> 다히(自 /從)
<16, 35> 딛(頃) <89> 달(緯) <41> 도다지(猪) <69> 도장(閨) <53> 두던
(岸) <13> 둣거븨(蝦蟆) <5> 드르(郊野) <85> 마을 /마올(事) <95> 밀ᄀ
ᄅ(麵) <54> 바조(蕭障) <41 /3> 박쾨(轂) <71> 빗대(桅) <68> 새요 (鰕)

___

9) 깁픈 <u>굼긔</u> 머믈워 두어 겨시니 (滯留幽穴.) <太平 2 : 98>
　　나라흘 열리란 말은 <u>굼글</u> 헤티리란 말이오 (開國者闢也.) <太平 2 : 99>

<13> 새배(晨) <59> 새옴(妬) <23> 스나희(丈夫) <30> 스매(袖) <69> 스
셜 <5, 66> 애(腸) <68> 원도(田園) <63> 재 <23> 쟉 <65> 쥬인 <58>
즘싱(豺狼) <40> 진지(膳) <79> 즈디(紫) <91> 콧므르(鼻端) <70> 프람
(嘯) <35>

　　위 고어 가운데 '갈' '갈대'의 뜻을 갖는 '달'의 경우『삼강행실도』[10]
과『훈몽자회』에 '달 담(菼)', '달 오(薍)', '달 구(蒚)' 등에 보이다가『역어
유해』(1690)를 끝으로 문헌에 보이지 않았으나 연세대본과 낙선재본『태
평광긔』에 공히 보이고 있어[11] 18세기까지 쓰이다가 이후 소멸된 것으
로 추정된다. 자주색이란 뜻을 갖는 '즈디'는 '紫的(zǐde)'이라는 중국어에
서 온 차용어이다. '紫'는 우리말 한자음 독음으로 읽었으나 '的'은 한자
음 '적'으로 읽지 않고 '디'로 읽었다. 이는 '적'의 중국어 발음 '더(de)'
또는 속음 '디(di)'로 읽은 것이다.

2) 동사

거러앉다(踞) <95> 계다(過)[12] <81> 더식다 <40> 디다 (下 /不第) <21
/33> 막즈르다(拒) <35, 47> 므너흐-[13] (呑噬) <47> 믈허디다(頹) <50>
믜여디다(裂) <99> 벙으리왇다(拒) <84> 브르뜨다(瞋) <32> 뼈디다(去)
<40> 쯰놀다(跳躍) <12> 빤려지다(破) <3> 뽈오다 <3> 쓰리티다 <93>
새옴ᄒ다(妬忌) <79> 샹ᄒ오다(傷) <78> 석다(消爛) <62> 스뭋다(顯)

---

10) 밠바닸 가출 밧기고 사ᄒ론 달 우희 드르라 ᄒ고 (命刈脚下皮, 刈蘘荍, 使趨其上.)
　　<삼강, 충 : 30>
11) 그 사름의 안존 뒤히 달 바조롤 텨 막고 그 안히 아히 이셔 ᄀ장 셜워 우니 (而叟之
　　坐後, 緯蕭障下, 時聞稚兒啼號甚痛.) <太平 2 : 41>
12) 언이 그 묘의 수멋다가 낫 겐 후의 나가니 (金天曰 : "命張偓過所食時卽行." 及行至
　　前路.) <太平 2 : 82>
13) 싀와 범이 방즈히 므너흐니 간괘 날로 빗겻도다 (豺虎恣呑噬, 戈干日縱橫.) <太平
　　2 : 47>

<57> 숧다(煮) <8> 숨끼다 <86> 찌다 <7> 씯다 <88> 어리이다 <14>
업더디다(淪覆) <50> 옮다(遷) <7> 을허디다(劃然) <3> 져조이다(按問)
<24> 지져괴다(喧鬧) <81> 하-(訴) <33> 할다(訴) <36> 해ᄒ이다(遇害)
<47> 허위다 <99> 흔드기다 <14> ᄒ리다(恙) <70>

위 동사 중 '계다'는 '지나다'란 뜻으로 『석보상절』(1447)에 처음 나와
『박통사언해』(1677), 『역어유해』(1690)까지 보이고 있으나 연세대 소장본
과 낙선재본 『태평광긔』(18세기)에 나타나고 있어 대체로 18세기까지도
쓰였음을 알 수 있다.

이 밖에도 한자어로 '딘복ᄒ다(厭伏)' <37> '브드이ᄒ다(不得已)' <92>
'고초苦楚ᄒ다(楚撻)' <34> '권장權葬ᄒ다(權瘞)' <33> '샹고詳考ᄒ다(勘)'
<12> '쥬인主人ᄒ다(止)' <26, 40, 64> '초빙草殯ᄒ다(殯)' <42, 60> '포딘鋪
陳ᄒ다(茵席)' <71> 등이 있다.

3) 형용사

가비얍다 <30> 가음여-(富) <21> ᄀ만ᄒ다(密) <61> 거츠-(芊芊)
<56> 너ᄅ다 <9> 늑다(稀) <39> 모딜다(暴虐) <37> 쁘다(去) <16> 성긔
다 <9> 아득ᄒ다(茫茫) <68> 아므라- <93>

이 밖에도 한자어로 간난ᄒ다(貧) <20> 서어鉏鋙ᄒ다(疎漏) <44> 아담
雅淡ᄒ다(閑雅) <43 /74> 위연偶然ᄒ다(偶然) <85> 등이 있다.

4) 부사

곱작저이 <96> 넓쩌 <3> 니도히(乖) <41> 뎌즈음끠(比者) <36 /85> 모
쳐(偶) <16> 무흔 <40> 미양(每) <1> 법다이 <95> 브절업시 <80> 볼셔
(業) <62> 슬토록 <90> 어드러셔(何自) <42> 우이(笑) <20> 싱심도

<90> 슬트록 <90> 에엿비(哀) <3> 져근덧(少頃 /瞬息) <6 /11> 즈로
<96> 혐의로이(嫌惡 /嫌) <58 /61>

위 어휘 가운데 '무흔'은 '무척' '매우'의 뜻으로『빙빙뎐』(4 : 18)에 "궁
듕의 부인 므릭시는 거시 무흔 만커놀 엇디 이대도록 호시ᄂ니잇가" 라
는 구문에 처음 보인[14] 이후 전혀 그 용례를 찾아볼 수 없었다. 그런데
연세대본『태평광긔』<40>에 "녀ᄂ 일은 다릭미 업스되 다만 몸이 무흔
가비얍고 눌라기 샹해 사롬과 다릭더라(他無所異, 但擧止輕便, 異於常人耳.)"는
표현이 보이고 있는 것이다. 이 단어는 기존의 고어사전에는 등재되어
있지 않다.

5) 어미

-거다 <33> -과댜(欲) <62> -과라 <7, 20> -ㄴ댜(否 /乎) <16, 36 /18>
-놋다 <17> -뇨 <74> -닝이다 <12, 36> -ㄹ다 <2> -ㄹ러다 <67> -ㄹ
러이다 <37> -ㄹ와(耳) <16 /47 /60> -랏다 <74> -링이다 <38> -링잇
고 <38> -셰라(矢) <5> -쏘다 <15> -지라 <95>

6) 접미사

일부 수사 뒤에 붙어 그 수로부터 좀 더 되는 수를 이를 때 쓰는 접
미사 '-나믄'[15]이 있다. '數十'이 '스므나믄'으로 일관되게 번역되었다.

---

14) 박재연,『빙빙뎐』(조선시대 중국소설희곡 번역자료 총서1), 學古房, 1995.
15) 내 왕의 좌우의 이션디 일쳔<u>나믄</u> 히라 (僕在王丹左右, 一千餘歲.) <太平 2 : 17>
   부인이 나히 셜흐<u>나믄</u>은 호고 (夫人年可三十餘.) <太平 2 : 71>

큰 가마 스므나믄을 버렷논디 (見鐵鑊數十如屋.) <太平 2 : 12>
청의 스므나믄이 혼 부인을 인도호야 나오며 (靑衣數十人前導.) <太平
2 : 45>

6. 연세대본 『태평광긔』와 낙선재본의 비교

연세대본 『태평광긔』 권2 가운데 「강슈뎐」, 「오감뎐」, 「원셔뎐」, 「댱
슈국뎐」, 「뉴귀슌뎐」, 「강능부스니군뎐」, 「니싱뎐」, 「니좌문뎐」, 「뉴댱스
녀뎐」, 「원관뎐」, 「최언무뎐」, 「향뎡뎐」, 「니복뎐」, 「댱언뎐」 등 14편은
낙선재본 권1에도 실려 있어서 비교 연구가 가능하다.

다음과 같은 몇 가지 사실로 연세대본이 낙선재본보다 훨씬 이른 시
기의 선행본임을 알려준다.

1) 연세대 소장본 『태평광긔』에 보이는 ㅎ말음 체언이 낙선재본에서
는 탈락된 경우가 많다.

두어ㅎ <39> → 두어 <1 : 119>
둘ㅎ <10> → 둘 <1 : 101>
풀ㅎ <5> → 풀 <1 : 96>
하눌ㅎ <5> → 하눌 <1 : 96>

2) 된소리 'ㅴ'이 'ㅆ'으로 바뀌었다.

ㅴ <1> → ㅆ <1 : 92>
ㅵ여 <21> → 써혀 <1 : 111>
ㅴ들 <22> → 쓰들 <1 : 111>

3) 된소리 'ㅅ'이 탈락하였다.

  씌 <1> → 긔 <1 : 92>
  잠싼 <16> → 잠간 <1 : 106>

4) 어중 유기음 표기에 있어서 중철 표기보다 연철 표기 경향이 두드러진다.

  곳텨 <10> → 고텨 <1 : 100>
  긋치디 <2> → 그치디 <1 : 93>
  ㅈ초고 <11> → ㄱ초고 <1 : 101>
  머므러든 <16> → 머믈워든 <1 : 106>
  밋츠리라 <8> → 미츠리라 <1 : 98>
  뭇춤내 <14> → 무춤내 <1 : 105>
  빗치 <13> → 비치 <1 : 103>
  횟만의 <3> → 희만의 <1 : 95>

5) 연철이 분철로 바뀌었다.

  니그리라 <8> → 닉으리라 <1 : 99>
  니버 <43> → 닙어 <1 : 122>
  마가 <3> → 막아 <1 : 95>
  머그면 <2> → 먹으면 <1 : 94>
  머근 <1> → 먹은 <1 : 93>
  사므니 <10> → 삼으니 <1 : 100>
  수멋다가 <82> → 숨엇다가 <1 : 36>
  져거 <1> → 젹어 <1 : 92>
  주그니라 <23> → 죽으니라 <1 : 112>

6) 어중의 유기음 표기가 다음과 같이 바뀌었다.

      깁픈 <15> → 깁흔 <1 : 104>
      깁피 <62> → 깁히 <1 : 125>
      알픠 <9> → 압희 <1 : 100>

7) 'ㄷ'계의 구개음화 현상이 일반적이다.

      것구러디다 <3> → 것구러지다 <1 : 94>
      관겨티 <60> → 관겨치 <1 : 123>
      댜론 <66> → 쟈론 <1 : 128>
      다티니 <2> → 닷치니 <1 : 3>
      뎐각 <9> → 젼각 <1 : 99>
      뎐ᄒ더니 <9> → 젼ᄒ더니 <1 : 100>
      됴셕 <10> → 죠셕 <1 : 101>
      모딜기를 <37> → 모질기를 <1 : 116>
      톄ᄒ고 → 쳬ᄒ고 <4>

8) 원순모음화 현상이 보인다.

      거를ᄒ야 <9> → 거록ᄒ야 <1 : 100>
      므어시 <5> → 무어시 <1 : 97>
      븨는 <66> → 뷔는 <1 : 128>
      키와 븨 <77> → 키와 뷔 <1 : 131>
      져므러 <20> → 져무러 <1 : 109>
      쌜 <66> → 쏼 <1 : 128>

9) 어미 '-과댜(欲)'가 '-고져'로 바뀌었다.

이제 막기를 이러트시 호시니 날을 지셩을 말과댜 호시느냐 (今乃斬固如此, 是不欲某再生耶?) <太平 2 : 62>
이제 막기를 이러트시 호시니 날을 지셩을 말고져 호시느냐 <낙선 太平 1 : 125>

10) 동사, 형용사 어간이나 어미 뒤에 붙어 '-는구나'의 뜻을 갖는 '-놋다'가 '-는도다'로 바뀌었다.

나는 어디 쇽호엿느뇨 날로 모든 신션을 뫼와 둔니놋다 (顧余復何忝, 日侍群仙行.) <太平 2 : 17>
나는 어디 쇽호엿느뇨 날로 모든 신션을 뫼와 둔니는도다 <낙선 太平 1 : 107>

11) 동사, 형용사 어간 뒤에 붙어 '-도다'의 뜻을 갖는 '-쏘다'가 '-도다'로 바뀌었다.

혼갓 빅금을 허비호고 군왕이 믓춤내 도라보디 아니호눈쏘다 (徒使費百金, 君王終不顧.) <太平 2 : 15>
혼갓 빅금을 허비호고 군왕이 무춤내 도라보디 아니호눈도다 <낙선 太平 1 : 105>

(1) 동사, 형용사 어간 뒤에 붙어 '-ㄹ 것입니다', '-겠습니다'의 뜻을 갖는 '-링이다'가 '-리이다'로 바뀌었다.

이는 원슈의 사룸이니 다룬 거스로 디신을 못호링이다 (冤家合食, 他物代之不可.) <太平 2 : 82>
이는 원슈의 사룸이니 다룬 거술 디신을 못호리이다 <太平 1 : 136>

(2) 동사, 형용사 어간 뒤에 붙어 '-겠습니다'의 뜻을 갖는 '-링이다'가 '-리라'로 바뀌었다.

   대왕이 길흘 감ᄒ야 내야 보내시면 전 몸과 다ᄅ미 업스링이다 (大王當街發遣放回, 則與本身同矣.) <太平 2 : 38>
   대왕이 길흘 감ᄒ야 내여 보내시면 졈ᄾ 몸과 다ᄅ미 업스리라 <낙선 太平 1 : 118>

(3) 동사, 형용사 어간 뒤에 붙어 '-리이꼬?' '-겠습니까?'의 뜻을 갖는 '-링잇고'가 '-리잇가'로 바뀌었다.

   니싱의 안해 샤례ᄒ야 굴오디 다힝호믈 어이 이긔여 알외링잇고 (李妻曰 : "幸甚.") <太平 2 : 38>
   니싱의 안해 샤례ᄒ야 굴오디 다힝ᄒ믈 어이 이긔여 알외리잇가 <낙선 太平 1 : 118>

13) '저녁 무렵'의 뜻을 갖는 '나죄 겻틱'가 '져녁의'로 바뀌었다.

   그날 나죄 겻틱 주그니 그 겨집이 히산을 ᄒ니라 (是夕, 圓觀亡而孕婦産矣.) <太平 2 : 66>
   그날 져녁의 주그니 그 겨집이 히산을 ᄒ니라 <낙선 太平 1 : 128>

(1) '처럼'의 뜻을 갖는 조사 '톄로'가 '텨로' 또는 '쳐로'로 바뀌었다.

   그 아ᄒ 이윽ᄒ야 ᄯ 울면 그톄로 니ᄅ거늘 (俄則復啼, 叟輒以前語解之.) <太平 2 : 41>
   그 아ᄒ 이윽ᄒ야 ᄯ 울면 그텨로 니ᄅ거늘 <낙선 太平 1 : 120>

그 사룸이 전톄로 니르고 다래되 (叟則又以前語解之.) <太平 2 : 42>
그 사룸이 전쳐로 니르고 달래더 <낙선 太平 1 : 121>

(2) 모음 아래에서 쓰이던 격조사나 접속조사 '과'가 '와'로 바뀌었다.

볼셔 그디과 인연이 이시니 (業得承奉君子.) <太平 2 : 62>
볼셔 그디와 인연이 이시니 <낙선 太平 1 : 124>

티도과 광치 비길 디 업더라 (姿態橫發.) <太平 2 : 61>
티도와 광치 비길 디 업더라 <낙선 太平 1 : 124>

15) 고유어가 한자어로 바뀌거나 반대로 한자어가 고유어로 바뀌었다.

귓것 <37> → 귀신 <1 : 117>[16]
닐굽히 <42> → 칠년 <1 : 122>
왈 <39> → 닐오디 <1 : 118>

7. 맺는말

『태평광긔』와 원전과의 대조를 통해서 당시 중국 소설작품에 대한
우리 선인들의 이해를 엿볼 수 있었다. 일반적으로 번역고소설은 어휘
자료가 풍부하므로 우리말 대역어를 쉽게 채록할 수 있어서 국어학적
으로 좋은 자료가 되며, 번역 작품 자체도 국내 고소설의 발전에 지대

---

16) 니시 만일 지싱곳 못ᄒ게 ᄒ면 모던 귓거술 딘복디 못홀 거시니 <太平 2 : 37>
니시 만일 징[지]싱곳 못ᄒ면 모진 귀신 건[진]복디 못홀 거시니 (李氏壽算長, 若不
再生, 議無厭伏.) <낙선 太平 1 : 117>

한 영향을 미친 것으로 파악된다. 이상의 논의를 정리하면 다음과 같다.

첫째, 서지학적으로 연세대 소장본『태평광긔』는 필적, 책의 장정 등 여러 가지 정황으로 볼 때 멱남본에서 낙질로 알려져 있던 권2 次冊이 틀림없다. 이로써 멱남본이 완전히 갖추어짐에 따라 낙선재본과의 심층 연구가 가능해졌으며, 나아가『太平廣記詳節』과의 관계도 보다 정확히 연구할 수 있게 되었다.

둘째, 연세대본『태평광긔』를 통해 기존의 언해본에는 실려 있지 않는 「위풍뎐」·「두건덕뎐」·「옥쇼뎐」·「독고목뎐」·「요싱뎐」·「늇옹뎐」·「비부국뎐」 7편을 새롭게 발굴해냄으로써, 고소설번역문학에 있어서 새로운 자료를 확보할 수 있게 되었다.

셋째, 연세대본『태평광긔』와 낙선재본의 비교를 통해 연세대본이 낙선재본의 선행본임을 확인할 수 있다. 국어학적으로 보건대 '-닝이다', '-링이다', '-링잇고', '-과댜', '-쏘다' 등의 어미가 빈번하게 나타나는 사실과 일부 표기 및 어휘가 낙선재본에서 바뀌어 있는 점으로 미루어 연세대본이 낙선재본보다 50년에서 1세기 이른 시기의 것이며, 그 시기는 17세기 후반으로 추정된다.

넷째, 기존『빙빙뎐』외에는 그 용례를 찾아볼 수 없었던 '무척'이란 뜻의 '무흔'을 발굴할 수 있었고, 지금은 소멸한 중세어의 흔적으로, '갈대'를 가리키는 '달'과, '지나다'라는 뜻의 '계다'가 연세대 소장본은 물론 낙선재본에도 그대로 실려 있어 이들 어휘가 18세기까지 존재했음을 확인할 수 있다.

■『동방학지』제121집, 연세대학교 국학연구원, 2003.

연세대 소장 번역고소설 필사본 『옥지긔(玉支璣)』 연구

‖ 김장환 · 박재연 ‖

1. 머리말

명말 청초에 출현한 재자가인소설은 人情小說의 한 분파이다. 명말 청초에 출현한 이러한 소설들은 대략 50여 종에 달한다. '재자가인소설'이란 주로 명말 청초에 나온 사랑과 혼인을 제재로 한 소설을 일컫는다. 이들 소설은 내용적으로는 대부분 '아름다운 여자와 빼어난 수재가 사사로이 백년가약을 맺고, 수재는 장원급제하며, 마침내는 임금의 명을 받아 결혼에 이른다'는 기본 틀을 갖고 있다. 형식적으로는 상당수의 작품들이 '金瓶梅'를 모방하여 그 주인공의 이름을 따서 제목을 정하고, 분량이 16회에서 20회 정도로 일정하다는 공통점을 가지고 있다.

재자가인소설이 명말 청초에 갑작스레 대량 쏟아진 것은 명 중엽 이후 중국 사회 변화와 무관하지 않다. 즉, 봉건사회에 자본주의 생산 양식이 싹트면서 상업적인 수공업의 발전과 함께 도시경제의 번영이 뒤

따르고, 시민계층이 확대되기 시작한 것이다. 이러한 기류는 사상 문화 영역에도 중대한 변화를 일으키게 했다. 이후 봉건예교에 반대하고 인간성의 해방을 추구하는 신사조가 출현함으로써 재자가인소설의 성행을 가져왔다.

재자가인소설의 발전은 크게 두 시기로 나눌 수 있다. 제 1기는 명말부터 청초 순치·강희 연간 사이인데, 이 시기는 재자가인소설의 전성기이다. 당시의 대표작으로는 『玉嬌梨』·『平山冷燕』·『好逑傳』·『金雲翹傳』·『定情人』·『醒風流』 등이 있다. 제 2기는 옹정·건륭 연간으로 이 시기의 재자가인소설은 주로 직접적인 생활상을 많이 반영하고 있으며, 신마·협의·강사가 합류하는 추세를 보여주고 있다. 제2기의 대표작으로는 『雪月梅』·『駐春園』·『鐵花仙史』·『白圭志』 등이 있다.

중국 재자가인소설의 조선 전래는 여러 기록을 통해 확인할 수 있다. 이명구가 소개한 모씨댁 소장 필첩에 따르면, 현종이 대왕대비전에 보낸 한글 간찰과, 숙종의 누이동생인 명안공주에게 보낸 한글 간찰에 첩부한 소설 제목에 '玉交梨'('玉嬌梨'의 오기)의 책명이 들어 있다. 이러한 중국 재자가인소설의 전래는 『옥교리』에 머물지 않았는데, 김춘택(1670~1717)은 『북헌잡설』에서 "如平山冷燕 又何等風致"라며 『평산냉연』을 거론하고 있으며, 이는 또한 1787년 이상황, 김조순 등이 翰院에서 伴直하며 읽다가 정조에게 들킨 것으로도 유명하다. 그리고 권섭(1671~1759)의 『玉所稿』에는 어머니 용인이씨(1652~1712)가 손수 필사한 여러 소설들을 권섭이 여러 자손들에게 나누어주는 기사가 있는데, 여기에는 『蘇賢聖錄』, 『韓氏三代錄』, 『薛氏三代錄』, 『趙丞相七子記』, 『三江海錄』 등의 소설 외에도 『義俠好逑傳』이라는 재자가인소설이 거명되고 있다.[1]

---

1) 박영희, 「17세기 재자가인형 소설의 수용과 영향」, 『한국고전연구』 4, 한국고전학

『옥교리』의 경우에는 한국보다 일본측의 기록이 많아 주목된다. 먼저 일본의 저명한 유학자로 對馬藩에서 조선과의 외교에 중추적 역할을 수행한 雨森芳洲(1688~1755)의 글에 따르면, 그는 1702년에 처음 조선에 가서 『淑香傳』, 『李白瓊傳』을 베끼며 한글을 공부했다고 하는데, 芳洲書院에 소장된 『芳洲履歷』 「芳洲著述」에는 "橘窓茶話 …… 以下 朝鮮語 全一道人(都詞ナリ) 交隣須知 隣語大方 崔忠傳 淑香傳 玉嬌梨 林慶業傳 書狀錄 常談 以下 四十部"라 하여 여러 한국 소설과 함께 한글로 된 『玉嬌梨』가 올라 있다.[2] 여기서 『옥교리』의 한글 번역본은 18세기 초에 이미 일본인의 손에 들어가 있음을 알 수 있다. 그리고 對馬藩 통사 小田幾五郎의 『象胥記聞』(1794)에는 『옥교리』가 조선의 시장에서 『장풍운전』, 『구운몽』, 『최현전』, 『장박전』, 『임장군충열전』, 『소대성전』, 『소운전』, 『최충전』, 『사씨전』, 『숙향전』, 『이백경전』, 『삼국지』와 함께 팔리고 있다고 기록하고 있다. 따라서 『옥교리』는 17세기에 조선에 전래되어 읽혔으며, 18세기 초에는 한글 번역본이 일본에 건너가 있었던 것이다.[3]

조선 후기 완산이씨(사도세자)가 작성했다는 『중국소설회모본』(1762)에 15종의 재자가인소설이 나와 있다.[4] 윤덕희(1685~1766)의 「자학세월」(1744)에 10종,[5] 「소설경람자」(1762)에는 29종이 실려 있다.[6]

회, 1998.

2) 조희웅, 松原孝俊, 「숙향전의 형성연대 재고 – 일본측 자료를 중심으로」, 『고전문학연구』 12, 한국고전문학회, 1997.

3) 박재연, 「만송본 옥교리전에 대하여」, 『중국소설연구회보』 14, 중국소설연구회, 1993.

4) 完山李氏 序, 金德成外 畵 『中國小說繪模本』, 강원대학교 출판부, 1993.

5) 醒風流, 定情人, 驚夢啼, 畵圖緣, 金翠翹傳, 賽花鈴, 五鳳吟, 夢月樓, 獜[麟]兒報, 十二峯.

6) 玉嬌梨, 引鳳簫, 好逑傳, 玉支機, 春風面, 巧聯珠, 六才子傳, 春柳鶯, 金翠翹傳, 蝴蝶媒, 平山冷烟[燕], 飛花艶想, 催曉夢, 吳江雪, 兩交婚傳, 迴文傳, 賽花鈴, 錦香亭, 鳳凰池, 定情人, 歸蓮夢, 五鳳吟, 畵圖緣, 驚夢啼, 醒風流, 情夢柝, 夢月樓, 獜[麟]兒報, 十二峰. (박

실제로 국내외에는 조선시대 번역된 재자가인소설 필사본들이 다양한 형태로 전하고 있다. 궁중본으로는 『평산냉연』, 『성풍류』, 『인봉소』, 『설월매』, 『쾌심편』 등 5종으로 『평산냉연』을 제외하고 모두 유일본이다. 『옥교리』는 현재 동경대에 한 부가 전하고 있고[7] 국내에는 고려대 만송문고에 낙질의 『옥교리전』(1책, 48장)이 전한다. 『好逑傳』 역시 필사본 2종이 전해지고 있고, 『錦香亭』은 "금향졍긔", "금향졍녹"이란 이름으로 번역되어 필사본은 물론이고 방각본·구활자본 등 여러 형태로 존재하고 있다. 최근에는 구활자본 『쌍미긔봉』이 『駐春園小史』의 번역 내지 번안임이 밝혀졌다.[8]

연세대 소장 『옥지긔』도 재자가인소설의 하나이다. 이 책에 대해서는 일전에 校注本을 낸 바 있고 이번 연구는 이 작업의 토대 위에서 이루어졌다.[9]

2. 연세대본 『옥지긔』의 서지와 번역 양상

연세대 소장본 한글 필사본 『옥지긔』는 4권 4책[10]이다. 『玉支璣』는 '玉支磯' 또는 '玉支機' 등으로 표기되기도 하는데, 일명 "雙英記", "方正合傳"이라고도 하며 6권 20회로 이루어져 있다. 『옥교리』나 『평산냉연』

재연, 『韓國所見中國小說戲曲書目資料集 /十二峰記』, 선문대 중한번역문헌연구소, 2002)

7) 정병설, 「朝鮮後期 東아시아 語文交流의 한 斷面 – 東京大 所藏 한글 번역본 玉嬌梨를 중심으로」, 『韓國文化』 27, 서울대 한국문화연구소, 2001.

8) 최윤희, 「쌍미기봉의 번안 양상 연구」, 『古小說硏究』 제11집, 한국고소설학회, 2001.

9) 김장환·박재연 교주, 『옥지긔(玉支璣)』, 이회, 2003.

10) 『古書目錄』, 延世大 中央圖書館, 1977, p.153.

등 상당수 재자가인소설들이 형식적으로 '金瓶梅'를 모방하여 그 주인공의 이름을 따서 제목을 정한 것과는 달리, 소설 제목을 '玉支璣'(옥의 일종)라고 한 데서도 알 수 있듯이 소설은 처음부터 끝까지 옥지기라는 빙물을 둘러싸고 벌어지는 일들을 다루고 있다. 주인공 장손초와 관동수가 옥지기를 빙물 삼아 정혼하는가 하면 지현이 이를 장물이라 하여 몰수한다든가, 복성인이 이 가짜 옥지기로 장손초와 복홍사의 혼인 빙물로 삼아 관동수를 핍박한다든가, 장손초가 과거에 급제하자 복성인이 옥지기를 빌미로 누이동생의 혼사를 성사시키려 하는 등이 그것이다.

작자는 天花藏主人이다. 그와 연관된 소설은 『玉支璣』 외에도 『人間樂』·『梁武帝西來演義』·『濟顚大師醉菩提全傳』·『錦疑團』·『玉嬌梨』·『平山冷燕』·『兩交婚』·『金雲翹傳』·『幻中眞』·『後水滸傳』·『飛花咏』·『麟兒報』·『畫圖緣』·『定情人』·『賽紅絲』 등 모두 16종이다. 이들 작품들은 천화장주인 작으로 되어 있거나 그가 서문을 쓴 것으로 되어 있다. 그의 본명에 대해서 張劭라는 설, 張勻이라는 설, 徐震이라는 설, 天花主人이라는 설, 墨浪主人(墨浪子·浪仙)이라는 설 등 다양하다.11)

위 작품 중 천화장주인의 작품으로 확실시되는 작품은 『옥교리』, 『평산냉연』, 『양교혼』, 『옥지기』 등 4종이다. 『옥지기』는 파리 국가도서관 소장 醉花樓 간본에 '烟水散人 編次, 步月主人訂'이라고 서명하고 있는 외에 모든 판본에 '天花藏主人述, 步月主人 訂'이라고 적혀 있어 그의 작품임이 분명한 것 같다. 천화장주인이란 명칭은 별호일 것인데 다른 작품에 종종 '天花藏主人題於素政堂' 혹은 '素政堂主人題於天花藏'으로 서명하고 있어 천화장주인은 소설가일 뿐만 아니라 편집자겸 출판상일

---

11) 천화장 주인에 대해서는 林辰, 『天花藏主人』(春風文藝出版社, 1999)와 최수경, 『淸代 才子佳人小說의 硏究』(고려대 박사학위논문, 2001), pp.70~75 참조.

가능성이 있다.

천화장주인의 생존 연대는 분명하지 않다. 현재 고찰할 수 있는 정확한 연도는 『평산냉연』의 서문이 순치 15년(1658)에 쓰여진 것, 강희 임자년(1672)에 『錦疑團』과 『麟兒報』의 서문이 쓰여진 것, 그리고 『양무제서래연의』의 서문에서 '癸丑'(1673)이란 연도를 밝힌 점, 『평산냉연』의 자서에서 "淹忽老矣"라는 표현으로 미루어 당시 이미 중년의 나이가 아니었을까 짐작된다. 따라서 순치부터 강희 초반까지 활동한 것으로 미루어 짐작할 수 있다.

『옥지긔』는 모두 20회 4책으로 이루어져 있으며, 책의 크기는 27×19.5cm이다. 사주쌍변, 광곽 유계에 판심은 상하화문어미로 인쇄된 한자에 깔끔한 궁체로 정성들여 씌어 있다. 권1은 118면, 권2는 117면, 권3은 109면, 권4는 135면, 도합 79면으로 이루어졌으며, 1면은 10행 21자 내외로 되어 있다. 각 권마다 표지 뒷면에 5회씩 한글 회목이 실려 있으며, 각 권 시작 전에 다시 회목을 명시하고 있다. 권1은 제1회에서 제5회까지, 권2는 제6회에서 제10회까지, 권3은 제11회에서 제15회까지, 권4는 16회에서 20회까지 실려 있다.

『옥지기』 원본의 목차와 낙선재본의 목차를 대조해 보면 다음과 같다. (괄호 안의 한자는 필자가 첨가한 것임)

권지일
1. 노시랑토골뎨시동즈쇼 촌션싱농샤염한미인경
   (老侍郞免鶻題詩童子笑 村先生龍蛇染翰美人驚)
2. 욕탄동상션인낭인기강댱 요징셔셕방경야만셰홍스
   (欲坦東床先引良人開絳帳 要爭西席傍牽野蔓繫紅絲)
3. 경좌매지즈시가인멱부셔 당댱도면하슈취뷔견공파
   (驚座賣才自是佳人覓夫婿 當場塗面何殊醜婦見公婆)

4. 핍지즈데시인적입실 쳔츈경촉가됴호니산
   (逼才子題詩引賊入室　薦春卿促駕調虎離山)
5. 지즈년지지일언뎡혼인뎡 악편당악도다모싱긔사싱
   (才子憐才只一言而婚姻定　惡偏黨惡早多謀而機詐生)

권지이

6. 혜녜십녕용가빙쇼진화 간인계졸장암귀공명인
   (慧女心靈用假聘消眞禍　奸人計拙裝暗鬼哄明人)
7. 실비비쟝인작이이노방향 활발발이빙위스죵무셩취
   (實丕丕將人作餌已露芳香　活潑潑以聘爲辭終無聲臭)
8. 샹금쇽빙유심용슐반튜인슐듕 신필데시무의구혼죠찰신혼디
   (償金贖聘有心用術反墮人術中　信筆題詩無意求婚早攛身婚內)
9. 무심나쟉나득뇨일망젼슈 유의됴어됴블탹냥두졔도
   (無心羅雀羅得了一網全收　有意釣魚釣不着兩頭齊跳)
10. 복공즈스셰노권두송긱 관쇼져농교쇼걸ᄋ구인
    (卜公子使勢老拳頭送客　管小姐弄巧小乞兒救人)

권지삼

11. 약셔싱외인도싱스미디 쵸가인감동딥강냥블패
    (弱書生畏人逃生死未知　俏佳人敢獨主强梁不怕)
12. 관쇼져묘용숑숑듕탁긴 복공즈강심스스리도싱
    (管小姐妙用鬆鬆中着緊　卜公子强尋死死裏逃生)
13. 악븡우상심모도격쥰한 쵸가인고육계혁살티인
    (惡朋友喪心謀挑擊蠢漢　悄佳人苦肉計嚇殺癡人)
14. 복가공즈경욕스악몽뎐광 댱숀무텸상블뇨시젼상실
    (卜家公子驚欲死惡夢顚狂　長孫無忝想不了詩箋喪失)
15. 노승샹일노하인셩졍악 쇼셔싱냥번등뎨셩명향
    (老丞相一怒害人性情惡　小書生兩番登第姓名香)

권지스

16. 댱숀공블망싱스쳥귀취보심구 관쳥미교변셩명암양고힝대효
    (長孫公不忘生死請歸娶報深仇　管青眉巧變姓名暗養姑行大孝)

17. 조부인샤브득착니디도 복공즈황살뇨이화졉목
　　(祖夫人捨不得捉李代桃　卜公子慌殺了移花接木)
18. 관공즈완젼탐지비쇼심 복쇼져신필뎨시죤대톄
　　(管公子婉轉探才費小心　卜小姐信筆題詩存大體)
19. 이쇼져경경희희셜유심 냥샹셔가가진진토졍면
　　(二小姐驚驚喜喜說幽心　兩尙書假假眞眞討情面)
20. 사샹견미셜파유즈의 대단원간분명방디교
　　(乍相見未說破猶自疑　大團圓看分明方知巧)

　　연세대본『옥지긔』는 전반적으로 번역 문체는 평이하지만 우아한 문장으로 번역되어 있으며, 특히 시의 경우는 의고적인 표현을 많이 써 일반 문장에 비해 어휘에 고형이 많이 나온다.『옥지긔』를 원본과 대조하면 다음과 같은 특징을 발견할 수 있다.

　　각 회마다 개장을 알리는 詞 총 20수와 그리고 이야기 중간 중간에 삽입된 삽입시는 번역되지 않았다. 예를 들어 "正是……", "只見……" "生得……" "有詩贊美道……" 다음의 시는 모두 번역되지 않았다. 그러나 전체 53수 시 가운데 이야기 전개에 있어 빠져서는 안 될 등장인물들 사이의 주고받는 시 9수는 번역되어 있다. 시 번역은 먼저 원문의 한자를 우리말 독음으로 옮기고 그 밑에 작은 글씨로 두 줄의 번역을 덧붙이는 형식을 취하였다. (괄호 안의 한자와 '/' 표시는 필자 첨기)

(1)
뎨시디도야무인(題詩只道野無人)
하의문뎡쟝쟈륜(何意門停長者輪)
영쟈환화여식쇼(榮籍閑花如素笑)
툥가유최야싱츈(寵加幽草也生春)
만언노근심니이(漫言路近尋來易)
유공산심잉브진(猶恐山深認不眞)

욕챠문쟝년일믹(欲借文章聯一脈)

미디필믁가여신(未知筆墨可如神?)

글을 지으디 다만 닐오디 들희 사름이 업스리라 ᄒ더니 /엇디 문 밧긔 댱쟈의 술외박회롤 머므롤 줄을 뜻ᄒ리오 /영화로오믄 한가로온 곳치 빙쟈ᄒ야 우음을 지촉ᄒᄂ 듯ᄒ고 /은통은 그윽ᄒ 플의 더ᄒ야 ᄌ연 봄이 나ᄂ도다 /쇽졀업시 닐오디 길히 갓가와 춧기 쉽다 ᄒ나 /오히려 두리건대 뫼히 깁허 알기롤 진실로 못ᄒᆫ가 ᄒ노라 /문쟝을 비러 밀믹을 녁코져 ᄒ나 /아디 못게라 필믁이 가히 귀신 ᄀ투미 잇ᄂ냐 <1 : 10,11>

(2)

군친은의유근지(君親恩義有根枝)

무고의심시감디(無故而深是感知)

지향긔한쇼셰터(才向飢寒消世態)

우슈닝난입시비(又隨冷暖入詩牌)

화기하락츈샹호(花開花落春常好)

운거운니텬블이(雲去雲來天不移)

슈면만과쳥안후(垂眄沒誇靑眼厚)

여금슈면도쳥미(如今垂眄到靑眉)

님군과 어버의 은의ᄂ 블회와 ᄒᆫ가지 잇거니와 /연고 업시의 깁기ᄂ 이 아롬을 감격ᄒ미로다 /곳 주리며 치운 거술 조차 글짓ᄂ 비위예 드ᄂ도다 /곳치 픠며 곳치 쩌러디매 봄이 덧덧시 죠코 /구롬이 가고 구롬이 오매 하ᄂᆯ이 옴디 아니ᄒᄂ도다 /두로혀 보매 쇽졀업시 프론 눈이 둣텁다 쟈랑내디 말라 /이제 두로혀 보매 프론 눈섭의 니ᄅᆞ럿도다 <1 : 38-39>

시 번역은 처음에는 위와 같은 형태 외에 아래와 같은 형태를 취하여 보기 쉽게 하였다.

(3)

텬쳥운빅샹금긔(天靑雲白想襟期)

하눌이 프르고 구름이 희매 흥치롤 슷칠 거시니
츄월츈풍문소의(秋月春風聞所宜)
츄월 츈풍의 맛당훈 바롤 무르리로다
낙지욕긔비탕탕(樂在浴沂非蕩蕩)
즐거오미 긔슈의 목욕ᄒ매 이시니 탕;훈 줄이 아니오
도존닙셜역이이(道存立雪亦怡怡)
도덕이 눈 우희 셔매 〔녜 우양이 지이쳔셩을 뫼셔 눈 우희셔셔 도롤 강
ᄒ니라〕 이시니 쪼훈 이이ᄒ도다
샹여ᄉ부뇨문쇽(相如詞賦聊文俗)
샹여의 ᄉ부는 아ᄋ라히 셰쇽을 빗내고
가동문쟝흡입시(賈董文章恰入時)
가동의 문쟝은 흡당이 시졀의 드ᄂ도다
막쇼단표무취미(莫笑簞瓢無趣味)
단표의 즐거온 거시 마시 업다 웃디 말라
풍뉴유아실오ᄉ(風流儒雅是吾師)
풍뉴유아ᄒ미 진실로 내 스승이로다
<1 : 32>

(9)
츈풍블문시슈가(春風不問是誰家)
취득요도편편사(吹得夭桃片片斜)
힝희지긔지득득(幸喜支磯支得住)
냥화직주일지화(兩花織做一枝花)

봄ㅂ람이 아모의 집인 줄 뭇디 아니ᄒ고
고은 복셩화 곳츨 부러 조각조각 빗겻도다
힝혀 비단 ᄯᆞ는 틀이 여긔 잇ᄂ 줄을 깃거ᄒ노라
두 곳츨 ᄧᅡ 훈 가지의 곳츨 밍그ᄂ도다
<4 : 66>

한자 어휘나 설명이 필요한 구절에 대하여는 쌍행 협주로 주석을 달

았다. 이는 기존의 언해본이나 소설 번역본에 일관되게 나타나는 현상이다. 모두 16조에 달한다. (괄호 안의 한자는 필자 첨기)

조세(早逝) : 일 죽닷 말이라 <1 : 14>
혹관(學館) : 아희 글 フ르치는 소임이라 <1 : 23>
셔셕(西席) : 스승 안는 자리라 <1 : 23>
풍뉴유아실오스(風流儒雅是吾師) : 풍도와 션비의 아담훈 티되 진실로 내 스승이라 흐미라 <1 : 29>
도존닙셜역이이(道存立雪亦怡怡) : 네 우양이 지이쳔셩을 뫼셔 눈 우희셔셔 도롤 강흐니라 <1 : 32>
악부(岳父) : 쳐부랏 말이라 <1 : 105>
금곡(金谷) : 셕숭이 노던 디라 <1 : 106>
뉴유랑(柳乳娘) : 유모의 셩이 뉴가라 <2 : 61>
보블(補黻) : 치마와 오시 그리는 빗치라 <2 : 67>
규화지(叫花子) : 화랑의 뉘라 <2 : 105>
노걸패(老乞婆) : 늙은 비러먹는 거시란 말이라 <3 : 15>
광곤(光棍) : 왈재란 말이라 <3 : 84>
종시(宗師) : 시관이라 <3 : 94>
옹셔(翁婿) : 당인과 사회라 <4 : 13>
스모(師母) : 스승의 쳬란 말이라 <4 : 22>
악부(岳父) : 당인이란 말이라 <4 : 98>

둘째, "뇽이 고기와 노디 아니호고 개 범을 피훈다(魚不偶龍, 犬難偕虎.)" <1 : 100>, 일이 이미 결정되어 돌이킬 수 없다는 뜻으로 "흰쌀이 볼셔 닉은 밥이 되엿는디라(生米已成熟飯)" <1 : 113>[12] "눈이 이셔도 태산을 몰라보다(有眼不識泰山)" <4 : 101>와 같은 속담이 보인다.

---

12) 이런 후의는 관회 비록 도라와도 그 쓸이 형의게 도라와 흰쌀이 볼셔 닉은 밥이 되엿는디라 쏘훈 홀일이 업스리라 (旣成功之後, 縱管老有言, 而生米已成熟飯 , 料不至于斷離矣.) <玉支 1 : 113>

셋째, 散場을 나타내는 부분, 즉 "不知後事如何, 且聽下回分解", 또는 "未知後事如何, 且聽下回分解", "不知後事如何, 且看下回分解", "不知……, 且聽下回分解" 등은 일체 번역하지 않았고, "話說", "却說", "且說" 등도 번역하지 않았다.

다섯째, '回文'을 '드는 글'[13]이라 번역한 것이 특이하다. '회문'이란 竇滔가 晉나라 때 秦州刺史로 부임하였을 때 그 아내 소약란이 비단으로 회문을 짜서 부친 데서 유래하는데 한시체의 하나로 머리에서부터 내리읽으나 아래에서부터 올려 읽으나 뜻이 통하게 되어 있다.

여섯째, 맨 마지막회는 단순한 서술문을 대화체로 바꾸고 부연하는 등 원문에 없는 내용이 첨가되어 있다.

3. 연세대본 『옥지긔』 경개

명나라 성화 연간에 절강 處州 靑田縣에 管灰(字 春吹)라는 사람이 있었는데 평생 벼슬살이를 하다가 나이 쉰 살에 예부시랑을 끝으로 벼슬에서 물러나 시골에 은거하였다. 부인은 일찍 죽고 슬하에 딸 하나와 아들 하나만 두었다. 딸의 이름은 彤秀로 자는 靑眉, 방년 열여섯 살로 아름답고 총혜하기 그지없어 그야말로 女中才子였다. 아들 管雷는 열 살 어린 나이에 능히 책을 읽고 글을 지을 줄 알았다. 어느 날 관춘취가 봄 나들이를 갔다가 우연히 고을의 서당 훈장으로 있는 長孫肖를 알게 된다. 장손초는 자가 無忝으로 滄州 사람인데 부친이 임소인 청전에서 병사하자 고향으로 돌아가지 못하고 서당에서 글을 가르치며 홀어머니를

---

13) 비단 글지 기우러디고져 ᄒᆞ매 빗기 얽ᄆᆡ여 갓갑고 드는 글이 졍히 디ᄒᆞ매 바로 니어 맛당ᄒᆞ도다 (錦字欲欹斜春近, 回文正對直承當.) 〈玉支 1 : 107〉

봉양하게 된다. 관춘취는 그가 인물이 준수하고 매우 총명하다는 것을 알아보고 사위 삼을 생각으로 아들의 독선생으로 모셔온다. 한편 관춘취의 독선생으로 들어가려다 장손초 때문에 뜻을 이루지 못한 같은 고을 수재 强之良은 앙심을 품는다. 강지량은 관시랑이 사윗감을 고른다는 소식을 듣고 훼방을 놓으려고 작정하여 인근 현의 이부상서 아들 卜成仁을 부추겨 李知縣을 통해 관춘취에게 혼사 청을 넣는다. 관춘취는 복성인이 글공부는 않고 놀기만 좋아함을 알고 있던 터라 허락하지 않았으나 그 때문에 화를 불러오지나 않을까 걱정한다. 이 사실을 안 딸 동수는 아버지에게 시험으로 혼사 청을 거절할 것을 제안한다. 시 겨루기에 임하여 동수가 일필휘지로 '咏雪' 시 삼십 운을 내고, 복성인은 이에 대답할 수 없게 되자 다른 사람들도 화답하지 못하도록 종용한다. 다른 사람들은 복공자의 체면을 생각해 감히 시 지을 생각을 못하는데 장손초만은 짓겠다고 당당하게 나선다. 복성인은 처음에 그의 궁색한 모습을 보고 별 볼일 없을 것이라 얕보고 붓을 들게 한다. 그러자 장손초는 여러 사람이 보는 앞에서 단숨에 화답시를 완성하였다. 정혼은커녕 창피만 당한 복성인은 다시 강지량을 불러 계책을 의논한다. 강지량은 복상서로 하여금 관춘취에게 벼슬을 주어 서울로 불러들여 딸과 떨어져 있도록 꾀를 낸다. 상경하기 직전 관춘취는 복성인이 무슨 술수를 부리지는 않을까 두려워 미리 동수를 장손초에게 허락하니, 장손초는 조상 대대로 가전하는 玉支璣를 빙물로 삼고 동수는 옥지기 시 한 수를 지어 화답한다. 복성인은 춘취만 떼어놓으면 동수를 손에 넣는 것이 쉬울 것이라 여겼으나 동수와 장손초가 이미 정혼한 사실을 알자 강지량과 모의하여 지현을 매수, 옥지기는 장손초의 부친이 府庫에서 훔친 장물이라며 몰수를 종용한다. 동수가 이를 알고 가짜 옥지기를 관아로 들여보낸다. 복성인은 옥지기를 이미 빼앗았으니 정혼했다는 증거가 없다

며, 다시 강지량과 모의하여 장손초를 복씨 집으로 유인하여 여동생 卜
紅絲를 장손초에게 허혼하며 자기 집에 억류하고는 장매파를 관소저에
게 보내 장손초가 이미 홍사에게 혼약을 약속했다고 속이고 장손초와
관계를 끊도록 종용한다. 동수는 옥지기가 없다는 핑계로 혼약을 취소
할 수 없다고 둘러댄다. 가까스로 풀려난 장손초는 관뢰를 시켜 복씨
집에서 있었던 일을 동수에게 전한다. 복성인의 간계를 간파한 동수는
장손초에게 확답을 피하고 시간을 끌도록 한다. 매파로부터 관소저의
말을 전해들은 복성인은 백 냥을 주고 옥지기를 찾아 장매파를 통해 관
씨 집으로 보내 관소저로 하여금 장손초에게 돌려주라고 한다. 그러자
동수는 복성인으로 하여금 옥지기를 직접 장손초에게 돌려주어 빙물로
삼게 만든다. 복성인은 강지량을 시켜 옥지기를 장손초에게 돌려주게
하고 장손초로 하여금 그것으로 홍사를 납빙하게 한다. 장손초는 복성
인이 시를 짓지 못함을 알고 일부러 옥지기 시 한 수를 지어 복성인을
난처하게 만든다. 복성인은 천성이 총혜하고 시문에 능한 배다른 누이
동생 복홍사를 속여 화답시를 쓰게 하여 장손초에게 보낸다. 시를 받아
본 장손초는 탄복하며 할 수 없이 옥지기를 복성인에게 내준다. 뒤늦게
이 사실을 안 홍사는 복성인에게 詩箋을 되찾아 올 것을 요구하고, 또
동수는 동수대로 혼사를 허락하지 않고 미룬다. 복성인은 부끄럽다 못
해 성을 내며 다시 강지량과 모의하여 관춘취를 사신으로 해외로 내보
내고 장손초를 모해하고자 한다. 이에 장손초는 잠시 청전을 떠나 고향
으로 돌아가 과거 준비를 한다. 한편 동수는 결혼을 강요당하자 거짓으
로 목숨을 끊는다. 강지량은 화가 미칠까 두려워 달아나고 복성인은 놀
라 병이 난다. 장손초는 청전을 떠나 수차례 우여곡절을 겪은 끝에 마
침내 과거에 급제한다. 서울로 피신했던 강지량은 장손초의 복수가 두
려워 관소저가 죽었다는 소식을 장손초에게 알려주며 책임을 복성인에

게 전가한다. 장손초는 관소저의 부음을 듣고 비통한 나머지 고향으로 돌아가 복수하고자 한다. 복상서는 복성인이 소저를 핍박해 죽인 것을 알고, 또 장손초가 천자의 명으로 신부를 맞게 된 것을 보고 아들이 죽음을 면치 못할 것이 두려워 장손초의 은사 왕상공에게 도움을 청한다. 장손초가 복홍사에게 옥지기를 주어 빙물로 삼고, 홍사는 또 옥지기 시를 읊어 답빙한 사실이 있음을 알고 이를 빌미로 왕상공에게 중매를 부탁하나 장손초는 응하지 않는다. 한편 장손초가 청전을 떠나고 관소저가 핍박 받아 자살한 소식을 들은 祖夫人은 몸져 눕는다. 관동수는 동수의 의자매 戴氏라 거짓 이르고 들어가 조부인을 봉양하다가 장손초가 돌아오자 자리를 피한다. 과거 급제한 장손초가 돌아오자 지현은 옥지기를 몰수했던 잘못이 두려워 급히 장손초의 집을 수리하고 편액을 걸며 조부인을 배알하는 등 법석을 떤다. 복성인은 장손초가 금의환향하자 죄를 면하려고 홍사를 동수로 속여 장손초에게 시집보내고자 지현에게 나서줄 것을 청하며 관뢰와 상의한다. 때맞춰 복상서의 편지도 도착하므로 홍사는 이에 응할 수밖에 없다. 관뢰는 복가에 이르러 홍사의 미모가 빼어날 뿐만 아니라 글재주가 있음을 알고 돌아가 동수에게 알린다. 동수는 관뢰로 하여금 나아가 맞이하게 하니, 홍사는 관씨 집에 이르러 동수를 보고 두 사람은 서로 흠모하여 의자매가 되고, 함께 장손초를 섬기기로 약속한다. 한편 사신 갔다 돌아와 상서로 영전한 관시랑은 딸이 거짓 자결한 사실을 알고 있었으므로 복상서가 왕상공을 내세워 화해를 청하자 흔쾌히 허락하고 지난 일을 추궁하지 않기로 한다. 이런 사실을 모르는 장손초는 비통에 잠겨 청전에 도착한다. 지현의 주선으로 장손 일가를 큰집으로 옮기고, 장손초는 관부에 이르러 관뢰를 만나게 되는데, 관뢰는 복소저를 아내로 맞을 것을 권하고, 조부인은 조부인대로 동수의 의자매인 대씨를 아내로 맞이하도록 종용한다. 그때 홀연 관상서가 와서 장손초로 하여금 관씨 집에 가서 친영케 하고, 또 그를 복씨 집에 보내 복소저를 맞이하도록 한다. 합근을 할 때에야 관소저가 살아 있었음을 알게 되고, 두 여자는 한 지아비를 섬기게 된다.

『옥지기』는 젊은 남녀의 결혼과 연애 문제를 다룬 재자가인소설 초기의 수작이다. 다른 동류 소설들과 마찬가지로 남녀 주인공이 혼인문제에 있어서 봉건 혼인제도에 예속되어 부모의 명이나 중매를 통한다든가 서로 비슷한 집안끼리 혼사를 맺는 것이 아니라 자신의 의지와 선택에 따라 자신의 운명을 결정하고자 하였다. 그 과정에서 물론 부모의 허락이 필수적이지만 전혀 무관한 사람이 중매를 서는 것이 아니라 남녀 쌍방이 서로 사랑을 통해 혼인에 이르는 것이다. 관동수가 동경하는 것은 상대방의 권세나 부가 아니라 시재와 인품이다. 관동수는 상대방이 아직 가난한 집안의 서생이라는 사실에 구애받지 않았고, 장손초 또한 관동수의 시재와 화답시와 재치있는 지혜를 사랑했던 것이지 결코 시랑의 딸이었기 때문이 아니었다. 우선 서로의 마음이 통했고, 또 두 사람의 결합을 방해하는 복성인으로 대표되는 반대 세력과의 갈등을 거치면서 사랑은 더욱 단단해지고 마침내는 부부로 맺어졌다. 그 결합의 토대는 시재와 인덕과 지혜이다.

동시기의 다른 재자가인소설에 비하여 『옥지긔』의 독특한 점은 '才'를 더욱 부각시켰다는 점이다. '才'란 사람을 알아보는 재주와 시재와 그때그때 사태에 대처하는 능력이다. 관회는 知人之鑑이 있는 것으로 나타나고 장손초는 시재가 뛰어난 재자로 나타나는 반면, 여주인공 관청미는 세 가지 재주를 겸비한 여성으로 나타난다. 특히 사태에 대처하는 능력은 동시기 혹은 그보다 조금 이른 가인의 형상에서는 찾아볼 수 없었던 것이다. 처음에 그녀는 장손초가 아버지 부채 위에 題詩한 것을 보고 그의 재주를 흠모하였고, 장손초가 시재를 시험 받을 때 일필휘지로 문장을 이뤄 복성인의 괴롭힘에서 벗어나고, 또 동생에게서 그 사람 됨을 알고는 아끼는 마음이 더욱 간절하였다. 복성인이 지현을 통해 구혼을 했을 때, 아버지가 거절하려 하자 그녀는 시험을 통해 배필을 정할 것을 제안하여 자신이 삼십 운에 달하는 시를 지어 보이니 장손초도 이에 경도된다. 여기에서 관동수의 시재와 재치가 여실히 드러난다. 복성인이 그 아버지의 권세를 믿고 지현의 도움을 받아 간교한 꾀로 핍박하려 하지만 그녀에 의해 탄로나고 만다. 특히 그녀가 거짓 자결하는 대목은 연약한 여자 혼자의 몸으로 강제혼인에 직면해서도 놀라거나 흐트러지지 않고 의연하게 대처해 나가는 모습에서 남다른 담력을 엿볼 수 있다. 이는『평산냉연』의 山黛나 冷絳雪,『옥교리』의 白紅玉 등 가인에게서는 찾아볼 수 없는 점이다. 이러한 인물 형상은 같은 재자가인소설이 才美型에서 지혜형으로 변했음을 보여주며 여성이 시나 사를 짓는 재주뿐만 아니라 기지와 담력 역시 남자 못지않음을 보여준다. 이처럼『옥지긔』는 첫눈에 반하여 사랑하고 결혼에까지 이르는 다른 재자가인소설의 도식적인 모습과는 달리 보다 사실적인 과정을 밟고 있다.『옥지긔』는 재자가인소설의 발전과 심화를 가져왔다. 장손초가 동시에 복홍사를 아내로 맞이한 것은 일부다처제의 영향을 보여주기는 했지만 그렇게 함으로써 복성인의 실패를 부각시켜 주는 측면 또한 없지 않을 것이다.

『옥지기』는 예술적으로도 취할 만한 점이 많은데, 첫째는 인물형상이 비교적 생동감이 넘친다. 이 책에는 모두 50여 명의 인물이 등장하는데 관동수·장손초·강지량·복성인 등을 집중적으로 묘사하고 있고 특히 관동수란 인물이 두드러지며 그 기지와 담력, 강인하고 발랄한 성격이 무척 인상적이다. 마지막은 행복한 결말로 끝을 맺는다. 문체는 세련되고 유려하다. 다만 부족한 점이 있다면 사랑과 결혼 문제를 둘러싼 사회 모순을 심도 있게 드러내지 못하고 부정적인 인물 복성인을 지나치게 바보스럽게 묘사하여 단순화한 점이 흠이라면 흠이다.14)

4. 연세대본『옥지긔』에 나타난 표기적 특징

연세대 소장본『옥지긔』의 표기적 특징을 살펴보면 다음과 같다.

1) 어두자음군의 표기는 'ㅅ'과 'ㅂ'계열 합용병서가 동시에 사용되었다. 'ㅺ', 'ㅼ', 'ㅽ', 'ㅳ' 'ㅄ' 'ㅴ' 등이 보이며 각자병서는 쓰이지 않았다.

쓰럿더라(飾) <2 : 29> 끈헛도다 <1 : 72> 쪄 <4 : 73> 찐둣디 <1 : 18> 째 <1 : 77> 썰티디 <1 : 55> 쑤러디도록 <3 : 79> 뜻 <1 : 15> 싼리다(破) <2 : 19> 싼롬 <1 : 17> 쏠 <1 : 46>
뜻 <1 : 9> 뿔와 <1 : 21> 쌔혀나고 <1 : 15> 쎼 <1 : 74> 쌘디오다 <3 : 56> 쌔흐라 <4 : 98> 쁘리치다 /쁘리티다(掃) <4 : 66 /1 : 76> 뻡다(囓) <1 : 76> 뻥긔다 <2 : 108> 짜다(織) /짜다 <4 : 66 /1 : 107> 쯱이고 <3 : 83> 뜻고 <3 : 85>

2) 어말자음군에는 'ㄺ' 'ㄼ'이 쓰였다.

넑어시니 <1 : 55> 못듥ᄒ디 <3 : 70> 밧두듥 <1 : 75>
엷고 <1 : 73> 읇져기며 <1 : 3> 읇주어리더니 <3 : 74> 섥다 <4 : 6> 애듧디 <2 : 86>

3) 어중의 된소리화가 다음과 같이 표기되고 있다.

---

14) 苗壯,『中國歷代小說辭典』 제3권, 雲南人民出版社, 1993, pp.127~129.

빗뿌기다 <2 : 105>

버들까야지 <1 : 74> 병웃쩌리다 <1 : 4> 밧쏘아 <2 : 75> 훔끠 <2 : 77> 거리씨다 <1 : 17> 쓴지 <2 : 78>

내쩌 <4 : 133> 닐쩌나 <4 : 133> 무릅쩌 <3 : 53> 브르쓰고 <1 : 110>

4) 어간말음의 'ㅅ'과 'ㄷ' 등은 'ㅅ'으로 통일되어 있다.

밧고 <1 : 103> ᄌᆞᆽ고 <1 : 98> 덧덧시 <1 : 38> 뭇거든 <2 : 76> 듯고 <1 : 8> 맛닷다가 <2 : 90> 맛디니 <1 : 35> 밋고 <1 : 67> 씨둧디 <1 : 18>

5) 일반적으로 'ㄷ'계 구개음화 현상 이전 모습을 보여주고 있다.

겨실딘대 <1 : 23> 굿구러디다 <4 : 5> 글뎨 <1 : 29> 뎌리 <1 : 51> 됴뎡 <1 : 21> 됴롱ᄒᆞ시ᄂᆞ니잇고 <1 : 101> 됴희(紙) <1 : 71> 됴히 <1 : 6> 듀데홀 <3 : 7> 디듀 <1 : 61> 몽딘혼 <1 : 19> 못홀디니 <1 : 57> 부되티니 <1 : 73> 샹덕디 <1 : 100> 아디 못게라 <1 : 11> 아딕 <1 : 18> 업디르다 <3 : 35> 젓바디다 <3 : 11> 존듕혼 <1 : 40> 퍼디우다 <1 : 44> 헤딜ㄹ- <3 : 39>

ᄀᆞᆽ티 <1 : 42> 돌텨보니 <1 : 44> 므티엇다 <1 : 21> 믈리티고져 <1 : 50> 붑밧터 <1 : 111> 브틴 <1 : 74> 스양티 <1 : 34> 씨텨 <1 : 44> 썰티디 <1 : 55> 좀탹ᄒᆞ야 <3 : 74> 쳐티ᄒᆞ미 <1 : 36> 탐디ᄒᆞ야 <1 : 40> 툐월ᄒᆞ니 <1 : 89> 튝싱 <1 : 112> 현텰혼 <1 : 44>

그러나 일부 어휘에서는 구개음화 현상이 나타나기도 한다.

가지록 <2 : 117> -과져 <1 : 81> 모질게 <2 : 99>

6) 자음동화작용이 동화된 대로 표기되어 나타나기도 한다. 대개 't'

음이 비음 'n' 앞에서 동화되어 'n'이 되는 경우이다.

둔니논 <2 : 33> 만나다(ᄇ) <1 : 64> 난나치 <2 : 62>

7) 어중의 유기음 표기가 다음과 같은 몇 가지 유형으로 나타난다.

고텨 <1 : 16> 고티디 <1 : 21> 구ᄐ야 <1 : 44> 내티니 <1 : 117> ᄃ토와 <1 : 68> 펴티고 <1 : 31>

굿처 <1 : 74> ᄀᆞ초와 <1 : 16> 늣초와 <1 : 69> 밋처 <2 : 25> 못춤내 <1 : 99> 봄빗출 <1 : 3> 좃차 <3 : 49> 겻티 <1 : 7> 깃티리오 <1 : 50> ᄀᆞ톤 <1 : 5> 호ᄀᆞᆯᄀᆞ티 <4 : 134>

알퍼셔 <4 : 96> 앏퍼 <1 : 7> 압퍼 <1 : 8 /31> 을프믈 <3 : 76>

굽혀 <1 : 53> 굿ᄒ야 <1 : 27> 깁허 <1 : 11> 넙히 <3 : 50> 놉흔 <1 : 72> 밋히 <3 : 99> 읇허 <1 : 76> 읇흐며 <1 : 69> 잡히여 <2 : 40>

8) 어중에서 유음의 표기는 ㄹ-ㄴ 표기보다는 ㄹ-ㄹ 표기가 현저하다.(괄호 안은 출현 빈도수)

날노 (4)	날로 (16)	널노 (0)	널로 (4)
닐너 (3)	닐러 (30)	말나 (14)	말라 (56)
믈너 (0)	믈러 (17)	블너 (1)	블러 (41)
실노 (9)	실로 (107)	썰니 (3)	썰리 (31)
일노 (8)	일로 (49)	홀노 (0)	홀로 (7)

9) 분철보다 연철이 우세하다.

갓오시 <1 : 72> 그릇시며 <1 : 14> 그릇시 <1 : 28> 나로술 <1 : 74> 니기 <1 : 73> 바닷다(7) <1 : 110> 므어스로쎠 <1 : 36> 부술 <1 : 32> 시슬 <1 : 51>

10) ㅎ, ㄱ말음 체언

　고을히 <2 : 34> 길히 <1 : 22> 나히 <1 : 93> 네흘 <1 : 60> 돌힌가 (石) <1 : 107> 둘희 <1 : 30> 뒤흘 <2 : 98> 들히 <1 : 11> 뫼히 <1 : 11> 보희(包袱) <1 : 105 /2 : 3> 살희(弓) <1 : 72> 서너흘 <2 : 28> 섭흘 (柴草) <3 : 7> 세히 <1 : 63> 소희(淵) <1 : 71> 술흔 <2 : 108> 짜히 <1 : 21> 안히 <1 : 63> 여러흘 <2 : 98> 우히 <3 : 7> 좌우희 <4 : 118> 칼히 <3 : 35> 풀흘 <2 : 103> 하눌히 <2 : 114> ᄒᆞ나흘 <1 : 41>

그러나 위에 열거한 가운데 '칼이<1 : 101> 길이<1 : 22> 하눌이 <1 : 32>'처럼 ㅎ종성이 탈락된 경우도 있다. 일반적으로 탈락하지 않은 것이 탈락한 것보다 우세하나 '하눓'의 경우는 탈락된 것이 우세하다. ㄱ종성 체언은 '남근(木)<1 : 71>'이 한 번 나온다.

11) 다음과 같은 표기의 혼기가 보인다. (괄호 ( ) 안은 출현 빈도수)

개고리(1) <2 : 21>	개구리(1) <2 : 6>
구의(8) <3 : 62>	구외(5) <3 : 20>
새배(5) <1 : 74>	새벽(1) <3 : 11>
겨유(11) <1 : 2>	계유(10) <1 : 53>
곳쳐(16) <3 : 5>	곳텨(2) <2 : 45>
뎌즈음긔(3) <2 : 38>	져즈음긔(1) <1 : 42>
손펵(2) <1 : 57>	손벽(2) <3 : 7>
술외(1) <1 : 11>	수리(1) <1 : 86>

12) 'ᄒᆞ르(一日)'는 '홀니'로, 'ᄀᆞ르(屑)'는 '굴리'로 곡용하였다.

　댱손무텸을 쳥ᄒᆞ야 오고져 ᄒᆞ더니 홀니 못ᄒᆞ야 권문세가로셔 세 봉 글월이 다드라 (要請長孫肯. 不意謀館的多, 不一時就有三封顯達書來.) <1 : 23>

농의 갑오시 너풋거리매 옥 굴리 눌고 게우 짓치 조각 ; ᄒ야 구술 됴희
롤 편닷 ᄒ도다 (龍甲霏霏飛玉屑, 鵝毛片片展瑤箋.) <1 : 71>

13) 격조사의 표기는 다음과 같다.

(1) 주격 조사 '-가'는 보이지 않는다.

(2) 속격 조사는 '-의'로 통일되었다.

(3) 처격 조사는 '-에, -예, -의, -의서'가 나타나나 '의, 의서'가
우세하다

이에 <1 : 7> 애예 <1 : 76> 연간의 <1 : 1> 이십의 <1 : 1> 문 밧긔
<1 : 11> -의서 <1 : 16>

(4) 조격 조사는 '-으로, -로, -ᄋ로'가 나타나나 '-ᄋ로'는 유기음
아래에서만 나타난다.

가동으로 <1 : 3> 눕으로 <1 : 6> 일로 <1 : 4> 거스로논 <1 : 17> 거
스로뻐 <1 : 34> 늦츠로 <3 : 80>

(5) 공동격 조사는 '-와, -과'가 쓰였으며 일반적으로 모음 아래에
'-과'가 쓰인 예가 많이 보인다.

티도와 <1 : 2> 읇쥬어리ᄂ니과[15] <2 : 5> 원ᄒᄂ니과[16] <3 : 44> 뎌과
<3 : 103>

---

15) 부시 쩌러디ᄂ 곳의 쥬옥 ᄀ톤 글귀 이시니 엇디 노션싱의 져므도록 괴로이 읇쥬
어리ᄂ니과 ᄀ트리오 <玉支 1 : 5>
16) 이야 진짓 활 뽈 줄을 아디 못ᄒ고 도로혀 활 밍그는 쟝인을 원ᄒᄂ니과 ᄀ도다
(兄自家不會射箭, 怎反埋怨弓不利.) <玉支 3 : 44>

(6) 대격 조사는 '-을, -룰'이 사용되었다.

(7) 여격 조사는 '-드려, -의게, -긔, -끠'가 사용되었다.

(8) 비교격 조사는 '-의셔, -도곤, -도록'이 쓰였으며 '도곤'이 우세하다. 이에 대해서는 뒤에 자세히 설명하고자 한다.

(9) '-따위' '등속(等屬)'의 뜻을 갖는 '-톄엿'이 보인다.

 ᄒᆞ믈며 귀훈 쇼져는 뇨됴지질에 직금지지룰 품어 겨시던 거시어늘 날톄엿 용널훈 거시 엇디 감히 귀훈 쇼져의 몸을 디ᄒᆞ야 냥가의 빗츨 업게 ᄒᆞ리오 <4 : 64>

'-톄엿'은 18세기 번역필사본으로 추정되는 낙선재본 번역고소설에 보이는데『삼국지통쇽연의』에 6번,『형세언』과『평산넝연』에 각 1번씩 출현하고 있다.17)

5. 연세대본『옥지긔』에 나타난 고어와 고문체

위 번역본은 국어학적으로 매우 중요한 자료이다. 연세대 소장본『옥지긔』는 18세기 번역본 내지 전사본으로 추정된다.

---

17) 이톄엿 것들을 엇디 혜아리리오 나도 둘재 형데테로 싱금ᄒᆞ여 오리라 (量此等之輩, 何足道哉! 我也似二哥生擒將來便了.) <三國 8 : 29> 진봉의 비룰 쵸관 ᄀᆞ의 브티고 약간 토의룰 [그 짜 소산의 거시니 션믈톄엿 거시라] ᄀᆞ쵸와 (秦鳳儀到鈔關灣下了船, 叫秦淮看船. 帶了秦京, 拿了些湖廣土儀.) <型世 4 : 23> 어이 우리톄엿 빅셩의 집의 오리오 가 쳥ᄒᆞ야 오디 아니ᄒᆞ면 훈갓 무류홀가 ᄒᆞ노라 (一時怎肯到我農莊人家來, 若去請他, 恐亦徒然.) <平山 3 : 7>

1) 명사 /대명사

> 가족(皮) <2 : 47> 거거(哥哥) <2 : 36> 곡뒤 <3 : 88> 구외(府縣) <3 : 1> 권도(權變) <4 : 99> 귓것(鬼) <3 : 44> 규화ㅈ(叫花子) <2 : 105> 다히(往) <3 : 79> 만뎡 <1 : 117> 말좌 <1 : 70> 모초라기(鶉) <1 : 73> ᄆ야지(駒) <1 : 64> 분 <2 : 10> 빙애 <1 : 3> 새오(蝦) <1 : 74> 손삐 <2 : 70> 쇼마 <4 : 86> 술외박회(輪) <1 : 11> 스나히 <4 : 128> 아젹(辰) <1 : 30 /4 : 56> 안다히 <3 : 36> 어룬 <3 : 17, 4 : 127> 왈쟈(光棍) <3 : 83> 우김질(蠻) <1 : 112> 쟉 <2 : 77> 조오롬(睡) <75> 햐쳐(寓) <4 : 10> 화랑 <2 : 105> 동 <1 : 75 /2 : 34 /3 : 73> 만 <3 : 22 /4 : 54> 분 <1 : 52> 쟉 <2 : 69> 줄 <1 : 32> 아미(何等之人) <1 : 7 /2 : 16>

'만뎡'은 '망정'의 뜻으로 어미 '-야, -여' 뒤에 쓰여 괜찮거나 잘된 일이라는 뜻을 나타내는 말로 현대 국어에서는 '망정이지'의 꼴로 쓰이고 있다.[18]

> 사흘 닉예 옥지긔롤 가져다가 드려야 <u>만뎡</u> 그러티 아니면 뎡흐야 샤티 아니ᄒ리라 (限三日內要交玉支磯, 如無, 痛懲不貸.) <1 : 117>

'형'이란 뜻을 갖는 '거거'는 '哥哥'이라는 중국어에서 온 차용어이다. '哥'는 우리말 한자음 독음으로 읽지 않고 중국어 '거(gē)'로 읽었다. '햐쳐下處'는 역시 '下'를 우리말 한자음으로 읽지 않고 중국어 'xià(샤)'로 읽은 것으로 중국어 차용어이다. '샤'와 '햐'는 넘나들며 모음 'ㅑ'는 중국어 발음 '-ia'임을 바로 알 수 있다. '규화ㅈ'는 '거지'를 의미하는 근

---

18) 무명이나 ᄌ여라 긔사 말랴 뵈 뿔 것도 보내던둘 아ᄆ려나 ᄲᅵ일 거술 다믄 더듸여 <u>만뎡</u> 요흐란 그리 호마 <순천김> 이제 너희 닉인들이 대군을 수이 나시게 ᄒ여야 <u>만뎡</u> 힝혀 더듸 내여 주오시면 너희 닉인의 겨리 아오로 죽일 거시니 알나 ᄒ니 <서궁 1 : 24a>

대 중국어 '叫花子'를 우리말 독음으로 읽은 차용어이다.

叫花子 ‖ 믄득 흔 대취흔 <u>규화지</u> 〔화랑의 뉘라〕 빗뿌기며 드러와 (長孫肖正
急得走投沒路, 忽跑進一個爛醉的叫花子來.) <玉支 2：105>
乞兒 ‖ 션셩이 이 <u>규화즈</u>의 온 곳을 아르시느니잇가 (先生可知這乞兒是
那裏來的?) <玉支 2：108>

위에서 보듯 '규화즈'는 모두 14번 출현하는데 원문에 '乞兒'로 되어
있는 것도 '거지'를 뜻하는 우리말 '걸인'이나 '거워지'로 옮기지 않고
맨 처음 나온 '규화즈'를 고집하고 있다.

그밖의 한자어로는 근탁(根着) <3：23> 긔췌(箕箒) <1：51 /2：32> 스
식(辭色) <1：33> 좌츠(座) <1：61> 평명(平明) <1：53> 등이 보인다.

한편 현대 국어에서 말이나 행동이 단정치 못하고 수선스러운 사람
을 '왈짜'라고 하는데 용례가 종전에는 1888년『韓佛字典』에 '왈쟈'가
처음 보이고, 같은 19세기 문헌인『게우사』와『홍부전』『남원고사』등
에 '왈즈'가 출현한다.19) 그런데『옥지긔』에 이 단어가 보이고 있어 '왈
쟈'가 18세기부터 쓰였음을 알 수 있다.

흔 쇼년 광곤 〔왈재란 말이라〕 (是一個少年光棍.) <3：83>

2) 동사

간슈ᄒ다(收藏) <2：76> 간ᄉᄒ다(藏) <1：104> 거ᄉ- <1：115 /117>

---

19) 왈쟈, 日者「韓佛字典 49」청누고당 노푼 집의 어식 비식 올ᄂ간니 좌반의 안진 왈
즈 슝좌의 당하 쳔총 니금위즁 쇼년츌신 션젼관 비별낭의 도총 경역 안즈 익고
<게우사 438> 여러 <u>왈즈</u> 등이 죳트 ᄒ고 좌정흔 후 틸평이 디강장의 안져 말롤
ᄂ되 <홍부전 19a> 한량 <u>왈즈</u>드리 칼머리롤 바다들고 구름 ᄌᆺ치 옹위ᄒ여 옥등으
로 나려갈 졔 <남원고사 3：44b>

걸리끼다 <2 : 13> 것구르치다(掀倒) <3 : 41> 굿구러디다(跌倒) <4 : 5> 굿기다 <1 : 114, 3 : 93> ᄀᆞ옴알다(管) <3 : 33> 굴희다 <3 : 23> ᄀᆞ지다 (僻) <1 : 72> 나픗기다(飄零) <1 : 70> 날회다 <3 : 9> 낫둘- <4 : 4> 너 픗거리다(霏霏) <1 : 71> 너흘다(嚼) <1 : 75> 닐쩌나다 <4 : 133> 늦초다 (低) <1 : 69> 더위잡다(扶) <2 : 24 /57, 3 : 72> 됴보ᄒᆞ다 <4 : 27> 들레다 (嚷嚷) <3 : 6> 막즈르다 <1 : 93> 먹질ㄴ-(自刎) <4 : 5> 무롭쓰다(頓) <3 : 53> 뭉긔다 <3 : 84> 뭉킈다(包裹) <3 : 6> 몰뢰다(乾) <3 : 9> 밤븨 다 <2 : 74> 배뽀다 <1 : 44> 벗기다(抄) <1 : 111> 벙읏쩌리다 <1 : 4> 봇채다 <1 : 50> 붑밧티다 <1 : 111> 붓치다 (浮) <3 : 7> 빗뿌기다 <2 : 105> 브르쓰다 <1 : 110> 빔다(斜) <4 : 66> 브ᄋᆞ다(粉) <4 : 97> 쓰리치 다 /쓰리티다(掃) <4 : 66 /1 : 76> 썹다(囓) <1 : 76> 짜다(織) /ᄣᅡ다 <4 : 66 /1 : 107> 샹히오다(傷) <3 : 5 /4 : 32> 숫도워리다(喧) <1 : 73> 숫치다 <1 : 32> ᄭᅩ노다(考) <3 : 98> 쓰리다(飾) <2 : 28> 씨다(簇擁) <4 : 73> ᄯᅡ 리다(破) <2 : 19> 샌디오다 <3 : 56> 아이다(追) <2 : 34> 업듯-(顚) <1 : 73> 업디르다 <3 : 35> 여어들- <4 : 131> 우이다 <4 : 66> 읇겨기다 <1 : 3> 읇쥬어리다 <1 : 4> 잡드- <4 : 24> 쟈랑내다 <1 : 39> 저즐다 <1 : 111> 졋드르다 <3 : 42> 졋바디다 <3 : 11> 쥐무르다(撫摩) <3 : 68> 지우다(垂掛) <3 : 75> 츼오다(遣開) <1 : 91> 치다 <1 : 12> 퍼디우다 <1 : 44> 할다 <3 : 41> 헤딜ㄹ-(吠) <3 : 39> 후쓰다 <1 : 66> 희지-(害) <2 : 95> 희짓다(破) <1 : 83 /84> ᄒᆞ야디다(潑濕) <2 : 107>

위 동사 중 주목할 만한 어휘는 '후쓰다'와 '배뽀다'이다. 전자는 합성동사로 '눈을 휘둥그레 뜨다'의 뜻인 듯한데 다른 문헌에서 그 용례를 찾아볼 수 없다.

복셩인이 눈을 후쓰고 답왈 (卜成仁因大聲道 :) <1 : 66>

'배뽀다'는 중국어 '打破'를 우리말로 옮겨 놓은 것이다. 이 어휘가 번역소설 『형셰언』에 처음 출현했을 때만 해도[20] 기존 문헌이나 고어사

전에 전혀 등재되어 있지 않아 무슨 뜻인지 정확히 알 수 없었다. 그런
데 『옥지긔』에 보임으로써 그 뜻이 명확해졌다.

> 뎌의 혹관을 앗고져 홀딘대 몬져 이 혼인을 <u>배쓴</u> 후의야 가히 일을 일우
> 리니 (他處館旣爲選婚, 若要奪他之館, 除非先打破他的婚姻.) <1 : 44>

위 예문으로 '배쓴다'가 혼사와 관련지어 '훼방놓다'의 뜻임을 알 수
있다.

이 밖에도 한자어로 '간범干犯ᄒᆞ다(觸犯) <3 : 40> 강뎡講定ᄒᆞ다(講明) <3 :
27> 경동驚動ᄒᆞ다(驚嚇) <2 : 95> 고휼顧恤ᄒᆞ다 <2 : 61> 공혁恐嚇ᄒᆞ다(唬嚇)
<3 : 23> 교종驕縱ᄒᆞ다(驕傲) <3 : 76> 뇌거牢拒ᄒᆞ다(/再三推托) <3 : 23 /65> 뇌뎡
牢定ᄒᆞ다 <3 : 16> 뎡셩定省ᄒᆞ다 <4 : 111> 뎡장呈狀ᄒᆞ다(告) <2 : 116> 딩식徵
索ᄒᆞ다(索) <2 : 71> 방간防奸ᄒᆞ다 <1 : 63> 방식防塞ᄒᆞ다 <3 : 22> 부쵹咐囑ᄒᆞ
다(叫) <2 : 46> 비약飛躍ᄒᆞ다(胡賴) <1 : 60> 수죄數罪ᄒᆞ다(數) <2 : 101> 슈칙受
責ᄒᆞ다 <1 : 18> 십습什拾ᄒᆞ다 <4 : 14>[21] 젼쥬專主ᄒᆞ다(全) <4 : 47> 졉숑接訟
ᄒᆞ다 <4 : 71> 졔어制御ᄒᆞ이다(挾制) <3 : 29> 줌심潛心ᄒᆞ다(沉沉) <3 : 74> 줌
탁潛着ᄒᆞ다 <3 : 74> 챠작借作ᄒᆞ다(代做) <2 : 63 /73> 최졀ᄒᆞ다(喪) <1 : 76> 취
품取稟ᄒᆞ다(稟) <3 : 27> 탐시探視ᄒᆞ다(打聽) <3 : 103> 튜탁投托ᄒᆞ다 <3 : 28>
폭빅暴白ᄒᆞ다(/講明白) <2 : 7 /3 : 50> 햐필下筆ᄒᆞ다(下筆) <2 : 66 /3 : 107> 허손
虛損ᄒᆞ다 <3 : 67>' 등이 있다.

---

20) 내 이 촌듕의 가옴열기 웃듬이오 쏘흔 어룬 사룸이어놀 이제 요가의 형뎨 날을 업
   슈이너겨 슈욕ᄒᆞ물 이러트시 ᄒᆞ고 쏘 나의 친ᄉᆞ롤 <u>배쓰니</u> 엇디ᄒᆞ여야 이 분을 플
   리오 (我在這裏, 是村中皇帝, 連被他兩番凌辱, 也做人不成, 定要狠擺布他纔好!) <型世
   3 : 49>
21) 녕네 옥지긔 디답ᄒᆞᄂᆞᆫ 글을 지어 무텸을 준대 무텸이 귀히 너기믈 금옥ᄀᆞ티 너겨
   <u>십습ᄒᆞ야</u> 깁히 간슈ᄒᆞ엿다가 (令愛咏玉支磯答聘之詩, 長孫榜眼已收藏如奇寶.) <玉支
   4 : 14>

'햐필ᄒᆞ다'는 '붓을 들다'란 뜻으로 '下筆'을 중국어 'xiàbǐ(샤비)'로 읽은 것으로 중국어 차용어이다. '샤'와 '햐'는 넘나들며 모음 'ㅑ'는 중국어 발음 '-ia'임을 바로 알 수 있다.[22] 이와 같은 예로 '햐쳐(下處)'<4 : 2>와 '햐슈(下手)'<3 : 55>를 들 수 있다.

3) 형용사

가ᄇᆡ야오-(輕) <1 : 72> 가ᄇᆡ얍다(淺) <2 : 90> 거륵ᄒᆞ다(豐整) <1 : 98> 거츨다 <4 : 111> 공번되다(公) <2 : 102> ᄀᆞᆽ브다 <4 : 105> 난곳없다 <2 : 113> 노호오- <4 : 105> ᄂᆞ즉ᄒᆞ다(安) <3 : 11> ᄂᆞᆽ가오-(卑) <2 : 29> 두렷ᄒᆞ다(圓) <1 : 73> 둣텁다(厚) <1 : 39> 뫼ᄆᆞᄅᆞ다(枯淡) <1 : 106> 밋브다 <3 : 2> ᄆᆞᆺ둙ᄒᆞ다 <3 : 70> 빅빅ᄒᆞ다(密) <1 : 71> 사오납다(惡習) <4 : 3> 셟다 <4 : 6> 애돏다(哀痛) <1 : 86 /4 : 9> 영매ᄒᆞ다(性慧) <2 : 41> 용ᄒᆞ다 <2 : 97> 잔잉ᄒᆞ다 <4 : 71> ᄌᆞᆺ츨ᄒᆞ다(潔) <1 : 71> 질약ᄒᆞ다 <3 : 24> 혐의롭다 <4 : 61>

'질약ᄒᆞ다'는[23] '허약하다, 연약하다'의 뜻으로 『內訓』(1475)에 처음 나타난[24] 이후 『빙빙뎐』 등 소설에 많이 출현하고 있다.[25]

---

22) 과연 그 뎨 뜻이 젹어 햐필ᄒᆞ기 어려온 가온대 불셔 뎌 녀직 몬져 지어 가히 쎰죽ᄒᆞᆫ 말을 다 써시니 (這題目, 雖甚是風雅, 却又甚是枯淡, 實難下筆.) <玉支 2 : 66> 옥지긔 ᄀᆞᆺ튼 어려온 뎨롤 두고 이리 절미히 지은 후ᄂᆞᆫ 다ᄅᆞᆫ 사ᄅᆞᆷ이 햐필ᄒᆞ기 어렵거ᄂᆞᆯ (題得此詩, 閨閣風流已占盡矣. 爲何又有此作?) <玉支 3 : 107>

23) 내 비록 질약ᄒᆞᆫ 녀진나 밍셰ᄒᆞ야 저롤 됴히 도라보내디 아니ᄒᆞ리라 (只管請他來, 我管靑眉斷斷不怕!) <玉支 3 : 24>

24) 아ᄃᆞ롤 일히 ᄀᆞᆫᄒᆞ닐 나하도 오히려 질약홀가 저코 <內訓 2 : 7>

25) 고듕의 내여ᄡᅳ며 밧ᄂᆞᆫ 것 티부ᄒᆞ기 붓 네대여시 진ᄒᆞᄂᆞ니 잉이 질약ᄒᆞ야 혼자 당티 못ᄒᆞᄋᆞᆸᄂᆞ니 <빙빙 37> 정가 녀자ㅣ 나희 어리고 질약하나 절의가 놉고 지혜가 통달하야 셩색을 부동하고 모명을 순슈하야 마음을 ᄂᆞᆺ츄고 <림화정연 2 : 244> 형이 셜사 질약하고 쇼뎨 강장한들 엇지 년치를 보지 아니 하리요 <림화정연 4 : 385> 니시의 인믈은 녕엄ᄒᆞ고 온슌ᄒᆞ여 질약ᄒᆞ며 위 형은 유화 ᄉᆡᆨᄉᆡᆨᄒᆞ되 상활ᄒᆞ

다음으로 주목할 만한 어휘는 '용ᄒᆞ다'이다.

> 이 사름이 만일 글을 짓디 못ᄒᆞ던들 뎌 필ᄇᆔ 엇디 즐겨 그저 가리오 다만 하딕을 아니코 가시니 반ᄃᆞ시 므슴 용티 아닌 지조ᄅᆞᆯ ᄒᆞ리라 (但手雖罷了, 臨行不別而去, 定然還要生端作浪, 也只得聽他了.) <玉支 1 : 88>
> 무텸은 용ᄒᆞᆫ 사름이라 (張孫肯被逼不過, 只得隨了他去.) <玉支 2 : 97>
> 복셩인이 본디 용치 아닌 ᄯᅳᆺ을 품어시니 이번의 반ᄃᆞ시 샹공을 해ᄒᆞ리라 (家姐就知卜成仁不懷好意, 定要逞强凌弱.) <玉支 2 : 108>

18세기 번역고소설 문헌에는 대개 '① 진실되다(眞), 선하다(好)'라는 뜻과[26] '② 어질다, 현명하다(賢)'라는 뜻으로 쓰였고[27] 19세기에 와서야 현대어의 '용하다'와 같은 뜻인 '③ 무엇을 잘하다, 특히 의술이 뛰어나다'란 뜻으로 쓰이기 시작하였다.[28] 『옥지긔』에서는 ①의 뜻으로 쓰였다. '난데없는'이 '난곳업손'[29]으로 표기된 것이 특이하다. 이밖에도 한자어로 '공구恐懼ᄒᆞ다 <4 : 104> 녑녑獵獵ᄒᆞ다(得意) <3 : 99> 노셩ᄒᆞ다(老成) <1 : 41> 녹녹碌碌ᄒᆞ다(庸) <2 : 23> 뎐실ᄒᆞ다(大雅) <3 : 101> 무거無據ᄒᆞ다

니 <소현셩녹 4 : 60a> ᄋᆞ희 질약ᄒᆞ오나 듕병이 아니어늘 무슴 관듕한 몸이라 칭병불긔 ᄒᆞ리잇고 <양현문 1 : 324>

26) 眞 ‖ 네 ᄆᆞ옴이 용커든 내 세 번 북을 틸 ᄉᆞ이에 네 오ᄂᆞᆫ 쟝슈ᄅᆞᆯ 참ᄒᆞ야 드리라 (你旣有眞心, 我這裡三通鼓罷, 要你斬來將.) <三國 9 : 137> 善 ‖ 니 덕화로 디졉ᄒᆞ니 비록 사오나온 마음이 이실지라도 변ᄒᆞ야 용ᄒᆞ리라 (吾以德化之, 本有歹心, 亦變爲善矣.) <三國 10 : 89>

27) 賢 ‖ 이 사름이 이리 용ᄒᆞ디 이 ᄌᆞ식이 이리 어리니 하ᄂᆞᆯ ᄠᅳ들 모ᄅᆞ리로다 (此老如此之賢, 此子如此之愚, 乃天意之不齊也.) <三國 9 : 124> 賢孝 ‖ 녀희 미양 헌공긔 춤소ᄒᆞ야 두 아들을 주기고져 ᄒᆞ디 헌공이 두 ᄌᆞ식이 다 용타 ᄒᆞ야 ᄎᆞ마 죽이디 못ᄒᆞ더니 (姬常讒譖于公, 欲斬二子. 獻公思二子賢孝, 不忍誅之.) <三國 13 : 43>

28) 쟉일의 풍ᄌᆞ영이 져의 어렷실 ᄯᅢ의 글 ᄇᆡ호던 션ᄉᆡᆼ을 쳔거ᄒᆞ니 의슐이 가장 용ᄒᆞᆫ지라 (昨日馮紫英薦來他幼時從學過的一個先生, 醫道很好.) <紅樓 11 : 10>

29) ᄒᆞ믈며 어제 제 날을 죽이려 ᄒᆞᆯ 제 난곳업손 규화지 니ᄅᆞ러 날을 구ᄒᆞ니 <玉支 2 : 113>

<3 : 2> 무류無聊호다(掃興) <2 : 97> 번조煩燥호다(焦燥) <2 : 90> 서어鉏鋙호다 <1 : 47> 애톄礙滯호다 <1 : 16> 쥰쥰蠢蠢호다(蠢) <2 : 90 /100> 지번遲煩호다 <1 : 81> 진뎍眞的호다(確) <4 : 15> 쵸젼焦煎호다(憂心) <4 : 93> 취악醜惡호다 (醜陋) <2 : 43> 츤탹襯着호다 <2 : 69> 허수虛疎호다(無據) <2 : 4>' 등이 있다.

4) 부사

> 가지록 <2 : 117> 간대로 <3 : 33> 고디식이 <2 : 102> 과글리 <4 : 61> 관곡히 <1 : 37> 괴요히(靜) <1 : 86> 굿호야(何必) <1 : 45> 니음드 라 <1 : 68 /4 : 132> 넓써 <2 : 104> 늦가이 <2 : 29> 닉도히 <3 : 37 /4 : 102> 다뭇 <1 : 76> 덧덧시 <1 : 38> 뎌즘음긔 <2 : 85> 되오 <1 : 61> 마줌(幸) <2 : 13> 모르미 <3 : 62> 믈읫(凡) <1 : 33> 모음굿(痛快) <2 : 107> 미야히 <4 : 34> 벅벅이(應) <1 : 75> 새배 <1 : 74> 샹샹이 <1 : 71> 샹히 <1 : 6> 서리 <4 : 110> 손조 <2 : 100> 슬히 <1 : 6> 아으라히 (聊) <1 : 32 /76> 압압히(沿席) <1 : 80> 어드로 <1 : 103> 어드로셔 <2 : 107> 언연히(昂昂然) <3 : 42> 오로(渾) <1 : 72> 왁왁히 <2 : 95> 원(原 來) <1 : 89 /109> 위연히(偶然) <1 : 40> 일(早) <1 : 1> 일즙 <2 : 64> 잇 굿 <2 : 107> 져즘음긔 <1 : 42> 조초(然後) <2 : 59> 지이30) <4 : 91 /123> 진짓 <1 : 14> 짐즛 <1 : 15> 즈셔이 <2 : 103> 즈시 <2 : 91> 줌 줌코 <1 : 51> 초초히(草草) <4 : 7> 콰히(造次 /痛) <3 : 38 /40> 크니와 (莫說) <3 : 66> 하 <4 : 48 /61 /72> 현마 <2 : 4> 호물굣티 <4 : 134>

위 어휘 가운데 '갑자기' '급하게'의 뜻을 갖는 '과글리'는 '과글이 / 과ㄱ리> 과글리> 과갈이 / 과거리 / 과걸리> 과글니'의 형태로 변화하

---

30) 녕녀 봉변호 후의 디현이 친히 가 피 므든 칼과 오술 보고 쏘 관 알픠 가 됴상지이 호다 호니 엇디 그 죽으미 분명티 아니리오 (令愛之變, 血衣血刀皆有人見, 相傳確矣, 安有他疑?) <玉支 4 : 91> 그디 뎌과 형뎨굿티 친호야 유언을 져보리디 아니호노라 호고 모친지이 친히 와 봉양호다가 엇디 아디 못호노라 호느뇨 <玉支 4 : 123>

였는데 『월인석보』(1459)와 『구급간이방』(1466)에 처음 나오기 시작하여,31) 『염불보권문』(1776) '과글니'를32) 끝으로 용례를 찾아볼 수 없었는데 『옥지긔』에 그 용례가 보임으로써 18세기까지 소설에서도 쓰였음을 알 수 있다.

> 데 만일 우리집의 혼인을 허ᄒᆞ야시면 거거를 구틔여 해티 아닐 듯ᄒᆞ니
> 잠간 일을 죠용이 ᄒᆞ고 <u>과글리</u> 보채디 마른쇼셔 <4 : 61>

'원래'의 뜻을 갖는 '원'은 『순천김씨언간』(1565)에 처음 나오는데33) 번역고소설에서는 『옥지긔』가 처음이다. 다른 번역고소설에서는 '원간'34)의 형태로 나타난다.

> 처엄의 <u>원</u> 듯디 아녀시면 말려니와 (若是前日不知道, 不去求也罷了.) <1 : 89>
> 형은 <u>원</u> 아디 못ᄒᆞᄂᆞᆫ도다 (只原來還不知道.) <1 : 109>

---

31) 아ᇫ 져네 <u>과글이</u> 비릇 알하 <月釋 10 : 24> 길헤 가다가 <u>과ᄀᆞ리</u> 믈 업고 목 ᄆᆞ르거든 (路中倉卒無水渴甚急.) <救簡 1 : 35a> 모기 <u>과ᄀᆞᆯ이</u> 브스니라 (纒喉風) <救簡 2 : 77a>

32) 미타감응도애 닐오디 즁원국 경됴 짜 사름 일홈미 방재라 <u>과글니</u> 주거셔 시왕께 가셔 븬디 <念佛 1 : 15b> 불계 파훈 즁 웅쥰이 <u>과글니</u> 주거 극낙 가다 ᄒᆞ시다 <念佛 1 : 18a> 쇽기 되야 군ᄉᆞ의 드러 잇짜가 브젼 사홈에 주그믈 무셔워 다시 즁이 되야 잇더니 <u>과글니</u> 주거셔 시왕끠 재펴 가니 시왕이 닐오디 웅쥰이 지옥의 들나 ᄒᆞᆫ대 웅쥰이 소리를 크게 <念佛 1 : 18a>

33) 프소오믄 번동 몯 미처 바닷고 내 치니ᄂᆞᆫ <u>원</u> 서너 냥이러니 나도 족 미치예 훌티이고 기븐 다ᄆᆞᆫ 여뿔 냥이러라 <순천김> 쟈ᄂᆞᆫ <u>원</u> 아디 못ᄒᆞ고 경훈 재야 혹 아ᄂᆞᆫ 일이 이시니 이거시 반ᄃᆞ시 열의 말일시 덕실ᄒᆞ고 셰샹이 <u>원</u> 손상 아니ᄒᆞ고도 됴히 ᄒᆞᄂᆞ니도 잇고 <痘瘡경 10a>

34) 原來 ǁ <u>원간</u> 이 미뎡암의 아ᄃᆞᆯ이랏다 이놈이 ᄒᆡ〬ᄋᆞ의 슈인이니이다 (原來就是梅挺菴之子, 這是孩兒的仇人.) <醒風 7 : 15> 原 ǁ <u>원간</u> 뎡가의셔 혼인 디내고 녜단의 은이나 눈화 보내리라 (我原作意, 程家做親後, 分下花紅銀來, 將去還人.) <醒風 4 : 42>

‘미야히’는 ‘매정히, 야박하게’의 뜻을 갖는 어휘로『월인석보』(1459)에 처음 보이며『삼강행실도』(1471)와『내훈』(1475)에까지 그 용례가 보이고 있으나 소설에서는 17세기로 추정되는『빙빙뎐』에 처음 나온 뒤 이번『옥지긔』에 처음이다.35)

> 믄득 이런 말을 ᄒᆞ니 내 심듕의 겨런키란 니ᄅᆞ도 말고 관쇼져의 넉시 ᄯᅩᄒᆞᆫ 그더롤 <u>미야히</u> 너기리니 ᄇᆞ라건대 날을 위ᄒᆞ야 다시 수슌을 머믈라 (雖另是一局, 然尙不出管小姐遺意也, 不識戴小姐以爲何如?) <4 : 34>

그밖에 ‘빨리’란 뜻 외에 ‘통쾌하게’라는 뜻으로도 쓰인 ‘콰히’는 직접 차용어로서 중국어 ‘快(kuài)’에 부사를 만드는 접미사 ‘-히’가 붙어 이루어졌다.

> ① 造次 ‖ 혼인대ᄉᆞ롤 <u>콰히</u> 결단ᄒᆞ셔 블러 드려 후히 디접ᄒᆞ시니 감격ᅎᆞᄒᆞ여이다 (婚姻大事, 造次相求, 得蒙召入, 感激不盡.) <3 : 38>
> ② 痛 ‖ 다만 이리ᄒᆞ기예 조ᄒᆞᆫ 내 일홈과 묽은 규법이 ᄯᅩᄒᆞᆫ 더러윗ᄂᆞᆫ디라 내 비록 죽을 디라도 네 머리롤 <u>콰히</u> 버혀 깁흔 ᄒᆞᆫ을 ᄭᅵᄉᆞᆫ 후의 죽으리라 (然我管靑眉閨閣淸幽, 未免遭玷, 若不痛斬汝首, 則此恨怎消!) <3 : 40>

18·19세기 문헌인『평산냉연』,『분장루』등 번역소설과 국문소설『천수석』에서 그 용례를 흔히 찾아볼 수 있으나36) 이상하게도 기존의 고어

---

35) ᄂᆞ믈 向ᄒᆞ야 다 委曲히 ᄒᆞ시고 <u>미야히</u> 아니ᄒᆞ시며 <月釋 2 : 56> 예의 허므리 이시면 남지니 <u>미야히</u> ᄒᆞ리니(禮義有愆, 夫則薄之) <內訓初 2 : 6上11> 싀어미 셩이 모디러 <u>미야히</u> 디졉ᄒᆞ거든 동시 공슌히 셤겨(姑性嚴, 待之寡恩, 童柔順以事之.) <重三綱 열 : 25> 우리 형뎨 지극ᄒᆞᆫ 졍을 미즈미 여러 십년이어놀 일됴의 <u>미야히</u> 혜시믄 사오나온 ᄌᆞ식의 연괴라 쳡의 붓그러오미 어ᄂᆞ 눗출 들니잇가 <빙빙 4 : 33>
36) ① 쟝긔 진짓 의복이로다 <u>콰히</u> 져를 불너오라 닉 보리라 (章琪倒是個義僕了, 快叫他

사전에는 '쾌히'만 등재되어 있고 '콰히'는 등재되어 있지 않다. '서리'37)는 '셔리'로 표기되기도 하는데38) 동사 '담다'와 함께 쓰이는 경우가 대부분이다. '서리'는 '서릇다'에서 온 듯하다. '거두어 치우다, 정리하다'의 뜻으로 '서럿-, 서롯다, 설엇다, 설웃다, 셔롯다, 설웃-' 등의 이 표기 형태를 가지고 있다. 따라서 '서리'는 '정돈되게', '걷어'의 뜻으로 보면 무난할 것 같다. 『한중록』, 『빙빙뎐』 등에서 보인다.

무렴이 슬프믈 <u>서리</u> 담고 언쇼롤 강작ᄒ야 (只得含屈, 强作歡顏.) <4：110>

그밖에 '되오'는 중세어로 '급히, 얼른'의 뜻으로 『구급방언해』(1466)39) 에 한 번 나오는데 『옥지긔』에도 보인다.

의관을 션명이 ᄒ고 눈을 ᄂᆞ리씰며 풀쟝을 <u>되오</u> 꼿고 드러오니 <1：61>

5) 조사

곳 <1：22, 4：20> 과 <1：5 /50, 2：10> 도곤 <1：76 /109, 4：56> 도

<u>來與我看看</u>.) <粉糚 3：49> 누병아 네 <u>콰히</u> 산치의 가 니뎌왕을 쳥ᄒ여 오라 (衆嘍兵, 你快上山去報與羅大王知道.) <粉糚 3：74> 니 목슘 지이믈 츠려 ᄒ던 원슈롤 <u>콰히</u> 갑노라 <泉水 9：57> ② 비록 이긔여도 <u>콰히</u> 이긔디 못ᄒ면 죡히 더롤 붓그럽게 못ᄒ리라 (就是勝他, 也算不得奚落, 不足以爲恥.) <平山 8：11>

37) <u>셜운</u> 회푀 구곡의 서리 담고 인싱이 걸려 고향의 도라가니 <빙빙 1：65> 니 망극ᄒ믈 <u>서리</u> 담아 망극망극ᄒ나 다 하놀이시니 <한중록 266> 兒禧야 넌 그물 것어 <u>서리</u> 담아 닷글 들고 돗글 놉히 달아라 <歌曲原流>

38) 이 졍을 <u>셔리</u> 담아 병이 뼈의 박이면 비록 침상ᄒ믈 면ᄒ나 살기롤 밋지 못홀쇼이다 <落泉 2：39> 츠마 핍박지 못ᄒ야 온졍으로 <u>셔리</u> 담아 뜻을 쳘셕 ᄀᆞ치 직희더 <落泉 2：82>

39) ᄯᅩ 프른 뵈롤 <u>되오</u> ᄆᆞ라 노 ᄭᅩ아 그것쏜 ᄒᆞ녁 그틀 블 브텨 대롱에 녀허 (又方靑布急卷爲繩, 止一物燒一頭, 燃內竹筒中.) <救急方 下63a> 쳥 믈 든 뵈롤 되오 ᄆᆞ라 노 ᄭᅩ아 (靑布急卷爲繩) <救簡 6：30>

록 <3 : 52, 4 : 93> 토록 <2 : 73> 만 <4 : 4> 텨로 <3 : 50> 톄로[40] <3 : 39 /68>

공동격 조사는 '와, 과'가 쓰였으며 일반적으로 모음 아래에 '과'가 쓰인 예가 많이 보인다.

읇쥬어리ᄂ니과[41] <2 : 5> 원ᄒᄂ니과[42] <3 : 44> 뎌과 <3 : 103>

비교격 조사는 '도곤(6), 도록(2), 의셔(1)'[43]가 쓰였으며 '도곤'이 우세하다. '도록(於)'이 비교격 조사로 쓰인 예는 『옥지긔』가 처음이다.

첨하의 의지ᄒ야 빗최고 글 닑으니 빗치 밀도록 낫고 돌흘 쓰리티고 노겨 마시니 심믈도곤 낫도다 (倚檐映讀光逾蠟, 掃石烹賞味勝泉.) <1 : 76>
몬져 집의 드러가 모친을 보니 안식의 풍윤ᄒ미 녜도록 비ᄒ거놀 (及走入內室, 只見母親服飾華美, 顏色豐腴, 倍於往日.) <4 : 93>
복셩인이 이 경샹이 젼도록 다ᄅ믈 보고 머뭇거려 나아가디 못ᄒ더니 <3 : 52>

일부 체언 뒤에 붙여 앞말이 나타내는 정도나 수량에 다 차기까지의

---

40) 어려셔 브터 글을 닑어 의리 밧긔 일은 ᄒ디 아녀시니 엇디 너톄로 개돗 ᄀᄐ 거시게 욕을 바들 니 이시리오 (存心賢懿, 結想名媛, 焉肯等閑受辱于囊酒袋肉乎!) <玉支 3 : 39> 시비 겨유 쥐믈러 씨와 이톄로 ᄒ기를 ᄒ ᄅ밤의 열번식이나 ᄒ니 (管小姐殺我! 管小姐殺我! 一夜當驚十數次.) <玉支 3 : 68>
41) 부시 쩌러디는 곳의 쥬옥 ᄀᄐ 글귀 이시니 엇디 노션싱의 져므도록 괴로이 읇쥬어리ᄂ니과 ᄀᄐ리오 <玉支 1 : 5>
42) 이야 진짓 활 쏠 줄을 아디 못ᄒ고 도로혀 활 밍그는 쟝인을 원ᄒᄂ니과 ᄀᄐ도다 (兄自家不會射箭, 怎反埋怨弓不利.) <玉支 3 : 44>
43) 뎌 댱손무렴은 글 ᄀ르치는 션싱이 아니라 형의 혼인을 아손 쳥미 쇼져의 아롭다온 짝이니 그 친졀ᄒ미 엇디 관회의셔 지리오 <玉支 1 : 109>

뜻을 나타내는 보조사 '토록'이 나온다.

> 죠고만 고을 지쳑 스이예 문쟝 녀지 둘<u>토록</u> 이실 리 이시리오 (我不信咫尺之間, 便有兩個才女.) <2 : 73>
> 관샹셰 왈 그디 이런 미인을 둘<u>토록</u> 어더시니 임의 내 쓸은 니젓느냐 <4 : 124>

6) 어미

> -거다 <3 : 54> -ㄹ디라 <1 : 6> -랏다 <2 : 85>
> -디라 <2 : 47> -지라 <2 : 3> -지이다 <4 : 89> -쏘소이다 <4 : 100>
> -노다, -ㄹ와 <1 : 18 /82> -롸 <2 : 100>
> -니잇가 <1 : 7> -리잇고 <1 : 31 /52> -느뇨 <1 : 5> -눈고 <1 : 89>
> -눈다 <2 : 3>
> -과뎌 /-고져 <1 : 64 /1 : 3> -관디 /-완디 <1 : 89 /3 : 106> -ㄹ동 /-ㄴ동 <2 : 34 /1 : 75, 3 : 73> -ㄴ둘 <1 : 23> -도록 <1 : 5> -드록 /-트록 <1 : 35 /4 : 107> -디 <1 : 1> -ㄹ딘대 /-ㄹ진대 <1 : 7 /1 : 29> -ㄹ러니 <1 : 23> -ㄹ손 <4 : 130> -ㄹ싀 <1 : 1> -돗- <1 : 39 /2 : 76> -언마눈 <1 : 22>

서술형 종결어미로 '-거다, -ㄹ디라, -랏다'가, 감탄형 종결어미로 '-노다, -ㄹ와, -롸 <2 : 100>'가, 소망형 종결어미로 '-디라, -지라, -지이다'가, 의문형 종결어미로 '-니잇가, -리잇고, -눈다' 등이 쓰였다.

연결어미로 소망의 뜻을 나타내는 '-과뎌, -고져'가, 앞의 내용이 뒤에서 가리키는 사태의 목적이나 결과, 방식, 정도 따위가 됨을 나타내는 연결어미 '-도록, -드록'이, 어간 뒤에 붙어 '-지'의 뜻을 나타내는 연결어미 '-ㄴ동,44) -ㄹ동'이 보인다. 또 끝 음절의 모음이 'ㆍ, ㅏ, ㅗ'가 아닌 동사, 형용사 어간 뒤에 붙어 '-건마는'의 뜻을 나타내는 연결어미

‘-언마는’이 보인다.

> 이는 즈연 뎌의 쳥운 길흘 열미<u>언마는</u> 수쳔리 횡장이 일이 빅금곳 아니
> 면 가히 득달티 못홀 거시니 <1 : 22>

‘-ㄹ 것은’의 뜻을 나타내는 연결어미 ‘-ㄹ순’이 보인다. 의존명사
‘ㅅ’와 조사 ‘ㄴ’의 결합으로 형성된 것이다.

> 심<u>홀순</u> 관쇼졔오 믜<u>올순</u> 복쇼졔로다 <4 : 130>

다른 어미 앞에 붙어 강조의 의미를 나타내는 어미인 ‘-돗-’이 나타
난다.

> 부모와 형뎨 밧 아느니 업더니 이 사름이 엇디ᄒ야 아<u>돗</u>던고 (除父親與
> 兄弟之外, 知者尙少.) <1 : 39>
> 엇디 사름이 아디 못ᄒ<u>돗</u>던고 (爲甚一向沒人知道.) <2 : 76>

7) 접사

『옥지긔』에 나타난 두드러진 접사로는 ‘좀스러운’의 뜻을 더하는 접
두사 ‘좀-’ <1 : 6 /18 /2 : 100>과 ‘-째’ ‘-채’의 뜻을 갖는 접미사 ‘-
재’[45] <3 : 44>를 들 수 있다. ‘좀-’은 ‘좀과거’, ‘좀지조’, ‘좀글’, ‘좀글

---

44) 가락머리예는 소고미여 버들싸야진 줄을 분변티 못ᄒ니 봉 우희 엇디 능히 년실인
   동 년인동 알리오 (樓頭莫辨爲監絮, 峰頂焉能識藕蓮.) <玉支 1 : 75>
45) 그째예 여러 시비 내드라 날을 교위<u>재</u> ᄶᅧ 누르고 관쇼졔 손조 보검을 잡고 나와
   내 머리롤 버히려 홀 제 (那時節, 四個僕婦將我掀緊在椅子上, 動也動不得.) <玉支 3 :
   44>

자', '좀빅의한싱'의 형태로 나타난다.

> 이제 힝혀 <u>좀과거룰</u> ㅎ니 이 도로혀 복셩인의 덕이라 (今僥倖一第, 誰知反叨其惠.) <4 : 2>
> 힝혀 황텬의 도으시믈 닙어 몸이 죽디 아녀 <u>좀과거룰</u> ㅎ고 이제 와 악부긔 뵈오니 다힝ㅎ기 ㄱ이 업수되 (今幸叨一第, 止思承歡報德.) <4 : 110>
> 내 비록 <u>좀글즈룰</u> 아나 일죽 시구의 뉴심티 아녓ᄂᆞ다라 (我學生一向但留心章句, 詩詞一道實非所長.) <1 : 29>
> 댱손 필뷔 엇디 감히 <u>좀진조룰</u> 자랑내야 됴흔 인연을 아스리오 (長孫肖這小畜生, 怎敢賣弄有才, 奪我之婚.) <1 : 110>
> 너는 향촌의 <u>좀빅의한싱</u>이라 내 엇디 너룰 ᄉᆞ랑홀 리 이시리오 (愛你一個白衣人做甚麽?) <2 : 100>

번역소설에서는 『형셰언』에 보이고 국문소설에서는 『낙셩비룡』과 『영이록』, 『천수셕』, 『보은기우록』에 보이고 있다.

6. 맺는말

지금까지 연세대 중앙도서관에 소장되어 있는 유일본 『옥지긔』(4권 4책)와 원전과의 대조를 통해서 당시 중국 소설작품에 대한 우리 선인들의 이해를 엿볼 수 있었다. 필자는 이 작품을 중국소설사적, 번역소설사적, 그리고 국어학적 측면에서 살펴보았다. 이상의 논의를 정리하면 다음과 같다.

첫째, 중국 소설사적 측면에서 볼 때, 『옥지기』(一名 '雙英記', '方正合傳')는 명말청초의 재자가인소설이다. 거의 모든 판본에 '天花藏主人述, 步月主人訂'이라고 적혀 있어 천화장주인의 작품이 분명한 것 같다. 천화장주인의 생존 연대는 분명하지 않으나 『평산냉연』의 서문이 순치 15년(1658)에 쓰여졌고 "淹忽老矣"라는 표현이 나오는 점, 『錦疑團』과 『麟兒報』의 서문이 강희 임자년(1672)에 쓰여진 점, 『梁武帝西來演義』의 서문에서 '계축'(1673)이란 연도를 밝힌 점 등으로 미루어 순치부터 강희 초반까지 활동한 것으로 추정된다.

이 작품은 관동수의 기지를 집중적으로 그리고 있다. 『옥지긔』는 남녀가 첫눈에 반해 사랑에 빠지는 상투적인 모식에서 벗어나 재자가인의 기지와 대담함을 그리고 있다. 재자가인소설이 才美型에서 智慧型으로 발전해 가는 모습을 보여주고 있는 작품이다.

둘째, 번역소설사적으로 볼 때, 연세대본 『옥지긔』의 번역본은 유일본이다. 『옥지긔』의 번역본은 재자가인소설 『셩풍뉴』나 『인봉쇼』, 『평산닝연』의 경우처럼 비교적 원전에 가깝게 번역한 데 반해 『옥지긔』는 직역을 피하고 축약 번역하여 직역과는 거리가 멀다. 문장은 대체로 축약이 심하며 문장체로 매끄럽게 가다듬었으나 회목명을 착오 없이 기록하고 5회씩 한 권으로 묶은 것은, 회목명을 없애고 장회에 관계없이 면수에 맞추어 분철한 『셩풍뉴』와는 분명 구별된다.

셋째, 일반적으로 번역고소설은 어휘 자료가 풍부하므로 우리말 대역어를 쉽게 채록할 수 있어서 국어학적으로 좋은 자료가 된다. 우리말 고어와 고문체로 보건대 18세기 번역본으로 추정되며 낙선재본 『셩풍뉴』나 『평산닝연』과 대등하게 고어나 고문체가 보이지만 낙선재본 『인봉쇼』나 『셜월미전』, 『쾌심편』, 『호구전』 등에 비하면 월등하게 고형을 유지하고 있어, 후자보다 훨씬 이전에 번역되거나 전사된 것으로 추정된다.

예컨대 받침 없는 체언 뒤에 붙어 다른 것과 비교하거나 기준으로 삼는 대상임을 나타내는 격조사 '-과'가 쓰였고, 비교격 조사로 '-도곤(逾)'

과 함께 '-도록(於)'이 쓰였으며, 일부 체언 뒤에 붙여 앞말이 나타내는 정도나 수량에 다 차기까지의 뜻을 나타내는 보조사 '-토록'이 나타난다. 또 '-만, -텨로, -테로' 등과 '-따위' '등속(等屬)의' 뜻을 갖는 조사 '-톄엿'이 쓰였으며, '좀스러운'의 뜻을 나타내는 접두사 '좀-'이 자주 나타난다.

어미에는 서술형 종결어미로 '-거다, -ㄹ디라, -랏다'가, 감탄형 종결어미로 '-노다, -ㄹ와, -롸'가, 소망형 종결어미로 '-디라, -지라, -지이다'가, 의문형 종결어미로 '-니잇가, -리잇고, -눈다' 등이 쓰였다. 연결어미로 소망의 뜻을 나타내는 '-과뎌 /-고져'가, 앞의 내용이 뒤에서 가리키는 사태의 목적이나 결과, 방식, 정도 따위가 됨을 나타내는 '-드록 /-도록'이, 어간 뒤에 붙어 '-지'의 뜻을 나타내는 '-ㄴ동 /-ㄹ동'이 보인다. '-건마는'의 뜻을 나타내는 '-언마눈'이, '-ㄹ 것은'의 뜻을 나타내는 '-ㄹ순'이 보이고, 다른 어미 앞에 붙어 강조의 의미를 나타내는 어미인 '-돗-'이 나타난다.

특히 중세어로 '갑자기' '급하게'의 뜻을 갖는 '과글리'와 '매정히, 야박하게'의 뜻을 갖는 '미야히', '판이하게'의 뜻을 갖는 '니도히', '급히'의 뜻을 가진 '되오'가 출현함으로써 이들 어휘가 18세기까지도 꾸준히 쓰였음을 알 수 있다. 그밖에 '빨리'란 뜻 외에 '통쾌하게'라는 뜻으로도 쓰인 '콰(快kuài)히'는 직접 차용어로서 중국어 '콰이'에 부사를 만드는 접미사 '-히'가 붙어 이루어진 것이다. 특히 혼사와 관련지어 '打破'를 '배쌋다'로 옮겼는데 이는 '깨다' '훼방놓다'의 뜻이다. 종전에 『형세언』에 처음 나왔을 때는 그 의미가 불분명했으나 『옥지긔』에 다시 한 번 출현함으로써 그 뜻이 명확해졌다.

■『중국소설논총』 제18집, 한국중국소설학회, 2003.

참고문헌

■총서 및 사전류

『韓國古書綜合目錄』, 국회도서관, 1968.

『外國古書目錄』, 국립중앙도서관, 1971.

『奎章閣圖書中國本總目錄』, 서울대 규장각, 1972.

『藏書閣圖書韓國版總目錄』, 문화재관리국장서각, 1972.

『韓國典籍綜合目錄』, 국학자료보존회, 1974.

『古書目錄』, 연세대 중앙도서관, 1977.

W.E. Skillend(1968), 『古代小說 Kodae Sosol; A Survey of Korean Traditional Style Popular Novels (School of Oriental and African Studies, London大)

한국정신문화연구원, 『韓國古小說目錄』, 1983.

『장서각고소설해제』, 한국학중앙연구원, 1999.

한국정신문화연구원(1997) 편, 『한국민족문화대백과사전』, 한국정신문화연구원.

서울대학교 규장각(2001) 엮음, 『규장각소장어문학자료 문학편 해설Ⅰ·Ⅱ』, 태학사.

서울대학교 규장각(2001) 엮음, 『규장각소장어문학자료 어학편 해설』, 태학사.

조희웅(1999), 『고전소설이본목록』, 집문당.

______(2000), 『고전소설문헌정보』, 집문당.

______(2002), 『고전소설 줄거리집성Ⅰ,Ⅱ』, 집문당.

______(2006), 『고전소설연구보정』(上·下), 박이정.

모리스 꾸랑, 이희재(1994) 역, 『한국서지』, 일조각.

민관동(2001), 『중국고전소설사료총고』(한국편), 아세아문화사.

______·정선경·유승현(2011), 『중국 고전소설 및 희곡 연구자료 총집』, 학고방.

______·정영호(2012), 『중국 고전소설의 국내 출판본 정리 및 해제』, 학고방.

박재연(2002), 『中朝大辭典』(전9책), 선문대학교 중한번역문헌연구소.

______(2010) 주편, 『필사본 고어대사전』(전7책), 선문대학교 중한번역문헌연구소·학고방.

유창돈(1964), 『이조어사전』, 연세대학교 출판부.

남광우(1997), 『고어사전』, 교학사.

한글학회(1992), 『우리말 큰사전·옛말과 이두』, 어문각.

閔家驥 等編(1986),『簡明吳方言詞典』, 上海辭書出版社.

溫端政(1989) 主編,『中國俗語大辭典』, 上海辭書出版社.

葉大兵・烏丙安(1990) 主編,『中國風俗辭典』, 上海辭書出版社.

白維國・朱世滋(1991) 主編,『古代小說百科大辭典』, 學苑出版社.

張季皋(1992) 主編,『明清小說辭典』, 花山文藝出版社.

中國社會科學院文學研究所圖書館(1993), 『中國社會科學院文學研究所藏古籍善本書目』, 北京.

曾上炎(1994),『西遊記詞典』, 河南人民出版社.

翟建波(2002),『中國古代小說俗語大詞典』, 漢語大詞典出版社, 2002.

許少峰(2008),『近代漢語詞典』(上下), 中華書局.

白維國(2010) 主編,『白話小說語言詞典』, 商務印書館.

黃霖(1993) 主編,『中國歷代小說辭典』(全4册), 雲南人民出版社.

■ 원전류

『三國志通俗演義』(卷之八 一册, 殘本, 금속활자본), 이양재 소장.

『빅규지』, 한글필사본 1책, 선문대학교 중한번역문헌연구소 소장.

『옥지긔』, 한글필사본 4권 4책, 연세대학교 중앙도서관 소장.

『셔유긔』, 한글필사본 28권 24책, 계명대학교 동산도서관 소장.

『포공연의』, 한글필사본 9권 9책, 한국학중앙연구원 장서각 소장.

계명구락부(1928),『槿域書畵徵』, 普文書店 영인본, 1970.

『攷事撮要』(奎章閣叢書第七), 경성제국대학 법문학부, 1941.

『攷事撮要』, 한국도서관학연구회, 남문각, 1974.

『국역大東野乘』, 민족문화추진회, 1983.

『宮闕志』, 서울특별시사편찬위원회 영인, 1957.

김동욱(2010),『교역 태평광기언해』(전4책), 보고사.

김 영(2001) 교주,『쌍미긔봉』, 선문대학교 중한번역문헌연구소.

______・박재연・이상덕(2008) 교주,『빅규지』, 선문대학교 중한번역문헌연구소.

김영진・박재연・김영・노순점・김민지(2009) 교주,『계명대 소장 셔유긔』, 학고방.

김일근(1957),『태평광기언해』, 통문관.

______(1990),『국학자료와 연구 – 태평광기언해』제1-3집, 서광문화사.

김장환·박재연(2003) 교석, 『연세대 소장 태평광기 언해본』, 학고방.

______·박재연(2003) 교주, 『옥지긔』, 이회문화사.

______·박재연·김영(2009) 교주, 『연세대 소장 셔유긔』, 학고방.

______·이민숙(2001~2005) 외 옮김, 『태평광기』(1~21), 학고방.

『東夷傳高句麗關係資料』, 경희대 전통문화연구소, 1981.

孟元老 지음, 김민호(2010) 옮김, 『東京夢華錄』, 소명출판.

鶯溪叟 著, 朴在淵(1996) 校點, 『包閣羅演義』, 學古房, 1996.

민족문화추진회, 『韓國文集叢刊』, 1998.

민족문화추진회, 『韓國文集叢刊解題』, 1998.

朴在淵(1995) 校點, 『巫夢緣』, 學古房.

박재연(1995) 교주, 『빙빙뎐』, 학고방.

______(1995) 교주, 『형셰언』, 학고방.

______(1996) 校點, 『肉蒲團』, 學古房.

______(1999) 교주, 『포공연의』, 선문대학교 중한번역문헌연구소.

______(1999) 교주, 『홍미긔』, 선문대학교 중한번역문헌연구소.

______(2001) 교주, 『삼국지통쇽연의』(장서각본), 이회문화사.

______·金瑛(2010), 『三國志通俗演義』(影印·校注本), 鮮文大 中韓翻譯文獻研究所·學古房.

______·이재홍(2001) 교주, 『셔유긔』(구활자본), 이회문화사.

______·정병설(2003) 교주, 『옥교리』, 선문대학교 중한번역문헌연구소.

______·황선엽·김명신(2001) 교주, 『셩풍뉴·호구전』, 선문대학교 중한번역문헌연구소.

______·金敏智(2008/2009) 校注, 『新刊校正古本大字音釋三國志傳通俗演義』上·下, 鮮文大 中韓翻譯文獻研究所 2008. 1刷, 學古房 2009. 2刷.

『朴通事諺解』, 아세아문화사, 1982. 서울대학교 규장각, 2005.

『白圭志』(古本小說集成), 上海古籍出版社, 1992.

『白圭志』(古本小說叢刊), 中華書局, 1991.

山田士雲, 『象胥記聞』, 天理大圖書館 영인본.

葉德輝 지음, 朴徹庠(2011) 옮김, 『書林淸話』, 푸른역사.

成 任 編, 金長煥·朴在淵·李來宗(2005) 譯注, 『太平廣記詳節』(전8책), 學古房.

______編, 李來宗·朴在淵(2009) 編, 『太平通載』, 學古房.

成 俔, 『慵齋叢話』, 경산대학교 개교20주년기념사업단 학술행사위원회, 학민문

화사, 2000.

『슈당연의』(구활자본), 匯東書館, 1918.

『슈양뎨힝락긔』(구활자본), 新舊書林, 1918.

『新·舊唐書』, 경인문화사 영인본.

安遇時 編集, 朴在淵(1994) 校點, 『百家公案』, 江原大學校出版部.

安熙生 編, 朴在淵(1995) 校點, 『包公演義』, 學古房.

『列聖御製』, 列聖御製出版所, 1924.

『伍倫全備諺解』, 아세아문화사, 1982. 서울대학교 규장각, 2005.

汪維輝·朴在淵(2003) 校點, 『朴通事諺解』, 鮮文大 中韓翻譯文獻研究所.

『龍飛御天歌』, 대제각 영인본, 1973.

兪晩柱, 『欽英』, 서울대학교 규장각, 1997.

유춘동·조영기(2007) 교주, 『포공연의』(충남대본), 선문대학교 중한번역문헌연구
        소, 2007.

李圭景, 『五洲衍文長箋散藁』, 명문당, 1982.

李肯翊, 『燃藜室記述』, 민족문화추진회, 1982.

李邊 著, 朴在淵·安章利·李在弘(1998) 譯註, 『訓世評話』, 태학사.

이병도(1983), 『三國史記』, 을유문화사.

이재홍(2007) 교주, 『고압아』, 선문대학교 중한번역문헌연구소.

______(2011) 교주, 『전등신화』(서강대본), 선문대학교 중한번역문헌연구소.

褚人穫, 『堅瓠集』, 서울대 奎章閣.

田間恭作(1944), 『古鮮冊譜』, 東洋文庫.

情願主人 著·朴在淵(1995) 校點, 『繡榻野史』, 學古房.

『濟州邑誌』, 韓國地理志叢書, 아세아문화사, 1930.

『朝鮮王朝實錄』, 탐구당 영인본.

『增修無冤錄諺解』, 홍문각, 1983.

淸 冷血生 著·朴在淵(1995) 校點, 『英雄淚』, 學古房.

崔岦, 『簡易集』(한국문집총간 49), 민족문화추진회, 1990.

최용철(2002) 역, 『鍾離葫蘆』, 선문대학교 중한번역문헌연구소.

______(2005) 옮김, 『剪燈三種』(상,하), 소명출판.

______·박재연·우춘희(2009) 교주, 『전등신화』, 학고방.

『包閣羅演義』(구활자본), 五車書廠, 朝鮮 京城, 1915.

許筠, 『許筠全書』, 아세아문화사, 1980.

孤憤生 著, 苗壯(1989) 校點, 『遼海丹忠錄』, 遼瀋書社.

瞿佑 等著, 周楞加(1981) 校注, 『剪燈新話·剪燈餘話·覓燈因話』, 上海古籍出版社.

磯部彰編, 越中瓢簞菴藏 『李卓吾先生批評西遊記』(十册), [日]明清出版機構研究會, 1999.

羅貫中, 嘉靖壬午本『三國志通俗演義』1-8, 人民文學出版社, 1957.

______ 著, 沈伯俊(1993) 校注, 『三國志通俗演義』 上下, 花山文藝出版社.

______ 著, 沈伯俊·李燁(1993) 校注, 『三國演義』, 巴蜀書社.

______ 著 陳翔華(2009) 主編, 西班牙藏葉逢春刊本『三國志史傳』上·下, 國家圖書館出版社.

______ 編次 [日]井上泰山(2009) 編, 『三國志通俗演義史傳』上·下, 上海古籍出版社.

蘭陵 笑笑生 原著, 白維國·卜鍵 校註, 『金瓶梅詞話』, 岳麓書社.

凌濛初 等著 蕭相愷(1993) 點校, 『別本二刻拍案驚奇』, 浙江古籍出版社.

陶輔 撰, 程毅中(1995) 校點, 『花影集』, 吉林大學出版社.

藤本幸夫(1979), 『日本現存朝鮮本研究』(集部), 京都大學 學術出版會.

夢覺道人·西湖浪子(1993) 輯, 『三刻拍案驚奇』, 海南出版社.

__________________ 輯, 宋惕冰·趙珩·海波(1987) 點校整理, 『三刻拍案驚奇』, 燕山出版社.

__________________ 輯, 張榮起(1987) 整理, 『三刻拍案驚奇』, 北京大學出版社.

『武王伐紂平話』, 江西省 豫章書社, 1981.

蓬左文庫 所藏 萬卷樓本(丙本)(1990) 『三國志通俗演義』, 『古本小說叢刊』, 上海古籍出版社.

『三俠五義』, 臺北, 桂冠圖書, 1988.

『西遊記(世德堂本)』古本小說集成, 上海古籍出版社. 1992.

『西遊證道書』古本小說集成, 上海古籍出版社. 1992.

『西遊眞詮』古本小說集成, 上海古籍出版社. 1992.

『宣和遺事』, 古典文學出版社, 1958.

薛洪勣·王汝梅(2003) 主編, 『稀見珍本明清傳奇小說集』, 吉林文史出版社.

宋懋澄 撰, 王利器(1984) 校錄, 『九籥集』, 中國社會科學出版社.

『隋唐演義』(明代小說輯刊第一輯)1, 巴蜀書社, 1996.

繡像仿宋本薛仁貴跨海征東』(四十二回), 臺中, 瑞成書局.

吳承恩 著, 潘建國(2011) 評注, 『西遊記』, 北京大學出版社.

______ 著, 朱彤・周中明(1991) 校注, 『西遊記』(上中下), 四川文藝出版社.

______ 著, 黃蕭秋(1980) 注釋, 『西遊記』(上中下), 人民文學出版社.

______ 著, 黃永年・黃壽成(2002) 點校, 『西遊記』, 中華書局.

吳自牧, 『夢粱錄』, 浙江人民出版社, 1981.

『玉支磯』(大連圖書館所藏 華文堂刊本), 瀋陽, 春風文藝出版社, 1983.

『玉支磯』(醉華樓刊本), 『古本小說集成』, 上海古籍出版社.

王汝梅・朴在淵(2003) 主編, 『韓國藏中國稀見珍本小說(1) /英雄淚・啖蔗』, 中國大百科全書出版社.

__________(2003) 主編, 『韓國藏中國稀見珍本小說(2) /燕山外史・删補文苑楂橘・剪燈新話句解』, 中國大百科全書出版社.

__________(2003) 主編, 『韓國藏中國稀見珍本小說(3) /紅風傳・新增才子九雲記』, 中國大百科全書出版社.

__________(2003) 主編, 『韓國藏中國稀見珍本小說(4) /包公演義・包閻羅演義』, 中國大百科全書出版社.

__________(2003) 主編, 『韓國藏中國稀見珍本小說(5) /型世言』, 中國大百科全書出版社.

『龍圖耳錄』(上,下), 上海古籍出版社, 1981.

熊鍾谷著, 德田武(1984) 編・解說, 『新刻接鑑演義全像唐國志傳』, 日本 ゆまに書房 영인본.

陸雲龍, 『魏忠賢小說斥奸書』, 巴蜀書社, 1993.

陸人龍 著, 覃君(1993) 點校 『型世言』 上下, 中華書局.

______ 著, 雷茂齊・王欣(1993) 校點, 『型世言』(明代小說輯刊第一輯 2), 巴蜀書社.

______ 著, 朴在淵(1993) 校注 『型世言』, 江原大學校 出版部.

______ 編撰, 齊裕焜・陳節(1993) 點校, 『型世言』, 海峽文藝出版社.

______ 編撰, 陳慶浩(1992) 導言, 『型世言』(全3册), 臺北, 中央研究院 文哲研究所.

______ 編撰, 陳慶浩(1993) 校點, 『型世言』, 江蘇古籍出版社.

褚人穫 著, 『隋唐演義』上・下, 上海古籍出版社.

錢謙益, 『列朝詩集小傳』, 古典文學出版社, 1957.

『前漢書平話』, 古典文學出版社, 1955.

『征東・征西・掃北』, 臺灣, 文化書局公司, 1983.

程毅中(1995), 『古體小說鈔・宋元卷』, 中華書局.

______(2001), 『古體小說鈔・明代卷』, 中華書局.

趙景深·杜浩銘(1981) 校注,『英烈傳』, 上海古籍出版社.

趙萬里(1957) 編註,『薛仁貴征遼事略』, 古典文學出版社.

朝鮮人 選編, 朴在淵(1993) 校注,『刪補文苑楂橘』, 成和大學 中文系.

趙彥衛,『雲麓漫鈔』, 古典文學出版社, 1957.

趙弼 撰, 王靜(1957) 訂正,『效顰集』, 古典文學出版社.

周淸源著, 劉耀林·徐元(1981) 校注,『西湖二集』, 浙江人民出版社.

『秦倂六國平話』, 古典文學出版社, 1955.

陳汝衡 修訂(1978),『說唐』, 上海古籍出版社.

『包公案』, 北京, 寶文堂書店, 1985.

馮夢龍,『情史』, 岳麓書社, 1991.

■ 저서류

간호윤(2008),『고전서사의 문헌학적 탐구와 현대적 변용』, 박이정.

______(2010),『아름다운 우리 고소설』, 김영사.

강문종(2005) 교주,『금향정긔』, 이회문화사.

강소성 사회과학원 편, 오순방(1993~1997)외 역,『중국고전소설총목제요』, 울산
    대학교 출판부.

김동욱(2010) 풀어옮김,『교역 태평광기언해』 1~4, 보고사.

김두종(1980),『한국고인쇄기술사』, 탐구당.

김만중 저, 홍인표(1987) 역주,『서포만필』, 일지사.

김문경(2002),『삼국지의 영광』, 사계절출판사.

김용숙(1987),『조선조 궁중 풍속 연구』, 일지사.

김일근(1986),『언간의 연구』, 건국대학교 출판부.

김준형(2004),『한국 패설문학 연구』, 보고사.

김태준(1939),『조선소설사』, 학예사.

김태준 저, 박희병(1990) 교주,『교주 증보 증보조선소설사』, 한길사.

김현룡(1976),『한중소설설화비교연구』, 일지사.

박재연(1999),『왕시봉뎐』, 선문대학교 중한번역문헌연구소.

박철상(2011) 외,『포럼·그림과 책 2011논문집』, (주)화봉문고.

백철·이병기(1961),『국문학전사』, 신구문화사.

섭덕휘 지음, 박철상(2011) 옮김,『서림청화』, 푸른역사.

세책고소설연구회(2003), 『세책 고소설 연구』, 혜안.

소재영(1983), 『고소설통론』, 이우출판사.

손병국(1989), 『한국 고전소설에 미친 명대 화본소설의 영향-특히 『三言』과 『二拍』을 중심으로』, 동국대학교 박사논문.

송성욱(2000), 「한중 고전소설의 친소관계」, 『인문과학연구』 5, 가톨릭대학교 인문과학연구소.

신동익(1974), 「금향정기 연구」, 『국어국문학』 65・66 합병호.

심경호(2002), 『국문학 연구와 문헌학』, 태학사.

심우준(1988), 『일본방서지』, 한국정신문화연구원.

양승민(2008), 『고전소설 문헌학의 실제와 전망』, 아세아문화사.

______(2008), 『한문소설의 통속성』, 보고사.

양진인 지음, 임홍빈(2006) 옮김, 『조선망국연의』, 알마.

오오키 야스시(大木康) 지음, 노경희(2007) 옮김, 『명말 강남의 출판문화』, 소명출판.

오오타니 모리시게(大谷森繁)(1985), 『조선후기 소설독자 연구』, 고려대학교 민족문화연구소.

『우리의 삼국지 이야기』, 서울역사박물관, 2008.

유춘동(2012), 『수호전의 국내 수용 양상과 한글 번역본 연구』, 연세대 국문과 박사논문.

유탁일(1981), 『완판 방각소설의 문헌학적 연구』, 학문사.

______(1989), 『한국문헌학연구』, 아세아문화사.

______(1994), 『한국고소설비평자료집성』, 아세아문화사.

이경선(1978), 『삼국지연의의 비교문학적 연구』, 일지사.

이능우(1978), 『고소설연구』, 이우출판사.

이병도(1883), 『한국고대사연구』, 박영사.

이복규(1997), 『설공찬전 — 주석과 관련자료』, 시인사.

______(2003), 『형차기 왕시봉전 왕시붕기우기의 비교연구』, 박이정.

이상익(1983), 『한중소설의 비교문학적 연구』, 삼영사.

이윤석・정명기(2001), 『구활자본 야담의 변이양상 연구』, 보고사.

이정재(1998), 『鼓詞系講唱 연구』, 서울대 박사논문.

이헌홍(1997), 『한국 송사소설 연구』, 삼지원.

임형택(2005), 『동아시아 서사학의 전통과 근대』, 성대 출판부.

장효현(2002), 『한국 고전소설사 연구』, 고려대 출판부.

전성운(2005), 『한중소설 대비의 지평』, 보고사.

정　민(2007), 『18세기 조선 지식인의 발견』, 휴머니스트.

정규복(1987), 『한중문학비교의 연구』, 고려대학교 출판부.

______(2010), 『한국문학과 중국문학』(석헌 정규복 총서 5)

정동보(1995), 『청대협의소설 연구』, 전남대학교 박사논문.

정범진(1982), 『당대소설 연구』, 대동문화연구원.

정병욱(1979), 『한국 고전의 재인식』, 홍성사.

정원기(1998), 『최근『삼국지연의』 연구동향』, 중문.

______(2000) 역주, 『삼국지평화』, 청양.

정재서(1985) 역주, 『산해경』, 민음사.

______(1994), 『불사의 신화와 사상』, 민음사.

______(2000), 『도교와 문학 그리고 상상력』, 푸른숲.

정학성(2000), 『17세기 한문소설집』, 삼경문화사.

정형우・윤병태(1979), 『한국책판총목록』, 한국정신문화연구원.

정환국(2005), 『초기 소설사의 형성과정과 그 저변』, 소명출판.

조관희(2009) 역, 『중국 고대소설과 소설 평점』, 소명출판.

______(2010), 『중국소설사론』, 차이나하우스.

조동일(2005), 『한국문학통사』(제4판), 지식산업사.

지연숙(2001), 『여와전 연작의 소설비평 연구』, 고려대학교 박사논문.

천혜봉(1987), 『한국서지학』, 민음사.

최수경(2001), 『청대 재자가인소설의 연구』, 고려대학교 박사논문.

최용철(2005) 역주, 『전등삼종』(상하), 소명출판.

패트릭한난 저, 김진곤(2007) 역, 『중국백화소설』, 차이나하우스.

한우근(1981), 『한국통사』, 을유문화사.

한중고전소설 인명・지명 대사전 편찬 연구팀(2007), 『한중 고전소설 연구자료의
　　　　새지평』, 채륜.

화봉책박물관(2012), 『한글 중국을 만나다 – 한글생활사자료와 삼국지』, (주)화봉
　　　　문고.

『中國古典戲曲論著集成』(1-10), 中國戲劇出版社, 1980.

『中國小說論集』 第2輯, 台北：幼獅文化公司, 1977.

『中國歷代小說論著選』, 南昌：江西人民出版社, 1982.

江蘇省社會科學院 明淸小說研究中心・文學硏究所(1990) 編, 『中國通俗小說總目提要』, 中國文聯出版 公司.

孔另境(1957) 輯錄, 『中國小說史料』, 古典文學出版社.

磯部彰(1995), 『西遊記受容史の研究』, 多賀出版株式會社.

______(2007), 『西遊記 資料の研究』, 東北大學出版會.

金文京(2010), 『三國演義的世界』, 商務印書館.

路工·譚天(1984), 『古本平話小說集』, 北京：人民文學出版社.

魯　迅(1973), 『中國小說史略』, 人民文學出版社.

譚正璧·譚尋(1984), 『古本稀見小說彙考』, 杭州：浙江文藝出版社.

大塚秀高(1984), 『中國通俗小說書目改訂稿』, 東京：汲古書院.

董遵章(1985), 『元明淸白話著作中山東方言例釋』, 山東敎育出版社.

루쉰 저, 조관희(2004) 역주, 『중국소설사』, 소명출판.

馬幼垣(1980), 『中國小說史集考』, 時報出版公司.

毛　晉 編, 『六十種曲本霞箋記』, 中華書局.

苗　莊(1992), 『才子佳人小說史話』, 瀋陽：遼寧敎育出版社.

苗懷明(2009), 『二十世紀中國小說文獻學述略』, 中華書局.

閔寬東(1998), 『中國古典小說在韓國之傳播』, 學林出版社.

朴在淵(2002), 『韓國所見中國小說戲曲書目資料集』, 鮮文大 中韓翻譯文獻硏究所.

______(2003) 校點, 『老乞大·朴通事 原文·諺解 比較資料』, 鮮文大學 中韓翻譯文獻硏究所.

潘建國(2005), 『中國古代小說書目硏究』, 上海古籍出版社.

______(2006), 『古代小說文獻叢考』, 中華書局.

______ 지음·김수연(2010) 옮김, 『중국 고소설 목록학 원론』, 청계출판사.

傅惜華(1957), 『元代雜劇全目』, 作家出版社.

石昌渝(1994), 『中國小說源流論』, 三聯書店.

______(2004) 主編, 『中國古代小說總目』, 山西敎育出版社.

孫楷第(1953), 『日本東京所見中國小說書目』, 上雜出版社.

______(1957), 『中國通俗小說書目』, 作家出版社.

楊緖容(2005), 『百家公案硏究』, 上海古籍出版社.

寧稼雨(1996) 撰, 『中國文言小說總目提要』, 齊魯書社.

完山李氏序 金德成外畵, 朴在淵(1993), 『中國小說繪模本』, 江原大學校出版部.

王利器(1981) 輯錄, 『元明淸三代禁毀小說戲曲資料』, 上海古籍出版社.

王重民(1983), 『中國善本書提要』, 上海古籍出版社.

王淸原, 牟仁隆, 韓錫鐸(2003) 編纂,『小說書坊錄』, 北京圖書館出版社.

劉修業(1958),『古典小說戲曲叢考』, 作家出版社.

李夢生(1994),『中國禁毀小說百話』, 上海古籍出版社.

李修生(1997) 編,『古本戲曲劇目提要』, 文化藝術出版社.

李永平(2007),『包公文學及其傳播』, 中國社會科學出版社.

林　辰(1988),『明末淸初小說述林』, 瀋陽, 春風文藝出版社.

______(1999),『天花藏主人』, 瀋陽, 春風文藝出版社.

張國風(2004),『太平廣記版本考述』, 中華書局.

張　俊(1997),『淸代小說史』, 浙江古籍出版社.

程毅中(1998),『宋元小說硏究』, 江蘇古籍出版社.

______(2006),『明代小說叢稿』, 人民文學出版社.

鄭振鐸(1957),『揷圖本中國文學史』(1-4), 作家出版社.

______(1983),『書諦書話』, 三聯書店.

齊裕焜(1990) 主編,『中國古代小說演變史』, 敦煌文藝出版社.

周兆新(1995) 主編,『三國演義叢考』, 北京大學出版社.

中國古代小說百科全書編纂委員會(1993),『中國古代小說百科全書』, 中國大百科全
　　　　書出版社.

曾祖蔭(1982) 選著,『中國歷代小說序跋選注』, 長江文藝出版社, 1982.

胡士瑩(1980),『話本小說槪論』(上・下), 北京：中華書局.

黃岩柏(1991),『中國公案小說史』, 遼寧人民出版社.

■ 논문류

강재철(1994),「중국과 한국의 권선징악 이론의 전통」,『동양학』 24, 단국대학교
　　　　동양학연구소.

강전섭(1995),「언문칙목녹(諺文冊目錄) 소고」,『경산사재동박사화갑기념논총』, 중
　　　　앙문화사.

김명신(2010),「한글 필사본 충렬협의전의 번역양상 및 표기 특징」,『중국소설논
　　　　총』 31, 한국중국소설학회.

김상엽(1993),「김덕성과『중국소설회모본』의 삽화 연구」,『中國小說繪模本』江原
　　　　大學校 出版部.

김　영(2007),「연세대 소장 한글필사본『슈양의亽』에 대하여」,『중국어문학지』

23, 중국어문학회.

______(2009), 「새로 발굴된 조선시대 번역소설 필사본『화도연』에 대하여」,『중국어문학지』 31, 중국어문학회.

______(2009), 「신자료 번역필사본『회문뎐』연구」,『중어중문학』 45, 한국중어중문학회.

김영・박재연(2012), 「『朱仙傳』, 명대 의화본 소설『型世言』의 번역」,『중국어문논집』 73, 중국어문학연구회.

김영진(2010), 「조선후기 서적 출판과 유통에 관한 일고찰 -『欽英』과『頤齋亂藁』를 중심으로」,『동양한문학연구』 제30집, 동양한문학회.

______(2011), 「교서관인서체자본 한문소설 4종에 대하여」,『포럼 그림과 책 2011 논문집(1)』, 포럼 그림과 책, 화봉문고.

김완진(1985), 「자료소개 - 빙빙전 권지일」,『한국문화』 6, 서울대학교 한국문화연구소.

김장환(2000), 「조선간본 명대필기집 옥호빙 연구」,『중어중문학』 26, 한국중어중문학회.

______(2001), 「명대필기 옥호빙의 국내전래와 조선간본」,『인문과학』 83, 연세대학교 인문과학연구소.

______・이래종・박재연(2004), 「태평광기상절 연구」,『중국어문학논집』 29, 중국어문학연구회.

김준형(2003), 「종리호로와 우리나라 패설문학의 관련 양상」,『중국소설논총』 18, 한국중국소설학회.

김효민(2012), 「고려대 소장『서상기언초』의 번역양상과 특징」,『중국어문논총』 54, 중국어문연구회.

______(2012), 「이가원본을 통해 본 조선 후기『서상기』한글 번역의 수용과 변용」,『중국어문학지』 40, 중국어문학회.

류준경(2000), 「낙선재본 중국번역소설과 장편소설사」,『한국문학논총』 26, 한국문학회.

木津祐子(2012), 「琉球本『人中畫』의 成立 - 아울러 그 原刊本의 모습에 대하여」,『역학과 역학서』 3, 역학서학회.

문정진・이등연・송진한(2003), 「청말의 한국 제재 소설 연구」,『중국소설논총』 18, 한국중국소설학회.

박영희(1998), 「17세기 재자가인소설의 수용과 영향 -『호구전』을 중심으로」,『한국고전연구』 4집, 한국고전연구회.

박재연(1984), 「설인귀정요사략 소고」, 『중국학연구』 1, 중국학연구회.

______(1986), 「『수당연의』 번역본의 연구」, 『중국학연구』 3, 중국학연구회.

______(1991 -2) 역주, 『설인귀정요사략』, 『중국소설연구회보』 8~11, 한국중국소설학회.

______(1992), 「낙선재본 型世言에 대하여」, 『청하김형수박사화갑기념어문논총』, 형설출판사.

______(1992), 「낙선재본 재생연전에 대하여」, 『중국학연구』 7, 중국학연구회.

______(1993), 「만송본 『옥교리』에 대하여」, 『중국소설연구회보』 14, 한국중국소설학회.

______(1993), 「조선시대 중국 통속소설 번역본의 연구 - 낙선재본을 중심으로」, 한국외대학교 박사논문.

______(1995), 「『영웅루』해제」, 『英雄淚』 학고방.

______(1995), 「『형세언』 연구」, 『중국학논총』 4, 충청중국학회.

______(1995), 「白袍將軍傳」, 『中國小說研究會報』 24, 한국중국소설학회.

______(1995), 「전등여화와 낙선재본 빙빙던 연구」, 『중국소설논총』 4, 한국중국소설학회.

______(1998), 「15세기 역학서 『訓世評話』에 대하여」, 『중국소설논총』 7, 한국중국소설학회.

______(1998), 「왕시봉던, 중국 희곡 『荊釵記』의 번역」, 『중국학논총』 7, 한국중국문화학회.

______(1999), 「조선시대 공안협의소설 번역본의 연구 - 낙선재본 『포공연의』와 구활자본 『염라왕전』을 중심으로」, 『중어중문학』 25, 한국중어중문학회.

______(2000), 「조선 각본 『花影集』에 대하여」, 『한국문학논총』 26, 한국문학회.

______(2001), 「조선시대 삼국지연의 한글 번역 필사본의 연구 - 서울대 규장각본 (27책본)을 중심으로」, 『돈암어문학』 14, 돈암어문학회.

______(2002), 「윤덕희의 소설경람자」, 『문헌과 해석』 통권 19호, 문헌과해석사.

______(2003), 「녹우당에서 읽었던 중국소설에 대하여」, 『해남 녹우당의 고문헌』 (상,하), 태학사.

______(2008), 「조선 각본 『新刊校正古本大字音釋三國志傳通俗演義』에 대하여」, 『중국어문학지』 27, 중국어문학회.

______(2010), 「새로 발굴된 조선 활자본 『三國志通俗演義』에 대하여」, 『중국어문

논총』 44, 중국어문연구회.

______·김영(2004), 「애스턴구장 번역고소설 필사본『슈스유문』연구」,『어문학논총』 23, 국민대학교 어문학연구소.

______·김장환(2003), 「연세대 소장 번역고소설 필사본『옥지긔』연구」,『중국소설논총』 18, 중국소설학회.

______·김장환(2003), 「연세대 소장본『태평광긔』권지이에 대하여」,『동방학지』 121, 연세대학교 국학연구원.

______·이재홍(2012), 「영남대 소장 한글 필사본『서유기』에 대하여」,『중국소설논총』 36, 한국중국소설학회.

박철상(2012), 「濟州板『삼국지연의』刊年 고증」,『한글 중국을 만나다 – 한글생활사자료와 삼국지』, 화봉책박물관.

박현규(1999), 「충남대 소장 조선 임진왜란 이전 목활자본 전등신화」,『중국소설연구회보』 39, 한국중국소설학회.

______(2002), 「조선에서의 명 이정 전등여화 수용과 변이 – 가운화환혼기를 중심으로」,『열상고전연구』 16, 열상고전연구회.

서대석(1971), 「이조 번안소설고-설인귀전을 중심으로」,『국어국문학』 52, 한국국어국문학회.

서영희(1994), 「통감부 시기 일제의 권력 장악과 규장각 자료의 정리」『규장각』 17.

손병국(1990), 「명대 백화소설의 전이과정」,『청파서남춘교수정년퇴임기념국어국문학논집』, 경운출판사.

______(1999), 「개화기 신문연재소설에서의 명대 백화단편소설 수용양상」,『동악어문논집』 35, 동악어문학회.

송성욱(2001), 「17세기 중국소설의 번역과 우리소설과의 관계 –『옥교리』를 중심으로」,『한국고전연구』 7, 한국고전연구회.

심경호(1989), 「조선후기 소설 고증(1) – 포공연의·성풍뉴·왕경룡전·소시직금회문록·소씨명행록」,『한국학보』 56, 일지사.

______(1990), 「낙선재본 소설의 선행본에 관한 일고찰 – 온양 정씨 필사본『옥원재합기연』과 낙선재본『옥원중회연』의 관계를 중심으로」,『정신문화연구』 38, 한국정신문화연구원.

양승민(2007), 「중국 금서소설 속의 명청교체기 조선 –『鎭海春秋』에 형상화된 허구적 진실」,『고소설연구』 24, 월인.

오순방(2005), 「최초의 중국 기독교 소설과 한국 기독교박물관 소장 초기 기독교 소설의 한역본 연구」, 『중국어문논역총간』 16.

______(2010), 「플랭클린 올링거의 한역본 引家歸道와 依經問答 연구」, 『중어중문학』 47.

우림걸・유혜영(2010), 「중국 근대 장회소설『영웅루』에 대한 고찰」, 『고소설연구』 30, 한국고소설학회.

유창진(2005), 「『영웅루』의 인물 유형을 통한 시대 인식」, 『중국인문과학』 21, 중국인문과학연구회.

유춘동(2002), 「금향정기의 이본과 연원 연구」, 연세대학교 석사논문.

______(2006), 「『책열명록』에 대하여」, 『문헌과 해석』 53호, 문헌과해석사.

유탁일(1988), 「15・6 세기 중국소설의 한국 전입과 수용」 국어국문학회 편, 『고소설연구』1, 태학사.

______(1988), 「『剪燈新話』, 『剪燈餘話』의 한국 전래와 수용」, 『고소설연구논총(다곡이수봉선생화갑기념논총)』.

______(1990), 「『三國志通俗演義』의 전래 판본과 시기」, 『벽사이우성선생정연퇴직기념국어국문학논총』.

이금재(1990), 「설인귀전의 설인귀정동 수용과 그 의미」, 부산대학교 석사논문.

이등연(2003), 「중국소설 연구자가 본 한중소설 비교연구상의 교류문제」, 『중국소설논총』 23, 한국중국소설학회.

이래종(1994), 「『太平通載』一攷」, 『大東漢文學』 6.

______(1994), 「太平廣記詳節目錄攷」, 『경산대학논문집』 12, 경산대학교.

이명구(1974), 「빙빙전 해제」, 『국학자료』 18.

이복규(1998), 「왕시봉전 왕시붕기우기의 형차기 비교 연구」, 『한국문학논총』 29, 한국문학회.

이승수(2010), 「연개소문 서사의 형성과 전승 경로」, 『동아시아문화연구』 47, 한양대학교 동아시아문화연구소.

이유진(2011), 「설인귀전의 전승과 통속화 경향」, 『중국학연구』 56, 중국학연구회.

이윤석(1983), 「설인귀전 이본고」, 『효성여자대학교연구논문집』 27, 효성여자대학교.

______(2001), 「설인귀전의 원천에 대하여」, 『연민학지』 9, 연민학회.

이은봉(2005), 「방각본 삼국지의 변개 양상 연구 – 삼국지 권지삼을 중심으로」, 『고소설 연구』 20. 한국고소설학회.

이재홍(2003), 「『效顰集』 간개」, 『效顰集』, 선문대학교 중한번역문헌연구소.

______(2007), 「국립중앙도서관 소장 번역필사본 중국역사소설 연구」, 연세대학교 박사논문.

______(2007), 「나손본 필사본고소설자료 소재 한글번역필사본 당전기에 대하여」, 『중국어문학논집』 45, 중국어문학연구회.

이종묵(2002), 「조선시대 왕실도서의 수장에 대하여」, 『서지학보』 26.

이지영(2005), 「조선시대 대하소설과 청대의 탄사소설의 비교를 통해 본 여성·문자·소설의 상관관계」, 『한국고전여성문학연구』 10.

이태진(1996), 「규장각 중국본 도서와 집옥재 서목」, 『민족문화논총』 16, 영남대학교 민족문화연구소.

이헌홍(1988), 「송사설화와 송사소설에 끼친 중국 공안류의 영향에 대하여」, 『고소설연구논총』(다곡이수봉선생회갑기념), 제일문화사.

이혜순(1985), 「한국 고대 번역소설 연구서설」, 『比較文學』, 문학과 지성사.

장미경(2003), 「중한 소화 고찰-수용과 변이양상을 중심으로」, 『중국문화연구』 27.

정규복(1974), 「한국 고소설에 끼친 서유기의 영향」, 『비교문학』 3.

______(1991), 「평요전의 한국 번역문학적 수용」, 『아세아연구』 85.

정동보(2000), 「포증 고사의 변이 양상과 의미」, 『중국인문과학』 21, 중국인문과학연구회.

______(2005), 「재자가인소설에 보이는 가인의 형상 소고」, 『중국인문과학』 31, 중국인문학회.

정명기(2012), 「순천시립 뿌리깊은나무박물관 소장 고소설의 현황과 가치」, 『열상고전연구』 35, 열상고전연구회.

정병설(1991), 「낙선재본 재생연전 연구-번역양상을 중심으로」, 『관악어문연구』 16, 서울대학교 국문과.

______(2001), 「조선후기 동아시아 어문교류의 한 단면-동경대 소장 『옥교리』를 중심으로」, 『한국문화』 27, 서울대학교 규장각 한국학연구원.

______(2004), 「17세기 동아시아 소설과 사랑-구운몽, 옥교리, 호색일대남의 비교」, 『관악어문연구』 29, 서울대학교 국문과.

______(2009), 「사도세자가 명해서 만든 화첩, 『중국소설회모본』」, 『문헌과 해석』 통권 47호, 문헌과해석사.

______(2009), 「사도세자와 화원 김덕성」, 『문헌과 해석』 통권 48호, 문헌과해석사.

정병욱(1979), 「낙선재문고 국문서적 해제」, 『한국 고전의 재인식』, 홍성사.

정연자(2002), 「인중화 연구」, 숙명여자대학교 석사논문.

정영호(2007), 「경화연과 한글 역본 第一奇諺 연구」, 『중국소설논총』 26, 중국소설학회.

정재서(2002), 「동서양 창조신화의 문화적 변용 비교연구」, 『중국어문학지』 17, 중국어문학회.

정환국(1999), 「17세기 초 소설에 미친 원명전기소설의 영향에 대하여」, 『한문학보』 1, 우리한문학회.

조관희(2000), 「중국소설 판본학에 대한 초보적 검토」, 『중국소설논총』 11, 한국중국소설학회.

조혜란(1985), 「금향덩긔 연구」, 이화여자대학교 석사논문.

조희웅(1973), 「낙선재본 번역소설 연구」, 『국어국문학』 62·63 합병호.

______(1974), 「인봉소 연구-낙선재본 인봉소와 일본 내각문고본 인봉소의 대비 고찰」, 『고전문학연구』 2.

______, 松原孝俊(1997), 「숙향전의 형성연대 재고-일본측 자료를 중심으로」, 『고전문학연구』 12, 한국고전문학회.

지연숙(2000), 「여와전 연구」, 『고소설 연구』 9, 한국고소설학회.

차미애(2002), 「낙서 윤덕희 회화 연구」, 홍익대학교 석사논문.

최길용(2005), 「한글 필사본 요화전의 번역 및 변이 양상」, 『중국소설논총』 21, 한국중국소설학회.

최용철(1992), 「구운기에 나타난 홍루몽의 영향 연구」, 『중국어문논총』 5, 중국어문연구회.

______(1997), 「중국 금서소설의 국내전파와 영향‘, 『동방문학비교연구총서』 3, 동방문학비교연구회.

______(2000), 「중국소설과 문화-전등신화의 간행과 조선에의 전파」, 『중국소설논총』 11, 한국중국소설학회.

______(2001), 「명대 문언소설의 조선간본과 전파」, 『민족문화연구』 35.

______(2002), 「조선간본 중국 소화 『鍾離葫蘆』의 발굴」, 『중국소설논총』 16, 한국중국소설학회.

______(2003), 「『效顰集』의 전파와 판본 연구」, 『중어중문학』 32, 한국중어중문학회.

______·우춘희(2009), 「전등신화의 조선시대 한글 번역본에 대하여」, 『견등신화』,

학고방.

최윤희(2001), 「『쌍미기봉』의 번안 양상 연구」, 『고소설연구』 11, 한국고소설학회.

______(2004), 「평산냉연의 유행과 번역양상 연구」, 『중국어문논총』 27, 중국어문 연구회.

______(2005), 「인봉소 국역본의 특징과 의미」, 『어문논집』 52, 민족어문학회.

최자경(2000), 「兪晩柱의 소설관 연구」, 연세대학교 석사논문.

홍상훈(2007), 「양건식의 『삼국연의』 번역에 대하여」, 『삼국지연의 한국어 번역과 서사 변용』, 인하대학교 출판부.

황패강(1985), 「고전소설의 구성법-『包閣羅演義』에 나타난 '線法'을 중심으로」, 『멱남김일근박사화갑기념어문논총』.

Andrew West[魏安](1996), 「『三國演義』版本考」, 上海古籍出版社.

磯部彰(2007), 「關於近世韓半島對『西遊記』的接受狀況」, 『韓國中語中文學會2007年 度聯合國際學術大會發表集』, 韓國中語中文學會.

金文京(2004), 「三國志演義」, 『中國古代小說總目』白話卷, 山西敎育出版社.

金程宇(2007), 「韓國古籍『太平廣記詳節』新研」, 『域外漢籍叢考』 中華書局.

朴在淵(1993), 「韓國所見奎章閣藏本『型世言』」, 『文學遺産』 第3期.

______(1996), 「關於完山李氏『中國小說繪模本』」, 『93中國古代小說國際硏討會論文 集』, 開明出版社.

______(1999), 「關於朝鮮刻本『花影集』」, 『國際中國學硏究』 第2輯, 韓國中國學會.

______(2000), 「關於15世紀譯學書『訓世評話』」, 『中韓文化研究通訊』 3, 南京大學.

______(2002), 「關於尹德熙小說經覽者」, 『第二屆中國古代小說國際硏討會論文集』, 上海師範大學.

______(2010), 「關於新發現的朝鮮活字本『三國志通俗演義』」, 『南京大學學報』 第47 卷 第3期.

______(2010), 「近世中國古典小說在朝鮮之出版」, 『東アジア出版文化研究』, 日本學 術振興會アジア・アフリカ基盤形成事業.

徐塞(1982), 「蕭軍的文學道路」, 『文學評論』 第11輯, 中國社會科學出版社.

劉世德(2002), 「『三國志演義』周曰校刊本四種試論」, 『第2屆中國古代小說國際硏討 會論文集』, 上海 師範大學人文學院, 中國社會科學院文學研究所 中國古 代小說研究中心.

______(2010), 「『三國志演義』朝鮮翻刻本試論-周曰校刊本研究之二」, 『文學遺産』, 2010년 第1期, 中國社會科學院文學研究所.

張忠良(1983), 「薛仁貴故事硏究」, 臺灣師大 碩士學位論文.

程有慶(1998), 「簡評『包閻羅演義』」, 『北京圖書館刊』 1998年 第2期.

程毅中(1993), 「一件大好事－談『型世言』的發現和重印」, 『書品』 第4期.

中川諭(1995), 「『三國志演義』版本硏究－毛宗崗本的成書過程」, 『三國演義叢考』, 北京大學出版社.

陳慶浩(1988), 「瞿佑和剪燈新話」, 『漢學硏究』 第6卷 第1期.

______(1992), 「一部佚失了四百多年的短篇小說集『型世言』的發現和硏究」, 『中國文哲通訊』 第2卷 第4期.

崔溶澈(2002), 「明代傳奇小說『剪燈新話』在朝鮮的流傳」, 『中國文學硏究』 35, 復旦大學 中國古代文學中心.

______(2003), 「朝鮮刻本明代文言小說之東亞傳播」, 『書目季刊』 臺灣學生書局.

______(2008), 「朝鮮刻本『效顰集』的版本硏究」, 『域外漢籍硏究集刊』 第4輯, 南京大學 域外漢籍硏究所.

______(2009), 「明代笑話『絶纓三笑』與朝鮮刊本『鍾離葫蘆』」, 『風起雲揚』(首屆南京大學域外漢籍硏究國際學術硏討會論文集), 中華書局.

馮承基(1978), 「論『隋唐演義』精采之處因及章回小說的選錄問題」, 『小說之部』(3), 台北, 巨流圖書.

何谷里(1997), 「隋唐演義：其時代・來源與構造」, 『中國小說論集』 2, 台北, 幼獅文化公司.

夏志淸(1977), 「『隋史遺文』重刊序」, 『中國古典小說論集』 2, 台北, 幼獅文化公司.

胡從經(1988), 「東瀛訪稗錄－中國小說史料的新發現(之二)」, 『明報月刊』 7月號.

ㄱ

연산군 129, 160
烟水散人 408
연왕 70
淵淨土 43
蓮池大師 75
연청 66
烟霞散人 94
烟霞逸士 94
廉頗 22, 59
葉護 37
영비 143~144
暎嬪 李氏 53~55, 161
영빈 55
靈帝 61
英祖 52~55, 57, 100, 103~104, 106,
    110, 122, 195, 197, 205
영종 90
예(羿) 58
倪氏 76
吳剛 464, 466
吳敬所 200
吳琯 196
吳珪 90
吳門嘯客 74
오부인 161
오삼계 64
오수영 427
오씨 136~138, 143
伍員(伍子胥) 22
吳元泰 72
烏伊達 21
오이휘 340
吳子 22
五彩堂 94

吳黑達 21
玉娘 85~86, 181
玉李 394
옥면호 84
옥소 492~493
옥용 84
온양 정씨 111, 276
阮大鋮 64
完山 李氏 51~52, 54, 57, 79, 89,
    110~111, 117, 120, 122, 146, 161,
    194, 276, 323, 400, 515
王景宏 73
왕경유 146
王九思 205
王突 66
王立 77
왕마(王摩) 66~67
王莽 22, 38, 60~61
왕면 333
왕사방 340
왕상공 527
王雪兒 377
왕세명 332
王世貞 95, 200
王世充 22
王小二 379
王孫諤 20
王嵩 86
왕안석 97
王彦 429
王與 103
왕원 332
王維 379
王義 377, 379, 394